People系列

莒哈絲傳

Marguerite Duras

勞爾・阿德萊（Laure Adler）/著

袁筱一/譯

年輕迷人的莒哈絲

（Photo© International Press）

左：莒哈絲故居藤蔓。

下：莒哈絲法文版書影。
（本頁圖片由鍾文音攝影/提供）

上：莒哈絲晚年寫作身影，當時她
接受法國女性雜誌採訪。

左：莒哈絲的肖像與法文版書籍。

上：法國當時重要文人如莒哈絲、沙特等
活躍生活過的巴黎咖啡館附近。

右：莒哈絲之墓。
（本頁圖片由鍾文音攝影 / 提供）

我覺得自己彷彿在夢遊一般，弄不懂什麼是故事，什麼是生活。寫了那麼多東西，我將自己的生活變成了影子的生活；我覺得我不再是在地面上行走，而是在飄，沒有重量，四周也不是空氣，而是陰影。如果有一束光進入這陰影，我會被壓得粉碎。

奧古斯特・斯特林堡①《書信集》

---

① August Strindberg（一八四九—一九一二），瑞典現代文學的開創者，戲劇家，小說家。

目次

序 ……… 003
第一章　童年的根 ……… 001
第二章　母親、女兒、情人 ……… 069
第三章　瑪格麗特、羅伯特和迪奧尼斯 ……… 119
第四章　從附敵到抵抗 ……… 167
第五章　幻滅 ……… 259
第六章　關於沉淪 ……… 439
第七章　情人之園 ……… 555
附錄〈瑪格麗特·莒哈絲以筆名發表的作品〉 ……… 671
「丈夫，這個自私鬼！」 ……… 673
致伊莎貝爾·G的一封信 ……… 681
瑪格麗特·莒哈絲作品目錄 ……… 687
譯後記 ……… 695

序

勞爾・阿德萊

我的遭遇是從一本書開始的——《太平洋防波堤》。我在租來的一幢房子裡發現了它，和其他的書在一道，疲憊的。那甚至還算不上是個書架。它也沒有逃脱其他火車站小説的命運，被海灘的陽光烤得焦黃，抑或是被美麗星空下的暴雨滌蕩得水跡斑斑。我幾乎沒有怎麼猶豫地選擇了它。但是我總有一種感覺，覺得它是在等我。在那個夏天，我遭受了個人情感上的一次重創，以為自己永遠恢復不過來了。我可以證明，是一本書幫我緩過勁來，讓我鼓足勇氣面對明天，它的時間替代了我的時間，它的敘事環境替代了我那一團亂麻的生活。更重要的是《太平洋防波堤》裡年輕姑娘的那一份野性的執著，那一份滿含著愛的智慧。回到巴黎以後，我想要給瑪格麗特・莒哈絲寫一封信。

這是十五年前的事了。我把信放在聖伯努瓦街的郵箱裡，兩天後，瑪格麗特給我來了電話。她想要見我。説説話，她説。我猶豫了，説實話，猶豫著要不要跨越這一步去見她。一本書能給的，我們知道得很清楚，它的作者卻未必能給……再説，那時的瑪格麗特似乎屬於一個不受任何限制的小圈子，虔誠地宣揚那種洋洋自得的聖徒傳記式作品，宣揚作品的真不復存在，至少她自己是那麼做的。

對於莒哈絲的世界，和我的同齡人一樣，我也知之甚少。日漸腐朽的印度，混雜著印度支那小村莊黃昏日落時的場景。對我而言，這就是那個時代的莒哈絲所意味著的：對一天將盡的這個時刻的追憶，世界的粗糙不平隱沒在黃昏的陰沉裡，恐懼和暴力似乎都繳械投降了，但是仍然在陰影中徘徊。在那樣的時刻，在那樣的黃昏時分，所有的襲擊都可能發生。殖民別墅的白熾燈光尚未點燃，而黑暗也尚未濃厚到令流浪者和災禍預言家駐足的地步。

在那個時刻，小女孩應該留在家中。也是在那個時刻，有一次，在很多很多年以前，有個從來沒有違背過母親命令的小女孩走出了家門，在她身後，黑暗中，一個乞丐大叫著突然跳了出來。小女孩跑啊，跑啊，她再也沒能緩過勁來。一直到生命遲暮，這尖叫聲仍然停留在她的記憶之中，揮之不去。

按響聖伯努瓦街的門鈴時，我有點惴惴不安。不，我沒有再去讀莒哈絲，但是她嚇著我了。她的聲音，她的風格，她的光芒在我心中建立了一個所謂的莒哈絲傳奇，我既有對傳奇人物的一種不正常的好奇心，又有一種對作家的讚賞。之後我卻發現全都搞錯了。瑪格麗特來開了門，把我領進廚房，為我準備咖啡。一雙活潑的眼睛：這是我的第一印象。非常充沛的精力，笑容滿面。後來我得以不斷地接近她，而這印象也一直沒有改變：她最親近的，分列在她不同人生各個不同階段的朋友（因為在她對待不同朋友時，在對比強烈的寫作的選擇中，在相去甚遠、經由她精心區別的各種理念前，她的確會展示不同的人生），在追憶她時幾乎都會說：瑪格麗特留下的，是她的笑。調皮的，孩子般的笑，傳達友情的笑，諷刺的笑，甚至是滿懷惡意的笑。瑪格麗特笑所有的東西，所有的人，男男女女，甚至她自己。那天，她也是一邊說一邊笑，一直在笑，談話是從鏡子邊釘的那些照片開始的，她的童年。我記得，她還談到了她的母親，談到了她和兒子的各種奇遇。

我們繼續不定時地見面。但更多的是電話交談。瑪格麗特專門愛在夜半時分給人打電話。每出一本書，她都會像個小女孩那般焦灼不安，急切地問你的看法，拙態百出卻又不容分說。她生病了，我們有相當一段時間沒有往來。她把自己隔離起來，一個愛她的男人在照顧她，保護她。我從來不是她的朋友；可能算得上一個她「比較喜歡」的人，這是她的話，一個她喜歡隨便談談什麼的人，什麼都能談，又什麼都不談，從做菜到電影、文學、時裝、雜聞、政治，就這樣，事先也沒什麼意向，隨意，談到哪兒是哪兒的那種談話。她喜歡孩子，喜歡到幾近瘋狂。我的女兒蕾阿就是在她那本《藍眼睛黑頭髮》出版的第二天出生的，也是黑頭髮，藍眼睛。她覺得這是某種生命的符號。後來，隨著時間的流逝，我們疏淡了來往，但是從來沒有完全中斷過聯繫。《情人》的成功讓她陷入了榮譽的陷阱。她不再像以前那樣和我說話了；她有點拿腔拿調，用第三人稱談論自己，她不知道自己這樣正是給誹謗者提供了絕好的證據。不過她也不在乎別人的冷笑，因為她覺得他們根本沒有真正讀懂她的作品。無所謂。在她身上，我們看到了類似俄國知識分子的悲愴形象，古怪、頹敗。聲名之後，莒哈絲遭到的是當眾被侮辱的命運。

生病又讓她再一次遠離他人，但她沒有遠離自己，沒有遠離自己的寫作慾。昏迷了九個月之後，她說的第一句話就是要求把沒完成的稿子繼續改下去。她在印度支那的法國學校裡長大，教學用的是越南語和法語，到了晚年，她愈發地為自己當年學業證書上的優秀成績而自豪起來。「我是整個印度支那的第一名。」後來她曾很鄭重地對我說，那時她像孩子一樣，驕傲極了，雙眼放光。「你知不知道，別人都在說這個小女孩是從哪裡冒出來的？」這個瘦弱而滿身野性的小女孩，當時是西貢孩子的榜樣，她的拼寫和語法都那麼出眾，大人不無艷羨地拿她來教育自己的孩子；可是也正是這個小女孩，在以後的日子裡對我們的語言卻越來越粗暴，她擾亂了規則，創造了一個全新的世界，在這個世界裡，詞語和它們的位置以最快的速度，以世界上最簡單的方式——至少看上去如此——導向意義的純粹性。

莒哈絲就是這樣說話的。也許在我們的內心深處，對自己說話時，有時也是這樣的，秘密地。無論如何，莒哈絲給我們留下了這樣的印象。對於莒哈絲來說，文學和電影是一回事，觀眾、讀者是國王。她給予它一種激情，而這激情主要是從我們在最隱秘、最不為人所知的地方所耗盡的強烈感覺中，從禁地中榨取來的。別人經常指責她自私、自戀，指責她那種吞噬了自己的愛。從她出版第一本書開始，瑪格麗特·莒哈絲就對自己的天賦確信不疑。很快，她便把自己看成一個完完全全的天才。她建造了自己的塑像。在生命中的最後二十年，她不停地談論著這個叫做莒哈絲的人。她不再清楚自己是誰，誰是這個寫作的莒哈絲。不得不重新回過頭去讀自己的作品時，她在未出版的一本簿子的留邊處用一貫那種細密的字體寫著——就在死前不久：「這是莒哈絲寫的？」「這不像是出自莒哈絲之手。」

誰是真正的莒哈絲？這個狡黠的莒哈絲啊，手上有這麼多的面具，而且，隨著時間的流逝，故意將自己生活中的某些片段隱藏起來，搞亂線索，以此為樂。這個自傳專家、職業懺悔師的莒哈絲成功地讓我們相信了她的謊言。在生命的最後一段時光裡，瑪格麗特·莒哈絲更相信的是自己小說中人物的存在，而不是切實陪伴過她的情人和朋友。在她看來，「真實」這個詞本身就是靠不住的，而現實是那麼多變，她根本無能為力。就像她所喜愛的一個女主人公那樣，瑪格麗特·莒哈絲也生活在船上。四周是狂風暴雨。事實的確如此，每當我們想搞清楚她是誰，呈現在我們面前的總是一片沙泥。只有她寫作的時候會出現暫時的平靜。也只有在此時，她才終於和自己合為一體：「我知道，在我寫作的時候，有點什麼東西正在形成。我讓這東西作用於自己，它也許能在我身上產生某種女性化的特徵……就像我轉向一片空曠的場地。①」

一邊是瑪格麗特・莒哈絲真實的生活，另一邊則是她所講述的生活。如何區分真實生活與故事，真實生活和謊言呢？在歲月的流程中，她一直想要通過寫作重建自己的生活，想要把自己的生活變成一部傳記。這本書的目的就在於將不同版本的莒哈絲會聚在一起，彼此觀照，我不敢說能夠揭示一個如此喜歡躲避的人的真相。我想要照亮那些不為人所知的區域，那是她用自己的天賦一手炮製的：童年結束和那個中國男人的關係，她在世界大戰中和解放戰爭中的態度，她對於愛情、文學和政治的激情。因為瑪格麗特的生活是一個世紀的生活，一個深深融於時代的女人的生活，一個與這個世紀所有戰鬥緊密相關的人的生活。

在她死後，人們找出她一本私人簿子，在撕下的一頁紙上，她寫道：「有人說他們不喜歡自己的書，如果確實有這種人存在，那是因為他們沒有戰勝自己的羞怯……我喜歡自己的書。我對自己的書很感興趣。書裡的人物就是我生活中的人物。」瑪格麗特・莒哈絲自己也不清楚是什麼時候開始想成為一個作家的。這一點已經在時光的黑暗隧道中迷失了，她說，但是應該是在童年行將結束的時刻。「我自以為我在寫作，但事實上我從來就不曾寫過，我以為我在愛，但我從來也不曾愛過，我什麼也沒有做，不過是站在那緊閉的門前等待罷了。」必須按字面意義來理解《情人》裡的這些話。

---

① 瑪格麗特・莒哈絲訪談，蘇姍娜・科比文，《現實》(Réalités)雜誌，一九六三年三月。

傳記的門一直緊閉著。一九九二年的秋天，我問瑪格麗特．莒哈絲，她能否接受我寫她的傳記，她聳了聳肩，又重新回到她的書上，她為我沖了杯咖啡，之後又談到了別的事：那一天是談政治。那個時候，有一本關於她的書[①]快要出版了，她企圖推遲它的出版。我到後來才明白她為何如此惱火憤怒。莒哈絲討厭別人挖掘她的生活。她恨，根本是恨除她之外的人寫她。她對自己生命流程中的某些片段遮遮掩掩並非出於偶然。不准進入。莒哈絲花了那麼大的耐心來構建自己這樣一個人物，我想，我可能永遠也等不來她同意的那一天。我接受了她的建議。我買了她最早出的那些書，按照編年的順序來讀，但是我在這次閱讀中產生了很多疑問，有生平上的，也有文學上的。我又去看了她。我的內心有這麼多的問題在撞來撞去，以至於在她的面前我只有沉默。這天下午是她先開始說的。她給我看了釘在辦公桌上的一張照片，是她的小哥哥，接下去她談了很多……用她那嘶啞而獨一無二的嗓音，用那樣一種斷裂的語言，她談到了印度支那，談到了她的童年，她一生中所經受的種種背叛，還有她的恐懼，這份一直不曾離去的恐懼。

瑪格麗特．莒哈絲在童年和少年時代非常痛苦。也許這痛苦能夠解釋她叛逆的能力。她從來就是個叛逆而憤怒的女人，一個為自由而受難的使徒。政治上的自由，還有性的自由。因為，她自然是個關於愛情的作家，但是她也是個為了女性事業而奮鬥的戰士，她充滿激情地捍衛著女性的樂趣。她一直要求享有肉體歡娛的權利，並且終其一生都是一個偉大的情人。她喜歡做愛，並且善於激起愛的力量，她喜歡肉體的歡娛，喜歡背棄，喜歡愛的極致。她探尋著極限，要吸乾所有的能量：她在肉體的歡娛中追尋絕對。你們也許還記得，在《情人》裡，她寫道：「我身上本

① 弗雷德里克．勒貝里《寫作的分量》（*Le poids d'une plume*），格拉塞出版社，一九九四年。

來就具有慾望的地位。我在十五歲時就有了一副耽於逸樂的面目，儘管我還不懂得什麼叫逸樂。」莒哈絲一生聽憑慾望的支配，直至死亡。慾望是她行動的綱領。她從未曾逃離，不管是以背棄的名義，還是在巨大的痛苦之中。「就是因為沒有把慾望激發起來。慾望就在於把它引發出來的人身上，除非它根本就不存在，否則只要那麼看一眼，它就會出現。它是性的直接媒介，要麼就什麼也不是。①」

於是我在瑪格麗特・莒哈絲還活著的時候就開始了這本書的寫作。我們有過好幾次談話。她那時已經深為記憶障礙所折磨了。時而清晰時而模糊。有些日子她能想起很多事，她的童年，在拉丁區讀大學的青年時代，還有對她自己還喜歡著的幾本書的深刻分析——因為那時她已經開始詆毀自己的作品了，有些日子則非常悲傷，她的自得、自戀，她重新燃起的某些仇恨，屢次中斷了我們的談話。但是整個過程中，瑪格麗特始終是活潑的，她那種令人讚賞的活潑，有的時候，會讓她放聲大笑，這笑驅走了一切，抹去了她的怨恨，她又變得迷人起來。我很快明白過來，她並非她自身的檔案保管員，她，是個畢生為遭到劫掠的童年而哭泣的人，是個捍衛自己不同風格的寫作的理論家。

必須到別的地方去尋找。殖民地圖書館裡的檔案，某些浸潤著肉慾的場景，她曾經住過的那些地方，那些地方所顯示出來的力量，還有過去曾經同行的同伴的追憶，丟在一邊、沒有發表的文章，私人的、已經和菜譜混在一堆的日記簿……我更是一直在傾聽，整日整日地傾聽那些曾經與之分享過生命、愛情和夢想的男男女女。

---

①《情人》，子夜出版社，一九八四年，頁三五。

很多人都接受了這場追尋真相的遊戲，為了她。在這個過程中，我和他們當中的很多人成了朋友。在此我應該對所有的人表示衷心的感謝。但是我要特別提到四個人，如果沒有他們的珍貴幫助，這項工作也許永遠也無法完成，他們是讓・馬斯科羅——瑪格麗特的兒子，是他把沒有發表的檔案交給我；迪奧尼斯・馬斯科羅，前者的父親，瑪格麗特的同伴，是他讓我閱讀了她的私人日記和信簡；還有莫尼克・安泰爾姆，在這項工作中，她一直給予我支持和幫助；最後是揚・安德烈亞，這位我和瑪格麗特之間殷勤的信使。在最後的幾個月裡，也是揚將瑪格麗特的話記錄下來，交給我。比如說她對於我在寫作方面所提的問題的回答。是在我收到的最後的問題回答中，她說寫作沒有一點神秘之處，她還說，在生活中，沒有秘密可言。

然而秘密依舊存在。我只希望有一些能夠得到澄清，即使仍有相當一部分陰影和神秘存在——儘管我們追尋了許久，找了許多證明，還發現了她沒有拿去發表的很多東西。瑪格麗特・莒哈絲今天也仍然在迴避我們。也許這樣很好。有的時候，傳記所能做的也不過是假設。讓讀者自己去找真相吧。就像她本人的書，一向都要缺上幾塊拼板的，漏洞和空白仍然存在。

瑪格麗特・莒哈絲的一本傳記？它早就來了：書中的一切遠比作者本人的生活要真實。她還說：「生命的歷史並不存在。那是不存在的，沒有的。並沒有什麼中心，也沒有什麼道路，線索。只有某些廣闊的場地、處所，人們總是要你相信在那些地方曾經有過怎樣一個人，不，不是那樣，什麼人也沒有。①」的確，很長時間以來，什麼人也沒有。最多也就是不成體統的一團亂麻中的一點，在這亂麻中，壓力已經退化成暴力。是寫作的慾望將之塑造成社會的人，讓她在這

①《情人》，子夜出版社，一九八四年，頁三五。

世界上扮演一定的角色，是寫作給了她這個名字：莒哈絲。

死前，她終於把個人的檔案全部移交給現代出版檔案館。她不想保留太多東西。但是就像她自己做的乾燥花那樣，瑪格麗特・莒哈絲收藏的個人檔案也是毫無章法的。運到里爾街的現代出版檔案館，是十六個紙盒！之中有出版物、校稿、世界各地報紙上的文章；還有手稿、劇本、她的小說的不同版本、隨便塗抹的素描、兒子的練習簿、從街區垃圾箱裡翻出來的畫書、抄下來或經她修改過的菜譜、沒有發表的作品、在反面加過註的照片、扔掉的計畫、《情人》的草稿、拿來寫《痛苦》的藍皮本子、私人日記，還有在夜半撕下來的活頁紙。其中就有這樣一段，沒有標明日期，或許可以算做她的警句吧：「我從來沒有和任何人說過些什麼。關於我的一生，我的憤怒，還有瘋狂奔向歡娛的這肉體，我什麼也沒有說，關於這個黑暗之中，被藏起來的詞。我就是恥辱，最大的沉默。我什麼也沒有說。我什麼也不表達。本質上什麼也沒有說。一切就在那裡，尚無名稱，未經損毀。」

第一章

童年的根

就先按編年的順序吧。不行的話可隨時推翻。瑪格麗特的生活充滿了事故、斷裂、突然的狂熱和過眼的狂怒。然而，孕育她這份存在的祖國、故土，深入她身心的眞正地方卻一直留在她的生命裡：印度支那殖民地。這已經成了她生命的底片，西貢那散發著毒氣的燦爛令她沉迷，神秘的中國城醞釀著種種被禁止的罪惡，小路上種著的羅望子樹，摻雜著乾枯玫瑰的花毯，被熱氣蒸得筋疲力竭的白種女人，她們把所有愛的激情都留到了回國度假的時候，還有活潑的越南女人，給白種男人做妓女，爲白種女人所不齒的越南女人。瑪格麗特·莒哈絲，隨著時間的流逝，成了這個已然逝去的印度支那的大使。

她曾經對我說過：「你在越南什麼也找不到。讓揚帶你到塞納河岸去，離巴黎三十公里的地方，那兒有個小河灣，樹葉落下來，沉澱在海岸上，河岸的地變成了海綿狀的。那不是像湄公河。那就是湄公河。」

我知道，瑪格麗特：一切無處不在。沒有必要到那裡去找尋。加爾各答，歐洲夾竹桃，稀樹草原，沙瀝，所有這些名字都在記憶中渦旋。在《印度之歌》裡有很多地圖，但是眞實的地點，實際的距離又有什麼關係呢。

我去了塞納河邊。閉上眼睛。可沒能成功。秋天已經到了，天上下著濛濛細雨，沒有陽光，岸邊的垃圾似乎不容許生出別的什麼想像來。

西貢，一九九六年夏。在大陸飯店的對面，一個小男孩在賣洛朗·多熱萊斯的《官道上》和《情人》裡的照片，照片白糊糊的，膠也沒上好，統統地擺在一個木頭盒子裡。多熱萊斯對這張僞劣封皮上的照片無權說什麼了。但瑪格麗特有。平頂男檐帽，滿懷鄉愁的目光。有點什麼不對勁。得買本書來才能發現，在這裡，在越南，我們看到的不是她，而是《情人》裡的演員，並且，前些年在越南，電影裡所謂色情的鏡頭統統地給剪了。所以黑市裡有成千上萬的所謂「未刪節版」在賣。

西貢啊！今天的西貢，胡志明市。老卡迪納街的末端，一副二〇年代香榭麗舍大道的場景，到處是咖啡館和賣奢侈品的小店鋪，年輕人模仿著電視裡美國運動員的穿著——褪色的籃球衫，極爲寬大的牛仔褲，歪戴的棒球帽，他們在賣日本電腦，都攤在竹籠裡，到了夜裡，這些竹籠還要用來迷老鼠，第二天一早再把迷倒的老鼠倒在陰溝裡。

瑪格麗特的媽媽看來確實很難把鑽石賣出去：這裡沒什麼珠寶店，少有的幾座都是瑞士的，壁壘森嚴，就像是四周都有守備的城堡。在進去之前還要先打鈴；監視器把你全都拍了下來。小的時候——八歲，或者九歲——瑪格麗特說她媽媽曾經帶她去過伊甸影院，那個時候西貢的大電影院都在渡口，就在市立劇院的旁邊。而今，伊甸電影廳變成了摩托車停車場。電影院裡只放些台灣拍的淫穢電影。下午，情人坐在坑坑窪窪的皮椅——那倒都是些骨董了——上擁抱。膠片就在放映廳裡轉，沒有放映室。放映機發出一種地獄般的聲音，上面堆著牙買加黑人說唱樂的磁帶。夜幕降臨，街區的妓女就把客人帶到這裡來。遊戲在震耳欲聾的音樂中進行。

很多東西都沒有改變：街道上參天的樹木，西貢的時髦街區滿眼熱帶的燦爛，枝繁葉茂而且排列巧妙，奢華的殖民地時代別墅，緬梔子的味道，還有夜幕降臨時分，賣湯的孩子快樂的叫聲，中午刺目的陽光，過早到來的夜的濕潤。

「瑪格麗特・莒哈絲生於印度，父親是一名數學教師，母親是一名小學教師。童年時代只在法國度過一次短暫的假期，十八歲前一直在西貢長大。」在作者以前出的書中，一直是這樣一份簡潔的作者說明。

> 沒有上帝一般的母親。
>
> 沒有老師。
>
> 沒有分寸。沒有限度，不論是痛苦——她到處都覺著痛苦，還是對這個世界的愛情①。

母親。嚴厲，專制，勇敢，現實，盤得一絲不苟的髮髻，固執的下巴，直勾勾的目光。照片上的她是這樣的，一張臉凝結著母性的痛苦，看上去更像個母親，而不是女人，也沒有什麼慈愛，更多的是嚴苛。在家庭相簿裡，很少看見她笑，她輪廓清晰，一般只是站在或坐在孩子們身邊，幾乎從來不

①《伊甸影院》（*L'Eden Cinéma*），法國商神出版社，一九七七年，一九八六年簡裝本再版，頁十七。

把他們抱在手裡或讓他們坐在膝蓋上，她只是輕輕地挨著他們，而且很勉強①。父親看上去有點沮喪，目光悲傷，眼神空洞。瑪格麗特說她的母親非要強迫孩子照相。這些照片成了他們活著的證據，她寄給法國那邊的家。這些家庭照片散發出一種強烈的憂鬱，一種一定要戰勝的命運。

我們都知道，瑪格麗特．莒哈絲的作品裡有一個糾纏不休的主題，那就是她的母親。瑪格麗特，母親的女兒，母親的獨女，兩個哥哥的妹妹，沒有父親的女孩——因爲他過早逝去。但她眞的是她父親的女兒嗎？這是另一個故事了，誰也不清楚，我們以後還會談到的。

於是有這麼一對人：一個母親和一個女兒，但是母親不喜歡這種關係。她已經有了最親密的人：她的長子。瑪格麗特成了一個次要的人。太遲了，無論如何，在母愛的星座裡找尋自己的位置都太遲了。她必須到別的地方去找。這正是日後她得以被救之所在。也正是這樣，她日後成了一個作家。

在生下女兒之前，母親已經有一段完整的生活。愛情。丈夫。離婚。一段已經被塡滿的生活，但是她從來不提。甚至瑪格麗特對母親以前的生活也一無所知。

我很幸運，有一個如此絕望的母親，絕望著如此純粹的絕望，即便是生活的幸福感，且不管這幸福感有多麼強烈，也無法完全驅走這份絕望。我一直無法弄明白的是，她用怎樣一種具體的方式使得我們每天的每天都遠離命運②。

瑪格麗特只知道一些片段，母親以前在帕德卡萊度過的悲慘童年，物質生活的匱缺，沒有希望，

①《情人》（*L'amant*），頁二二。

②《瑪格麗特．莒哈絲的領地》（*Les lieux de Marguerite Duras*），瑪格麗特．莒哈絲和米歇爾．波爾特著，子夜出版社，一九七八年，頁五二。

逃離農婦命運的艱難。「首先，她是個農民，她的出身是農民，她曾經是個農民。①」瑪格麗特後來對米歇爾・波爾特說。母親家是貧窮的，很窮，她也不斷地對我說。

母親總愛對自己的女兒說，在她們那個時代，在她們小的時候，生活是很苦的。瑪麗・阿德麗娜・奧古斯汀・約瑟夫・勒格朗生於一八七七年四月九日，在弗呂日，她的出生證明就是這樣寫的。她的父母，亞里山大和茱莉在很年輕的時候就結了婚，他們也在弗呂日。茱莉二十一歲，亞里山大二十八歲，那會兒還是個商人。兩個證婚人也是弗呂日人，有一個是茱莉的哥哥。他叫奧古斯汀・杜蒙，也是個商人。瑪麗是父母第一個愛的結晶，在她之後又有了一大串。但是父親很快就失去了工作，一家人離開了弗呂日，到了波尼埃爾，可不幸仍然沒有放過他們。母親在家照顧孩子，父親很快又沒了工作。只是在波尼埃爾混日子。瑪麗後來對瑪格麗特講述過她那一大家子兄弟姐妹，說家裡一到月底就非常困難，說她從童年開始就寄希望於教育。眞正意義上的教育，那是她生活的理想，她從來沒有背叛過，一種生存方式，但更重要的是一種與命運作鬥爭的方式。因爲瑪麗喜歡教書。她是那麼喜歡教書，所以她決定要成爲一名小學教師，正是在這種願望的驅使下，她和法國北方的家庭中斷了關係，出發到了印度支那，也許中途在洛特—加龍省停靠過。

瑪麗進了杜埃的師範學校，開始是學生，後來是見習教師。然後她在萊克斯珀德學校任教，之後又到了敦克爾克。關於瑪麗這份事業的開端，行政紀錄也就說了這麼多。一九〇五年三月十日，她被任命爲西貢市立女子學校的臨時教師。爲什麼會去印度支那呢？她和瑪格麗特未來爸爸的第二次婚姻紀錄也許能夠給出某種答案：這次婚姻的兩位證婚人之一，居斯塔夫・安德列・卡岱，殖民地炮兵團

---

①《瑪格麗特・莒哈絲的領地》，子夜出版社，一九七八年，頁五六。

的主治醫生，時年三十八歲，住在交趾支那，他是瑪麗的表哥。瑪麗是聽從了居斯塔夫的建議嗎？抑或她想離開童年的土地，就像人們說的那樣，重新開始生活，一切從零開始？

因爲瑪麗・勒格朗第一次嫁給了同村的一個小伙子，後來小伙子成了商人。費爾曼・奧古斯汀・瑪麗・奧布斯居爾與瑪麗・勒格朗締結第一次正式婚姻，在弗呂日，一九〇四年十一月二十四日。六個月後，瑪麗到了西貢。爲什麼？這又是怎麼一回事？我們只知道她離開了她的這位丈夫，而且她再也沒有見過他，他在兩年以後死去。因此來到印度支那教書的是一個年近三十的女人，她孤身一人，卻沒有離婚。她到交趾支那的第二天就去上班了。亨利・道納迪厄，公立學校的年輕校長，一個瀟灑英俊的小伙子，不久就狂熱地愛上了瑪麗・奧布斯居爾，愛她的一切。瑪麗從家裡的來信得知了丈夫的死訊。她未來的丈夫日後也迎來了西貢的第一任妻子的病危，他的第二任妻子在精神上支持著他。因而瑪格麗特是兩個年輕的鰥寡之人的結晶。

他們在這以前就相遇了嗎？沒有任何證據可以證明，雖然莒哈絲所在村莊的一些居民到今天還說瑪麗・勒格朗在西貢之前就有可能來過。在道納迪厄的家鄉，則有人說他們是在瑪麗有次替人代課的過程中認識的，後來瑪麗便秘密地去找他了。在《外面的世界》裡，瑪格麗特說督導先生在敦克爾克巡查時，參觀了瑪麗的班級之後向她求婚。求婚是不可能的，因爲亨利已經快要結婚了。但是愛上她是肯定的。她是在那裡碰到他的嗎？無論如何總是一見鍾情。但是亨利還是和阿麗絲結了婚，那是他童年時代的朋友，沒有職業，兩個孩子的母親。

關係是從什麼時候開始的呢？如果從殖民地行政檔案裡保存的通告信來看，一切進展得非常之快。瑪麗是阿麗絲的朋友？或者是其丈夫的情人？後來阿麗絲病得很重，瑪麗一直守在她的床邊，直至她去世。在西貢那個合乎道德的白人的小圈子裡，後來不乏諷刺的議論和激烈的指責，這對新的夫婦最終來看是個醜聞。

因爲瑪麗和亨利住在一起，後來他們決定結婚。速度非常快，第二次婚姻就在阿麗絲死後不久，在一些人來說簡直是屍骨未寒。亨利穿了一身黑。沒有遵從禮節。從阿麗絲入葬到亨利．道納迪厄新婚不過五個月，亨利時年三十七歲，是交趾支那嘉定師範學校的校長。

這個家庭很早就有了麻煩。沉重的秘密，瑪格麗特的童年一直爲之糾纏。瑪格麗特懷疑她的母親——用她自己的話來說——「不忠」，在有他們三個孩子之前。的確，在她長大一點之後，她的母親透露了一點蛛絲馬跡：第一任丈夫的姓，奧布斯居爾先生，比如說。說的時候母親笑了起來，因爲她曾經是奧布斯居爾寡婦。女兒將母親的第一個姓藏了起來，不露聲色，一直藏到她最有名的那本書，《情人》：

> 在她看到那個鑽石指環的時候，她曾經輕聲說：這讓我想起我和我第一個丈夫訂婚時遇到的一個獨身小青年，我說的就是那位奧布斯居爾先生。大家都笑了。她說：那就是他的姓，真的，真是這樣。

費爾曼．奧古斯汀．瑪麗．奧布斯居爾。一九〇七年二月五日死於阿美利亞海濱浴場。因爲什麼？歷史沒有加以說明。有時文學批評有將一切複雜化的傾向，故意在作者的動機上做文章，弄得撲朔迷離（我有必要在這裡說明）：比如說在非常棒的《批評》（*Critique*）雜誌上，曾經發表過一篇精闢的文學分析文章，作者認爲瑪格麗特．莒哈絲造的這個名字非常可笑，奧布斯居爾，他說這表明作者在其作品中徹徹底底地拒絕了一切姻親關係①。不，奧布斯居爾先生是存在的，他曾經愛過瑪格麗特的媽媽，他很年輕就死了，孤身一人。關於奧布斯居爾先生我們再也無法知道得更多。留給我們的只是行政檔案裡的一個姓，還有就是母親相簿裡的照片，在她還叫瑪麗．奧布斯居爾的時代。她看上去很活潑，很漂亮，笑盈盈的，固執的嘴巴，鬈曲的頭髮。不能否認，這是一個極富魅力，頗具吸引力的年輕女人。

從瑪麗和亨利在婚姻之初的照片上看來，他們靠得很近，就像眞正的情人一樣，眼睛看著同一個方向。瑪麗的頭髮還是那麼鬈，眼睛化過妝，嘴唇上也抹過口紅。她依舊散發著奧布斯居爾夫人那種誘人的味道。打扮入時，細布綴領上繫著的緞帶（後來瑪格麗特在《薩瓦納海灣》上就用了這樣一身打扮）可以證明。她有著那種墜入情網的女人的目光，迷迷離離的，對夫妻生活充滿了幸福的幻想。

亨利是個英俊的男人。現在只剩下很少的一點資料：一張照片，只有一張，瑪格麗特一直收著，後來釘在她聖伯努瓦街公寓的入口處。「我不認識我的父親。我四歲時他死了。他寫過一本關於指數運用的數學書，我弄丟了。他留給我的全部，就是這張照片，以及他死前給孩子們寄的一張明信片。②」

「淺栗色的頭髮，栗色的眼睛，開闊的前額，長長的鼻子，橢圓的臉。」一九一五年他入伍前，軍隊醫療卡上這樣形容道。海外檔案圖書館的卡片還保留了不少這位父親的行政及軍事資料，我們大致可以勾勒出他的一生。他畢業於阿讓的師範學校，一八九三年被任命爲馬斯．達讓奈的小學教師，

① 《莒哈絲和別人的名字》(*Duras et le nom des autres*)，米蓋爾．安琪．塞維拉文，《批評》，頁二二。
② 《綠眼睛》(*les yeux verts*)，《電影日誌》(*Les Cahiers du Cinéma*)，第三一二期，一九八〇年六月，增補再版，塞爾日．達內協編《電影日誌》，一九八七年，頁二四四。

後來又在馬爾芒德和梅贊任教。一九〇四年九月十五日他停止了法國的教學活動。一九〇五年和阿麗絲到了交趾支那。他們生了兩個孩子，都是在梅贊生的。讓生於一八九九年六月八日，雅克生於一九〇四年六月二十七日。從有關的家庭通信來看，阿麗絲病重的時候，雅克在西貢，他和父親一直待到瑪麗的第一個兒子皮耶出世。父親死後，瑪麗和道納迪厄家庭之間的關係惡化了，因爲在錢的問題上生出了很多糾纏，我們在下文中將要談到。

但是，將自己作品的大部分建立在這個家庭傳說上的莒哈絲——一個守寡的母親，貧窮、孤獨，兩個哥哥（一個壞一個好）和她，最小的小女孩——卻毫不猶豫地將自己兩個同父異母的哥哥藏了起來，不論是在自己的小說世界裡，還是在自己的生活中，都見不到他們的影。至今，莒哈絲鎮的居民還在說，六〇年代初，瑪格麗特坐著一輛敞篷汽車去了，途中她在讓的油站加油，她對去鄰村找讓的職員說：「我沒時間等他。」讓優雅、魁偉，現在是國家狩獵者聯盟的主席，經營著幾家特許商店，非常富有，人也溫和、慷慨，給莒哈絲家鄉的人留下了非常深刻鮮明的印象。尤其是女人，她們都能回憶起他來，說他舉止像個王儲，而且很爲他的那位同父異母的妹妹感到驕傲。雅克，小的那個，開始也在父親的家鄉經營汽車修理店，後來搬到了南方。我們這下可以知道，爲什麼保羅，莒哈絲書中她喜歡的那個小哥哥，生活中只有兩個眞正的愛好：一是拆卸汽車的馬達，二是玩卡賓槍；我們也明白了，爲什麼莒哈絲一生中會對汽車有這樣一種毫無節制的、強烈的、固執的偏愛，所有種類的汽車，最大的、最快的。源於家庭的原罪啊……

如果道納迪厄家那邊喜歡的是機械，勒格朗家的遺傳則更偏向頌揚教育的作用。也許瑪格麗特·莒哈絲正是這樣兩種家庭文化衝撞下的產物，既有其物質的一面，又有其智性的一面，她認爲寫作不是上帝的餽贈，或是靈感的產物，而是工作，是勞作，是把詞彙累積起來的再平常不過的活動。瑪格麗特不無困難地出版她第一部小說《厚顏無恥的人》時，她把它獻給了「我素不相識的哥哥雅克·D」。

瑪格麗特的母親爲了重建一個家庭展開了不懈的努力，有時當然會損害到丈夫前妻的兩個孩子的利益。命運對她進行這樣的猛烈追擊，我們也很難指責她不夠慷慨。待她再一次成爲寡婦時，她決定要拯救自己的孩子於水深火熱之中，哪怕有的時候似乎是根本忘了對於前面的這兩個孩子，她至少還應該負有經濟上和道義上的責任。

新的道納迪厄夫人和第一個溫和、可愛的道納迪厄夫人正相反，很不爲交趾支那的白人圈子所喜歡。亨利·道納迪厄有個好的職位，處境令人羨慕，而她呢，才到印度支那不久，既沒有遵守服喪期的規定，就讓亨利娶了她，也沒有扮演好流淚的後母的角色。

馬爾芒德，一九一四年4月21日

部長先生，

您怎麼能讓這樣一位聲譽敗壞、精神委靡的道納迪厄先生繼續領導西貢的高級學校呢？這個男人聽任自己的妻子在其情婦的手中神秘地死去，還有個醜聞，他的情婦當時已經懷孕了，這樣妻子就必須消失，這位母親果然在不久以後就成爲道納迪厄夫人，懷孕的事情自然也就不會敗露了。

讓這些正直的教師聽從如此骯髒的人的命令，這是多麼恥辱啊。

他們有一個親戚是在馬爾芒德做助產士的，專司流產，他們接觸非常頻繁，道納迪厄先生把她召到了西貢。必須對這些人加以監控。

此致敬意。

署名是莒哈絲鎮的一個女人。殖民地的部長把這封信保存了起來，後來部長把信轉給了人事處，讓他們重新考慮日後的任命。一個意欲報復的女人的怨恨？陰險的告密？瑪麗的第一個孩子是在他們結婚後一年才出生的。儘管寫信的女人會不太高興，必須承認，這次是完全符合道德準則的。夫婦倆在四年裡有了三個孩子。

責任是釘在地面上的。幸福不是。還有自由。也許自由的體驗是最難的，但是這是一種別樣的，可怕的幸福，這就是爲什麼，孤獨的人往往存在於那些自己説很幸福，很穩定的夫妻中。還有孩子①。

道納迪厄家屬於嘉定這個狹小的白人圈子。嘉定是離西貢不遠的一個小鎮，在中文裡的意思是「完美的安寧」。瑪格麗特就是在那裡出生的，還有她的兩個弟弟。嘉定位於西貢河和湄公河之間。這是一片沖積平原，種著一望無際的淺綠色的稻子和深綠色的椰子樹。這裡都不知道天地的分界處在哪兒。天是那種沒有光芒的白色。在陽光下閃閃發光的田野，河間小小的堤壩，流動不息的河經常會變成泥漿，接著便會在陽光下變硬，成爲土地，上面插著些可憐的小灌木。這裡的自然界永遠在變

---

①《綠眼睛》，《電影日誌》，第三一二期，一九八〇年六月，增補再版，塞爾日・達内協編《電影日誌》，一九八七年，頁二四四。

化。河可以變成軟泥，而大海退潮後，土地又可以變回成原來那種紅色的泥漿。河岸上都種著紅樹，潮水覆蓋了紅樹，接著又退去，露出地下紅樹那錯綜複雜的根。耕地在令人筋疲力竭的氣候，連成一片的風景：紅色的泥漿，綠色的稻田。斑斑點點的顏色：淡紫色的花藏在火紅的葉子下，大片大片藍色的日本風信子。圍繞著這片海中之地的，是森林，廣闊的森林，危險的，狂熱的森林，到處都是猴子，野豬，老虎，豹子，山貓和椰熊，成群地出沒。不要忘了，還有老鼠以及其他類似老鼠的東西。很少看見大象，世紀之初的犀牛已經開始絕 了，但是鱷魚倒是隨處可見。而烤鱷魚尾是一道非常精緻卻花錢不多的菜，因爲鱷魚傷了尾巴後，能夠在水裡很快地再生一條新的尾巴。

> 外面，是一望無際的稻田。天空一片空茫。慘白的暑氣。黯淡的陽光。到處都是小路，孩子駕著牛車經過①。

爲什麼亨利．道納迪厄和瑪麗．勒格朗會先後到了印度支那呢？瑪格麗特後來曾經講述過這樣的故事，說路邊有張招募廣告，說殖民地怎麼怎麼好，田野廣闊，充滿奇遇，並保證能掙到很多錢。「有好幾個星期天，她就站在殖民地宣傳廣告前幻想著：『請加入殖民地軍隊。』『年輕人，快來殖民地吧，財富在等著你們。』②」亨利的家鄉是個貿易往來很多的地方，受到各種各樣的影響，而且，趁著年輕和體壯冒個險是那兒的傳統。對於亨利來說，這次到印度支那也意味著晉級：從馬爾芒

---

①《中國北方來的情人》，伽利瑪出版社，一九九一年，一九九五年簡裝本再版，頁四一。

②《太平洋防波堤》，伽利瑪出版社，一九五〇年，一九九〇年再版，頁一六二。

德一個簡單的小學教師到嘉定師範學校的校長。在他手下有四個法國教師和五個本地教師。

但是瑪格麗特的父親到達時，印度支那還不甚完善，甚至西貢也不太發達，雖然它是一顆東方明珠。西貢是在第一次世界大戰結束後才發展起來的。亨利是否去參觀了一九〇〇年在巴黎舉行的印度支那博覽會呢？那次博覽會棒極了，簡直把殖民地吹上了天。或是朋友鼓勵他去的？關於他出發的動機，我一點線索也沒能找到，他的家庭成員在回憶中鮮有提及，檔案館裡也查不到①。瑪格麗特後來做出了自己的解釋，小說化的，文學的解釋：

> 她和一個和她一樣的小學教師結了婚，他們也都一樣，在北方的農村簡直是要悶死了，因爲他們非常嚮往皮耶・洛蒂筆下的那份神秘色彩。婚後不久，他們就一道去請求投身殖民地教育，接著他們被委派到爲這個叫做「印度支那」的大殖民地去了②。

實際上，眞正的原因已經不重要了。瑪格麗特・莒哈絲在後來的一系列想像裡又進一步地發揮下去，漸漸地勾勒出一個眞正的家族傳奇。他們走了，割斷了和歐洲世界的關係，那種傳統上的家庭內部的往來，固定的生活，缺少傳奇的命運。但是他們是分開走的。

瑪格麗特是個印度支那的孩子。一直到生命的盡頭，她還在不斷地追憶印度支那的風景，那裡的

---

① 當時，海外殖民行政官員一直抱怨缺少介紹殖民地生活的廣告，並堅持上報殖民部說學者性的報告爲大眾所不能接受，應該代之以比較有吸引力的那種摺疊式畫冊。瑪格麗特・莒哈絲所列舉的那張吸引其父母去殖民地實現夢想的畫就在畫冊後面，畫面上，一對在殖民地生活的夫妻一身白色的衣衫，躺在搖椅上含情脈脈。

② 《太平洋防波堤》，頁一六二—一六三。

陽光，那裡的味道。如果沒有印度支那，瑪格麗特又會是什麼樣子呢？這才是養育她的土地，是她寫作的搖籃，她不斷地培養這份異樣的感覺，從中汲取素材，直至死去。她甚至在外表上也長成爲東方少女，暗色的皮膚，後來又成了個高顴骨的婦人，長長的眼睛，別人也許都會把她當成越南女人。印度支那的土地浸潤了瑪格麗特的外表，而越南的語言更是以某種方式縈繞著她。

瑪格麗特非常欣賞她的父親，她經常談起他，說他——我們知道她喜歡誇張，而且喜歡用鎮民的詞——是個數學天才。在生命行將結束之際，她承認非常想他。說從他那裡，她繼承了對誘惑的偏好，繼承了幽默，繼承了這份優雅的漫不經心和想要被人愛的永不滿足的慾望。

亨利．道納迪厄一九〇五年底到了印度。這個日期也許能夠說明他的離去，因爲這正是保爾．波政府推行教育體制改革的時候，教育體制面臨全面現代化，進一步向儒家教育方式靠近。印度支那的新教育法得到了修訂，部長通過通報和公告的形式向整個教育界宣布說殖民地急需派人塡補崗位的空缺。六個月以後，一個由教育家、小學教師和公務員組成的小分隊在西貢登陸。亨利就在他們當中。

在胡志明市，那個小小的社會科學圖書館就坐落在離時髦的卡迪納街不遠的地方，年輕的大學生在上課時間會到這裡來複習外語，主要是英語和日語，不過還算好，也有法語。中飯時間，圖書館員便下班回家了。書停止借閱。如果你每天堅持到圖書館來，別人也許會把你當成這裡的常客，這時候他們會謹慎地告訴你，如果你中午也需要在這裡工作，你可以搞個小小的特殊，留下來。圖書館員把你身後的那道門鎖上，在門口布置一條狗守著，然後把門拉上。午覺時分，風扇轟隆隆地吹著，吵得人昏昏欲睡，有幾個年輕女孩子就在長條桌椅上躺了下來，微笑著睡了。那桌椅很奇怪，讓人回想起第三共和國學校的模樣。在這個時刻探查圖書館最理想了。在一條小走廊的盡頭堆放著木製的卡片，你可得小聲點兒，不能驚醒那些睡夢中的小姐。我就是這樣發現了殖民地檔案和論文的，排列得非常整齊，看來政府的工作人員非常尊重行政真相，對當時的人員和財產都做過清點，並有詳細的記錄。這樣，我們得以精確地重建當時的生活狀況：瑪格麗特的父親到達嘉定的別墅時，嘉定住著八對白人夫婦，二十個單身白人和十二個白人孩子。至於「其他人」，也就是說那些非白人，報告中就沒有明確的數字了。當然，安南人、中國人，還有「其他亞洲人」都混居在一起。但是只有白人是作為個人而存在的……

嘉定，海軍部隊的營房，植物園，聖保羅修道院嬤嬤辦的孤兒院，沿著卡納瓦吉奧租借地的二號省級公路，還有分四站直通西貢的蒸汽火車，途中經過很多貨源充足的集市，散播在鄉間的小村莊，淹沒在高高的芒果樹或竹林裡的孤零零的房子。這裡的村莊都叫「安水」、「太平」或「極美」之類的名字。在沃瓦市場有人賣禿鷲骨頭磨的粉，據說可以預防性病，還有賣猴子脛骨做的護身符的，據說可以保佑孕婦平安。在嘉定什麼都可以買到，來自法國的上好的葡萄酒，歐洲所有國家的烈酒，紅糖，小麥粉，義大利米和希臘橄欖。第一批白人是一八七五年到的，他們到這裡來開闢了咖啡種植園。此後就沒有離開。五年後，一艘名叫「希望號」的船又到了這裡，船上的一名海軍上尉在這裡種上了槐藍和香子蘭。他也留下了。這些白人一到星期天就聚在一起，他們騎著水牛，用狗，用網，用弓箭，用上了毒的標槍，甚至用槍獵老虎、豹子和野豬。女人則在星期天下午聚在一起喝茶，日落時分，太陽下到咖啡園的另一邊去了，似乎不再那麼刺目。

其中有些女人，十分美麗，非常白淨，在這裡她們極其注意保養自己。她們姿容嬌美，特別是住在邊遠僻靜地區的那些女人……她們在等待。她們穿衣打扮，毫無目的。她們只能彼此相看①。

會計的妻子非常眼紅警察署長的第二任太太，因爲這個警察署長又種了三公頃的香子蘭和五公頃的咖啡。這裡瀰漫著一種冒險的氣氛。白人覺得自己屬於那一類與舊世界切斷一切聯繫的精英，他們在冒險——經濟上和體格上的雙重冒險，因爲痢疾和瘧疾隨時都可能侵襲到他們身上。有些人想要做生意。他們得到了殖民當局的鼓勵，新的僑民很快得到了新的土地。交趾支那成了新的「遠西」，在那個時代，只要你開墾了一塊地，你就能成爲它的業主。但是爲數眾多的行政人員卻是白人中社會地位最低的。他們的薪水少得可憐，別人也瞧不起他們。

法國征服印度支那只花了二十年不到的時間。埃米爾・伯努爾在一九〇〇年就估計到印度支那已經成爲法國的一所大殖民學校。「我們在這裡陸續進行了各種制度上和政治上的試驗。②」交趾支那，這塊「兼併」殖民地，因是法國議會所在地，總覺得比印度支那其他地方要優越③。到印度支那的法國人都享有一種精神上的特權，因爲他們是法國人④。每個法國人都是精英的代表，是在「智

① 《情人》，頁二七。
② 《印度支那》(*l'Indochine*)，埃米爾・伯努爾著，地理、海洋、殖民地出版社，一九〇〇年。
③ 《印度支那的法國人，一八六〇—一九一〇》，C・馬耶著，阿歇特出版社，一九八五年。
④ 在一九〇二年爲想去殖民地生活的人寫的一本指南裡，路易・薩隆提醒說在印度支那法國人只適合做一定範圍內的工作：「小職員是不適合到這個國家來的，因爲在這個國家裡，他的煩惱只會更多，處境只會比法國更困難，這裡的氣候潮濕悶熱，需要特別的舒適條件，生活相應也要求更寬裕一些。總之，那種下級的職位由當地人做顯然更恰當，即便他們不能做得更好，至少他們的勞動力便宜，付給他們的那點工資，足夠他們過普通生活所用了，再說這些當地人已經非常適應環境，他們往往溫順而忠誠。」（《印度支那》，由作者本人輯錄）

力、精力、學識和仁慈之心上都高出一籌的精英①」。移民是高人一等的人，比起本地居民來，他們的頭腦更發達，四肢更強壯。這是「充分發展」的人②。對先進的民族來說，他們應該建好殖民地，逐漸培訓當地居民是他們應負的責任③。那個時代所有的理想主義者、政客、評論家、經濟學家眾口一詞，都這麼說④。印度支那是法國未來的穀倉，有待開墾的處女地⑤。

白人群體分成很多等級：非常富有的大莊園主，他們在相當快的時間裡便靠「綠色黃金」發了財，比如說種橡膠的，接下來是有一定財產，不怎麼認眞的企業主，然後是做貿易的，當然還有殖民

① 《印度支那》，埃米爾・伯努爾著，地理、海洋、殖民地出版社，一九〇〇年。

② 《印度支那，曖昧的殖民地（一八五八—一九五四）》，皮耶・布舍，達尼埃爾・艾梅利著，發現出版社，一九九四年。

③ 《法國殖民地史》，德尼斯・布歇著，法亞爾出版社，一九九一年。同時還可參考皮耶・貝藏松《印度支那的教育，殖民化和發展：小學教育改革（一八六〇—一九四九）》，巴黎大學副博士論文，一九九二—一九九三年。

④ 第三帝國時代，于勒・費里爲首的法國政權一直將法國對於殖民地的教化作用放在首位，認爲只有通過文化征服才能鞏固法國在這些地區的位置。東京陣營培養了一大批這方面的精英。法國內部分裂爲兩派：一派是以布洛格里爲首的右派，他們認爲殖民地的擴張只能削弱法國民族自身的素質，甚至認爲殖民擴張的原則本身會威脅到法國的穩定；于勒・費里爲首的左派則以法國大革命的理想、法國民族的生命力和東京遠征所帶來的經濟效益爲由對殖民政策加以辯護。「不允許法國殖民擴張是可惡的，反法國的。」在吵吵嚷嚷的一回，于勒・費里這樣解釋說。接下來的事情誰都知道了。法國沒有放棄印度支那。可參考G・阿諾多、A・馬丁諾所著的《法國殖民地史》（尤其是第五卷）和愛德蒙・夏西尼厄所著的《印度支那》。

⑤ 一八八七年成立了印度支那聯盟。囊括了柬埔寨、老撾、安南、交趾支那和東京五個地區，後三個地區組成了法屬印度支那。機會主義共和黨分子和某些領域的商人聯盟很快將印度支那變成了殖民地開發區。「教化這裡的人民從現在開始意味著教他們如何工作，掙錢和花錢」，這就是當時的口號（摘自里昂商會主席在一九〇一年的報告）。交趾支那可以享受特殊的對待：一八九九年任命了交趾支那總督，並輔之以副長官。爲了對殖民地進行行政管理，成立了殖民地議會，一半是法國人一半是安南人。

地行政機構的高級官員，再往下是中等收入的白人、商人、教師，最底層的是窮白人，他們組成了「流氓無產者」這個特殊階層①。亨利算是爲數眾多的公務員階層的一分子，也許是受到冒險和異國情調的誘惑，教師到印度支那自然不是爲了發財的，因爲對這些新來的人，條件並不優惠。他們和國家簽了合同：他們應該在深知底細的情況下，遵守這份合同，出發時沒有額外的補貼，一旦得了熱帶病或是身體不好，不能保證在國內能再找到新的職位。總之，只是一張單程票，通常情況下至少得待三年。回國度假——六個月，而且要減一大半的薪金——需經過嚴格審查。如果延長在印度支那的時間，回國度假也可適當延長。薪金是用法郎支付的，不受任何諸如皮阿斯特等貨幣兌換率的影響，所以也不會有那種少數貿易冒險家藉此暴富的機會。一個小學教師的工資自三千法郎起，最多可達七千法郎，學監或校長的工資大致在三千二百到七千二百法郎之間。在所謂有害健康的地區可以有一點點

---

①《越南》(*Vietnam*)，斯坦雷·卡爾諾夫著，西岱出版社，一九八三年。征服越南的代價是昂貴的，一八九五年，交趾支那、安南和東京造成了殖民地巨大的財政赤字。一八九七年被任命爲總督的保羅·杜邁爾上台後對行政署進行了統一管理，撤銷了最後一個越南人當權的機構政府官員處，實行中央集權，採取只對法國有利的經濟發展政策，他還強行進行土地改革，使大量的農民喪失了土地，就這樣摧毀了原有的農村社會。後來，杜邁爾在《回憶錄》中寫道：「法國人到達的時候，安南人已經足夠成熟，充滿奴性了。」杜邁爾雖然在他的一篇關於教育問題的報告裡，顯示出對安南舊有的教育體制十分尊重，但他所建立的經濟模式，直至一九五四年仍然在越南占有優勢。他把越南變成了一個在經濟上可以盈利的國家，把經濟的重擔加諸於越南人民的身上，開始沒有什麼人敢開口表示反對，因爲他成功地將反殖民主義浪潮削減爲一小撮知識分子的怪誕。杜邁爾當選爲共和國總統後，繼任的自由黨將文化問題和國家的統一問題放在了首位，但是他們不得不與將經濟利益放在首位，對印度支那進行無恥快速掠奪的各集團展開長期艱難的鬥爭。

也可參考馬克·墨洛所著的《印度支那銀行史（一八七五—一九七五）》，歷史副博士論文，以及P·莫爾拉著的《越南的殖民壓迫（一九〇八—一九四〇）》，阿馬當出版社，一九九〇年。

補貼，但是行政當局要求出示這樣那樣苛刻的證據，瑪格麗特的父親和母親都沒有能得到這筆錢，雖然他們患了嚴重的熱帶病。

就這樣，從馬賽到西貢，法國郵船公司的船上裝滿了從貧窮地區來的公務員和年輕夫婦，都是想到印度支那發財的——有很多科西嘉人（西貢很快就成了科西嘉的殖民地！），還有奧弗涅人、布列塔尼人等等；裝滿了夢想著在那裡建立自己的工業王國的小商人；但是還有一些討人喜歡的美麗女人，想來找個依靠——如果可能，當然最好是丈夫；轉船去吳哥的旅遊者；做鴉片生意的商人；更有一些很少經歷異國情調的作家，他們想來親眼證實一下，堤岸的中國女人是不是戴著長長的金屬指甲，還有交趾支那的那個年輕女人兩乳之間是否相距十九厘米①。

亨利·道納迪厄，他，他到這裡的時候裝了一腦子的高談闊論。臨走之前他上過課：領導一個學校就意味著代表整個法國，要成爲倫理和靈魂的守衛。非宗教的理想主義者也都爭先恐後地告訴他：想要眞正占領一個國家，循序漸進地，長期地，必須從教育入手。於是小學教師成了世俗的使者。「這些文明的中心一點點地照亮了聯合之路，它們是法國在這個東方極點上最可信賴的守護神。②」對於大多數殖民者而言，學校是征服心靈的最好手段，是傳播法國文明最有效的武器③。儘管他們也不得不承認，在這個有著古老文明的國家，傳統文化一直受到高度重視，傳統的教育方法在這片土地

---

① 專題論文《印度支那的女人》（*La femme de Cochinchine*），西貢，一八八二年。
② 《印度支那》，A·梅本著，一九三四年。
③ 「教育問題也許是困擾殖民統治者最爲重要，也是最爲複雜的問題，因爲他多多少少囊括了其他問題在內。」一九三一年阿爾貝·薩洛，前印度支那總督，前法國內務部部長和未來的議會主席曾如此宣稱道。正如德尼斯·布歐所指出的那樣，殖民統治者一開始就非常重視教育的問題。

上已經根深柢固①。這是一個過渡的時刻，法國人在自問應該做些什麼。應該承認並接受傳統的儒家學校教育，它已經深入民心，根本是很難清除的；還是應該通過學習法語，根植法國的教育體制呢？後來便是一系列的教學試驗，由行政當局的領導人監督進行，他們推行的是同化政策，而教學同仁也承認當地學校教師的權威性②。

想要重建亨利最初在印度支那的生活幾乎是不可能的。殖民地的卡片裡很少有涉及這個時期的資料，家庭檔案也不見了。阿麗絲、雅克和亨利過著幸福的家庭生活，至少在表面上看起來沒有什麼烏雲。阿麗絲不工作，一心一意在家帶雅克。接著瑪麗這個奧布斯居爾寡婦突然來了。她帶來了混亂，

---

① 在印度支那的每一個村莊裡都有一所學校，往往只是一座簡單的棚屋，朝著大馬路。從很小的時候開始，學生就應該接受道德和行爲的準則教育。從每個村莊都有的小學——小學裡只有一位老師——一直到皇家中學，越南人的精神主要通過人文學科的教育來體現。品行端正和手足相憐是主要的美德。越南小學老師也是生活的導師。他不僅要教書法，還要教音樂、詩歌和地理。學校一向維護傳統的教育節奏，沒有體罰。老師受到大家的普遍尊重和愛戴，他們彷彿是兄長，職責不在強迫而在指導。征服越南伊始，法國人放棄了這些傳統學校和天主教的所謂傳統教育。接著在一九○六年，他們試圖進行現代化的改革，建立所謂的半法國化半本地式的教育體制。面對生命力很強，爲大家所普遍接受並且體系完善的儒家教育體制，早期的法化教育顯得過於粗暴、機械，簡直是場災難。大多數的越南人都認識中國的象形文字，這樣才能學寫越南文。爲了斬斷他們的文化傳統，法國人禁止在學校裡使用中國漢字，代之以法文和拼音，一種羅馬化的字母文字。印度支那總督很快便發現了這種教育政策所造成的災難，有些行政官員甚至公開表示悔過：「今天我們眞是無法明白我們究竟是以什麼樣的名義，出於西方什麼樣的一種神秘的觀念，像我們這樣一個共和制的，已經將教育世俗化的國家，竟然要推翻印度支那所謂的偶像，摧毀他們傳統所學的道德理念，代之以一種我們自己也不知爲何物的哲學教義，簡直就和宗教教義一樣難以忍受。」他們當中的一位勇敢地說出了不少人的心聲。參考路易·薩隆《印度支那》，見上述引文。

② 正如程雲濤所著的《印度支那的法國學校》所解釋的那樣，卡塔拉，一九九五年。也可參見阮雲奇的副博士論文《越南人和半法國化半本地式的教育》，伊納爾科，一九八三年。

不幸一件接著一件。有很多問題都沒有弄清：阿麗絲是怎麼死的？好像是瘧疾。她生病的時候，大兒子在哪裡呢？在西貢，我沒有找到一丁點關於讓的資料。也許他留在法國，和母親的家人待在一道。在父親的家鄉，瑪格麗特的母親留下的可不盡是美好的回憶……

阿麗絲死後五個月，亨利在西貢娶了瑪麗，一九〇九年十月二十日，傍晚五點鐘。結婚的通告同時貼在西貢市政府和嘉定監察機關。亨利的證婚人是他的「朋友」，一個是飛行員，另一個是商人。瑪麗的證婚人，一個是她的表哥居斯塔夫・卡岱，另一個是新婚夫婦的朋友，法國郵船公司駐交趾支那的經理。

十一個月以後的某一天，天剛濛濛亮，有個叫路易絲・里加爾的人來到了嘉定省行政署的小棚屋，她三十七歲，沒有職業，只說要給懷裡的孩子報個戶口。「一名男性嬰兒，她說是一九一〇年九月七日凌晨一時出生於平治天省省會嘉定平和薩村。父母為他起名為皮耶。」

皮耶一直是瑪格麗特童年和少女時代所有的痛苦和浪漫所在，母親為這個兒子付出了畢生的心血，甚至賒欠了來生，今天，母親就在這個哥哥的身旁永遠地安息了。母親唯一的，獨有的，眞正的兒子，那麼愛的兒子，在莒哈絲《薩爾納海灣》和《樹上的歲月》裡得到不朽的兒子。一年後，又一個哥哥出生了。在妹妹瑪格麗特來到這個世界之前，哥哥首先拿這個弟弟開了刀，在他身上玩了個夠，充分施展了他倒錯的天才。瑪格麗特，最小的妹妹，嬌弱的身軀，金黃的眼睛，哥哥一下子就明白了，從她小時候開始，她就是家裡多餘的，在她身上他繼續他的惡作劇，成日無端地找麻煩。而她則只能躲在樓梯下，驚恐不安。皮耶出生的時候，母親也沒有停止工作。母親從來沒有停止過工作。生長子的時候，她教四年級，她的職稱在一九一八年升到了西貢的主講教師。但是自皮耶出生後，這對夫婦間便出現了麻煩。亨利的身體非常虛弱。很多醫院單據可以證明他時常頭痛，胃痛也經常性發作，以至於身體迅速消瘦下來。亨利去醫院做了檢查，但是沒有結果。無論如何，他帶著妻子和兩個孩子突然離開了西貢，回到法國。一九一二年四月，道納迪厄一家到達馬賽。但是他們並沒有按照事先與殖民當局保證的日期回到印度支那。亨利非常疲倦，決定留在法國，在老家洛特．加龍省休息。瑪麗和孩子們在一九一三年四月六日回到了印度支那。亨利讓步了，最終也回到了西貢。

他回去後不久，瑪麗便懷上了第三個孩子。瑪麗分娩時亨利就在她身邊。這是他的第一個女兒，事先他們爲她取名爲瑪格麗特．日爾曼尼，和她的兩個哥哥一樣，她也是在嘉定的家裡呱呱墜地的，一九一四年四月四日凌晨四點。瑪格麗特六個月的時候，母親病得非常厲害，西貢的軍醫趕緊將她送往法國醫治。她患了「關節炎，瘧疾，心臟也不太好，還有腎病。」在圖盧茲軍事醫院治好病後，她於一九一五年六月十四日回到西貢，而此時，她的丈夫正準備回到法國。

小瑪格麗特於是在八個月的時間裡遠離母親，由一個越南男孩餵養。家庭團圓後不久，父親的病又加劇了。深受折磨的他不得不看了急診，軍醫診斷他患有肺出血、腸絞痛以及嚴重的痢疾。印度支那總督命令他立即回法國。

瑪麗又成了孤獨的婦人，一個人得撫養三個孩子，心裡還記掛著丈夫的病情，他幾乎沒有消息。亨利住在馬賽的醫院，根本不敢把眞實的情況告訴她：醫生覺得他病得很重，治療不知從何下手，他的身體幾乎全垮了。他們制定了幾套方案，其中有一套允許他回到印度支那。但是命運再一次與這對夫婦作了對。這回不是患病了，而是戰爭讓他們分離。他才拿到去西貢的船票，部隊就在馬爾芒德找上了他。他入了伍，成了二等兵。

這個女人，我的母親，她想要向我們，即她的孩子保證，在我們生命中的任何時刻，不管發生什麼，哪怕是最嚴峻的事件，比如說戰爭，我們也不會遭到冷落的。只要我們還有房子，只要我們的母親還在，我們就永遠不會被拋棄，不會身處動盪之中，不會一無所有①。

歸入輔助部門後，亨利再一次病倒了。幸虧，這正好救了他，雖然只是暫時的。他從來沒有到過前線。一九一六年三月他退了伍，再一次在馬爾芒德住院治療，後來轉到了蘭斯，他成了醫學上罕見的病例，癱瘓在床，筋疲力竭。軍醫又制定了新的治療方案，想要治好他的「痢疾和慢性瘧疾」。他們的治療如此卓見成效，以至於一九一六年九月，官方認爲他可以再次入伍！但是亨利這次成功地捍衛了自己身爲父親的權利，最終於十月回到了印度支那。

在我們小的時候，我的母親有時會跟我們玩戰爭的遊戲。她拿著一根形狀像槍的棍子，扛在肩上，在我們面前一邊走一邊唱著《桑布勒和墨斯》。最後她會大哭一場。我們都去安慰她。是的，我的母親喜歡男人的戰爭②。

父親把長子留在了法國，他決定不讀書去參軍。兩年裡，亨利沒有這個兒子的任何消息。母親喜歡男人的戰爭，而父親對此有切膚之痛。

①《物質生活》(*La vie matérielle*)，P．O．L出版社，一九八七年，一九九四年簡裝本再版，頁六〇。
②《物質生活》，P．O．L出版社，一九八七年，一九九四年簡裝本再版，頁六二。

道納迪厄一家住在嘉定學校。沒有什麼奢華之處，沒有人造大理石，沒有懶洋洋的菩薩，沒有東方文明的遺跡，這是一座世紀之初典型的公務員住房。只是在進口處種了幾棵瘦弱的棕櫚樹，還能讓人覺出幾分異國情調來。母親每天乘有軌電車去西貢市立女子學校。四站。差不多要走上一個小時。孩子是僕人養大的。白人小資產階級的生活方式。在留下來的不多的幾張照片上，孩子都穿著領聖體的衣服，乖乖的，就像是畫兒上的。而父母親則神情疲憊，無精打采，彷彿已經老了。

瑪格麗特說過，她也想滿懷鄉愁、心醉神迷地回憶起自己的童年時代。然而，童年是悲哀的，黯淡無光的。待到老的時候，她甚至不覺得自己有過童年。「再也沒有比我的童年更乾脆，更實在，更缺少夢想的了。沒有任何值得想像的地方，沒有一點那種在夢幻中度過的童年的味道，沒有一點傳奇或童話的色彩。①」瑪格麗特三歲時，她的父母離開了西貢。父親被委派到東京地區。在殖民地的排行榜上可謂又進了一級。不可否認，這次任命的確是提升。亨利成了負責河內小學教育的領導。

河內……三十年前，這裡還是散發著惡臭的垃圾場，然而道納迪厄一家來到這裡的時候，城市卻已成爲熱帶巴黎式的天堂。在主幹道上，巴黎的髮廊一家連著一家，附近還有豪華的香水店，商店裡的東西都是最新式的，還有就是這些咖啡店，商業咖啡店，廣場咖啡店，阿爾班咖啡店，特別是貝納咖啡店，貝納夫人以前是隨軍食品小賣部的女管理員，現在退休了，人們經常能看到她來到咖啡店的平台上乘涼，戴著遮陽闊邊女軟帽，她還給大木營裡的軍官斟苦艾酒。在老城區，寶塔差不多都毀了，新的行政辦公大樓正在豎起：海軍部，財政部，郵局和駐紮官官邸。湖邊的散步場所也都整理過，就像法國的公共花園；湖面上，年輕的軍人正在划船，展示著他們的肌肉。在季風轉換期，某個

---

① 戰時，瑪格麗特將之寫在一本小學生練習簿上，現代出版檔案館檔案。

秋季的星期天，天氣陰沉沉的，看到這些穿著整齊的小伙子，還有穿著高跟鞋，打著精緻小陽傘的年輕夫人，你還以為自己是在布勞涅森林呢。

那是在河內小湖上一處房子的院子裡拍的。她和我們，她的孩子，在一起合拍的。我四歲。照片當中是母親。我還看得出，她站得很不得力，很不穩，她也沒有笑，只求照片拍下就是。她板著面孔，衣服穿得亂糟糟，神色恍惚，一看就知道天氣炎熱，她疲憊無力，心情煩悶①。

關於河內的記憶總是有一層抹不去的哀傷與悲苦。當然父親是提升了，但是母親沒有找到工作。她成天打著轉轉，煩悶無比，在這個如此安靜的白人圈子裡顯得有點特別。她是另類，別人不太看得起她。吵鬧、極端、誇張，而父親卻似乎具有法國行政人員的一切優良品質。她不滿足於在家撫養三個孩子，她總是出去找工作，但找不到。父親正替他的長子感到擔憂，讓復元了，想到印度支那來，因此向殖民局做了申請：「我參軍時還在上學，為了能把學業繼續下去，我想盡早和家人團聚。我知道，部長先生，我無權和殖民地的父母團聚，也無權留在那裡，但是我的情況較為特殊。」後來印度支那總督徵詢了父親的意見，父親說他同意讓兒子來河內。他甚至在一九一九年八月九日致函殖民當局，進一步做出了證明：「我以河內小學教育負責人的名義保證，我的兒子沒有任何職業，是我同意我的兒子初中畢業以後入伍參軍的。」父親在等這個他幾乎不太認識，卻想要和他一起生活的大兒

①《情人》，頁二一。

子。兒子則在馬賽等了三個月，等去印度支那的船。行政當局最後同意了。然而他終於能走的時候，讓卻突然改變了主意，拒絕上船。爲什麼？又是在什麼樣的情況下？我們可以注意到，讓在信中寫的是他的「父母」。父親和兒子就這樣永遠地錯過了，而瑪格麗特也沒能認識這位原本可以保護她的哥哥。

瑪麗，她沒有找到公職，於是決定貸款買下一座房子，將之改爲私人學校。她不能停止工作。後來她退休了，疲憊不堪，筋疲力竭，可她仍然修繕了在西貢的房子，用來收容老撾的年輕王儲，並且讓殖民局的孩子在她的房子裡寄宿。當時，她主要收河內的學生，但是也會收一點家裡還算有錢的寄宿生，在童年的這段時間，小瑪格麗特就是和他們一道長大的。後來瑪格麗特說，就在這所房子裡，她有了第一次性體驗。有一天，一個越南男孩讓小瑪格麗特跟他去他的藏身之所，一個只有他一個人知道的地方，是他自己用木板釘起來的，就在湖邊。她沒有害怕。他暴露了他的性器，而她按照他對她說的做了。「回憶是清晰的：他碰了我，我被玷汙了。我四歲。他十一歲半，他還沒有發育。[1]」

瑪格麗特等了七十年才將這段插曲用文字的形式表達出來。爲什麼呢？她感到恥辱嗎？她一直把這個細節深埋在心底？還是隨著時間的流逝，她又重建了一種「似眞還假的回憶」？我們知道，有很多並不眞實存在的創傷性記憶，而且記憶能夠準確地傳導一個從未發生過的事件[2]。她說她一直爲這個故事所折磨，每每一想起它就覺得非常可怕：「這場景自己在移動。事實上，它和我一道長大，它從未曾離開過我。」

---

① 《物質生活》，頁三二。
② 參考伊麗莎白·拉夫斯文《你對我們撒謊時的記憶》，《科學》，杜什，一九九八年。

小女孩的經歷，使她過早地進入了這個世界，母女之間的關係已經受到了嚴重的干擾。因爲小姑娘把這件事告訴了母親。母親決定裝得就像什麼也沒有發生過一樣。當然她把男孩從寄宿學校裡趕走了，然後她對女兒說再也不要去想這件事。瑪格麗特覺得不應該把這件事講出來的，她覺得自己是造成這個小男孩被逐的罪魁禍首。「我再也沒有和母親談起過這件事。她還以爲，一直以爲，我已經忘了。[①]」

她卻一直爲幼年這個創傷性的時刻所折磨。不管這次遭遇是眞實的，還是記憶銀幕上的鏡頭，她因此發明了自己的性配置方式，後來她在好幾本書裡都寫到過：女人通過注視得到歡娛，而男人的歡娛來自於孤獨的、侵犯性的快樂。在性關係中，每個人都是與他人分離的。愛可以使人忘卻——暫時地，這種孤獨的歡娛的殘忍性。瑪格麗特·莒哈絲家的孩子也是有性慾的：他們懂得並且互換慾望，也在承受慾望的折磨。四歲，瑪格麗特就被弄髒了，被碰過了，被玷汙了。貪婪的玩偶。她已然是罪惡的了？不幸的瑪格麗特，她一直覺得這是自己的錯。她的身體原本就已經沉醉於逸樂之中。她知道。她知道這一切來得太早了。「一直到後來，我才把這件事告訴一些男人，在法國。但是我知道我的母親從來沒有忘記過這些童年的遊戲。[②]」

五歲時，瑪格麗特去看處決一個犯通姦罪的中國女人。活埋。有時，情人也是要被一道埋的。也是活埋。讓他們面對面地躺在棺材裡。受到背叛的丈夫是這種懲罰的唯一執法官。女人是絕對跑不了的，她們的情人麼，有的時候還……在《綠眼睛》中，瑪格麗特很簡短地描述對這次旅行，和母親一

---

① 《物質生活》，頁三二。
② 《物質生活》，頁三二。

道。她的記憶中，情人也被一道活埋了，一種倒錯的殘忍。顯然，這不是一次旅遊性的旅行。或者是瑪格麗特把眼睛睜得太大，太大了？因爲檔案裡記有這次中國之旅，也記有引起她注意的東西。我們甚至在一本簿子上發現了她一篇沒有發表的文章，也沒有註明日期。瑪格麗特敘述說，在那裡，在一所房子前的垃圾箱裡，她發現了一具死屍，是個男人。

他被一折兩半，屁股朝下。他身材太高，所以垃圾箱盛不太下。他的腳伸在垃圾箱外，腦袋掛著，嘴張著。他的身上灰濛濛的，爬滿了虱子，老得像一頭象。然而這眞是一個人。我和哥哥目不轉睛地看著他。圍著他轉。我們這一生還沒看到過這樣的事情：垃圾箱裡裝著一具死屍。

又一次，母親就像什麼事也沒有一樣。沉默是最好的解藥。母親的手遮住了女兒的眼睛。但是怎麼能夠忘記？一具死屍居然能被裝在垃圾箱裡！而經歷了這一切之後，又怎麼還能繼續無憂無慮的童年？

河內之後，父親又被委派到了金邊。又開始了流浪生活。每一次大家都以爲能安定下來了，但是每一次都得再度動身，重新開始。瑪格麗特的幼年就這樣在印度支那的主要城市間遊來蕩去，漂泊不定，居無定所。沒有持續的友誼，也沒有學校：母親自己教育小瑪格麗特，她很溫和，也很用功，尤其喜歡閱讀和寫字，和兩個哥哥正相反，兩個哥哥似乎在學習方面是不會有什麼進益的了。道納迪厄一家離開了河內，看上去沒有遺憾，只是那所用來辦寄宿學校的房子有點問題，他們才買下來，又沒能賣得出去。

關於金邊，瑪格麗特的記憶中只有恐懼、等待和絕望。這座城市對於她來說，永遠是和不幸與死亡連在一道的。但開始時一切卻非常好：幸虧這次提升，父親得以繼承一座豪華的巴羅克風格的公務員官邸。他們於一九二〇年十二月三十一日搬了進去。簡直是奇蹟，母親這次很順利地找到了公職；她於一九二一年一月十九日被任命爲諾羅敦學校校長。一家人都覺得這座地處市中心的房子美妙極了，漂亮極了，周圍又是個大公園。白天就由僕人照料孩子們。孩子們一直沒有去上學，他們就在公園裡打發日子，自由自在，無法無天，想什麼時候學習就學習。瑪格麗特一直是個好學生，母親教的所有知識她都能接受。

父親很少管孩子，他所有的精力都用來對付毫無道理的體力不支了，也不知道爲什麼，他一直打不起精神來。二月，他一點力氣也沒有了，不得不中斷了工作。三月，父親病重，臥床不起。一九二一年四月二十四日，他被送上「智利」號輪船，遣返回國緊急救治。一個人。他五月二十三日到達馬賽，很快被送到該市殖民地軍醫手上。可是沒有多大效果。顯然的，亨利・道納迪厄這樣的病人還不多見。由於找不到病因，醫生決定把他送到布隆比埃爾療養院。療養也沒起任何作用。亨利的情況越來越糟。殖民當局通知他，禁止他回到印度支那。無論如何，他也沒力氣回去了，只是他的妻子要求他回去。一九二一年九月二十三日，布隆比埃爾的弗羅薩醫生診斷他「患了一種非常嚴重的病，日漸消瘦，身體極度虛弱，總之情況非常糟糕。目前，他無法繼續工作，必須休長假，進行嚴格的治療。他需要精神上和體力上的長期休養。」醫生小心翼翼地用了「休養」這樣的字眼。事實上，亨利・道納迪厄正在死亡，似乎他自己也已經意識到了。他沒有跟醫生打招呼就突然離開了療養院，回家躲了起來，在洛特—加龍省，上次回法國買下的這所房子裡，大體上在普拉提埃鎮的範圍內，通過莒哈絲鎮可以到帕爾達洋。他的兒子讓和他在一起。他成日躺在床上等死，只接受兩個兒子、兄弟羅歇和前岳母的探訪。折磨持續了一個半月。亨利死了，按照他的意願，死的時候只孤身一人。他的兄弟看到他去得很平靜，眼睛朝著窗戶的方向。

母親得知了丈夫的死訊，在那裡，在金邊。「我們四個人睡在一張床上。她說她害怕黑夜。就是在這所房子裡母親得知了父親的死訊。在電報到以前，她已經知道了，前一天晚上就知道了，因爲她看見、聽見一隻鳥在夜半時分發瘋似的叫著，隱沒在王宮北方的辦公室那裡，那是我父親的辦公室，只有她一個人看到了這個凶兆。①」瑪麗是否相信她丈夫可以再一次地逃脫劫難呢？也許吧。他的身體早就拉響了警報。但是瑪格麗特，她，她不能夠理解。後來，她曾經就此事問過母親：「我的母親應該是拒絕了和父親一道回法國，她要留在那個地方，再也不離開。」

母親不願意相信這個從法國傳來的消息是眞的。她要親自核實電報的內容。是的，您的丈夫剛剛去世，殖民行政署的官員回答她說。我們也是剛剛得到的消息。但是瑪麗沒有走，沒有和三個孩子搭第一班船回去。爲什麼呢？這好像有點奇怪。行政署應該是給了她假的，並且可能會負擔他們的旅費。不，她留下來了，就在這座令人焦慮不安的大房子裡，周圍棲息著報喪鳥的大公園。再不離開，是的，不動了。爲什麼在丈夫生病的時候她不給他支持呢？爲什麼她不在他身邊？瑪麗害怕回到丈夫家鄉，或是亨利說過他不再希望見到他的妻子？她和她的孩子。她孤身一人帶著三個孩子。「我們是她生活裡的鹽，能使這片土地從今後具有無上生命力的鹽。②」

亨利·道納迪厄死於一九二一年十二月四日十二點三十分。五日，長子讓發了一份電報，從莒哈

---

① 現代出版檔案館檔案。
② 未發表（沒有日期）。現代出版檔案館檔案。

絲鎮到金邊。言辭簡短。十二月七日，讓・道納迪厄對瑪麗的反應感到有些害怕。他寫了一封信給殖民部，請求他們照顧瑪麗，他稱他們為「我的母親」，「我的弟弟和妹妹」，要求「採取必要的措施」。他還補充道：「我通過電報把這事告訴了我的母親。」

瑪格麗特七歲。她的兩個哥哥分別是十歲和十一歲。她後來說過，她想不起來父親之死對她有什麼影響。有些人便異想天開上了——儘管這解釋是最缺乏想像力的，說瑪格麗特的父親也許不是她真正的父親，眞正的父親是個中國人……母親的情人①！母親其實已經在扮演父親的角色，她是這個家的保護人，並且是她掙錢支撐著這個家。瑪格麗特甚至炫耀過，說自己一點也不依戀父親，聽到父親去世的消息時，她甚至也不那麼悲傷：「父親死的時候我還很小。我沒有表現出一點難過的樣子。沒有悲傷，沒有眼淚，沒有問題……他是在旅途中去世的。幾年以後，我的小狗丢了。我的悲傷卻是無與倫比的。那是我第一次如此痛苦。②」時間扭曲了她的記憶。在她去世的三年前，她承認了對父親的柔情。她覺得他比母親更漂亮，更迷人，更勇敢，更正直，而且沒母親那麼神經質③。

父親之死，對殖民當局來說，始終是個謎。亨利拒絕一切醫療措施，死後也沒有頒發任何證明死

---

① 儘管瑪格麗特・莒哈絲給予她的傳記作者以充分想像的餘地，母親有個中國情人的說法似乎——考慮到母親當時所處的道德環境——非常站不住腳。相反，瑪格麗特的很多朋友，和她一樣在印度支那生活了很長時間的朋友——而且他們如今的面容同樣證明了這一點——都說印度支那的土地會浸透人的身心。至於安吉羅・莫里諾的《中國人和瑪格麗特》（塞萊齊奧出版社，巴勒莫，一九九七年），這似乎算得上是一篇優秀的精神分析作品，而不是建立在資料基礎上的自傳。

② 她曾對弗朗索瓦・佩拉爾蒂說過，克里斯蒂娜・布洛・拉巴里埃爾在《瑪格麗特・莒哈絲》中有引述，門坎出版社現代叢書，一九九二年，頁四二。

③ 《外面的世界》，P・O・L出版社，同時可參考與作者的對談，三月三日，一九九〇年。

亡的文件。這死亡似乎非常可疑，以至於五年以後，印度支那的總督還在想他究竟是活著還是死了！沒有死亡文件，道納迪厄夫人也沒有領取撫恤金。在相當長的時間裡，瑪麗一直在努力向行政署證明自己的丈夫確實已經死亡，證明自己確實是道納迪厄寡婦。她一直在和阿讓、馬賽和布隆比埃爾的醫生糾纏，向他們索要這份證明。後來自己也累了，只好退一步要求他們開一張通融證明。醫生最後也讓了步，開了證明文件。然而印度支那的總督卻似乎在很長時間裡都不肯讓步。「證明提交到印度支那軍隊醫院負責人手裡，他認爲這些證明只可以說明亨利．道納迪厄在印度支那染上了慢性瘧疾，但是不足以得出該病導致亨利死亡的結論。」一九二六年十二月十八日，印度支那總督府的一份紀錄這樣明確表示道。瑪麗耐心地等了六年，才領到這筆撫恤金。由於她的堅持，殖民政府最終還是讓了步。但是沒有任何證明文件。而且她的卷宗最終也沒有能夠被歸檔。所以她只在一九二七年領過三千法郎的撫恤金，因爲這筆撫恤金的四分之一應該是給雅克的，亨利頭婚生下的小兒子，但是雅克和羅歇．道納迪厄——雅克的監護人和舅舅，都沒能領到這筆錢。

對於瑪格麗特來說，父親的死亡與其說是不幸的突然降臨，更甚是父愛的繼續缺失。母親已然那麼孤獨，那麼痛苦，那麼厭倦生活了，煩惱接踵而來。很長時間以來，命運向她發動了連續的猛烈進攻。抗爭也是徒然。瑪格麗特的母親喜歡不幸，而不幸眞的降臨在她的身上，徘徊不去，就像一個慷慨、變態的情人。

我告訴他，在我的幼年，我的夢充滿著我母親的不幸。我說，我只夢見我的母親，從來不夢到聖誕樹，永遠只是夢到她。我說，她是讓貧窮給活剝了的母親，或者她是這樣一個女人，在一生的各個時期，永遠對著沙漠，對著沙漠說話，對著沙漠傾訴，她永遠都在辛辛苦苦尋食餬口，爲了活命，她就是那個不停地數說自己遭遇的瑪麗・勒格朗・德魯拜，不停地訴說著她的無辜，她的節儉，她的希望①。

瑪格麗特對我說過，她的童年時代是在母親和父親之間一直「維持」著的談話聲中度過的。她對他高聲說話，一般是在夜半時分。她向他徵求意見，向他匯報。

瑪麗回到法國時，她先在北方待了幾個月，後來才到了普拉提埃，雖然在她的鄰居眼中，普拉提埃才是她眞正的家。但是她的夫家拒絕修改房契證明，正式改到她的名下。今天，這座房子已經是一片廢墟了。房子中間長了好多樹，天花板早沒了，到處是野草，而過去，這裡有座美麗的房子，旁邊是果園，還有烤麵包的爐子，種著樹木的小徑和耕地，總共有十一公頃，由一個雇農維持著。一九五三年，一場大火徹底燒毀了最後的痕跡。一九六二年，瑪格麗特想要重新買回這座房子，再加上一公頃的土地；她甚至開始清除周圍的叢枝灌木。但是交易沒有做成。去世前兩年，她想要和父親葬在一起。她打電話去問父親葬在哪裡，但是沒有結果。亨利在最後的時刻提出要和第一個妻子合葬。即使到了那個永恆的世界，這個家庭的故事還是那麼糾纏不清。

瑪格麗特也到了普拉提埃。她八歲，在那裡過了兩年。這是她第一次和法國碰撞。這段經歷浸滿了幸福的感覺，她強烈地感覺到自己和大自然融爲一體：「風景清純，土地貧瘠，風景和人都有一種荒蠻的意味。」她的祖國是印度支那，那兒才是她的故土，但是寄養上的選擇卻一直伴隨著洛特——加

①《情人》，頁五八、五九。

龍省這片土地對她的深刻影響，她自己猶自不知。「對我來說，法國就是帕爾達洋，烤爐裡蘋果的香味，杜洛普特河清澈的河水，還有種著水田芥的池塘。」一九九二年，她寫信給一位帕爾達洋的老鄉說，寫作是她的生命，而當她決定選擇寫作爲她的職業，並出版她的第一部小說時，她放棄了父姓，選擇了莒哈絲，就是她父親買下的這處房屋所在的市鎮。第一部小說《厚顏無恥的人》的情節也正是在莒哈絲鎮，父親的故土上展開的。

在莒哈絲鎮，有不少人還記得起（並且仍然會提及）道納迪厄夫人當年來到這兒的情景，記得起這座她想據爲己有的房子。母親是一個虔誠的宗教徒，非常虔誠，所以她一直和帕爾達洋的杜弗神父保持往來，後來這位杜弗神父成了皮耶的宗教導師。母親一向在利益上錙銖必較，在生意上毫不通融。一到這裡她就企圖剝奪丈夫和前妻最小的那個孩子的繼承權。亨利的兄弟羅歇和印度支那總督之間有大量的書信往來，可以說明當時家庭戰爭的情況。作爲例證，我只舉這封羅歇·道納迪厄在一九二三年四月二十二日寫給印度支那總督的信：

> 她想要收回普拉提埃的這所房子。她會得逞的。她覺得作爲一個寡婦，還要撫養三個孩子，她簡直是生活在地獄裡，所以儘管她不承擔撫養丈夫和前妻所生的孩子，她也要領取歸他所有的撫恤金。她也會得逞的。道納迪厄夫人對其丈夫和前妻的孩子沒有絲毫疼愛之心，這次又起訴了他們，目的就在於拖延他們享有繼承我兄弟的財產的權利，而實際上，她早已將我兄弟的財產據爲己有。

瑪麗沒能將普拉提埃的房子歸至自己名下，但是她成功地剝奪了丈夫與前妻的兩個孩子的繼承權，而且一直在領取其幼子的撫恤金，直至他成人。她的態度使得自己成爲夫家不受歡迎的人。但是在鄉間度過的這段歲月，卻深深影響了瑪格麗特的身體和靈魂。伊威特，瑪格麗特小時候的鄰居，蒙特東退休的雜貨店老闆娘對兒時的這位同伴記得非常清楚，村子裡所有的人都叫她內內。瑪格麗特在這裡成了一個眞正意義上的小農民，成天趿著個木鞋和小夥伴瘋跑，穿過森林和草地。「每個星期四，我都到道納迪厄家去，在那裡待上一下午。晚上，瑪格麗特，她的哥哥和她的母親再把我送回家。由於我們兩家靠得很近，我們總是一道穿過田野，一道渡過一條叫里也多的小溪。瑪格麗特是個很有性格的小女孩，非常孤獨。我記得，有幾個星期四，道納迪厄夫人就把我們留在帕爾達洋神父的母親家，到了喝下午茶的時間，神父會從櫃子裡拿出果醬。她不喜歡自己家，在鄰居家似乎感覺要好很多，特別是在收養她的布斯克家，她經常在那裡睡覺。①」

在瑪格麗特的一些私人手稿中，我發現了一篇沒有發表的短篇小說，題目爲《布斯克老夫人》。小說的情節是在帕爾達洋和莒哈絲鎭之間的某個地方展開的。主人公是個老夫人，彎腰駝背，牙齒都掉光了，但是卻知道很多很久很久以前的事情。

> 對於我們孩子來說，她是和把我們趕回家的夜幕一道降臨的，她屬於那樣一種老夫人，一見到她，我們就要把門關起來，否則夜裡就會中了她的魔法。但是只有她那張任誰也無法想像的奇特的臉告訴我們她是個老人，她總是讓人覺得，她似乎永遠也死不了，讓人覺得她很善於對付歲月的流逝。

---

① 作者與瑪格麗特·莒哈絲的對談，一九九六年一月十八日。

可憐的布斯克老夫人。沒有人看她，也沒有人聽她說話。她的一個媳婦因爲遺產的問題想要她死。布斯克老夫人一句話也不說，她只是一聲不響地坐在火邊，再也不願離開。火點燃了她的衣服。

法定的行政休假結束後，瑪格麗特的母親本想留在本土，藉口說自己的身體狀況有問題。她抱怨說自己記憶力嚴重衰退，並且在殖民地患上了慢性瘧疾。阿讓的軍醫卻做出了與其願望相悖的診斷。一九二四年五月十九日，軍醫會診後，做出了這樣的結論：「道納迪厄夫人從現在開始可以適應殖民地的生活了。她應該立即回到海外的崗位上去。」

一九二四年六月五日，帶著她的三個孩子，瑪麗在馬賽登船，回到了西貢，但是途中她還不知道自己最後將去何地任職。她希望是在西貢，甚至還奢望過河內；然而在科倫坡換船時，她接到了有線電報，被告知去金邊任職。對她來說，這簡直是場災難。她不願再回到金邊，也許是因爲她就是在金邊這座城市得知丈夫的死訊，她不願再在這座城市裡生活。在那裡，她所留下的可不是一些全然美好的回憶，她清楚這一點。她在科倫坡給巴黎的殖民部發了電報，也給西貢印度支那總督發了電報，她讓科倫坡專門發報的密使幫她忙。但是船又開了，到西貢時，她得知她在金邊任職已成既定事實，無法改變。她大發雷霆，又是鬧又是求，最後還是不得不啓程赴金邊，在那裡，她給總督寫了一封充滿絕望之詞的信：

如果我是孤身一人，我當然很樂意到柬埔寨就職，因爲我曾在一九二一—一九二二年間任諾羅敦學校的校長，我非常喜歡我的職業。但是我有三個孩子，其中兩個兒子分別是十四歲和十三歲。他們已經結束了六年級的課程，柬埔寨根本無法讓他們繼續受到教育。另一方面，我原先在柬埔寨所任的校長一職已另有他人繼任，所以，儘管我有一定的級別和資歷，我還是不得不和我的孩子住在簡陋的旅館裡，我的工資差不多全都要花在旅館費上了。然而，在河內我有自己的住房。最後，總督先生，我丈夫死於一九二一年，他在第一次婚姻中生有兩子，其中一個尚未成年。我爲此有很多麻煩……我從二十歲起就在殖民地工作，我對於交付給我的工作，我在兒童教育方面一直是克盡職守的，而現在，正是我自己的孩子需要得到幫助的時候，他們的前途不應該受到影響。

總督收到信後，委託殖民行政當局進行調查。瑪麗那些「善良」的同事在這件事上各個都爆發了。柬埔寨小學校長發了封電報給西貢，說道納迪厄夫人「不論是在諾羅敦學校還是在考試委員會，名聲都非常糟糕，」只要有她在，就有「混亂和不團結的因素」。瑪麗感覺到了。她懷疑自己遭到了背叛，覺得自己生活在一種陰謀的氣氛裡。她想要和同事們談談，想讓他們就此做出解釋，但是所有人都在逃避她。她什麼也弄不懂，隻身一人在這座不幸的城市裡抗爭著。她患了偏執狂嗎？這位道納迪厄夫人，無論如何是非常不幸的。面對同事頑固的沉默，她請求教育部門召開代表會議，對「強加於她的種種罪名做出調查以便澄清事實眞相」。但是寄告密信的那些人都裝出很驚訝的樣子。瑪麗把自己和三個孩子關在旅館的房間裡，過著噩夢般的生活，瑪格麗特日後回憶道：「我母親害怕爲國家做事的人，公務員，財政部官員，海關官員，所有以法律的名義做事的人。就是那種窮人的可憐想法，她總覺得在他們面前她是錯的。①」她要求有一份書面的報告。她得到了。「道納迪厄夫人非但沒有受到任何懲罰，她甚至獲得提升，向前進了一級。」職業上的榮譽仍然完好無損，沒有人當面指責她，但是大家都在她背後指指點點。瑪麗在敵對的氣氛中越來越孤立了。她將自己的絕望電告了印度支那的總督。這位聖誕老人倒是爲她做了不少事情。一九二四年十二月二十三日，她的故事發生了逆轉，她收到了調令。十二月二十四日，瑪麗・道納迪厄終於離開了金邊，還有那些不祥鳥。目的地是永隆。

瑪格麗特十歲。她眞正的童年正是從這個時候開始的。瑪格麗特離開了高高矗立的行政大樓，離開了學校，離開了喧鬧的殖民地城市，離開了白人圈子的沉重氣氛，眞正地面對河流、森林，面對自己。永隆，交趾支那的荒漠，永隆，鳥兒的家園：一副天堂的景象，一切都是溫和的，懶洋洋的，時間彷彿拉得格外長，永隆是夢想世界的縮影。就像瑪格麗特後來寫的那樣，「我對它是一見傾心，它就像是冥冥中對我許下的某種諾言。」「它對我來說意味著生命的全部。七十二歲時，它仍然和昨天一般清晰地停留在我的記憶中，通往郵局的小路，睡午覺的時候，在白人區，路上幾乎沒有什麼行人，路的兩旁種滿了金鳳花。河流也在沉睡。②」

永隆現在已經不再有老虎了。但是農民仍然需要提防成群出沒的野豬，一到晚上，野豬就會把稻田裡長勢正好的麥苗啃得一乾二淨。猴子冷冷地笑著，守在森林的入口。永隆沒有什麼實質性的變

---

①《物質生活》，頁一三一。
②《物質生活》，頁三〇。

化。城市仍然在沉睡，在一種濡濕的緩慢中顯示出莊嚴來。到處都能感覺到河流的存在。沉重的河水夾裹著泥沙，捲起道道漩渦。河流拐彎處是鐵匠和首飾匠的鋪子。工匠傳統在永隆仍然很具生命力。所以不管怎樣，青銅業能夠在共產黨的統治下繼續存在下去。並且，如果說天主教信徒一直不得入境的話，神父在永隆還是有市場的。

在二〇年代，白人都喜歡穿一身白。女人戴著闊邊遮陽軟帽，帶花邊的裙子，小女孩則穿打褶的裙子和漆鞋，先生們戴著軟木太陽帽，短運動褲，打著領結。

沉默。中國人說：

「您還想著永隆。」

「是的。這是我覺得最美的地方。①」

停滯的世界。一家人都縮在原本就離市中心很遠的一個街區。在永隆，男子學校和女子學校是分開建的。瑪麗是女子學校的校長。她的職責不是教書，而是管理。她的學校裡大概有一百來個學生。女子教育以實用爲主，主要是縫紉和繡花。除此之外，女孩還要學法語語法和算術。瑪麗手下都是本地的教師，但是她很快就煩了，所以自己也上課。她教學生法語，還教縫紉。她非常驕傲，因爲她考過縫紉的技能證書。她喜歡自己做的東西。她喜歡學生，這些在儒家傳統裡長大的女孩，她們並沒有被剝奪受教育的權利，但是她們學成也不能到社會上去工作。她們都很聰明，父母賣了田地才能把她

---

①《中國北方來的情人》，頁三八。

們送到學校裡來①。

乾淨的椰樹林蔭路，直角狀的殖民地街道，精心維護的公共花園。一座白色的城市，靜悄悄的，偶爾駛過幾輛光彩奪目的霍奇基斯汽車，車窗緊閉，這肯定是哪個非常富有的白人的財產，獵老虎的，途經這座幽靈般的城市；要不就屬於某位有權有勢的中國人。「晚上，在永隆，我們都是乘四輪馬車出去。我至今還記得，我們總是坐到一座小棚屋附近，接著渡過河去，最後再穿越湄公河的支流回來。回來的時候往往是夜幕降臨之時。②」道納迪厄一家也不得不遵守永隆白人的規矩。從表面上看來是已經融入這個圈子了。但只是表面，因爲母親雖然還算受到別人的尊重，卻並不討人喜歡。她屬於另外的一類人，依舊受到大家的輕視，非常孤立。也許因爲她是個寡婦，或者是因爲她說話聲音太高，太激烈。再說她總是引起混亂，總是要求，抱怨，總喜歡對別人妄加評判，喜歡介入，喜歡攪混水，喜歡訓斥別人。

瑪麗·道納迪厄很孤獨，負擔著她的三個孩子。她的家庭也不幫她一把，而丈夫的家庭根本斬斷了和她的一切聯繫。瑪麗一直沒有領到作爲寡婦的撫恤金。她再一次寫信給行政署各個級別的官員，面對他們的沉默，她只好給殖民部去了封信。她說她「很煩惱」，說她再也受不了啦。她以（她的）「三個孤兒的名義要求，因爲她要負擔他們的教育費用。」那時她每個月掙一萬法郎。除了學校的課以外，她還在外面上法語課，賺點小錢。但這不僅是錢的問題。瑪麗不願意安於這樣的生活：按資歷一點一點地晉級。她對自己公務員的身分不甚滿意。她夢想著奇遇；她要打破這按部就班的日子，一

---

① 因爲我們不能忘了，當時學校裡女生所占的比率不會超過百分之八。

② 《瑪格麗特·莒哈絲的領地》，頁五四。

個平庸的窮白人的枯燥生活，沒有未來的生活。長子已經離開了學校，根本不會對她匯報他的行，成日在中國區東遊西蕩。母親也就任他去了。小兒子也開始曠課。一個小學教師的兒子！他們下午五點起床，夜裡出去。三個孩子都是光著腳，講越南語，和僕人在一起生活。白人對這一家的閒話越來越多了。皮耶已經開始碰鴉片了嗎？無論如何，母親越來越需要錢了。瑪格麗特對此逆來順受，她也保護不了自己。母親在家裡大吼大叫大罵。辱罵，毆打，不公經常落到她的身上。她就躲在樓梯下，等著這一切過去。過去，仇恨之球越滾越大，仇恨，恐懼，慾望和大笑。家庭對於她來說僅僅是一種生活方式。漂泊不定的家庭，暴風雨氣息的家庭，她覺得家裡有的只是放縱和過度。我恨的不是家庭，但是我這麼愛家，爲什麼家不愛我呢，既然家不愛我，我又爲什麼要愛家呢……對於她而言，家庭仍然是她唯一的避難所，然而同時，在這樣的家裡她根本無法生活下去。寫了《情人》之後，她覺得自己彷彿已經走出了這種矛盾的心理，或者，至少得以與之保持一定的距離。

> 在我寫的關於我的童年的書裡，什麼避開不講，什麼是我講了的，一下我也說不清。我相信對於我們母親的愛一定是講過的，但對於她的恨，以及家裡人彼此之間的愛講過沒有，我就不知道了。不過，在這講述共同的關於毀滅和死亡的故事裡，不論是在什麼情況下，不論是在愛或是恨的情況下，都是一樣的。總之，就是關於這一家人的故事，其中也有恨。這恨可怕極了，對這恨，我不懂，至今我也不能理解，這恨就隱藏在我的血肉深處，就像剛剛出世只有一天的嬰兒那樣盲目①。

---

①《情人》，頁三四。

夜裡，女兒和母親一塊兒睡，睡在母親的床上。夜裡，她不再那麼害怕上帝了。夜突然就來了。有一天，在永隆，突然發生了點什麼，有什麼東西掠過瑪格麗特的腦子和身體。非常嚴重的東西，自此以後經常纏繞著她，使她感到疼痛，同時促成了著作的完成。童年的創傷不能夠成爲小說產生的理由，這不斷重複，爲接連不斷的噩夢所變形的創傷，它只能殘酷地照亮一個由循環交替的人物和縈繞不去的痛苦所組成的想像世界。

我怕極了，我呼救，但是我叫不出聲。大概是在八歲的時候，我聽到她那尖厲的笑聲，還有她的快樂的呼叫，她肯定是在拿我取樂。回想起來，心中就是關於這樣一種恐懼的記憶。即便說這種恐懼已超出我的理解、超出我的力量，即便這樣也還不夠①。

從《情人》到《印度之歌》，包括《太平洋防波堤》，女瘋子，女乞丐，大呼小叫的女人，從瓶子裡跳出來的妖艷的女人，寧可喜歡帶有惡臭的金魚，也不要天堂裡的水果的女人，這些形象一直充斥著莒哈絲的世界。在《嚎叫》這幅蒙克的畫中，畫面上的男人滿懷激情地投入恐懼與害怕之中。在莒哈絲筆下，女人搖晃著，抽搐著，處在瘋狂的邊緣。

關於電影《加爾各答的黑夜》，莒哈絲曾經寫過一些筆記，沒有發表，後來成了《副領事》的草稿。在這份草稿中，我們可以看出莒哈絲竭力在驅除打破她的生活，糾纏她的想像的這個人物。「一個巨大的蛋，黑色的，傳播瘟疫的。畫面堆積在喜馬拉雅山的恆河源頭。一個渾身上下全是虱子的討

①《情人》，頁一〇四—一〇五。

飯女人，周圍是河水，靠近陡峭的河岸，岸邊，鯉魚在沉睡。①」半男半女，在白晝與黑夜的交接時刻突然跳出來，在屬於白人的禁城到處亂跑，討飯女人嘴裡咕噥的是《啓示錄》裡的預言。

小女孩害怕了，怕碰到她。瑪格麗特並不把自己看成是白人；她是另類的白種女孩，她母親隨她做什麼。女瘋子是個傳播者，瑪格麗特感覺到了。瘋狂的傳播者。瑪格麗特一生都在害怕，害怕自己也瘋了。瘋狂如此頻繁地出現在她的生活裡，以至於她已經把它當做同伴，而不是當做需要與之抗爭的敵人：「成爲自己瘋狂的對象，卻始終不是個瘋子，這大概是一種非常美妙的不幸。」她在《綠眼睛》中如是寫道。很遲，很遲，她才發現自己母親瘋了：她這樣說過，也這樣寫過。彷彿是爲了驅除自己身上的瘋狂。

瑪格麗特被這個嘟嘟囔囔的女瘋子追著，白晝將盡時分。延續了幾分鐘。但是足以令她怕得發抖。在這座永隆的房子裡，小徑的盡頭，她跑過大門，在黑暗中，小瑪格麗特跑著，一跨過家門，她就癱坐在地上。嗚呼！終於得救了。勞兒·V·施泰茵也是這樣癱坐在旅館後的麥田裡的，一對對情人正在麥田裡做愛。還有《副領事》裡的小個子老姑娘，她也是這樣跪倒在家鄉湖邊的泥漿裡，裸著雙膝。女瘋子進了家門。手裡抱著個孩子。因爲這個被追，被打，被拋棄的乞丐是個拋棄自己孩子的母親。瑪格麗特·莒哈絲，當了作家的瑪格麗特·莒哈絲，後來不止一次地講述過在這之後發生了什麼。在《太平洋防波堤》中，討飯女人把孩子給了瑪格麗特的母親，母親照顧著這個小女嬰，給她做了一個搖籃，日日夜夜地陪伴她。小女嬰最後窒息而死。她嘴裡吐出很多蛆。在《情人》裡，討飯女人就是這個在永隆郵局嘟嘟囔囔的瘋子，在湄公河邊停住了腳步。她瘦得如同死人。她就是死人。在

---

①《加爾各答的黑夜》，未發表的筆記，現代出版檔案館檔案。

《副領事》裡，這個白人小女孩非要母親收留討飯女人的小孩，在永隆市場快要收攤的時候。她可能先是離開了母親，在討飯女人身邊走著——和她邁著相同節奏的腳步，換了一邊，一直走到筋疲力竭。爲了收留討飯女人的嬰兒，小女孩第一次強迫母親聽從自己的生活準則。

夫人站在大門口。她打開門，手停在門把手上，回過身，望著自己的孩子。很久很久，衡量著，不知道是同意還是反對，她只是看著孩子的目光，最後終於讓步了。大門重新關上了。小女孩和她的孩子走了進來①。

在和克萊爾·德瓦里厄的一次對話中，瑪格麗特非常肯定地敘述了這段童年時代創傷性的回憶：如果說《印度之歌》裡的印度是模糊的，夢幻中的，討飯女人卻是眞實存在的。「她來到了我們在交趾支那的家，她幾乎在我所有的書裡都出現過。她帶著孩子來了，一個兩歲的嬰兒，看上去卻只有六個月大，被蛆啃得不像樣子。我收養了她。母親把她交給我。她後來死了，我們沒能救活她。」這對她來說是個巨大的創傷②。「就像我曾經寫過的那樣：討飯女人逃跑了好幾次，她逃跑。她腳上有傷。我們追上了她。但是最後一次，她是眞正地逃走了，在夜裡。③」

從永隆的生活開始，瑪格麗特沒有留下過任何照片。永隆的風景深深刻在了她的腦海裡。在準備拍攝《情人》時，她和克洛德·貝里有段談話，後來也沒有發表出來，她沉浸在永隆的回憶裡：「永

① 《副領事》，伽利瑪出版社，一九六五年，頁五七。
② 在這次對談中，記憶和她開了玩笑。她說她當時只有十二歲。
③ 《世界報》(*Le Monde*)，一九七四年七月二十九日。

隆是一條河，就像在貢弗朗斯一樣，只有土地被河流分割，不成氣候似的。這裡還無法形成海洋三角洲。有好多村莊。在永隆四周，有很多沉睡的海灣。這地方很美，公園和土地都是直接臨河的，就像在《副領事》裡一樣。小學教師的房子在白人區的深處，那些地方的名聲可不怎麼好。永隆到處都是沖積形成的土地，到處都是在外觀上還不怎麼像樣的土地。」長長的街道兩邊，棕櫚樹下，茅舍一座連著一座。那是首飾店和雜貨店。通常是中國人開的，偶或也有幾家是安南人的。悲傷而謹慎的生活。這裡的人是在慢慢品味著時間的流逝，等著黃昏將河水映照成玫瑰色。但是在永隆，對於道納迪厄一家來說，一切美好都與之無緣：母親常常會打孩子，孩子們都嚇得要命，兩個兒子都像流氓，讓人瞧不起；還有母親，周圍的小公務員越來越難以接受她了：太饒舌，在學校太專制，太喜歡在同事中間挑撥離間，製造事端。皮耶越來越粗暴了。粗暴地對待他的弟弟。粗暴，非常粗暴地對待他的妹妹。他總是罵她，打她，虐待她，她怕極了。他一直大吼大叫，衝著僕人，衝著弟弟，衝著妹妹，衝著所有人。他還在鄰居中尋釁鬧事，他買了好幾隻猴子，成天就在陽台上給牠們捉虱子，要不就是在眾目睽睽之下撫摸牠們。小瑪格麗特就在這種凌亂中工作，在這尖叫聲中，在這永無寧日的戰爭中，或是隱含著死亡威脅的沉默中，她學習，靠學習維持生活。她學習得非常出色，後來在結業考試中，得了整個交趾支那地區的第一名。這個小女孩是從哪裡冒出來的？西貢的學監都在說，眼睛睜得大大的。她是從永隆來的。是那個小學老師的女兒。她是從哪裡鑽出來的？「我母親到了。我眞替她難看，她和她的裙子。但是大家說她是個寡婦。說我就是她的聚寶盆。我的這一切都是爲了對得起她的愛。[1]」

---

① 瑪格麗特・莒哈絲和克洛德・貝里（*Claude Berri*）的對談，一九九六年十月。

皮耶的粗暴接近於瘋狂了。母親什麼也不說。她從來就沒有說過。她發現自己不願也不想去反對兒子的這種瘋狂。或者她根本是爲兒子的惡所吸引，她毫無羞愧地承認這一點，有時甚至爲此而驕傲。但她是三個孩子的母親。時不時的，她也會想起來。如果說她什麼也不說，她倒是在觀察。有一天，她終於邁出了這一步，決定把大兒子打發回法國。在《中國北方來的情人》裡，瑪格麗特提到過，皮耶搶了弟弟盤子裡的肉以後，母親下了決心。「他把肉吃了——看上去像條狗，還大吼大叫：一條狗，是的，正是這樣。①」皮耶成了惡的具體代表。儘管母親有點無可奈何，但是還是把他送上了去馬賽的船。他將從馬賽抵達父親的故土：帕爾達洋；杜弗神父會收留他，後來神父成了他的導師和監護人。兒子走開了，母親才終於得以喘上一口氣。她又開始想未來的問題，幻想有朝一日能發財。對錢的慾望總是折磨著她。有了錢無所不能。有了錢就有了一切。瑪麗終其一生都認爲只有錢能帶來尊敬和幸福。她從來沒有滿足於自己的命運。在不停地要求之後，她終於得到了這筆期待已久的寡婦撫恤金。與此同時，她賣了河內的那幢小房子，再加上她那點微薄的積蓄，全身心地投入了一個宏偉的計畫，她能夠肯定，這是個能夠改變她命運的計畫：她要買地，讓這塊地爲她帶來效益，她要成爲太平洋稻米女王。

這種地，我們稱之爲特許經營土地：是法國行政當局從當地農民手裡搶過來的，然後轉讓給夢想成爲地主的白人。正好這時才頒布了一條法令，鼓勵白人從小範圍的殖民者成爲當地的大地主，交趾支那，柬埔寨和安南的土地都可以劃給白人。通過這條法令，瑪麗不久就可以免費得到三百公頃的土

---

①《中國北方來的情人》，頁二八。

地。但是瑪麗野心勃勃。「這世界並非只是富人的，只要我們想，我們也可以變得富有。①」瑪麗做著她的夢，而殖民當局也能夠巧妙地掠奪當地的財富來滿足這些窮白人的夢想。於是瑪麗胡思亂想上了。她想像自己成了億萬富翁，成了工業巨頭，成了巨富。於是瑪麗提交了申請。行政署立即按照她的願望給了她三百公頃的好地。三百公頃，這太小了。她要的是一座王國。至少得在面積上翻一倍。她同意等。等很長時間。

接著她又向行政署發動了攻勢。她希望自己的土地在太平洋邊。她在內心已將之幻化得十全十美。她朝思暮想。求殖民署網開一面。殖民署官員又一次向她解釋說，她可以很快享受到三百公頃的土地，但是對於增加的這三百公頃，她必須遵從非常苛刻的條件：增加面積將以拍賣的方式轉讓，並且必須獲得殖民署的批准。一位行政署的官員大概給她指出了特許經營土地的範圍②。瑪麗接受了一切：堆積如山的行政文件，繁瑣的手續，行政調查。一點消息也沒有。瑪麗絕望了，非要和行政官員談一次：她又拿出了她的寡婦身分，她的三個孩子，甚至還在證件上加了丈夫和前妻的兩個孩子以博得官員的同情。她等了兩年，沉浸在瘋狂的夢想之中，她在孩子面前高聲地談論著，讓他們相信他們的新生活就要到來了。她希望能有塊靠近工作單位的地。但是交趾支那已經被占滿了，地只能在柬埔寨。「就是所謂的特許經營土地，是的。她得到了，大家都看到這個女人隻身一人，寡居，沒有保護人，完全孤立，於是給了她一塊沒有用的地。她根本不知道要給那些丈量登記土地的人送禮，不知道這樣才能得到一塊可以耕種的地。她得到了一塊地，可這根本就算不上地，一年當中有六個月，這塊

① 《伊甸影院》，頁二六。

② 特許經營土地未來的使用權以及參與審核的權力只限於某些成分比較好的階層，或是其名字得到行政署認可的法國人，由行政署判斷進行讓步的條件。參考A・梅本的《印度支那》，見上述引文。

地都沉沒在海水裡。而她爲了這樣一塊地，付出了二十年的積蓄。①」

一九二八年九月，在沙瀝，她得知自己被任命爲女子學校的校長。沙瀝那時被認爲是印度支那最美的城市。三〇年代末，旅遊者發現了這個懶洋洋的小鎭，坐落在湄公河彎彎曲曲的河岸邊，茂盛的熱帶植物把它捂得嚴嚴實實。

如今，沙瀝的中國區依舊滿是咕咕噠噠叫的母雞，鐵匠也還在芒果的香味中工作著。在城市中心，昔日白人居住的小島在今天成了遊覽區。顚簸的小船會穿越泥漿翻滾的湄公河，把你送到島上。依舊是環著小島的石灘，依舊是傾斜的羅望子樹和椰樹，自瑪格麗特的時代起就沒有再變過。學校是殖民地行政署的一座大樓，看上去非常莊嚴，可裡面的教室又小又破。院子裡長滿了野芒果樹。一切都還在，但是有一種時間停滯的魔幻意味，因爲彷彿一切都在坍塌的邊緣。那裡，老虎花長得很瘋，不消幾天的工夫就能湮沒小竹樓的門檻，讓你根本不得進入。在沙瀝，還有一座一九一〇年的房子，很高，很威嚴，放眼望過去，卻只能看見歐洲夾竹桃的籬笆。跳過柵欄，跨過廢棄的花園，輕輕地推開大門——一定要輕，否則門肯定要壞了，一群嘻嘻哈哈打鬧著的孩子不知道打哪冒出來，接著穿過接待大廳，來到空曠的舞廳，撫摸著因時間流逝而變得昏黃的那些廢紙，然後拉開一點百葉窗，在方磚上劃出一步華爾茲。缺少的只是卡洛斯．達萊西奧的曲子。**我們是在這裡了。印度之歌，加爾各答荒漠裡有她的名字威尼斯，副領事**。也許瑪格麗特．莒哈絲寫的全是眞的？也許這座房子，她眞的是去得太多了，所以她能毫不費力地在以後的日子將之重建在別的地方？但是對於瑪格麗特來說，所謂別的地方，就意味著無處不在。

①《瑪格麗特．莒哈絲的領地》，頁五六。

在沙瀝，一位舉止優雅，總是笑盈盈的董先生對我說，是的，瑪格麗特，他還記得很清楚。他比她小四歲，是她的鄰居，每天晚上，都是他母親把準備好的晚飯送到道納迪厄家。經常是炒肉片。瑪格麗特的母親從來不去菜場，也從來不做飯。和善？毋寧說令人尊敬。學校裡的女孩子都怕她。街區裡的人稱她爲上帝夫人①。不是那麼太和善。的確，她經常把自己看成是上帝。她對學生非常專制，和同事也不大處得來。學監的報告上沒少列舉她的缺點，還有她的上級，也都對她提出過批評，給她的評價夠糟糕的。比如有位東岱先生，沙瀝教學專業組的領導，課外主講教師，在一九二九學年結束時給了她「合格」的評估，認爲她的行爲、舉止、教學能力都「還算可以」，然而他卻給了她的所有同事以極高的評價。並且，東岱先生在評語結尾處寫道：「今年，道納迪厄夫人沒有對學校現行的教育方法進行改革。這位校長脾氣很壞，很難聽從別人的命令，對教學專業組的指導越來越置之不理。」報復？私下裡的不和？於是上面要求就道納迪厄夫人提交一份報告。但是無論如何，她的壞名聲是跑不了啦。塔布雷先生，地方行政部門的官員，趕來證明道：「這個小學教師的性格非常生硬。她對學校當然還是很負責任的，但是她在任期間，學校的人員有點過於臃腫了。②」

董先生在今天還能清晰地回憶起學校的那段日子，那會兒他還是個小男孩：上課的重點、教材、老師的名字。教學用的是法語。他還學會了《馬賽曲》，克洛維和拿破侖的故事也熟記在心。在學校範圍內，學生是不可以說越南語的，一旦發現就會被開除；孩子之間有時低聲地用自己的語言交談，他們稱之爲「扣鎖」。一直到六年級都是義務教育。今天，董先生說上帝夫人對學生那麼嚴厲是有道

---

① 道納迪厄夫人，法文爲：Donnadieu，後面四個字母正好組成「上帝」Dieu這個詞。
② 海外國家檔案，埃克斯省。

理的。她想要做好；她希望他們能夠得到小學畢業證書，這樣他們就能在省裡的行政單位得到一個秘書的職位。董先生還記得那個小姑娘非常害羞，她總是黏在母親身邊，而母親總是一副疲倦的樣子，似乎總在思考，目光茫然，經常癱坐在陽台的扶手椅上，一坐就是幾個小時，在眾目睽睽之下。後來，有一天，她的大兒子又離開法國回來了，道納迪厄家的暴力和尖叫便又重新開始。董先生的回憶有殖民行政署的檔案爲證。皮耶，的確，突然離開了帕爾達洋，身上沒有一文錢，也沒有得到母親的允許。馬賽，西貢，沙瀝。他辯解說，第六感告訴他，母親病得很重，說他必須回到她身邊保護她。母親被團團包圍住了：鍾愛的兒子越來越粗暴，和她糾纏不清的行政署，還有爲了最後得到特許經營土地貸的款。一個人對付這一切。她將這種社會的孤立變成勝利性的孤獨，並且把這份反叛的過人精力傳給了女兒，瑪格麗特．莒哈絲這篇沒有發表的文章證明了這一點：

> 您好，巴爾托里先生。今天，我在眾人之中選擇了您。您管理著和交趾支那南部多爾多涅一樣大的一個省。我的母親非常害怕您；您對她學校的良好運轉負有責任。
>
> 她教導我，不能對您的極端不公正有所抱怨，因爲您是沙瀝的行政長官，而且已經當了十年。這關係到她是否還能繼續擔任沙瀝當地學校的小學老師。
>
> 但是，如果說她曾經在中國的問題上對我說過謊話，對於您的一切，她卻幾乎沒有隱瞞過我……
>
> 一萬個交趾支那的農民在他們湄公河的小船上等著給您交稅。確切的數字應該是三個皮阿斯特，不過您還強迫他們多交一個皮阿斯特，交了這一個皮阿斯特，他們才有權向您交稅。這些農民中的大多數都沒有三個皮阿斯特。他們在湄公河上等了好幾個星期，等

著您有朝一日能夠心軟下來，不像傳說中那麼不事通融。很多人爲了向您交稅，賣了自己跑船時需要用的食品和生活用品。還有很多人賣了船。

您巨額的財產爲您帶來了作爲殖民地官員所應受到的尊敬。

在眾多人之中，在我童年的回憶中，今天，我選擇了您……我不能夠忘記您①。

瑪麗承受著一切，什麼也不說。她承受痛苦，但從不抱怨。還有她的這個長子，她對他有一種激情，在這點上她試圖隱瞞自己的女兒，但是女兒很清楚。這個成晚成晚不在家的渣滓！他有的是選擇。那時，沙瀝有五個鴉片煙館。一個皮阿斯特可以抽兩筒，三個小時。一切取決於劑量。從外面看起來，鴉片煙館就像是一個個小店，黑漆漆的，什麼也看不見，裡面飄出一股熱巧克力的味道。煙館裡面聽不見一點喧鬧聲。最大的煙館有三排床。那種普通木板支起的行軍床，上面鋪著席子，董先生進一步確切地說。抽鴉片的人都是側身躺著，用一種長長的木製煙斗。夢想之舍。在出口處有個苦力，看著煙館的情況兼帶數錢。董先生笑了。所有的人都抽鴉片，富人抽，窮人也抽，法國人鼓勵大家都抽。「這可以給他們帶來利潤，很大的利潤，而且可以讓我們變得遲鈍。」如今他這樣說。鴉片的確可以帶來巨額的利潤，法國以此充盈自己的國庫，正如印度支那總督在一份報告裡所總結的那樣：「鴉片屬於那種僅僅對國庫有益的食品。」是時，鴉片買賣這一項就占到國家總收入的四分之一，總額超過七百萬皮阿斯特。在西貢和河內，多虧了與巴斯德學院有著密切聯繫的分析實驗室的關懷，政府建起了眞正的鴉片工廠，提煉對人體損害相對較小、同時利潤相對較大的鴉片。但是顯然行

① 在檔案中發現的一篇未發表的作品，沒有日期。現代出版檔案館檔案。

政當局還不怎麼滿意，他們抱怨缺少「一支有效的隊伍在各地推銷鴉片」。法國後來成功了，甚至超出了自己原先的希望。二〇年代末，越南成千上萬的人離了鴉片就無法生存下去。他們成日望眼欲穿地遊蕩在煙館門口，昏昏沉沉，魂不附體，形銷骨瘦。窮人爲了抽上一筒煙什麼都幹，僅僅是爲了一筒煙。

皮耶・道納迪厄就在沿河的一家煙館裡打發日子，回家只是爲了要錢。母親絕望了，對女兒說了眞心話。她們一起躺在唯一的那張床上抱頭痛哭。女兒衝著母親吼，接著又請求她原諒。就在床上，夜半時分，彼此相依。「我再來告訴您一切都是怎麼回事，都是怎樣一回事。是這樣的，爲了上煙館，他連僕人的錢都偷。他偷我母親的錢，翻箱倒櫃。他搶。騙。①」大兒子最後還是走了。「有好幾年，他不再是我們家的一員。就是趁他不在的時候，母親才買下那塊特許經營土地的。可怕的遭遇，但是對我們剩下的兩個孩子來說，遠比這個專門在夜晚，圍獵之夜出現的弒童殺手要好。②」

接著母親不見了。帶著她的兩個孩子。一個黑洞。她離開了沙瀝。到哪兒去呢？西貢，伊甸影院。瑪格麗特很遲才說出來。一直到死她都在悉心維護著一個母親的神話，時刻準備著爲自己的孩子付出一切，把自己幻化成一個工業巨頭，一個鋼琴家，一個水稻女王。母親想要擴大自己的財產。瑪格麗特後來在作品裡曾經演繹過這個時期：「她繼續教書。但是不夠。兩年裡，她還在外面上法語課。接下去——我們都長大了——還是不夠。於是她到伊甸影院去彈鋼琴。」十年，肯定是沒有，不過瑪格麗特聲稱有十年。在無聲電影行將結束的時代，結束她鋼琴家的生涯是件很美的事。但是母親

①《中國北方來的情人》，頁一二。
②《中國北方來的情人》，頁一二。

從來都沒有逃脫過一個小公務員的命運。在她的行政檔案裡，在她的晉級表上，從來沒有過停滯，沒有中斷。也許她想要擺脫這命運的，而女兒在日後非常完美地描寫了母親的慾望：孩子們在椅墊上打著盹兒，電影院像個無聲的岩洞，深處是黑白銀幕，畫面流動著，母親則筆直筆直地坐在鋼琴前，彈奏著華爾茲，爲卡迪納街的白人延續他們的溫存夢。他們正摟著越南女人尋歡作樂呢。但是我不相信。這是打破社會等級的問題，是別人會對此說些什麼的問題，是時間運用上的問題，也是性格的問題。我很想像母親會屈服於哪個老闆，聽他的命令彈奏小曲。再說，是的，當然，她彈過鋼琴，更確切地說，她是在亂彈琴。很粗略。她和瑪格麗特不同，雖然瑪格麗特總是隱瞞自己的音樂修養，並且對此大加嘲笑，但實際上，她彈得很好。伊甸影院存在過，瑪格麗特沒有撒謊。多美的名字！所以她把母親安排進去，成爲永恆的鋼琴家。爲什麼？在《伊甸影院》結尾處，她說她母親從來沒有停止過編造、誇張，沒有停止過對這個世界的闡釋和變形。對於電影，她一直不無憂慮。「而且她還擔心我們。」瑪格麗特讓她閉上嘴，坐在那裡彈琴。擔心電影。最後拍了電影。在慾望的黑色銀幕上，瑪格麗特在後來極善描繪女主人公的恐慌。再說和瑪格麗特在一起，我們一直是在電影院裡。這世界何在？眞實何在？她把電影拍到這樣的程度，讓我們在她的家庭神話中睡去，在她那些遠比永遠悲傷的眞實要美麗的謊言和幻覺中睡去！

一九二八年底，趁著聖誕節的假期，道納迪厄一家終於踏上了旅程，奔著這片熱烈地覬覦已久的土地而去，母親還帶著兩個僕人，這次長途跋涉令他們筋疲力竭。瑪格麗特發現了這片美麗的稻田，還有一條河，像是蝦子的顏色，根據時間的不同，它有時還會是條玫瑰色的沙流。天色卻總是非常沉重。

瑪格麗特在這片太平洋邊的土地上住下來，體驗到大自然的碰撞，體驗到自由釋放的身體，對森林的懼怕和對捕獵的嚮往。這段時間在她身上和想像世界裡留下了決定性的痕跡。以前，瑪格麗特生活在殖民統治的小鎮上，都是一副外省行署的面貌，連公共花園都滑稽地模仿著溫柔法國的樣子。而在這裡，在柬埔寨這塊叫做波雷諾普的土地上，在離象山不遠的地方，她深深陶醉了，爲這陰森森、老虎經常騷擾侵襲的森林，爲這河流、綠洲、泥漿似的土地和海邊的浪花構成的風景。她說她在那裡找到了一種自然的野性，說她喜歡迷失其間。這裡的猛獸彼此都很相像，小魚在樹梢上的盛水盤裡游來游去，熱帶樹林荊棘叢生，讓人望而生畏：這一切都是眞的。瑪格麗特沒有編造。特許經營土地的周圍有一種非常莊嚴的美麗。波雷諾普，離貢布八十公里。只要看看地圖就知道了：交趾支那和柬埔寨的西南面，這個廣闊的新月形缺口名曰暹羅灣，絕對能和阿隆海灣，和瑪瑙山、吳哥遺跡相媲美。在道納迪厄一家到達前不久，暹羅灣還是海盜聚居的地方。其中中國海盜常占據了中部山峰，控制了整個地區。大海離特許經營土地只有三公里。在大海和特許經營土地之間，是大片大片的椰子林和辣椒樹。白色的沙灘上到處都是貝殼。直到二十世紀初，白人才開發了這個地方。波杜安先生是第一個承認這塊土地的人，他曾經描繪過他的迷醉，「岩峰覆蓋著天鵝絨般的森林，高高聳立，彼此間只有一點罅隙，一層層的山坡是眞正的大自然平台，是眞正的提坦城堡的綠色底基。」寶塔和小路都湮沒在叢林中，森林深處到處是廢棄的銅像，還有燒焦的土地，吱吱叫喚的猴子，透明的小溪，清純的空氣。這一切都是眞的。瑪格麗特只有迷醉。

波雷諾普是世界的盡頭。從西貢到那裡要兩天。如果從沙瀝出發，則要一天一夜。母親總是夜裡走。小哥哥保羅總是利用這個機會對一路上的各種猛獸細加分辨，一有需要，他就立即打開獵槍的槍套。一行人坐在一輛超載的破車上，沿著彎彎曲曲的小路往前進。道納迪厄一家，再加上司機和忠心的僕人阿杜，他們穿過寬闊的平原，穿過稻田，穿過椰樹林和檳榔林，最終到達這「沒有村莊，沒有房屋，只有水和沼澤的地方。沿海有大片的紅樹林，在漲潮的時候，只有它能夠露出海面。」[1]自由開始了。母親隨他們去，幹什麼都可以。她把他們倆丟下不管，保羅和她，他們在平原上瘋跑了一個又一個夏天，張網捉鳥，午睡時分，太陽正當空，他們也毫不顧忌，爬到冰涼的瀑布上端，那兒有成片的香蕉林。瑪格麗特十四歲，哥哥十七歲。她和他一起獵猴子，獵鳥。「這眞可怕，我們把遇到的所有東西都殺了。」鱷魚，豹子，蛇。天色黯淡時，他們穿過饒舌鸚鵡棲息的藤林，爬上堤壩的鹽場，跳入水草蔓繞的死水中游泳。哥哥教給妹妹各種竅門。他教她聽動物的叫聲，嗅牠們的氣味，教她如何不驚動大的猛獸。在對這段幸福時光的追憶中，他們扮演了叢林中的一對兄妹。要知道，倘若你在童年時經常接觸的是老虎而不是貓，那你的童年當然與眾不同。在多熱萊斯那篇有關印度支那的宏闊報導中，在他的《官道上》一文中，他就很擅長重建這種冒險的氣氛，這種自由的感覺，這種華麗的風景。甚至對他來說，是看上去不怎麼激動人心的蚊子和黑豬比老虎要危險得多，夜半時分，頗具異國情調的遠足常獵的就是老虎[2]。

瑪格麗特和保羅像越南人一樣生活著，講的是越南語，和越南孩子一起玩遊戲。少年時代的一段幸福時光。自然的美景，陽光，各種氣味和顏色深深地刻在了記憶裡。航海家貝爾納・莫瓦泰西埃也在印度支那度過了他的童年，和瑪格麗特差不多是一個時期。他的父母是西貢的商人，也買了一塊特許經營土地，離瑪麗的地不遠。他在《塔瑪塔和盟軍》中也提到過這股大自然的衝擊，這種和大自然融爲一體的感覺以及和越南年輕人一起度過的集體生活。「黎明時分，離天亮還早，我們已經在尙未

---

① 《瑪格麗特・莒哈絲的領地》，頁五九。

② 《官道上》（*Sur la route mandarine*），洛朗。多熱萊斯著，阿爾班・米歇爾出版社，一九二五年，開拉什一九九五年再版，頁一一五。

退盡的夜色中瘋跑起來，找到同伴，和他們一道商量今天玩點什麼。我們和母雞睡在一起，公雞一叫就起來了，我們從今天起就成了木排上的居民。①」對於瑪麗・道納迪厄來說，這塊特許經營土地從來就不是手段。這是個目的：「她不知道，我的母親。什麼也不知道。她是在夜半時分走出伊甸園的，她對一切都是一無所知。她不了解這個殖民帝國。不知道在這世界上到處都是不公正。②」

瑪麗需要很長的時間才能明白，她的致富夢是多麼荒唐。比荒唐更糟：是一場眞正的噩夢。行政署最後好不容易批給她的地根本無法耕種，因爲會遭水淹，每年都有一段時間淹沒在海水裡、沼澤。無論如何，母親對此一無所知。她既不懂種稻子，也不懂農業，更不懂管理。她也不問別人，也不徵詢別人的意見，她裝得什麼都知道。「她的不幸源於她難以置信的天眞。」後來瑪格麗特說。她花了兩年時間才知道自己是被騙了。「除了朝著小路的那五公頃土地，她在這塊地當中蓋了幢小竹樓，她把她十年的積蓄扔給了海潮。③」

如今，在胡志明市，老一點的文人和你談起瑪格麗特的《太平洋防波堤》，還會禁不住淚眼矇矓。並非是母親的絕望讓他們如此感動，而是瑪格麗特在這本書裡，向在沼澤地裡，在毒日下爲法國修路築壩最後橫遭慘死的人表示了敬意。這些人被一條長形鎖鏈鎖住，單個兒根本無法逃跑。都是些餓得要死的農民或是政治犯，殖民地輔助警察的頭兒給他們編了隊，並且接到上面的命令，說要讓他們一直幹到累死爲止。當時有很多人都親眼目睹一隊隊警察往外拖死屍。這個故事殖民地不准講，即使有人知道也僅限於口頭流傳，沒有任何文字記載。所以如果我們看到雷翁・威爾士的書，或是馬爾

---

①《塔瑪塔和盟軍》，貝爾納・莫瓦泰西埃著，阿爾多，一九九三年，頁三九。
②《伊甸影院》，頁四。
③《太平洋防波堤》，頁一六四。

羅年輕時寫下的那幾篇文章，我們肯定會感到驚異無比的。瑪格麗特向這些爲法國獻身默默死去的英雄表示了敬意。一直到今天，越南的大學生還非常感謝瑪格麗特・莒哈絲，因爲她是唯一一個談到這塊平原上的孩子的白人作家，這些孩子一生下來就面臨著飢餓、霍亂和瘧疾：「孩子死了，草草一埋就回到了地下，就像從高處跌落的野芒果，就像沼澤口頭的那些猴子。①」

《太平洋防波堤》仍然是一本偉大的書，是她關於愛情和絕望的最偉大的書，是一本關於憎惡最重要的著作：她告訴我們在即將成人的時候，不得不這樣生活是不公正的，被世界遺棄是不公正的。瑪格麗特在其生命行將結束之際仍然很喜歡這本書。她那時已經開始重複說她這一生沒有做過什麼有意義的好事。但《太平洋防波堤》是神聖的，她總對我說。「我原本可以走得更遠。但這是我母親的領土。書才從印刷廠出來，我就驅車前往，拿了書，送給當時住在盧瓦爾河附近的母親。我在那兒等著她念完。她一直躺在樓上的臥室裡。後來她把我喊進去，對我說妳怎麼能寫這些。這對我來說是一種侮辱。我愛你們，我所有的孩子。」瑪格麗特又回到了巴黎。她肯定地對克薩維耶說，在《太平洋防波堤》一書裡，她敘述得並不「完整」。「我不想把一切都說出來。有人對我說過：寫東西必須和諧。我是到很遲的時候才過渡到不和諧的。②」

在她的記憶裡，《太平洋防波堤》是母親的小說。被生活擊垮的母親，被「殖民吸血鬼」殘害的母親，身體被殘害了，精神也被摧毀了，一個人面對這所有的一切，在瘋狂的邊緣。

---

①《太平洋防波堤》，頁二三四。

②《談話者》，瑪格麗特・莒哈絲，克薩維耶爾・高提埃著，子夜出版社，一九七四年，頁一三九。

她醒了。嘴裡咕噥著孩子的名字。我們沒有回答她，平原上沒有孩子了。她準備了晚飯，鳥肉和米飯。也沒有人來吃飯。平原空了。我們已經不在了。

混沌初開的土地。

她受到了懲罰，母親

因爲她愛過我們①。

莒哈絲把《太平洋防波堤》看成是一本揭露資本主義的書，是對殖民體系的控訴，然而早在十年前，在那本應該算是她的第一本書的《法蘭西帝國》裡，她就已經涉及了這一切。那書是她以道納迪厄的名字與菲利普．羅可一道寫的，當時她二十六歲，是殖民部的辦公室主任，喬治．芒戴爾的合作人；這書甚至沒有她的傳略和照片。三十六歲時，她出版了《太平洋防波堤》。在這十年裡，她不僅在文體上進一步成熟了，而且經歷了許多事，交了很多朋友以後，她有了政治意識。對於她來說，《太平洋防波堤》屬於介入文學，即便母親的痛苦仍然是這本書的中心，它還是深刻準確地剖析了整個殖民體系的運轉。

《太平洋防波堤》是她的第三部小說，但卻是讓她得到承認的第一部小說。她成功了。而且因爲這本書變得富有：她用勒內．克雷芒改編電影付給她的版稅買下了諾夫勒的房子。她的朋友也認爲《太平洋防波堤》是她最重要的一本書，甚至包括那些日後想授予她龔古爾獎的文學評論家。瑪格麗特一直認爲，如果說這本書最後沒能得到龔古爾獎，主要是因爲它在政治上太讓人不舒服了。「有人

①《伊甸影院》，頁四。

說這是一本共產主義的書。」在準備拍攝《情人》時，她對克洛德．貝里這麼說，「總之，我因此受到了懲罰，還有我的母親和哥哥。事實上，有人指責我母親承受了這份不公正，而我居然敢於把這份不公正公之於眾。龔古爾獎應該讓我閉上嘴，對這份不公正保持沉默。」敢於陳述眞相就會遭到懲罰，甚至到了晚年，一想到這個，她還會油然而生反叛之情。她寫《太平洋防波堤》時沒能得到這項龔古爾「政治」獎，而在三十年之後，在洞城黑乎乎的岩洞裡，她得知她的《情人》得到了她曾經如此艷羨，如此遺憾的獎，可想而知她會覺得有多諷刺……

在生命的盡頭，她提起《太平洋防波堤》的主題，心依然狂跳不已，以至於不得不停下來喘口氣。曾經如此相信殖民主義的美德，而後卻遭到了無情的背叛和嘲弄，這種痛苦從此以後一直深深地印刻在道納迪厄一家的身上。瑪格麗特爲母親寫了這部絕望和不公正的小說，但是母親只把它當成一個描寫魔鬼般可怕家庭的故事。

在瑪格麗特死後發現的一些手稿中，有這樣一首關於《太平洋防波堤》的詩，寫在一張隨手撕下的小學生作業簿的紙上，沒有日期：

下士之歌
等待如此漫長
太陽下
他們拖著沉重的腳步
爲希望之鏈鎖住
在小道上我等了很久

腳上的鎖鏈，頸間的鎖鏈
太陽下的腦袋
空空的胃，屁股上挨的棍子
可憐的米飯
鐵鑄的太陽
我飢餓的孩子
哦家鄉的平原
如此廣闊滿是
飢餓而死的孩子
哦鹽鑄的太陽
哦我的家鄉，我唯一的命運①。

母親的錢財被騙一空。母親什麼也沒有明白。太單純了，她根本無法明白這所謂的特許經營是怎麼一回事。這些腐敗的行政官員以法國國家的名義賣了她一塊地，又免費批了她一塊地，其實她永遠都成不了這塊地的地主，而且這是塊怎樣的地！一塊無法使用的地，一塊永遠無法耕種的地，腐水，海潮。特許經營的制度，混雜著嘉隆皇帝頒布的法令，再加上以一系列複雜的行政手續爲幌子進行的掠奪，這一切不過是更深層的墮落。中止特許經營土地的使用幾乎是不可能的：首先必須由一個專門

① 在和熱納維也夫·塞羅合作進行廣播劇改編時所寫的一首詩。現代出版檔案館檔案。

的委員會進行核查，然後當事人應當把沒有耕種的土地歸還給國家。而且，特許經營土地在地方行政官員的嚴密監控之下，只有大地主出面才能借取，稅金也相當高。像瑪格麗特母親之類的小人物要求補助，他們只能再得到一點無法耕種的土地。當地倒是有一些行政官員想挫挫這些窮極了的白人的冒險精神①。但徒勞無功。富人藉這些特許經營土地大發橫財，而窮人卻白白扔進了自己的夢想和積蓄。

瑪麗．道納迪厄非常固執。面對著一步步前進的大海，她要超越極限，化不可能爲可能：她要修築堤壩。她向上帝挑戰。她並非唯一這樣做的人，胡志明市的殖民檔案有這方面的紀錄。一共有幾十個人，都買了這種無法耕種的土地，都在堅持不懈地與絕望作鬥爭，在當地農民的幫助下，他們用泥沙和粗木修築太平洋防波堤。在放棄以前他們都反抗過。他們甚至試著申訴，不過一直毫無結果。幸運的是，瑪麗在最安全的一塊地上修建了她的竹樓。這座建在不穩定的地上的穩固建築，爲她贏得了與行政署作鬥爭的時間。避難所的竹樓，叢林中的鳥巢。母親的領土。兩個臥室和陽台朝著香蕉林和疲倦的美人蕉。

母親終其一生都在等這樣的時刻。一座小房子，沿著小道，周圍種著很多樹，而這座房子花了她五千皮阿斯特，在當時可謂是筆巨款。房子是全木結構的，因爲怕水淹，下面用柱子架空，木頭是就地分割成木板的，所以這房子耐潮，時間和太平洋的海潮都沒有將它摧毀。但是母親總是貪大，她要的是一個領域。於是她雇用了五十個農民，全是從沙瀝招來的。她要他們在叢林裡安家，只給他們一

---

① 「國家早在我們之前就已經生效了，沒有我們也照樣繼續下去。只要看看本地稻田裡的農民就知道，在他之後也沒有什麼好再做的，就像這麼多世紀以來一樣。」（路易．薩隆《印度支那》，見上述引文）

點少得可憐的工資，要他們在沼澤地裡建起一個村莊，離大海只有兩公里。母親決定一切的速度都非常快，然後她就一頭鑽進去，直至瘋狂。很快她就覺得自己無法應付這項聲勢浩大的工程了，然而她還是想親自監督。她向教育局請假，很遲才得到批覆。她和她的兒子女兒將在那裡，在象山和大海之間生活六個月，與世隔絕。《情人》的第一初稿是在二戰結束之際寫的，一直沒有發表，瑪格麗特以日記殘片的形式記錄了這個故事。而後來，這些日記殘片在《太平洋防波堤》和《情人》中都用上了。其中瑪格麗特描寫了這段日子開始時，她難以名狀的巨大幸福：「房子還在建的時候，小哥哥，母親和我，我們住在一座茅舍裡，緊靠著『高級』僕人的茅舍。從我們家到最鄰近的村莊也要坐上四個小時的船。於是我們的生活與僕人的生活並無分別，晚上，母親和我都只在地上墊一個床墊就睡覺了。」

但是母親很快就病倒了。失望和憂傷使她差點崩潰，她不得不躺在床上。危機持續了很長時間。瑪麗說她要死了。孩子們非常害怕。沒有人能來幫他們一把。最近的醫生也要趕上好幾個小時的路才能找到，而柬埔寨的這個地區也還沒有通上電話。母親有時睜開疲憊的雙眼，對孩子說不要擔心。「一切都會過去的！」她嘆道。而不久她的病症就清楚了，患的是蠟屈症。在《太平洋防波堤》和《伊甸影院》裡，瑪格麗特．莒哈絲描繪過這種病的不同階段，病人有時會大喊大叫，有時又會死一般地沉寂：「自從堤壩坍塌以來，她幾乎一句話也不想說，不管發生什麼事情，她都不會大喊大叫了。①」繼不停地哭泣之後，是類似嗜睡症的昏迷。錢的問題更加劇了她的恐懼，她的身體徹底垮掉了。孩子們覺得自己非常孤單，被世界遺棄了。「母親的危機讓那些當地的僕人覺得非常不安，沒有

①《太平洋防波堤》，頁一六二。

著落，每一次她一犯病，他們都險些走掉。他們害怕最後得不到工錢。她生病時，他們就走近我們的小茅舍，在周圍的小土坡上靜靜地坐著。裡面，母親昏睡著，呼吸輕微。小哥哥和我有時會出去，讓僕人放心，告訴他們母親還沒有死。他們很難相信。小哥哥還發誓說，如果母親死了，他會把他們領回交趾支那，不惜任何代價也要還清他們的工錢。①」

「在我的幼年，我的夢充滿著我母親的不幸。」瑪格麗特．莒哈絲在《情人》裡寫道。母親覺得自己被父親拋棄了。她希望能在冥冥世界中找回他。只有在晚上，她才開口說話，和她喜歡的死人說話。她只和死人說話。對活人她大喊大叫。孩子們也是多餘的。母親沒有保護他們。他們最後離她很遠。她再也無法給他們點什麼了。生命盡頭，不在場的母親。骯髒的母親，母親我的愛。從這幾張為數不多的少女時代的照片裡，我們又怎能讀不出瑪格麗特眼中的憂鬱呢？小哥哥保羅被迫快快長大了，他成了男人，成了特許經營土地的老闆，母親和妹妹生活的保證。「那時我哥哥十三歲。他已經成為我前所未見的最勇敢的人。他一面讓我放心，一面說服我，他不會在僕人面前哭的，他說哭也沒有用，他說我們的母親會活下來的。的確，當太陽消失在象山的山谷裡時，母親醒過來了。②」

於是生活又重新開始，似乎什麼也沒有發生過：叫喊、怒吼和絕望，日常生活的地獄。突然來臨的夜晚，周圍叢林的聲響，三個家庭成員各自的孤獨。母親變得越來越茫然，不由自主。晚上，她不停地算賬，白天她就睡覺，她的確被擊垮了，為之深受折磨。兩個小孩子和她之間的關係變得極為複雜，反叛、慾望、仇恨、欣賞和同情交織在一起。他們倆總是在一起，哥哥和妹妹。除了捕獵之夜。

---

① 未發表的手稿。現代出版檔案館檔案。
② 現代出版檔案館檔案。

哥哥有一枝十・七毫米內徑的溫切斯特卡賓槍，還有一枝馬尼奧姆三五七型獵槍，他是一個出色的獵手。他的生活中心就是捕獵，他總是在陽台下用枯草準備陷阱，或潛入森林，在老地方候著獵物的出現。「如果你與猛獸正巧面對面，你就要打牠腦袋，兩耳正中，如果你在牠的側面就打牠的頸子，一九〇五年印度支那出版的一本捕獵手冊明確地寫著。這些是你最有可能一槍擊中猛獸的地方。否則，即使你擊中了牠的心臟和肺部，牠也能把你引到叢林最深處，和你周旋，而在那裡，你的神經和思維就不聽你的使喚了，這樣的捕獵方法可不值得推崇。」

保羅在不打獵的時候，他會趁野獸喝水的工夫，在陽台上用一臺壞的老式唱片機聽愛情故事，幻想著能擁有金髮紅唇的姑娘。瑪格麗特在《太平洋防波堤》中極爲到位地描寫了這一對兄妹的希望以及他們無盡的等待。在第一部分，他們似乎都落入了無盡的等待之中，他們的命運與這塊令人惡心的土地緊緊地聯繫到了一起，成了不幸的奴隸。瑪格麗特和保羅——蘇珊娜和約瑟夫。

我還記得起：這種燃遍整個平原的味道。

到處都是這股味道。

太陽下的這條煙塵，白色的，筆直的。

在山崖上，是一方方的中國辣椒樹。山下是瀰漫的煙霧。叢林。還有天空①。

母親所有的積蓄都扔了進去。二十年的公務員生涯。但是母親堅定不移地相信她一定能夠在四年

①《伊甸影院》，頁三四。

之內成爲百萬富翁。她是這樣想的，所以這一切也都成了真的。她不斷地重複，說父親和她「說」過。父親不會錯的。的確，這是父親「決定」的。母親只是執行了他的命令，她自認爲她知道他在和她說什麼。「那時候，很長很長時間，她一直在和我死去的父親對話。如果她不徵詢他的意見，她就什麼也決定不了，是他將關於未來的計畫『指點』給她。她說他的這些『指點』只會在凌晨一點鐘左右出現，我母親爲此夜夜守候著他的到來，並且，她覺得展現在她面前的將是美好的未來。①」

大海掃除了一切植物，收成一夜之間被太平洋海潮摧毀得蕩然無存。只有竹樓還孤零零地坐落在這片巨大沼澤的中央。第二天，整整八個小時，母親帶著兩個孩子，撐著船，巡視了她這片荒蕪的領土，而在這樣一種無邊的摧毀前她依然不肯退卻。她決定向大海，向這片土地，向印度支那總督府進行挑戰。她的假期結束了，她回到了沙瀝迎接開學。因爲缺錢，她決定向印度高利貸商借錢，當時的東方到處都是這種高利貸商人。在沙瀝也一樣，氣氛越來越緊張了。白人圈子越來越不能接受她，都覺得她很怪，好鬥，自說自話。在學校也是，母親的問題很多。有一次，上面認爲她專制，攬權，好占上風。別的白種女人肯定和她不一樣，穿得不一樣，活得不一樣，說話方式也不一樣。

每個周末，她都帶著兩個孩子消失了，去巡視她的特許經營土地。一千六百公里，往返需要兩天時間。因爲母親找到了奇妙的解決辦法：堤壩。所以她每個周末都要回去監工。堤壩，這也是父親近乎天才的想法，在夜半時分傳遞給她。只要我們超越它，大海就是可以戰勝的。在一篇沒有發表的文章裡，瑪格麗特．莒哈絲描繪了母親當時的那份狂喜，當她「發明」了這種用堤壩抵擋海潮的辦法，瑪格麗特具體地寫道：「我們招來了一百多個工人，堤壩在我母親的監督下造起來了，正好是乾季。

① 現代出版檔案館檔案。

不幸，堤壩給漲潮時躲在泥沙裡的螃蟹啃噬一空。①」

於是母親想到了石頭，但是，在這塊隨時會被海潮吞沒的土地上，石頭非常少。母親最後傾向於用紅樹的樹幹。「又一次，她找到了辦法。每一次她找到事情的解決辦法時，她都會告訴我們，這些夜晚是我生命中最美的日子之一。②」紅樹很牢固，稻子終於長了出來。奇蹟終於發生了，但是還高興得太早！母親的雇工由於不滿她的專制，恨她像對待奴隸那樣對待他們，沒有告訴她稻子有收成。稻子還沒熟的時候他們就開始收割了，並且賣給了鄰近的莊園主。錢一到手，他們就從海路逃走回到了交趾支那。他們再也沒有回到過特許經營土地。學校放假的時候，母親發現了這一片狼藉。瑪格麗特後來回憶起母親當時的反應：「又一次，母親死了心。母親的那份純潔或許只堪用她的麻木來表示。她厭倦了堤壩，她不想知道第二年，這些支撐了一年的堤壩是否還會坍塌！③」

母親仍然留著這塊特許經營土地，但是決定在徹底地放棄前，只一小部分一小部分地開墾，在離大海最遠的那些坡地上，進行所謂的試驗。她徹底垮了。她時常還會帶著兩個孩子回去。只是在那兒做做夢而已。一整夜的旅途，一家人坐著《太平洋防波堤》裡那輛快要散架的破車。保羅擦著他的武器。瑪格麗特夢想著有朝一日寫點什麼。在那裡母親終於能夠得到休息了。他們一起望著藍天，呼吸著天鵝絨般的深夜的氣味。《太平洋防波堤》裡的房子成了度假屋。馬克斯．貝爾吉埃在一九三一年第一次遇到瑪格麗特的母親後，曾經寄宿在他們西貢的家，他也記得他們曾經在暑假的時候到那兒去了兩個月：「我們總是在夜裡出發。保羅總是帶著他的槍。車子很舊，車蓋都沒了。路也很糟糕。一

①現代出版檔案館檔案。
②現代出版檔案館檔案。
③未發表的手稿。現代出版檔案館檔案。

路上我們會碰到野獸，狍子和大象。那裡的房子下面支著木樁，一直開著門。周圍全是沼澤地。到處都是鱷魚。漲潮的時候，海水拍打著房子。房子就像是一座農舍，眞的非常簡陋。四周一片荒涼，再就是深不見底、令人擔心的森林。整個地區都是以危險出了名的。到處都有猛獸出沒。保羅帶我去打過獵。他有兩枝槍。一路上我們還會碰到半裸的莫伊斯部落。有一天，保羅打獵回來，乘著一輛威利斯─福特汽車，車上裝著三隻狍子，還帶回了一隻活的山貓。他把小山貓留下了，用奶瓶餵牠，晚上，牠就睡在他房間的抽屜裡。①」

皮耶沒有通知任何人，一聲不響地回到了沙瀝。道納迪厄家的房子裡再次爲不和和暴力所侵占。《中國北方來的情人》一開頭就是這樣一副家庭場景。皮耶要殺了保羅。瑪格麗特則想要皮耶死。皮耶偷母親的錢，母親只好再一次向印度高利貸商借錢。皮耶又買了一隻狒狒，他視之爲唯一鍾愛之物。晚上，他給牠彈鋼琴，讓牠吞硬幣。但是與愛相隨的是折磨。他讓牠吞下了那麼多的硬幣，狒狒幾乎都動不了啦，老是耷拉著腦袋。他還給牠買了一隻公雞，讓狒狒仔仔細細地剝牠的毛。公雞叫個不停。狒狒繼續下去。接著公雞就死了。皮耶再給牠買一隻。在主人的鼓勵下，狒狒變得邪惡，成天在陽台上滿足自己的淫慾，主人則在一邊看得十分高興。母親是不是終於明白過來她要把女兒從她邪惡的大哥手上救下來呢？她和她談心，讓她放心。《情人》裡，瑪格麗特安排母親這樣對她說：「妳不應當爲他痛苦。作爲母親說出這樣的話來的確很可怕，但是我還是要對妳說：沒有必要。」

① 作者與馬克思・貝爾吉埃的對談，一九九六年九月十六日。

第二章

母親、女兒、情人

母親終於被徹底擊垮了，也終於放棄了通過特許經營土地成爲百萬富翁的夢想，這時候她才將所有的能量和對未來的希望轉化在女兒的教育上。一九二九年，瑪格麗特十五歲，瑪麗．道納迪厄想把她送到西貢的夏瑟魯普—洛巴中學。她決定讓她的女兒成功，就像彼時她決定要通過特許經營土地致富一樣。瑪格麗特雖然聰明但是不甚安分，老師和同學都不欣賞她。她前一年的學習成績非常不佳，各科都是一串零蛋，因爲缺課太多，還遭到了老師的斥責，並且，在某堂法語課快下課的時候，她將書包扔到了一個女教師的臉上！爲此她得到了教導處的懲戒。瑪格麗特有不太理想的時期。但是她有天賦，完全有能力學好。母親清楚這一點，她還記得她很小的時候得過非常出色的成績。瑪麗．道納迪厄用盡一切辦法，想在西貢給女兒找一所不太貴的住宿學校。瑪格麗特從來沒有住過里奧泰寄宿學校，這所在《情人》中成爲不朽象徵的寄宿學校。再說，里奧泰寄宿學校並不存在。瑪格麗特將到難以描述的古怪的C小姐家寄宿，三十年後，她以一種頗爲殘酷的幽默筆調，痛斥了這位C小姐的惡毒和反常，算是她的報復吧。

在C小姐的小房子裡，還有三個寄宿者：兩個老師和一個比瑪格麗特小兩歲的女孩，科萊特，也上中學。C小姐要了瑪麗．道納迪厄四分之一的工資，這是所謂的「完整」教育必須付出的代價。「只有C小姐知道我母親是小學教師，我和她都小心翼翼地瞞著其他人，怕她們知道了會不高興。①」C小姐後來成了小說《蟒蛇》裡的「長鬈毛」，一個打扮得花枝招展的老處女。這也許能夠解釋她爲什麼老是心不在焉，爲什麼她的身體仍然因爲慾望得不到滿足而顫抖。瑪格麗特成了C小姐性遊戲的人質。《蟒蛇》中的可怕場面在她的私人日記裡也有，並且幾乎是完全相同的：每個星期天下午，參觀完植物園後，吃完香蕉餅乾，C小姐，就是所謂的「長鬈毛」，便在她的臥室裡等待年輕姑娘的到來，半裸著身子。

她豎得筆直，讓我欣賞她，她羞答答地垂著眼睛，沉浸在愛情中。半裸著身子。在她一生中，她還從來沒有在別的什麼人面前這樣暴露過，只有對我。太遲了。七十五年過去了，她從來沒有在別人面前這樣過，除了對我。在這所房子裡的所有人中，她只對我這樣，每個星期天下午，在參觀完動物園後，其他的寄宿者都出去了。我欣賞她的時間長短由她來決定。

「我喜歡這樣，」她總是對我說，「我寧可不吃飯。②」

---

① 未發表的手稿，簿子裡包括《情人》、《太平洋防波堤》和《蟒蛇》的片段。現代出版檔案館檔案。

② 《蟒蛇》，收錄於《樹上的歲月》，伽利瑪出版社，一九五四年，比布洛再版，頁九九六。

沒有人看見，也沒有人知道。C小姐每個星期都要安排這樣的場面。不摸，不，只是注視。注視，什麼也不說。兩個人的陰謀。她站在窗前：陽光撒滿了乾枯的、半裸的身體。瑪格麗特用眼睛來看。她還沒有做過愛。她當然可以想像。她一直在想。瑪格麗特帶著一種僞裝的艷羨，看著這個瘋狂迷戀自己身體的老處女。表面上，雙方似乎都在努力完成這合同。這對於隨著時間流逝而日漸枯萎的老小姐來說已經足夠了。她看上去得到了滿足因而興高采烈。但是年輕姑娘感到惡心，慾望被挑起來了卻敗興而歸。重新關上C小姐房間的門後，瑪格麗特就會站在房子的陽台上，哼著小調，想要吸引遊蕩在西貢街上的士兵的注意，向他們傳遞傷感而惹人憐愛的秋波。

在莒哈絲的作品裡，注視一直是揮之不去的主題。在《勞兒之劫》裡，勞兒·V·施泰茵就有一種非常奇怪的眼神，沒有人能夠捕捉住她的目光，虹一般卻已然褪色的一雙眼睛。《夜航》中的男人不能看到他已經開始愛上的女人，他和她通電話，但是一直迴避和她見面。他堅持這樣做。他的性慾高潮是在黑暗中來臨的。「因爲一想到要看，他就越來越害怕，他要看。這是一種讓故事分離開去的方式，是結束它的方式。」《琴聲如訴》裡的安娜·德巴萊斯德也不看，她把自己所有的精力都用來重建她不能看到的東西。「不要看。」犯下罪以後，她對自己的孩子這樣說。「告訴我爲什麼？」孩子要求道。「我不知道。」母親回答說。在《坐在走廊上的男人》，女人只有在男人射精的時候才突然睜開眼睛。還有，如何解釋莒哈絲電影裡的那種黑呢？不得不閉上眼睛？

兩年，這一切持續了兩年，這種瑪格麗特說不得不接受的性遊戲場面。幻覺還是眞實？後來她曾和一位朋友透露過，說這也是她的創傷，並且在《蟒蛇》裡表達了這份創傷，以一種緩慢的，不成形的，模糊不清的方式慢慢地將之銷毀。「長鬈毛」的身體已經腐爛了，滿目瘡痍。第一次，瑪格麗特看到她脫光衣服時，她終於明白了死亡的那種特殊味道。長鬈毛小姐發出一種死人的味道。「C小姐左邊的乳房患了癌症，在這座房子裡的所有人中，她只給我看她的左乳房。她露出左乳，走近窗子，讓我看清楚。我的內心升起一種難以形容的感覺，然後我欣賞著這癌症，目不轉睛地看上兩到三分鐘。『妳看。』C小姐總是說。我說，『是的，我看』。①」

德尼斯·奧約比瑪格麗特小一歲，如今是位活潑，詼諧，有品味的夫人，很奇怪的是，她也和瑪格麗特一樣，臉上顯然留有東方的印記——地域的影響，她微笑著解釋說。她還記得道納迪厄小姐一九二九年初到夏瑟魯普—洛巴中學的情景。一位瘦弱，漂亮，長髮編成辮子的姑娘。她說她和善，合群，數學非常好，太好了，中學裡所有男孩有不會的題目都找她幫忙；還說她很保守，不太說話，總是給人一種高高在上的感覺。愛打扮。是的。德尼斯還記得有次請她打網球，瑪格麗特穿著高跟鞋來了。所有的女孩都笑了。瑪格麗特臉紅紅的，一句話沒說便跑開了。

「我從來沒有融入過某個地方，雖然我原本可以感覺比較自如的，我總是在等待，在尋找另一個地方，另一種時間上的安排。我從來沒有到過我眞正想去的地方。」她在《物質生活》裡寫道。她眞正的家，她在後來才找到，是諾夫勒，接著是洞城，還有她的家，她停泊的港灣，她直至生命盡頭的錨地，聖伯努瓦街。因爲在她的童年時期和少年時期，瑪格麗特一直過著游牧生活，居無定所，名字在學校的附屬名單上，住在不知其名的某個公務員的房子裡。第一所屬於自己的房子是後來母親在西貢買下的。但是她又在C小姐那裡寄宿，當她到達這座充滿敵意的城市時，她還沒有找到自己的方位，所以她只能不停地尋找，尋找屬於自己的地方。後來她在堤岸找到了一席喧鬧的角落。一個對所

---

①《情人》的手稿，現代出版檔案館檔案。

有感官，所有氣味開放的空間。一小方她成功地據爲己有的領土：《情人》裡的那個小單間成了她的，她的領地，她的私人領地，在那裡她終於可以聽從自己的內心需要，終於可以得到休息，安安靜靜的，懂得與外界隔離的滋味，在外和內之間建立一道界限。

夏瑟魯普中學七點半開始上課。暑氣尚可忍受，羅望子樹的味道也還不是那麼刺鼻。睡午覺的時候她就回到了自己寄宿的地方，把自己關在房間裡。不睡覺。看著自己的乳房。「我的乳房很乾淨，很白。這是在這所房子裡，我身上唯一讓我感到愉快的東西。」瑪格麗特和很多少女一樣喜歡自我欣賞，很多日子都是在鏡子前流逝的。她的頭兩部小說，《厚顏無恥的人》和《平靜的生活》便揭示了這種少女的迷惑。如何看待自己的身體，如何保留自己的身體，直到有一天把它奉獻給另外一個人？在中學時，她三年級①的成績很糟糕，又是一連串的零蛋，差不多每門課都是。接著，到了二年級，她開始顯示實力了：「整個中學都在念我的作文。二年級的老師拒絕爲我的作文打分，因爲它們寫得太好了，但是，那會兒我根本沒念過法國文學。」後來她對克洛德·貝里說。德尼斯也證實了這一點。那時他們的偶像就是戴利②，他們把他的作品熟記在心，課間休息時成段成段地背誦。至於在戴利和拉辛之間發生過什麼？瑪格麗特不知道。「但是我不抄，我只是聽。如此而已。」文章寫得很美。這對她來說就夠了。「有些東西是我硬要加上去的，老師也沒有辦法。③」突然之間瑪格麗特成

---

① 法國的學制和中國的不同，進入中學時是六年級，相當於中國學制的初一，然後是五年級，四年級。三年級相當於中國學制的高一，二年級相當於中國學制的高二。

② 戴利：讓娜·瑪麗和弗雷德里克·佩蒂迪讓·德拉羅齊埃爾的筆名，寫過一系列暢銷小說。瑪格麗特·莒哈絲尤其喜歡其中的《瑪嘉利》（一九一〇年）。

③ 作者與瑪格麗特·莒哈絲的對談，一九九〇年一月。

了一個優秀的學生。以前是零蛋，現在卻是二十分之十九。她卻什麼也不想要。也沒有努力讀書。就像她自己說的一樣：「這只能讓我不再擔驚受怕。」母親到學校來找她的時候她安心多了。她給母親看她的作業本：瑪格麗特記得母親當時就在院子裡哭了起來。甚至，每一次在這樣的時刻，她都想要擁抱她。

瑪格麗特在夏瑟魯普—洛巴中學一直和海關官員的孩子一起坐在最後一排，這是社會等級所決定的。二十分之十九，儘管這樣還是坐在最後一排。學業上的成功抹殺不了出身。德尼斯從來沒有想到有一天瑪格麗特會達到榮譽的頂峰。班上倒是有兩個少年顯得很有天賦的：一個是佩塔斯，後來果然成了一個著名的網球運動員，還有一個叫波萊特的，也成為歐洲所矚目的鋼琴家。班上還有一對史特德兒姐妹，瑪格麗特．莒哈絲有好幾本小說都寫過一個叫安娜瑪麗．史特德兒的人，一模一樣的姓氏。這對姐妹分別叫瑪麗埃特和安娜，她們也非常出眾，非常聰明，她們的爸爸是行政官員，母親非常漂亮，有一種冷漠和莊嚴的美。瑪格麗特確實數學很好，是的，但是作家……不……德尼斯搖搖頭，在沉思。如果是奧迪勒而不是瑪格麗特，那可能還有一點邏輯：奧迪勒總是法語和拉丁文翻譯的第一名。夏瑟魯普—洛巴學校的學生是在整個交趾支那篩選出來的。白人不多。每個班有五到六個白人女生。在高一點的年級裡，越南男孩——我們也稱他們爲安南人或本地人的——常常會愛上白人女生。德尼斯說起這些的時候臉竟然紅了，雖然她已經八十二歲：「我也有個安南追求者，他每天都寫詩給我，弄得我很尷尬。像我們這樣的感情是不會有所發展的。我們並不是在種族主義的氛圍裡長大的，但像這一類的感情卻是不自然的。我屬於從來不會蔑視安南人，但出了學校門就再也不想和他們接觸的一代。①」

德尼斯苦苦搜尋過，也曾寫信給以前夏瑟魯普—洛巴中學的好友，甚至翻出了少女時代的信件，仔細地注視中學照片上的每一個人，但是她還是想不起來誰會是《情人》中那個不朽的海倫・拉戈奈爾的原型。但是她第一次讀小說時想起了科萊特。科萊特・杜高米艾，C小姐那裡的另一個寄宿生，美麗的科萊特，非常漂亮，漂亮得德尼斯也想去碰碰她，撫摸她。不，不管瑪格麗特說什麼，夏瑟魯普—洛巴中學本身沒有寄宿生。每個星期四下午，也沒有人在空曠院子裡的樹蔭下隨著狐步舞曲翩翩起舞，面頰貼著面頰，肌膚相接，呼吸著海倫・拉戈奈爾皮膚的香味。在西貢這樣一個充滿危險的城市，所有的白人女孩都處在嚴密的監控之下，根本沒有一丁點兒的自由。每個家庭都讓司機等在學校門口。瑪格麗特，她是個例外。

> 這是學校門口的路。是七點半。是早晨。在西貢的這個時刻，市政府的灑水車剛過，有一種奇妙的清涼感覺，整個城市都浸潤在茉莉花的香味裡——那麼香，以至於都有點讓人「噁心」了，不少白人初到西貢時都這麼說。但是他們一旦離開殖民地又會想念這股味道②。

德尼斯有一段時間把瑪格麗特忘記了。有一天，在巴黎，她正巧看到讓・雅克・阿諾的電影廣告

---

① 作者和德尼斯・奧約的對談，一九九五年三月十八日。
② 《中國北方來的情人》，頁一六〇—一六一。

畫。她迫不及待地去看了電影，買了書。但是仍然十分肯定：「我無法弄明白這個關於中國情人的故事。那時不像現在。沒有情人，更不要說中國情人。夏瑟魯普—洛巴中學曾經發生過兩樁醜聞：瑪格麗特的一個朋友愛上了一個有婦之夫（當然是個白人）：她家人立刻把她送到了香港的一所修道院；另一個是在十五歲零三個月大的時候要嫁一個上了年紀的律師，她結婚一個月後就離了婚。」

瑪格麗特的另一個朋友，馬賽爾，她高中兩年的同班同學，說瑪格麗特是個神秘的女孩，雖然她表面看上去羞澀，保守，教養良好；她周圍沒有任何人能弄清楚她的秘密，他們不知道她下了課以後過的是什麼樣的生活。但是她記得她曾經兩度炫耀過她過著另一種生活，但是沒有明確說。她當然還記得，有一天早晨，瑪格麗特得意洋洋地到了學校，手上戴著一只鑽戒，她給幾個同班的女孩看了，說她認識一個很有錢的人。中國情人的故事是真的嗎？瑪格麗特做得非常藝術，在她一生當中，她弄亂了所有的線索，就是讓我們相信她自己的謊言，甚至她自己到最後都成了這謊言的一部分，並且非常虔誠地相信自己的這個故事！她以那麼多的方式講述過這個故事，因爲她想要讓它不朽，雖然傳記作家仍然持懷疑態度。但是我去了一趟越南，並且得到了一本在她死後發現的私人簿子，或許這可以給這個故事帶來新的線索。

中國人存在過。我看到了他的墳墓，他的房子。和中國人的故事也確實存在過。這是他的侄子告訴我的，我是在侄子祖父出錢在沙瀝修建的一座塔廟裡遇到他侄子的。他請我到沙瀝鎮上他開的一家小餐館裡，給我講了瑪格麗特和他叔叔之間的故事。他給我看了情人妻子的照片，她生活在很遠的地方，在美國，和孩子們在一起。他領我去看了情人父親以前的產業，現在距沙瀝有段路了。大片大片的農業用地，呈蛛網狀分布著一些蓋到一半就荒棄在那裡的建築。周圍是稻田，還有房頂搖搖欲墜的茅屋。侄子領著我奇怪地圍著他以前的家族產業轉了一圈。然後我們重新沿著一條柏油馬路往前走，馬路在半中央突然分了岔，接下去是一條田野中泥濘的小道。穿過荒草，他把我帶到一個小山丘前：山丘上覆蓋著一塊巨大的灰色石板，顯然沒有人維修，已經被熱帶的暴雨侵蝕得斑斑點點，到處是嗡嗡叫的藍頭蒼蠅，固執得不願離去，而就在這石板上豎著兩座樣式相同的墳。一座有棺材，一座是空的。第一座墳墓上刻著兩個日期，而第二座墳墓上似乎只有生辰。情人的妻子知道有一天她也將安息，在他身邊，儘管她知道他在與她公開一起生活之前，喜歡的是她的妹妹，偷偷摸摸戀了很久，過了很久的雙重生活。雖然有痛苦和家人面前的恥辱，雖然有疼痛，沉默，謊言以及地理上的距離，她知道在地下她將安息在他身邊。很遠，她走得很遠。但是她會回來的。這是各自的家庭在很久以前就決定了的。情人的妻子一個人塑造了自己的命運。死了以後他們會得以重新團聚。

情人的藍色房子，也切實存在著。幾年前，它成了警察署，禁止拍照。不見了那隻情人父親成天撫摸的吱吱叫的猴子，也不見了在竹榻上盤成一團的蟒蛇，情人的父親就躺在那上面，懶洋洋的，雲霧繚繞，鴉片煙管一直放在身邊，在陽台上。深不可測的街道的另一頭是河。三個警察正和院子裡的孩子一道玩球。儘管同去的翻譯再三警告我，我還是小心翼翼地拿出了相機。翻譯是對的。警察大叫著向我衝來，還要沒收相機。但是這座已經毀壞的房子裡今天還能藏著什麼秘密呢？我們離開了。侄子把我帶到他家，那座他似乎非常爲之驕傲的小飯館。小飯館坐落在城市的一個貧民區裡。外面有四張木頭桌子。下午五點鐘，光線開始變暗，夜開始一步步逼近的時刻。侄子和我講了情人在瑪格麗特之後的生活，安排好的婚禮，眾多的孩子，情人對妻妹的激情，還有他如此特別的雙重生活，鎮上人都在暗地裡指指點點。夜幕降臨了。啤酒瓶也空了。在革命時期，我們離去前他還對我們說，憲兵把他們家的人都關了起來。只有情人得以逃脫，是以前一個老同學幫的忙。其他人呢？憲兵把他們帶到他們自己的土地中央，讓他們自己在柔軟的稻田上挖洞。一個洞站一個人，身體用土埋好，只露個頭在外面。然後憲兵把爲他們工作的農民喊來，讓他們對著這些腦袋站好，向這些腦袋扔石頭。這場由農民執行的石塊擊斃刑一直持續到第二天天際微白。

三個月後情人才回到了西貢，夜半時分，走稻田間的運河來的。他的侄子給了我他在西貢的那位朋友的地址，救了他命的那位朋友。接著他突然改變了主意，給我找來了兩堆精心捆好藏在床下的資料。我以爲裡面會是家庭老照片，情書，從來沒發表過，沒見過的什麼……但是他不無驕傲地展示的東西只是一本過了期的法文雜誌，舊舊的，疲倦的，封面上翻印了一張他叔叔的身分照片。故事是存在的，因爲情人的照片已經上了《巴黎競賽報》。《絕對相簿》，《情人》的前身就是一篇名爲《絕對相簿》的文章。

相遇發生在一九二九年末。

她猶豫著。不無歉意地說：

「我還小。」

「多大了？」

「十六歲。」

她按照中國計算年齡的方式回答他：

「不，」他微笑著說，「這不是眞的。」

「十五歲……十五歲半……是嗎？」

他笑了。

「是。①」

瑪格麗特的書裡出現過很多男人。他們當中有三個情人。《情人》裡不朽的情人比起《中國北方來的情人》裡的情人來，前者顯然較瘦，較小，較虛，而後者則較強壯，對自己充滿信心且不容置辯。這兩個情人都是中國人，來自滿洲里或其他什麼地方。膚色明亮的中國人，幾乎接近白種人。中國人，而不是越南人，這在別人聽上去要時髦一點。他們是另一類人，富有，非常有錢。但是瑪格麗特描寫的第一個情人卻是《太平洋防波堤》裡的，是個白人。瘦弱、乏味、淫穢，愛偷看猥褻場面。他毫無魅力可言，然而他卻喜歡勾引女孩。他只想著這種事。玩弄獵物。這三個情人都是二十五歲左右，都有黑色的利穆新轎車，總的來說身體也都不大結實。這種身體上的缺陷非常明顯，儘管他們都穿著剪裁精緻的柞絲綢西服。第一個情人，《太平洋防波堤》裡的情人，居然得到了女主人公哥哥養的那隻猴子的善待。這對於蘇珊娜，對於母親和她的兩個哥哥來說也不奇怪，因爲他自己就實在像隻猴子。更像猴子而不像人。再說「這是眞的，他長得不漂亮。肩膀很窄，胳膊很短，他說他的身高要低於普通男人。」②幸好有手。莒哈絲筆下的情人的手都是高貴的，非常高貴，瑪格麗特總是非常精心地，滿懷欣賞地描寫他們的手。他們的手非常善於挑逗。激情總是從手開始的。甚至是第一個情人，最滑稽，最瘦弱，最病態的，也得救於這雙手，「手，小小的，非常精緻，確切地說，很瘦，很漂亮。」

① 《中國北方來的情人》，頁四八。
② 《太平洋防波堤》，頁一七八。

還想得起情人和女孩之間身體的第一次相遇嗎？他們在汽車裡。兩具一動不動的身體。外面是白色的陽光。裡面是避難所。兩具生命肩並肩地坐著。他睡著了嗎？還是在裝睡？這呼吸聲是那麼輕柔溫和。是她，小女孩，她向他探過身去。她觸到了他的手，那手好像不屬於身體，又好像宣告身體的開放。「手很瘦，越往指甲上去越爲柔軟，還略微有點肥大，就好像曾經斷過，有一種令人驚嘆的殘缺，有一種鳥兒死去時翅膀的優雅。①」手，包著皮膚的手，她對他的接觸就是從這第一點開始的，他仍在困倦之中，似乎什麼都沒有發生。但是在瑪格麗特的筆下，所有情人的手上都戴著鑽石。鑽石的出現要給予他們一種王者的價值②。瑪格麗特一直很喜歡鑽石，一直到生命結束她都戴著；她從來沒有離開過鑽石，哪怕是在淘米的時候。《樹上的歲月》裡的母親手上也戴滿了戒指，不管做任何事情她都不願退下。她是有道理的。如果她睡著了，她的兒子就會把她的戒指偷去。蘇珊娜，《太平洋防波堤》裡的女主人公就得到了一只鑽石戒指，是若先生給她的，她也還沒有和他睡覺，於是想和母親一道到西貢把戒指賣了。在莒哈絲的世界裡，鑽石是一種帶有性挑逗意味的裝飾物。做愛的進程總是大致不差：首先是看見了鑽石，那是慾望的發動機，然後是做愛後身體肌膚散發出的那種琥珀的味道，然後是輕撫情人的綢衣，他們衣服的褶子裡總是藏著一種鴉片的怪味。

光滑的身體，帶著香氣，投入愛的遊戲裡。男人是女性化的。情人都是反戰的，爲女性的慾望所吸引。在瑪格麗特筆下，總是女孩子在領舞，是她們首先走進利穆新轎車的，是她們拿起他們的手，讓他們等待，是她們釋放出某些鼓勵性的手勢；專注的眼神，驟然溫柔的語調，極具魅惑的身體姿

---

① 《中國北方來的情人》，頁四二。
② 參考《太平洋防波堤》，若先生在她的眼裡唯一的價值就是他有鑽石，頁一七八。

態。總是女孩決定故事的開始，然後劃分好各個階段。但是儘管這樣，她並不是很清楚自己在做什麼，又進展到哪一步。《情人》裡的女孩，關上利穆新轎車的車門後，覺得自己渾身上下軟綿綿的，一點力氣也沒有。不是因爲她觸犯了性和社會的禁忌，而是因爲這是她生平第一次脫離家庭這個社會細胞，自己做出某項行動的決定。瑪格麗特・莒哈絲去世前幾年終於說，就在那個時期，在她的少女時代，她仍然深深地愛著她的母親，爲她的愛所粘著，不能自己。《情人》出第四版時瑪格麗特記有筆記，關於女主人公對海倫・拉戈奈爾的慾望，她寫道：「我不愛海倫・拉戈奈爾，我仍然只是深深地愛著這個家，對這個家的愛就意味著排除其他一切愛情。正是因著它的貪婪和殘忍，我得以靠近日後爲我所鍾愛的地方。①」還有就是在《情人》裡的這段話：「我仍然在這個家庭裡，我是住在那裡，而不是別的任何地方。正是因爲它的乏味，它那可怕的生硬，它的惡毒，我才會對自己那麼有把握，我最能夠肯定的，便是以後我會寫作。」

情人沒有將母親和女兒分開，也沒有能夠讓女孩子脫離兩個哥哥生活。但是他成功地給了她第二生命：寫作。情人是第一個聽小女孩說她要成爲作家的人，也是第一個相信的人。母親，她可從來沒有相信過，更確切地說從來不願意相信。她是到很遲以後才明白的，等女兒的書出版了以後。又一次！就像她一貫所表現出來的那樣，她不要看，她討厭所有的這些書。「在書中妳撒了謊。」她總是對女兒說。母親是對的嗎？也許瑪格麗特只在自己的書裡撒謊？瑪格麗特想像、歪曲、捏造。她經常要她的讀者相信她這個作者。於是讀者便把她以小說形式表現出來的東西當成了眞的……

瑪格麗特在《情人》中並沒有準確細緻地重建她中學的生活，雖然她似乎讓別人相信她是這樣做

① 現代出版檔案館檔案。

的。瑪格麗特寫小說，很誇張。她還編造過，說自己的母親在伊甸影院裡當鋼琴家。為什麼不呢？誰又會因此恨她呢？她能夠向誰匯報呢？向她的母親嗎？而她的母親恨的正是這個，恨她把這一切陳述了出來——即便是以小說的形式，對母親而言，這一切應該是私人的，秘密的，根本不應該公開。對於母親來說，她女兒是個作家，這事實本身就夠淫穢的。也許應該是個農婦，最好是會計，或是教師，然而作家？母親從來不想進入女兒筆下的故事。她寧願置身度外，謾罵攻擊。女兒後來又選擇了畫面作為表達的手段：但是母親從來不願看女兒的電影。女兒寫的東西從來沒有讓母親感動過。然而只有寫作才能讓女兒活下去。女兒還是繼續在寫，因為她要在母親的眼皮底下活下去。這場戰鬥早就輸了。女兒卻在相當長的時間裡裝作不知道。

她遇到了情人，故事發生在她身上，而不是她的哥哥或母親身上。她彼時仍然附屬於母親和兩個哥哥，在她自己眼裡，她也不過是可以忽視的存在，是家裡的累贅。她還沒有一丁點獨立的感覺。情人的故事讓她脫離了家庭這個重大的存在。故事發生的同時，她已經在想，已經在選擇詞語，要在日後「把它寫下來」。「你不聽也沒什麼關係。你甚至可以睡覺，講述這個故事，是為了日後我能把它寫下來。我無法自持。①」

瑪格麗特的一生從來沒有停止過講述這個和情人之間發生的故事，她用盡了各種辦法。第一次以小說的形式敘述出來是在《太平洋防波堤》裡，她那時還沒敢讓情人成為中國人。他第一次出現時是個白人。還是個白人。富有，孤獨，優越，醜陋，甚至是非常醜陋；也許，但是他有錢，那麼有錢，戴著鑽石的手閃閃發光。場面發生在蘭姆餐廳。是母親首先注意到這個傢伙正目不轉睛地盯著她的女

①《中國北方來的情人》，頁一〇一。

兒。「爲什麼妳要埋著頭？」母親說，「妳就不能顯得可愛一點？」於是蘇珊娜衝著北方的莊園主笑了。訂下合約的笑。必須服從母親——老鴇似的母親①，把女兒送了出去的母親。蘇珊娜不是瑪格麗特，完全不是。關於這次相遇，瑪格麗特·莒哈絲一直在寫新的版本：盛年的時候是《太平洋防波堤》裡的相遇，老年的時候是《情人》裡的相遇，再接下去是《中國北方來的情人》。莒哈絲曾宣稱，《太平洋防波堤》是一部小說，而《情人》是敘述，是自傳式的記憶殘片。她想在《情人》裡重建眞實，想要告訴我們這一回是眞的，她的眞實：「不是在蘭姆餐廳，您瞧，就像我以前寫的那樣，我不是在蘭姆餐廳碰到了那個有一輛黑色利穆新轎車的富商，而是在徹底放棄了特許經營土地以後，兩到三年以後，那一天，我說，是在那樣一種霧濛濛的光線和暑氣中。②」我們也許可以相信，瑪格麗特到晚年確實有點記憶衰退的表現，而且她覺得自己寫的東西遠比她過去的生活更眞實。但是在她死後發現的一份文件，給這個故事帶來了新的光明。這是一則日記，以自傳的形式寫的，有點混亂，已經昭示著日後《情人》和《太平洋防波堤》那種斷裂的筆觸；這則日記沒有標明日期，但是據現代出版檔案館的專家鑒定，應該是在二戰期間寫的。瑪格麗特·道納迪厄就這樣寫下了這篇她從來沒有打算拿去發表的文章：

> 我是在沙瀝和西貢之間的渡輪上第一次遇見雷奧的，我回寄宿學校，有人——我現在已經記不起是誰了——把我安排在他的車上，正好和雷奧的車一起上渡輪。雷奧是當地

---

① 《太平洋防波堤》，頁一七八。
② 《情人》，頁三六。

人，但是他的穿著很法國化，法語說得也很好，他是從巴黎回來的。我十五歲還不到，我只在很小的時候才到過法國。我覺得雷奧非常優雅。他手上戴著一顆很大的鑽石。穿著很罕見的紗麗柞絲綢外套。從來沒有一個戴著這麼大鑽石的人注意過我，而且我的兩個哥哥都穿著白色棉布的衣服……雷奧說我是個漂亮的姑娘。

「您熟悉巴黎嗎？」

我臉紅了，說不熟悉。他很熟悉巴黎。他住在沙瀝。沙瀝居然有人非常了解巴黎，而我直到那個時候還對巴黎一無所知。雷奧追求我，我爲之心醉神迷。那個負責帶我回沙瀝的醫生把我送到寄宿學校就走了，而雷奧說我們還會再見面的。我知道他非常有錢，我受到了誘惑，我沒有回答雷奧，因爲我既震驚又沒有把握。

一氣呵成，沒有斷裂，字體細膩清晰，文章被精心地裝在一只信封裡，瑪格麗特從此再也沒有拆開過。看上去它比《厚顏無恥的人》要早，當然肯定是在《痛苦》的手稿之前。瑪格麗特還沒有顧慮到文體。她用第一人稱描寫了初次相遇的情況和他們交往的開始。是一種懺悔嗎？或者已經是小說的開始了？很難判斷。細節的堆砌，想要恢復一段複雜感情不同階段的願望，它的筆調，甚至是自我釋放的一種慾望，這一切都使我相信它的確是一個眞實存在過的故事。在這篇文章中，雖然敘述者用了第一人稱，但是她還是很小心，沒有讓情人用他眞實的名字。莒哈絲關於眞實和事實的概念總是值得懷疑的。無論如何，這篇文章講述了一個似乎是眞實的故事。莒哈絲從來沒有想過發表。她忘了嗎？眞實之謎的一塊殘片，她後來一直在重新敘述這個故事，用不同的方式，而這則以日記方式敘述的故事像是眞的。第一次，瑪格麗特講述了這樁愛情和背叛的故事，這樁折磨她直至生命盡頭的故事：

第二天，睡午覺的時候，我猛然聽見喇叭聲，很響。是雷奧……就這樣雷奧乘著他的汽車從家門口過去，一連三十五次。在房子面前他減慢了速度，但是不敢停下來。我沒有出現在陽台上……我盡可能穿得好一些，下午兩點鐘，我下樓去上學。雷奧在路上等我，倚著車門，總是穿著生絲的套服。

下面我們都知道了。但是《情人》所有「正式」版本從來沒有清楚地提到過的，這篇文章卻毫無掩飾，那就是錢，錢的魅力——錢成了慾望的發動機：

雷奧的汽車著實令我癡迷。一上車，我就問這是什麼牌子的，值多少錢。雷奧對我說這是一輛雷翁・阿美達・波雷，值九千皮阿斯特，我想起了我們家的那輛雪鐵龍，只值四千皮阿斯特，而且母親分三次才付清。雷奧看上去非常幸福，我們開始了談話，很隨意很自然。他晚上來的，第二天又來了，後來就天天如此。他的汽車讓我覺得非常榮耀，我想別人也一定會看見的，我故意讓他把車停在那裡，因爲我怕同學過去的時候會看不見。

我想以後我可以和印度支那高級官員的女兒交往了。她們當中沒有一個人有這樣一輛利穆新，也沒有任何一家有這樣穿著制服的司機。黑色的利穆新轎車，專門從巴黎訂做的，大得出奇，有一種王家的品味。不幸的是，雷奧是安南人，雖然他有一輛美妙絕倫的汽車。只是這汽車令我如此著迷，以至於我忘了這一點不利之處。

我們可以看出來，寫下這些文字的瑪格麗特與《法蘭西帝國》的作者非常接近，但與寫下《一二一通告》的作者卻相去甚遠。安南人，眞可惜他是安南人。這是必須付出的代價。如果他不是安南人，他也就不會對她感興趣了，她對自己說。我喜歡你的錢，所以我能夠愛你。錢，這故事一開始錢就可以製造慾望。沒有錢，故事也不會存在了。首先是錢。至於剩下的，小姑娘會安排妥當的。安排好她自己，安排好母親。也包括她對於愛情的概念。

我繼續觀察雷奥，有好幾個星期的時間。我總是想方設法讓他談談自己的財產。他大概有五千萬法郎的不動產，散布在整個交趾支那，他是獨子，他有巨額財產。對雷奥財產總額的估價都讓我混亂了，我朝思暮想。

如果我們把她一九五〇年出版的《太平洋防波堤》和這篇文章放在一起仔細讀，我們眞的會搞混的，這些不同卻極爲相近的場面，還有敘事的結構和人物之間的姻親關係。當然若先生是個很富有的白人，而雷奥是個很富有的安南人。必須等到老了，無所顧忌了，等到足夠的一把年紀，瑪格麗特才敢寫情人不是一個種族的，甚至在最後那本書的題目裡還寫了他的來處：《中國北方來的情人》。有個當地的情人是件非常有損體面的事情。「不幸的是，雷奥是安南人，雖然他有一輛美妙絕倫的汽車。」

小姑娘和雷奥永遠都不可能結合。於是這故事一直到最後，也只能是關於錢的骯髒故事。而錢，又一次勝利了。在慾望、性和婚姻這場賭博中，白人輸了。中國家庭不喜歡混亂，也不喜歡揮霍他們的財產。對於瑪格麗特的母親來說，故事到最後是可以賭一把的了。雷奥既然那麼有錢，不是顯得有點白人的味道了嗎？她，小姑娘，既然她那麼窮，幾乎已經成了黃種人？當時，瑪格麗特的母親每個月有兩萬兩千法郎的工資。她將工資的四分之一付給了西貢的寄宿學校，另外四分之一要寄給法國皮耶的監護人，再三分之一還高利貸，那是購置特許經營土地的欠款。她所剩無幾。她已經度過了生命中最黑暗的時期。一個人，幾近崩潰，沒有任何防備的能力。貧窮，但是還值得尊敬。母親想挽回面子。不能讓別人知道。正如瑪格麗特在這篇沒有公開的文章裡寫的，當然還算審愼：「我們爲貧窮所折磨，而我們的悲慘之處就在於我們要將自己的貧窮掩藏起來。」

如果是在遠離世人目光的莊園，這貧窮尚可忍受，因爲別人看不見。但不是在沙瀝，「絕不能讓周圍六十個法國人知道我們的境遇，不管是什麼樣的境遇。因此，每個月的一號，母親把自己三分之一的工資拿去還高利貸和他們的利息時，她都是偷偷摸摸地去的，夜幕降臨的時候。好幾次都不能成行。我也不知道爲什麼。高利貸商人到我們家來過。他們在客廳裡坐下來等。有好幾次母親都當著他們的面哭了，請他們趕快走，因爲僕人會看見的。可高利貸商人不走。最後，母親把錢扔到他們的臉上。①」女孩奮起反抗母親所承受的不公正命運。母親有很多缺點，但是她對孩子們隱瞞事實眞相是對的。瑪麗．道納迪厄在她的孩子們看來是一個殉道者，一個人過著寡居的生活，非常孤獨，被所有人拋棄，遭到了社會的放逐。但是錢的問題越突出，母親也就越粗暴，越憤怒。她和東岱先生——她在沙瀝的直接領導，沙瀝教育指導小組的負責人——之間的戰爭還在繼續。不乏尖酸的諷刺，年終總結時誇張的評語。

有時，母親會和保羅一道開著家裡舊的雪鐵龍到西貢看女兒。女兒爲母親感到羞恥，就像她在

① 現代出版檔案館檔案。

《情人》裡寫的那樣。爲她破舊的衣衫，爲她乾枯的身體，爲她補過的襪子，還有她的嗓門總是那麼高，又總是那麼一副與周圍格格不入的樣子。女兒趕緊把母親藏起來，有的時候她甚至躲在課間休息的院子裡，躲在一個陰暗的小角落裡，不讓母親看見她。於是母親也厭煩了她的伎倆。她不再到學校去了。太疲倦了……由女兒自己往返。八個小時的路程，坐在一輛擁擠、喧鬧、破舊不堪的公共汽車裡。只有我們明白了地點上的雙重性：西貢，開放的城市，沙瀝，昏睡的城鎮，母親工作和受難的地方，我們才能眞正讀懂《情人》。在兩個地點之間，是沖走一切的河流，是泥漿，是動物殘骸，是樹。相遇發生在渡輪上，木排下就是洶湧的波濤。

從很少的幾張照片看來，渡輪沒有什麼變化，湄公河岸也沒有。破舊的汽車照樣在開，讓人不禁要問是怎麼……裡面和外面一樣擁擠，坐車的人總是那麼多，擠成一團，踏板上，車頂上爬得到處都是，搖搖晃晃地尋找著平衡，還有動物籠子——一個眞正的家禽場，自行車和稻米。總之，諾亞方舟就這樣在這條坑坑窪窪的路上開著，不停地按著喇叭，讓別的汽車讓開。到渡輪上更是需要一系列了不起的壯舉，尖叫聲，一團黑鴉鴉的商人從遊客頭上跳了過去。終於開船了。河岸漸漸地遠去。渡輪好像已經非常舊了，架子都已經銹跡斑斑，纜繩也壞了，讓人懷疑隨時都會發生事故，被吞沒，在瑪格麗特的記憶中也是那麼可怕：「我怕在可怕的湍流之中看著我生命最後一刻的到來。激流是那樣兇猛有力，可以把一切沖走，甚至是岩石，教堂，城市都可以沖走。在河水之下，正有一場風暴在狂吼。風在呼嘯。①」今天，柴油卡車代替了雷翁·阿美達·波雷，但是沙瀝的汽車還在，而且司機旁邊的座位上也總還放著一尊手繪的大菩薩，那是司機的保護神。渡河至少需要一刻鐘的時間。渡輪上

① 《情人》，頁一八。

熙熙攘攘。一個盲人音樂家搖著木鈴在唱歌，旁邊有兩個孩子陪著他，手裡都拿著一只木碗。在一輛巧妙改裝過的自行車上，有一種類似蒸汽裝置的東西，這樣裡面裝的白色透明的點心就不會冷了。女人大聲誇自己的鴨蛋好。風猛烈地颳著，讓人覺得大海就在很近的地方，河水捲起道道漩渦。兩側的河岸都有好多小姑娘在賣一種稻米和玉米做的點心，有一點甜，包在香蕉葉裡賣。「中國人給了她一個。她接受了。吞了下去。沒有說謝謝。①」

美荻到西貢之間的路很平坦，很直，景色單調。香蕉樹，水棕櫚和椰子樹隨風搖擺著。水稻梗子在顫抖。田野裡，一片綠海之中，時不時的可見星星點點的灰色或白色的墳墓，總是面對太陽落下的方向。小鎮上，一個小姑娘躺在路邊的一張床上，在玩一根小木棍。就在她後面站著個男人，在描木頭棺材上的紅字。生命，死亡，等待，不朽。天色灰暗。正是放假的時候。學校在大風中敞開大門，沒有窗，也沒有水泥地。「過了村莊後她又睡著了。有司機的時候，我們總是喜歡在稻田和天之間的路上睡覺。②」情人的司機不久前死了。這是父親的司機。雷翁．阿美達．波雷也被一輛標致四〇三所取代，沒有那麼艷情而浪漫了。

在渡輪上初遇的那一天，小姑娘穿著一件獨一無二的裙子，剪裁很注重肩部和側面，上面還有圖案，在腰部，是櫻桃樹枝上的一隻巨大的鳥兒，展翅欲飛的樣子。裙子很保守。還有那頂玫瑰木色的氈帽，是母親發慈悲給她買的，可以把小女孩的辮子藏進去，這樣小女孩看起來就有一種美國牛仔的味道，這在二十世紀初期可是很流行的。

①《中國北方來的情人》，頁三九。
②《中國北方來的情人》，頁四七。

我缺乏魅力，這一身打扮也沒有什麼特別可笑之處，況且我並不美得出眾。我個子矮小，身材扁平，臉上還有雀斑，身後有兩條沉甸甸的辮子，棕紅色的，差不多一直垂到屁股。莊園裡的陽光把我的皮膚都要燒壞了，因爲我們大多數時候都在外面（而西貢那時的風尚是白皙的皮膚）。

也許我的輪廓還算是合適的，原本也算是美的，但是我臉上那樣一副頑固不化，不討人喜歡，沉默寡言的表情，令我的輪廓大大失去了光彩，沒有人注意到我。我看人的目光也很不好，母親說簡直有點惡毒。我在我的臉上找不到一丁點溫柔的表示，找不到一丁點柔軟之處。

母親有時會對她說，不過很少，而且總是偷偷地說，說她漂亮。不，不，妳會漂亮起來的，瑪格麗特。妳會漂亮的。她讓她不要太在意。皮耶不打她的時候（待會兒我們要回到毆打上來的），就會罵她，罵她長僵了，罵她是個廢物，長得那麼醜，男人都嚇跑了，醜得日後根本嫁不出去，她應該有自知之明。

眞的，我沒有嫁妝，母親一想到我有一天要出嫁就覺得害怕。從我十五歲開始，這就成了家裡的問題。「妳可以跑一跑，」大兒子總是說，「看看有沒有人要她。她三十歲的時候，你還得把她抱在懷裡。」這是我母親很忌諱的一點，她會發怒的。「明天，只要我高興，我就把她隨便嫁一個人。」要做老姑娘的前景讓我不知所措。死亡與此相比都不顯得那麼糟糕了。我聽著這一切。

我知道母親說的不是眞的，她不會把我隨便嫁給什麼人，但是我還是希望能夠找到一個「婚姻對象」①。

待售的瑪格麗特。兩個哥哥都不想工作，母親也認爲，只要付現款，女兒離家也是很道德的。甚至在和雷奧的故事之前，他們已經在給她找婚姻對象了。可是徒勞。沒有人要瑪格麗特，至少從表面上看起來如此。接著，像奇蹟一般，就出現了和雷奧的相遇。「雷奧怎麼會注意到我的呢？他覺得我對他的胃口。我不願對自己解釋說是因爲他也醜。他曾經出過天花，不太嚴重，但留下了痕　。他肯定比一般的安南人還醜，但是他的穿著很有品味。②」

醜也只好認了。也許對於單純的少女以及比較脆弱的心靈（我曾經就是這樣的）來說，只好幻想情人的性魅力了，雨一般柔滑的皮膚，煽情的手，完美的身體。情人很醜，而且長得不太對勁。在這個溫和的年輕女孩看來，情人甚至長得讓人噁心，是的，但情人對她感興趣。終於有一個異性注意到她了，重視她，讓她感覺出自己的存在。當然，瑪格麗特也曾經吸引過夏瑟魯普—洛巴中學的一個同學，他在暑假的時候追了她好幾個月。但是在瑪格麗特看來，他比雷奧還要醜。更讓人噁心！再說他也沒有錢……「他是班上的垃圾，渣滓，我不准他碰我，因爲他長著一口爛牙。班上同學都看不起他。他的哥哥在中國區開了家小店。他已經超過二十歲了，可還在上三年級，因爲他留過級。」這個可憐的小伙子求了幾個小時，求瑪格麗特和他到教室後面去，坐在他身邊。接著，他用一種令人悲憫

① 現代出版檔案館檔案。
② 現代出版檔案館檔案。

的低三下四的口吻，堅持要求瑪格麗特把手給他，他貪婪地把她的手擁在懷裡。「我好奇地看著他……這是個不幸的存在：我根本看不下去，因爲他是我要避開的那類人的具體體現。那類可憐的，讓人瞧不起的人，而我也屬於這類人。①」

在幼稚無知的同學和雷翁·阿美達·波雷汽車裡的痲臉之間，她的選擇不難理解。再說這眞的是一種選擇嗎？可能還算不上。瑪格麗特無路可逃。哥哥和母親的壓力對她影響太大了。她覺得自己有必要找個男人。她找到了。她沒有等他，但是他正巧落在她面前。她覺得自己有義務拯救家庭於水深火熱之中。她一個人就能做到。開始時她沒有告訴母親。下午，她和他坐在車裡遊遍西貢的大小馬路，車窗緊閉。她向他，也向西貢其他居民打探消息，想要確切知道他究竟有多少財產。她很快證實了他擁有巨額財富。暑假的時候，她把他帶到沙瀝介紹給了她的家人，然後漸漸的，在母親和大哥哥的督促下，迫使他盡快做出選擇：用有望成眞的愛情交換很多很多的皮阿斯特。以前曾經有過《太平洋防波堤》的夢想。而在這以後有了對情人財富的夢想，這夢想不是瑪格麗特一個人的，而是整個家庭的。

雷奧進入這個家庭改變了一切計畫。自從我們知道他的財產總額以後，就一致決定讓他來還高利貸欠款，並讓他投資好幾個企業（讓他給我小哥哥開個鋸木廠，給大哥哥開個裝飾車間），我母親仔細研究過各項計畫，除此之外，還要他給家裡的每個成員配備一輛汽車。我負責把這一切計畫轉達給雷奧，試探他一下，但是不能允諾他什麼。「如果

① 現代出版檔案館檔案。

妳可以不嫁給他那就最好了，不管怎麼說他是當地人，妳以後會明白的。①」

情人於是成了交易的對象，錢的來源，道納迪厄一家唯一的資源。在這齣以她為首的反常遊戲裡，瑪格麗特究竟是騙子、同謀還是犧牲品呢？她一頭栽進了遊戲之中。愛的遊戲，後來她將之轉化為情人的兩個版本。作家對於骯髒事實的美麗報復！故事得到了潤色，並且成了小說，回響很大，作者以如此感人而且看上去如此眞實的方式將它表現出來，以至於情人成了她眞實生活的一部分——沒有任何人會反對這一點。她用《情人》進行了報復。她把一個再平庸不過的故事發展成了一個艷情故事。她喜孜孜地把錢收了起來。她似乎終於可以平靜了。但是她曾經和我解釋過，說她那時完全在家庭的控制之下，說她被束縛住了手腳，成為一件物品，不得不將交易進行下去。她說的是眞話嗎？籌拍《情人》的時候，她也和雅克・特羅奈爾，和克洛德・貝里說過同樣的話。「小姑娘沒有被強姦，是母親把她送給情人的。②」作為情人的男人對此不負有責任。女孩是對母親而不是對情人讓步的。對女兒，母親能提任何要求。女兒是母親的財產。母親把女兒的一切捐了出去，除了性。想要占有她，那就得娶她。但是母親想要避免婚姻——不管怎麼說他是個本地人，同時還要盡可能地利用這種關係為他們帶來經濟上的利益，能利用多長時間就利用多長時間。

莒哈絲成為作家以後，一直致力於再現這份痛苦；在她自己眼裡，這段時期仍然是黑暗模糊的，她不明白，這一份愛的需要，這種為默許的母親做出的犧牲，這種把戲，她相信把自己給了母親，而

---

① 現代出版檔案館檔案。

② 瑪格麗特・莒哈絲和克洛德・貝里的對談。克洛德・貝里檔案。

實際上她是委身於一個男人，一個可以把她從母親控制之下解救出來並讓她因此得到快感的男人。「還有，他還算是走出去的，因爲人們看不見他的身材，通常只注意到他的腦袋，如果說這腦袋的確很醜，卻還算不失某種高貴。我從來不同意在街上和他一道走一百米以上。如果一個人能夠耗盡他的羞恥之心的話，我可能和雷奧在一起就已經耗盡了。」她在日記中寫道。

在《中國北方來的情人》裡，有孩子、男人和慾望。慾望很快就產生了。如此強烈的慾望，語言已經多餘，只有沉默。愛的沉默。瑪格麗特通過寫作耗盡了她的羞恥之心。她通過文學倒光了生命中陰暗不幸的部分，只留下經過精煉的東西。她充滿激情地重複，將一個個人的故事轉化爲愛情的套話。

故事已然存在，已然不可避免。
一個盲目的愛情故事，
不停地向我走來，
從來沒有忘卻①。

和中國人的故事持續了兩年。在第一年裡，瑪格麗特還是西貢的住宿生。這是乘著黑色轎車兜風的一年，偷偷摸摸的吻，晚上出去至堤岸的飯店吃飯，性遊戲的房間，和海倫·拉戈奈爾永不結束的談話，她唯一的朋友，是經過她心靈篩選出來的朋友，她對她充滿了慾望，對她的身體，對她的目

①《中國北方來的情人》，頁五二。

光，她的嘴唇和她的乳房。後來母親離開了沙瀝。被任命為西貢一家女子學校的校長，她搬到離夏瑟魯普—洛巴中學不遠的一幢房子裡。這一年是在泉園夜總會度過的，藍色的游泳池，可笑的狐步舞，憂傷而無精打采的母親，無端狂吠而好鬥的哥哥，他們一直都在，粘著他們，就像小姑娘和情人的看門狗，窮兇極惡地監視著他們。故事才開始的時候，年輕男子總是和他的司機一道等在中學的出口。他們把自己關在這輛在年輕女孩看來奢華之極的車裡，彼此交談，互相熟悉。幾個星期以後，年輕男子握住了她的手，對她說：我愛妳。這幾個字突然將她帶入了慾望。這幾個字震驚了她，這幾個字，她曾經在一本書裡讀到過，一本她覺得最好、熟記在心的書，戴利的《瑪嘉利》（她炫耀說她至少看了五十遍以上）。在《瑪嘉利》裡，這句「我愛妳」只說過一次。但是正是這幾個字在情人之間建立了一種牢不可破的關係，由數月的等待，痛苦的分離，折磨人的痛苦錘煉而成的關係。我愛妳，這話我們只說一次。在日記裡，她寫道：「說出來之後，他就再也沒說過這句話了。而這話他是對我說的。①」他或是別的什麼人，沒有關係。重要的是這句話在年輕女孩身上產生的那種熾熱的感覺。一種強烈的高貴感讓她對這個世界敞開了心扉，使她激盪不已。「不管是誰都能對我說這句話。在相同的條件下也會產生相同的效果。」但是雷奧很醜。他不討她的喜歡。怎麼才能忘了他缺少魅力的事實呢？瑪格麗特在日記中詳細描述了年輕男人對她一步步的引誘。雷奧很有方法；他從頭髮開始，然後是腰，接著到乳房，他企圖撫摸她的乳房，遭到拒絕後絕望地往上到她的唇。戰鬥持續了幾個月。

「我，我希望待在任何一個人的懷抱之中。」「堤壩」裡的蘇珊娜說過，是在若先生不停地給她塗指甲油之後，塗了手上的指甲又塗腳上的指甲。身體支離破碎。腰肢，頸項，臂膀，手，頭髮，嘴

① 現代出版檔案館檔案。

唇。不，沒有唇。從來沒有唇，別的部分——再撫摸一遍。這種令年輕姑娘惡心的感覺，在日記的陳述中已經非常強烈了。於是，她筆下的初吻幾乎成了強姦：

他突然間吻了我。我的反感眞是難以名狀。我推開雷奧，啐他，我想要從汽車裡逃出去。雷奧也不知怎麼辦是好。有一秒鐘的時間，我緊張得如同在弦之箭。我不停地重複著：完了，完了。我本身就令人惡心……我不停地吐唾沫，我吐了一晚上的唾沫，第二天，我一想到當時的場景，還是要吐唾沫①。

七十年後，她的這個故事眾人皆知，甚至成了國際性的暢銷小說。她從自己體內把這些詞趕了出來，個個硬如碎石。但是，她第一次寫這個故事的時候，她想要把它從自己體內徹底驅除出去。寫的時候她遠離了自己。這則日記似乎是扮演了某種淨化的角色。而且她從來沒有把這篇文章拿出來過，她的同伴和朋友都不知道它的存在。她描寫了她對降臨到她身上的這一切是如何反應的，身體上有怎樣的反應，雖然她沒有眞正弄明白，但是她把一切都記錄在她身體的褶皺間。她體驗到了一種情感和認識上的混亂。通向感官之路，對這個世界的理解只能通過詞語來表達。「我已經記不得當時對雷奧都說了些什麼。再說這一切如此可怕，說了些什麼已經不重要了。②」

瑪格麗特的日記遵從的是時間的順序：首見，在反感之中還混雜著想要讓中學裡蔑視她的女孩刮

---

① 現代出版檔案館檔案。
② 現代出版檔案館檔案。

目相看的慾望。黑色的轎車在出口處等她。雙手交抱，纏在一起。車窗緊閉，兩個人都登上了一條自己不太情願的不歸路。他不明白年輕女孩玩的那種模糊的遊戲。她也不知道自己究竟能到哪一步。母親對她說過：妳和雷奧什麼都能做，除了睡覺。但是她不明白睡覺意味著什麼。她的大哥從一開始把她當成娼婦來對待，但是也沒有人告訴她娼婦意味著什麼。他又罵她是骯髒的妓女。妓女這個詞對她來說一直有一種神秘的色彩，每一次他罵她，她都牢記在心。她還是不知道這個詞的意思，但是她喜歡這個詞。她不知道爲什麼，反正這個詞很吸引她。妓女，骯髒的妓女。大哥罵她的時候，她就直勾勾地看著他。找尋詞語的涵義，然後可以把自己的感覺表達出來：瑪格麗特需要很長時間才能把詞語和事物一一對上。也許把寫作當做一種澄清，正是源於這份自少年時代就包圍著她的差距和這份永遠的混亂。當然能夠理解，但是從來都不是很明白，從來都不能夠完全理解。

雷奧鼓足了勇氣。他要碰她。雷奧挑起了她猶自不知的快感。雷奧成了夜晚的偷渡者。他把她帶到堤岸，她對於堤岸的了解還只限於那些昏昏欲睡的當地警察。堤岸是生活本身，永遠都是那麼擁擠，一種色彩、感覺、氣味、動作上的大雜燴，一種堆積，一種不相容的存在，一種動感的美，強烈的美。

以前，西貢和堤岸以一大塊平原爲分界線。才建殖民地的時候，白人在堤岸看到的是一塊墳地。如今，墳地消失了，取而代之的是瀝青馬路和林蔭大道，到處都是黃包車和輕便摩托車。一切都被運送到堤岸。堤岸是城市的肚腹，是印度支那最大的市場。夜晚白天都浸沒在小店舖裡，腳上沾滿泥漿的老先生在賣曬乾的蟹腳，據說這能讓男人更加強壯，而旁邊就是裝扮入時的年輕女孩，妝化得很濃，頭髮剪成亮閃閃的鯉魚狀。在堤岸聞到的是泥沙和魚醬的味道，是辛香作料和飄著清香的茶的味道；人們擠來擠去的，總是很忙，除了那些正在一團混亂中習中國字的小孩，很認眞地拿著一本漂亮的簿子，照著老祖母給他們寫的樣字在描。堤岸還是三〇年代的風貌，沒有什麼變化。巴黎街仍然妝點著彩色的花環，飯館的樓梯也還是亮晶晶的，店裡都放著大肚菩薩。香菸店總是開著門。門前男人在洗澡，笑著濺了一身的泥漿。有人在玩多米諾骨牌，有人在叫賣，一個小姑娘躺在支在路邊的行軍床上唱歌。下面，苦力圍著一盆辣椒湯。上面，稻米大王正在喝香檳，喝醉爲止。雷翁．威爾士說他覺得堤岸是一幅巴黎比加爾和美麗城並陳的圖畫，彼此混雜。飯館則像《情人》裡寫的一樣，用碩大的盆盛食物，亂哄哄的光線和聲音，侍者大聲地叫菜，來來去去穿梭得讓你頭昏。坦率的城市，交易的城市，賤民和妓女的城市。所有東西都可以賣。堤岸和世界上任何一個地方都不相像。多熱萊斯說得很有道理：「我們從塔廟裡出來趕去聽歌女唱歌。我們在市場上漫無目的地閒逛。街上到處都是攤子，花十個蘇就可以買一個藍色瓦罐，還可以買好幾串糖漬的李子乾。我們爬上香菸店，混入人群，在攤子上翻來翻去，等腦袋裡塞滿了亂哄哄的景象和聲音之後，我們吹口哨叫來一輛馬拉巴爾基督徒的汽車或一輛黃包車，筋疲力竭地陷在車裡，從北面的那條路繞回去。藉著黃昏的光線，我們胡思亂想地望著光著肚子的店主和畫著『小花』的臉頰。①」

雷奧好像吃醋了。他監視年輕女孩，成天等在學校門口。他要求知道她的時間安排，開車跟在她後面，跟著她從學校回到C小姐那裡。小女孩讓他撫摸。每天更進一步。她不願意但是她不知道該怎麼阻止他這樣得寸進尺。他對她說：如果妳欺騙我，我就殺了妳。他帶她去看美國的警匪片，趁著黑暗在她身上亂摸。她不敢推開他，一邊讓他撫摸，一邊貪婪地睜大眼睛看著銀幕上美麗而勇敢的女主人公。她一直有一種罪惡感。因爲不會愛。因爲不能夠愛他。她把這個故事當做她的宿命。然而，正

① R．多熱萊斯，見上述引文。

如她所說的一樣：「從一開始我就非常認眞地對待我們的關係。我從來沒有給過他吃醋的機會。」嫉妒能讓兩個人的關係牢不可破，使之持續下去。還有對性關係的等待。瑪格麗特．莒哈絲在《太平洋防波堤》裡成功地描寫了這種頗爲漫長的進程，蘇珊娜開始只讓那個或許可以成爲她未婚夫的人用眼睛看，用目光占有她，但是她不讓他碰她。在日記裡，她已經分析了這種快感的一步步來臨：「面對雷奧，我眞的覺得自己有罪，我很痛苦，因爲我不能再進一步。」後來母親和哥哥也到了西貢。年輕女孩又重新回到了集體生活裡，瘋笑，還有毆打。

無論如何，這是瑪格麗特在日記中寫的。文章有的時候簡直讓人心碎，因爲她用不容置疑的筆調描述了加諸於她的暴力，眞的是不堪忍受。犧牲品小瑪格麗特？猥褻成性的大哥在母親的默許下玩弄的對象？他們也許可以從中獲得某種快感？從表面上看起來應該是安全的，小資產階級的生活。德尼斯．奧約，瑪格麗特在夏瑟魯普—洛巴的中學同學說她從來不懷疑瑪格麗特會挨打。馬克斯．貝爾吉埃，後來母親在西貢收的寄宿生，則認爲這根本是不可能的事。她的朋友中，一直和她關係很好的愛德加．莫蘭，克洛德．盧瓦都沒有聽她談起過挨打的事，儘管有好幾次，她說起過大哥的粗暴，說她非常害怕。但是她對莫尼克．安泰爾姆說過，說她小時候經常挨母親的打，這絲毫無損於她對她的愛。據一位她的從印度支那回來以後認識的朋友講，她母親在行爲上的確非常粗暴，而且對女兒有一種敵意，總是喜歡和她鬥。到底是怎麼一回事呢？

瑪格麗特的某些情人——比如說熱拉爾．雅爾羅——曾經和周圍的同伴說過她喜歡挨揍。後來，她和她兒子之間也經常動手。不都說挨打長大的孩子長大也會變成粗暴的父母嗎？有時兒子也還擊。瑪格麗特的好多朋友都看到過這種母子之間互相攻擊的場面，他們甚爲尷尬，也沒有辦法上前阻止。這位母親是否經常傾訴她童年的不幸呢？受虐狂瑪格麗特？在我和瑪格麗特的談話中，她肯定了母親和大哥打她的事實，但是她不願意多談，也拒絕評論。在這則日記裡，她卻多次提到自己挨打。究竟是真的存在過，這些骯髒的秘密，還是僅僅是作家的想像，帶著某種快慰重新編造這一段即將結束的童年時光？

毆打，也許有過。很多，很野蠻，粗暴，傷痕累累，但是她等待挨打，希望挨打。暴力是這個家庭星座的中心。女兒對於母親的愛—慾望—服從正是通過毆打傳遞的。小女孩可以接受毆打，但是害怕雷奧的反應：

媽媽經常打我，尤其是她神經緊張的時候，她沒有別的辦法。因為我是她最小的孩子，最可控制，因此媽媽打我也就打得最多。她打得我團團轉，只是我躲閃得非常輕盈。她用棍子打我。憤怒讓她氣血上衝，她說她會死於腦溢血的。於是儘管我想反抗，但是我更害怕失去她。我能夠贊同媽媽打我的動機，但是我不喜歡這樣的方法。我知道雷奧不能夠理解，他從來不能理解媽媽對待我的態度，然而在這一點上我和媽媽的意見一致，我不能忍受任何人，包括雷奧，指責她①。

瑪格麗特把自己看成一個壞女孩，粗野，孤獨。她沒有朋友，除了變成她筆下的海倫·拉戈奈爾的科萊特，還有幾個圍繞在她周圍的崇拜者，她們組成了一個知心朋友的圈子。德尼斯如今相當後悔，她從來沒有請過瑪格麗特參加家庭舞會或茶舞會什麼的。她從來沒有出席過這樣的場合。「我幾

① 現代出版檔案館檔案。

乎總是生活在一種罪惡感之中，而這一切只能增加我的傲慢和惡毒，因爲我很驕傲，我不願意表現出悲傷的樣子。①」她弄哭了好幾個學生，不和他們說話，以此來證明自己的惡毒。她甚至敢拿教師開刀，就是那樣定定地看著他們，把他們都看病了。她還製造事端，讓督學不舒服，讓他們喘不過氣來，最後不得不離開學校。其實她自己也害怕，害怕她製造的這種恐慌。她也許的確「該打」，因爲唯有這樣才能平復她這種單純的惡毒，她確信自己爲這種惡毒所包圍。大哥也打得越來越巧妙了：母親隨之仿效，在一種病態的競爭中，母子倆緊密地團結在一起。

要看輪到誰打我。如果大哥覺得母親沒有用合適的方式打我，他會對她說「等等」，然後替她上陣。但是她也不願意，因爲每次她都覺得我會被打死的。她發出可怕的吼叫，但是很難讓我大哥停手。有一天，大哥改變了戰術，讓我衝著鋼琴滾過去，我的太陽穴正好撞在鋼琴腳上，幾乎站不起來。母親害怕極了，以至於後來她一直活在這些戰鬥的陰影裡。大哥製造我的不幸時顯得力大無比，他的肱二頭肌簡直是畸形發展，令我母親深爲敬畏，也許她因此更想打我②。

雷奧的故事使得大哥不僅僅能滿足於毆打了。他又開始了辱罵。繼妓女之後，爛貨成了他的口頭禪，但是還有母狗，無賴和毒蛇。小女孩默默地承受這一切，但是越來越爲自己的生活感到擔心。在

---

① 現代出版檔案館檔案。
② 現代出版檔案館檔案。

日記裡，瑪格麗特寫道：

> 母親毆打和大哥毆打的不同之處就在於，大哥的毆打更疼，更讓我無法接受。每一次，我都覺得他簡直要把我殺了，我不再是憤怒，而是害怕，害怕我的頭會掉下來，在地上亂滾，或者頭還在，但是瘋了①。

晚上，雷奧「來來去去」，就像瑪格麗特寫的那樣，帶著一大家人。在堤岸的飯館裡，哥哥總是點最貴的菜，而且從不說謝謝，接著還要去最時髦的夜總會，泉園夜總會度過夜晚的剩餘時分。日記和《中國北方來的情人》裡的泉園夜總會眞實存在過，老的西貢人還能記起塗脂抹粉的白種女人乘著那種城郊才有的加長型汽車來了，已經喝得有點醉醺醺的法國人在等她們。如今，泉園不復存在。過去這裡曾以耀眼的奢華著稱，熱帶花園裡散布著一個個小房間，供客人荒淫之用，而現在，它眞的從地圖上徹底抹去了。過去滋養著游泳池的小河，如今從一大堆垃圾之海中流過。舞池也被市場取而代之。再沒有拉莫娜了，也沒有瑪爾岱爾．拜里埃。成群的孩子簇擁在一位老先生周圍，他過去曾是泉園的侍者，他至今還滿懷激情地回憶那個燈紅酒綠的時代，富有的中國人把白種女人喊出來，讓她們陪著喝酒跳舞直到天亮。再沒有狐步舞了，也沒有查爾斯頓舞了。

「我們最常去的是距離城市二十公里的泉園夜總會，那裡有個游泳池，是直接截取某條湍流，就在它的河床上挖成的。燈光和游泳池上方流暢而柔軟的身體照亮了它。在吃冷餐和跳舞之前，我和兩

① 現代出版檔案館檔案。

個哥哥就在那裡面游泳。晚會非常奇怪，一點也不好玩。兩個哥哥都看不起雷奧，他們總是顯出一副高高在上的樣子，也不說話。母親則和善而悲傷地微笑著，看著她的孩子驕傲地跳舞。她總是穿著那種晨衣一樣的裙子，肩部和側面打了褶，沒有腰身，還穿棉襪和過時的皮鞋。她幾乎是靠著桌子，大包從來沒有離開過她的膝蓋，裡面永遠放著種植園的地契以及高利貸的收據。」泉園的晚會越來越多。瑪格麗特・莒哈絲忠實記錄了一個年輕女孩的心情和母親的沮喪。母親覺得自己是個犧牲品：「她每天都這樣說，每次說了都要打我。正是爲了我們她才淪落到這種悲慘的境地。我們彷彿越來越悲慘。她是犧牲品，而我們不是。她總是說：『我已經被附著在不幸之上了，我被摧毀了，我還不如死了好……』她經常這樣說，我們已經麻木了。人家都說她很罪過，一點用也沒有，尤其是和雷奧的故事，別人都把錯歸咎在她身上。①」

母親由雷奧供養著，兩個哥哥亦是如此。但這還不夠。母親和大哥需要現錢。母親想方設法讓女兒明白——但也沒有解釋得很清楚——她需要錢，需要買東西。女兒聽從了命令，但是花了很長時間才執行。雷奧有權吻她，撫摸她的手。最後會有一支探戈舞曲的。房間裡的愛，她是到最後才鬆口的，就在她回法國的前幾天，並且，根據日記記載的，只有一次。唯一的一次。錢，她最後還是問他要了錢。他從來沒有主動提出過要給她。六十年以後，瑪格麗特・莒哈絲還在自忖她究竟是怎麼達到「極限」②的——這是她用的詞。萬事開頭難。後來，她所感覺到的只有羞恥。她在這則私人的日記裡寫道，她帶回錢的時候終於在親人的眼中讀出了自己的存在。她再一次向他要錢。但是雷奧讓她求

①　現代出版檔案館檔案。
②　瑪格麗特・莒哈絲和克洛德・貝里的對談，未發表。克洛德・貝里檔案。

了又求，他弄懂了這個計謀，他覺得這一切非常可恥，讓人惡心。母親在等剛和雷奧分了手的女兒。今天是多少？女兒沒有回答，拖延快樂的時間。「當她得知我拿到了錢，母親進入了一種半睡眠狀態。」母親寸步不離地跟著女兒，大哥也始終跟著她們，赤著膊。女兒終於可以支配母親了。她因爲缺少她的愛而飽受折磨，這一回她終於可以擁有她了，當做人質。她侮辱她，讓她低頭，讓她因爲慾望而氣喘吁吁。她知道把錢交出去以後她會挨揍的。她在拖延時間。這時錢已經不是慾望的發動機，而是感情的興奮劑。錢只是一種手段，是慾望的致命武器：「『妳會馬上把錢給我的。』手舉在我臉的上方，差一點就要落下了。我給了。錢在包裡，也就沒人再想著了。①」母親對女兒很滿意。她不再爲她擔心。她覺得，女兒最終還不算太糟，還能應付得了生活。她也許不會結婚，但是她知道怎麼和男人周旋。這才是最重要的。

在中學，瑪格麗特越來越孤立了。到處都是蔑視的眼光。同學把她當成妓女來對待，人家都說她是西貢最年輕的腐化女人。她很少去學校。她說學校有同學冒犯她，而她也不能求助於學監，因爲他曾經把她關進自己的辦公室，企圖擁抱她。也就是在這個時候她瘋狂地迷戀上了文學。她厭倦了戴利，喜歡上了莎士比亞和莫里哀，她後來也一直非常喜歡他們，讀了一輩子。接著她又在一堂英語課上對劉易斯·卡羅爾一見鍾情。她羨慕阿麗絲能夠爲自己創造一個世界。瑪格麗特，她從來沒有夢想過還有別樣的生活方式。她並不夢想可以活得更好。在日記裡，她把自己描寫成一個壞女孩。她知道自己是個壞女孩。她再也擺脫不了這份惡毒了。壞，妳就是個壞女孩。雷奧不停地對她重複說。鐵石心腸，是個只能讓他痛苦的廢物，麻木，就是爲了他的錢。然而，她開始有點愛他了。雷奧也是，突

---

① 現代出版檔案館檔案。

然間占了上風，能夠控制局勢了。她愛他，她說「以她自己的方式鍾情於他」，而他爲了懲罰她，一個星期都沒有理她，甚至沒有任何表示，她非常痛苦。雷奧和她談起了未來的生活，而小女孩也覺得自己眞的會和他一起生活的。無論如何，她什麼也不等。和雷奧在一起生活也許沒有和母親在一起生活這麼艱難。「我接受了雷奧的蠢話。我接受了一切。我的母親，我的大哥，雨點般的毆打。一切。我覺得逃離這一切的唯一方法就是嫁給雷奧，因爲他有錢，有了錢我們就能去法國，我們就會有好時光的。我可不想留在印度支那，因爲我覺得我沒有辦法一個人和雷奧在一起生活。」

但是雷奧，在維持了兩年的關係之後，有一天來對母親說他的父親禁止他娶瑪格麗特。剩下的事情非常匆忙。母親很快要回到法國重新開始生活。但是她一個子兒也沒有。她把雷奧看成是這新的不幸的罪魁禍首。於是她向她要錢。兩百萬。眞的是兩百萬，瑪格麗特後來對我說，聲音中有一種驕傲，她也是這麼對克洛德·貝里說的。在她的書裡，她說到了一顆鑽石，一顆很大的鑽石，只可惜壞了，這顆有瑕疵的鑽石是情人家給的，母親曾試圖把它賣掉。我不知道情人家是不是給過鑽石，不過是給了他們一筆現金。情人的父親打聽清楚了道納迪厄一家到法國所需的費用。

一九三一年夏，瑪麗和她的兩個孩子登上了去馬賽的船，「聖─皮耶的貝爾納教徒」號。旅費不是母親出的，雖然她還是公務員，可以享受免除旅費的待遇。情人的父親最終讓了步。錢，這是母親的報復。法語裡說得很好：付出代價。他們走了，情人一家想，終於走了。在《情人》裡，瑪格麗特也描述了分離的場面，郵船公司的港口漸漸遠去，雷奧的身影漸漸在情感的跌宕中變得模糊不清，接著是船航行到一半有個年輕的旅者自殺，他的屍體被黑暗吞沒了，一點聲音也沒有。瑪格麗特和自己的童年訣別了，但是與她想要締造的傳奇正相反，她沒有和印度支那訣別：一年以後她又和母親回到了這裡，上了一年的學，才最後眞正地回到了法國。

相信自己的童年無足輕重，我想，這是一種深層的，決定性的，根本的缺乏信仰的表現。

所有的人都會對童年表示首肯。所有的女人都會為了隨便什麼人的童年故事落淚，哪怕那是個兇手，是個暴君。最近我才看過一張希特勒在童年時代的照片，他穿著襯裙，站在椅子上。

如果從一個人的童年出發考慮問題，那麼所有的生命都值得無限同情。也許我只是這樣來看待別人的，因為在我的童年裡，有一種讓我覺得驕傲的動盪①。

法國的大駁船仿若燈火輝煌的城市，是唾手可得的歡娛和短暫激情的領土，瑪格麗特曾經在書中仔細描寫過這一切，而如今這些船不再停靠在郵船公司前了。不過有些大的貨船還在這裡下集裝箱，港口擠滿了赤手空拳抓白魚的年輕人。《印度之歌》和《副領事》裡的討飯女人似乎還在不遠的地方遊蕩，走入又深又黏的水裡尋找她所謂的食物。郵船公司的貨艙還沒有完全損壞，但是大樓已經成了胡志明市的博物館，門口有個鬍子拉碴的守衛，不允許閒人進入。革命旗幟飄揚在湄公河上。西貢過去是通往中國和日本的交通要道，並且是到印度和馬來西亞半島的必經之地，而今卻已經完全失去了往日的光彩。情人不再淚眼朦朧地等候在碼頭上。

關於道納迪厄一家這次在法國短暫的停留我們知道得很少：殖民行政署名單上的一些臨時地址，可以證明他們先在母親家住了一段日子，先是在索姆山，後來到了杜朗，然後經由普拉提埃到了莒哈

---

① 未發表的手稿。現代出版檔案館檔案。

絲鎮。讓·路易·雅戈曾經陪瑪格麗特到過莒哈絲鎮，那是她最後一次到那裡，她走在以前父親家的田野裡，大聲地和自己說話，說的都是母親那時想要收回房子的事情，其實母親自己也很清楚這是一場徒勞的戰爭，果然他們一無所獲。至於母親爲什麼如此執著，原因在瑪格麗特的第一本書《厚顏無恥的人》裡可以找到，她在書裡寫了生活在鄉村裡的一家人，有一個惡毒的哥哥，一事無成，遊手好閒，一個極不穩定，頭腦狂熱的妹妹，還有一個不公正、粗暴的母親，陷入對兒子的畸形溺愛中無法自拔。母親想用這塊地來束縛住兒子，讓他成爲那種紳士型的農場主。她的努力白費了，因爲兒子需要的是容易到手的錢和城裡的姑娘。

伊芙特，瑪格麗特小時候的朋友，這會兒卻再也認不出那個當年在田野裡亂跑的瑪格麗特了，那個狡猾的瑪格麗特，說話的腔調眞正像個鄉下小女孩。瑪格麗特已經長成一個年輕女人，神秘，孤獨，似乎也不想和村裡的人多接近。她美得讓人吃驚。星期天下午，她在兩個哥哥的陪同下走在村裡的路上去看電影，年輕的男孩都向她吹口哨。伊芙特的兩個朋友還能記起她那種非常害羞的神情。勒內·勃朗敘述了那天他們拍賣家具的場面，周圍的人都很激動，看到從遠東和中國運來的財寶家具散亂地堆放在那裡。這個時期也留下了不多的幾張照片，我們可以看到，道納迪厄一家三口很可親地對著鏡頭。表面上看起來很團結。瑪格麗特很苗條，頭髮梳得整整齊齊，裙子也很入時，只是目光非常憂傷。

在普拉提埃過了暑假以後，瑪麗決定到巴黎安家。在《物質生活》一篇題爲《波爾多的火車》的文章裡，瑪格麗特追憶了當時或許眞的有可能發生過的事情——這篇短篇小說寫得如同連環畫片一樣——這次旅行之夜。她和母親以及兩個哥哥一道在三等車廂裡。在她對面坐著一個三十來歲的男人，一直在注視她。「我一直穿著殖民地那種淺色的裙子，赤腳穿著涼鞋。我一點睡意也沒有。這個男人問到了我的家庭，於是我告訴他我們在殖民地是如何生活的，那裡的雨，那裡的熱氣，陽台，和法國的差別，森林裡的遠足，還有我那年取得的業士文憑……」瑪格麗特的聲音這麼低，周圍人都在她的陳述中睡著了。接著突然一切都在「一瞥的時間」裡發生了。她睡著了，又醒了過來。一隻溫熱而柔軟的手正順著她的臀部往上。夜，母親、哥哥都在她身旁，她被他們擠得幾乎窒息了。火車到達巴黎，當她睜開眼睛時，看見對面的座位是空的。

瑪麗．道納迪厄一到巴黎就著手辦理手續，想要在巴黎城附近找一處住房。寡婦，三個孩子，做了很長時間的公務員。在她的堅持之下，她獲得了一套房子，在旺弗的維克多．雨果大道十六號。法國生活對於瑪格麗特產生了什麼樣的衝擊呢？她從來沒有談起過，除了在《厚顏無恥的人》的第三章間接談起過一點，只不過旺弗變成了克拉瑪，女主人公心不在焉地遊蕩在不甚規則的郊區冰冷的街道上。「隨著時間的流逝，她越來越孤獨，一直遠離生活的家庭河岸。」小說在最後的幾章用非常肯定的筆調追憶了「神經失常」的母親，她越來越粗暴了，不惜一切保護她的大兒子，對她的女兒極其不公正。道納迪厄一家在旺弗的日子很快變成了地獄一般的生活。皮耶賭錢，他搶母親的錢去揮霍，他總是夜裡出去，天濛濛亮才回來，輸得一塌糊塗。瑪麗那一點點可憐的積蓄全部用光了。瑪格麗特承認當時她家沒有任何必要的設備。母親甚至拿不出給她買大衣的錢，而且他們天天吃的都是冷飯。就在這種混亂的環境裡，瑪格麗特專心一意地準備她的中學考試。是哪所中學呢？我至今還沒有找到。瑪格麗特只是說當時成績是貼在索邦大學門口的，而母親像個瘋子一樣，因為等得心焦，在大學的院子裡過了一夜，第二天，她發現女兒的名字排在第一。

關於這段時間，瑪格麗特．莒哈絲很少談及。她把它看成是一種過渡，之後她回到了印度支那，又徹底地離開了印度支那。但是，在和路斯．佩羅的一次很長的對談中，她卻又談到了錢的問題，講她是如何替家裡騙錢的：「我不得不……不是偷……不過如果你願意的話，我們姑且稱之為拿吧。我跟別人拿錢，班裡的同學。我知道他們很有錢……後來警察來了……他們也沒說……但是他們還是發現是我幹的……他們沒叫我賠誰也沒要我賠。這很奇怪，但真是這樣的……每次做這種……事的時候我覺得自己幾乎不能夠呼吸了，但是我還是做了。①」在日記裡，她也簡略地提了一下這段時期的事，主要還是談錢。「我們在法國生活時，我又和中學的男孩重新開始了交易，大哥每天晚上都翻我的口袋。然後他就打我，藉口說我得養活我自己，說他有責任教會我生活，說他這樣是為了我好。」

關於錢，她在生命遲暮時曾多次談及。瑪格麗特很有錢，但是她總害怕會缺錢花。貪婪的瑪格麗特，她從來不會感到滿足。在拍攝《情人》之前，她曾經在一次和雅克·特羅奈爾的談話中承認說，回到法國之後，一開始她確實覺得向男生拿錢很羞愧。接著她就成了習慣，只拿男生的錢，後來她也只向男人要錢。過了這麼多年以後，她帶著一種極度的幼稚和慾望為自己辯解說：「從來沒有一次，如果我撒謊就讓我死，我為自己留下過一個法郎。所有的錢都拿去給了母親和大哥……我一點也沒留。甚至一塊巧克力也沒給自己買過。所以我不是個唯利是圖的人。」

對於莒哈絲來說，錢和寫作是不可分割的兩部分。滯留。釋放。困擾。母親，大哥，毆打，錢：寫作的領域。正是因為那時候她沒給自己留一個子兒她才能寫作的。她，她比唯利是圖的人看得更遠。替別人拿錢，但是在自己內心保留著的是這份殘忍和醒悟，有了這些才能夠開始寫作。在這段時期，她已經寫了很多，短篇小說，她後來全撕了，還有詩歌，很多很多的詩歌，後來她也燒掉了大部分。「天際的霧裡，有一個移動的洞」：她在這個時期寫的一首詩是這樣開頭的，沒有寫完。還有下

---

① 和路斯·佩羅的談話。現代出版檔案館檔案。

面的這一首，從來沒有發表過：

大海

哦大海，那麼多吻，吻在我們可憐的目光上
那麼多簇擁在一起的浪花
那麼多的慾望
在這被吞沒的荒漠的糾纏中
周圍的人在泡沫中沐浴
你的牢房中傳出的聲音
在他們的身上漸漸熄滅
哦人啊，總有讓你們遠離大海的明天
你的聲音和你的手變得更加令人心碎
而在你的眼睛裡已經有
反地球的回憶

在回印度支那以前，母親一直在猶豫。她不可能繼承丈夫的遺產了，於是她不得不想是不是該繼續她的職業生涯，這要比退休金多一些，退休金要四年以後才能拿到，但是也足夠補貼家裡，特別是滿足大兒子的需要了。如果說她已經埋葬了美麗的堤壩之夢，她卻仍然信心十足、精力十足地要改變命運，並且仍然幻想著某一天能發財。儘管她承受了那麼多的不幸和不公，印度支那對於她而言，仍然不失爲一座埃爾多拉多城，一塊仍然可以寄予發財夢的土地。的確，美麗的殖民地吸引了越來越多的本土投資者，那裡的法國企業驟增。三〇年代初對於西貢的白人來說是擴張和斂財的時期。靠著印度支那銀行貸款和殖民行政署操縱的皮阿斯特交易，橡膠種植園主和做稻米生意的都發了大財。種族主義盛行，隨之而來的是蔑視和粗暴。白人圈子等級森嚴：最上層的是少數幾個極其富有的家族，法律就是他們制定的；最下層的是當地的窮人，非常窮，受盡白人的剝削和侮辱，有時白人還打他們，因爲白人知道極不公正的法律不會拿他們怎麼樣的。不過隨著殖民主義的發展，道德標準也有所變化。在一八九五年前後，如果一個殖民軍工廠的士兵殺了個越南人，他只需要賠——根據這個越南人的重量——四十法郎左右，用於他的喪葬。爲了修公路和鐵路，殖民軍隊不知道犧牲了多少人——通常是政治犯和苦役犯。而後來，殖民總督府行事要巧妙得多。越南人也不再像先前那樣服從於大屠殺般的統治，雷翁．威爾士在一九二六年出版的《印度支那》裡談到過這種變化，這位反殖民主義者卻也因這本書的出版遭到情報局的監控。這會兒殺一個越南人可不止四十法郎了。如果士兵有虐待越南人的行爲，他將受到軍事當局的懲罰。甚至還就此發過一個通告，即所謂的薩羅通告，正式禁止白人毆打越南人。這可謂是殖民者的醜聞。歐洲式的粗暴不再敢這麼明目張膽了，改換成其他形式，威爾士注意到。過去是肌肉和武器盛行，而現在，單純的行政管理已經足夠維持種族之間的不平等狀況了。

瑪格麗特回到印度支那的時候，一小撮法國知識分子已經成功地和受過良好教育的越南年輕人締結了互相尊重，平等友好的關係，這些越南年輕人醉心於所謂的平等，要求國家獨立，隨時都有可能爲此而進行革命。這些越南富翁的兒子都是在巴黎完成的學業。在那裡他們學習了法國大革命，知道什麼是他們應有的權利，甚至他們當中有一部分人還經常和馬克思主義分子及無政府主義分子來往密切。回到越南的時候，他們都已具有律師、工程師、醫生的資格。這些人在法國法律眼中既非針對對象，亦非保護對象。他們幾乎和法國人擁有相同的權利。只有瑪爾岱爾·貝里埃筆下的那些遲鈍而不明事理的法國人，才會把他們看成是西貢小男孩。一個西貢小男孩，倘若他不得不爲一個粗魯的法國人工作，他不會用「服務」這個詞，而會用「餵養」這種對象專指動物的詞。從法國回來的年輕的越南工程師、醫生、律師，很快就對印度支那總督府繼續維護的種族特權感到驚異和憤怒了。

當然，有一些富有的安南人，非常富有的安南人已經歸化了法國，很聽殖民當局的話。他們仍然非常崇尚綏靖文化爲他們帶來的好處。他們的孩子進了夏瑟魯普—洛巴中學後，很快就厭倦了黑色長袍，穿起西裝來，他們覺得這一切都很正常。殖民政府禁止他們的孩子在法國大學註冊，除非得到總督府簽字，再加上地方行政署和公共教育部長的同意，對這些他們同樣可以忍受。他們是非越南化的越南人，是假洋鬼子。其他人則在法國發現了一個完全有別於殖民地白人的白人種族。有些人甚至在法國找到了反抗壓迫的內部動因和理論武器，開始尋求獨立解放的道路。這些人被稱之爲反法國主義者和布爾什維克。「反法國主義者」這個詞，和第一次世界大戰期間我們所說的「失敗主義者」一樣流行和常用。那些被視爲反法國主義者的越南人和法國人開始通過自己的行動、語言和筆抨擊殖民政府。中國人的方式啓發了越南人。一九二七年，越南國民黨成立。一九三〇年越南共產黨在香港成立，起名爲印度支那共產黨。三〇年代初那些純粹的民族主義分子實際上都是中國人。他們爲數尚不算多。他們想要把越南從白人征服者的手中解放出來。農民大眾能夠並且應該起來。有力的武器尚待找尋。這種萌芽狀態的民族主義是否有一天能夠眞正成爲反抗壓迫的組織？前途仍然比較渺茫①。

① 關於這一點，可參看德尼斯·布歇著的《國民主義的興起》一書。一九二九年至一九三〇年間，國家非常動盪。

瑪格麗特不是一個熟諳政治的年輕姑娘，但是很難想像她眞的對當時的國家環境一無所知，還有遭到共產黨指責的血腥鎭壓，那是在一九三一年底，她第一次離開印度支那幾個月後。這樣一位想要成爲出色的大學生的姑娘，怎麼可能沒有讀過安德烈·維奧里的文章？她在一九三五年出版了一本名爲《救救印度支那》的書，安德烈·馬爾羅作的序，這本書揭露了殖民主義者的醜惡。一時間群情激憤①。據說當時有一千五百個政治犯在西貢中心監獄的囚室中都腐爛了。在那裡殖民主義者用的都是前所未聞的酷刑，有的時候還拿年輕人來做試驗。在安南飢餒遍地。安德烈·維奧里的書並沒有對這一切加以評論，她只是在敘述。她曾經陪同殖民部部長保爾·雷諾對越南進行過正式訪問，她知道如何避開官方做出的表面文章，並同一些獨立日報的負責人見了面；她甚至進監獄看過，她還考察過北越大地，親眼看見成千上萬的農民在法國人的檢疫站裡因飢餓死去，因爲法國人不給他們飯吃。她也

①從一九三〇年五月一日開始，越南共產黨就組織了一系列的罷工、遊行，甚至掃蕩了殖民署大樓。一九三一年，殖民地行政署又占了上風，進行了殘酷的鎭壓。在保爾·雷諾訪問越南之際，爲自己的人民伸張正義道：「我們是一個正在尋找祖國卻尚未找到的民族。這祖國，部長先生，對於我們來說不可能是法國。」威爾士的書引起了騷動。法國人指責作者在爲布爾什維克服務，甚至爲俄國的知識分子服務！威爾士奮起爭辯，歷數了殖民主義殘酷、邪惡和暴虐的統治。六年後，對印度支那殖民主義的指責仍然非常激烈。

在這篇熾熱而抒情的文章裡，馬爾羅抨擊了殖民企業和行政署串通好的陰謀，揭露了國家當時缺乏有效法制的狀況。印度支那很遠，所以那裡發出的叫聲我們聽不見。這位冒險家，一九二三年頭次赴印度支那倒賣雕塑，發現了殖民觀念的暴虐和行政官員的腐敗。一九二五年他創辦了《印度支那日報》，要求擁有平等的權利。他承受了來自四面八方的壓力和不斷的恐嚇。殖民地的精英分子高叫著這是恥辱，要求報紙停刊，但是馬爾羅在法國繼續著他的鬥爭。記者安德烈·維奧里一九三一年到達印度支那時卻發現情況更加惡化了。面對許多秘密的團體以及越南信奉馬克思主義的年輕大學生協會要求自治的呼聲，殖民地當局在其間進行了殘酷鎭壓，在城市裡則把許多反對派大學生關進監獄。

看到了燈紅酒綠的西貢，罪惡的西貢，大種植園主，富有的移民統治著那裡的一切：奢華，香檳，賭場，自動鋼琴，巴黎的化妝品，男人的白色西服，香氣四射的白種女人穿著色澤明快的衣裙，進出卡迪納大街時髦商店的混雜的人群，黃昏時分大陸飯店的露天平台上，身著白色無尾禮服的樂手在演奏爵士樂。表面上一切都還沒有改變，東方的帕西，懶洋洋的帕西。這個區的街道兩邊都種著羅望子樹，房子也都是白色的，有陽台，四周都是花園，柵欄，走到街角，或許還能聽到瑪麗．道納迪厄彈奏的幾個鋼琴音符，她和她的女兒及小兒子還是決定在這裡安家。

這個小家庭在一九三二年九月十四日下了「聖皮耶的貝爾納聖徒」號。瑪麗在泰斯塔街一百四十一號得到了一幢房子，現在這條街已經改名為沃萬唐街了。馬克斯．貝爾吉埃曾是瑪麗．道納迪厄一九三二年底的第一個寄宿生，如今是上薩瓦省法國電力公司的退休職員，還曾獲過蝶泳的全國冠軍。他還清楚地記得那幢房子，記得房子裡的那種氣氛，記得總是把他納於保護之下的瑪格麗特以及那個惡厲、專制但是令人尊敬的母親。馬克斯的腦子裡能夠清楚地再現泰斯塔街空曠的房子。他說有十二間房間，都帶陽台，前面還有一個小花園，花園裡有座噴泉。馬克斯每天早上都和道納迪厄夫人一道乘黃包車去鎮上的學校，她在動物園對面教書，離海軍兵工廠很近。瑪格麗特對小男孩很好，她教他念書，每個星期四下午，還帶他去動物園看大象噴水，蟒蛇吞雞。馬克斯和瑪格麗特睡一個房間，在她的上鋪。

生活安定下來，極有規律。學校—午覺—學校。小馬克斯覺得自己已經融入了這個家庭，甚至遠離父母也沒感到有什麼痛苦的。他的父親以前是個男中音，後來成了市政府的徵稅管理員，母親是個服裝設計師，是法國三家大公司在印度支那的代理，他們生活在距西貢三百公里的一個偏僻的小鎮上。馬克斯的父母希望他能上學。瑪麗很快就接受了這名寄宿生。從表面上看起來，馬克斯的父母並沒有付給瑪麗什麼錢，只是馬克斯的母親時不時地會送點裙子給他們家。巴黎的裙子。晚上，道納迪厄夫人在飯廳教他讀書寫字。瑪格麗特要麼在自己房裡做功課，要麼和母親在一起。「有的晚上，我們一起在客廳裡。內內（瑪格麗特）在讀書，道納迪厄夫人彈鋼琴。如果我父母來了，道納迪厄夫人還會給我父親伴奏，父親則唱一段歌劇。」

瑪格麗特重新回到了夏瑟魯普—洛巴中學，準備第二個業士文憑。在馬克斯的父母所拍下的照片上，她已經是一個漂亮的年輕姑娘了，眼部化著很濃的妝，似乎非常注意自己的儀表，目光炯炯有神。德尼斯說她這次重新回到中學，依然還是那麼孤獨、孤立，幾乎從不出門，西貢的白種姑娘很少請她去參加網球俱樂部的小型舞會或是茶舞會什麼的。但是她非常用功，好幾次都取得了突出的成績，受到校方的表揚。在家裡，母親起得很早，睡得很晚，還在算她那些永遠都算不清楚的賬。保羅也有工作：海軍兵工廠的一點零碎活兒，開始的時候他是在一家車行做技師，後來又在堤岸的行政署找到了一份工作。他對汽車的確有一種眞正的激情。他經常換車，星期天，花上很多時間在家裡修修弄弄。他最喜歡他修理過的一輛可以去車篷的德拉熱車，後來母親給了他一筆錢，傾家蕩產爲他買了一輛霍奇基斯。在馬克斯的記憶中，保羅和瑪格麗特相處非常融洽，他們之間有種無法明言的默契。每頓飯大家都在家裡吃。母親很少講話，偶爾開口也就是下點命令。有兩個僕人。馬克斯自始至終和瑪格麗特睡在一起。她喜歡開著軟百葉窗，一直到天亮。天很熱的時候，她就在平台搭張行軍床，睡在星空下。平靜的生活——後來這成了瑪格麗特・莒哈絲的第二部小說。

臥室的門一直都是開著的，馬克斯明確說道，沒有看見過情人。雷奧消失了。母親只是在後來才看到他的，在瑪格麗特永遠離開西貢以後。母親很讓人望而生畏。家裡從來沒有過放肆的大笑，也沒有粗暴的動作。顯然，由於大哥不在，家庭氣氛要安寧得多，母親和女兒之間的關係也很正常。家庭暴力的時代似乎一去不再復返了。母親乾巴巴的，像年輕姑娘一樣疑心重重，馬克斯說，她從來沒有在僕人面前或是當著別的什麼人高聲說過一句話。她似乎和保羅更好，與瑪格麗特保持相當的距離，但是沒有挑釁也沒有敵意。總之是那種母親和女兒之間的適度距離。在《情人》的一份草稿裡，瑪格麗特在文章開頭的留邊處寫道：「母親決定回西貢爭取退休金時，女兒決定和她一起回去。」接著她又補充道：

於是我和她又一起到西貢過了一年。我還不能這樣快地丟下她一個人。我在西貢通過了第二張業士文憑。這一年是我和她共同生活中最好的一年。我做出的這項決定，是我生命中最美好的事情之一。她隨我怎麼決定。我的大哥留在了法國。我們不再害怕。母親習慣了這個她不是很喜歡的女兒，而且在這一年，她也許已經開始有點愛她了。在這之後她又把我給忘了。大兒子重新成爲她生命中唯一的孩子。我知道她把我這樣一個孩子留在身邊是個錯誤。但是我愛她，因爲我知道我擁有她，而她自己卻不能擁有自己①。

瑪格麗特於是覺得不怎麼怕母親了，她經常想到上帝的問題，她讀《福音書》，迷上了哲學，研究斯賓諾莎，沉醉在學習中，不再在鏡子裡左顧右盼，想拿下這個業士文憑。她得到了哲學業士，而且評語甚高。母親很滿意，女兒也一樣。分離終於還是來了：「母親把我送上了船。她希望我在巴黎繼續學業……有個有文憑的孩子，就是這麼蠢的想法。我做到了，我得到了文憑。她想得到的都得到

① 現代出版檔案館檔案。

了，但是我不再愛她。我不再愛她，就像我不再愛一個情人。①」母親，哥哥和馬克斯陪瑪格麗特到了郵船公司的碼頭。馬克斯回想起來，覺得她那天似乎很幸福。

馬賽殖民局的下船紀錄寫得清清楚楚：瑪格麗特・道納迪厄小姐，十九歲，校外教師道納迪厄夫人之女，在馬賽下了波爾多斯號輪船。提前休假！這是一九三三年十月廿日。馬克斯・貝爾吉埃的叔叔在碼頭等她，把她送到聖查爾斯火車站。目的地：巴黎。

①對談，無日期。現代出版檔案館檔案。

第三章

瑪格麗特、羅伯特和迪奧尼斯

她的名字叫做法郎士。黃昏日暮時分，我們總會看見她在離家不遠的城堡公園裡給烏鴉餵食，要不就是在家含飴弄孫，再不就是看貝爾納・皮沃在電視裡主持的聽寫節目。在那兒，一切都停滯了下來。彷彿朝聖的日子。活潑，滑稽，完好的記憶，這個警覺的婦人話很多，而且不乏尖酸。追溯青年時代的記憶讓她覺得非常有趣，她興奮極了。法郎士・布魯奈爾和喬治・波尙是爲數不多的證人之一，那個時候，他們曾經與一位來自別處的年輕女人——瑪格麗特頻繁接觸。在巴黎法學院的教室裡，或是在拉斯帕耶大街的咖啡館裡，年輕女人有著暗色的皮膚和長長的眼睛；法郎士給瑪格麗特起了個綽號，叫她「貓」，因爲她總是一副想要得到愛撫的神情，和年輕男孩子在一起，她也總喜歡在佯嗔中展示她的嫵媚。小D，小伙子還喜歡這樣叫她。由於她個子頗小，而且她對他們說過，說她討厭自己的姓。有時會變成金褐色的綠眼睛，梳得十分精心整齊的頭髮，無可指責的裙子，略帶鄉愁卻滿面歡笑的神情，東方人的輪廓。很多人都會對她一見鍾情。再說她也喜歡那樣：那樣的眼神，還有她看你時的那種方式，喬治・波尙肯定地說，他還說他很幸運地躲過了瑪格麗特的極具魅惑力的引誘。他笑著補充道，只要是墜入瑪格麗特的溫柔陷阱的，很少能有好的結局。

瑪格麗特很少談及自一九三五年開始，她在拉丁區度過的大學生活，不過借助這兩位證人，這段時期至少還可以得到重建，但是她到達巴黎後，碰到那一小撮日後與她保持了終生友誼的朋友前的一段日子卻成了黑洞。我們只知道很少的一點事情。最多就是把她送上火車的馬克斯的叔叔說的，說皮耶在巴黎等她。至於剩下的，我們只好從莒哈絲本人的片言隻語中猜測幾分了，再說她也很少和朋友說起這一段時期①。皮耶不僅沒有給她些許的幫助，還想繼續榨她，從她身上得到好處。瑪格麗特再一次忍受著大哥的粗暴，覺得自己再一次墜入不幸的深淵。從前是印度支那小混混的大哥，現在成了巴黎街頭可憐的掮客；他還給下層妓女拉皮條，有時就在蒙帕納斯聖心教堂前拉客，當著女朋友的面。他曾經把自己的女朋友介紹給瑪格麗特，她們之間倒是締結了一種牢固的友誼。但是那個年輕姑娘很快就病倒了。猝然生了肺結核，她無法繼續工作了。皮耶拋棄了他，但是瑪格麗特卻把她送進了醫院，並且陪著她直到她剩最後一口氣②。

在她的第一部小說《厚顏無恥的人》裡，還保留著這份自傳式的痕 ，我們可以看出大哥對錢永無止境的欲求，他可以不惜一切手段，賭或者騙，對其他任何人都毫不關心，包括愛他的女人。等他有了錢，他又完全成了另外一個人。愛吹牛，邪惡，甚至成了《樹上的歲月》裡的小偷。後來，瑪格麗特和一個朋友談到他在蒙帕納斯做鴉片生意，有時還做「男妓」，不過他眼神中的這一份淫邪的沉默，以及他職業標準的性服務可謂是價值不菲。爲了得到快感的注視。這注視也是要討錢的，爲了最

① 朋友尤其是指弗朗索瓦・密特朗、莫尼克・安泰爾姆和喬治・波尚。

② 作者與迪奧尼斯・馬斯科羅的談話，一九九六年六月四日。

後能夠得到快感。在《大西洋人》裡，讀者可以領略到對於這份慾望配置的詳盡描寫。瑪格麗特建於大哥身上的一種傳說？還是她一直想要隱藏的秘密？無論如何，瑪格麗特後來拒絕和大哥在一起生活，她想和他中斷一切聯繫，自己搬進了有錢學生住的那種時髦公寓，還裝上了活動窗簾，就在彭馬歇商店的後面。她有一小筆積蓄，是她離開印度支那時母親給她的，她足可以過上體面，甚至是很體面的生活了，因爲在一九三五年底，她買了一輛非常漂亮的汽車。

她在聖雅克街的法學院註了冊。出於對父親的愛，她說她同時還要修高等數學。後來她在一九六三年《現實》雜誌對她做的一個很長的訪談裡承認說，那段時期她的生活頗爲「動盪」。她說她有過不少艷遇。不是爲了掙錢，雖然有的時候別人會給她一點。她宣稱——大聲而有力地宣稱，直至生命遲暮，她對肉體之愛仍有一種眞正的激情。她喜歡做愛，需要做愛。她這樣說，這樣寫。和她共同生活過的不少男人也都肯定了這一點。貪得無厭的愛情需要性來平息。在那個時代這畢竟不多見。於是她很討男人的喜歡，這個美麗而大膽的女孩，她說她喜歡這個，愛。爲愛而愛。不總是一種眞正的愛。更確切地說是俘虜性的愛。「眞正救我的，是我總是欺騙和我生活在一起的男人：我總是會離開。這一點救了我。我是不忠實的女人。不總是不忠實，但大部分時間都是。也就是說我喜歡這樣。我愛的是愛情，我喜歡這樣①。」

她給母親寫信，在信裡讓她放心，說她工作非常努力，說她一直想成爲教師。在西貢，瑪麗在卡迪納街買了一所房子，辦了一個眞正的寄宿學校，而不是僅僅象徵性地收留幾個朋友的孩子。關於未來她還在猶豫，不知道退休了是繼續留在印度支那好，還是到巴黎和女兒在一起好。印度支那的大地

① 該簿子沒有日期。現代出版檔案館檔案。

上動亂的因素與日俱增，知識界的精英組織起來要求自治，並且揭露了殖民當局的野蠻行徑，他們爲了榨取利益讓成千上萬的農民餓死在街頭。安德烈・維奧里在一份名爲《星期五》的日報上對重新蔓延越北的饑荒做了詳細報導，要求「這個國家的人要有自由的聲音，以及世界對於爭取自由的回聲①」。

這份路易斯・馬丁・夏非埃編的周報，瑪格麗特是否自創刊開始每期必讀呢？周報不是要「參與政治，而是要討論道德價值，知識分子的良心以及對現實的認識。」也許，正和同時代的許多大學生一樣，瑪格麗特也不願錯過紀德、馬里坦、朱利安・邦達和保爾・尼贊那些沒有發表的文章。她的朋友們回憶道，瑪格麗特還沒有加入某個確切的政治陣營。她沒有加入與當時日益高漲的納粹勢力作鬥爭的知識分子反法西斯警惕委員會，但是她也曾對當時拉丁區的搗亂分子製造的事端表示過憤慨②。她有沒有參加一九三五年七月十四日從巴士底獄到國民廣場的萬名學生反法西斯大遊行呢？法郎士・布魯奈爾和喬治・波尚都沒有這樣的印象。她肯定是一個熱情的觀察家，但尙未介入。法郎士，瑪格麗特在大學認識的這位新朋友，確切描述了當時他們的思想狀況：「當然，從內心來說，我們和反法西斯主義者是一致的，但是當時我們還年輕無知，根本不操心政治上的事情。③」

事實上，瑪格麗特很快就覺出了自己的孤立，她扮演不好自己的角色，以至於她沒有和朋友告別就離開學校加入了救世軍，爲時六個月。「爲什麼？我不知道。因爲這氣氛令人無法呼吸。④」六個

① 在一九三五年十一月八日第一期報紙上安德烈・夏姆森做了引述。
② 作者與法郎士・布魯奈爾的談話，一九九六年九月五日。
③ 作者與法郎士・布魯奈爾的談話，一九九六年七月十一日。
④ 電台談話的片段筆錄，沒有日期。現代出版檔案館檔案。

月的時間和社會最底層的人生活在一起，給他們提供幫助，幫他們找點能夠保暖的衣物，讓他們吃上飯。六個月的使徒生活，一頭栽進窮苦人的日子裡，她很少談及，但是正是這段時間的生活使她成爲一個醉心政治的人。瑪格麗特雖然離開了大學，但是還保留著自己的房子，雖然不經常回去睡。一九三五年底的一個夜晚，一場火災波及到房頂，瑪格麗特住的那幢樓開始燃燒。瑪格麗特這晚卻恰巧在。在一片喧鬧之中，在消防隊員前，她認識了同一樓層的鄰居，那位叫做讓・拉格羅萊的先生。無論從任何角度看來，這都是一種熾熱的相遇。「我一九一八年十一月十一日出生於貝約納。家道敗落，我成了孤兒，在一群聾啞老人中長大。我曾經學過法律、文學和政治。戰爭時期，我曾經做過三年的囚犯，後來我逃走了。自此以後我就什麼也不做，基本上過著鄉下人的生活，就在這段時間，我遊歷了很多地方。」這就是讓・拉格羅萊在一九五六年出版小說《戰勝嫉妒的人》時，在伽利瑪出版社授意下自己撰寫的作者傳略。

這個舉止優雅，氣度從容，知識淵博卻甚少吹噓的英俊小伙子，無可救藥地墜入了瑪格麗特的情網。他們發現彼此竟是同學，而且平常都很少去聽課，除了一些自己欣賞的大人物，比如說民法家亨利・卡比當、弗爾圖納・斯特洛夫斯基和貝爾熱隆。兩個人瘋狂地迷戀著文學，瑪格麗特和讓都夢想著將來能成爲作家。當時的瑪格麗特遠遠沒有其同伴懂得多。如果說她已經忘了戴利以及戴利給她帶來的那種少女時代的愉悅，她還只是停留在洛蒂、多日萊斯以及斯賓諾莎的範圍裡，沉醉於笛卡爾的《沉思集》。讓・拉格羅萊挑起了她對外國文學的興趣，尤其是美國文學：是他讓她發現了福克納的《八月之光》，還有艾略特的詩歌，接著又讓她讀到了康拉德的作品，她迷上了康拉德，直至生命盡頭都在不斷地讀，再讀。讓・拉格羅萊睡得很少，成夜成夜地下象棋，再不就是把報紙剪成一條一條的。瑪格麗特就睡在這一條條的綯紙中。他不停地抽菸，經常陷入憂傷不能自拔。他忘不了他的童年，沒有母親，父親對他充滿了敵意，因爲父親認爲就是他讓他失去了唯一深愛的女人——母親是因爲生他去世的。周圍的女傭都很寵他，但是在那所空蕩蕩、冰冷冷的大房子裡他是那麼孤獨，還有哥哥對他那種不健康的嫉妒。遇到瑪格麗特時，他剛剛徹底離開了他的家庭，但是他有一種罪惡感，他覺得自己不應該拋棄哥哥。自由了，但是非常不幸：「一隻禿鷲落在我的肩膀上。我知道自己扼殺了生存的理由。頭顱之牆坍塌了。①」

讓·拉格羅萊非常迷人，很具誘惑力，很浪漫，但是他讓瑪格麗特感到害怕，因爲她不知道如何才能撫平他的傷口。他經常在夜裡號叫，非常可怕的號叫，他自己根本無法自持。在寫《副領事》的時候，瑪格麗特一直都沒忘了這叫聲。在根據這本書改編的電影裡，米蓋爾·隆斯達勒也大聲地叫出了這一份生存的無奈，這種不能生存下去的痛苦，沒有眞正的安慰。他很英俊，讓·拉格羅萊，他有點像蒂龍；比他還迷人，法郎士·布魯奈爾說，聲音因爲激情總是有點嘶啞。他那麼英俊，那麼有錢，可那麼痛苦。他經常產生幻覺，把自己鎖在陰影裡，就像俄狄浦斯，因爲看到了別人看不到的東西，恨不得把自己的眼睛挖出來。在他的噩夢裡，他就是那個滿懷激情地用一枝上士的筆揭開眞實表皮的人。

瑪格麗特和讓都上大學三年級。那時的大學男女生的比例大概是十比一。瑪格麗特的功課很好，課後總是去找教授，法郎士笑著評價道，還是有這種勾引的癖好。她對政治經濟學尤其感興趣，同時在政治科學院註了冊，並且還繼續上她的高等數學。成績都非常好，因爲聰明過人，富有活力頗爲引人矚目，同學都驚訝於她具有如此旺盛的精力。法郎士還記得每個周末她們倆出去散步的時候，瑪格

① 私人檔案，讓—路易·雅戈。

麗特口袋裡都裝著法律的功課，還有個本子，好隨時掏出來寫點什麼。法律很好，但是她不想以此爲職業。她想成爲一名作家，她曾經向法郎士透露過。兩個人還都很喜歡看電影。她們經常去波拿巴影院，幾乎看了所有的新片。

多虧了拉格羅萊，瑪格麗特發現了戲劇，並且漸漸瘋狂地迷戀上了它。舞台代替了銀幕。從此以後她每周至少有兩個晚上是在劇院度過的，在法蘭西喜劇院專心一意地看了一齣又一齣的古典劇目，尤其是拉辛，在她看來這是眞正的大師。她發現了安托南·阿爾托，欽契的導演，還有嶄露頭角的讓—路易·巴羅，他在試驗劇場上演了他的第一部作品《在一個母親周圍》，五年後，科伯聘用了他，把他請到法蘭西喜劇院，他用驚人的方式重新詮釋了《熙德》。瑪格麗特和他之間締結了經久不衰的友誼，並且在日後發展成爲一種卓有成效的合作關係。她欣賞十月小組，經常去看路易·儒維和查爾斯·都蘭排演，但是她對舞台的激情是在發現了路德米拉和喬治·皮托埃夫以後才眞正達到了高潮：幸虧大學生享有瑪都蘭劇院的折價票，她得以把《羅密歐與朱麗葉》看了一遍又一遍，得以聽到克洛岱爾、伊布森和皮朗代羅的演唱。她曾經談起過當時，一連好幾個晚上她都到劇院去，總是等人都走空了，她才站起身，步履蹣跚，因爲那些詞仍然縈繞在她的耳際。皮托埃夫夫婦讓她著了迷。他們在接觸中產生了一種身體上和精神上的振動。也正是從這時候開始，她產生了另一種慾望，她希望有朝一日她筆下的詞也能回響在劇院的舞台上。

喬治·皮托埃夫的秘密就在於他能使他所接觸到的一切都具有一種詩意，哪怕是最簡陋的裝飾和最可憐的服裝，經他之手也都蒙上了一層魔力。高克多說他爲戲劇界帶來了一種令人震顫，令人迷失的東西，讓人感到害怕，就像聽到自己的心咚咚地跳著。幾個立方體，兩塊灰色的窗帘，三個投影機就能創造出前所未有的激情。皮托埃夫夫婦是第一個取消幕布和提示台詞的人。文本，只有文本，不追求手勢、姿態、服裝引起的注目效果，只通過聲音來顯示高貴。導演必須追溯到作者最原初的靈感，皮托埃夫總是喜歡這樣解釋；必須進入他的意圖，進入他的世界。一旦發現了這個源泉，導演便可以自然而然地控制整個局勢了。瑪格麗特在後來正是牢記了他的訓誡。將文本去粗存精，剩下最本質的東西，這樣才能接觸到觀眾的靈魂和肉體，這正是她後來在歐洲戲劇舞台上不斷進行的試驗。讓·拉格羅萊更喜歡吉羅多和亨利·波恩斯坦，並且把他們推薦給自己的同班同學弗朗索瓦·密特朗，後者則正迷戀著克洛岱爾。在法學院，所有的政治時間都能令氣氛緊張起來。大多數學生都是右派，有的甚至是極右分子。他們經常到老哥倫比亞劇院聽雅克·班維爾和查爾斯·莫拉的理論報告，在座的都是布拉西亞什的朋友。在那兒經常可以看到某一位奧托·阿貝茨宣揚納粹主義，號召德法青年聯合起來。法郎士和瑪格麗特經常躲到聖米歇爾大街的咖啡館裡，以免夾在左派和右派學生的爭論裡左右爲難。從內心來說，她們的靈魂更趨向於左派。共和黨人，當然是反法西斯的，不過這更是一種情感的選擇而非政治的選擇。

一九三六年初的耶茲事件使局勢發生了變化，瑪格麗特她們也不得不表明自己的態度了。「加斯東·耶茲，稅法教授，因過於嚴厲素來不爲學生所喜愛，由於他給埃塞俄比亞皇帝出了主意，被法律系視爲叛徒，一個反納粹主義者，」法郎士·布魯奈爾回憶道，「因爲他反對墨索里尼入侵埃塞俄比亞。有些同學叫他猶太人耶茲，小黑鬼耶茲，不讓他上課。這激起了我們的憤怒。」法學院被迫關門，衝突一直到三月份方才結束。極右分子禁止耶茲上課，甚至不准他發表任何言論。耶茲事件，正如皮耶·佩昂①所解釋的那樣，標誌著國家的分裂：一邊是極右分子，神聖聯盟的成員和以前的軍

①《法國年輕一代，弗朗索瓦·密特朗（一九三四—一九四七）》，皮耶·佩昂，法亞爾出版社，一九九四年。

人，另一邊是左派，國民陣線；工人大眾，想要與「法西斯主義抗衡」。雷翁・布魯姆沒有搞錯，他寫道：「耶茲醜聞不是學生自發的吵鬧。這是一種政治操作。它不是拉丁區特有的，它早就被料到了，是從外界引入的，是自外界上升成今天的勢態的。在這種情況下，法學院不過是叛亂分子組織行動的陣地而已。①」如果說弗朗索瓦・密特朗因爲參與了反耶茲遊行而深爲極右分子所擁戴，瑪格麗特卻依舊非常審愼。她幾乎不參加任何集體行動，法郎士・布魯奈爾和喬治・波尚一致肯定道，因爲她害怕人群——但是在一些朋友的聚會上，她明確地表示過，說她不贊成某些同學所表現出來的前法西斯主義狂熱，以及極右分子的暴力行爲。她既沒有介入政治，亦不循規蹈矩。如果說她喜歡《瑪里亞娜》和《星期五》，迷戀尼采，只聽弗爾圖納・斯特洛夫斯基的文學課，如果說她發現了邁爾維耶和卡夫卡的世界，她也喜歡布拉西亞什的《鳥販》和莫拉的《裡面的音樂》。第二輪戰爭是國民陣線贏了，五月三日的午夜，她並沒有像大多數知識分子那樣，下樓高唱《國際歌》，高喊「打倒法西斯主義」的口號。瑪格麗特的生活只是一個教養良好的小資產階級的生活，她想的只是學業成功和享受生活。

但是她和讓・拉格羅萊的關係越來越複雜了。讓經常陷入沮喪之中，瑪格麗特對此毫無辦法。瑪格麗特在形式上遠離了他，當然感情上還沒有。她後退了，離開了宿舍樓，一個人在保爾・巴路埃爾街二十八號安頓下來。他在愛情前也退縮了，似乎縮在自小就營造起來的孤獨的城堡裡，任誰也無法接近。

---

①《法國年輕一代，弗朗索瓦・密特朗（一九三四—一九四七）》，皮耶・佩昂，法亞爾出版社，一九九四年，頁四七。

一九三六年一月的某一天，他把瑪格麗特介紹給貝約納的兩位同伴：喬治．波尙和羅伯特．安泰爾姆。他們三個人自中學時代開始就結成了牢不可破的三人組。「北上」巴黎在法學院求學，三個人都很博學、很引人注目，布爾喬亞，討人喜歡。瑪格麗特很快加入了他們這個小團體。經常在一起談天說地。瑪格麗特是他們的女皇。他們一起玩賽馬。萬桑，隆尙，奧特伊。瑪格麗特是個毫無節制的賭徒。她說她知道賭輸後該如何雙倍下注，說這是拉斯帕耶大街咖啡館裡的一個侍者教她的。他們一道在洞城或南部遛達，開著那輛福特車，這在當時算是奢侈品了。由瑪格麗特「開車」——一切意義上的。喬治．波尙現在想起來，眞覺得是個瘋狂的小姐。無憂無慮，活潑，友好。無法抑制的狂笑。他們可謂是經受住了任何考驗。生命的考驗，死亡的考驗，很快我們就會明白的。他們相愛，彼此尊重，彼此信任。

如何說羅伯特．安泰爾姆這個人呢？我所遇到的所有女人和男人都說他是一個非常出色的人物。他們會談起他的優雅、深刻和無與倫比的慷慨。一隻形而上的大熊，日常生活裡的詩人，生活的艄公。還有他的微笑，永遠的微笑，發自內心的一種善良，只要有他出現，在場的男男女女都覺得安心。他的父親是貝約納的副省長。正是他行使了自己的權力，逮捕了參與斯塔維斯基事件的那個市長和市信貸銀行的老闆。他的事業卻一下子崩潰了。他被降職做了稅務員，定居在巴黎的杜班街。母親生於義大利的羅卡塞卡，科西嘉薩爾泰納大家族。羅伯特有兩個姐姐，瑪麗．路易斯，大家都叫她米奈特的，還有阿麗絲。從當時留下來的照片上可以看出，羅伯特一副很喜歡開玩笑的樣子，肉感的嘴唇，貪婪的目光，很富朝氣。羅伯特也學法律，因爲他是資產階級人家的兒子，必須學點什麼，但是他鍾愛的是文學、戲劇、歷史和考古。原先他是天主教徒，後來他在奧斯維辛集中營放棄了信仰。

「如果有人和我談起基督教的仁慈，我就會用奧斯維辛來回答他。」波尙去集中營看他的時候，他小聲地對朋友這樣說。「眞遺憾，您沒能認識他。」後來瑪格麗特曾對讓・馬克・杜里納說①，「哪怕只是在一間小酒館見個面也好，和他談談，與他的目光交會，感受一下他的人道主義。」這個男人是個聖人，克洛德・羅伊，喬治・波尙，迪奧尼斯・馬斯科羅都這麼說。一個世俗化的聖人，智慧而深刻。「這是我所認識的，對周圍人最具影響力的人，不論是對我而言，還是對別的其他人而言，他都是最重要的人，」瑪格麗特說，「我不知道應該怎麼說，他沉默的時候也彷彿在說話。他不會勸你什麼，但是沒有他的意見，我什麼也做不了。他本身就代表著智慧，但是他很害怕說聰明話。②」「這是我所遇過最出眾的人物，」喬治・波尙沉浸在思索中，「而我已經八十歲了，並且我還是密特朗的朋友。③」「他很快讓我想到了陀斯妥耶夫斯基《白癡》裡的人物，」愛德加・莫蘭評論道，「他是個非常善良的人，非常仁慈。實際上，他也很複雜。他讓人景仰。他總是一副傾聽的樣子。④」

在羅伯特和瑪格麗特之間，一開始是一份激烈的愛情，後來則成了友誼。喬治・波尙說：「讓・拉格羅萊和瑪格麗特・道納迪厄之間的感情越來越淡了。她厭倦了這個痛苦不堪的小伙子。她也曾試圖讓他振奮，讓他試試鴉片什麼的，但是她越來越難以忍受他那些頗具智性的胡說八道。羅伯特，他則一直在他身邊。在讓的身邊。聽他說，而且很專注。他沒有讓英俊，但是他總是笑容滿面。讓・拉格羅萊是多里安・格雷式的人物。而她想要的是安寧和平靜。她爲羅伯特離開了讓。」喬治從羅伯特手裡奪下了手槍，手槍是藏在父親辦公室裡的，他想自殺，因爲他背叛了自己最好的朋友。這段時

① 讓・馬斯科羅和讓・馬克・杜里納所拍的電影《聖伯努瓦街的小組》，法國音像製品圖書館有藏。
② 讓・馬斯科羅和讓・馬克・杜里納所拍的電影《聖伯努瓦街的小組》，法國音像製品圖書館有藏。
③ 作者與喬治・波尚的談話，一九九六年四月二十三日。
④ 作者與愛德加・莫蘭的談話，一九九五年九月十八日。

間，讓吞食阿片酊企圖自殺。瑪格麗特則把自己關在房間裡哭泣。是喬治挽救了局勢。他把瑪格麗特和羅伯特留在巴黎，讓他們自己去過那種小情侶的生活，然後他帶著因藥物作用變得有點癡呆的讓・拉格羅萊——儘管他不是很情願——到中歐轉了一大圈。喬治倒是對斯拉夫魅力頗感興趣，而讓依舊沉湎於愛情創傷中不能自拔。從此以後讓・拉格羅萊再也沒有碰過任何一個女人，並且再也不掩飾自己的同性戀傾向了。

羅伯特和父母生活在一起，杜班街。瑪格麗特住在保爾—巴路埃爾街。法郎士成了他們約會往來的情書信箱。在別人看來——也許是爲了不讓讓・拉格羅萊傷心，他們之間更像一種智慧相當志同道合的友誼，而並非傳統意義上所說的愛情。瑪格麗特非常欣賞羅伯特，她很聽他的話，而在她一生中，她很少聽別人的話。她欣賞他的智慧，他的慷慨和他的悖論。和他在一起她終於有了安全感。羅伯特死後，她說她是他的孩子，她說只要他在，他就不會允許任何人傷害她。他們的關係經受住了很多考驗。什麼也沒能讓他們分離。他們在一起生活了很長時間，雖然在他們共同生活的同時，兩個人都有過別的情人。憑著對這個世界的敏銳觸覺，憑著相同的政治觀點，兩個人的關係轉化成一種牢不可破的友誼。瑪格麗特終於找到了她的大哥，眞正的大哥，和他在一起她才能投入愛的遊戲，投入對眞理的追求。最終還是羅伯特疏遠了她，那是在七○年代末，因爲她談話的內容只剩下了自己和自己的作品，有的時候甚至用第三人稱。而瑪格麗特在《巫婆》雜誌上發表了那篇《沒有在集中營中死去》①之後，他們的關係徹底破裂了，瑪格麗特在文章中詳盡地描寫了她的丈夫從集中營回來以後是

① 這篇文章於一九七六年發表在《巫婆》雜誌的第一期上，作者用了化名，文章完全是銜著稿費寫的，很快瑪格麗特・莒哈絲便矢口否認文章出自她手。

如何一點點地恢復生命的過程，如此細緻詳盡，令羅伯特感到震驚。

那些年，如果是拉丁區的知識分子或大學生墮入了愛情，這通常意味著與一群朋友共享，在蒙帕納斯的咖啡館，後廳裡永無止境的爭論，成夜成夜，討論希特勒主義帶來的後果，國民陣線的前途和能夠幫助西班牙共和黨人最有效的辦法。那個時候，薩特和西蒙娜・德・波伏瓦就是在小酒館過日子的，在文學上的一致並不排除他們各人可以擁有自己的生活①。《不受任何約束的姑娘》②取得轟動的十多年後，經濟上獨立的女大學生毫不猶豫地拿自己與小情人的關係冒險，這樣愛情方才經得起考驗。女孩很少待在知識分子圈裡或政治性的聚會中，看上去男孩子也尊重她們的選擇。情人—同學不一定會發展成丈夫。婚姻只是父母的理想，這些觀念解放的年輕女孩，覺得愛情不過也是過一天算一天而已。

大家都覺得瑪格麗特是個觀念解放和獨立的女孩；她有錢，她的朋友都這麼說。不少錢。母親經常給她寄錢，那時間她在西貢的卡迪納街開了自己的學校，別的學校放大假的時候她就開學，收的孩子也越來越多。她聘用一些下層官員的妻子藉以保證正常的幹部制度和教學制度，並且牢牢控制著學校的大權。「對她來說，孩子不過是能帶來利潤的牲口。」亨利・塔諾說，這是她以前的一個學生，一九三八年進過她的學校。她要求學生遵守鐵一般的紀律和嚴苛的生活方式：教學、休息和午覺都在

---

① 多米尼克就在那些年碰到了讓・圖森・德桑蒂，在巴黎高師的舞會上。她曾在自己的回憶錄《世紀告訴我的》（布隆出版社，一九九七年）中有所記述，說他們當時沒有多少時間從事自己喜歡的活動；在小酒館裡接吻或在保母房裡愛撫溫存。對政治的熱情，把他們帶到了街頭的遊行隊伍中，高喊著「給西班牙大炮飛機」，一九三六年五月到六月間到比楊古爾支持罷工，暑假去青年旅社和年輕的工人混在一起。

② 《不受任何約束的姑娘》，維克多・瑪格麗特著，一九二二年。

學校的同一張桌子上。「在她和她兒子之間形成了一種鮮明的對比，她總是穿著黑衣服，臉上沒有一絲笑容，一副寡婦的神情，而她的兒子穿著華麗——柞絲綢的西服，光彩奪目的皮鞋，還經常買白輪子的豪華轎車，吱吱嘎嘎地打孩子們面前開過。母親發瘋般地工作，爲了維持兒子的奢華享受，她拿兒子一點辦法也沒有。她還要給女兒寄錢，她說她女兒通過了所有的考試。①」

先是同伴。羅伯特還經常和喬治·波尙、讓·拉格羅萊見面。國民陣線越來越沒有希望了，羅伯特、喬治和讓則越來越趨向於和平主義。他們不無諷刺地發現這個疲倦的法國正在上演自己的不幸。他們共同的一個朋友是將軍的兒子，有一晚把他們帶到了多里厄的聚會上。他們似乎碰到了弗朗索瓦·密特朗，他們法學院的同學，但是眞正的相識應該是在六年以後，他們都加入了抵抗組織。那時的弗朗索瓦·密特朗經常爲《巴黎的呼聲》撰稿②，那是一份爲墨索里尼和法西斯主義辯護的日報，他還參加了反共和反布魯姆的十字軍。一九三八年曾和羅伯特·安泰爾姆編入同一個連的雅克·貝奈和弗朗索瓦·密特朗相交已久，因爲兩人同是天主教徒。他們是在瑪麗寄宿學校認識的，沃吉拉爾街一〇四號。他說密特朗那時是一個「說不太清楚的人」。「我們都是從外省來的年輕人。③」弗朗索瓦·密特朗一直是社會天主教徒，讀大學的時候，系裡的圖書館掌握在出售保王黨報紙的人手上，密特朗經常去，他對文學的興趣顯然要比對民法的興趣大，他一直勸他的一個親戚，瑪麗·克萊爾——後來成了雅克·貝奈的妻子——多讀點布拉西亞什。

所有的這些年輕人都覺得沒有必要從屬於某個政黨，也不具有某種特別的信仰。他們感到變革是

① 作者與亨利·塔諾的談話，一九九七年十二月三十日。
② 參考皮耶·佩昂，見上述引文，《巴黎的呼聲報記者》一章，頁六一。
③ 作者與雅克·貝奈的談話，一九九六年四月十五日。

必要的，覺得這個腐朽的舊世界，無法面對這麼多的經濟危機①。他們不崇尚共產主義或法西斯主義的理論，他們寧願選擇有助於個人在精神上得到發展的思潮。莫拉、巴萊斯、普魯東、索萊爾對他們產生了很深的影響，他們的理論在這些年輕人的腦子裡混作一團，形成了一種非享樂主義又非革命主義的東西。當然就他們的立場來看應屬左派，可又不那麼左。瑪格麗特・道納迪厄和羅伯特・安泰爾姆這一對年輕人就在這樣一種知識和倫理的氣候中前進，不乏狂熱，卻又不很確定，感情氣象隨時會有所變化，政治觀點也沒有最後定型。那時代很少有人像克拉拉・馬爾羅一樣，已經是個堅定的反法西斯主義者，並且對所有的鬥爭都傾注了滿腔熱情，遺憾的是，當時如此重要的一個人物在今天卻已被淡忘了。

當時，克洛德・羅伊經常和法國行動組織的大學生接觸，開始先在《我無處不在》雜誌上寫文章，後來又爲法國行動組織創辦的《戰爭》撰稿。羅伯特・布拉西亞什則是個溫和的詩歌愛好者，瘋狂地迷戀著絮貝爾維耶勒，是他將克洛德・羅伊帶進《我無處不在》的陣地的，開始羅伊用的是「克洛德・奧爾羅」的名字，直到一九三八年二月才用了眞名。布拉西亞什自己也經常寫點報復性的政治文章，比如說這樣的一小段：「雷翁・布魯姆，埃里羅在我們看來，簡直是人類中最令人厭惡的存在。②」弗朗索瓦・密特朗和克洛德・羅伊經常在一起熬夜談論文學。「我們當時唯一的激情，」密特朗對我說，「都傾注到了對眞理的追尋上。③」「聲稱自己擁護君主政體，或是說自己屬於無政府主義的紈　子弟的確很有意思；但是把兩者協調起來是件非常難的事。」克洛德・羅伊在《賓我主

① 正如赫爾波特・洛特曼在《左岸，從國民陣線到冷戰時期》中所解釋的那樣，門坎出版社，一九八一年。
② 參見皮耶・佩昂上述引文，《內部政變：上帝和貝阿特里斯》一章，頁七七。
③ 作者與弗朗索瓦・密特朗的談話，一九九五年九月五日。

我》裡承認道。一九三九年九月他被動員入伍，後在洛林淪爲階下囚，一九四〇年十月逃跑成功，到了非敵佔區，並和維希政府的報紙電台合作①。莫里斯・布朗肖、梯也里・莫尼埃和克洛德・羅伊一起發明了一種異端的莫拉學說。布朗肖自己也在一九三六年進入了《戰鬥》編輯組，戰爭前夕，他轉到《傾聽》，戰爭期間又轉入《年輕的法國》。克洛德・羅伊後來加入了抵抗組織。戰後，莫里斯・布朗肖發表了關於猶太人燔祭的文章，可謂是轟動一時，接著又成了反鎮壓阿爾及利亞戰爭的一名鬥士以及遊行的主要煽動者。在後人書寫的歷史中，即便英雄不總是清楚自己行動的方向和程度，後人也會替他們弄清的，克洛德・羅伊曾經這樣說過。這些年輕人當中的一部分原先曾經非常迷戀尼采，暗暗希望爆發一場他們自己也不知道應該是怎樣的革命，而在戰後，他們卻聚集到了瑪格麗特・莒哈絲家，又對共產主義產生了同等程度的激情……潰敗的時代爲他們敲響了警鐘，重組了他們激情的棋盤。這些年輕的大學生迫不及待地衝入各種政治事件中，正是這些事件造就了他們，讓他們得以定型。

一九三八年夏末羅伯特・安泰爾姆入了伍，這對他後來的人生影響很大。在跨越這超乎尋常的一步之前，他給好朋友法郎士寫了一封頗具懷念之情的信：「是的，我準備『走』了，我自己也不知道將要去向哪裡，但是我穿著我再熟悉不過的制服。我的精力和詩情將緩慢地流向何方呢？同樣，對周圍的人，我沒有冷冷的苦澀，我有的只是純粹的遺憾。他們把自己關了起來，有的時候非常痛苦和強烈，就像香水一樣，顯示出的是倦怠和奇怪的衝動。②」羅伯特感覺到自己將要徹底告別以前的生

---

① 《知識分子詞典》，米歇爾・維諾克、雅克・貝奈著，門坎出版社，一九九六年。
② 羅伯特・安泰爾姆書信。法郎士・布魯奈爾私人檔案。

活，他覺得那是在浪費自己的智慧。他知道自己在進行個人的追尋，他需要事件和靈魂的安寧。他覺得自己快離不開瑪格麗特了，可愛而誘人的瑪格麗特……作爲一個普通的士兵，他親身體會到法國確實沒有做好打仗的準備。他生活在恐懼之中，並在和貝奈的長談中表現出了這份恐懼。歐洲處在恐懼之中，民主舉起雙手投降，如何還能憧憬和希望呢？在羅伯特・安泰爾姆看來，這段時期是歐洲進入荒蠻時代的開端。一九三八年九月十七日他寫給法郎士・布魯奈爾的這封信證明了這一點：

> 看到法國的這副新面孔，如何能不深感揪心呢？這還是我們小時候歷史書上教我們深愛的法國嗎？蒼白，膽怯，只要戰鼓一經擂響，它就隨時準備做叛徒。
>
> 這樣的一個小國家只能依靠我們，而我們任由它去。我們處在最底層，我們是最貧窮的。你也許可以立刻回答我，說「我選擇戰爭」或告訴我您害怕戰爭，但是聽憑別人開始構建一個荒蠻的時代，這是否是眞正的和平主義呢？
>
> 如果再沒有法規，沒有正義，精神本身也將失去它最後的機會，那麼我們應當坐等德國革命來臨，等著看這原有的一切都不復存在？不幸的是，我們知道，這些野蠻的力量，這種應時的愛國主義形式包裹下的實際內容，只是在替鄰國的革命布下最後的陷阱。
>
> 面對選擇，我們不願意恢復理性的位置。我們和您談論的只是瓦格納和洛亨格林，把內部的傳奇和流血的時代混爲一談，把和諧和整飭混爲一談。
>
> 這就是法國人，正巧墜入錯誤之中的法國人，思想「超凡脫俗」的法國人，我們欣賞第三帝國的活力，欣賞第三帝國帶來的新鮮空氣。
>
> 我已經有一個月沒有到過巴黎了，我們現在待在這兒什麼也不幹，我想我們待在這裡也

沒用。

慕尼黑，張伯倫和達拉第答應了希特勒關於瓜分捷克斯洛伐克領土的苛刻要求。回來時，達拉第在機場看到等候他的人群，他以爲會遭到嘲笑和辱罵。但是只有長時間的掌聲。「這些笨蛋」，這是他唯一的評論。的確，法國人一點也不想打仗。以和平的名義做出犧牲，對於某些人來說似乎仍然是實際可行的辦法。西蒙娜．德．波伏瓦在日記裡寫道，無論如何，哪怕是最殘酷的不公正，也要比戰爭好得多，而薩特反駁她說「我們不能對希特勒一讓再讓」①。我們可以看出，羅伯特．安泰爾姆已經放棄了他的和平主義思想，也認爲向希特勒讓步是一種恥辱。他支持捷克斯洛伐克作家聯盟「喚醒這個世界」的呼籲，並且密切注視著勢態的戲劇性發展，與他同寢室的雅克．貝奈說②。

羅伯特在部隊裡苦挨。二等兵，入伍時他就猶豫不定。在部隊，他體會到了所有教養良好的年輕人都會有的那種空虛，一個小兵能有什麼條件呢。和他同時期入伍，並且編入同一個憲兵隊的弗朗索瓦．密特朗這樣不無諷刺地描寫道：「對於我們這些一九三八年應召入伍的士兵來說，當兵就是學會作爲一個誠實普通的市民，怎樣在最短的時間內習慣骯髒、懶惰、嗜酒、營房和困倦。③」

於是羅伯特獲准後便回到了巴黎。他和後來成爲他妻子的莫尼克以及喬治④都說過，好幾次回到巴黎，他都沒能通知瑪格麗特，他只好睡在她房前的門氈上等她回來，一等就是一夜。法朗士．布魯

① 參見H．洛特曼，上述引文，《投入野蠻》一章。
② 作者與雅克．貝奈的談話，一九九六年四月八日。
③ 《自由報》，一九四五年六月二十二日。
④ 作者與莫尼克．安泰爾姆和喬治．波尚的談話，一九九六年三月至四月。

奈爾記得當時瑪格麗特和不少傑出的大學生都發生了「盪氣迴腸的愛情」。瑪格麗特拿到了政治經濟學的學士文憑，開始找工作。「當時可不太困難」，法郎士嘆道，「我很快就在國防部找到了工作，瑪格麗特則就職於殖民部，每天下午我都到她的辦公室去找她。」

一九三八年六月九日瑪格麗特進殖民部做「助理」，月工資一千五百法郎。部長喬治・芒戴爾在六月十三日簽署的一份文件可以證明。她受聘於國際信息資料處，在特隆歇街十一號。出於家庭經歷她才選擇了這份工作？也許吧。一九三六年七月二十四日，殖民地行政署的幹部名單上已經徹底地劃去了她母親的名字，母親以小學教師的身分退休了，但還和部裡保持一定的聯繫。儘管年齡到了，她還在爭取留用，印度支那總督府辦公室和部裡的統計辦公室為此通了大量的信函。母親還讓女兒替她跑巴黎的殖民部辦公室。女兒的說情也沒能打動殖民部長。可能正是藉這個機會她第一次見到了殖民部長吧？不管怎麼說，她對這份工作非常投入，法郎士說，她看到她每天都要吞下成堆的文件，主題各異，比如說莫伊斯高原的茶葉質量，西非的河流狀況，或是加工香子蘭的方法之類的。瑪格麗特學得非常快。接著她還能起草不同主題的技術文章供內部參考之用。她表現得如此出色，立刻引起了大家的注意，於是後來被調去準備部長的政治發言。多虧了當時與殖民地辦公室合作頗多的菲利普・羅可，她的身分、重要性和肩負的使命很快就發生了變化。是他慧眼識珠，賦予她更為重要的職責。一九三八年六月二十日，菲利普・羅可直接受聘於殖民部長，正好負責聘用瑪格麗特的這個部門：國際信息處。如果沒有在芒戴爾手下過渡的這段時間，瑪格麗特還會投入寫作嗎？也許，但是她的第一本書，《法蘭西帝國》正是為殖民部起草的，是部長親自要她寫的。

先前任法國郵電通訊部部長的芒戴爾很不情願地接任殖民部部長一職。這是個小部，沒有錢，設施簡陋，也沒有什麼資產。他像一頭雄獅一般鬥了很久，開始想要當國防部長，結果卻是達拉第連任，後來他又要求當內務部長、航空部長。歷史眞是不無諷刺。這位曾經不懈地與殖民主義鬥爭的克萊蒙梭的老弟子，從此卻掌管了務迪諾街的事物。他被激怒了，不過政界和新聞界似乎對這項任命深表讚賞，《巴黎的呼聲》上的這篇文章可以爲證：「他將在殖民部幹點什麼？晚上他會給黑鬼國家的國王打電話，看他們有沒有準時到達王宮。如果有人膽敢遲到，他會廢黜他，魯瓦耶・科拉爾就是很好的榜樣。」但是這位有著鋼鐵意志並且固執得傳奇的人物，決定對原本昏昏欲睡的殖民部進行改革，很快組織了一幫心腹，其中就有後來和瑪格麗特・道納迪厄交情頗深的菲利普・羅可以及皮耶・拉夫。菲利普・羅可負責和新聞界的關係。皮耶・拉夫則專門爲部長準備發言稿。

芒戴爾打破了一切舊習慣，通過一系列的任命使殖民部走上了正軌，他還罷免了不少能力不足的人的職務，那些他喜歡稱爲「殖民部的殖民主義者」的人。他不僅僅是讓殖民部有效地運轉起來，這還不算是他的頭等大事，他覺得最要緊的就是讓殖民地隨時投入戰爭①。他沒有考慮求助於國防部：算了吧。逆來順受的芒戴爾要把自己的小部變成殖民國防部。這位一次大戰的傷員，深信戰爭再次爆發絕對不會僅限於歐洲的範圍，他要讓所有的殖民地都成爲法國軍事上戰略上有力的支持，一旦開戰隨時可以調來抵禦。「戰爭事件猝不及防，我的職責就在於積極防禦，加強自己國家的力量。」他對政府成員這樣解釋道。遵循著這種將殖民地軍事化的思想，一九三八年五月十二日，他從達拉第手上爭取到了在國防部高級委員會占有一席之地的權力，過了一個一期，他又設立了殖民地參謀部，負責軍隊的組織和調遣，並任命布萊爾將軍指揮。「我再也拖不起了。戰爭已經迫近，而我們還沒有準備

① 正如貝爾特朗・法弗勒在其爲喬治・芒戴爾所做的傳記《喬治・芒戴爾或共和國的激情》中所指出的那樣，法亞爾出版社，一九九六年。也可參考尼古拉・薩爾科茲所著的《芒戴爾》，格拉塞出版社，一九九七年。

好。」芒戴爾對布萊爾將軍說。下面的關鍵就在於增加殖民部隊的人員，並且保證他們的自治權藉以削弱法西斯勢力。「從今以後，我們這些殖民地將對德國和所有的法西斯分子展開顚覆性的戰鬥。」對那些覺得他有點自我中心，濫權和悲觀的政治勢力，他總是不厭其煩地這樣解釋道。在戰略和軍事領域，芒戴爾的確辦事得力。一九三九年六月，他向政府宣稱他手下已經有六十萬軍隊，可以在世界各地隨時投入戰鬥。但是他很快就明白了他的政治戰略行動必須得到信息界的配合。他任命瑪格麗特爲新聞專員！瑪格麗特將成爲軍事—殖民部宣傳戰線上一名勤勉有加的士兵，的確，她將拿起作家的武器，高聲有力地捍衛偉大的殖民政策。

但是在得到這個政治位置之前，她在行政上已經跨越數級。一九三八年九月十六日，她獲得了第一次提升：她被任命爲成立於一九三七年六月的法國香蕉宣傳委員會的助理。後來她離開了香蕉委員會，先是到了種植委員會，繼而又到了茶葉委員會，一九三九年三月一日還是回到了國際信息處。此時她的任務非常明確：她要和她的上司菲利普·羅可合作完成一本宣揚殖民帝國的偉大和完美的書。身爲歷史學家、作家的部長紅人皮耶·拉夫也來助他們一臂之力，拉夫於次年在伽利瑪出版社出版了一本題爲《潛水》的小說。這是命令。沒有時間可供浪費了，部長說，書必須盡快出版。瑪格麗特——正如我們所看到的一樣——已經頗受矚目，爲著她的綜合意識，工作能力，快捷的撰稿速度以及她過去對印度支那的了解。她投入了這項任務，沒日沒夜地在紙上塗塗寫寫，然後再拿去給羅可修改，重寫。

而這段時間，羅伯特·安泰爾姆在魯昂的軍事駐紮區煩悶到了極點。幸虧他結識了同宿舍的一個夥伴，他可以向他傾訴心事，而這個夥伴對他日後的生活可謂是起了決定性的作用，因爲兩年以後，就是這位夥伴讓他參加了抵抗組織，並且引薦他認識了自己的朋友弗朗索瓦·密特朗：雅克·貝奈記得他第一次遇到羅伯特・安泰爾姆是在一九三九年的四月，在第三十九步兵團。「我和他一起過了一個月。我們整夜整夜地談論希特勒主義，還有墨索里尼入侵阿爾巴尼亞事件。我們感到很快就要和德國正面遭遇了，他是個強烈的反希特勒分子。無論如何，我們都覺得戰爭已經迫在眉睫。我很爲他所吸引，爲他的智慧和敏感。①」

有一天，羅伯特・安泰爾姆收到一份電報：「要嫁給你。回巴黎。瑪格麗特。」雅克・貝奈記得那天羅伯特高興極了。他請了三天的假，趕頭一班火車奔赴巴黎。一九三九年九月二十三日十一點十五分，他在十五區區政府娶瑪格麗特爲妻。只有很少的幾個人出席了他們的婚禮。瑪格麗特負責手續的事。朋友離得很遠，大多數都已經參軍入伍，比如說喬治・波尚和讓・拉格羅萊。但是他們甚至沒有收到書面的通知，就像這場婚姻根本不存在似的。顯然，對於這對夫妻來說只不過是履行一下簡單的手續而已——再說也沒有結婚證，在這不幸的年代，這也許是一種安全的措施，一種希望，一種對於未來的擔保。

是的。他們當著兩個證婚人的面說「我願意」。瑪格麗特的證婚人叫約瑟夫・安德萊爾。是個英國記者，不久就從他們的視野中消失了。羅伯特的證婚人叫費爾南德・菲格里。是瑪格麗特選的。羅伯特和瑪格麗特共同的朋友中沒有一個人聽說過他，見到過他。閃電般的結婚。法郎士第二天從西南部的家鄉趕來。瑪格麗特把這事告訴了她，就像談論下雨或天晴那麼平常，她說她昨天和羅伯特結婚了。三十年後的某個晚上，羅伯特告訴他的第二任妻子，說他後來才得知那天瑪格麗特的證婚人是她當時的情人。他們爲什麼要結婚呢？因爲宣戰的緣故，他們周圍一些比較親近的人這樣說。不久以後

① 作者與雅克・貝奈的談話，一九九六年三月。

在「二戰」期間成爲瑪格麗特新同伴的迪奧尼斯·馬斯科羅至今對這一點仍很肯定，他說他們想要——面對日趨嚴重的局勢——通過法律來鞏固彼此之間同志式的關係。兩個同伴最終還是結成了夫妻。「她嫁給羅伯特，因爲他們彼此間確實眞誠相待，再加上羅伯特那時入伍了。①」但是這種毫無浪漫之意的結識，遭到了莫尼克·安泰爾姆的強烈反對，她說羅伯特對她說過，當時他正瘋狂地迷戀著瑪格麗特，瑪格麗特願意嫁給他爲妻，他有一種深切的幸福感。因爲是瑪格麗特願意嫁給他並且向他求婚的。對瑪格麗特來說是一場試驗婚姻，而對羅伯特來說是一場愛情婚姻？我們不能忘記當時那個動盪的時代，法律關係是一種保護、援助和力量。這對夫妻在結婚的當天就分開了。別忘了，這個圈子裡的男男女女會爲了以後更好地分手而結婚。可解決的婚姻。誰也不能得到誰的財產。多米尼克·德桑蒂在她的回憶錄②裡談到過，說她的未婚夫讓·圖森·德桑蒂不僅沒有任何愛情誓言，反而建議她每隔六個月進行一次反省。如果一方想要離婚可以立即提出，另一方沒有權利反對。多米尼克秘密結了婚，給把她當成保母的父親造成了巨大損失，結婚的當晚，「爲了除去資產階級習性」，她去了年輕哲學家在蒙帕納斯那間亂七八糟的住所，和這位斯芬克斯門徒共同陶醉在愛情裡。瑪格麗特，她在結婚的當晚則乖乖地回了家，然後陪羅伯特到了火車站，送他繼續去過小兵的日子。

一個月後羅伯特寫信給法郎士：

我們都不知道什麼時候才能從這裡出發。我告訴你，這裡眞是要人的命。還有什麼可以

---

① 作者與迪奧尼斯·馬斯科羅的談話，一九九六年二月、三月、四月。

② D·德桑蒂上述引文。

證明我們是人呢？是的，又是長時期的沉睡，一旦醒來將是多麼痛苦。

我們，我們參與了這場混亂。我們全身心地介入了鬥爭，我們在醜陋中奮爭。即將打響的戰爭從原則上來說是和人類的荒蠻所做的鬥爭，這正是你和我所一直做著的事。希望我們能夠接替上去，我們也的確應該接替上去，竭盡全力反抗一個愚蠢而空虛的時代的到來。

我坐在稻草上給你寫信，一團烏雲過來遮住了我的視線，我給你寫信，在黑暗之中，在周圍這些從此以後成了我鄰居的人的號叫聲中①。

當時，與之有著同樣經歷的雷蒙・戈諾也在日記中寫道：「這些傢伙夜裡一直在喊媽媽，媽媽。都四十歲的人了，還被當成新手來看待，自己行爲做事也像個孩子。所有的小伙子都很神經質，都患了精神官能症。的確，昨天他們反覆地看他們的武器。很自然，他們希望自己的子彈很乾淨，但是他們不是爲了這個來到部隊的，他們是爲了『幹掉』兩三個傢伙，懲罰他們。②」也是在同一時期，弗朗索瓦・密特朗寫道：「如果說人類互相殘殺，那也是活該；就讓他們學會什麼是生活吧；讓他們看看在那些汙穢的住所自己都做了怎樣的蠢事；讓他們爲自己的野蠻行徑搥胸頓足吧。就是這些人，爲了找樂子或是爲了滿足自己的野心，即將喪失自由、細膩和所有的優點。讓我感到煩惱的是爲了我並不崇尚的價値付出生命。於是我還是向自己妥協了。③」士兵薩特把自己描寫成一個「城市氣象預報

①法郎士・布魯奈爾私人檔案。
②雷蒙・戈諾日記，伽利瑪出版社，一九九六年。
③參見P・佩昂，上述引文，《前線的中士密特朗》一章。

員」，「社會理性的圓皮墊」，在軍營裡把斯湯達讀了又讀，完成了自己《理性的時代》，給予勒・勒納爾的《日記》加了註，他也感到無比煩悶，下象棋，給加斯托爾寫了很多的信，並且在信裡很少談及政治形勢，即便略有提及，也是三兩句帶過了事。薩特和其他很多人一樣，忍受著這場不事反抗的戰爭：「我想正是這種對和平的徹底遺忘，使得我們能夠忍受戰爭。現在，在我四周隨時可能建起一座又一座的墳墓，我當然非常害怕，但是這就像是害怕一場自然災害那樣。」一九四〇年五月十二日他寫信給西蒙娜・德・波伏瓦：「我們已經想通了，血生來就是爲了流的，而不再像以前那樣把這看成是一種瀆聖的表現。①」

在巴黎，瑪格麗特・道納迪厄爲部長的書馬不停蹄地工作著。芒戴爾自從到了部裡以後，一直想要將自己在務迪諾街所做的一切昭示天下，並將自己的思想好好錘煉一番。出於這樣的目的，他從來不放棄任何一個出頭露面的機會：廣播講話，宣揚殖民地富庶與優勢的廣告插頁，菲利普・羅可領導下的宣傳委員會，經常散布有關殖民部重要性的信息，當然，還有部長本人的豐功偉績，某些接受他思想的報紙對他評價頗高。不過有些記者對芒戴爾貪得無厭的胃口進行了公開嘲笑：「圖盧茲電台，在芒戴爾先生的請求下，就芒戴爾先生的開拓性成就向芒戴爾先生表示慶賀，這位芒戴爾先生，比任何一個芒戴爾先生都要芒戴爾，請求圖盧茲電台爲他開闢一個殖民地專欄節目。②」

一九四〇年三月十八日，殖民地辦公室的弗朗索瓦・德魯將《法蘭西帝國》的手稿寄往伽利瑪出版社，塞巴斯蒂安・波丹街。弗朗索瓦・德魯是加斯東・伽利瑪的朋友，一九三五年，前者多虧了拉

---

① 《致卡斯托和其他人的信（一九四〇—一九六三）》，伽利瑪出版社，一九八三年。

② 參見B・法弗勒，見上述引文。

蒙．費爾南德茲的幫助，把在《新法蘭西雜誌》上發表的小說《沒有榮耀的日子》拿到伽利瑪出版社出版。加斯東．伽利瑪一九三九年八月底逃到米朗德避難。巴黎的出版社全權交給了布里斯．帕蘭，他在加斯東不在的時候代理出版社秘書長和社長①。幾天後，營銷部主任路易．達尼埃爾．伊爾什同意出版《法蘭西帝國》一書。簽的合同中註明，由殖民部包銷三千冊。鑒於法國海外博覽會將在五月一日開幕，書也必須在這個日期前出來。芒戴爾準備爲該書作序。在這封郵件裡，羅可被寫成是部長的紅人。瑪格麗特．道納迪厄的名字甚至未經提及。

部長的序一直沒有作出來。但是出版社倒是遵守了原定的出書日期。《法蘭西帝國》一書於一九八〇年四月二十五日出版，作者署名爲菲利普．羅可和瑪格麗特．道納迪厄，二百四十頁，首印六千三百冊。書分五章，前有序言，教科書式的技術文體，書只有一個目的，只有一個，那就是作者在書的一開頭就明確了的：讓所有的法國人都知道，他們擁有一個巨大的海外領地，一個帝國，每個法國人都應該時刻意識到這一點。這是一本戰鬥的書，對此作者絲毫不加掩飾：法國應該知道它在「殖民領域的能力」，並應該以此爲驕傲。「但是如此重要的任務是兩個人合作完成的。讀了這本書後，我們希望讀者能夠確切無疑地總結出一點：帝國已經建成。是戰爭最後造就了帝國。」

書的出版日期明確解釋了這種介入的觀點：帝國和它未來的軍隊，能夠也應該成爲法國抵抗德國威脅的主要力量。書裡用的詞也清楚地表明了作者的思想狀況：在殖民地出生的人是「當地人」，他們都非常「愛」他們的祖國母親，對「溫柔的法國」他們有一種「孩子般的信仰」。書用一種家長制

① 參見《加斯東．伽利瑪。法國出版業的半個世紀》，皮耶．阿蘇利納著，巴朗出版社，一九八四年，門坎出版社一九九六年再版。

的腔調追溯了法國殖民地的歷史，並對各個殖民地進行了清點。書還順便抨擊了克萊蒙梭，因爲他反對于勒・費里的殖民擴張政策，而于勒・費里則成了堅忍和富有現代精神的代表。《法蘭西帝國》是一本宣傳性的冊子。作者非常贊同法國對這些殖民地所起的監管作用。殖民地政策本身是正確的，而且是永遠正確的①，這一點已經無可置辯，雖然一九三九年的調查顯示，各個殖民地越來越成爲法國財政和經濟上的重擔，在這項法國民意測驗所所做的題爲「對於我們的殖民地，您是寸土必爭呢還是願意做一定的讓步」的調查裡，有百分之四十四的法國人回答願意讓步，百分之四十的人要寸土必爭。但是在法國，「殖民人道主義」的思想似乎占了上風，大家認爲法國與殖民地各國可以建立友好的共同體關係。能夠理解共產主義知識分子的獨立政策的人卻也非常非常少，更不要說附和這種觀點的人了。對於大多數法國人而言，殖民地意味著異國情調和別樣風情，是「另外的地方」。大體上，他們既不清楚這些殖民地的疆界，也不了解它們的文化，雖然印度支那成立了所謂的法國遠東學院，雖然馬賽爾・格里奧勒讓一些對此懷有濃厚興趣的大學生精英，發現了複雜而充滿力量的殖民地文化，這些文化很久以來可謂是鮮爲人知。

瑪格麗特・道納迪厄和菲利普・羅可的書卻沒有一點讓別人了解殖民地文化的意思。對於兩位作者而言，白人理所當然的是精英，是征服者。對於這一條已無異議，因而也毫無再討論的必要。如果說書對土著居民的勇氣和驕傲表達了敬意，如果說我們毫無理由指責作者有種族主義傾向，它卻是人種之間的差異和不平等爲根本出發點的。這樣，如果我們把殖民地的土著居民分類，最高的種族算是

---

① 政府將帝國看成是人的儲蓄池。漸漸地當局失去了對帝國的興趣。從一九三五年開始，G・阿諾多注意到大家都閉口不談殖民擴張的成功了。

安南人——是瑪格麗特對於故土的支持？——而最底層的種族則是非洲的尼格利羅人：「尼格利羅人被大自然的力量壓倒了。他們孱弱、體虛、多疑，躲在森林的陰影裡不敢出來，面對周圍的神秘覺得自己束手無策。歐洲人進入了森林，給更經得起考驗的民族留出一席之地以後，他們就退居到森林的深處。①」但是隨著森林的日漸明朗和白人征服的日漸深入，在瑪格麗特・道納迪厄和菲利普・羅可看來，「土著居民的種類分布也會有所改變」。的確，「大草原的黑人更爲驍勇善戰」。

於是，不可否認，土著居民和別的人種不一樣。也就是說和我們這些西方人不一樣。這正是所要解釋並給予充分理由的，我們應該繼續按照我們的標準鍛造他們，將我們優秀的文化帶給他們。因此，教育和醫學是最有力的武器。但是對於某些土著居民當中的精英又應該怎麼看呢？他們要求的是認同而不是服從。瑪格麗特・道納迪厄和菲利普・羅可主張採取審愼觀望的政策。在他們做出讓步的情況下，法國也可以將一部分不甚重要的權力交給地方議會，尤其是在印度支那。法國的大學校可以接受部分土著居民中特別傑出的人物，比如說聖西爾軍校和高等技術學校等，甚至可以讓他們進入軍隊的高級智慧層。但是仍然必須對原本就不平等的不同種族間加以嚴格區分。「如果採取同樣的方法強迫安南青年和黑人青年勞動，那簡直是瘋了，因爲越南具有眞正的智慧和偉大的歷史，而非洲各部落卻經歷了幾千年的滯後。」所有非洲國家的尼格利羅人還要經過努力才能和其他土著居民一樣得到平等對待！

《法蘭西帝國》宣揚的是業已建立的秩序，希望戰爭之後殖民地政策仍然能夠繼續存在。當然和某些殖民地可以逐步發展一種被稱爲「協助甚至是合作關係」的新型外交政策，不過要採取謹愼的態

---

①《法蘭西帝國》。

度。民權的覺醒不是一件特別好的事情。當時，有些改革派已經提出了建立帝國議會的構想，認爲可以給殖民地代表保留一定的席位，在瑪格麗特・道納迪厄和菲利普・羅可看來，這種想法似乎還太新潮也太危險，因爲，他們又一次提到，「黑種人還處在幼兒階段」。「要通過一系列的摸索，經歷一系列的錯誤，黑種土著居民才能跟上其村莊所在的地方上的管理、政治、商業體制。如果我們現在把投票權交給他們，他們會感到無所適從，不知道如何運用是好，甚至會交給巫師來決定。」我們這些土著居民想要抬高精神上的地位，那只有一步步慢慢地來。當前最重要的任務是讓他們做好準備，在對德國的未來之役裡作爲肉彈武裝上陣。而「具有『遠見卓識』的芒戴爾先生，正如這兩位非常虔誠的作者所強調的一樣，正好預見到了這一切。」

《法蘭西帝國》的筆調頗爲驚人。首先必須簡要地說明一下當時的歷史背景，這樣才能澄清作者的推理方法。瑪格麗特・道納迪厄表現得更像一個普通的法國人，而不是一個骯髒、落後的殖民主義者。當時只有極左勢力是反對法國的殖民工程的。宣稱自己支持西班牙共和黨人的芒戴爾，在極權國家看來是一個不容忽視的對手。他的提議總是讓人感到難堪。在德國和義大利，他成了一個有待打倒的人物。他關於殖民武裝的計畫是否奏效，最後已無從評判；有一本關於他的傳記談到過，他的建議沒有得到充分的重視和妥善的運用①。但是他的殖民部隊卻並不是烏托邦構想，一九四四年，正是這些部隊給法國和義大利的自由法國力量以決定性的支持。作爲宣傳之用的應時產物，《法蘭西帝國》沒有引起什麼回響。伽利瑪只賣出了三千七百冊，也就是說實際數量只有七百冊，因爲殖民部買走了三千冊。瑪格麗特看來是「忘記」了她的這部作品，所有的傳記裡都沒有提到。她不喜歡——這一點

① 參見B・法弗勒，見上述引文。

我可以證明，被別人勾起這段回憶。她想把它徹底抹掉，就像從來沒有存在過那樣。但是事實擺在那裡。既然不能否認，她只好遺忘，有時說是年輕時代的錯誤。通過這本書，瑪格麗特進入了出版界，儘管她沒有讀者。一年以後，當她想要出版自己的第一部小說時，她抬出了自己曾是伽利瑪出版社合作者的身分。一本眞正的書，她肯定地說，但是這一回伽利瑪拒絕了她。一九四〇年五月十八日芒戴爾被任命為內務部長。他帶走了他的合作者兼朋友菲利普・羅可，又把他結合進自己新領導班子，讓他繼續發揮重要作用。瑪格麗特卻決定留在殖民部，不過她還經常和拉夫、羅可見面，私下裡還爲他們工作。

一九四〇年六月六日，德國人切斷了索姆戰線，十日渡過了塞納河。六月十九日，魏剛將軍宣布巴黎爲開放城市。當天晚上，部長會議在巴黎城外決定政權更替。大遷移開始了。七百萬男男女女和孩子上了通往南方的公路。政府移到了圖爾。芒戴爾是最後一個離開巴黎的。內務部長的頭銜還在，不過他已經沒有實權了。十日到十一日晚上，他帶著一小撮人到了圖爾，把安德爾—盧瓦爾省省政府改成了內務部。在他身邊有菲利普・羅可，皮耶・拉夫，還有……瑪格麗特。部長都住在郊區分散的城堡裡，完全的荒郊野外，沒有一點辦法聯繫。法郎士・布魯奈爾也隨國防部代表團離開巴黎，一開始是徒步，後來改乘馬車，開始了逃亡之路，六月十二日下午，她看見瑪格麗特進了康結城堡的公園，當時那是分給總統阿爾貝・勒布朗的臨時官邸。瑪格麗特看上去精神飽滿，而且精心打扮過，從省政府一輛非常漂亮的車裡下來，羅可和拉夫一直陪在左右。這天下午六點召開了值得紀念的部長會議，氣氛非常低沉。芒戴爾和雷諾面面相覷：是不是應該離開圖爾到波爾多呢？散會後，魏剛將軍發布了停戰決定。這是非常愚蠢的，芒戴爾說。戰，直至戰死，他想要說服大家。走也是爲了戰。六月十三日，芒戴爾在圖爾省政府會見了邱吉爾。下午六點，芒戴爾參加了在康結城堡重新召開的會議。

他注意到在場的大多數人還是主張停戰。八點，他給各省省長發了電報，命令他們守住。當夜，他和時任戰時國家副國務卿的戴高樂將軍有一次長談，討論繼續戰鬥的必要性。

瑪格麗特間接經歷了這些讓法國命運發生中轉的悲慘的日日夜夜，但奇怪的是，她從來不曾——不論是在與他人的談話中還是小說中——談及當時那種包圍著共和國的有毒的氣氛。六月十四日，芒戴爾離開了圖爾抵達波爾多。他們的命運自此分道揚鑣。瑪格麗特再也沒有看見過他。他決定跟皮耶・拉夫逃到布里弗，拉夫到表親瑪德萊納家暫避，而就是這位瑪德萊納・阿蘭斯日後成了瑪格麗特・莒哈絲作品最權威的評論家和最忠實的朋友之一。流亡的一切偶然都是在布里弗發生的；法郎士・布魯奈爾稍後也在布里弗與瑪格麗特重逢，瑪格麗特不僅在布里弗安頓下來，甚至在那裡找到了職業，作爲殖民部流散的公務員，她當時在省政府任編輯。她在那裡一直待到夏末。幸福而忙碌。她的部分朋友說她那時正享受著和拉夫的完美愛情……

一九四〇年九月，羅伯特・安泰爾姆回到了巴黎。瑪格麗特也到了巴黎。十一月一日，她辭去了殖民部的職務。羅伯特通過父親的斡旋，進巴黎警察署做了助理編輯。他在警察署一直待到一九四一年五月。因此有人指責他在加入抵抗組織以前曾經和德占巴黎的僞政府合作過。這些人卻不知道正是借助這樣的地下身分，他很快投入了抵抗活動。羅伯特・安泰爾姆運氣很好，的確，進入時任警察署編輯的雅克琳娜・拉夫勒爾所在的部門工作，她自一九三八年三月進入警察署後就投入了抵抗運動。她幫助處在困境中的外國人，偷取危及到他們的文件，而且經常銷毀從第一辦公室下來的揭發信。她蒐集和他們有關的情報，送往她的「同胞」組織，每次在可能的情況下，盡量通知被警察署盯上的人。她成功地將軍事地圖轉交到英國政府的手上，給上了倫敦警察署黑名單的人提供證件，還把英國飛行員藏在自己家裡，竟然在警察署裡的辦公室給他們上法語課！雅克琳娜和羅伯特成了終生的朋友。羅伯特也冒著生命危險加入了這些行動，有力地協助這位和他只有一牆之隔的同事和上司，就像喬治．波尙證實的那樣，他曾經想辦法讓警察署搜捕的人登上了飛機。巴黎解放後，雅克琳娜．拉夫勒爾獲得抵抗動章和英法兩國的動章，以表彰她一九四〇年八月到一九四四年八月間爲抵抗運動所做出的偉大功績。

一九四一年二月，羅伯特偶然在聖日耳曼—德普雷的街頭碰到了舊時曾同睡一間營房的同志，雅克．貝奈。「我正在逃亡，」他說，想找個地方躲起來。我甚至還沒有開口，羅伯特立刻就提出讓我上他那兒。我於是到了羅伯特和瑪格麗特家，聖伯努瓦街。我找了一點工作維持生活；但是晚上我回他們家。一九四一年，他們像所有結了婚的夫婦那樣生活著，該怎麼樣就怎麼樣。在我看來，瑪格麗特是個漂亮姑娘。她和我談過很長時間，談她在多爾多涅的家庭，她還經常談起她生活在印度支那的母親。①」喬治．波尙是在一九四〇年底與羅伯特重逢的。夫婦倆才在聖伯努瓦街安頓下來。「我通過人物博物館通訊站，幫助把英國和加拿大的傘兵聚集起來，羅伯特也一直在幫我。②」喬治．波尙說。雅克．貝奈、羅伯特和瑪格麗特．安泰爾姆經常成夜談論局勢以及和侵略者鬥爭的辦法。我們在他們那裡喝酒休息。朋友們會不請自到。比如說拉夫，他經常來，還有法郎士．布魯奈爾，以及以前法學院的老同學。聖伯努瓦街五號成了聚會和交換意見的場所；在那裡可以談論斯湯達，尼采和聖茹斯特。瑪格麗特把這棟房子變成了一個永久性的論壇，聖日耳曼—德普雷的中心飄盪著自由和友誼的空氣。戰時，這是個抵抗組織成員躲避追捕的藏身之所，戰後，這是不少法國知識分子的精神共同體

① 作者與雅克．貝奈的談話，一九九五年三月。
② 作者與喬治．波尙的談話，一九九四年九月。

之家。

聖伯努瓦街也成了瑪格麗特一生之中寫作的領地，直至她去世。在她的生命中和在她的作品中一樣，地點始終具有決定性的意義。米歇爾・波爾特指出，她甚至用地點做過書名。幸虧賣了《太平洋防波堤》的電影版權，她得以買下諾夫勒城堡，後來又在洞城黑岩別墅區買了棟房子，臨著大海。地點對她而言是容器。「我們可以把房子看成避難所，到了房子裡才能安心。但是我相信，它對於事物來說也是一個封閉的圓。」瑪格麗特將諾夫勒城堡開闢為自己的領地，在那裡重新發現自己的歷史，找遍了歷史中每一個角落和隱蔽的角落，審視自己的靈魂。這是屬於她自己的「夜航」，是她的孤獨之所，她可以在好幾個月裡切斷和外界的一切聯繫，欣賞月夜裡一隻蒼蠅的恐懼，或是玫瑰花泛白的樣子，可以任由自己深陷在酒精裡，整夜整夜地寫作。

聖伯努瓦街則是羅伯特和她的家。她在那裡有一間房。她把男人領到房間裡。有些人在愛情結束後還能和她保持很好的關係。聖伯努瓦街是分享的領土，是共同體之家，是交流的場所，不論是有關烹飪的，理念的還是文學的。在聖伯努瓦街，瑪格麗特情緒激動地跑來跑去，從裁剪到敲敲弄弄——她在這方面可是個天才，同時也沒忘了她的洋 回鍋牛肉，泰國米飯，小傢伙的功課和來這裡做客的朋友，當然，還有，在兩項活動之間，她也還沒忘了抽空寫上幾頁。如今聖伯努瓦街的家具已經搬走了，再也沒有聖伯努瓦街五號了。她兒子曾經努力過，想收回已經不屬於他的這幢房子，但是沒有成功。他是有道理的。聖伯努瓦街五號，這是屬於她的空間，她的家庭相片，她那些乾枯的花朵，那麼漂亮、那麼富有光澤的家具，她打破的廚房用具，她放在壞了的扶手椅上的披肩，散了架的鑲木地板，還有玫瑰花瓣的香氣。聖伯努瓦街五號簡直可以成為一座莒哈絲博物館。

瑪格麗特是偶然找到這棟房子的。有一天，一塊兒在里普酒吧喝酒時，鄰座的一位夫人告訴她她住的那幢樓裡空出來一棟房子。這位夫人正是貝蒂·費爾南德茲，作家，自一九二七年以來就任伽利瑪審稿委員會成員的拉蒙·費爾南德茲，雅克·里維埃爾和馬賽爾·普魯斯特的朋友兼合作者。「於是我們談了談。貝蒂·費爾南德茲的智慧眞是讓人無法拒絕。後來我們又再次見了面。①」空出來的那棟房子就在他們上面。小資產階級的房子，很寬敞，也不算貴，而且地勢很好，在聖日耳曼——德普雷的中心。瑪格麗特和費爾南德茲夫婦之間結下了很深厚的關係。「我從來沒有碰到過比他們倆更具魅力的人。一種極其特別的魅力。他們就是智慧和善良的化身。」瑪格麗特後來說過，她和拉蒙的記憶可謂是不謀而合，因爲多米尼克·費爾南德茲，拉蒙的兒子也談到過他們的關係②。德國宣傳部負責人，書報審查處代表吉爾哈特·海勒，德國學院院長卡爾·埃普丁，夏爾多納，塞利納，約昂多以及德里厄·拉羅歇爾都是他家裡的常客。在一九四一年他隨法國作家代表團到魏瑪所做的那次悲慘旅行前，他曾經和夏爾多納、德里厄以及布拉西亞什一起負責《新法蘭西雜誌》——後來雜誌改由德里厄負責，並且是法國人民黨多里奧手下的智囊團成員。

瑪格麗特和羅伯特了解拉蒙的政治活動。在這樣的知識分子圈和文學圈裡，不知道是不可能的。正如皮耶·阿蘇里納在爲加斯東·伽利瑪所做的傳裡指出的那樣，拉蒙·費爾南德茲在當時和德里厄可謂是權力相當，這不是指在《新法蘭西雜誌》的權力，而是在伽利瑪清除了猶太人之後的審稿委員會：「炙手可熱的人物不再是羅伯特·阿隆，也不是本杰明·克雷米厄而是拉蒙·費爾南德茲。③」關於房子的事很快就有了結果。羅伯特·安泰爾姆簽約租下了房子。他們很快又從鄰居發展爲朋友

① 《情人》未發表的手稿，現代出版檔案館檔案。
② 作者與多米尼克·費爾南德茲的談話，一九九五年三月。
③ P·阿蘇利納，見上述引文，頁三一九。

[1]。在聖伯努瓦街的兩層樓之間，沒有譴責也沒有恐懼。恰恰相反，正在偷偷寫自己第一本小說的女士，每個星期天都要到樓上去參加討論。教養良好的拉蒙·費爾南德茲，非常優雅。有的時候也很勇敢。難道他不是——正如他兒子所提醒我們的那樣——第一個在猶太哲學家柏格森一九四一年去世時向他表示敬意的附敵者？爲此他還遭到了塞利納的辱罵。瑪格麗特對這位極富魅力的男人很有好感，他喜歡賽車，探戈跳得相當好，雖然年紀不輕了，再加上因爲酗酒身體不太好，但是每當他談起那些他爲之作傳的作家時，她總是聽得津津有味，什麼巴爾扎克，莫里哀，紀德，還有他即將要寫的普魯斯特[2]。他家每個星期開一次沙龍，瑪格麗特是他忠實的聽眾。在《情人》中，她寫道：「大家不談政治，只談文學。拉蒙·費爾南德茲談巴爾扎克。人們通宵聽他談巴爾扎克。」瑪格麗特上樓到費爾南德茲家，但是她不請他到她自己家去。如果是和貝蒂，她非常欣賞的貝蒂，她們就上咖啡館裡去。她們之間當然是友誼，而且是純粹的友誼。

《情人》的初稿裡還混雜著一些沒有發表過的筆記，關於費爾南德茲，瑪格麗特寫道：「我們從來不一起出門。也不會上對方家裡去吃飯。晚上我們在咖啡館見面。再就是貝蒂有她的接待『日』，每個星期一次。那裡有個男人，德里厄·拉羅歇爾。很英俊。晶瑩潔白的肌膚，我找到可以形容他的詞了：像雅利安人一樣英俊，簡直到了令人嫌惡的程度。他不看女人。女人看他。他很少說話，說也只跟幾個爲數不多的男性聽眾說，而且成見頗深。在場的還有喬吉特·德·C，是貝蒂的一位女性朋友。非常漂亮，也住在聖伯努瓦街。[3]」瑪格麗特說在那裡從來沒有碰見過德國人。這份友誼維持了

---

① 正如多米尼克·費爾南德茲想借助自己的兩本小說驅除父親對於記憶的纏繞一樣。
② 《莫里哀》，新法蘭西雜誌叢書，一九二九年《安德烈·紀德》，新法蘭西雜誌叢書，一九三一年。
③ 現代出版檔案館檔案。

將近兩年。瑪格麗特欣賞拉蒙，欣賞她謂之的「精到的禮貌」。他給她一種永遠在冒險的藝術家的感覺，彷彿生活是一件即興創作出來的藝術品，是場遊戲。一九四三年，羅伯特和瑪格麗特加入了抵抗組織，他們的關係便中斷了，是在瑪格麗特請求之下：「拉蒙正好下樓。我和他擦肩而過。我對他說：拉蒙，我們才加入抵抗組織。我們在街頭不能互相問候了。也別再見面。別再打電話。」

「您的父親在保守秘密和謹慎小心方面是個國王。」她後來和多米尼克・費爾南德茲說，多米尼克深為感動，為這份友誼的生命力，也為這種忠實的力量。瑪格麗特沒有忘記貝蒂也沒有忘記過拉蒙①。《情人》出版後兩年，一方面她為這巨大的成功所迷醉，可另一方面她也甚為惱怒，說公眾的反應是對她的誤解，她開始討厭《情人》，和身邊的幾個朋友說起過，在自己的私人日記裡也寫過。仔仔細細把《情人》再讀一遍以後，她覺得只有幾段還算好，特別是她談起費爾南德茲的那些段落，她為自己找到了合適的語句來描述這份友誼而感到高興。之所以會有《情人》，她後來告訴我②，和貝蒂不無關係。貝蒂，她這個人物，她的氣度，她的魅力，她漸漸消失的樣子，她生命流程的那種方式。《情人》最初時就是從她開始的：「貝蒂・費爾南德茲。只要一提起名字，她就立刻浮現在眼前，她走在巴黎的大街上，她眼睛近視。她就像一株植物，莖長長的，瘦瘦的，舉手投足都隨著風的節奏。她很美，美出於這份醒目。她幾乎自始至終都保持著生存的詩意，她的友情非常專注，非常忠實，柔情似水。③」

第二年，瑪格麗特是不是通過拉蒙的介紹，才在書籍組織委員會找到了一份新工作呢？可能是，

---

①後來在《情人》裡她又使他們得以重生。
②作者與瑪格麗特・莒哈絲的談話，一九九〇年四月。
③現代出版檔案館檔案。

但無從考證。費爾南德茲和布里斯·帕蘭一樣，都是審讀委員會的成員，幫助檢查處審讀出版物並發放出版證。檢查處成立於一九四二年四月一日，是貝當元帥根據雅克·波諾伊斯特·梅山的報告批准建立的，主要負責出版證的發放。瑪格麗特當時就在那裡負責閱讀筆記處。是附敵者？稍後我們再回到她在一九四二年的行爲和姿態上來。無論如何，她從一九四一年就非常專心，不顧一切地想要出版自己的小說。她不太關心政治。要不要在敵人的鐵蹄下出版？這對她而言不是問題。出版。隨後我們就會清除的。「在一九四一年稱爲作家，把手稿交給伽利瑪的審讀委員會，這首先意味著要通過阿爾朗、帕蘭以及其他一些正得寵的人物的審讀，但委員會裡也有像R·費爾南德茲這樣的人，」阿蘇里納在關於加斯東·伽利瑪的傳記裡這樣寫道①。瑪格麗特沒有心情管這些事。也不是只她一個人這樣。所以她把第一部小說《塔納蘭一家》的手稿寄給伽利瑪是很自然的事：作者名簽的是道納迪厄，下面留了丈夫家的地址，儘管費爾南德茲當時是響噹噹的人物，她卻沒有提及。在她附的信裡，她寫道：

先生：

也許您對我的名字有所耳聞，因爲我是去年在您這兒出版《法蘭西帝國》一書的作者。但是我今天寄給您的這份手稿，《塔納蘭一家》和前一本書沒有任何關係，那僅僅是我的應時之作。

我寄給您的這份手稿，亨利·克魯阿爾、安德烈·泰里弗和皮耶·拉夫都讀過。他

---

① P·阿蘇利納，見上述引文，頁三一九。

們都說非常喜歡，竭力勸我寄給您出版。我相信他們的判斷。也希望它符合您的要求。

瑪格麗特．道納迪厄

M．安泰爾姆家

杜班街二號六樓

但是伽利瑪沒有給予任何答覆。瑪格麗特覺得等待的時間太過漫長，簡直喪失了耐心。皮耶．拉夫支持她：在他眼裡沒有比這個更正常的了。他因爲對她的愛而變得空前盲目。羅伯特，如果說他也鼓勵她，卻並不粉飾她的缺點：文體不太統一，敘事安排顯得鬆散。比較起拉夫，瑪格麗特更害怕羅伯特的意見。她求他去一趟伽利瑪。羅伯特去了，但是，儘管他堅持，伽利瑪還是沒有給他任何答覆。多虧了伽利瑪檔案，我們今天終於知道，當時是馬賽爾．阿爾朗負責手稿的閱讀，他持否定意見。稿子已經被判了死刑，但是退稿信還沒有寄出。羅伯特去伽利瑪的第二天，在某地走廊上碰見了戈諾。他滿懷激情地和戈諾談起了這份手稿，以至於戈諾決定再重新看一下稿子。一九四一年三月六日，戈諾讀了《塔納蘭一家》的稿子。他也持不予發表的意見，雖然他承認作者有天分，但是在他看來，這篇小說結構散亂，作者沒能很好駕馭住主題，而且受美國文學的影響太深，尤其是受福克納的影響。但是伽利瑪一直沒有答覆瑪格麗特。於是她又寄了一封信。假稱——或許也是眞的——想要進行修改，她藉口說要改題目。

先生：

一九四一年3月31日

一個半月前，我給您寄了我的小說稿，我暫時想叫這部小說為《塔納蘭一家》或是《莫德》，不知道您選定了哪一個。如果您能告訴我您的決定，我將感激不盡，因為我要離開巴黎一段時間。請原諒我的催促。

四月份過去了。一直沒有任何消息。非常奇怪，瑪格麗特沒有求助於費爾南德茲，而是請求拉夫介入。老情人，逃難的同伴，殖民部的舊同事，而且拉夫也是拉蒙·費爾南德茲的朋友。一九四一年五月八日，他給加斯東·伽利瑪寄了這封信：

親愛的先生：

我從拉蒙·費爾南德茲那裡得知您將對《塔納蘭一家》這部手稿做出決定。當然這部手稿有很多缺點，但是它有一種愛蜜莉·勃朗蒂的味道。

拉夫的介入看來卓有成效。五月十六日，加斯東·伽利瑪回覆了皮耶·拉夫：

我讀了瑪格麗特·道納迪厄的小說《塔納蘭一家》。的確，這是一部很有意思的小說，它的作者很有希望，但是像這樣的一部手稿還沒有達到出版要求，我們注意到作者還不夠成熟，手法稚嫩。

我會和道納迪厄夫人見面的。我很遺憾目前不能出版這部小說。我非常感謝您對這位作者的關心。

就在同一天，伽利瑪出版社也發了一封信給瑪格麗特．道納迪厄。信末的簽名是雷蒙．戈諾。

夫人：

我們讀了您的手稿，覺得很有意思。在我們看來，目前出版它是不可能的事。但是如果能和您談談，我將非常高興，倘若有可能，請於近幾天到塞巴斯蒂安波丹街來一趟。

戈諾接待了瑪格麗特。他當時三十七歲，已經出版了七部小說：「我學到了一切都毫無價值，我經歷得很少。①」他們很快成了好朋友，這份友誼強烈、豐富而活潑。戈諾也成了羅伯特．安泰爾姆的朋友，並且是瑪格麗特和她未來同伴迪奧尼斯．馬斯科羅的中間人，馬斯科羅也在塞巴斯蒂安．波丹街工作，就在戈諾身邊。戈諾是戰後聖伯努瓦街晚宴的常客之一。他極其幽默，善於嘲諷，姑娘們都很討厭他，不過小伙子卻對他甚爲讚賞。對瑪格麗特來說，與戈諾相遇在她的文學發展上起了決定性的作用。戈諾建議她放棄美國式的寫作方式，用一種更爲明晰，更爲直接的語言，切中主題。他對她倒是很溫和，很親切，也很具說服力。瑪格麗特聽他的。他自詡爲文學生活分析家，而且是個專欄作家、雜文家，曾經負責一家日報社。可惜的是，在一九四一到一九四五年間他幾乎中斷了一切活動。在這段黑暗時期，他只作爲審讀委員會成員而存在：《塔納蘭一家》這件事兒便是個很好的證明。

① R．戈諾，見上述引文。

戈諾並不把自己的趣味強加於人，他討厭影響。他只是傾聽。瑪格麗特非常欣賞他的這個優點，他與人平等相處的這種方式。多虧了他，她越過了伽利瑪的拒絕，把稿子投往他處。戈諾一直在她身邊，在她承受打擊時給予她支持，和她討論文學，給她有益的幫助；多虧了他，瑪格麗特才得以出版自己的第二部小說《平靜的生活》，而他正是小說的責任編輯。就她這麼一個拒絕與出版人對話且不接受一丁點批評的人，卻視戈諾爲眞正的大家，對他有一種絕對的信任。他知道她的優點，比如說在勾畫人物方面強有力的筆觸，或是在描繪風景方面獨到的文體，他給了她重新創作的勇氣。她說他們第一次見面對她起了決定性的作用，戈諾那時只給了她一個建議：寫，什麼都別做，只是寫。作家是種職業，必須堅持到底。她從來沒有忘記過他給她上的這一課。

瑪格麗特帶著手稿去了好幾家出版社，都遭到了拒絕。多米尼克・阿爾邦在自己的回憶錄裡曾經提到過，一九四一年夏天的某一天清晨八點鐘，她接待了羅伯特・安泰爾姆的來訪，他帶來了瑪格麗特的稿子。那時多米尼克在布薩出版社任審稿人，她從朋友那裡聽說過瑪格麗特・羅伯特這對夫婦，她也很欣賞他們。但是她還是很驚訝，羅伯特這麼一大早就來了，而且腳步匆匆。羅伯特對她解釋說：「我得預先告訴您。如果您不說她是個作家，她會自殺的。」她跟他說她可不會受別人威脅的，這對她來說沒有用，但是羅伯特也不聽。他走了，留下了稿子。是多米尼克・阿爾邦救了這稿子，據她回憶，小說當時題爲《陰謀》。當然作品深受海明威和福克納的影響，可在當時這也很平常。「我開始讀的時候就沒感到討厭，後來甚至來了興趣。不可否認，這個年輕女人的確是個作家。我讀了下去，一頁，又一頁。不，我沒有弄錯。①」多米尼克在布隆出版社老闆兼社長布爾戴爾面前竭力遊

①《我會經常回去，記憶》，多米尼克・阿爾邦著，弗拉芒翁出版社，一九九〇年。

說。瑪格麗特的小說總算見了天日，不過她得等上兩年才能出版她的第一本小說，題目為《厚顏無恥的人》。

一九四一年秋末，瑪格麗特得知自己懷孕了。她曾經不止一次地和喬治・波尚以及雅克・貝奈表達過她想要個孩子的願望。她成功地說服了羅伯特。他最終同意了。瑪格麗特開始了非常艱難的妊娠期。在一本不公開的簿子上，她記錄了自己身體的疲憊，與日俱增的恐懼，心顫，還有她自己也不能完全弄明白的身體的變化。羅伯特後來也和莫尼克・安泰爾姆說過，瑪格麗特那時深為恐懼所折磨，似乎都要活不下去了。她一步也不能離開羅伯特，跟著他到街上，還大喊大叫。瑪格麗特已經察覺到羅伯特有了外遇？瑪格麗特一直認為自己有巫婆的本事，可以未卜先知，可以捕捉到尚未實現的慾望和事件。羅伯特的確開始愛上另外一個年輕女人了，叫安娜・瑪麗，但他還愛著瑪格麗特。他沒有離開她。他們的夫妻生活仍在繼續。表面上完美無缺。朋友們也不知道羅伯特和安娜・瑪麗的關係。法郎士・布魯奈爾經常去看瑪格麗特，覺得她似乎非常害怕，她對羅伯特表現出來的天使般的耐心尤為欣賞。法郎士也懷孕了——她們的預產期在同一個月份，後來她回憶說當時在德國占領下的巴黎很難找到衛生營養的食物，還說她們經常一起在拉丁區挺著大肚子散步。

瑪格麗特在法郎士之前分娩。嬰兒看上去很糟糕，夫妻倆慌極了。羅伯特開車把瑪格麗特送到她做定期檢查，並決定在那兒分娩的一家診所。一家教會診所，設備簡陋，一旦遇到複雜情況根本無法應付。手術進行得很慢，很痛。接續了二十個小時。嬤嬤們非常不熟練。瑪格麗特吃了很多苦。孩子是夜裡出生的。沒有啼哭。生下來就死了。巨大的痛苦令瑪格麗特幾乎窒息。她面前的世界一片黑暗，搖來晃去。她陷入一種罪惡感的糾纏之中，因為她不會、不能創造生命。孤獨的童年，老是挨大哥揍的小姑娘，母親的漠不關心，往日的回憶縈繞在她的腦際，淹沒了她生的慾望，抹黑了她的記憶。瑪格麗特飽嘗精神上的折磨。她能夠讓孩子從她體內排出來，爲什麼不能讓他呼吸呢？生命在哪裡？在她體內他還活著，是她讓他離開她時造成了他的死亡，而她，她居然還活著？

這個小男孩的死亡糾纏了瑪格麗特的一生，並且以一種不太引人注目的方式隱沒於她的作品之中。不是母親的女人還算是什麼女人？一點意義也沒有，那是一個沮喪的女人，只注意自己的哀愁，等著生命終結。莒哈絲欣賞花一般的少女，卻尊重做了母親的女人。女人只有做了母親才算是個完整的女人。這一點甚至是毋庸置疑的。再明顯不過的事實。在她看來，沒有孩子的女人不是眞正的女人。孩子的消失，她的無從追尋，這份生命的榨取，這個生下來就是爲了死亡的孩子，這個她養大的，她一手造就的孩子一直追隨著瑪格麗特。我們都不會忘記《毀滅吧，她說》裡的伊麗莎白·阿里奧納。她滿懷憂愁地在旅館裡追憶失去的年華。別人問她的時候，她回答說：「我在這裡，因爲分娩的情況很糟……孩子生下來就死了……我吃了很多安眠藥。我一直在睡。」

瑪格麗特和伊麗莎白一樣，好幾個月都睡不著覺。她曾經想要弄個明白。後來，過了很長時間，她想要給予發生的這一切一個合理的解釋，她控訴戰爭，戰爭造成的惡劣條件，還有那些所謂仁慈的嬷嬷，當時的醫療狀況。事實上，在很長一段時間裡，她指責的是自己。直至兒子烏達出生。她等了三十二年，才在一本女性雜誌《巫婆》裡發表了一篇文章，描述了這個她永遠不能忘懷的悲劇。第一部分描述了這個降臨到世界時生命就已終結的孩子，第二部分描述了在一次散步時，孩子和母親之間的緊密結合。

烏達是活著的——她的第二個孩子有這樣一個綽號，眞實的名字叫讓，瑪格麗特終於可以談談他消失了的哥哥。第二個兒子生下來後的兩年，她又流產過一次，所以她對兒子說他是個奇蹟①。瑪格麗特一直爲朋友們的生命擔心。她把生命看成是一種奇蹟，她自己只有自然地跟從。晚年的她向種種醫學規律挑戰，玩兒似的徘徊在生與死的邊緣。瑪格麗特非常喜歡嬰兒。你只要看她是怎麼愛撫他們，和他們說話的就知道了。這是一種令人迷醉的場面。小男孩死了以後，一些自認爲是同情她的人——其中也包括她的朋友——對她說：沒有這麼可怕，你的孩子一生下來就死，這反倒好。她回答說：「是不是這麼可怕？我覺得是。確切一點說：是這份同步，他降臨到世界上與他死亡的同步。什麼也沒有。什麼也沒有留下來給我。這空茫眞是可怕。我沒能擁有過孩子，哪怕是一小時也沒有。我不得不想像一切。我一動不動，只是在想像。②」

蘇茜·魯塞在這件事後幾個月見到了瑪格麗特，當時瑪格麗特正在幫她尋找丈夫大衛·魯塞的下落，因爲她丈夫被關進了集中營，她說當時瑪格麗特一直和她談論這份巨大的悲傷。喬治·波尙也說她似乎受到了很大打擊。在他看來，自從這個小男孩死後，羅伯特和瑪格麗特之間再也不能像以前那樣了。即使他們在精神上仍舊相互依靠，但是裂痕卻橫亙在他們的身體之間。她回到這世界，卻沒有把孩子帶來，她覺得自己有罪，覺得自己沒有能力給羅伯特生個孩子。「我仰面躺著，望著窗外的刺槐。肚子上的皮膚貼著背，因爲我的身體空了。孩子出來了。我們不再在一起了。③」嬰兒死了以後，羅伯特一直在她身旁悉心照料，和顏悅色，體貼有加，令所有在場的人爲之動容。瑪格麗特和這世界切斷了聯繫，除了羅伯特誰也不要。「我對R說：『我不要別人來看我，除了你我誰也不要。』

① 作者與讓·馬斯科羅的談話，一九九六年九月十八日。
② 參考P·阿蘇利納，見上述引文。
③ 現代出版檔案館檔案。

」①

瑪格麗特在這間教會診所又待了幾天，有幾個嬤嬤對她不太友善。她不僅沒有受到保護，反而受到了懲罰。因爲她沒有能夠創造生命所以要受到懲罰。但是爲什麼瑪格麗特會選擇這家教會診所呢？她的一些朋友爲此而責備她，她也爲此後悔不迭。嬤嬤沒少對她說那些套話。小孩子上了天堂，死去的嬰兒都會變成天使的。但就是這些嬤嬤搶去了她的孩子。以上帝的名義。她沒能看上一眼，不得不整夜整夜地想像。羅伯特，他倒是還看了看孩子；嬤嬤讓孩子在他的臂彎裡停留了幾秒鐘的時間。瑪格麗特不停地問羅伯特。嘴巴呢？頭髮呢？是的，都像妳，他和妳一樣，瑪格麗特，羅伯特非常溫和地回答她。

「是您嗎，瑪格麗特嬤嬤？」

「是我。」

「我的孩子在哪裡？」

「在分娩室旁邊的小房間裡。」

「他是什麼樣子的？」

「一個很漂亮的小男孩。我們用布把他包起來了。

您的運氣還不壞，我還能有時間給他做個洗禮。所以他是個天使，一直向天上飛去，他是您的保護神。」

①現代出版檔案館檔案。

「既然他已經死了，你們為什麼還要用布把他包起來？」

「這是習慣。對於到醫院來的親朋比較好。現在已經是凌晨兩點了，您應該睡覺了。」

這段對話是在瑪格麗特死後，從她一些散亂的紙頭裡找到的，根據信封上的日期來看，應該是寫於戰後，對話這樣繼續下去：

「您有什麼事嗎？」

「不，我只是待在您的身邊，但是您應該睡了。所有的人都睡了。」

「所有的人都睡了？」

「我給您拿一片安眠藥來。」

「您比您的上級嬤嬤要好。您去替我把孩子找來。您讓我和他待一會兒。」

「您不是說眞的吧？」

「不，是眞的，我想要和他待一個小時。他是我的。」

「這不可能，他死了。我不能把死了的孩子給您。您要他幹什麼？」

「我想看看他，摸摸他。」

在這間診所裡，死了的孩子都是要燒掉的。瑪格麗特在一九七二年寫道。在一九四五—一九四六年，瑪格麗特在日記①中談到了她得知自己的孩子化作輕煙後的恐懼，還有她不能抱一抱他的痛苦，以及那些所謂仁慈的嬤嬤對她的粗暴態度，事故發生了，她們竭力推卸責任，想要挽回名譽，藉口說母親不懂得「用力」，讓母親承擔起所有的罪責。這是您的錯，他死了，她們一直對她這樣說。

還有一頁從日記本上撕下來的紙，也同樣談到了孩子生下來後瑪格麗特所遭受的侮辱：

「您眞的不要領聖體，也不要神父，甚至不想向聖母獻束花？」

「沒必要這樣大事宣揚，我不要。」

「而您竟敢抱怨？您也不給聖母獻束花卻自己在這兒哼哼，抱怨自己的孩子死了。」

「我沒有抱怨，出去。」

「我是主事嬤嬤，我想什麼時候出去就什麼時候出去……您爲什麼一天到晚哭個不停？瞧瞧我在您桌上發現了什麼？誰給您的橘子？」

「瑪格麗特嬤嬤。」

「橘子，在我們這裡橘子是給媽媽的。給生了孩子的媽媽。給孩子餵奶的媽媽。不是隨便什麼人都可以得到橘子的。」

孩子是讓你口舌生津的青澀果實，瑪格麗特說。對於她而言，孩子是這世界的締造者，是宇宙的修補匠，是與上帝齊平的聖靈，是眞正提出問題的哲學家，與成人那些裝神弄鬼的伎倆相比，他們更

① 現代出版檔案館檔案。

接近眞理，沒有受到絲毫的污染。在瑪格麗特的作品裡，孩子才是應該授勳的英雄。天才如艾奈斯多，什麼也沒學就都懂了；孤獨調皮如《八〇年夏天》裡走遍灰色沙灘的小男孩；或是像《琴聲如訴》裡的小音樂家那樣善於欺詐，不喜歡和諧的音符；再或像《塔吉尼亞的小馬群》裡那個金色頭髮的小男孩，溫柔而痛苦。他們是永遠的流浪者，他們代表的是自由和眞理。其實我們只要聽他們說就行了，但我們總是命令他們閉嘴。在莒哈絲看來，只有孩子是有理性的①。在她的筆下，孩子和女人都是瘋子，是眞理的預言家。

① 正如克里斯蒂娜·布洛·拉巴里埃爾在她的傳記《瑪格麗特·莒哈絲》中所說的一樣，見上述引文。

第四章

從附敵到抵抗

一九四一年五月，羅伯特．安泰爾姆離開了警察署。他進了工業部辦公室，身分是信息資料處專員。部長叫皮耶．普舍。這是一位巴黎高等師範學校的畢業生，頗具社交手段的行政人員，也曾參過軍，在拉羅克和雅克．多里奧身邊就職。羅伯特是怎麼進去的呢？據他表兄弟朗波維爾．尼古拉回憶說，是他一位名叫皮耶特里的叔叔聘用了他。羅伯特很快成了普舍身邊的紅人和合作者，普舍非常信任他，讓他承擔起特別秘書這樣一個極其微妙的角色。後來普舍到內務部任部長，羅伯特也跟了過去，接著作爲契約專員就任信息部編輯一職，直至一九四三年末。

一九四二年七月，瑪格麗特則進了書籍組織委員會做雇員。她在出版證檢查分配處做秘書。是附敵者？不是附敵者？不管怎麼說是聽從貝當元帥的命令，瑪格麗特在這段時期裡，是在扮演雙重角色嗎？到今天，做出判斷是件非常容易的事。對於和瑪格麗特在同樣地方工作的人來說，如果在這樣的委員會工作就意味著附敵，那麼所有法國人都是附敵者！戰時巴黎文壇各色人等所走的彎彎曲曲甚至混亂曖昧的道路上，猶豫在今天看來根本是微不足道的膽怯的面具①。從今以後曖昧成了行爲的準則。繼續賣書，哪怕付出和德國人和解的代價，這成了絕大多數出版商的信條，他們在停戰協定簽署三個月後，在法國出版總工會主席授意下，和侵略軍當局簽訂了一份審查合約。通告明確地寫道：「簽訂這份合約，德國當局意在表示他們對出版系統的信任。而出版商，他們應當讓法國思想得以繼續發揮影響，同時也要尊重征服者的權利。他們希望可以成功地做到這一切。」出版商同意不出版任何帶有反德內容的書以及德國的禁書。如果某出版商有可疑之處，工會負責事先預審，並將稿子交給德國人。要「標示可疑的段落」。德國開了一個禁賣的書單，即鼎鼎有名的奧托書單，可憐的奧托書單，爲了表達對德國大使奧托·阿貝茨的奇怪敬意，一直沒有更改過名字。正如赫爾貝特·洛特曼指出的那樣，工會未曾堅持過一秒鐘，就立即屈服於德國宣傳部的淫威之下。布魯姆、邦達、弗洛伊德、馬爾羅、尼贊、阿拉貢、凱斯特勒以及其他很多人的作品都成了禁書，全都堆放在大部隊街的一個車庫裡，亟待銷毀。這教人如何不聯想到一九三三年以來在柏林組織的一系列焚書事件呢？

在帕斯卡·弗歇關於德占期巴黎出版界狀況的著作裡，他對瑪格麗特當時工作的出版證檢查委員會做了詳細的分析，包括這個委員會的構成、運轉和權力②。委員會主要是在不同的出版商之間協調分配出版證，所以它不僅要對庫存數量負責，還要對書的質量進行把關。「出版負責人」必須對六類「消費」嚴加注意，正如書籍組織委員會發給各出版商的公告裡所特別指出的一樣，「必須考慮到不適當的運用會造成原材料的浪費，比如說有違審查合約和法國利益的書，這些書有可能遭禁或是事後

① 這一點可參考洛特曼和阿蘇利納的有關著述，以及帕克斯通和克拉菲爾德的有關著述。
② 《德占期間的法國出版業》，帕斯卡·弗歇著，BLFC出版社，一九八七年。

被抓住。」總之，帕斯卡・弗歐提醒大家注意，委員會著手進行的主要是審查書的質量。要知道，這些決定都是貝當元帥簽署的，然後再送往羅伯特・安泰爾姆剛剛就職不久的總信息秘書處。

在越來越繁瑣的手續前，出版商本身就減少了自己的出版量，他們考慮的已經不是如何賣得好的問題，而是如何「維持」。一九四二年初開始，德國宣傳部決定直接對書籍組織委員會施加影響，熱哈特・海勒也和瑪格麗特一樣，經常出入費爾南德茲一家在聖伯努瓦街舉行的星期天下午的茶會。一九四二年四月十日，他書面要求「在德占區，只有百分之百支持德國利益的出版社才有權參與出版證的分配。」這樣一切都明白了。一個月前，出版工會主席已經在德國人命令之下，爲他們的這一舉措在鋪平道路，一九四二年三月七日主席發出過這樣一封致出版界全體同仁的公告：「被德國宣傳部長阿部泰朗認定不守紀律的人將被剝奪出版證的許可。」公告結尾時還寫道：「我很遺憾，爲了目前我通過審查協定所顧全的這些書還能得到出版，我不得不以犧牲自由原則爲代價；目前的困境可以解釋我所做的一切。」

對於這個機構的附敵程度，瑪格麗特不可能一無所知，因爲機構本身就受到德國宣傳部的嚴密監控。檢查委員會要通讀所有的稿件，以甄別是否值得出版。至於發放出版證的數量，委員會要提交一份清單給德國宣傳部，由宣傳部決定同不同意。這種出書制度一直延續到巴黎解放，據說法國和德國當局都很滿意，因爲「德國宣傳部根據自己的意願可以改變出版證的分配，並將它不願看到出版的書審查刪去。」作爲委員會的秘書，瑪格麗特「地位頗高，她所扮演的角色相當重要，」里森・于貝爾①明確指出，她是委員會所屬的書店俱樂部書籍總主席馬賽爾・里弗的秘書。「我們非常重視她，她

---

① 作者與里森・于貝爾的談話，一九九六年十一月十二日。

儀容優雅，表達流暢。她發揮了很大的作用，在她可控制的小範圍內，大家都聽她的。」的確，由瑪格麗特決定並做出判斷。爲了幫助自己選擇，她有一個四十人左右的閱讀班子，讀完後把審讀意見塡好表交給她。克洛德．羅伊還能清楚地記起第一次看到瑪格麗特．莒哈絲在書店俱樂部辦公的場景：「我想要在于里亞爾出版社出版一本詩集。出版社的人對我說：『態度好一點，去見書店俱樂部的那位夫人。』因爲出版證很少。在我看來，這位道納迪厄夫人是個小個子的善良女人，非常活潑。您的詩是關於什麼的？她問我。愛情，我羞澀地回答她。她笑了，回答我說：您會有出版證的。①」

自一九四二年夏天開始，出版證的匱乏就成了一個焦點問題，再次印刷也要等上很長時間，新書的閱讀報告更是要求越來越細。瑪格麗特需要新的讀者。表面上大家非常信任她，因爲她有能力在自己名下招募那麼多人，這本身就證明了她的權威性，雖然在日後一段很長時間裡，大家，包括她自己在內，都低估了這份權威性。就在這時候她第一次見到了迪奧尼斯．馬斯科羅，他是來替伽利瑪出版社說情的，他才進伽利瑪不久，她建議他給委員會做讀者，他同意了。閱讀報酬是根據稿子長短來定的，一般價格是三百頁左右的小說付一百五十法郎。

但是，在眞正虔誠的附敵者看來，這個委員會實在是過於知識分子味兒了，過於職業化，因而速度太慢，也不夠熱心。德國當局風聞不少抱怨之聲。比如說有一位叫M．波地尼埃爾的先生，一個親德的文學愛好者，公開說委員會缺少誠心，指責委員會是「觀望主義」小宗派，成員都是掩藏著的「戴高樂主義」分子。這些人，他對德國人說，在戰前與猶太人、共濟會和極端主義分子來往頗爲密切，這一點眾所周知。德國當局也許確實覺得委員會做出決定的速度太慢了，總之出版證是越來越少

① 作者與克洛德．羅伊的談話，一九九六年四月三日。

了，委員會拒絕出版成了例行公事，而不是像以前一樣，還要加以判斷。伽利瑪正待出版的保爾·瓦雷里的《壞思想及其他》以及雷翁—保爾·法爾格的《太陽的午餐》都遭到了拒絕。出版商的情緒很大，紛紛表示了不滿。於是德國人在表面上不再負責委員會的事務，但實際上仍繼續在監視委員會的活動，儘管他們玩的是貓和老鼠的遊戲，裝出一副不再把委員會當成審查機構的樣子。事實上，仍然是德國宣傳部決定一切，他們的代表列席所有會議，喬治·杜阿邁爾，法蘭西科學院駐委員會的常任秘書也證實道：「實際上，德國人的檢查可謂是吹毛求疵，他們只允許支持其政策的書出版，讓那些不讓他們感到一絲難看的書通過，作者沒有一點發言權，他們把所有的作者都視作敵人，當然他們這麼做也是有道理的。[①]」一九四二年，呂西安·勒巴泰的《瓦礫》轟動一時，書很快銷售一空，並付梓重印。對於這位《我無處不在》的附敵作者來說，簡直就像奇蹟一般，出版證不再構成任何問題。

瑪格麗特有將近一年的時間在出版物遴選機構裡工作，機構也是在德國人的嚴密監控下。也許，她也盡自己所能幫助他人擺脫審查，盡可能地讓更多出版物得以見到天日。但是她不得不和赴會的德國人周旋，並且不得不聽從他們的命令。她的邊緣性工作顯得有點軟弱無力，儘管在她可控制的範圍內，即所謂的純文學領域，她具有決定權。在她生命將盡之際，有人問到她這段日子，瑪格麗特反手揮了揮，抹掉了這個讓她憤怒的問題。她也不知道自己爲什麼又是如何到委員會去工作的，裝出一副漠不關心早已忘卻的神態。帕斯卡·弗歇在撰寫自己那本著作時也激怒了她，他到頭來還是沒搞清楚事情的原委。記憶弄人……一九九六年我問起迪奧尼斯·馬斯科羅，他如何就瑪格麗特的態度做出解釋，以及他自己當時的精神狀態如何，他回答道：「我那時很窮，沒有工作，我念了一年的哲學，但

① P·弗歇曾引述，見上述引文。

是我沒有通過考試，我是個當差的、接線員之類的人物，但是我想成爲知識分子，我覺得自己處在一種普遍的反叛狀態中。多虧了米歇爾．伽利瑪，大學時的一個同學，我能夠進入伽利瑪做點小工作。當瑪格麗特建議我進入她的委員會工作，我接受了，因爲這是一份坐辦公室的文學工作。」但是他補充道：「這是一個類似審查機構的委員會。當時不是想出版什麼就能出版什麼的。大家都知道。①」

瑪格麗特和迪奧尼斯第一次相遇是在一九四二年十一月。瑪格麗特從來沒有否認過，她對迪奧尼斯是一見鍾情，她覺得他「英俊、很英俊」，「像上帝一樣英俊」，去世前她還這麼說。她使盡渾身解數想要征服他。迪奧尼斯覺得她很可愛，很活潑，但是……太固執己見了。「她總是要我對她說『我愛妳』，但是當時我不習慣說這樣的話。②」這是一段互相發現，心醉神迷的日子，兩個人經常在旅館房間裡廝混掉一個下午。「她非常喜歡肉體之愛，她對我說。我們彼此之間都存在著慾望。」他們談得最多的是文學。迪奧尼斯自己說那時被斯湯達「毒」得不淺，他還推薦瑪格麗特讀斯湯達的作品。瑪格麗特那時則陶醉於巴爾扎克。她已經開始構思自己的第二部小說，儘管第一部小說始終未能找到出版社。他們經常去電影院，一看到銀幕上的新聞中出現了貝當元帥就起鬨以示抗議。「這都是些小姿態，很小的姿態。眞正嚴肅的舉動在後面呢。」迪奧尼斯說。她是在兩個星期之後才和他談起羅伯特的。「她對我說一宣戰她就嫁給了羅伯特．安泰爾姆，因爲她要爲他們之間的這份友誼蓋上正式的印章，她說他們之間有一種親和力。」她談起了他們各自自由的生活，羅伯特和安娜．瑪麗的關係，還有她和她的情人們的關係，她的一系列情人，尤其是最後一個她稱之爲諾伊情人的。

---

① 作者與迪奧尼斯．馬斯科羅的談話，一九九六年五月。
② 作者與迪奧尼斯．馬斯科羅的談話，一九九五年四月。

但是迪奧尼斯和她之間和先前的一切不是一回事。很快，他們倆都覺得想要延續這份愛情。和別人在一起，瑪格麗特不覺得是在欺騙羅伯特，也沒有覺得自己辜負了他的信任。可和迪奧尼斯在一起不一樣。迪奧尼斯概述道：「我們在通姦。」六個月過去了，瑪格麗特才讓他去見羅伯特。「認識他能夠讓我更了解瑪格麗特。她對他非常尊敬。她總是對我說，如果您認識羅伯特，您就會知道我是一個對男人要求很高的女人。」迪奧尼斯則介紹她認識了自己的母親。他們的故事開始昭示天下了。瑪格麗特切斷了和其他情人的一切聯繫，儘管迪奧尼斯並沒有要求她忠誠於他。她也突然切斷了和諾伊情人的關係。這個後來突然出現在她的文集《綠眼睛》裡的男人。並且，在她的簿子裡，我們也發現了關於這個男人的一些片段。諾伊情人喜歡讀《聖經》以及一切宗教文章，在聖日耳曼咖啡店的後廳裡，他不停地朗誦。

> 她，她喜歡做愛。他們做愛的時候，他不說話。做完愛後，他又開始講述聖熱羅姆的一生，說他花了一生的時間翻譯《聖經》。
>
> 他很瘦，背有點弓，他有一頭鬈曲的黑髮，一雙藍色的眼睛，上面是兩彎黑黑的眉毛，他的臉色很蒼白，嘴唇很富表現力，在與嘴唇平齊的牙齒上不停地翻動，高顴骨。他不是很乾淨，他的衣領有點髒，還有他的指甲……他胸部非常單薄。他把整個青春都用在讀聖書上①。

① 現代出版檔案館檔案。

神經，富有，把自己圍困在一種神祕的孤獨之中，諾伊情人就這樣深深印刻在瑪格麗特的記憶裡。她很感謝他，是他挑起了她對《聖經》的興趣，於是《聖經》和《克萊芙王妃》一道，成了她終生必讀的書，並且給了她取之不盡的靈感。

瑪格麗特經常和迪奧尼斯談起印度支那，談起雨後大地的那種氣味，季風轉換期的天色，太平洋岸邊包圍著母親房子的那片巨大的沼澤，她喜歡走在沼澤地裡那種深一腳淺一腳的粘乎乎的感覺，還有夜半時分藍得要命的天。印度支那仍然是她的故土，她的身心都浸潤在那裡的空氣裡。還有如鬼魂附體的母親，儘管母親從來沒有愛過女兒，但是她養活她，從大洋的另一邊給她寄匯款和米，錢和米都要走上好幾個月才能到聖伯努瓦街，每次她打開袋子，都高興得簡直要跳起來。如今從巴黎遙望印度支那，她想起的倒不是西貢和母親爲聰明——當然首先最好是有錢——的孩子改成中學的那座房子，她想起的是普雷．諾普的那片土地，是山間的遠足，或是和小哥哥保羅在泥流裡洗澡的場景。她還會不停地想起母親的惡毒，大哥的反常，打了她以後還要跟著她報復她的大哥：「我覺得她似乎深受兩個最親近的人的壓迫，她的母親和她的大哥。」

瑪格麗特，森林裡的瑪格麗特。

瑪格麗特．莒哈絲生於嘉定。

有天晚上，在她生命的盡頭，瑪格麗特，疲倦的瑪格麗特，筋疲力盡的瑪格麗特，想要給一個她才認識的小女孩寫幾個字。她在紙上草草寫道：「給妳的一個建議，妳這個小女孩，只給妳一個人：妳是第一個。到越南去看看，我們多少都有那裡的血統。接下去妳就可以裝成是任何一個地方出生的人了。」

一九四二年十二月的某一天，她接到了母親從印度支那發來的一封電報。俐落。突然。簡便。**保羅去世**。迪奧尼斯記得瑪格麗特當時受到了很大打擊。她幾乎不能動，不能呼吸！她蜷作一團，好幾個月都沒能恢復過來。哥哥怎麼死的，瑪格麗特從來都沒有弄明白過，後來在她的作品裡經常出現這個事件。她不停地和我談這個哥哥，她喊他小哥哥。她說他善良，英俊，溫柔。經過雨水沖洗後的柔軟的肌膚，那是他，不是情人。悶熱的空氣中午後的昏睡，身體挨著身體，並排躺著，一動不動，聽著彼此的心跳，這是他，不是情人，也不是中國北方來的情人。她把女性的秘密告訴了小哥哥①，她給他她的唇，是唇，不是其他什麼性的部位，而是代表著性的唇。「你看他的目光是多麼深邃。」瑪格麗特總是對我說。她指著貼在聖伯努瓦街房子入口處鏡框上一張他的照片對我說，「他從來都不會，你聽著，從來都不會做一點損害我的事情。」

瑪格麗特的一生都在追尋失去的兄妹情誼。情人，她真正的情人都是她的兄弟。並肩戰鬥的兄弟。和生活戰鬥，和死亡戰鬥。保羅死後，羅伯特成了她真正意義上的兄弟。迪奧尼斯，兄弟兼情人，他們之間永遠在爭吵，卻又永遠存在著不斷更新的慾望。當然後來又有了揚，真正的，永恆的兄弟，閉著眼睛的同伴，和他在一起，她終於可以打破亂倫的禁忌，因爲她挑起了一個原本只對男人感興趣的男人的慾望。痛苦、殘酷、反常的亂倫。在瑪格麗特的生命裡，與男人一次又一次的相遇絕非偶然，那是一種實現，她自己也不甚明瞭的預感的實現，以前發生的種種事件在減速時的回音，在她的夢裡，或童年生活裡發生的種種事件。

---

① 瑪格麗特・莒哈絲與路斯・佩羅的談話。

保羅去世。瑪格麗特根本無法相信。她沒有錯。保羅死得非常奇怪。他甚至沒有生病。他在堤岸的行政署有個小職位，買賣汽車，有時跑跑馬。他愛上了一個年輕女人，如今也是個老夫人了，我在法國南方遇見過她，但是她不願將她的姓名公布於眾。他們在一九四一年訂了婚。她也是道納迪厄夫人的學生，後來在她身邊做了一年的秘書。周末前的晚上，保羅曾經對她和母親說過，說他呼吸有點困難。母親想等周末離開西貢出診的醫生回來再說。未婚妻聽從了母親的決定。可等醫生回來，保羅已經被送往醫院。未婚妻證明說：「他走得很快。他一直很清醒，感到害怕。我握著他的手直到他永遠閉上眼睛。母親也在他的身邊。」

突發性胸膜炎？還是沒有及時發現的傳染性肺炎？醫生的診斷略微有點不一致。當時醫生也沒有盤尼西林一類的藥物治療這種疾病，肺部由於連續高燒已經沒有一點抵抗感染的能力了。一個星期後，保羅的葬禮在西貢教堂舉行。教堂裡滿滿的人。母親坐在第一排。一個人。穿著黑衣。沒有人上前慰問她。瑪格麗特從來沒有去看過保羅的墳，西貢殖民地公墓，羅望子樹下。小哥哥死了，湮沒於人世間，這讓她想像到了各種奇怪的死亡：死於戰爭，死在稻田裡。因爲小哥哥之死，她好幾天都沒有開口說話，幾乎喘不上氣。她終於決定性地遠離了道納迪厄一家，成了永遠的莒哈絲。

一九四二年末。全國作家委員會的成員聚集在伽利瑪珀蘭的辦公室。瑪格麗特曾經竭力推薦出版的阿拉貢在這裡遇見了莫里亞克、薩特、蓋昂諾、艾呂雅、加繆和雷蒙・戈諾。迪奧尼斯・馬斯科羅後來和雷蒙・戈諾成了只有一牆之隔的同事和永遠的朋友。西蒙娜・德・波伏瓦最後決定不加入他們的組織，即便她對他們的行動表示支持。她說這可能是「一次不夠謹慎的展示」。薩特也勸阻她不要去，對她說他們的會議「令人厭煩」。洛特曼不認爲這種「知識分子的抵抗」有什麼效果。當敵人占領了我們的國家，詞語又能起什麼作用？「一些人去炸火車。另一些人則在精雕細琢他們的四行詩。」讓・加勒提埃・布瓦西埃爾不久後說道①。

和瑪格麗特合作寫下《法蘭西帝國》的菲利普・羅可早就厭倦了文字遊戲，加入了抵抗組織。他成了自由法國的一名士兵，正是自由法國憑著自己的勇氣、決斷和明確的政策方向，形成了法國抵抗德國侵略軍的第一批核心力量。只是菲利普・羅可的行程沒有和別人一樣永垂青史，他死得太早了。但是讓・路易・克雷米厄・布里亞克在自己關於抵抗運動的著作②裡向他表示了敬意，並列舉了他的一些行動：他一直非常忠於芒戴爾，芒戴爾被關進波爾塔萊監獄後他一直去看望他，一九四一年十一月以後，他奉以前的上司迪爾泰姆之命負責和議員單線聯繫的秘密任務。一九四二年春他提交了報告。一九四二年夏天他加入了自由法國，在這之前他就斷言說，「每天都會有法國人爲了戴高樂將軍的使命被捕，乃至犧牲自己的生命。他們絕不會爲了其他什麼人做出這樣的犧牲的，除了共產黨員，他們也會爲了自己的理想而壯烈獻身。」他向倫敦提供了一份加入抵抗組織的議員名單，告訴倫敦僅他們就可以組成一個秘密行動小組。邱吉爾也曾通過他給芒戴爾帶去希望的口信——「我一直走在正道上。請相信我。」一九四三年二月他遭到德軍逮捕，因爲企圖逃跑被槍擊身亡。

讓・拉格羅萊也曾身陷德軍囹圄，但他成功地逃走了，回到巴黎後他聯繫上了喬治・波尚，在他家一直住到戰爭結束。他們是波爾德萊一線的，主要幫助英國的飛行員並承擔聯繫的任務。羅伯特・安泰爾姆當時對他們的行動一清二楚。在聖伯努瓦街，瑪格麗特把迪奧尼斯介紹給了羅伯特。「我們之間也是一見鍾情。」迪奧尼斯說。像很多接近羅伯特的人一樣，他也很快爲羅伯特的魅力所吸引。

① 讓・加勒提埃・布瓦西埃爾，由H・洛特曼引述，見上述引文。
② 《自由法國》，讓・路易・克雷米厄・布里亞克著，伽利瑪出版社，一九九六年。

羅伯特還保持著和安娜・瑪麗的關係，迪奧尼斯經常去看瑪格麗特和羅伯特。他那麼快就成了羅伯特家的常客，以至於貝蒂和拉蒙・費爾南德茲的茶會名單上也添上了他的名字。戈諾聽說他經常出入這位附敵者家，曾在伽利瑪的迴廊上勸他保持一定的距離。「隨著德軍的漸趨深入，我們都政治化了。」迪奧尼斯說①，儘管他拒絕加入任何小團體，他也自稱是個無政府主義者。「瑪格麗特同樣如此，她也是個無政府主義者，」他肯定地說②，「多虧朋友有路子，我買了一枝手槍，我跟瑪格麗特說如果有必要的話，我就把手槍藏在壁爐後面。」

瑪格麗特把所有空閒的時間都用來寫作，她一直在修改她的第一部小說，從來沒有眞正死過心。迪奧尼斯說，她每天晚上都撲在這個上面，重新組織章節。她把修改後的小說先拿去給羅伯特看，他非常讚賞，然後她再給迪奧尼斯看，迪奧尼斯則往往持批評態度。「這在我看來並不難。她其實並不自負，很重視我的意見。我剛剛進入伽利瑪的文學編輯室，和很多年輕的作者在一起工作。」瑪格麗特把他介紹給了奧蒂貝爾蒂，他們之間也結下了深厚的友誼。經常在一起討論文學，但是戈諾一直是瑪格麗特無可爭議的老師，她在文學上的眞正嚮導，正是他的話讓她堅持下去，沒有放棄文學的志向。迪奧尼斯肯定了這一點：「戈諾起了決定性的作用。在瑪格麗特懷疑自己的時候，是他給予她幫助。他拒絕了她的第一部小說，但他鼓勵她繼續下去。③」

後來，在《綠眼睛》裡，瑪格麗特向戈諾表達了敬意，並發表了和戈諾的一篇訪談，她問到他所扮演的審讀來稿、發現天才的角色。如何決定一篇文章可否發表呢？瑪格麗特問。戈諾回答她：就看

---

① 作者與迪奧尼斯・馬斯科羅的談話，一九九六年三月廿四日。
② 作者與迪奧尼斯・馬斯科羅的談話，一九九六年三月十二日。
③ 作者與迪奧尼斯・馬斯科羅的談話，一九九六年五月七日。

作者是否有成爲作家的可能，也許他根本就是個門外漢。我不會判斷這是篇好稿子或壞稿子，這太主觀了。但是我可以看出作者是否可以算得上是作家，或者未來的作家，或者根本就是個業餘愛好者。」①戈諾讓瑪格麗特明白了她是未來的作家。瑪格麗特對此深信不疑，以後她會成爲作家的。

第一部小說是在布隆出版社出版的，用了莒哈絲的名字，題目是《厚顏無恥的人》。在她送給迪奧尼斯的那本書的環頁上，她寫上了這樣的題詞：一九四三年四月二十一日，獻給教會我蔑視這本書的迪奧尼斯。第二天她又補充道：

四三年四月廿三日
昨天晚上我們研究了它
我們都發現它原本可能更糟
如果你僅僅告訴我這個也算不了什麼
但是你還告訴我我很聰明
知道這一點我感到非常驕傲
這本書是從我這裡掉下來的：恐懼和慾望
源自艱辛的童年的惡意

現在好了

①《綠眼睛》，頁一四八，《電影日誌》，一九八七年。

給你寫題詞很蠢
但你堅持讓我寫「讓我們看看她到底會
不會說出我期待的話」。這讓我喜歡而且
「不會讓我陷入這本書裡」

你瞧，你就是這樣的，是個騙子
可又不是個騙子

昨天我們一起數了日子：六個月
我知道你有點害怕，我也同樣
我不喜歡這樣，不喜歡吃驚

從今天開始，需要
安安靜靜地數，多少星期，多少天。

書出版了以後，瑪格麗特顯得很沒有自信。後來甚至不承認，故意遺忘它的存在，直到一九九二年，伊莎貝爾・伽利瑪要出一本莒哈絲年輕時代的作品總集，在她堅持下，瑪格麗特才同意再度發行。一九六三年三月，在《現實》雜誌裡，她也承認過這是她第一次嘗試寫小說，從頭到尾都是一種嘗試：「很糟糕，但是不管怎麼說，小說已經在那裡了。我沒有再讀過它。寫下來的就已經成了既定事實，我從來不倒過頭去再讀。當時誰也不要我的這本小說。德諾埃爾出版社的人對我說：『您白費工夫，您根本成不了作家。』」

在這麼長的時間裡否定這本書的存在，瑪格麗特也許自有她的道理。文體上的笨拙從第一章開始就已經很明顯了：過於浮誇的風景描寫（！），遠處的地平線，悶熱潮濕的日子，輕蔑的猜疑，對話倒是很多，簡單粗暴；還有過多的重複，比如「惡心」這個詞。不過這個詞卻是很好地概括了這本講述家庭的小說的氛圍，在這個家裡，是衣櫥注視著人物！瑪格麗特沒敢把少女時代在這片故土，這片收養她的土地上的所有激情都表達出來，而且她隱去了這片土地的名字，她所做的只是在記憶裡挖掘，當時所有的感覺，那樣的日光都被包裹在稚嫩的文體裡：「下午像是一天的精髓所在。」但是除去陳詞濫調和文體的不夠流暢外，對於人物性格的描寫還是相當引人注目的：母親聰慧卻消沉，哥哥只知道賭和偷，把母親的錢洗劫一空，而且永遠在背叛身邊的每一個人，性格叛逆的年輕女孩始終離不開這個令她窒息的家庭。莒哈絲式的配置已經可窺一斑了：鍾情於邪惡長子的母親，破壞了一切的金錢，成爲大哥犧牲品的小哥哥，母親也懶得去管，任由大哥的那些邪門歪道成爲家庭唯一的準則，還有小姑娘戰戰兢兢的恐懼。這個奇怪的家庭，這個愛與恨滾成的富有粘著力和保護性的球成了這本書的主題。瑪格麗特把它寫出來，在某種程度上也是爲了驅除少女時代行將結束時的恐懼：年輕女孩莫德隱隱約約地感覺到，倘若繼續待在這個束縛住她，阻礙她生存的惡毒的家中，她就不會有光明的未來，就會被徹底地毀滅。「她在黑暗中脫去衣服，動作很快，沒有發出一點聲音，像她這樣早已被遺忘的一份存在，微不足道如茫茫大海裡的一點殘骸，根本不應該驚動任何人。她莫名地感到憤怒，仰面躺倒在小床上，伸出雙臂抓住床。」

莫德因爲渴望得到愛，淚流滿面，抽泣著在上蓋爾西省的寧靜鄉村中醒來。當然烏德朗鎮不是莒哈絲鎮，建於十三世紀的奧斯泰爾城堡也不是建於十五世紀的莒哈絲城堡，上蓋爾西不是洛特—加龍省，但這僅僅是初習小說的人在地點上的單純易位——在當時那個時代，讀者可能會指責她把自己的生活和小說的主題混爲一談！年輕的瑪格麗特．莒哈絲用了很長篇幅描寫自己的感覺，河水觸到身上那種透骨的冰涼，夏天小路當中慘白的月亮，收割後刺人的麥秸，夏末細雨後朦朦朧朧的風景，因浸泡過雨水爛了心的李子，秋初開始自山間升起的光暈，還有周圍各種各樣令人陶醉的聲音，比如說黃昏時分池塘上方的鳥叫。房子像是父親的房子，這一切也正像是發生在瑪格麗特的母親想要把農莊爭到手交給長子，然後在父親的家鄉徹底安家的那會兒。像《情人》裡的小姑娘一樣，莫德在某種程度上已經被母親賣給了鄰家農夫的兒子，但是她愛上了一個紳士般的農場主，那是個讀書人，她偷偷守候著他的到來，在夜裡，就像所有小說裡的年輕姑娘守候著她們的白馬王子：「她呼吸著孤獨的香氣，這種香氣永遠和夜的香氣混在一道。」瑪格麗特還沒有完全忘記戴利，但是對慾望的描寫——對男人的慾望時時刻刻折磨著女主人公——顯然已經使《厚顏無恥的人》超過了一般的愛情小說：「男人可能從四面八方過來，從地平線的各點冒出來，從沉沒在黑夜中的各條小路上過來，她不知道她應該在哪一條路上等待。這是一種怎樣的折磨啊，這種多重可能的接近，她彷彿被置於一個越來越窄、越來越危險的圓圈中心。」莫德先下了手，把自己奉獻給他。她第一夜做愛後醒來仍然沈湎在逸樂之中：「腰有點痛，彷彿有熱的氣流在衝撞，這是快感留下的記憶。」但是莫德的貞潔是家庭以及大哥的錢櫃，還有打算把貞潔換成錢的母親。這對惡毒母子的骯髒交易後來又在《太平洋防波堤》中再次得到描寫，而且更加豐富，文體也更加純淨。

莫德獻身於他，但是並不想結婚，因爲她只是想要個男人。從母親家逃出來的莫德並不覺得自己有什麼不名譽的。她是自由的野姑娘，只是像受傷的野獸一樣，被迫得走投無路，第二天清晨倒在灌木叢中，鮮血流盡。終生縈繞著瑪格麗特的三角關係已經形成了：女兒，兒子，母親。兒子和母親出於一種複雜奇怪，超越了善與惡的關係結成了聯盟，而小姑娘永遠被驅逐在外，得不到母親的愛。如果您的母親不愛您，您又如何能找尋到自己在這世界的位置呢？「莫德不恨她的母親；她不停想著的是她的大哥，包圍著她的大哥，可能想要用仇恨置她於死地的大哥。」莫德懷孕了。她向母親承認了一切，母親也不攔她。她於是明白了自己永遠也贏不了大哥。她決定把位置留給他，整個兒地留給他。母親鼓勵她走，這樣她就可以安安靜靜地和兒子生活在一起，享受這份不知羞恥的愛。在莫德的箱子裡她放進了一封介紹信，是給即將繼承她女兒的那個男人的。以母親的口吻寫下的，關於生活的使用說明：「我擔心您會誤會我的感情。在您看來，也許我沒有做我應該做的事，對一個愛著我的孩子無動於衷，漠不關心。您錯了，恰恰相反，我對她懷有一份強烈而令人心碎的愛，我愛她如此之深以至於不敢輕易涉及。有的愛是沒有出路的，即便是在母親和孩子之間，也存在著排他的愛情。」

一個相信愛情的年輕姑娘的幻滅，這可能就是小說副標題的由來。書的結構很糟糕，但是從心理學的角度來看卻很有意思。瑪格麗特知道如何闡述一個發現了男人世界的年輕女人的絕望：讓人看不起的哥哥，謊話連篇，殘忍邪惡，還有情人，一旦征服的激情過去之後，每天夜裡竟然陷入了一種令人惡心的昏昏然中。愛得不知羞恥。年輕姑娘因爲自己的仇恨而感到罪惡。永遠驅不走的恐懼，骯髒的交易，世界的不甚純淨。一切主題已經在這本書裡了。作者想要說，想要剝離，想要吐掉這種惡心的感覺，想要進入慾望。但是文體過於複雜，像是學生的作文，太學生氣，講究到了誇張的地步。初涉文壇的新手那種滯重冗長的語句，彷彿爲了展示自己豐富的詞彙。如果說莒哈絲在《太平洋防波堤》裡找到了自己的風格，這並非出於偶然。爲了描寫童年時代和少女時代的生活，她在很長的時間裡只沉浸在自己的回憶裡，她不再追求故事的曲折，拋棄了對美國文學的興味，淨化語句，直接切中要害，把她的個人體驗變成了世界性的小說。

瑪格麗特後來說，寫這部小說只是爲了從她的少女時代掙脫出來。「我們有時很蠢，」她補充道，「寫的第一部小說應該放在抽屜裡。我當時只有二十四歲，非常、非常幼稚。」小說沒有引起讀者的注意，但是拉蒙・費爾南德茲在《概況》上寫了一篇很長的文章①，向她致意，阿爾貝・瑪麗・

---

①「《厚顏無恥的人》表明年輕的小說家在主要藝術手段的運用上已臻完善：即翻動多個人物，將之聚合在一起，掌握於手中，再突然切開，她不對人物做過多的描寫，不有意地將他和周圍其他人區分開來，但卻遵循著他們各自的軌跡發展下去。當然，瑪格麗特・莒哈絲夫人多少對自己的主人公有所幻想，爲他們所糾纏。可在另一方面，瑪格麗特・莒哈絲夫人的人物不是她心裡勾勒的人物的翻版：她寫他們的時候，似乎遠離了他們，他們帶著某種歷史的沉澱，這正是他們的來處，她是在潛意識的熔爐裡設計他們的。她善於想像他們，但是他們——我們能夠感覺到——保留著使她本人迷失的可能甚至是權利。格朗—塔內朗家族（這兩個姓氏正好與塔內朗夫人兩任父親以及兩任丈夫的姓氏相符）成了這一類特殊家庭的代表，有點混亂，不過這種中等資產階級家庭遠比我們想像中多。在這樣的背景上分離出了雅克和他的妹妹莫德。雅克才失去他的妻子，一次意外的事故，他是個『非常聰明的人卻從來沒有享受過精神的愉悅』。但是事情要複雜得多：『雅克變得惡毒了，他又回歸到自身。善在先前讓他感到無比沮喪，因此他現在小心翼翼地避免自己過分善良；他不敢走得太遠，因爲任何一種開頭——哪怕這僅僅是一種態度——都是非常艱難和荒涼的，就像黎明時分的感覺。』這份心理描寫的精采之處正在於此，而我們現在的大多數小說家做得卻恰恰相反，滿足於一種不完全的心理描寫。雅克是個愛花錢的人，總是在趕路：他是自己命運的操縱者。莫德正相反，她天生就不會反抗。她總是沉浸在自己的世界裡，沒有一點陰險之處，她在生活中除了沉默和深深的退縮，就是對逃跑的嚮往，逃跑在於她與其說是一種絕望，不如說是對生活和反抗的高貴嚮往。應該說格朗—塔內朗家族足以讓一個追尋生活意義的年輕人感到不平衡，他們從來不自己選擇家具，彼此漠不關心，卻不能分離，仇恨和愛戀如同覆於神秘之上或掩飾感情混亂的面具，一會兒就能換上一張，回到莫德曾經度過童年的南方將使悲劇徹底地爆發。在讓・佩克萊斯和喬治・杜里厄之間，莫德傾向於選擇後者，或者是因爲他能讓她的精神興奮起來吧。對年輕姑娘內心感情起伏的描寫裡有一種罕見而美麗的坦率，絲毫沒有女性作家最常見的那種遲到的早熟：『莫德看到喬治時一點也不高興，因爲他也同樣冷漠。在這份沉默的反抗中，她像所有女人一樣決定不惜任何代價地戰勝拒絕，雖然她連眞正的原因都不清楚。她這樣做毫無驕傲之意。把喬治再

施密斯也在《戲劇》雜誌上寫文章吹捧她。她對此並不感到驚訝。重要的事情已經完成了：堅持到底，知道如何收尾。她把從這部小說中走出來看成是重生。並非毫無阻礙，她戰勝了重重困難，直至達到最後出版的目的。在途中她替自己找了一位教父：戈諾。同時也替自己找了一個不帶任何文學色彩的名字：莒哈絲。

莒哈絲是白酒的故鄉。莒哈絲海岸就在帕爾達洋附近，屬於洛特・加龍地區。這個地區盛產葡萄、菸草和李子。眞正的名字應該是自己賦予自己的，而不是接受下來的。她曾經把迪奧尼斯領到莒哈絲鎭，在那裡度過了兩個難忘的夏季，住在一個叔叔借她的房子裡。灌木和田野縱橫交錯。這是父親的土地，他生於這裡，死前又回到了這裡，筋疲力竭，孤獨一人，在撫平他傷痛的這片寧靜和諧的風景裡死去。換了名字以後，瑪格麗特終於有了標誌著和家裡徹底決裂、只屬於自己的名字，終於有了屬於自己的獨特命運；她離開了母親和大哥施加於道納迪厄家族其他成員的故事。她做出決定的時

留上幾分鐘，延長他忍受折磨的時間，她很喜歡這樣，而他並不知道。這裡有一種受到教育後仍不失小小野蠻的頑固，突然間把生活的牌拋在一邊。』在一種熾熱的特別氣氛中（格朗家的緊張空氣，比如一個年輕女孩子用布帶勒死了自己），莫德將自己給了杜里厄。莫德對情人，對家庭，對自己，對哥哥的感情，她那一份奇怪的仇恨，作者描寫得非常獨到。這一切顯得既奇怪又自然。喬治的猶豫，他在她面前表現出的羞怯決定了他的命運。而在再次出發來找他之前，莫德應該先回到巴黎。似乎每當將年輕男子和他們之間那種奇怪的愛戀分離出來看時，她便無法自持。小說中充滿了對風景以及靈魂的細膩刻畫，看到這些，我們會覺得既陌生又熟悉。當然，小說是圍繞著莫德這個中心人物展開的，『厚顏無恥』的人的世界和年輕姑娘的內心世界正好吻合。這是個活人，周圍卻是影子在出沒。待到作者將有時略顯滯澀的文體練得更精細一點，待到她不再寫這種有時似乎有點漫不經心的話，她無疑會充分顯示她的寫作天賦。」

拉蒙・費爾南德茲，載於《概況》，《歐洲周刊》（皮埃特羅・索拉里，R・卡爾迪納・佩蒂主編）第15期，一九四三年五月二十七日。

候，曾向迪奧尼斯陳述過用這個筆名的原因。「她對我說她之所以要起這個筆名，是因爲她一點也不以她的大哥爲驕傲，她想要逃避他那種沒有一點文學素養的樣子，和他分開。她說這樣可以避免向那些知道她姓道納迪厄的人匯報。同時，我也用了格拉西安的筆名，因爲我生在聖格拉西安。①」迪奧尼斯・馬斯科羅說。

大哥在蒙帕納斯一帶遊蕩，經常不請自到地敲響聖伯努瓦街的門，跟她要錢，再不就從壁櫥裡偷。他的行爲很可疑，交往的都是些不三不四的人。他吹噓說自己重新開始在聖心教堂前拉皮條，他和一個不太看重錢的來路的年輕女人住在一起，需要的時候還做女朋友的生意。這個女孩感動了瑪格麗特。她保護她，甚至想要照顧她。一個迷失方向、可愛單純的女孩，後來瑪格麗特寫到《樹上的歲月》裡兒子的女伴時，就是拿她做的原型。瑪格麗特以她大哥爲恥，卻又躲不開他。他靠她生活，這一點又讓她感到滿足。可怕的兄妹關係，永久的折磨，愛恨交織的感情，這一切直到母親去世方才作罷。

一九四三年一月，比諾撤職之際，弗朗索瓦・密特朗和其他在維希南部地區監獄的高級專員朋友一起辭職。一月二十八日，他寫信給他的一位朋友說：「我對自己的未來並不擔心，不管怎麼看，我的前途都是光明的，我想稍事休養，巴黎有不少問題等著我去處理。②」在巴黎，他重新見到了以前沃吉拉爾街一〇四號天主教會寄宿學校的老同學雅克・貝奈。這一年的頭三個月他活動頻繁，一邊開始組織抵抗運動，一邊在身分上仍隸屬於維希政府。他接觸了很多抵抗組織的內部成員，法國共濟會

①作者與迪奧尼斯・馬斯科羅的談話，一九九六年九月十二日。
②P・佩昂，見上述引文。

成員，于里亞日會的工作人員以及青年勞工會成員。正如皮耶·佩昂所說的那樣，他手裡拿了一把好牌，想盡快擺脫自己的雙重身分。他小心翼翼，不願意讓別人看見這局牌，順利實現了身分的轉變。雅克·貝奈可謂是他的一張王牌。也正是通過他，瑪格麗特才得以進入抵抗組織，和她一起的，還有她的丈夫和情人。

雅克·貝奈從德國逃回來以後經常去看密特朗，還有沃吉拉爾街一〇四號的另一個老同學，保勒·比爾文。密特朗和貝奈互相欣賞、互相尊重，彼此之間極爲信任。貝奈在巴黎的身分是秘密的，他受密特朗之託就職於里昂。他找到了發揮自己才能的領地。六月，他又到了巴黎。自然，他去看了老朋友羅伯特·安泰爾姆，自他逃跑回來，他就經常到他家去，在他家他總能受到熱情的接待。「我跟羅伯特和瑪格麗特說想住在他們家，他們想也沒想就同意了。但是他們提出一個交換條件：『你讓我們倆進入抵抗組織。』」①雅克·貝奈於是在聖伯努瓦街住了下來。「他們對我說：『我們想百分之百地加入抵抗組織。』我們之間有一種深厚的友誼。當時，我們都沉浸在潰敗的悲傷裡。」雅克·貝奈經常和羅伯特及瑪格麗特徹夜長談，談政治。瑪格麗特和他談起了死去的孩子。「她悲傷極了，勸都無從勸。第一次她把文學當成一種慰藉來談。以前我沒有眞正明白她想當作家。」②

羅伯特繼續去看他的中學同學，喬治·波尙。喬治有不少麻煩……他經常參與地下活動，負責尋找英國傘兵，把他們藏起來，最後讓他們離開。他在找關係。羅伯特和他談起了貝奈。貝奈又說起了弗朗索瓦·密特朗。於是他們約定在憲政廳地鐵站的咖啡館見面。喬治·波尙和弗朗索瓦·密特朗竟

① 作者與雅克·貝奈的談話，一九九五年十月五日。
② 作者與雅克·貝奈的談話，一九九五年五月十三日。

然是法學院的同級同學，然而他們卻從來沒有碰過面。兜了這麼大的一個圈子。他們再也沒有分開過。瑪格麗特仍然對貝奈堅持她的願望。她知道她可以做更多的事情。當然她讓他住在她家，但是正如她自己對貝奈所說的：「我們想要和您一起工作。」貝奈建議她收留弗朗索瓦．密特朗。「我們的行動還沒有名稱。僅僅是開始。我們在爲挽回戰俘的名譽而戰。我讓羅伯特把在部裡收集到的所有資料提供給我，我還問他是否認得別的部裡的人。①」羅伯特．安泰爾姆向雅克．貝奈引薦了大衛．魯塞，他才出了本小冊子。羅伯特冒的險越來越大，領了不少人加入行動小組。「我們在咖啡館見面。盡量小心，怕被探子看到。」波尙回憶道。瑪格麗特不僅讓抵抗小組的成員住在家裡，還充當信差的角色。奉獻非常大。她才辭去書籍委員會的職務。成爲抵抗組織新成員的姿態？也許。她推薦樓上的女鄰居代替她去工作，這位鄰居的女兒雖然才只有十七歲，也已經參加了抵抗組織。雅克．貝奈記得有好幾回，他在聖伯努瓦街的樓梯上和拉蒙．費爾南德茲擦肩而過，拉蒙還拉他去里普酒吧喝過酒，談論文學。雅克．貝奈盡量不對他做出任何判斷，不過他認爲他的妻子貝蒂和他的想法不太一樣，只是因爲愛情而沉默。這一小撮人就這樣在酒館談話，重新塑造這世界。就像愛德加．莫蘭後來說的：「我從來沒有這樣頻繁地出入劇院、影院或朋友家。大家的生活都合併在一起了，非常激動人心。」

瑪格麗特．莒哈絲幫助丈夫招募新成員。喬治．波尙在和強制勞役鬥爭。他成功地進了勞務部，做送買賣文書的年輕職員，這樣他就能接觸到被強制勞役的年輕人的檔案了。他告訴他們說不應該走以及爲什麼不應該走。瑪格麗特幫助傳送信件，並組織小組成員見面。「她讓自己成爲一個有用的人，而且總表現出非常樂意的樣子，」雅克．貝奈繼續說道，「她也是我們聯繫的中介。我們讓她做

① 作者與雅克．貝奈的談話，一九九五年十一月。

什麼她就做什麼。自打她讓我住在她家起，她就承擔了所有的奉獻。」瑪格麗特中轉，而羅伯特在瑪格麗特的幫助下招募新成員。「爲了妥善安置他人，他們逛遍了整個巴黎。貝奈和波尙都這樣說。

七月，弗朗索瓦·密特朗打響了他抵抗運動的第一槍。事實本身似乎引起了不少爭議，但是正如皮耶·佩昂所說的，他冒了很大的險，幹得非常漂亮俐落。一九四三年七月十日，在瓦格拉姆大廳，這天是法國押送囚犯的日子，他去攪了局，叫喊著他對德國政府感到惡心。遭到警察質詢後，他在幾個同志的陪同下離開了大廳，就當著猶豫不決的警察的面。倫敦非常欣賞他的挑釁行爲，通過ＢＢＣ的莫里斯·舒曼空中授予他愛國證書。幾天後，弗朗索瓦·密特朗和瑪格麗特·莒哈絲見了面。後來，這次相遇被人們崇高化、神化了，甚至包括當時在場的那些人！又是記憶耍了花招，日期模糊了。弗朗索瓦·密特朗初次見到瑪格麗特·莒哈絲時，他並非——像那個把密特朗和莫朗置於英國香菸的雲霧繚繞中的神話所說的那樣——從英國回來，而是從維希，英國是第二年的事情……

實際上，他們的初次相遇是在一九四三年中旬。密特朗一直不停地更換身分、職業和藏身之所。在維希和在巴黎一樣，他的活動非常緊湊，他一面和貝當元帥周圍的人接觸，一面和抵抗組織各部門頻繁約會，一會兒在阿爾及爾，一回兒又在倫敦。戴高樂將軍說他「什麼槽裡的料都吃。①」一九四三年夏，他的影響越來越大，以舊時戰俘共同體的老闆出現——如果這算得上是老闆的話。「我只有通過使詭計，或是恐嚇，再不就是非人道的冷酷戰線成爲老闆。②」一九四三年七月他曾經寫信給他的一個親密朋友這樣說。在《另類日報》第一期上③，瑪格麗特·莒哈絲和弗朗索瓦·密特朗追憶了

---

① 《這就是戴高樂》，阿蘭·佩雷菲特著，德法魯瓦和法亞爾出版社，一九九七年。
② 參見佩昂上述引文，《吉倫特派》一章。
③ 《另類日報》，一九八六年二月二十六日—三月四日。

他們第一次相遇時的情景。瑪格麗特說她要忘記一切，但能夠清晰地回憶起當時的場景：「是在夜深的時候，你們兩個人。你們坐在大廳的壁爐前，在一口平底鍋的兩邊，鍋下面的一個老油桶裡燒著報紙揉成的球。我不記得是不是給了你們一點吃的東西。馬斯科羅也在。你們三個人在說話，但說得不多。突然，您抽起菸來，房間裡頓時瀰漫著一股英國香菸的味道。」她說她當時叫了起來，於是他默不作聲地把香菸盒放進口袋裡。啊，英國香菸……這對瑪格麗特來說就足夠了。「您從來沒有告訴過我英國香菸是怎麼來的。但是我在那一晚明白過來，我們已經加入了抵抗組織，一切都成了。」

這就是如何從一個眞實故事中抽取成分構築史詩、構築神話的全部過程。這是莒哈絲的特權，滋養事實，讓它變得更爲引人注目，重新加工以避免墮入平庸。在瑪格麗特這時創作的小說裡——即後來的《平靜的生活》，女主人公說：「如果我事先知道有一天它將成爲我的故事，我就會選擇它了；我會非常注意，讓它更加有魅力，更加眞實，我喜歡這樣。」您已經在抵抗組織了，瑪格麗特。一切都成了。也許有點遲但是至少您成了抵抗組織的成員。您可不會僅僅滿足於抽英國香菸！這時期所有在您身邊的人都可以證實這一點。您是一個出色的聯繫人，勇敢而謹慎。首先是馬斯科羅，您那時的朋友兼情人，後來是您兒子的爸爸。他對於和密特朗的初次見面也記憶猶新，是密特朗讓他加入了當時尚處於萌芽狀態的法國戰俘及被放逐者運動，在宣傳部門工作。密特朗讓他負責編輯一份秘密的宣傳材料。馬斯科羅自己解決紙張和機器的問題。密特朗本人也記得瑪格麗特當時是一個活潑、決斷、充滿激情的年輕女人，總是滿腔熱情地投身於各種最微妙的使命①。

馬斯科羅和瑪格麗特一道度過了這個熾熱的夏天。迪奧尼斯在他的書櫥裡翻出瑪格麗特那時寫給

---

① 作者與弗朗索瓦・密特朗的談話，一九九五年九月八日。

他的信，放在舊鞋盒裡。令人心碎的信和普普通通的信。「說你愛我。」「我幸福得受不了啦。」「這句話比別的任何話都奏效，我們彼此接觸得很近，」迪奧尼斯說，「她會再一次要求做愛。對彼此的慾望使我們緊緊相連。她已經沉浸在對我的愛情之中了，而我還沒有。我們從來沒有覺得夠過。」他們在咖啡館約會，去旅館的房間做愛。瑪格麗特請求他說愛她。迪奧尼斯一直都不願意。「這讓她發瘋。」他說。實際上，那時馬斯科羅正和另一個溫柔可愛的年輕姑娘談戀愛，他感到很平衡。他對瑪格麗特有慾望，但是還沒有愛到要拋棄另一個姑娘的程度。瑪格麗特糾纏他。她要他，要把他包起來，置於自己的圓裡。而他還不知道。再說還有羅伯特。傳奇讓他們在德法宣戰時締結了婚姻關係，因爲他們的友誼和團結。傳奇安排好了所有的人。羅伯特愛著瑪格麗特，瑪格麗特也愛著羅伯特，羅伯特愛著安娜・瑪麗，安娜・瑪麗也愛著羅伯特，羅伯特還愛著瑪格麗特愛著的迪奧尼斯。現實總是比我們所能想像得要複雜得多。羅伯特一面愛著瑪格麗特一面仍然繼續和安娜・瑪麗保持著關係。安娜・瑪麗也經常到聖伯努瓦街來，但不在那裡睡覺。馬斯科羅也一樣，他天天都到聖伯努瓦街去，但是也不在那裡睡覺。瑪格麗特在四月一手炮製的安泰爾姆和馬斯科羅之間的會面很快成了「一見鍾情」，甚至把瑪格麗特排除在外，這讓她感到非常嫉妒。迪奧尼斯笑著說：「這一切發生得很快，羅伯特身上有一種神聖的簡單。我從來沒有遇到過像他這麼本色的人。自從我認識羅伯特以後，我愛他遠遠超過我的三個兄弟。」兩個男人經常徹夜長談，互相尊重，並且開始互相愛慕。但瑪格麗特那時還沒有告訴羅伯特，她和迪奧尼斯之間是怎樣一種關係，她在一九四三年夏天寫給迪奧尼斯的兩封信證明了這一點：

我即刻便到。他似乎懷疑到了什麼，因爲他給《新法蘭西雜誌》打了電話，問我是不是和你在一起。如果你遇到他，你應該心中有數。別說得太多。我沒有和你在一起。寫信給我，放在我的保留信箱裡①。

羅伯特決定帶瑪格麗特到杜省去度幾天假。她跟他去了，但是和迪奧尼斯分離令她感到萬分痛苦，她寫信給他說：

我非常孤獨。如同一個人剛剛完成他的創作，想要找個人談談，可所有的人都睡了。我覺得自己落入了圈套，我被孤獨淹沒了。我把表放在身邊，好聽到它跳動的聲音。人是會越來越孤獨的。這樣說也沒什麼實際意義②。

下午瑪格麗特和羅伯特出去散很長時間的步。她不敢離開他回到巴黎。於是她只好不停地寫啊寫啊，偷偷地給迪奧尼斯寄信，還不能讓丈夫懷疑到她。

愛你比給你寫信更好。我絕對知道這一點。當然，有些詞是屬於夜晚的，我們聽著這一片空茫，就在我們的體內，無所欲求。我們分開了。每天我都在問自己沒有你的日子我怎麼過……最好有一天你能對我說，給我發封電報說你愛我，我要你，我也不知道寫這

① 迪奧尼斯．馬斯科羅檔案。
② 迪奧尼斯．馬斯科羅檔案。

些雲裡霧裡的話幹什麼。我將在你的懷抱中睡去。瞧，這就是今晚我寫的一頁紙。也許寫作是爲了這個？別扔掉，我以後會找不到的。就像一個女孩子來到了大海邊。

瑪格麗特正在寫後來那本題爲《平靜的生活》的小說：一個年輕女人被迫在鄉間過著日復一日的生活，在她單調的世界裡突然出現了一個小伙子。他叫蒂耶納。瑪格麗特・莒哈絲把他寫成了一個天使，聖靈顯現。蒂耶納就是迪奧尼斯。小說裡的年輕女人只想著蒂耶納，蒂耶納裸露的身軀，這帶來歡娛的永不乾枯的源泉。蒂耶納讓她發現了「清涼之井」。以前她知道自己是個女人，但她不知道這份呼喚，這份焦灼，這份她謂之爲「被擋住的」慾望意味著什麼。以前，在她的體內有一個洞，一種不成形的東西：「從那洞裡爆發出一聲空茫的呼喊，並不是在叫誰。自從有一種我無法抗拒的力量在那洞中漸漸壯大，有一種想法便生根了，在我的體內，在衝擊我……」就這樣，遊戲開始了。對於這份放縱的，她覺得需要的肉體之愛，她並沒有眞正期待過。它只是深刻在她的肌膚裡。「我愛。我愛蒂耶納。哪怕離他很遠，我也能夠非常清楚地感覺到除了他我誰也不要。我自認爲是一直在支撐著我的東西從此消失了。」

瑪格麗特一直隱瞞著羅伯特。她在騙他，用了各種詭計，甚至對自己撒謊，躲進創作中逃避。但是對於那時的她來說，寫作是對自己的一種澄清，是找尋眞相的過程。如果自己不是活在眞實裡又怎麼能繼續寫下去？瑪格麗特日漸衰竭，預想到最壞的情況。這將是最後一個夏天。就在這個八月，她寫信給迪奧尼斯：

凌晨六點。我是一具屍體。沒有你我成了一具屍體①。

她想像迪奧尼斯此時正像隻蝴蝶般在伽利瑪的走廊上飛來飛去，賣弄風姿。羅伯特不明白妻子的心何以就這樣離開了，從魅惑到惡毒。她寫信給迪奧尼斯：「我總是處在憤怒之中，對竭力適應我的羅伯特有一種惡意。」「羅伯特即將孤獨一人去走自己的路了。瑪格麗特一直爲迪奧尼斯對她不甚明朗的態度所折磨。她想通過種種事實做出判斷，把這筆繁瑣透了的帳算來算去：如果我離開羅伯特，迪奧尼斯會願意和我在一起生活嗎？一天晚上，她躲過了暴風雨對她的襲擊。她穿過田野的時候雷正好劈在她身上。瑪格麗特覺得自己與死神擦肩而過。她陷入了一種病態的情感中。那個死去的孩子又折磨著她。她對孩子的渴求正是她對生命的渴求。瑪格麗特想再要一個孩子。她很快就向迪奧尼斯提出來了。「她對我說她想要個孩子，」他回憶道，「這是她特有的宣告愛的方式。」迪奧尼斯很吃驚，這份強烈的愛情令他不知所措。他還沒有做父親的感覺，也不願意自己的生活從此被打亂。他有很多做書的計畫，他的新工作占去了他很多的時間，再說他還經常去看他的小情人。但是瑪格麗特糾纏他：

> 你對我說過你會遭到詛咒的。如果你不給我一丁點希望……只要想到和你生個孩子是給你添麻煩，我眞的是害怕了。沒有愛就不能有孩子。有了孩子就必須和與你有了孩子的男人在一起。那我只有和羅伯特在一起了。在未來的灰燼中，我只寄希望於背叛你。

① 迪奧尼斯·馬斯科羅檔案。

瑪格麗特和羅伯特回到了巴黎。安娜・瑪麗在等羅伯特。瑪格麗特又重新回到了迪奧尼斯身邊。很多人走過聖伯努瓦街，他們都會上來喝一杯，說說話。一個團體已經漸漸開始運作起來了。雅克・貝奈數度睡在聖伯努瓦街，和弗朗索瓦・密特朗一起，在頂頭的那個房間。「我們兩個只有一張床，而且床很窄。」

瑪格麗特正在——或者說正試著——給她的第二部小說結尾。她把稿子拿給迪奧尼斯看，只要迪奧尼斯覺得寫得不到位，文體過於笨拙，或是滋養她的美國文學的痕跡過重，她就全部塗掉。找到妳自己的路，他總是對她說。瑪格麗特聽了他的話，把注意力集中到對主人公靈魂狀態的描寫上來。她很高興能夠找到合適的詞來描繪她自己內心的各種衝撞以及她生存的恐懼。瑪格麗特・莒哈絲，在一九四三年這一年，也和其他左岸年輕的知識分子，特別是存在主義者一樣，有點瘋狂。但是她從來不承認存在主義對她的影響，非常強烈甚至帶有一定挑釁性地為自己辯解。不管是在哲學方面還是在友誼上，她對薩特和西蒙娜・德・波伏瓦既談不上喜歡，也沒什麼複雜的感情。

八月底，羅伯特和瑪格麗特請求雅克・貝奈和弗朗索瓦・密特朗換個藏身之所，到羅伯特母親家去住，在杜班街。羅伯特和瑪格麗特都沒有說是為了什麼。貝奈日後在回憶時認為當時夫婦倆之間發生了嚴重的危機，但是表面上他一點也看不出來。羅伯特參與的活動越來越多了。他在行政部門招募新的成員，把他從部裡竊取的文件送出來。迪奧尼斯為了影印傳單，在安托尼和殘廢榮軍院做工，這樣就可以弄到油印機。同時，他還加入了《戰鬥》雜誌，多虧了加繆，他在那裡做編輯。馬斯科羅建議加繆加入他的法蘭克人小組。加繆猶豫後謝絕了。馬斯科羅還運送武器，傳遞軍事情報；他帶著槍在街上到處遛達冒險。「我把槍藏在自行車工具袋裡。還藏在我母親家客廳的壁爐前。①」加繆起草傳單，寫文章。他和馬斯科羅的辦公室成了信箱。正如奧利維爾·托德指出的那樣，在一九四三—一九四四年間，起草傳單隨時都有被捕和遭到流放的可能。「我加入這個法蘭克人小組，是因爲我想要行動，我夢想著另外的東西。」迪奧尼斯評論道，他從來沒有把自己看成是個英雄。「弗朗索瓦·密特朗是不是在維希幹過，我不清楚，到現在也還不清楚。我們是叛逆分子，我們在鬥爭。全國戰俘及被放逐者運動不組織軍事行動，因爲他們的人全在游擊隊裡。②」

瑪格麗特去找迪奧尼斯的次數越來越多。「她不停地對我說：說你愛我。我總是說不出口。她確實對我有很大的誘惑力，我們之間是一種非常強烈的激情。作爲情人我們相處得很好，在心理上和政治上都非常融洽，這倒是並不多見。我們都很叛逆，反對一切準則。」喬治·波尚一直在勞工部遞送文件，勞工部當時是在法奸組織的保安隊監管之下。爲了把強制勞役集訓通知的資料成功地送出去，他和一個女演員一起在部裡組織了一點小演出，趁排練的空檔他便溜了。喬治·波尚有一天對地下共產黨員、全國戰俘及被放逐者運動宣傳小組的成員愛德加·莫蘭說：「你瞧，今天我要送你一份禮物。」他們在特魯岱納街見了面。禮物是迪奧尼斯·馬斯科羅。「我很喜歡他。」莫蘭說，「我覺得他聰明，英俊，勇敢。他讓別人叫他馬斯。找個假名對他來說不是件很費力的事。③」波尚、莫蘭、馬斯科羅、貝奈、密特朗、穆涅經常在安泰爾姆家見面，杜班街，羅伯特的一個姐姐，瑪麗·路易斯，又稱米奈特的就住在那裡。瑪格麗特很少參加他們的聚會，再說他們也沒有邀請她。她仍然充當

---

① 作者與迪奧尼斯·馬斯科羅的談話，一九九六年三月二十四日。
② 作者與迪奧尼斯·馬斯科羅的談話，一九九六年四月十七日。
③ 作者與愛德加·莫蘭的談話，一九九五年十二月四日。

聯繫人的角色，並且很快爲全國戰俘及被放逐者運動的報紙工作。「我沒有介入他們的政治活動，」後來瑪格麗特回答兒子的時候這樣說，「我們是被拉上船的，我們不是英雄。抵抗組織到了我的面前。我們都是正直的人。①」瑪格麗特覺得所有的姿態都非常自然：傳送信件，把資料藏在自己家裡。她不感到害怕，也不覺得這些行爲有什麼了不起的。在瑪格麗特的生命裡，抵抗運動分成相距甚遠的兩個階段：第一階段平庸而寧靜，而相比之下，在第二階段，她終日提心吊膽，害怕得幾乎無法呼吸。有前一階段和後一階段之分。羅伯特被捕徹底打亂了她的生活，改變了她的世界觀。

羅伯特一直在普舍的辦公室裡工作，開始時是契約專員，後來做編輯。他利用職務之便，經常將被懷疑對象從黑名單上一筆勾消，其中有不少是共產黨員。一九四三年十月，密特朗建議抵抗組織的同伴成立一份秘密日報，起名爲《自由人》。萬聖節，他告訴他最親近的朋友說他準備去倫敦：「我在守望著未來。我準備全身心地投入新的實際。不少人都相信我，我卻害怕他們。我不相信任何人，這一點讓我對自己也感到害怕，但是道路是激動人心的，進步也是不容忽視的，除去這一切，我的追尋中還有一種人們所謂的策略和戰略，這是人類的遊戲，是事物的智慧所在，這一切都很吸引我，令我心醉神迷。②」杜班街的會議越來越頻繁了。貝奈和密特朗從此就住在那裡。密特朗記得他和小組之間的確友誼深厚。他非常欣賞瑪麗．路易斯。這些年輕人都很慷慨，充滿激情，更兼之頗有學識。這正是讓他感興趣的地方。因爲在杜班街，大家不僅談論俄國戰線和軍事進展，還經常談起斯湯達和福克納。一九四三年十一月十五日到十六日，密特朗到了倫敦。四天前他躲開了到他維希辦公室去逮

① 電影《聖伯努瓦街小組》，見上述引文。
② P．佩昂，見上述引文，頁二五一。

捕他的蓋世太保。一九四三年十二月三日，他又從倫敦到了阿爾及爾。他受到了戴高樂將軍的接見。為準備這次會晤的一張卡片上說他是個可疑的人。密特朗希望戴高樂把夏萊特一線的抵抗組織交給他領導。戴高樂拒絕了，勸他加入義大利遠征軍作戰或者去做傘兵。「他拒絕了這兩項建議。我把他攆走了。我們之間再也沒什麼好說的了。①」

杜班街的徹夜長談。在聖伯努瓦街的是工作。瑪格麗特的小說收尾收得很艱難。她去看一直在鼓勵她的拉夫，還有德諾和戈諾。她念給羅伯特和迪奧尼斯聽，迪奧尼斯總是笑話她滯重的文體和過於明顯的美國腔。「她聽我的，我尤其給她手法上的指導。」他說。羅伯特則總是保護瑪格麗特，鼓勵她繼續到底。對於羅伯特來說，自從一九四一年起，這已經是定了的事情：瑪格麗特肯定是有文學天賦的，問題是她不能浪費自己的這種天賦，不能墮落到寫女性文學，那種小資產情調的連載小說式的作品。羅伯特要求她要精確、純粹、有力。他對瑪格麗特很有信心，相信她總有一天會成為一個偉大的作家，如果她不受到太多魔鬼的引誘，不過分自戀的話——那時這一切已經在瑪格麗特身上初見端倪了。迪奧尼斯，他採取的則是一種諷刺而懷疑的態度。當然，他很為她的執著而感動，但是彼時他既不喜歡她的問題也不甚明瞭她要當作家的志向。在他們之間，交流不是在知識的領域進行的；這是貓和老鼠的遊戲。他是一隻蜷成一團的貓，如果有必要就會伸出爪子；他不需要任何人，甚至也不需要瑪格麗特，瑪格麗特為此深受折磨。在他們之間是一種戰爭。在這戰爭的外部他們倆則出雙入對。他們關起門來約會時，總是玩愛得要死的遊戲。「我占有她，似乎是為了殺死她，似乎我是在用斧子

---

① A．佩雷菲特，見上述引文。

砍死她。」迪奧尼斯在日記裡寫道①。

「瑪格麗特讓我明白，」迪奧尼斯後來承認道，「讓我明白肉體之愛是一種藝術，再也沒有比這更沉重，更富悲劇性的了。」瑪格麗特贏了：迪奧尼斯終於成爲她唯一的情人。「我們那時根本不是那種瑣碎的人。對方倘若沒有艷遇，我們還眞受不了。」瑪格麗特和羅伯特繼續著他們那種愛情——友誼式的生活。瑪格麗特既沒有對羅伯特坦白，也沒有離開他。

瑪格麗特在一九四三年十月二十三日寫給迪奧尼斯的信：

> 我對羅伯特說今晚和您一起吃飯。他說這樣可不夠友善。他也很樂意和您一起用晚餐。如果您不反對的話，我明天到塞納街去看您。

瑪格麗特寫給迪奧尼斯：

> 四三年十一月二十八日
>
> 貓在叩門。我坐在地上。我不是一個撒謊的女人。當然，我說了謊話，但是我在離你那麼遠的地方活著。

一九四四年二月底，密特朗從阿爾及爾轉道英國回來後，立即和雅克·貝奈以及羅伯特·安泰爾

---

① 迪奧尼斯·馬斯科羅檔案。

姆取得聯繫。他又一次住在杜班街。用別的名字隱居起來。三月十二日，抵抗組織的三個戰俘運動代表見了面，決定從此以後合併爲一個運動，起名爲全國戰俘及被放逐者運動。密特朗成了這個得到正式承認的運動的領袖。瑪格麗特在一九八六年曾經和密特朗一道追憶過這個「我們都還年輕的時代」，就是發表在《另類日報》第一期上的對談①。煩惱，恐懼、害怕，激動，額上的汗珠，檢查身分證時的心跳，被德國崗哨攔下來時的自控力。「我這樣說不僅僅是要說明我們是英雄，還應該說明我們傾注了熱情，我們很喜歡這樣。」他對瑪格麗特說，而後者反駁道：「我們和其他所有人一樣只不過是建設中的一分子，我們和所有人一樣被造就。」

自一九四四年四月起，運動核心成員受到的壓力越來越大。告密？背叛？法奸保衛隊和蓋世太保的手下經常對小組發起圍捕，而且似乎對他們聚會地點以及藏身之處掌握得越來越準確。六月一日是個黑色的日子。早晨本該在查爾斯·弗洛蓋街舉行一次運動的重要會議。有人按響了門鈴。密特朗開了門。來人說要見讓·貝爾丹，說有話要對他說，並且他叫的是貝爾丹的化名貝拉爾。密特朗沒有懷疑，把貝爾丹叫了出來。貝爾丹走到門口，來人突然用手槍瞄準他，低聲命令他跟他走。通過窗戶，朋友們束手無策地望著他在那個要和他說話的人的脅迫下走在大街上，臉色蒼白。貝爾丹先被監禁在弗萊斯恩監獄裡，受盡虐待，八月又被放逐到德國。密特朗和其他人倒是逃走了。「毫無疑問，當時肯定有人叛變了，」密特朗在一九九五年對我說，「我已經有所懷疑，但是又不能說出來，因爲我沒有證據。我的疑心只能越來越大，甚至疑心某些小組成員。②」

①《另類日報》，一九八六年二月二十六日—三月四日。
②作者與弗朗索瓦·密特朗的談話，一九九五年十月。

同一天，另一個會議應該在杜班街召開，十八點。瑪麗・路易斯，羅伯特，保爾・菲利普和他的妻子，讓・穆涅以及羅單已經到了，他們在等其他同伴的到來。波尚約好密特朗在里普啤酒店碰面，然後兩人一起步行到杜班街。當時的密特朗還沒有養成傳奇中的遲到習慣，但是他沒有到。波尚匆匆走了一百來步。瑪格麗特就在距離他們幾百米的家中；她沒有被邀參加會議。馬斯科羅從馬恩街的母親家步行去杜班街和他們會合。讓・穆涅已經感覺到形勢不妙。他在房間裡轉著圈子。「我總有一種預感」，一九九六年時他對我說。密特朗氣喘吁吁地趕到了花神廣場，悄悄地對波尚說：「別去。我才剛打過電話。一個女人用非常嚴肅的聲音回答我說：先生，您打錯了。我聽出那是瑪麗・路易斯的聲音。等等我。我再打個電話。」電話鈴再次響起時，安泰爾姆家是死一般的寂靜。幾分鐘以前，穆涅從窗戶裡看到對面的人行道上站著個大人物，他穿著便衣，旁邊還有兩個警察。他察覺出了危險，三步併作兩步地跑下樓梯。樓下的警察截住了他，問他要證件。他給了他們一拳，奪路而逃，一直跑到馬路頂頭，才上氣不接下氣地停了下來，著手通知其他同志不要再上圈套。幾分鐘後他看見了蓋世太保的兩輛汽車。警察押送著羅伯特・安泰爾姆和保爾・菲利普走了出來。菲利普夫人和米奈特被關在房間裡。密特朗在聖日耳曼大街的一個公用電話亭再次撥通了他們的電話。這一次瑪麗・路易斯的聲音不帶一丁點感情色彩，而且沒有任何餘地：「但是，先生，我已經和您說過了，您打錯了。」於是密特朗明白了。後來大家才知道蓋世太保的人要瑪麗・路易斯讓和她通話的人盡快趕來。穆涅也通知了好幾個同志，免得他們掉進陷阱，其中就有拜當古爾。馬斯科羅在彭馬歇商店前接到了通知。他跑到聖伯努瓦街，找到了他藏在壁爐裡的名單和地圖。他還順便拿出了藏在扶手椅下的手槍，後來偷偷扔進下水道裡。就在這一天早上，喬治・波尚才把德國軍工廠的地圖交給羅伯特・安泰爾姆，幸虧羅伯特在問話前已經及時把地圖吞了下去。

保爾·菲利普和瑪麗·路易斯遭到了放逐。菲利普的妻子先是被關進了監獄，幾個月以後又被釋放了，因爲她不是猶太人……菲利普倒是得以生還。瑪麗·路易斯卻再也沒能回來。她被放逐到了拉文思布盧克，集中營解放後，她已經衰弱之極，一點力氣也沒有，終於沒能回到法國就死了。羅伯特開始被關在弗萊斯恩監獄，八月十七日到十八日，被轉移到了貢皮埃涅，在那兒他又被押上了前往布痕瓦爾德的最後一批車廂。是友誼產生的奇蹟，也是出於偶然和命運的安排，他最終回到了法國。他是少數得以生還、重新得到自由的人之一，他體會到了生存的極限，在《人類》一書中對我們得以面對這世界的不可摧毀的核心重新下了定義。就在出事前的一個月，《文學》雜誌發表了他的四首詩，收在他即將出版的一本詩集裡，詩集的名字叫做《柵欄上的手》。或許這些詩已經表露了他的一種灰色預感吧。在第二首名爲《血的獨白》的詩裡，羅伯特·安泰爾姆寫道：

我是地球的一半
我不知道何爲虛空，因爲我屬於它，
並且大家留住了我：
也許我是個活人。
在牢房裡我很安寧，
有一天，一個
用我的名字的人出現在他人面前，
但那早已不是我。
我自己也幾乎記不起他；

從監獄裡出來，大家都說，我贏得了自由：

於是我完了。

我只能完蛋，

這是我所經受的最嚴峻的考驗[①]。

六月一日晚上，密特朗打電話給聖伯努瓦街的瑪格麗特。他對她說她附近的地方現在有火災，會很快蔓延到她那裡的，要她十分鐘內離開。她下了樓，在修道院街找到了密特朗。「我看到了您，我是從大學街走的。只有在今天，」莒哈絲四十年後如是對密特朗說，「我才明白您在爲我著急，告訴我哪裡能去，哪裡不能去。您擋住了聖伯努瓦街的方向。一直到今天，我才清楚地讀懂您橫在馬路中央的身體意味著什麼，四十年以後。當時我聽從了您的安排，可根本沒能明白。[②]」很晚，密特朗見到了羅單，後者向他講述了在杜班街發生的一切。密特朗對照了一下，當天早晨在查爾斯·弗洛蓋街敲門的和指揮杜班街逮捕的是一個人。這人從小組的叛徒那裡得到了消息。他對這一線的成員掌握得一清二楚，因此可以連續發動對小組的打擊。

瑪格麗特想要打聽出關押丈夫的地點，到蓋世太保的辦公室等候消息。她到索塞街的時候，已經有一百多個女人等在那裡，而且等了好些時辰；焦灼不安。瑪格麗特排在隊尾，她看見一個身著黑衣，懷有身孕的女人。德國人對她說，剛到的郵件表明她丈夫已經被槍斃了，讓她去收拾他的遺物。

---

①刊登於《羅伯特·安泰爾姆，關於『人類』未發表的文章，作品與證明》中，伽利瑪出版社，一九九六年。

②《另類日報》，一九八六年二月二十六日—三月四日。

年輕的女人排了二十個小時的隊。十五天後就是她的預產期了。瑪格麗特也在蓋世太保的辦公室前等了一天一夜。沒有用。別人讓她下次再來。於是瑪格麗特又在火車站守候著，希望能在車廂裡發現自己的丈夫。她聽到傳聞，認爲他有可能被送往弗萊斯恩監獄。六月六日一早，她準備好了包裹，動身前往監獄。她和同去的十來個人一起耐心地等候著，在監獄的候見室。幾個小時後，德國人關上大門。巴黎城上空傳來空襲的聲音。警報拉響了。「他們今天六點鐘就上了船。」一個年輕男人小聲地對瑪格麗特說。瑪格麗特不相信。她對他說：「這不是眞的。不要傳播假消息。①」德國人把候見室裡的人全給趕了出去。今天不送包裹。瑪格麗特回到了聖伯努瓦街。迪奧尼斯・馬斯科羅找到了她。上面的鄰居——尼古拉，那個十七歲的抵抗組織成員——看見他們一起騎車走了。他們重新往弗萊斯恩的方向衝去，但是監獄不再允許給犯人送包裹了。她去了好幾次，一無所獲。瑪格麗特於是只好去找以前的一位朋友，信息部的秘書，羅伯特・安泰爾姆以前的同事，想獲得一張送包裹的許可證。朋友對她說還是得去索塞街。她等了三四天才進入德國警察署的辦公室。包裹許可證發放處的秘書曾經給過瑪格麗特一個名字，說這位叫赫爾曼的先生或許能幫上她忙，可是她進了他的辦公室才知道他不在。赫爾曼先生的秘書允許她第二天再去。可是他仍然不在。而瑪格麗特自己的通行證在當天早晨就已經過期了。

> 等了二十來個小時還是有點好處的。我在走廊裡碰到了一個大人物，於是請求他將我的通行證延長到晚上。他讓我把材料給他。我交了出去。他說：「這可是杜班街事件。」

①《痛苦》，P・O・L出版社，一九八五年，一九九三年簡裝本再版，頁九一。

他說出了我丈夫的名字。他說正是他逮捕了我的丈夫。並且是他進行了第一場審訊。這位X先生是蓋世太保的警察，在這裡我們稱他爲皮耶·拉比埃。

「您是他的親戚？」

「我是他妻子。」

「啊！……這是一樁很棘手的案子，您知道的……①」

接下去發生的事情，瑪格麗特在《痛苦》中一篇題爲《X先生，這裡稱爲皮耶·拉比埃》的文章裡有詳盡的敘述，四十年以後，她在前言中聲稱她所說的一切都是眞的，包括最細的細節，說之所以她沒有早發表這篇文章，是因爲考慮到這位在解放時被槍斃的先生的妻兒的利益。

這個男人叫查爾斯·戴瓦爾。時間並未撫平傷痕。戴瓦爾夫人當時讀了《痛苦》後頗爲震驚。今天她則認爲瑪格麗特在撒謊，而她這麼做完全是有好處的。因爲戴瓦爾事件比表面上看起來還要複雜。這不僅僅是引誘、陷阱和背叛的故事。這還是一個關於性、謊言和演變關係的故事。誰欺騙了誰？是誰先產生了誘惑對方的念頭？因爲不僅僅是瑪格麗特·莒哈絲和查爾斯·戴瓦爾之間一種不潔的引誘，更有解放初期迪奧尼斯·馬斯科羅和波萊特·戴瓦爾之間錯位的愛情。這個故事就像一篇拙劣的小說，起伏過於複雜，一點也不眞實，手段太不高明，過分強調情節。但是，這的確關係到一個眞實的故事。

瑪格麗特在一九八五年出版《痛苦》時解釋說，她完全是出於偶然才找到這篇文章的，幾個月

---

①《痛苦》，P·O·L出版社，一九八五年，一九九三年簡裝本再版，頁九三。

前，《巫婆》雜誌向她約稿，要她年輕時寫的一篇文章，她卻在鄉間住所的兩個櫃子裡發現了自己在戰時和戰後不久寫的一些東西，都寫在記事簿上，她早就忘記了它們的存在。她很驚訝地打開它們，重新發現了這個故事，與其說是重讀，不如說是全新的閱讀，因爲當時她寫下這一切正是爲了忘卻。她在閱讀時被深深感動了，甚至流下了眼淚。應該拿去發表嗎？她猶豫了。她於是就此事徵詢了朋友、出版商保爾·奧洽可夫斯基·勞倫斯的意見，朋友勸她發表，並且連同後面的文章一道出版①。有些評論家對這事的來龍去脈是否眞實表示懷疑。瑪格麗特也許故意製造了這些記事簿的存在。只是爲了挽回自己的命運，實際上這些故事可能都是她在八〇年代初期寫就的。瑪格麗特編造了那麼多故事，以至於今天沒人再相信她了。但是，這些記事簿的確是眞實存在的。

由於時間的流逝，這些寫得密密麻麻的記事簿已經有些破損了，如今保存在現代出版檔案館。它們的存在徹底打破了某些評論家的推測，在《痛苦》出版之際，他們認爲這又是作者一手導演的好戲。儘管如此，這篇文章卻並非戰時那些記事簿的翻版。故事的第一版寫於一九四五年。一九七五年，作者又重新起草了這個故事。最後，作者又對故事進行了「再次剪裁」。出現了大量的增添、修改和鎖定，眞的就像做衣服一樣。保爾·奧洽可夫斯基也肯定說莒哈絲一直在修改這篇文章，直至它最後出爐。塗塗改改的校樣的確可以證明這一點。莒哈絲不喜歡別人說她「寫」成了《痛苦》。她把這篇作品看成是生命中最重要的事情之一，它是慢慢成熟的。《痛苦》不像她自己在前言裡說的那樣，是毫無改動的日記的翻版。它不是這些可以證明「思想和情感上驚人混亂」的紙頁的簡單而純粹

---

① 作者與保爾——奧洽可夫斯基·勞倫斯的談話，一九九六年五月四日。

的複製，她說她一度不敢觸及這些記事簿，正是害怕觸及這「驚人的混亂」①。這是文學的再現，是對時間的超越，是對自己的審視。

《痛苦》原稿的第一本記事簿是米色的。一本小學生用的簿子，全是手寫的，幾乎沒有什麼塗改，但是有很多句子寫了又被劃去了。第二本簿子是灰色的，混雜著《泰奧朵拉》的一些色情片段和《痛苦》的開頭。總的來看，四本記事簿大多是手寫的，有些片段開始是手寫的，後來又用打字機重新打過。用了兩種墨水。這裡面有私人的日記，作品的初樣——《塔吉尼亞的小馬》的開頭和後來成爲《多丹夫人》的故事雛形，整頁整頁《太平洋防波堤》裡的內容。拉比埃先生的故事並沒有出現在《痛苦》初稿的這幾本記事簿裡。瑪格麗特是在決定出版《痛苦》這本書的時候才添上去的。因爲完成這卷作品，這一章在她看來必不可少。

瑪格麗特等了四十年才把所發生的一切記錄下來。時間模糊了她的記憶。她只是敘述了她回憶起來的一切以及她願意敘述的一切。其他證人所提供的事實，與瑪格麗特所記住的這齣以某個男人的死亡而告結束的悲劇不甚吻合。從另一個方面來說，拉比埃·戴瓦爾的故事也殘酷地照亮了瑪格麗特和迪奧尼斯複雜的感情糾葛。一九八四年，瑪格麗特在發現了戰時那些記事簿後，正式出版《痛苦》前曾猶豫過，不知道要不要把這篇文章放進去。發現當時寫的這些東西又給了她寫作的慾望，寫一寫那個時期的慾望。猶豫之中，她還是放進去了。「就這樣讀者會想：爲什麼要出版這種在某種程度上可以稱之爲軼事的東西呢？當時非常可怕，當然，生存的可怕，簡直到了可以因恐怖而死去的地步，但這就是一切，沒有誇大，沒有一點轉向文學寬度的端倪。那麼便這樣吧？」於是，她相信時間會讓她

---

①《痛苦序言》，頁一二。

恢復名譽——相信她未曾向X先生透露過自己的眞實身分這一事實可以讓她擺脫責任。再說，正如她自己所說的，「大家都已經老了，即使知道了事實眞相，也不會像年輕時代那樣，受到過多的傷害①」。於是，瑪格麗特設計、構造、想像了一位X先生，不完全是戴瓦爾的寫照。但是瑪格麗特過於輕信了時間能抹去痛苦的能力。如今已是位老人的戴瓦爾夫人依舊因《痛苦》的出版受到很深的傷害。瑪格麗特說考慮到她的利益。在這點上瑪格麗特也欺騙了自己。她嘲弄了戴瓦爾夫人的名譽和自尊。

讓我們回到故事本身，來理清楚這一團亂麻。一九四四年六月六日：戴瓦爾和瑪格麗特在索塞街第一次碰面。一九四四年六月七日：他們又在索塞街的辦公室走廊上見面了。她湊巧碰到他。「他挽著一位幾乎已經暈過去的女人，臉色蒼白，衣服也濕透了。②」在蓋世太保辦公室的走廊上，戴瓦爾於是走上前去，和她談起前天的逮捕事件。他談到了抵抗組織網，還有他差點拿到的地圖，就放在房裡的桌子上，他問她知道與否，是否認識丈夫的朋友。「我說我不清楚，或者說一點也不清楚，說我是寫書的，說我對別的任何事情都不感興趣。③」戴瓦爾說他知道，「說他奉命逮捕時甚至在桌上發現了兩本我寫的書，他笑了，甚至把書也一道帶走了。」戴瓦爾爲奉承她撒了謊？瑪格麗特添了這一段……爲什麼她要添上這個兩本小說的故事呢？《厚顏無恥的人》也許會在杜班街，但是《平靜的生活》當時還在構思之中！戴瓦爾·拉比埃想要顯示自己的學識素養，這樣和她談起話來也可以投契一點。他覺得能找到一個知識分子的談話對象很光榮，因爲他一直夢想著成爲他們當中的一員。瑪格麗

---

①《痛苦序言》，頁九〇。
②《痛苦序言》，頁九三。
③《痛苦序言》，頁九四。

特則希望通過他見到自己的丈夫，保護他，甚至可能讓他出來。

正如弗朗索瓦・密特朗對我說的那樣①，瑪格麗特那時處於一種崩潰狀態，神經質，非常害怕。尼古拉・顧朗，鄰居家那個參加抵抗組織的小姑娘，覺得她那時「非常焦躁不安」。密特朗覺得自己是造成安泰爾姆被捕的罪魁禍首。雅克・貝奈也是這樣想的，因爲是他們讓他加入了抵抗組織。馬斯科羅住在母親家，每天都去看瑪格麗特，也對當時瑪格麗特的反常狀態記憶猶新。她不吃飯，成夜成夜地失眠。每天晚上他們都在火車站台上走來走去，想要看看有沒有押送囚犯的車子。出於對安全問題的考慮，密特朗要求她斷絕和組織一切成員的往來。她只和迪奧尼斯見面，如果他不在她身邊，她就給他打電話。三個星期過去了。看到蓋世太保沒有來搜查聖伯努瓦街，瑪格麗特聯繫了密特朗，要求重新爲他們工作。密特朗接受了她的請求，讓她充當聯繫人。有一天，正當她安排兩位全國戰俘及被放逐者運動的成員——戈達爾和杜蓬索——見面時，她再次碰到了戴瓦爾・拉比埃，在議院門口，完全是巧合。「我衝拉比埃笑了一下，我對他說，『我很高興能遇見您，好幾次，我等在索塞街的出口處，希望能看到您。我仍然沒有丈夫的任何消息。』」關於這段故事，瑪格麗特給了三個版本②。她當時感到的只是害怕。戴瓦爾是不是知道抵抗組織的這些活動了？蓋世太保會把他們三個都抓起來？瑪格麗特應該把戈達爾介紹給杜蓬索。戴瓦爾突然出現的時候她正向戈達爾走去。就在戴瓦爾和瑪格麗特打趣著談話的時刻——時間在這一刻簡直像是停滯了，兩個男人僵立在那裡沒敢動。「我嚇得臉色發青，拚命咬緊牙關。看上去拉比埃沒有看見他。他說了十分鐘的話。很多人走過去或停下

① 作者與弗朗索瓦・密特朗的談話，一九九五年五月二十三日。

② 見《痛苦》，弗朗索瓦・密特朗與瑪格麗特・莒哈絲載於《另類日報》上的對談和弗朗索瓦・密特朗與作者的談話。

來。①」在《痛苦》裡，瑪格麗特想起當時她的鄰居，比高利夫人和兒子正經過那裡。在《另類日報》裡，她說在那天她還遇見了密特朗，也是巧合，就在她和戴瓦爾．拉比埃談話的時候，密特朗騎著自行車經過。他說道：「您正在和他談話，站在人行道上。我騎著車子過來，我不知道您在那裡。我看見您和一個人在說話，我從自行車上下來（那會兒我把這個當雜技玩），對您說：『您好，瑪格麗特，還好嗎？』我看了您一會兒……您的面色很尷尬。是拉比埃……」密特朗說他非常清楚地記得當時的場景。但是密特朗才讀過《痛苦》，他的記憶被瑪格麗特敘述的故事給弄亂了。那天，他並沒有從議院門口經過。幸虧如此，因爲戴瓦爾．拉比埃掌握了抵抗組織所有負責人的資料，再加上資料都是帶相片的，如果他眞的經過，戴瓦爾很可能認出他並逮捕他。瑪格麗特知道密特朗弄錯了，但是不敢反駁他：「在《痛苦》中，我說的不是您，而是那兩個我安排見面的人。」

這些極富戲劇性的遙遠事件，就這樣被有關人士誇大和重建了。密特朗和瑪格麗特一樣，在四十年後，也想要歪曲事情的輪廓，稍稍擺個姿態，突出某些事件的重要性，重建事實的迷宮，甚至不惜編造新的故事。在《中斷的記憶》裡，密特朗談到瑪格麗特時，說她和戴瓦爾之間是一種貓和老鼠的遊戲。是誰先發動了這場邪惡的遊戲？戴瓦爾還是瑪格麗特？密特朗是否想說是瑪格麗特，認爲是她先挑的頭，這樣她就能經常見到戴瓦爾？我和他在一九九五年六月有一次談話，他不像在《另類日報》上那麼肯定了，他也記不清是否眞的是他做出的決定，以小組負責人的身分，讓瑪格麗特繼續和戴瓦爾見面。他覺得似乎是瑪格麗特要求的，然後他同意了。「這很正常，她希望通過戴瓦爾打聽到丈夫的消息。」

①《痛苦》，頁九六。

瑪格麗特和戴瓦爾之間發生了什麼？私情？她在抵抗組織的一些朋友似乎相信這是事實。在密特朗看來也合情合理。但是他不能夠肯定。再說這個並不重要：「瑪格麗特是個忠實可靠的朋友。」沒有一個人清楚這件事。戴瓦爾夫人認爲什麼事情也沒有發生。她丈夫曾經和她談起過，說「他和一個知識分子圈裡的年輕女人見過面，在食物比較豐富的餐館裡。他說是那女人要求見他，他也很同情她，說她非常瘦，所以他請她去吃飯。①」波萊特知道丈夫是親德分子。他並不隱瞞這一點，但是她不知道他和蓋世太保一起工作，也不知道是他逮捕抵抗組織成員。在密特朗的鐵哥們兒喬治・波尙看來，瑪格麗特又在玩危險遊戲，他認爲她喜歡這樣。而對於法蘭克人組織負責人，負責抵抗組織成員見面安全的讓・穆涅來說，瑪格麗特是在冒險。

從收集到的各種證據來看，今天似乎已經可以肯定，瑪格麗特自己一手締造了和戴瓦爾的這種關係。在《痛苦》中，她寫道：「我經常跟著他，堅持要見他，和他約會。」瑪格麗特認爲戴瓦爾既是監獄看守，又是或然的救世主。她知道羅伯特在法國領土上的日子屈指可數，知道他很快就會被放逐到德國去。戴瓦爾告訴了她一點重要消息：羅伯特在弗萊斯恩監獄，但是很快就會被送往別的地方。瑪格麗特經常去弗萊斯恩監獄，希望能見到她的丈夫。她想收買戴瓦爾，好給羅伯特送個包裹進去。戴瓦爾讓她相信他能做到。戴瓦爾在撒謊，他甚至在對自己撒謊。他誇大了自己的重要性。他根本不能夠掌握確切的消息。但是他讓別人相信他能。他在吹牛。瑪格麗特不知道，也不願意知道。我們能夠理解她。她把所有的希望都寄託在他身上了。她先下了手。但是她願意相信戴瓦爾可以控制局勢。她事先通知了密特朗，並且問他：我是否應該繼續見他，還是應該再也不去見他？密特朗肯定地說

① 作者與波萊特・戴瓦爾的談話，一九九五年十二月。

過：「您非常守紀律，您問過我，說，『告訴我，我應該怎麼做。』當時我甚至有點吃驚。這不是您行事的風格。您問我這個問題不是出於對自己安全的考慮，而是因爲您手上掌握著一條線，很可能會牽連到別人。①」密特朗和大家商量了一下，最後決定讓瑪格麗特繼續去見戴瓦爾，但是她應該被置於抵抗組織的軍事保護之下。誘餌瑪格麗特。「我們把繼續去見戴瓦爾的任務交給您。」一九八六年，密特朗在《另類日報》中肯定地對瑪格麗特說。②但喬治．波尚反對這種說法。「弗朗索瓦．密特朗從來沒有下達這樣的命令，讓瑪格麗特經常和戴瓦爾見面。弗朗索瓦甚至覺得這樣做很讓人不安。穆涅和他手下的小伙子當時可能負責保證她的安全。他們有可能在人群中亂開槍，而穆涅也阻止不了。但是密特朗還是接受了瑪格麗特的要求，因爲他考慮到瑪麗．路易斯和羅伯特．安泰爾姆的生命安危。戴瓦爾從來沒有把瑪格麗特看成是我們這個行動的一分子。他只覺得她是一個漂亮姑娘，他可以和她在一起風流風流。③」

他們的約會非常頻繁。不像她在《痛苦》裡說的那樣每天都有，但一星期至少一兩次。戴瓦爾總是在將近中午的時候打電話給她，約的也總是當天。所以瑪格麗特只能等他的電話，成了他的獵物。他把我攥在手心裡，瑪格麗特在《痛苦》中寫道。迪奧尼斯清楚地記得這段日子，尼古拉也是。戴瓦爾有時也透露一點消息。但是瑪格麗特從來沒有得到過直接關係到羅伯特的消息。模糊不清的謠言是有的，瑪格麗特就信這個。她聽他說，弗萊斯恩的一些囚犯將被送往德朗西。有天晚上，她從弗萊斯恩打電話給迪奧尼斯，當時他正在聖伯努瓦街。她讓他趕快到火車站，帶上香菸和糖。她聽某些囚犯

①《另類日報》，一九八六年二月二十六日—三月四日。
②《另類日報》，一九八六年二月二十六日—三月四日。
③ 作者與喬治．波尚的談話，一九九六年十一月二十五日。

的妻子說羅伯特有可能在火車上。迪奧尼斯請尼古拉幫忙。兩個人飛速騎車趕往火車站。沒有見到羅伯特。但是羅伯特後來是被送往貢皮埃涅的。戴瓦爾最終還是向她透露了這個消息。什麼時候？不知道。她在八月十七日或者十八日的早晨看到羅伯特在一輛從弗萊斯恩監獄開出的囚車裡。她在站台上望著他。和其他囚犯的妻子一起跟在後面跑，拚命地揮動著雙手。他和其他人在一起，身邊是全副武裝的士兵。「我一邊跑一邊問他這是去哪裡。羅伯特大聲地回答我。我覺得似乎聽到他說的是『貢皮埃涅』。①」瑪格麗特求戴瓦爾幫忙。當時他們天天見面。戴瓦爾最終悄悄告訴了她貢皮埃涅監獄中心一個秘書的名字，說她有可能會受賄後行個方便。瑪格麗特第二天給了戴瓦爾一個黃玉金戒指。她從來沒有見到過那個女秘書，她的戒指也無蹤無影了。不管是在弗萊斯恩還是在貢皮埃涅，羅伯特根本沒有拿到過任何她給他準備的包裹。

喬治・波尚越來越懷疑這位戴瓦爾先生，提醒她要加以戒備。讓・穆涅還能想起戴瓦爾和瑪格麗特的這些約會。密特朗將地點告訴了他。「第一次約會是在聖日耳曼大道上。我看見一個面目清秀的小個子女人來了。有一次約會後，瑪格麗特對我說：『戴瓦爾今天問了我關於您的情況。他問我：是誰在給了警察一拳後躲過了杜班街的逮捕？』②」讓・穆涅在他們約會的時候一直負責保護瑪格麗特的安全，他耐心地觀察著戴瓦爾的全部伎倆，在他看來，非常明顯：「戴瓦爾愛上了她。他們一起在飯館進餐，喝很多的酒，他們看上去像一對相處融洽的情侶。他優雅、古典、穿著考究，戴著金邊眼鏡，一副富裕的資產階級的派頭。③」穆涅自忖兩人中究竟是哪一個會讓對方墜入圈套。過去了這麼

① 《痛苦》，頁一二〇—一二一。
② 作者與讓・穆涅的談話，一九九六年十二月四日。
③ 作者與讓・穆涅的談話，一九九五年九月。

長時間再回頭去看，他認爲兩個人都迷上了這個遊戲。「密特朗對我說：『我相信她，但是我們應該保護她。』有一天約會結束後，瑪格麗特似乎被擊垮了的樣子，走近我，對我低聲說：『我差點越過了魯比肯河。我回不了頭了。』」在《痛苦》裡，瑪格麗特．莒哈絲說她幾次想要和他徹底斷絕關係。但是都沒做到。「我一直害怕再也得不到任何有關羅伯特，我丈夫的消息了。」

可消息一直都沒有。戴瓦爾一直沒有提到羅伯特，還有瑪麗．路易斯，包括他在杜班街逮捕的其他同志！他是否知道了點什麼？戴瓦爾的確是瑪格麗特和我們說的那個男人嗎？她有沒有誇大他的作用？這是波尚的猜疑，他一直不贊同這種約會，並且把自己的意見告訴了密特朗。貝奈和波尚開玩笑說：不管怎樣，戴瓦爾的故事牽動了組織裡太多的人，如果戴瓦爾眞的在索塞街算得上是重要任務的話，過於投入的瑪格麗特也沒有十足的把握和謹愼，能讓這雙重遊戲朝好的方向發展。密特朗也一直在思考。他非常謹愼，波尚和穆涅都證明了這一點：他採取了很多預防措施。的確，對任何人和事都應該持懷疑的態度。全國戰俘及被放逐者行動遭受了嚴重的打擊。絕大部分組織遭到了破壞，摧毀，幾乎奄奄一息。每次開會前，他都會安排一個聯繫人，由他隨機指定地點和時間。有時甚至由第二個聯繫人把已經定好的時間和地點再度更改。密特朗知道組織有人叛變，他懷疑是某個核心小組的成員。幾次都是在這個人參加了會議後，同志們遭到了逮捕。但他總能得以逃脫……小組究竟被腐蝕到何等程度呢？密特朗不知道，他一直很小心。戴瓦爾——瑪格麗特的故事讓他憂心忡忡，他不得不經常更改地點，於是危險也就更大了。戴瓦爾和瑪格麗特之間的關係看來是有百害而無一利了。

密特朗一直在爲瑪格麗特辯護，瑪格麗特本人也開始明白戴瓦爾撒了謊，他遠不及他所說的那麼重要。「我想他甚至想讓我相信，他能夠讓我丈夫出來，但是我對這一點表示懷疑，」①瑪格麗特後來承認。對於瑪格麗特來說，她和戴瓦爾的交往分兩個時期，第一個時期從羅伯特被捕，一直到小組開會要求她起草一封給弗朗索瓦·密特朗的信，在信中她以她的名義擔保「只要確定她的丈夫和大姑並不在拉比埃的手上，就立即配合行動組織在自由法國部隊到來之前將他結束掉。」這個階段她非常害怕。難以忍受、令人窒息的恐懼。第二個時期是在她通過迪奧尼斯將這封信轉交給密特朗之後，一直到戴瓦爾在法國解放時被捕。「她當然也很害怕，但是有時也很高興，因爲大家決定讓他死。在自己的範圍內親眼目睹死亡。②」

瑪格麗特於是起草了這封信——這表明了小組毫不掩飾對她的懷疑，仍然繼續赴戴瓦爾的約會，心咚咚直跳。瑪格麗特到的時候，戴瓦爾總是已經等在那裡了。他在等她。在對面的人行道上，或是在旁邊的巷子裡。他看著她來。她從來沒有和他約定在某個室內的地方見面。有一天，他約她在花神廣場碰面。她有充分的時間通知組織。兩個小組成員前往監視。他從書包裡取出手槍和手銬，在眾目睽睽之下。他把這些東西放在桌上，重新打開書包，從裡面拿出一疊相片，挑出一張，放在瑪格麗特眼前。「我看著相片。相片上是莫朗。相片很大，甚至有眞人這麼大。弗朗索瓦·莫朗也在看著我，四目相對，笑容可掬。我說：『我不知道，這是誰？』我一點思想準備也沒有。相片旁邊是拉比埃的手。他的手在顫抖。拉比埃是因爲希望而顫抖的，他認爲我一定能認出弗朗索瓦·莫朗來。」戴瓦爾強迫她立即做出選擇：如果她交出化名莫朗的密特朗，羅伯特·安泰爾姆當晚就會得到自由。「我對

①《另類日報》，一九八六年二月二十六日——三月四日。

②《痛苦》，頁一〇〇。

他說：『即便我知道這人是誰，如果我把他的行蹤告訴您，這簡直是令人不齒的行爲。我不明白您怎麼敢要求我做這樣的事情。』①」

瑪格麗特立即通知了迪奧尼斯，讓他通知密特朗，然後密特朗又通知了波尙、穆涅和其他人。他們召開了會議，決定把戴瓦爾幹掉。密特朗要求瑪格麗特描述一下那些照片。他推斷他應該是在杜班街逮捕行動時把這些照片拿去的。有他在哈古爾工作室拍的肖像照，還有他出席貝爾納．費尼弗特在圖盧茲的婚禮時拍的照片。照片上不僅有他，還有達尼埃爾．古茲，他未來的妻子，以及好幾個朋友，都是地下黨。戴瓦爾把這些照片交給了蓋世太保。必須幹掉戴瓦爾。他們制定了好幾個計畫。瑪格麗特知道得也不周全。迪奧尼斯自薦由他來執行這項任務。他和組織的其他成員一道，設置了一整套周密的行動方案，可以在戴瓦爾毫不知情的情況下殺了他。當然迪奧尼斯事後一定要能夠脫身，要安排好逃跑的地點。不幸的是，戴瓦爾和瑪格麗特約會的地點都是沒有出口的死胡同。迪奧尼斯於是想到還不如在聖伯努瓦街把他給幹掉。但是儘管瑪格麗特幾次三番地邀他上樓，戴瓦爾始終沒有落入圈套。全國戰俘及被放逐者行動小組的空氣再一次趨於緊張。六月二十日，在維希，組織成員皮耶．古爾薩勒遭到了逮捕，而且被狠狠揍了一頓。密特朗要求達尼埃爾即刻離開巴黎，找到克魯尼的藏身之處。戴瓦爾手上的照片對達尼埃爾也非常不利。

盟軍登陸以後，德國人越來越緊張了，抵抗組織的成員當然要考慮到他們有可能會對囚犯動手。他們會加緊把他們放逐到德國的集中營呢，還是乾脆把他們槍決了算呢？瑪格麗特在日記中寫道：「……我已經支撐不住自己的腦袋了……這不是腦袋，而是一個膿包……如果他回來我們就去海邊，

① 《痛苦》，頁一一〇—一一一。

這是他最喜歡的事情。我想，無論如何我都要死了。即便他回來，我還是會死的。①」丈夫已經由弗萊斯恩監獄押往貢皮埃涅，那等於是集中營的編組站啊，自從瑪格麗特得知這一消息以後，她再也不可能對戴瓦爾有任何反常的感情了。「時間一下子變得緊促了。我怕死。所有人都怕死。②」她對迪奧尼斯說必須在戴瓦爾趁機逃跑前把他交給組織，讓組織幹掉他。迪奧尼斯在一九九五年找到了瑪格麗特寫的一張卡片：「您應當負責解決這個人，必須這樣。」瑪格麗特想要「負責解決」這個人的慾望變得越來越強烈。她不停地對小組裡的朋友說這件事，並且給出了她和戴瓦爾約會的所有地點。密特朗有更要緊的事情要辦。「當時大部分抵抗組織總體上都處於崩潰的邊緣，負責人相繼被捕；組織遭到很大的破壞。③」密特朗後來明確說道。七月七日，和密特朗極爲要好的亨利·蓋蘭也遭到了逮捕，審訊在索塞街的四樓進行。蓋世太保拿出了密特朗的照片，還是杜班街逮捕行動中拿走的那一疊。蓋蘭遭受了蓋世太保的殘酷折磨，德國人把他打得遍體鱗傷，然後又浸在裝滿糞便的浴缸裡。所有的問題都是衝著密特朗和他的組織去的。瑪格麗特繼續和戴瓦爾在黑市的飯店裡約會。她一直想從他口中套出點什麼來。她不再那麼害怕他了：「他的重要性越來越小。他什麼也不是了。他只不過是德國人的警察。」她著急的倒是小組的成員怎麼還不幹掉他。迪奧尼斯對她說他們準備就在這幾天把他結束掉。「動手的地點都定好了，聖日耳曼大街，我記不清確切的位置。④」

迪奧尼斯·馬斯科羅沒能幹掉戴瓦爾。再說，他眞的希望如此嗎？他並沒有對瑪格麗特的慾望讓

---

①現代出版檔案館檔案。
②現代出版檔案館檔案。
③《另類日報》，一九八六年二月二十六日—三月四日。
④《痛苦》，頁一三四。

步，後來不管戴瓦爾是被捕還是受審，迪奧尼斯一直很注意，沒有過激的言行。全國戰俘及被放逐者行動的軍事小組制定的好幾次行動計畫都流產了。一次是在「兩人像」飯店前，另一次在與之毗鄰的街道上。「我們不是殺手。①」後來密特朗對瑪格麗特說。他派了三個人執行這項任務。「但是對我們來說這是件大事。戴瓦爾對我們這個組織的上下關係最爲了解，是他逮捕了我們的十四個朋友。因此我們決定幹掉他。」一個專門負責類似任務的專家對密特朗說——這個專家一直不願意透露姓名——「幹掉戴瓦爾很容易，但是必須把他身邊的那個小個子女人也一道幹掉。」可以說瑪格麗特是倖免於難了。

瑪格麗特自己說和戴瓦爾的故事持續了三個月。最後的這幾次約會中，有一次是在聖喬治街和洛萊特聖母院街交會路口的一家黑市飯店裡，一九四四年八月十六日。她在《痛苦》中對此有專門的敘述：高峰時間的喧嘩，單面仿皮漆布的長凳，顧客全都是蓋世太保的警察。戴瓦爾．拉比埃是這裡的常客了，他認識所有人，他是在自己的領地裡，附敵者的領地。瑪格麗特又羞愧又害怕。「我爲自己站在蓋世太保皮耶．拉比埃的身邊感到羞愧，但是我也爲自己對這個蓋世太保，這個猶太人的獵手撒了謊而感到羞愧。羞愧，也許到了可以因他而死的地步。」那一天，瑪格麗特和迪奧尼斯策劃好了埋伏。瑪格麗特把約會的地點告訴了她的情人。他應該和一個朋友一道來，因爲這個朋友認識拉比埃。在《痛苦》中，她寫道：「我看見他們在街上，正在放自行車。是D。另外一個是位年輕姑娘。我閉上眼睛。拉比埃也看著他們，接著又轉移了視線，他什麼也沒有發現。那個姑娘大約十八歲的樣子。是個朋友。我看見他們面無表情地穿過一間啤酒店。」

①《另類日報》，一九八六年二月二十六日—三月四日。

朋友十八歲，她名叫尼古拉，是鄰居蘇珊娜・顧朗的女兒。她對那天仍然記憶猶新。迪奧尼斯上樓去找她，請她一道騎車陪他去保護瑪格麗特。他們穿過巴黎市區。尼古拉覺得這一切非常正常：戰爭一爆發她就加入了抵抗組織。這天天氣晴朗。尼古拉只有一個問題：她時間很緊。下午三點鐘，她要趕到巴黎的另一頭爲一個朋友做證婚人。迪奧尼斯也因爲別的什麼原因有點焦躁不安。「一切進行得非常快。他對我說：瑪格麗特在某個飯店裡。必須立即趕到那裡，認出那個傢伙後就把他幹掉。」瑪格麗特看見迪奧尼斯和尼古拉在她對面的那張桌子邊坐下來。「我幹勁十足，」尼古拉說，「我對迪奧尼斯說我們應該坐在他們旁邊。我們逆著光，分坐在兩張凳子上。①」在《痛苦》裡，瑪格麗特還添了這麼一段，說迪奧尼斯讓飯店的小提琴手拉一支瑪格麗特喜歡的曲子。瑪格麗特笑了，在拉比埃面前笑靨如花。她引起了迪奧尼斯的注意，後者直盯著她，她和戴瓦爾。等待。因等待而振奮。愛情和死亡的遊戲。小提琴手手下流出的羅曼司像是在傳遞什麼密碼。在愛情上，瑪格麗特一向是個單純輕佻的少女。從來都是，永遠都是。她覺得戴瓦爾的故事可以刺激迪奧尼斯的慾望。「在今天看來這簡直像一齣情節劇。戴瓦爾是個誘餌。一切都混在一起，肉慾和暴力相吻合。②」她知道戴瓦爾的日子屈指可數了。她希望由迪奧尼斯來結束戴瓦爾・拉比埃，她喜歡這個想法。瑪格麗特和戴瓦爾一道走出飯店，在迪奧尼斯和尼古拉的注視之下。她喝得太多了。「只消再多喝一點點，她就會告訴他，有人準備把他幹掉。」她同情他嗎？她要他嗎？她自己也不知道了，她醉了，她不知道迪奧尼斯會在什麼時候下手。也許就在幾分鐘後。他們跨上自行車。戴瓦爾在前面。瑪格麗特看見戴瓦爾把手

---

① 作者與尼古拉・顧朗的談話，一九九六年十月四日。
② 作者與迪奧尼斯・馬斯科羅的談話，一九九五年四月。

銬掛在踝骨邊。她笑了。「有一秒鐘，我舉起了右手，模仿瞄準的動作，乒！他一直在不停地蹬著自行車。他沒有回過頭。我笑了。我瞄準他的脊背。我們騎得很快。他的背很寬闊，身量很高，離我有三米遠。①」在離開她之前，他建議她和他一塊上樓到他的小套房去。她說不。他沒有堅持，很快就停止了遊戲。她再也沒有和他單獨見過面，等再見到他時，他已經是在被告席上了。

迪奧尼斯第二天參與了聖米歇爾街和聖日耳曼街十字路口的混戰。在羅單．穆涅的指揮下，法蘭克人小組攻占了哥倫布區政府、哥倫布森林區政府和阿斯尼埃爾區政府。和行動負責人帕德里斯．拜拉以及讓．穆涅一道，他們手執武器，攻下了巴黎不少戰略要點。他們剛剛和法國國內武裝部隊會合在一起。穆涅在昂丹河河堤邊的一幢大樓裡安頓下來，並且占據了黎世留街《小報》大樓的地下室。第二天，拜拉接收了整個大樓，還有報社在新月街的一個印刷廠。他任命迪奧尼斯．馬斯科羅為行動小組報紙《自由人》的總編。第四期秘密地銷售一空。弗朗索瓦．密特朗寫了頭幾期的社論②。「三天以來，巴黎沸騰了；三天以來，我們在每個街區，每條街道揭竿而起，把侵略者趕出去，要求他們將生存的權利還給我們……在這個我們終於能大聲喊出我們的快樂和希望的時刻，我卻認為我們有必要記住，我們曾經經歷過那麼多秘密的戰鬥，那麼多緊緊相握卻又悲慘地鬆開的兄弟的手，那麼多與痛苦記憶相連的人類的交流。③」

這些日子，瑪格麗特是在迪奧尼斯、喬治．波尚和愛德加．莫蘭的陪伴下度過的。她和迪奧尼斯

① 作者與尼古拉．顧朗及迪奧尼斯．馬斯科羅的談話，一九九五年三月至四月間。

② A．佩雷菲特，見上述引文，第二卷。在囚犯事務委員會主席亨利．弗雷內的支持下，一九四四年五月臨時政府任命密特朗為秘書長，只是暫時的，戴高樂明確表示。是時密特朗二十七歲。

③《自由人報》，一九四四年八月二十二日。

一道參與了一次遠征行動，開始是接收黎世留街以前《小報》的辦公大樓，她很快就成為《自由人》的撰稿人，一開始是匿名的，幾個月後則在社論上簽上了瑪格麗特・莒哈絲的名。接著她和愛德加・莫蘭以及莫蘭的同伴維沃萊特一道乘車攻占克里西廣場的戰俘營，那裡是行動組織的巴黎分部，然後她又出發趕到黎世留街一〇〇號，波尙要求她在那裡負責接待，準備食物。她成了那裡的廚師長，領導整個餐廳。必須餵飽這些興奮而飢餓的年輕人。的確，有一個由一百二十個小伙子組成的營團在她那裡安頓下來。瑪格麗特和里塞特一道給所有這些來和全國戰俘及被放逐者行動會合的法國國內武裝部隊成員做飯煮湯。在兩頓飯之間，她趕到街頭，和秘密安插在《巴黎晚報》大樓裡《法國文人》編輯部的朋友會面，那時《巴黎晚報》大樓已經被法國國內武裝部隊接管了。索邦大學豎起了法蘭西共和國的旗幟。一個大學生在擁抱他的情侶。「我生命中最美的一天。」克洛德・羅伊寫道。他是《國民戰線日報》的戰地記者。瑪格麗特身上帶著法國國內武裝部隊發給她的通行證，一點也不怕榴彈的襲擊。女戰士？不，她沒有武器，但是陶醉於自由中的她在街上走了幾個小時。在雅各布街和波拿巴街的街角她正趕上交火：「我和克洛德・羅伊找到了路，兩個人一起往塞納河的方向走去。簡直無法想像這條波拿巴街此時變得多麼陡峻。這條通往碼頭的巷子裡到處都是槍聲，也不知道是德國人還是法國人。我們走過一扇又一扇能通車輛的大門。眞是瘋狂極了。我們本應該躲在一邊等槍戰過去再說的。」大家都在叫，在扔鮮花。遊行和激烈的戰鬥交替進行。克洛德・羅伊在日記裡寫到學院街血流成河的場景。瑪格麗特為大家分發德國卡車上的香菸和麵包。法國國內武裝部隊搜捕附敵者，搜捕行動持續了幾天幾夜。有些人要揍他們，要他們血債血償。尤其是西班牙人組成的那個小組。瑪格麗特不顧同志們的勸阻，依舊利用兩頓飯之間的空隙在大樓裡到處亂竄，去看那些被逮捕的附敵者，和法國國內武裝部隊的成員交談，什麼事都想插上一手。迪奧尼斯很不贊成她這樣。波尙也是。但是迪奧尼斯和波尚很快就離開大樓到巴黎大街上參與軍事行動去了。「我們執行的是非常艱險的軍事任務，」波尚說，「我們負責攔截德國人的火車。我們抓了不少犯人。把他們帶到第九區的區政府或者黎世留街去。我們一個人也沒殺。①」他們既感到興奮，同時又感到害怕，因爲有時的確是太危險了。「起義的這些天到處都是可怕的聲音。子彈就在屋頂上飛來飛去，除了迪奧尼斯和我，誰也不願意出去，」波尚說，「迪奧尼斯非常浪漫。今天我才覺得我們運氣實在是很好，而且這根本是無謂的冒險。②」行動組織又攻克了一個新的地方：波布爾街一家破舊的旅館，大家把俘虜統統帶到那裡，進行審訊。但是迪奧尼斯·馬斯科羅、喬治·波尚、愛德加·莫蘭和弗朗索瓦·密特朗表面上都很彬彬有禮，他們都跟我嚴正聲明，說他們對俘虜沒有一點施虐行爲，他們趕緊把俘虜送到警察署，這樣做是爲了保護他們，因爲有些同志火氣實在是很大，說是爲了讓俘虜開口，動用了刑罰。據皮耶·佩昂說，全國戰俘及被放逐者行動組織只在巴黎主持了幾天的局勢。迪奧尼斯、波尚和莫蘭禁止手下人毆打俘虜。但是行動組織內部都有一種復仇的情緒。瑪格麗特不無理解地觀察到這些年輕人非常渴望報復，恨不得立即把他們給殺了。

在瑪格麗特死後才發現的一本標明從一九四四年八月二十四日開始記的簿子③裡，瑪格麗特寫道：

人們在高聲叫喊。他們舔著沾滿鮮血的嘴唇。是甜的。這是奶。在八月二十三日這天夜

① 作者與喬治·波尚的談話，一九九五年九月十五日。
② 作者與喬治·波尚的談話，一九九五年九月。
③ 現代出版檔案館檔案。

裡，人們就像新生兒一般在黑夜裡探尋。找尋乳頭。血很好……

隔了幾行，仍然是在同一篇沒有發表過的文章裡，她更進一步地寫道：

血的節日。綻開的花朵。盛開。即刻間。這些罪犯身上的血尚未射出。但是在他們經過的路上，令人愛慕的嘴唇已經張開。鍾情的嘴唇……混亂。豐滿中的豐滿。

瑪格麗特一面負責燒飯，一面為香皮翁上尉工作。「這是一個非常固執，暴力的傢伙，」波尙後來說，「朋友們到今天都覺得瑪格麗特那時的態度過於粗暴了。」貝爾納・吉洛雄，抵抗組織的同伴，這個時期的另一位見證，也肯定了瑪格麗特的粗暴，說她非常渴望和敵人打架，說她一直說「要以惡制惡」。①

巴黎起義拖延了槍決戴瓦爾的計畫。迪奧尼斯在瑪格麗特的一再堅持下，曾試圖在雷諾德街戴瓦爾的住處逮捕他。但是戴瓦爾不見蹤影。後來完全是出於偶然，小組成員又找到了他。因為戴瓦爾已經被逮捕了，他的鄰居告發他有親德行為，全國戰俘及被放逐者行動組織還不知道。他被囚禁在德朗西，他和警察解釋說他把證件給丟了。他差點被放了，警察匆匆忙忙對他審訊了一番後，沒有對他提出任何指控。馬斯科羅通過行動組織的一個成員得知戴瓦爾即將獲釋。他親自去了德朗西，並就地逮捕了他。這是一九四四年九月一日。迪奧尼斯把戴瓦爾帶到波布爾飯店。審訊可

---

① 作者與貝爾納・吉洛雄的談話，一九九六年十二月二十六日。

能就是在這天開始的。馬斯科羅和密特朗主持了審訊。「每個人都有屬於自己的俘虜，」莫蘭肯定地說，「他就是屬於我們的俘虜。我們把他關在我們的監獄裡。我和迪奧尼斯不得不一趟一趟地去飯店看看有沒有消息。我們一點也不喜歡這樣。我們看到俘虜都戴著鐐銬，被打得很厲害，嘴裡都是血。而且在俘虜中有很多北非人。別人告訴我們說他們是新納粹分子，可是沒有任何證據。這讓我們感到非常難過。」①兩個男人都沒有對戴瓦爾動粗。密特朗想要知道是誰背叛了行動組織，他知道只有戴瓦爾掌握事實眞相。「我們談得很深，甚至可以說精神上是相對自由的。」②他後來說，就在他努力找尋戴瓦爾的犯罪證據的同時，馬斯科羅去了雷諾德街，想要找到資料。他碰上了戴瓦爾夫人。至於後來，波萊特．戴瓦爾說：「他對我很有禮貌。他讓我跟他走。我和我的母親以及我的小兒子在一起，他讓他們走了。我前幾天在監獄的候見廳見過我丈夫一面。從馬斯科羅那裡我得知丈夫現在在波布爾街。他把我帶到了黎世留街。我一到就有個女人對我說——後來我才知道她就是瑪格麗特．莒哈絲：『妳沒有權利睡在床上，今晚妳就睡在地上吧。』凌晨時分他們把我送到飯店，讓我和丈夫見了一面。他們沒有找到任何對他不利的證據。」③

密特朗的確在波布爾飯店的房間裡審了整整一夜，但是他既沒有得到任何關於叛徒的信息，也沒有找到戴瓦爾的罪證。直到一九九五年，他還是不能夠確定戴瓦爾是否眞的那麼重要，不知道他以前

① 作者與愛德加．莫蘭的談話，一九九五年二月三日。
② 《另類日報》，一九八六年二月二十六日—三月四日。
③ 作者與波萊特．戴瓦爾的談話，一九九六年十二月十三日。

是否在撒謊，誇大了自己在秘密警察局的作用。①密特朗審訊後第二天對馬賽爾・海德里西說，在他看來，戴瓦爾不過是因爲墮落而叛變的可憐的傢伙。②波萊特肯定瑪格麗特也參加了對戴瓦爾的審訊。她說她看見她走進關押戴瓦爾的囚室，在波布爾街。馬斯科羅則記不起有這回事情了。密特朗也一樣。愛德加・莫蘭也不能肯定瑪格麗特是否在場。波萊特繼續說：「前一天晚上我到黎世留街時，一個女人對馬斯科羅說：『她看上去挺可愛的，但是你要對她粗暴一點。她很漂亮。的確有點遺憾，因爲我們不得不打她。』」波萊特說她立刻明白過來，這個女人就是瑪格麗特。馬斯科羅當著眾多全副武裝的同伴的面反對她這麼做。瑪格麗特非常惱怒，和西班牙戰士一塊出去了。第二天，馬斯科羅對波萊特提了不少關於她丈夫的問題；「他很和善」，如今她也只是這樣簡短地評論道。接下來輪到密特朗了：「他也非常彬彬有禮，很有禮貌。」③兩個男人都沒有發火。他們知道波萊特很愛她的丈夫，她是一九三九年嫁給他的。她把自己所知道的一切都告訴了他們：戴瓦爾在一家石油公司工作，但是他最近成了鑒定藝術品的專家。到了一九九六年，波萊特依舊愛著她的丈夫。「他有一顆金子般的心，這是個英俊的男人，金髮，藍眼睛，所有人都找他借錢。當然他是親德的。因爲戰前他認識了一個德國人，和他來往得過於頻繁。再說他家是阿爾薩斯的。」在波萊特看來，戴瓦爾可以算得上是個附敵者。但不是蓋世太保的秘密警察。波萊特一直否認她丈夫在索塞街有辦公室。在她居住的巴黎郊區。相當長的時間裡，人們一直在她身後指指點點，她兒子也不能參加夏令營，就因爲她丈夫是個附敵者，市政府一直不把埋葬證發給她。波萊特・戴瓦爾是個受到雙重傷害、雙重背叛的女人，正如

① 作者與弗朗索瓦・密特朗的談話，一九九五年三月至四日。
② 參見P・佩昂，見上述引文，《瑪格麗特，愛德加，弗朗索瓦和其他人》一章。
③ 作者與波萊特・戴瓦爾的談話，一九九七年二月二日。

我們在接下去的故事中所看到的一樣。「在我看來，她是個單純、無辜、漂亮、慷慨的女人，瘋狂地愛著自己的丈夫。」①弗朗索瓦・密特朗後來說。

審訊後，當著丈夫的面，波萊特被關進波布爾旅館的一間房子裡。有個早晨，瑪格麗特來找她，把她帶回黎世留街。在那裡，把她的雙眼蒙上以後，瑪格麗特審了她很長時間。很長很長時間。穆涅則認為這幾乎是不可能的。穆涅和波萊特一樣都非常肯定。那麼相信誰呢？又如何來讀《痛苦》裡這篇題為《首都的阿爾貝》呢？瑪格麗特在裡面描寫了一個女人，泰蕾絲，以折磨人為樂的泰蕾絲。誰是泰蕾絲？「泰蕾絲是我」，莒哈絲在前言裡寫道；她還寫過：「那個折磨叛變者的人是我。」在《首都的阿爾貝》裡，有D先生和泰蕾絲。D是迪奧尼斯：「D走出房間去吃飯。泰蕾絲身邊有兩個想要報復的人。門關上了，燈光直射在附敵者的眼睛上。泰蕾絲一臉惡意。她很孤獨。」的確，沒有D陪伴的泰蕾絲十分孤獨，但是她也是——在她的那些同志中——唯一覺得應該虐待俘虜的人。她太粗暴了。叫得太多，不管說到什麼都叫。沒有人喜歡她，除了D，他雖然也不贊成她這麼做，但是不想對她的行為做出任何評判。D知道為什麼泰蕾絲如此粗暴：「起義的時候她不計一切地耗盡了自己，儘管不夠溫柔，並非不夠善良。她心不在焉，孤獨無助。她在等一個也許已經被槍斃了的男人。這天晚上尤其明顯。」

《首都的阿爾貝》這篇文章是站不住腳的。一個被懷疑叛變的人被脫光了衣服，遭到眾人的侮辱，他們想要他承認罪狀。這種場面就是這個叫泰蕾絲的女人一手策劃的。莒哈絲描寫了折磨人所帶來的快感。她毫不掩飾。她是在通過寫作驅除自己身上有可能出現的邪惡的激奮。讀者可以讀到全部

① 作者與弗朗索瓦・密特朗的談話，一九九五年三月至四月。

過程。叛變者的身體。這柔軟的身體，不是用於做愛的身體，乾癟的睪丸，不夠潔淨的身體散發出來的氣味。泰蕾絲有點羞愧。但是她負有使命，她相信這一點：她要拯救抵抗組織的榮譽，爲死難者復仇。對於她來說，戰爭還沒有結束。D不同意她的意見，俘虜只是在戰爭中被俘的士兵。泰蕾絲要把他們統統殺光。D把他們交給了警察。泰蕾絲則想由自己「負責他們」。

瑪格麗特在這段時間有點不知所措。她不知道迪奧尼斯究竟會拿她怎麼辦。她也不知道丈夫的命運。自從羅伯特被捕以後，迪奧尼斯和瑪格麗特之間就再也沒有發生過任何事情。迪奧尼斯在她身邊，非常忠實，是個專注的同伴。瑪格麗特又變成了羅伯特的妻子。迪奧尼斯正準備和另外一個女人開始另一個故事。他想念她，挑逗她。這個女人就在那裡，關在他們身邊。她叫波萊特・戴瓦爾。瑪格麗特感覺到了嗎？泰蕾絲沒有動手。她讓自己手下的人動手。詞語遠比拳腳更富有打擊力。泰蕾絲對同志們說：「上啊。」她鼓勵他們打得更重一點，速度更快一點。是的，「一切都混在一起，肉慾和暴力相吻合。」我讓迪奧尼斯再讀一遍《首都的阿爾貝》。他是這樣評論的：「瑪格麗特把粗暴一點的問話叫做折磨。」①但在文章裡卻毫不含糊。「『上啊！』他們越打越兇。沒有關係。他們是不知疲倦的……他們越是打他，他血流得越厲害，一切就越清楚：應該揍他，這是千眞萬確的，是公正的。」只有在泰蕾絲自己看來，她這麼做是出於公正。這時門開了。同志們都不贊成這麼做。D一直沒有回來。「上啊」，泰蕾絲對手下的那些人重複道。繼續下去。她就是眞理。所謂的司法在她眼裡已經成了誇張和諷刺，她再也不要這些東西了，不要虛僞的審訊程序，不要保護性的說教，不要謊言式的表白。「還不夠。」叛徒倒在地上，赤裸著身體，抱成一團滾來滾去。那些傢伙著了狂，拳頭上

---

①作者與迪奧尼斯・馬斯科羅的談話，一九九五年四月十七日。

滿是血。泰蕾絲快樂地大叫。必須把這文章讀了再讀：「泰蕾絲站起身來，叫道：『不要停。他會開口的。』好一陣拳打腳踢。一切就到此爲止。」是D，是D阻止了一場血腥的屠殺。D讓泰蕾絲去睡覺。「泰蕾絲拿起一杯葡萄酒。她喝了一口。她感到D在看她。酒有點苦。她放下杯子。」還要揍，泰蕾絲又說道。「在這種時刻，如果我們自己不代表正義，這世界根本就沒有正義可言。」

瑪格麗特一直是這樣想的，直至生命盡頭。她從來沒有後悔過，沒有後悔說她折磨過別人。一九四四年我問她的時候，她不願意回答，做了個手勢，表示應該談些另外的問題。但是，在一九八五年七月，正値《痛苦》出版之際，《電影畫報》採訪她，她又談起她曾經折磨過一個男人，並說她從不爲此感到後悔。一九九一年她還對露絲．佩羅解釋說，「有時眞的會折磨一個人，會成爲一個警察。我根本避免不了。我不是要說後悔。我這樣做的時候一點也不覺得幸福，也沒有覺得痛苦。我只是說確實會有這樣的事情落在身上……我有一段可怕的回憶，」她補充道，「很可怕。我們揍了這個男人，他渾身是血，腫了起來……總之，我覺得我是沒能避免掉對這個傢伙的折磨，我從來不能避免。這是避免不了的事。我想是仇恨，我的仇恨那麼深，我簡直會爲之而死。我不是想要殺了他。他也沒有死。但折磨他是事實。這就是所謂的折磨。」①瑪格麗特死後，在她的紙箱裡，我找到了關於這次訪談的速記，和《痛苦》的初稿放在一起。瑪格麗特在留邊處寫道：「在我身上再也不會發生這樣的事了，再也不會了。」藍色的墨水，大寫的字母，她又補充道：「這是自然發生的故事。」

《痛苦》中，緊接著《首都的阿爾貝》的是《民兵泰爾》。也是發生在同一時期的事情——巴黎解放後最初幾天，在全國戰俘及被放逐者行動中心，昂丹河堤旁，黎世留街的延伸部分。瑪格麗特．

---

①露絲．佩羅私人檔案。

莒哈絲洋洋自得地描寫了西班牙士兵運送一具屍體的場面。才幹掉一個人，這已經不是一個人，或者一個人的身體了，而是一堆東西。「這東西出現在我們面前。白白的。白白的，攤在地上。」隔了沒幾行：「這東西很軟，搬屍體的人每走一步它就要顫一下，像是白燒肉。」這是第一個被幹掉的人。瑪格麗特．莒哈絲談到院子裡有帶血的石塊。就像在《首都的阿爾貝》裡一樣，D始終是關鍵人物；他總是陪在泰蕾絲身邊。D指揮、頒布他的法令，讓別人服從他的命令。包括那些情緒激動的西班牙人也都聽他的。他走到哪裡泰蕾絲就跟到哪裡，粘著他，像隻受傷的動物。她起協調、組織的作用，還給部隊士兵做飯。她也參加審訊。這個叫泰爾的傢伙就是由她問話的，別人才把他帶來，瑪格麗特在《痛苦》裡把他寫成一個英俊的傢伙。瑪格麗特總是對英俊的傢伙感興趣。D和她審問了很長時間。泰爾和阿爾貝一樣是個混蛋。民兵。波尼．拉封的朋友。問題在於他的英俊。「他生就一具耽於逸樂的身體，縱慾，毆鬥，姑娘。」泰蕾絲開車把泰爾送回黎世留中心。D在後排的座位上。他手上握著一支子彈上了膛的手槍。泰蕾絲知道。泰蕾絲和D都知道泰爾有可能逃跑，逃離他們的控制。但是泰爾想都沒想，他在享受這份在巴黎街頭小遊片刻帶給他的快樂，更何況旁邊有個握著方向盤的漂亮女人。他覺得她車子開得很好。D和泰蕾絲相互笑了一下。總是這樣一種肉慾的激奮在燃燒，在複雜的形勢下。在D和泰蕾絲之間，存在著泰爾的慾望。D和泰蕾絲是這種邪惡愛情裡的同謀。泰爾在某種程度上是目不轉睛地盯著泰蕾絲看。「泰爾有一張花花公子的臉，看上去就很喜歡吻人，女人離開他都會想他的。」您如何能在戰爭時期對一個民兵產生慾望呢？帕斯卡．波尼采爾和塞爾日．杜比亞納曾經問過她。「什麼都是可能的。可以對一切產生慾望。這慾望和別的慾望一樣，是一閃而過的，隨時在街頭就會產生的，但是這份慾望會走得很遠，這才是禁止的遊戲。」①瑪格麗特回答說。

在《痛苦》最初的那幾個記事簿中可以找到《民兵泰爾》的開頭。有的話整句整句地被照搬進《痛苦》裡，其他的則都改掉了。泰蕾絲還叫泰奧朵拉。泰蕾絲是我，瑪格麗特一直這樣說。但是她決定在發表時略去好幾段，她在那幾段裡寫到自己對死亡的嚮往，顯然她是害怕故事揭露出當時事實的眞相，她認爲這段歷史一直還是模糊的。關於折磨也一樣，她刪去了把自己當成主角來寫的一些段落。

一九四四年九月十四日，查爾斯・戴瓦爾被移交給司法局警察。馬斯科羅把他交給克洛和萊維特兩位警官。同一天，他還放了波萊特・戴瓦爾。「他們把我帶回母親家，送回她的小樓。第二天，我回到自己家，家早已被洗劫一空。」②

預審就地進行，由塞納河區一審法官吉爾比尼先生主持。查爾斯・戴瓦爾是作爲索塞街聽從德國人命令的警察受審的，職業：藝術鑒賞家。③他承認非常欣賞德國人民：「我欣賞這個律己的民族，欣賞他們的制度、信仰和勇氣。」他是被捕後開始爲德國人工作的，因爲他們曾懷疑他是戴高樂分子。他讓德國人相信他的誠意，他們果然對他放鬆了警惕。幾天後，他成功地進入了索塞街。他「協助德國人行動，負責搜查和核對被捕人員的證件。」④他承認參與了查爾斯・弗洛蓋街逮捕貝拉爾的行動，還有杜班街逮捕行動組織成員羅伯特・安泰爾姆、瑪麗・路易斯・安泰爾姆、菲利普、蒂博、

---

① 《電影日誌》，一九八五年七月。
② 作者與波萊特・戴瓦爾的談話，一九九六年一月。
③ 戴瓦爾案宗，國家檔案館。
④ 訴訟筆錄，戴瓦爾案宗。國家檔案館。

麥爾、博斯蓋和阿朗西奧的行動。在行動時，他總是帶著手槍和手銬，同時還有一張字條上面寫著：「如果送信人遭到法國或德國警察逮捕，在眞正的搜捕之前，必須給安如街一四〇四號打電話，四二二分機。」戴瓦爾說他盡量說服索塞街的德國人釋放被捕的有關人士，並且反對讓囚禁在德朗西和貢皮埃涅的猶太人繳納巨額罰款。

法官傳召法國國內武裝部隊的少尉迪奧尼斯．馬斯科羅聽證。同時還傳了喬治．克洛警官記錄。迪奧尼斯列舉了事實經過，結束時他說：「我們通過安泰爾姆夫人——當然她自己會和你們解釋的——發現這些事是個叫戴瓦爾的人幹的。」①

一九四四年九月十四日，致喬治．克洛

我叫安泰爾姆，原姓道納迪厄．勒洛瓦。一九一四年四月四日出生。文人。住在聖伯努瓦街。

起先，我和丈夫把兩個行動組織的負責人藏在我們家裡：又名莫朗的弗朗索瓦．密特朗和又名杜爾吉斯的雅克．貝奈。他們有時在我們這裡，有時也住到杜班街我大姑家裡。知道丈夫被關在弗萊斯恩監獄後，我前往索塞街申請包裹證。等了很長時間後，我在走廊裡碰見了一位先生。我把我的材料交給他。看到我的名字以後，他對我說他知道這起事件，說是他前往逮捕我的丈夫並審問了他。負責這起事件的預審法官在索塞街四一五

①戴瓦爾案宗，國家檔案館。

EC四辦公室裡。

戴瓦爾問我，我丈夫是不是抵抗組織的成員。我全部否認了。他沒能給我包裹證。

瑪格麗特接下去記述了她在執行聯繫任務時，在議院前恰巧再度碰見他。她沒有說到密特朗的出現，但是對那天看見戴瓦爾後的驚恐記憶猶新。

我對杜蓬索說他是蓋世太保，說我們完了。我向戴瓦爾走去。杜蓬索跟在我身後。開始時他的語氣非常嚴肅，我說我很高興能在這裡碰見他，因爲我想得到丈夫的消息，他緩和下來。他和我談了有二十分鐘左右，並在我的要求下，約我下午五點三十分在瑪里尼咖啡館見面，波沃廣場。我把戈達爾指給杜蓬索後就離開了。

瑪格麗特談到了電話和約會，以及戴瓦爾多次請她共進午餐。

除了丈夫的消息，我從來沒有問過戴瓦爾任何別的情況，所有的事都是他自願談起的。有一次，和他一道吃飯時，有人打電話給他，我才聽見他叫戴瓦爾。那是在亨利四世飯店，聖喬治街，七月底他對我說他在索塞街根本算不上什麼。我推測他大概專門負責逮捕。有一天他對我說，他在索塞街一個月掙一萬五千法郎，再加上五千法郎的補貼，再加上自己的事務可以掙上十萬法郎。我知道他買賣舊書和油畫。①

瑪格麗特最後強調，戴瓦爾被捕後，她曾經和戴瓦爾夫人談過話。她問她是否清楚她丈夫是秘密警察，是否清楚他一個月掙多少錢，「她說她根本不相信自己丈夫能掙那麼多錢。」波萊特．戴瓦爾此時不能和丈夫見面，只能通過他的律師弗洛里奧律師聯繫，後者在戰前曾替他打過一樁生意上的案子。一天下午，有人敲門，雷諾德街。波萊特開了門，是迪奧尼斯．馬斯科羅。「逮捕您時好像有人將您家洗劫一空。我是來道歉的，並且把東西還給您。我還找到了您的照片。現在我還給您。」②波萊特謝了他。就在她關門的一瞬間，迪奧尼斯爭得了一次和她約會的機會。波萊特同意後天和馬斯科羅一起在飯店吃飯。

這段時間，預審繼續進行。第二次聽證會時，戴瓦爾宣稱「我從未向索塞街的德國警察告發過任何人，恰恰相反，我還救了一些人，出於私下裡的原因，他們的名字我只能日後再公布。」他還說除了全國戰俘及被放逐者行動的那幾次逮捕，他再沒有參與過其他的逮捕行動了。法庭上，戴瓦爾和瑪格麗特碰面了。瑪格麗特指控了戴瓦爾。戴瓦爾則強調，在杜班街逮捕了她丈夫和朋友以後，他在桌上發現一張攤開的軍事地圖，是他避免瑪格麗特．安泰爾姆也遭到逮捕和審訊的。瑪格麗特對警察說她懷疑戴瓦爾的身分，說她認爲德國人賦予戴瓦爾某種特殊使命，戴瓦爾斷然否認這些令他成爲間諜的指控：「至於德國人走後還在法國負有什麼使命，這完全是無中生有。我也許對安泰爾姆夫人說過

①　戴瓦爾案宗，國家檔案館。
②　作者與波萊特．戴瓦爾的談話：一九九六年十二月八日，以及作者與迪奧尼斯．馬斯科羅的談話，一九九六年五月二十六日。

這個，那只是爲了讓她覺得我很重要。」波萊特也被傳召到庭，她重複了丈夫被捕後對迪奧尼斯和瑪格麗特所說的話：「我丈夫每個月給我三千法郎。他和我從來不談政治。他從來沒有對我說過他在索塞街工作。」預審後期到審判正式開始前，迪奧尼斯和波萊特的約會越來越頻繁了。「他不算偉大，但是他也還不錯，由於我丈夫的事情，我們經常見面。馬斯科羅答應我，他會盡力試一試把他救出來。」①後來她對我說。波萊特成了迪奧尼斯的人質。默許的人質。迪奧尼斯後來和波萊特有了個孩子。迪奧尼斯說瑪格麗特從來不曾知道他和波萊特的關係，更不知道那個孩子的存在。波萊特再也沒有和瑪格麗特見過面。瑪格麗特去世後，在她的紙箱裡，我在兩本手稿之間找到了一個封好的信封。上面是瑪格麗特歪歪斜斜的字跡：「戴瓦爾事件，勿拆。」現代出版檔案館打開了這個長長的信封：四張用別針別好的波萊特和查爾斯·戴瓦爾的結婚照。波萊特穿著婚紗，微笑盈盈，頗具魅力；查爾斯穿著禮服，不苟言笑，中上層社會的人慣有的表情，直瞪瞪地盯著鏡頭。照片是一九三九年一月二十七日他們在教堂舉行過婚禮後到照相館拍的，波萊特對我肯定道，她認出了這些照片，但是弄不懂瑪格麗特爲什麼要把它們保存那麼久。瑪格麗特知不知道這些照片是從她家搶走的呢？

在弗朗索瓦·密特朗領導、迪奧尼斯·馬斯科羅經營的行動小組的報紙《自由人》上，一九四四年十二月四日開始的戴瓦爾事件上了頭條，題目爲《法庭前的面孔》：「十二個惡棍，兩個魔鬼。」直到今天，我們依然不能明白，戴瓦爾爲什麼會和洛里斯通街兩大蓋世太保頭子波尼和拉封一道受審。但事實上，戴瓦爾從來沒有參與過——不管是近是遠——波尼—拉封集團的活動，與其他十一個罪犯的罪行相比較，他的罪行根本算不上什麼。戴瓦爾爲這份混同付出了生命的代價，儘管弗洛里

① 作者與波萊特·戴瓦爾的談話，一九九六年一月。

奧律師頗有能力和說服力，並且一直努力在將戴瓦爾事件從波尼—拉封集團中抽出來，法官最後還是沒能理解這其中的關係。但是在《自由人》的記者安德烈・瑪里亞娜看來卻十分明顯：從審判的第一天開始便可以看出，戴瓦爾是個無足輕重的人物：「在所有被控告的人當中，只有他是最不重要的人物，雖然他有野獸那種孩子般的、不可捉摸的、殘酷的目光。」所有的注意力都集中到了拉封、波尼和克拉維埃身上。

預期十天的聽證。第一天，波尼—拉封集團的起訴書就讀了五個小時：強姦、謀殺、敲詐、叛變、性虐待、綁架、持槍殺人。正如安德烈・瑪里亞娜所寫的那樣：「我本來是反對死刑的，我認為自己必須光明磊落才有資格對別人進行審判，而現在，我卻明白了為什麼大家都認為這個人被判上一百次死刑也不為過。」十二月七日，在指控官勒布爾有力的指控之後，開始聽取罪犯的當庭供認。「戴瓦爾承認了所有，或者說差不多所有的指控。他身材很高，金髮，玳瑁架眼鏡，聲音平穩，因他的理智和不知羞恥而頗為引人注目。」記者評論道。他解釋說全國戰俘及被放逐者行動組織裡有兩個叛徒。馬斯科羅證實了他的話。

十二月十日，法官傳瑪格麗特・安泰爾姆作證。《自由人》的記者為他在頭版上的文章起名為：《告密者的一天》：「我們的朋友用安靜、平穩的語調敘述了一九四四年六月到七月間這些致命的日子，我們的行動組織受到了很大的威脅。她談到了她被迫和戴瓦爾往來，談到他想確證莫朗時所耍的詭計，還有他誇口說他曾把戰俘送往德國。」聽她陳述時，法庭上一片死一般的寂靜。瑪格麗特說他對戴瓦爾只有仇恨和蔑視，並描述了他無恥的行徑。法官聽得非常專心。大家都明白了。不管是戴瓦爾的律師，還是記者瑪里亞娜，「今天，多虧了安泰爾姆夫人。一切都完了。戴瓦爾的命運從此再也無法逆轉。」

弗洛里奧律師慌了。他了解他的當事人，知道他愛吹牛，行事笨拙，他後悔沒讓他去看精神病醫生，或許還能救他一命。律師清楚戴瓦爾將承受和波尼—拉封集團那些惡棍一樣的命運。果然，可怕的公訴狀之後，勒布爾用「喪神一般的黑色幽默」要求法官判處所有被告死刑。弗洛里奧爲所有人做了辯護。拉封、波尼、克拉維埃和其他所有被告。其中也包括戴瓦爾。儘管絕望，弗洛里奧倒不失爲一個天才和精力充沛的律師。正如瑪里亞娜在十二月十二日所說的：「如果還有什麼人能夠救拉封一命的話，這人也只能是弗洛里奧律師。但是什麼也救不了拉封。沒有任何人，任何事。」

在整個審判過程中，馬斯科羅一直在安慰波萊特．戴瓦爾，波萊特沒有到場聽取審判，馬斯科羅不停地對她說，說她丈夫會出來的，說無論如何他都不可能和可怕的殺手集團混爲一談。但是，聽到弗洛里奧律師轉述了瑪格麗特的證詞以後，她再也不抱有任何希望了，只求馬斯科羅想盡一切辦法救他一命。波萊特．戴瓦爾說馬斯科羅曾強迫瑪格麗特到弗洛里奧家去一趟，在一九四四年十二月十一日到十二日的夜裡。瑪格麗特建議收回自己第一次的證詞。弗洛里奧沒有把握，他認爲法官會覺得這是個陰謀。但是他已經一點辦法也沒有了，所以最終還是接受了瑪格麗特的提議。弗洛里奧想的是有道理的。沒有人能理解瑪格麗特怎麼突然轉變了態度。第二天，當瑪格麗特表現出猶豫、笨拙的樣子，並且推翻了前一天的證詞的時候，整個大廳都亂了。她承認戴瓦爾有不少優點：「戴瓦爾和我在一起時行爲非常檢點，我給他錢，想把丈夫救出來，他也拒絕了。但是他對我說他會盡力幫我的。」

她還補充道：

有一天他對我說要逮捕一個猶太人。這個猶太人不在。他和其他警察一道破門而入。的確，他們要找的人不在，沒有藏在裡面，房子裡一個人也沒有。他在飯廳的桌子上發現了孩子的一幅圖畫，圖畫下面有一行說明文字，上面寫著「送給我親愛的爸爸」，或類似這樣的話。戴瓦爾告訴我：「我走了。我沒有勇氣逮捕他的爸爸。」

主審官：但可惜的是，他逮捕了其他人！

瑪格麗特・安泰爾姆：也許，但無論如何，主審官先生，我不是在爲被告辯白，我是在爲自己的良心辯白。您知道，我的丈夫還在德國，我甚至不知道他是不是還活著。儘管這樣，我覺得我應該說眞話。

主審官：這種良心上的不安會給您帶來榮耀的。

但是，在審判行將結束的時候，一個女人說，爲了救出她在阿爾薩斯集中營的丈夫，她被戴瓦爾敲詐了四十萬法郎。他是能夠聯繫上這些囚犯的；她丈夫已經獲釋了。這個證據又動搖了法官已經改變了的信念嗎？判決很乾脆：所有的被告一律被判處死刑。他們當中的一個因爲心臟病在判決之前就病發身亡了。戴瓦爾聽到判決後一副無動於衷的表情。他妻子說他非常安靜地等待死亡的來臨，在他的單身囚室裡讀書寫字。

我得以接觸到審判時的卷宗，我和皮耶・佩昂有同樣的感覺①：就戴瓦爾所犯的罪行來看，他是不應該被判死刑的。弗朗索瓦・密特朗對瑪格麗特說過②，戰後幾年的某一天，他和弗朗索瓦・莫里亞克和弗洛里奧在一起，後者談到了司法錯誤，他認爲司法中肯定是有錯誤的，舉到了戴瓦爾的情

---

① 作者與P・佩昂的談話，一九九五年十一月。

② 《另類日報》，一九八六年二月二十六日—三月四日。

況。他說他的卷宗裡根本沒有什麼致命的罪狀。「大家都不是很清楚，他究竟是怎樣一個人物，但看上去他不像是波尼集團內部的人。」戴瓦爾被判死刑，僅僅因爲一個女人指控了他——「他甚至可能用了『瘋子』這樣的字眼，我也不很清楚了。」密特朗回憶說。是的，一個瘋子。一天，她來說他曾經做過這個，然後第二天她又來說：不過他還做過這個和那個。「我從來沒有想明白過這件事。」弗洛里奧對密特朗說。查爾斯·戴瓦爾被槍斃於一九四五年初。他的律師在他身邊。戴瓦爾交給律師一封信，是寫給波萊特的，在信中他保證說他是愛她的。波萊特和迪奧尼斯的兒子出生於六個月以後。

審判結束兩個星期後，一九四四年十二月二十八日，瑪格麗特·莒哈絲的第二本小說終於出版了：《平靜的生活》①。但是，馬賽爾·阿爾朗又一次對出版莒哈絲的小說表示堅決反對，而雷蒙·戈諾簽署了不少負面意見：敘事不夠緊湊，文字駕馭能力欠缺，美國文學影響過重——仍然是福克納的風格。但是儘管這些缺點的存在，戈諾表示可以出版。雷蒙·戈諾在一九四四年三月二十八日給她寄了合同，瑪格麗特在合同上簽了字，並表示想用莒哈絲的名字出版該書。②戈諾一直在迪奧尼斯·馬斯科羅隔壁辦公。瑪格麗特於是經常去伽利瑪出版社。她甚至還時不時地去幫點忙，做點小事情。就這樣，一九四四年十一月，伽利瑪出版社委託她修改皮耶·拉夫《貴族或世紀之夏》的樣稿，瑪格麗特和這位舊時的同伴已經沒什麼來往了。是雷蒙·戈諾把這項任務交給她的。她還經常和出版社的另一位作者安德烈·泰里弗見面，以前她就是靠他出版了《厚顏無恥的人》，泰里弗的名字也列在全國作家委員會的名單裡，委員會裡當然還有塞利納、德里厄、莫拉和孟戴朗。

①《夏末》是預先定的一個題目。
②她後來說自己用了兩年的時間才寫成。

同時，她還給《自由人》報寫稿，都是政治性的社論。在文章裡她主張徹底清查，對附敵者嚴懲不貸。她剛剛體驗到了自己在打倒戴瓦爾時所具有的決定性的作用，特別是在法庭第一次作證的時候。抵抗組織的有些朋友指責她過分苛刻。他們對戴瓦爾被判死刑一事都感到非常震驚，寧願他被關在監獄裡，這樣他們就能夠弄清楚究竟是誰背叛了行動小組。當清查委員會的維爾戈要制裁加斯東·伽利瑪時，瑪格麗特爲了自己的利益卻沒有提出異議。①《平靜的生活》與加繆的《給一個德國朋友的信》和雷蒙·阿隆的《從停戰到國民起義》同時出版，這兩位作者及時洗刷了遭到德里厄·拉羅歇爾《新法蘭西雜誌》玷污的出版社的聲譽。瑪格麗特抱怨說她的書出版時，出版社沒有給予她應有的支持。然而有三位記者卻在當時一大堆書裡注意到了她的這本小說：布朗匝、布里斯尼埃和拉普拉德，他們都做過這本書的宣傳②。一九四五年夏初，該書首印的五千五百冊銷售一空③。

《平靜的生活》篇幅不長，分成三個部分。背景——父親的農場——和《厚顏無恥的人》裡是同一個，父親的故土，主題也很相似：家庭的黯淡故事，主旋律依舊是兄妹之間的反常關係。④小說大部分寫於一九四三年夏瑪格麗特和羅伯特前往杜省度假的時候。白天，瑪格麗特一個勁地在外面走，

---

① 強迫加斯東提前退休似乎是大家一致贊成的。是薩特或是波朗施加的影響？還是出版界清查委員會沒有多少實質權力所致？抑或是因爲大多數出版商都是附敵者？總之是什麼也沒有發生。正如皮耶·阿蘇利納所指出的那樣：「我們似乎有一種機器空轉的感覺，上層負責人和出版商一致同意什麼也沒有發生。」

② 後來，在出版《太平洋防波堤》時，莫里斯·納多談到了這個情況，並說當時是取得了一定的成功的，他文章的題目叫做《斑尾林鴿》。

③ 一九七二年該書再版時又受到了普遍歡迎。

④ 一九六三年，雷蒙·戈諾在《勒諾·巴羅日誌》裡提到了這本書，指出該書受到一九四二年出版的加繆的《局外人》的一定影響，以及時下流行的未完成過去時的運用，並說作者沒有濫用。

想要碰到奇遇，想要感受大自然那種包圍她，直至令她害怕的力量，晚上她就寫作。瑪格麗特把羅伯特改過的稿子陸續寄給迪奧尼斯。丈夫鼓勵她，情人批評她。女主人公二十六歲。她叫弗朗索。自童年開始就生活在農場裡。弗朗索喜歡洗澡，喜歡冰涼的水流過身體時的那份顫慄。她跨上小馬駒的時候，總喜歡把裙子撩起來，好直接接觸到牲畜微溼、強壯的側脊。關於情事她一無所知。或者說只知道很少的一點點。只有一個男孩接近過她。他叫蒂耶納，是哥哥的朋友，有一天，也在農場裡安頓下來。有幾次夜裡，蒂耶納上樓來到了弗朗索的房間。如果他像來時那樣悄無聲息地離開，她會因此而死的。蒂耶納很英俊：「他非常奇妙。他的身體美得令人吃驚。再也離不開這金色的身體了，靈巧柔軟如水如風。他什麼衣服也不該穿，他以太陽爲裳。」蒂耶納不願對她說我愛妳。蒂耶納彈鋼琴。我們可以看出：蒂耶納正是迪奧尼斯的翻版，而弗朗索則很像瑪格麗特：她喜歡勾引男人，帶有一種天生的惡意，對哥哥有一種接近亂倫的感情。小說裡有三次標誌性的死亡。弗朗索是直接或間接造成死亡的罪魁禍首。弗朗索對死亡毫無畏懼。她和別人一道把棺材板蓋上，守候著垂死的病人，一點也不感到害怕，她還眼睜睜地看著一個男人淹死在她面前，無動於衷。弗朗索是死神的小未婚妻。弗朗索開車送她哥哥去幹掉叔叔，接著哥哥也自殺了。

正是在寫這部小說時，瑪格麗特獲知了小哥哥的死訊。她所體驗的這份痛苦也被融進了小說之中。她的哥哥，她的情人，她的保護人永遠離開了她，《平靜的生活》裡瑪格麗特大量描寫了她對他肉體上、感官上和精神上的愛。弗朗索到公墓去找到了他：「我想要抱抱哥哥空了的眼眶。想要吮吸他暴出的眼睛，直至吮吸出哥哥的味道來。」瑪格麗特本人從未去過西貢尋找她哥哥的墳墓，而得知哥哥死了的一個月裡，她不停地拿自己的頭往牆上撞——眞的是在撞，不分白天黑夜地咆哮。瑪格麗特說這書是從她自己的體內落下來的。她很快就忘了，甚至不願談起。但她卻錯了，因爲這書在心裡描寫上入木三分，並且精確分析了一個年輕女人的精神狀態，即便在現在它也還是一本引人入勝的書，同樣它也刻在了作者的記憶之中。一九九三年瑪格麗特又重讀了一遍，她也爲它的深刻所震撼。「這本書是一段旅程後的產物，邏輯簡單，過於沉湎於謀殺。讀這本書的時候，我們可以比書走得更遠，超越書裡的謀殺。」①

《平靜的生活》正好是在瑪格麗特等待羅伯特的時候出版的，她陷在一種無法承受的惶恐中。就在這段時期，她一直試著在各中轉中心收集被放逐者的信息，然後登在《自由人》報上，她自一九四四年九月開始就在那裡負責一個欄目：「行動專欄，軍官集中營、戰俘集中營和被放逐者集中營信息分類。」這段時期，她經常和蘇茜·魯塞見面，後者也始終沒有能夠得到丈夫的消息。她們在一起做肉罐頭，幫助回來的戰俘，還四處打探丈夫被關押的地點。她們經常在一起談論政治。瑪格麗特惡狠狠地說自己是共產黨員。在一篇題爲《害怕俄國人》②的社論裡，她批評了大多數人的沉默，所有這些接受了貝當的父道主義的法國人，在德占期間根本不敢公開表示反對。所有這些構成今日法國的人「不知道，也永遠不會知道我們可以因榮譽而痛苦。」現在，他們又害怕起俄國人來。又如何能對他們橫加指責呢？我們不能改變一個民族。應該團結在一起生活。瑪格麗特衷心地呼籲抵抗組織所提出的民族團結，她知道這種團結恐怕是不能實現的，因爲太多的法國人已經埋葬了自己的革命理想和團結一致的激情。

白天，瑪格麗特還能支撐得下來，到晚上她卻要崩潰了。她失眠，成夜地哭泣，逐漸進入一種遲

①《寫作》，伽利瑪出版社，一九九三年簡裝本叢書，頁三六。
② 一九四五年二月九日發表。

鈍狀態。她就這樣。好像在走路，在說話。迪奧尼斯陪著她。她幾乎吃不進任何東西。這篇文章也是寫在從本子上撕下來的一頁紙上：

廚房的桌子上放著兩只盤子。D和她。麵包都像是死了。他們死了，肚子空空的。每天都有人因缺少麵包而死去。計算重新開始：一根手指代表一塊麵包。地面上到處都是屍體，稻田裡都是屍體而不是麵包。

像這樣一個飢餓的存在又如何能受到他人的尊重，如何能協調地發展，顧及自己的靈魂，向上帝祈禱。他又如何還能有人性的行爲，儘管人性仍舊繼續存在，生機勃勃地發展著。

在布痕瓦爾德，一個比利時教授死了。他的九個學生眼看他死去，一等他閉眼，他們就搶過了他的麵包，分成九份。①

很多證人②都說她那時很瘦，成天迷迷糊糊的。迪奧尼斯看著她，夜裡，白天。迪奧尼斯說她瘋了。他說的有道理。瑪格麗特處在一種難以忍受的等待之中，她一直在胡思亂想。「是的，我瘋了，這一點刻在我的額頭上。」③她承認道。瑪格麗特只相信自己。她「感覺」到了羅伯特的死亡。她幾乎可以肯定。她在日記裡寫：「他已經死了兩個禮拜，被扔在溝裡。腳底朝天。雨落在他身上，還有

---

① 現代出版檔案館檔案。
② 愛德加・莫蘭、蘇齊・魯塞和迪奧尼斯・馬斯科羅。
③ 作者與迪奧尼斯・馬斯科羅的談話，一九九六年三月至四月。

陽光，凱旋而歸的部隊的灰塵。手掌攤開。」她決定一旦正式得到羅伯特死亡的通知便自殺：「我活生生地爲他而死。」瑪格麗特感到自己被拋棄了。迪奧尼斯也不再是她的依靠。她忘了自己曾經想和他有個孩子，甚至連這個念頭都給忘了。她只想著那個死去的孩子。

瑪格麗特是《自由人》報的記者，有什麼軍事消息她很快就能知道。集中營的解放給她帶來的是恐懼而不是興奮。她記道：

我受不了了。我對自己說要出事了。這不可能，我應該用第三人稱敘述這份等待。我無法再在這份等待中生活下去。①

接著是一九四五年四月二十三日：

寂靜。寂靜。寂靜。又是一片寂靜。我站起身來，走到房間中央。這是在一秒鐘之內發生的。發生了什麼？窗外的黑夜在窺伺我，我拉開窗帘。它一直在窺伺我。發生了什麼事？……房間裡到處都是黑色和白色的符號。太陽穴不再跳了，我覺得我的面孔在慢慢地變形，瓦解。一個人也沒有。我在坍塌，在舒展，在變形。我害怕。脊背上一陣顫慄。我在哪裡？在哪裡？她在哪裡？發生了什麼？太陽穴又跳得厲害。我感覺不到自己的心臟。恐懼慢慢地升起，就像是大海。我淹沒了自己。這是什麼地方？還有，這到底

① 現代出版檔案館檔案。

是個怎樣的故事？怎樣的故事？關於什麼？羅伯特・安泰爾姆是誰？你在等待一個死人，好吧，讓我們來看看死人，是的，看看什麼。

不再痛苦。我恰恰是弄明白了。這個男人和你之間沒有一點相通之處。這個R・A・π點是誰？他從來沒有存在過吧。誰把他變成羅伯特而不是別的什麼人的？兩個星期來給你裝上腦袋後你又做了些什麼？你是誰？這房間裡發生了什麼？我是誰？D知道我是誰。D在哪裡？

第二天，四月二十四日，瑪格麗特得知羅伯特還活著，或者確切地說，是兩天前還活著。「這就像水一樣從四面八方漫出來。活著。活著。」①有證人看到，遣散布痕瓦爾德集中營的時候，他被編在一路縱隊裡。密特朗和朋友到處調查，尋找他的 跡，但是沒有任何人可以確證他一直還活著。瑪格麗特於是感覺到自己和這個世界沒有任何關係了。她什麼也聽不進去，任何人的都不聽。甚至是D，守候她、保護她的D。②

羅伯特回來後告訴瑪格麗特和迪奧尼斯，說他走了十天。他所在的縱隊在比特菲爾德解散了。活下來的人被裝上火車送往達朔，他們到達時根本是筋疲力竭了，狀況非常可怕。羅伯特・安泰爾姆接下來的回歸故事就有很多個不同版本了。密特朗和瑪格麗特的是同一個。密特朗受戴高樂之召，奉命至美國指揮部執行一項軍事任務，於一九四五年五月一日乘飛機前往達朔。穿過屍堆，他聽見有人在

---

①《痛苦》，頁五一。
② 現代出版檔案館檔案。

喃喃呼喊他的名字，他走近那個奄奄一息的男人，把他抱在懷裡，很難確認他究竟是誰。羅伯特則通過密特朗的聲音認出了他，要求和他一起走。美國人不讓他就這麼走了，密特朗從德國給瑪格麗特打電話說：「聽好了，羅伯特還活著。鎮定一點。是的。他在達朔。聽好，盡一切力量支撐住。羅伯特非常虛弱，虛弱到了您無法想像的地步。我應該告訴您實情，這只是個時間的問題。他還能活三天，但不可能再多了。讓迪奧尼斯和波尙今天就出發，今天早晨就出發到達朔來。」①故事變成了傳奇。密特朗在未來的日子裡沒少添油加醋。神意安排了他們的重逢！重要的是羅伯特活著出來了。看上去是多虧了密特朗。但是瑪格麗特和密特朗各自敘述的細節卻對不上號。

四月三十日，在美國軍人尤其是列維將軍的要求下，一個由臨時諮詢議會成員構成的代表團成立了。代表團應當對德國集中營的解放事宜進行考察。達朔在二十九日晚上就已經解放了。四個全國戰俘及被放逐者行動組織的成員承擔了這項任務：布若，加尼埃爾，德夏爾特和貝奈。但是密特朗沒有參加，因爲他不願意參加諮詢議會，他想在部裡找到一個位置。貝奈追上了他，讓他以行動組織主席的身分一同上了美國人的飛機。飛機在施瓦本格明德附近降落。好幾輛指揮車在等著他們。第一站停靠朗德斯堡，所謂的康復集中營。事實上這裡已經成了可怕的墓地，溝裡全是死屍，但大雪遮覆了一切。沒有一個是活著的。這樣的場景，所有見了的人都說是終身難忘②。接近中午，代表團到了達朔。貝奈，密特朗，加尼埃爾在里蓋神父的陪同下進入了美軍參謀部的小棚屋，可正在巡視周圍情況的布若突然跑了進來，對代表團的其他人叫道：「我找到勒洛瓦了（羅伯特・安泰爾姆在抵抗組織用

---

① 《痛苦》，頁六五。

② 作者與M・布若以及雅克・貝奈的談話，一九九五年三月至四月。

的名字）。」「我們一起朝臨時搭建的醫療棚屋跑去，找到了正在淋浴的羅伯特，」雅克．貝奈說，「他只有三十五公斤，渾身發抖，非常虛弱。他用一種垂死的聲音和我們說話。」雅克．貝奈至今還悔恨自己沒有堅持向美軍參謀部要人，把羅伯特一道帶走。密特朗再三懇求。但命令終究是命令。美國人說他患了傷寒，並且現在衛生用品配額有限。代表團的成員只好自己回到了巴黎，沒有帶回羅伯特。羅伯特在他們走的前一天，給瑪格麗特寫了一封令人肝腸寸斷的信。藍色的鉛筆，信紙摺了四摺，沒有信封，瑪格麗特的兒子在她死後發現信藏在一本簿子裡。羅伯特——編號八一四七——二九團——三號房——達朔——給瑪格麗特：「我的小寶貝，終於能給妳寫這封信，是在這世界的悲慘中，在痛苦中贏得的時間。一封情書。」他相信自己很快就能回去。他知道自己有繼續活下去的勇氣。他想念她。「再見瑪格麗特，妳不會知道的，妳的名字令我這樣痛苦。」

密特朗一到巴黎，當晚就約了波尚，如今波尚想起來還覺得彷彿是昨天發生的事情。密特朗說集中營現在正在檢疫隔離，說每天仍有大量的人在死亡。「找個人幫忙，」密特朗對波尚說，「帶上證件，我的汽油券以及參謀部的地圖。」波尚晚上到密特朗家去了一趟，向他借了一套上校制服，他很自然地就想到了迪奧尼斯，巴黎解放時他的助手，迪奧尼斯也找人借了一套上尉的制服。第二天一早，密特朗讓他們以替諜報及監察總局執行命令的身分行動。他們立即開著喬治的車上路了，喬治已經在頭天晚上準備好了一切。他們不停地開著。波尚說：「在達朔附近仍然有戰鬥發生。看守集中營的人都戴著防毒面具。我們也不得不戴上面具進入集中營。集中營裡，美國人正在處決秘密情報局的人。我們找了很長時間才找到羅伯特。我們屋裡屋外尋了個遍。活人和死人都在一塊兒。我們在一組站著的人中間找到了他。那天天氣很好。是他喊住了我們。他站在一排人中間，在方隊中。他只剩下三十五公斤。我們沒有認出他來。」①

被監禁的人中有一個叫巴塞維爾的共產黨員，在他的幫助下，他們找到了一個看守稍有鬆懈的地方。「我們告訴羅伯特他應該逃走。爲了逃走，我們讓他穿了一套軍官制服，還給他扣了一頂橄欖帽。」羅伯特出來了，迪奧尼斯和喬治架著他。「我們走過秘密情報局的集中營時，羅伯特想要摘帽致敬，還像他被關押時的那樣。我們等巡邏完了便架著羅伯特跑向汽車。」坐進車裡，羅伯特要他們答應一直開過邊界，不要停下來，因爲他害怕再次被抓住。喬治開車。迪奧尼斯在後座扶著羅伯特。羅伯特一個勁地說啊說，不停地說。喬治和迪奧尼斯都擔心他會耗盡最後一點氣力。就是在這個時候他對迪奧尼斯說：「如果有人對我談起基督教的仁慈，我都會用達朔來回答他。」他完全潰不成樣了，就只剩下這點話，迪奧尼斯回憶道。②他什麼都說，他這一年來暗無天日的生活。「安靜片刻對他來說根本是不可能的。他不停地說。沒有停頓，很平穩，就像是開了水龍頭，壓力讓他的話語源源流出一樣，這是他的一種需要，在或然的死亡來到之前盡可能多說一點，而在他這種迫切需要面前，死亡都不算是一回事了。」喬治·波尚記得他談了很多集中營裡的共產黨，談到他們的團結，他們保護弱小的方式。迪奧尼斯則記得他說當初他逃跑的時候，縱隊裡的孩子追上他，朝他扔石頭。喬治和迪奧尼斯都將羅伯特的話深刻在自己的記憶裡，萬一他眞的死了，也能夠重複他都說了些什麼。他們在普法爾澤海姆的一個法國軍官食堂停下來吃飯。羅伯特被兩個朋友架著，一小步一小步地穿過飯廳。人們都低下了腦袋。等他們重新上路的時候，他們發現備用輪胎給偷了。他們穿過了魏森堡邊

---

① 作者與喬治·波尚的談話，一九九五年九月。
② 作者與迪奧尼斯·馬斯科羅的談話，一九九六年三月至四月。

界。羅伯特終於答應試著睡一會兒。「他沒有絕望，」波尚說，「但是他覺得自己快死了。不過他感到很幸福，因爲他在臨死之前能擁有這片刻的自由。」他答應在到達旅館前休息幾個小時。在去睡覺之前，他突然在旅館旁邊發現了個鱒魚塘，他說他想吃鱒魚。「夜已經深了，我們還是走出去把魚塘的老闆弄醒了。旅館的老闆娘煮好了鱒魚。羅伯特只吃了一口就倒下了。」筋疲力竭。他和迪奧尼斯睡同一張床。或者說他只是在說話的間歇打了個盹兒。話源沒有枯竭。又一次，他說他覺得自己快要死了。他說話就是爲了不死。他這樣不停地說話，是爲了等他死後，迪奧尼斯和喬治可以轉述他的話。他說他害怕，害怕僥倖活下來後卻不能復生。迪奧尼斯後來寫道：「原本想來死亡是很神秘的，而現在看來卻毫無神秘之處，如果說它還牽涉到什麼神秘的地方的話，那也不過是物種單位的一種神秘，這種神秘是顯而易見的，其他的神秘不過是我們盲目的瞎猜罷了，羅伯特在這一夜裡教給了我新的認識。」①

第二天早上，羅伯特還在呼吸。幾個小時後，他們到了凡爾登，停在一家啤酒店前。迪奧尼斯和喬治用肩膀架著羅伯特，把他扶到桌邊。就在他們慢慢穿過凡爾登這家啤酒店的中央時——這是戰爭結束後第二天下午一點半，人們紛紛站起身來，探著身子在看。大家想起了左朗．穆齊克在集中營裡冒著生命危險畫下的那些畫兒：消瘦的臉龐，呆滯的目光，傷痕累累的身體，但是給人一種純淨、力量和不可戰勝的感覺。一種純粹的尊嚴，而不是潰敗。「羅伯特可能給最初看到他的人留下了這樣一種印象，」迪奧尼斯後來寫道，「在他身上表現出的，與其說是一種與逆境鬥爭的英雄主義氣概，毋

---

①《圍繞著回憶的努力。關於羅伯特．安泰爾姆的一封信》，迪奧尼斯．馬斯科羅，莫里斯．納多出版社，一九八八年，頁五三。

寧說是一種更高層次的堅韌不拔的完成，在那樣一種惡劣的環境中，他想著的只能是保全自己不從惡如流的中立。」①他還屬於這個世界嗎？是什麼支撐著他的生命？肯定是精神上的激情。後來，有個和羅伯特關押在一起的人對瑪格麗特及迪奧尼斯說，在集中營裡，羅伯特每天都給他們講哲學、文學和詩歌。在凡爾登，他們去看了醫生，醫生對他們說要把車盡量開慢一些。只要有一點顛簸，這顆在空空的身體裡跳動的心臟都可能會停下來。他建議他們阻止羅伯特進食。慢慢的，羅伯特喪失了最後一點氣力。他不再說話了。迪奧尼斯一直在汽車的後座，用胳膊圈著他。他們在黎明酒吧過了一夜。羅伯特又開始說話了。

第二天早晨，迪奧尼斯給瑪格麗特掛了電話，通知她他們下午到達。「我給您打電話是為了讓您有思想準備，他的情況比我們想像得還要可怕。」②他們到達的時候，鄰居和看門人都在聖伯努瓦街房子的樓梯上。瑪格麗特站在二樓的平台上等。一看見羅伯特，她就開始跑。她大叫著跨過房門，然後像只球一般滾進了壁櫥，把自己關在衣服堆裡。過了幾個小時她才出來，又過了幾個小時，她才敢靠近他。

羅伯特的另一個姐姐阿麗絲——瑪麗·路易斯還在拉文思布盧克集中營裡，奄奄一息——和密特朗都在。羅伯特擁抱了他們，看了看房子，慢慢地轉了一圈。兩個醫生等在那裡，給他檢查過後，對瑪格麗特說他可能活不過今天晚上。瑪格麗特當場把他們趕走並找來了第三個醫生，正是這個醫生救了羅伯特的命，他叫德伊。他曾在印度待過很長時間，是個糖尿病學的專家，他對因飢餓而導致的營

①《圍繞著回憶的努力。關於羅伯特·安泰爾姆的一封信》，迪奧尼斯·馬斯科羅，莫里斯·納多出版社，一九八八年，頁五六。

②作者與迪奧尼斯·馬斯科羅的談話，一九九六年三月至四月。

養不良很有研究，而當時西方對此尙一無所知。他沒有讓羅伯特進食，而是給了他一點糖漿，然後慢慢的，慢慢的，再教會他進食。

虛脫的狀態持續了三個星期。羅伯特的身體徘徊在生與死之間，差不多只是一具空殼。就像要逐步回到岸上的潛水員，羅伯特．安泰爾姆也應該注意不能一下子吃太多的東西。瑪格麗特後來說她當時不得不把食物藏起來。羅伯特要吃。在集中營是不能吃東西的。而他的身體也經受不了輸液了。「不，他吃了東西就會死。但是他不吃東西也會死。這才是困難所在。」①德伊教授日夜守候著他。是他救了羅伯特。還有瑪格麗特。她的表現令人讚賞：投入，犧牲，忘我。安娜．瑪麗經常到聖伯努瓦街來看羅伯特。然而是瑪格麗特一直在照顧他。陪他徘徊在生與死的邊緣。瑪格麗特和羅伯特之間是一生的問題。瑪格麗特對我說她再也想不起羅伯特剛從集中營回來的那些日子了。徹底地從記憶中抹去。喬治．波尙則對那時的瑪格麗特和羅伯特記憶猶新。「眞是讓人感動。羅伯特向瑪格麗特的方向走去。他在集中營的時候，從來沒有停止過對她的思念，他忘記了她不在他身邊。」喬治．波尙能原諒瑪格麗特的一切，她的欺騙，她的背叛，她的誇張和自戀，就因爲她那時表現得如此慷慨和勇敢。

「十七天以後死神終於疲倦了」②，但是又過了四個禮拜，德伊教授才敢告訴瑪格麗特羅伯特已經得救了。就在這段時間，波尙和密特朗經常定時地來看望他。迪奧尼斯差不多一直在他身邊。羅伯特非常信任他。稍微有一點力氣以後，羅伯特便和大衛．魯塞一起到外面散步，魯塞從集中營回來的

---

①《痛苦》，頁七一。
②《痛苦》，頁七五。

時候也只有三十八公斤。蘇茜和瑪格麗特陪他們慢慢地走幾步。到六月中旬，貝奈建議羅伯特到全國戰俘及被放逐者行動組織才開的一家康復中心去休養，在維里埃爾灌木叢附近。羅伯特和瑪格麗特動身去了療養院。瑪格麗特表現出一種令人敬佩的忠誠。「聽他說了一切，我們又知道了一切後，我們眞的無法再像以前那樣。」迪奧尼斯・馬斯科羅後來寫道。①

羅伯特又重新恢復了尊嚴。但是接下去呢？羅伯特和其他從集中營裡回來的人一樣，被一種強烈的犯罪感所糾纏：爲什麼是我活著而不是別人？一九四五年六月二十一日，他給迪奧尼斯發出了第一封他稱之爲「凝固的活人」的信。他是還活著，因爲他會哭。但他是凝固的活人，他知道。「我第一個給你寫信，因爲你可能在相當長的一段時間裡都會有一種美妙的感覺，覺得自己救了一個人。」這封長信寫在出版證檢查委員會的辦公信紙上，他第一次白紙黑字地寫下了他對自己從集中營回來的思考和自我的改變，迪奧尼斯是他的救星，是營救他的人。他可以向他傾訴，傾訴他的恐懼：他不知道該如何「選擇」，也不知道什麼能說，什麼不能說。他請求原諒。因爲「在地獄裡人們什麼都說」。他鬥爭了，爲讓自己從外表上恢復人的形狀而鬥爭過，他終於又變回一個能支撐住自己的身體，能吃飯、說話，甚至睡上一會兒的人，但是在這之後，羅伯特不知道應該怎樣做才能得到精神上的重生。正是出於這份形而上的恐慌，他把迪奧尼斯視做自己的知心密友。「我有一種感覺，當然也許並非所有的同志都有這種感覺，我覺得自己獲得了新生，這個『新生』不是韋爾斯的新生，也沒有一點神話中新生的意思，恰恰相反，它直接導向這個詞最隱密的意義。」他的精神在四處搜索，他知道這一

---

① D・馬斯科羅，見上述引文，也可參考《路線》雜誌，第33期，一九九八年三月，《與迪奧尼斯・馬斯科羅在一起》一文，上面全文轉載了R・安泰爾姆被逐出黨後的這封信。

點。他按照現象學的步驟和方法在觀察自己，想要更好地了解自己。他從他所掌握的哲學知識裡汲取力量，作爲自己這次既激動人心又不太健康的新生旅行的指南針。他像個昆蟲學家在觀察將被氯仿麻醉了的蟲子，不無嚴苛卻又不無好奇地審視著自己這份思想緩慢的新生，看著它一點點冒出芽來。「一切都不會是枉費工夫，我在一種很有益處的孤獨中艱難前進著。有的時候我還會有一種強烈的榮譽感，但是不久這一切就平息下來，緩和下來。於是，有一天也許我能夠接受和自己相像的那一份存在，因爲我知道那不是我；我也許會接受一副面孔，再也不會有這副面孔了。」瑪格麗特和迪奧尼斯都是這分新生的見證。羅伯特通過語言把他們帶入自己重新回到的這個世界，他不僅是要成爲這個世界的見證，更甚要哲學地分析所有的結果。正如迪奧尼斯和瑪格麗特所理解的一樣，他自此以後迫不及待地將他們推進了這個他所談論的世界。

就在同一時期，瑪格麗特成了一個熾熱而激烈地捍衛著自己處境的作家。如果說她忘我地將自己全部奉獻給了羅伯特，她依舊專注地延續著自己的事業之路。就在羅伯特將他存在的恐慌傾訴給迪奧尼斯的同一天，她也從療養中心發了一封憤怒的信給加斯東·伽利瑪：

> 出於您或許有所了解的原因，直至今天以前，對《平靜的生活》一書，我似乎沒有能力過問。自它一九四五年一月出版之日起，我既沒有時間，也沒有胃口過問自己在這本書上所應享受的利益。而今天，我自己覺得應該有這樣的能力了，因爲——我這樣說沒有一點刻薄之意——沒有一個人可以站在我的位置上對這本書負責，我的書至今仍然被擱在一旁。

在抱怨了一通出版社不給予應有的支持之後，在提醒對方注意她的書已經售完的事實後，瑪格麗特提請出版社要注意戰後年輕作者的命運和條件。這種想要引起注意、得到承認的極端方式，瑪格麗特運用過很多次，從這一次中我們卻能夠看出瑪格麗特已經毫無疑問地認定自己是個完完全全的作家，她所感到害怕的是從此以後沒沒無聞：

三個月前，我和米歇爾·伽利瑪匆匆見過一面，她說目前重印這本書還不是時候，說像阿拉貢和艾呂雅這樣的作家也還在等。我不同意。阿拉貢和艾呂雅可以等。首先因爲他們有錢。再說他們是不會被忘卻的。而我需要錢，讀者不消多少時間就會忘記我。如果我的觀點惹得您不高興了那也活該。我最近所經歷的很多事情，教會了我一種根本的犬儒主義，到五十歲或者更老的時候我們還在艱難中生活。

其次，我還很年輕，我不想死。但是我覺得在伽利瑪只有死，慢慢地死，但是肯定會死。也許我錯就錯在晚生了二三十年。如果您把戈諾的書印上二萬冊，而只將阿拉貢的書印上很少一點，我會多麼高興！儘管這種年輕化也許會暫時損害出版社一點經濟上的利益。先生，您會重印我的書嗎？您這樣蔑視我的書，我的書怎麼能取得一點點成功呢？在這樣的漠不關心面前我應該怎麼辦是好？我永遠不會和您見面的，我不認識任何人，也不屬於任何一個圈子。這是否就是你們對我置之不理的理由？

事實上這是多麼讓人厭煩的事情啊！

請您告訴我，經過了這樣的四年之後，如果還沒有人誠心誠意地對年輕人施以援手，如果他們和過去一樣，被看成是令這個時代討厭的人，他們該怎麼辦？

瑪格麗特的鬥爭是有道理的。七月十一日，加斯東·伽利瑪給她寫了一封長達三頁的辯白信。他解釋了出版社目前的困難，紙張匱乏，製作成本增加，年輕作者的小說不好賣。他謹愼地、彬彬有禮地請她相信自己的天賦：「我非常喜歡您的書。我知道您在法國文壇應該占有怎樣的位置，我不懷疑您一定會占據這樣的位置的。」狡猾、實際的伽利瑪給了她一些重印上的建議：「有很多深受這類問題（紙張匱乏）困擾的《法蘭西雜誌》叢書的作者把他們所需消耗的紙張交給我們。難道您就沒有辦法爲我們提供類似的幫助嗎？這樣事情會好辦得多。」善於誘惑、精通恭維藝術的伽利瑪肯定地說他相信她的未來。他不願意——這很明顯——讓她就這麼和伽利瑪擦肩而過。八月份書重印了六千五百冊。瑪格麗特和樓上鄰居顧朗夫人聯繫了一下，就是她接替了瑪格麗特在出版證委員會的位置，事情很快就解決了，她派人給伽利瑪送了八百公斤的紙。

瑪格麗特又重新和羅伯特生活在一起。安娜·瑪麗也經常到療養中心來看羅伯特，甚至羅伯特被放逐的消息也是瑪格麗特告訴她的。迪奧尼斯和羅伯特之間的友誼如此強烈，以至於這占據了他所有的精力。瑪格麗特也不知道自己的心究竟傾向哪一邊。她愛迪奧尼斯，她又恢復了和他的情人關係，但是她和羅伯特之間已經融爲一體，難分彼此了。接著迪奧尼斯便躲開了。目前，兩個男人和瑪格麗特之間的愛情故事反而把她驅逐在外。她感覺到了，猜到了。她從療養中心寫信給迪奧尼斯：

我星期二到巴黎來。羅伯特睡著了。他非常愛你。他對我說，他覺得自己把你弄得疲憊不堪。

也許我們永遠不能在一起。

一切都不可挽回。再也不會有你的孩子了……

> 我們不想和任何人生活在一起。我們不會有孩子的。等我變成一個善良的老婦人吧。死亡。誰能讓我們的心不再黯然神傷？①

六月底，德伊教授允許羅伯特離開療養中心，不過還需要醫療監控一段時間。瑪格麗特和羅伯特在聖若里奧茲靠阿奈西湖的一家旅館安頓下來。羅伯特重新學習走路，吃飯，呼吸。瑪格麗特對未來憂心忡忡。她在對羅伯特不乏痛苦的愛情和對迪奧尼斯焦灼不安的激情間搖擺不定，幾乎崩潰。迪奧尼斯躲著她。她瞞著羅伯特偷偷給他寫信，一封封充滿絕望的信。正如這封寫於一九四五年七月初的信：「我想你。我終於相信這根本是不可能的。」還有在同一個月裡寫的另外一封：「試著每天給我寫信。當然這不太謹慎，但是有什麼辦法呢？郵局就在旅館對面。最好是寫那種可以公開的信。我也不知道。我的上帝啊，如何才能活得本質一點呢？你給我帶來了怎樣的孤獨啊。」

瑪格麗特就這麼一直在山間走啊走啊，走得頭昏眼花爲止。她看著生命又一點一點回到羅伯特的體內。她談到了無辜，談到了拋棄。他們租了一間兩張床的房間。瑪格麗特寫信給迪奧尼斯：「在我的平靜之中，有一個小小的冰點。」自從在維里埃爾灌木叢得知瑪麗．路易斯的死訊後，羅伯特很少開口說話。「是在夜裡。我和他最小的妹妹在他的身邊。我們對他說：『我們有一件事情要告訴你，我們不能再對你隱瞞下去了。』他說：『妳們對我隱瞞了瑪麗．路易斯的死訊。』在這之前我們都一直待在房間裡，從來沒有談起過瑪麗．路易斯，從來沒有。我破口大罵。我想當時所有的人都在罵

① 迪奧尼斯．馬斯科羅檔案。

人。他只不斷地重複說『二十四年』，他坐在床上，手放在他的拐杖上，沒有哭。」①瑪格麗特不再吭聲，任由他沉默。

朋友給他寫信——密特朗、波尙——但是沒有來看他。聖若里奧茲，松林，小鳥在歌唱，老鷹在盤旋。一片寧靜。巴黎則呈現出戰爭結束的場景，單調而憂傷。密特朗寫信給瑪格麗特和羅伯特：所有的人都在跳舞，一直在跳。翻身的人民盡可能地開懷大笑，成日大吃大喝。生日的生日。解放的解放。機械的裝飾。大家燃起了煙火。警察被人捧上了天。正直的人都知道他們是英雄。

這一切卻並不嚴肅，玩笑也終於開完了。多列士只知道就生產夸夸其談，革命是唱出來的，而不是靠工作得來的。

羅伯特陰沉著臉。旅館裡，有個從集中營裡回來的小孩子在吹口琴，腦袋剃得光光的，這會兒已經恢復了體力。瑪格麗特又跑開了，躲到森林裡去，讓羅伯特一個人沉浸在他的哲學思考中。一連好幾個小時，羅伯特就這樣看著海水激起的浪花輕輕地吻在岩石上。事情的表面繼續還能維繫下去嗎？他問瑪格麗特。在旅館旁邊用來曬衣服的空地上，一個老德國士兵正在割草。羅伯特在等瑪格麗特說些什麼。但是瑪格麗特什麼也不說。他希望和她重新開始生活嗎？在集中營裡他從來沒有停止過對她的思念。她對他來說就好像是人生的一個定點，是故土，是他現實生活的港灣。八月七日凌晨三點十二分，她寫信給迪奧尼斯：「不，我不玩雙重遊戲。在這裡沒有人碰我。我會忍不住大叫大喊的。」於是瑪格麗特盡量躲開羅伯特；她找到了行動黨在薩瓦分部的兩個同志，一個是廚師，另一個是

①《痛苦》，頁七九。

機械師，在他們的陪同下，她出發採訪爲《阿爾卑斯勞動者報》寫報導。她才寫完一篇短篇小說，寄給了《影響》雜誌，然而始終沒有回音，她等得幾乎不耐煩了。每天，她都要寫信給迪奧尼斯。她對他說她想他，身體的需求，性的需求，情感的需求，她說只要他不在身邊，體內就像有個洞似的，她還想著孩子。「我們要個孩子吧……我沒有孩子……沒有自己的孩子。」她還不停地說她再也不能忍受如此曖昧的狀況了。「我不幸福……羅伯特已經猜到我不屬於他了。他對我同情得要命。」

安娜．瑪麗有時來看羅伯特，甚至會在旅館留上幾天。迪奧尼斯最終也還是來了。正好是廣島原子彈爆炸的那天到的。在《痛苦》裡，瑪格麗特寫道：「他（羅伯特）像是要打人，憤怒讓他昏了頭，而他也只有發洩出憤怒才能繼續生活下去。知道廣島事件之後我想他和D在談話，D是他最好的朋友，廣島事件是他回來後看到的外界的第一件大事，是他讀到的外界的第一件大事。」羅伯特於是明白了瑪格麗特最終將離他而去。她在他的身邊，像個專注的母親，一個充滿愛心的朋友，她照顧他，陪伴他，同情他，就像一個護士，爲他生命中每一天的進步而欣喜若狂。但是孩子。有孩子的問題。和迪奧尼斯要個孩子的慾望。還有和羅伯特生的那個死去的孩子。瑪格麗特不想馬上告訴他。她等待著合適的時機，等到她認爲他可以承受的時刻。「後來有一天，我對他說，我們離婚吧，說我希望和迪奧尼斯有個孩子，說離婚是爲了孩子姓什麼的問題。他問我我們是不是還有可能再在一起。我說沒有，說自從兩年前碰到迪奧尼斯起，我就再也沒有改變過主意。」①

迪奧尼斯在聖若里奧茲和羅伯特坦陳了一切。他談到了生，談到了死。他們之間沒有遊戲。我們找到了羅伯特在小學生練習紙上寫下的這首詩：

①《痛苦》，頁八〇。

這是我的朋友
他對我說了一切
他的臉只有一點點紅
雙手在顫抖
而我，我邁著局外人的步子
走進他的故事
然後我把他抱在懷裡
瞧，讓我們哭吧，哭吧
他看著我，我的朋友，他站起身來
在鋼琴上彈奏了
四五個音符
他走了
我待在原地，渾身髒兮兮的
在床上蜷成一團
抱著這個故事
這是我的朋友
他對我說了一切。①

① 迪奧尼斯·馬斯科羅檔案。

第五章

幻滅

「我們這些地下黨，我們這些恢復健康的鬼魂，我們那時還不知道，我們當中的很多人已經放棄了眞正的生活，我們變成了鬼魂。」愛德加．莫蘭在他的《自我批評》一書裡，重建了這一小撮被釋放出來的自由主義分子的生活氛圍，一種焦灼不安的狂熱。未來不再屬於他們，而沒有他們的明天已經是那麼令人失望。瑪格麗特經歷了解放後的財產充公，疲憊不堪、脾氣暴躁。她覺得自己遭到了敲詐，一無所有。在日記裡，她說秩序的恢復是在一種普遍的冷漠中進行的，她對法國人民的麻木表示了憤慨，並且抱怨抵抗組織的位置幾乎被縮減到零，以議會、政府爲中心重建的政治生活越過了抵抗組織，卡得它們幾乎喘不過氣來。革命沒有發生①。政治生活仍然回復到以前的軌道上去。和她的同志密特朗一樣，瑪格麗特也曾經認爲未來的生活會有很大的改變。密特朗加入了直接由抵抗組織演變而來的政黨：民主社會抵抗聯盟，勢力尚弱。抵抗組織似乎已經被人遺忘了。瑪格麗特認定教會是造

---

①《第四共和國時期的法國》，第一卷，《熾熱與必然》，讓．皮耶．里烏克斯著，門坎出版社，一九八〇年。

成這一切的罪魁禍首。她在日記中寫道：「在這樣的時刻，那些與我們並非懷有同等程度的仇恨的人的胃口令我們感到惡心。教會身披長袍顫抖不止，因爲它害怕即將發生的搶掠，這種民眾的動物般的飢餓感……教會又一次吞噬了納粹的罪行，納粹罪行的黑色聖體。它將納粹的罪行與上帝的懲罰混爲一談。希特勒是它最最親愛的迷途羔羊。下流。下流。」①解放初期，她和她的同志們一直沉浸在革命的狂熱之中，接著，她又帶著這份狂熱轉向了對羅伯特生命的關注。但是抵抗精神已經令她厭煩了②。不可能再回到、再跳入從前那種日復一日的生活裡去。難以承受的潰敗。在這個虛弱疲憊顫抖哆嗦的國度裡，先鋒們，還有夢想建立新世界的烏托邦分子沒有等來他們的機會。

聖伯努瓦街，夏末，羅伯特和瑪格麗特回到了這裡，他們聽說了貝蒂·費爾南德茲的事情。解放前的幾個月，她丈夫死於心肌梗塞，多里奧參謀部的人全都參加了他的葬禮。葬禮過後，貝蒂就藏在家裡，足不出戶。拉蒙死了也好，她覺得，這樣他就不用接受審判了。但是，盛夏的時候，原籍匈牙利的貝蒂·費爾南德茲·馮·波文斯遭到了逮捕，她被剃光了頭髮以後押往拉丁區遊街。在《廣島之戀》裡，莒哈絲重現了她的形象。二十歲的女人被剪光了頭髮，在內韋爾的大街上遊行示眾，《馬賽曲》雷鳴一般地響徹四周，這就是貝蒂。「這是怎樣的痛苦。內心的痛苦。眞是瘋了！」這個走在巴黎大街上的女人，氣度從容，帶著一份與眾不同的美，瘦弱、輕盈，像個影子，人們回首只是因爲她的美。也正是這個貝蒂·費爾南德茲，在她消失了十年之後，莒哈絲在《情人》裡向她最後一次致意：「那份高雅，我依然記得，現在要我忘記看來是太晚了，那種完美依然還在，絲毫無損，理想人

① 現代出版檔案館檔案。
② 一九四五年四月，有百分之十二的法國人認爲抵抗組織可以成爲一個政黨。

物的完美是什麼也不能損害的，環境，時代，嚴寒，飢餓，德國的敗北，將罪惡昭示於天下——都無損於她的美。」

莒哈絲一直在復仇的慾望——解放初期她所表現出的暴力，或許就是對她這種慾望的極好詮釋——和對和平未來的無限嚮往間糾纏不清，她覺得在解放全世界的共產主義麾下是可以實現這份和平的。像她這樣爲一場有毒的過去所折磨的並非少數，有一些人一直試圖把這份過去徹底從記憶裡抹掉。很多知識分子在清查的時候都互相詆毀。應該忘卻嗎？民族的和解難道必須以忘卻榮譽爲代價嗎？弗朗索瓦．莫里亞克指責加繆蔑視仁慈。加繆以仇恨和原諒爲辭加以否認。共產黨員喜歡迅速簡便的法庭。瑪格麗特會不會後悔當初自己花了大力氣把查爾斯．戴瓦爾送上不歸路呢？她是否會受到羅伯特．安泰爾姆和善之心的影響，他可拒絕和旁人一起津津樂道於這種清查方式的呀。

因爲一九四五年十一月羅伯特已經在《生者》雜誌上充分表明了自己關於復仇的立場。此時德國仍然有一些戰俘還被關押在法國，有人提出抗議，說他們受到了很好的對待。但是一個舊敵之死是絕對抹不去成千上萬的死亡的。「只有戰士們爲之而死的觀念和行爲占了上風，這才是復仇的意義，」安泰爾姆說。仇恨和原諒都不能讓人忘卻犧牲者本不應該看到、本不應該經歷的一切。「只有對人的尊重可以讓我們再在一起重新開始生活。仍然抱著仇恨不放，以惡抗惡只能將我們永遠關在戰爭的牢籠裡。同樣，面對復仇的狂熱，面對秘密的謀殺，面對毫髮無損的膽小鬼，我們說：不。」

瑪格麗特加入了法國的第一個政黨：法國共產黨。一九四四年她就成了共產黨員。獨自一人。沒有聽取任何人的意見，甚至包括迪奧尼斯。她說自己是秘密加入共產黨的，因爲當時情況很糟，她處在一種深深的狂熱之中。①回到巴黎以後，她便像個軍人那樣努力工作。她加入了七二二小組。她和任何一個優秀軍人一樣謹記黨的誓言；她相信自己是在為一個公正和平等的新世界的到來而鬥爭。共產黨員，她肯定是的：有好幾個證人，其中包括雅克·弗朗西斯·洛朗，愛德加·莫蘭、克洛德·羅伊，迪奧尼斯·馬斯科羅說她那時星期天一早就盡忠盡職地在自己的街區賣《人道報》，她還在自己的本子上記下售出的報紙數額，大概是每個星期四十到五十份——並且一次不拉地參加了七二二小組會議。她為自己參加這個自稱是「被槍斃者政黨」，並且能夠對抵抗愛國主義和紅軍的威脅有所防備的政黨而感到驕傲。②瑪格麗特之所以加入共產黨，因為這是個工人階級的政黨，因為它保護窮苦人和純潔的人的利益。但是她是一個特殊的共產黨員，狂熱、烏托邦、理想主義的共產黨員。她確實全心投入了黨的事業：她的時間和精力。不是像一個勇敢卻被動的小兵，像只知道服從的軍人那樣——因為這是一個要求服從的政黨——而是像希臘悲劇裡與命運抗爭的女英雄，為了這世界的美好願意犧牲自己。也正是出於同樣的原因，當年她會選擇離開舒適的大學環境加入救世軍日夜工作。如今瑪格麗特也選擇了全身心投入共產黨的事業。很多個夜晚，她丟下迪奧尼斯和羅伯特，在他們討論這個世界向何處去的時候，她忠誠而執著地進行她自己的工作，一個軍人的工作。迪奧尼斯那時在自己的本子上這樣記道：「瑪格麗特，不知矯飾，不善撒謊的瑪格麗特，悲傷的瑪格麗特，可她具有可怕糟糕的信仰。」她穿上她所謂「共產黨員」的制服——部隊那種粗布短工作服，翻毛的靴子——去敲別人家的門，走遍大街小巷，甚至進咖啡館兜售她的信仰。從她那時拍的照片上，我們可以看到一張正在

① 作者與迪奧尼斯·馬斯科羅的談話，一九九六年五月四日。
② J·P·里烏克斯，見上述引文。

執行任務不苟言笑的臉。她對任何事物任何人都視而不見。非常喜歡她，一直喊她「小妹妹」的奧蒂貝爾蒂在花神廣場和兩人像廣場碰到她，逗她說：「哦，我最愛的小政治警察，今天可好啊？」這個小政治警察拿著她那疊《人道報》一句話沒說就走了。她還經常帶著看門人弗塞夫人，她動員她也加入了共產黨。弗塞夫人是「屬於」瑪格麗特的無產者。在拉丁區，能夠加入共產黨的無產階級的代表的確不多。瑪格麗特於是對弗塞夫人大大恭維了一番，終於能帶著她一道上街巡查了。

冬天到了，瑪格麗特還在街上到處亂逛，羅伯特和迪奧尼斯都在自忖是否應該介入。比較起命令來，兩個人顯然更喜歡書。迪奧尼斯在重讀康德、黑格爾、聖茹斯特。羅伯特則在克萊斯特身上重新找尋自己的思想源泉。起先他只是談論，先是和迪奧尼斯，後來和他們兩人一道談論，但很快他就明白過來光談是不夠的，談話只能令他窒息，而不是給他力量。「對於我們自己，」他後來在《人類》的序言中寫道，「我們可說的話已經開始有點不可想像了。」瑪格麗特和迪奧尼斯經常聽羅伯特徹夜長談。他們確實因此而得到了改變。這可以說是一種啓發。他們變成了另外的人。猶太教徒。如果眞的有這樣的血統，他們便是完完全全的猶太人了。要將納粹傳播在他們靈魂最深處的想法徹底打破：否認猶太人是人，否認屬於他們屬於整個人類。他們的兒子烏塔說，他很遲才發現自己不是猶太人，因爲聽父母在談起出身這個問題時，他一直認爲自己理所當然的是猶太人。①愛德加・莫蘭回憶起自己在聖伯努瓦的特殊身分時依然覺得有趣，因爲他是猶太人。「有一個，有一個眞正的猶太人，」莫蘭笑著說，「於是我身上有一點什麼特別的地方。在他們眼裡，我戴著一頂哲學和存在的光環，所以

---

① 作者與迪奧尼斯・馬斯科羅的談話，一九九六年四月。

我說起話來自然有一種別樣的深刻。」①今天這份狂熱令所有人不禁莞爾，猶太主義在這份狂熱中成了一種超自然的能力，有一種紅衣主教般的價値，也正是這種夢想性的猶太主義使他們加入了本身也很理想化的共產主義政黨。「正是因爲這個，我們在對猶太主義和共產主義一無所知前就身陷其中。」迪奧尼斯．馬斯科羅在《追尋思想中的共產主義》②中寫道。

這些新的信徒在政治上應該大大失望了，不無苦澀。他們先是被共產黨給轟了出去，正如我們後來所看到的那樣。但是這份生存上的猶太化影響了他們的一生。瑪格麗特的許多書裡都可以看出這一份獨特的標記。即便在某種程度上沒有明確的表現，但它始終是理解整部書某些主題——晦澀，非常晦澀——的關鍵所在。就像她一直在要求得到的寬恕，就像是令她喘不過氣來的一種折磨，一種原罪。必須知道，在當時，「猶太人問題」——以及這個問題所引起的後果——還沒有被提上議事日程。猶太人是公共話題的禁忌。安妮．克雷日勒在她的回憶錄裡，記錄了在接待被放逐者時人們所表現出的那樣一種缺少熱情的模樣，以及他們的漠然：「在所謂的尊重和禮貌的表面下是一種沉默，二十年來，他們就是用這樣的沉默來隱藏對戰爭的現代版本和陣發性的恐懼的。」③只有少數在集中營裡僥倖存活下來的人敢於作證，並且帶有一種普遍的漠然。的確，不管是知識分子還是政客，那時鮮有揭露維希政府反猶行徑的，更沒有人從精神上和智性上去分析將猶太人當做燔祭的後果。當時報紙最多也就是不無羞澀地談到「對非雅利安人的迫害」。在審判貝當元帥的整個過程中，「反猶主義」這個詞甚至根本沒有出現過。密特朗在他自己的《自由人》報上也從來沒有提過一次。皮耶．佩昂指

① 作者與愛德加．莫蘭的談話，一九九五年十一月十二日。
② 《尋找思維中的共產主義》，迪奧尼斯．馬斯科羅著，弗爾比出版社，一九九三年。
③ 《我自認爲理解的東西》，安妮．克雷日勒著，羅伯特．拉封出版社，一九九一年。

出這點是很正確的：戰後數以萬計的審判都避開這方面的主題不談。一直到一九四八年，阿爾貝·加繆在給雅克·梅利的《讓我的人民過去》作序時才提到了反猶主義。

早在羅伯特從集中營回來之前，瑪格麗特就有機會注意到官方在談到被放逐者時總是面有難色。自一九四四年秋天開始，全國戰俘和被放逐者行動組織的愛德加·莫蘭便提議瑪格麗特和迪奧尼斯開一個揭露希特勒罪行的展覽。司法部派出的官僚使得這項工作根本無法進行下去。瑪格麗特倒足了胃口，放棄了該項計畫。有些政客也認爲那時舉辦這樣的展覽是不合時宜的，因爲會對尚在集中營裡的男男女女產生直接的影響。共產黨人在《人道報》上多次報導德國人的殘忍行徑，但從來沒有對存活下來的人加以區分：戰俘，政治流放犯，種族流放犯，抵抗組織成員……某些僥倖從集中營裡存活下來的人倒是很早就將種族流放犯的「被動」和政治流放犯的「主動勇氣」做出了比較。①經過一番波瀾壯闊的論戰之後，瑪格麗特退出了。但是準備展覽時，美國人借給她的資料卻深深地刻在了她的記憶裡。

再說，他們三個人，羅伯特、瑪格麗特和迪奧尼斯都想在思想上得到流放。三個人都和戰前的自己判若兩人。他們在找尋一種新的身分，但是又不希望就此確定下來。流浪者。瘋狂地讀著馬克思和荷爾德林，友誼是他們唯一的祖國。「對於尋找眞理的人來說，和朋友一道分享的精神生活，通過寫信或高談闊論進行交流而形成的思想是必不可少的。沒有這一切，我們對自己而言是沒有思想的。」荷爾德林寫道。他們三人像要將荷爾德林的哲學思考付諸實踐，投入了高密度的道德沉思之中。他們三個一道對滅絕猶太種族進行了分析和理解，其範圍之廣，程度之深，沒有堪與之相提並論的。世界

①《我自認爲理解的東西》，安妮·克雷日勒著，羅伯特·拉封出版社，一九九一年。

和先前不一樣了。瑪格麗特・莒哈絲在了解了這種燔祭的廣泛範圍之後不由深深震驚了，她後來塑造了奧蕾里婭・斯坦納這個人物。奧蕾里婭出生於奧斯維辛集中營。死亡的白色方框就是她的出生空間。勞兒・V・施泰茵也是猶太人。「是的，猶太人，我想。」奧蕾里婭・斯坦納的母親就是在集中營裡分娩時死的。她也叫奧蕾里婭・斯坦納。她死去的時候，她的女兒就在她的腳跟前，仍然活著。猶當・勞兒，猶當・奧蕾里婭。孟買的副領事也是猶太人。瑪格麗特筆下的奧蕾里婭・斯坦納並非憑空塑造。瑪格麗特才將通過美國人之口，知道有五十來個孩子出生於奧斯維辛並在那裡長大。他們當中有一些活了下來。沒有一個人會說「我」。他們只知道自己用於辨認的編號。後來在《綠眼睛》裡，瑪格麗特說她和奧蕾里婭一道被關過一個半月。於是她對她說了一切。和冥冥世界的通靈，這種和死者對話的能力，這種把自己視爲猶太人的方式，瑪格麗特終其一生都沒有改變。如何還能對《愛》裡那個深受折磨的男人的痛苦流浪做出別的理解呢？如何又能對《阿邦・薩巴娜和大衛》裡的長篇的抱怨——抱怨這個叫做「猶太」的種族，實際上被別人看做是狗——做出別的理解呢？莒哈絲小說中的很多人物都是猶太人、猶太人的名字或可以被看成是猶太人。一見鍾情——猶太人。清醒是在對奧斯維辛有所認識的時刻。她不願意——也不能夠對此做出解釋：「我可以把猶太人寫進故事，寫進小說，寫進電影裡。但是我小說中和電影中的猶太人和我一樣保持沉默。」①「她，她是站在猶太人一邊的，可是你們瞧，不能相信她寫的東西，她隱藏了自己的遊戲。」②很長一段時間裡，瑪格麗特一直在夢想著德國的覆滅：「我懲罰德國人和這片屠殺猶太人的土地。這夢是如此強烈，如此可

---

①《外面的世界——卷二》，P・O・L・出版社，一九九三年，頁三○。
②《外面的世界——卷二》，P・O・L・出版社，一九九三年，頁三○。

怕卻又如此令人心醉神迷。」①

在一九九○年，瑪格麗特．莒哈絲說她最愛讀的書始終是《聖經》。②她越老就越需要把《聖經》重讀上一遍又一遍。很多段落她都熟記在心，她喜歡高聲地背誦。雅克．弗朗西斯．洛朗一九四六年時去過一趟印度，在瑪格麗特的要求之下，見過孟買的副領事。他是個遵守教規的猶太人，《聖經》註釋專家。瑪格麗特只承認是他挑起了她對《聖經》的興趣。莒哈絲對自己不是個猶太人甚爲遺憾，因此大聲說：「眞可惜我不是猶太人。即便讀《聖經》也成不了猶太人。」不是猶太人就意味著自己多一分做蠢事的可能，飽食終日而無所事事，一九九六年二月，迪奧尼斯．馬斯科羅這樣對我解釋說。猶太研究讓他們對西方文明產生懷疑，徹底地放棄了天主教教義，並讓他們試著理解猶太教，拒絕個人崇拜，尋找一種新的思想，期待一種混合的文化。

一九四五年秋，羅伯特和瑪格麗特仍然在聖伯努瓦街一起生活。迪奧尼斯還是住在他母親家，經常過來看他們。羅伯特和瑪格麗特各自有各自的房間。迪奧尼斯從來不在聖伯努瓦街睡覺。有的時候他也會在進口處的沙發上打個盹兒。這個被那些持有偏見的人大肆兜售的三角故事，其實也沒有多少特別之處。不過作爲生活還是有點滑稽。瑪格麗特當然是很高興的，她和羅伯特住在一起，他們之間的關係是由深厚的友誼、彼此的尊重和智性的交流織就起來的，與此同時，她依然能將和迪奧尼斯的愛情發展下去，常常是當著羅伯特的面。在很多不解內情的人看來，羅伯特和瑪格麗特是夫妻，迪奧尼斯是這夫妻倆的朋友。迪奧尼斯笑著說：「我們不得不到旅館裡去做愛。誰也不在聖伯努瓦街做

---

①《外面的世界——卷一》，《罪惡的幸福夢想》，頁三五四。
②作者與瑪格麗特．莒哈絲的談話，一九九○年十一月十一日。

愛。」從表面上看來，這棟房子更像是一座修道院。但只是表面上，因爲一個星期總有一兩次，房子會變成狂歡場所，即興的音樂聲中，大家跳啊喝啊直至黎明。結婚的夫婦被拆開重新組合。互相絞纏，互相擁抱，但是第二天一早，每個人還是乖乖地帶著自己的那個回家去。一九四五年底，瑪格麗特和羅伯特成了臨時的出版商。必須給羅伯特找一份工作，迪奧尼斯解釋說。印刷廠的伯努瓦先生答應幫忙，羅伯特・瑪蘭答應給他們的出版社以經濟上的資助。他們成立了一家世界城出版社，社址在杜班街，安泰爾姆父母家。「這家小出版社可以詮釋我們那種想要獨立的迫切心情」，迪奧尼斯補充道。它只出版了三本書，紅白兩色的封面，隨後就由於經濟原因倒閉了。瑪格麗特和羅伯特出版的第一本書是愛德加・莫蘭的《德國的公元零年》，出版於一九四六年。之後不久便是聖茹斯特的文集：《共和黨人的談話，關係和制度》，由格拉西安作序，那是迪奧尼斯・馬斯科羅的筆名。羅伯特還想出版一九四五年在德國出版的泰奧多爾・普列維爾的《斯大林格勒》，他把書交給若日・桑普朗翻譯。但是翻譯工作一直未能結束。這項出版計畫堅持了兩年不到的時間。一九四七年，世界城出版社推出了《人類》，在關於種族滅絕的論述方面，這本書堪與普里莫・萊維的著作相提並論。並且和普里莫・萊維的書一樣，《人類》也沒有引起多少人的注意。

在聖伯努瓦街，瑪格麗特繼續盡心盡職地如母親般照顧著羅伯特。死神自此之後被他甩在了身後。他終於從困境中拔了出來，在這場戰鬥中，瑪格麗特始終日日夜夜地守在第一線。她不能脫離他的存在而存在。經常去聖伯努瓦街的朋友們都記得很清楚。「她沒有重新成爲羅伯特的妻子」，迪奧尼斯肯定地說。他們相愛，但不是情人間的那種愛。也許是在潛意識裡，也許不是，瑪格麗特希望兩個男人同時在她身邊，這個圈子裡的朋友都說。對此瑪格麗特報之以大笑，她在自己的一本簿子裡記道：「我這樣迷戀他並不是因爲我愛他，這不是愛情……但我確實迷戀他，這一點很重要……對我來說羅伯特和迪奧尼斯一樣是永恆的，在同一水平上。」

瑪格麗特成了羅伯特的母親，保護他，爲他做飯，撫平他的恐懼，並且看顧著迪奧尼斯的日常生活，讓他幸福。在他們面前，她總是很平靜，寸步不離，從來不嫉妒兩個男人之間的友情。她是友誼愛情的信使，是春蠶吐絲式的愛情的信使，是智慧愛情的信使。他們倆是她忠實勤勉的讀者，是她可以信賴的人。她把自己寫作上的困惑告訴他們，把即將在《影響》雜誌上發表的短篇小說結尾的構思告訴他們。這篇小說卻始終沒有發表。過於滯重的論證？不夠完善的結構？過於明顯的存在主義的影響？也許是因爲所有這些原因。在這篇題爲《艾達或葉子》的小說裡，瑪格麗特在寫作程序上做了新的嘗試，小說是建立在視覺之上的。小說中的主人公觀察到了心愛女人在自己身邊死去的全部過程。這篇哲學沉思在今天只能當文體練習來讀，其中也不乏笨拙和重複。瑪格麗特．莒哈絲試著在對表面看來頗爲平庸的事物的觀察中找尋靈感，但是她漸漸走了形。主人公讓打開房間的窗戶，他心愛的姐妹奄奄一息，春天的香氣和力量撲面而來。莒哈絲花了好幾頁紙描寫葉子慢慢舒展的過程，描寫空氣中流動的活力，植物復甦的生物慾望。這些東西不是從平常的角度去看的。莒哈絲對大自然的復甦做了精心的紀錄：

> 葉子日復一日地醒目起來。很快它們就會打開了，讓自言自語地說，舒展開來，直挺挺地豎在樹枝上。目前，它們還緊緊地貼著樹。它們讓人想起點什麼，讓人不舒服的什麼東西。它們的肌肉是那麼富有生命力。

外面的生命又重新開始了，裡面，一個年輕的女人正在死去，沒有鬥爭的願望。讓的精神游弋開去，各種意象糾纏著他，還有各種不甚健康的幻覺，紛紛湧入他的腦海：

一個女人壓在您的身上，您使她變得大起來，大起來，渾身是血，絕妙無比。有人在敲門。什麼門？是一扇關著的門，我們都很清楚。上帝的名字。上帝的名字。敲門。敲門。拳頭落在拳頭上——拳頭都敲疼了。但是外面百葉窗在風中吱嘎作響。這是召喚。我們將向著敞開的方向去。外面。牆包圍著花園，裡面全是熟透了的西紅柿，熱熱的，一咬就全是血。

這篇被退了好幾次稿的小說是羅伯特、迪奧尼斯和瑪格麗特三個人的結晶。當時，瑪格麗特還能接受修改的建議，她改得很多。迪奧尼斯始終比羅伯特難對付。每次她完成一部稿子，總是先給羅伯特看，他說「還行」以後，她再把稿子交給迪奧尼斯，惶惶不安。她把第一稿交給迪奧尼斯的時候，小說的題目還是《葉子或萊達》，她覺得已經差不多了，結構也很好，於是她用大事已定的口吻對他說：「別改得只剩下重要的東西，我希望。它已經很完美了，不管你們說什麼。不，我的小迪奧尼斯，如果你對我說這不行我會生病的，因爲你對我說的一切，沒有人能夠推翻。」迪奧尼斯還是改了。瑪格麗特於是重寫。幾個月後，她再次把小說交給他，求他不要太嚴厲：「我寫信給《影響》雜誌的貝爾特萊，告訴他我已經完成了我的小說。別抨擊得太厲害，別再改了……我的小說還行，它會行的。」一九九六年四月，迪奧尼斯想起了這段往事：「是的，我在她寫作的事情上非常嚴厲。當時，她非常感謝我。」

瑪格麗特・莒哈絲那時的確對自己非常沒有把握。她經常開了頭就放棄了。她在法共的傳單背面起草小說的開頭，比如說這段名爲《大屠殺之夜》的片段，一個混亂的故事，說的是諾伊一個很有錢的男人，父親掌握著輪胎橡膠的硫化合格證，他把整個的時間都用來讀《聖經》。我們可以在《直布羅陀的水手》和《副領事》中發現這個片段的總集。瑪格麗特什麼也不扔掉。就像她經常把前一夜的剩飯做成美味無比的雜燴湯一樣，她也保存著這些零散的碎紙片，等著有朝一日再度翻新。

聖伯努瓦街，門永遠是開著的，她的廚師美名已經傳遍了拉丁區的知識分子圈。她喜歡招待客人。戈諾，梅洛·龐蒂，奧蒂貝爾蒂都是她府上的常客。通常都是不很正式的飯菜。大家在一起喝很多的酒。有時還跳舞。愛德加總在，羅伯特和迪奧尼斯也是。瑪格麗特的衛兵。但是所有的人都說：瑪格麗特狡猾，和善，滑稽，太滑稽了，迷人，狂熱。她喜歡大家都圍著她轉，她喜歡感受到自己呼之欲出的慾望。她坐在男人的腿上，就是爲了看看她能不能使他們感到興奮。男人喜歡這種永遠不會演變成艷遇的遊戲，有一點邪乎。①這正是得不到滿足的慾望。延擱下來。「和她在一起大家覺得什麼都是可能的，覺得可以和她走，開始一樁艷遇，」一個堅持不願透露姓名的人對我說。聖伯努瓦街既非布勒東所夢想的那種玻璃房子，也不是十九世紀那種烏托邦主義者要建立的法倫斯泰爾，在那裡可以交換一切：性、領土和理想；更不是十九世紀俄國年輕的虛無主義者所建立的革命分部，它是一個非常簡陋同時又高度密集的地方：是一個以友誼爲宗教信仰的地方，所有的人都有一種慷慨的願望：願意對他人敞開心扉，所有的人都在一種不確定的自由狀態中生活。聖伯努瓦街，大家可以再次度過青少年時代，但對自己更有把握，更持重，更自由。每個人都可以按照自己的喜好和感情在這裡過夜。當時鑰匙總是放在門氈下，客房的床上，新換的褥單在等著過夜的朋友，還有睡袋，瑪格麗特

① 作者與莫尼克·安泰爾姆的談話，一九九五年十月十四日。

負責接待，她就像彼時科西嘉島上好客的女主人。

在所有人的眼裡，瑪格麗特是羅伯特的妻子，迪奧尼斯是羅伯特最好的朋友。知道迪奧尼斯和瑪格麗特之間關係的朋友，很爲她做出來的表面現象感到焦慮，她似乎還想維持和羅伯特公開的夫妻生活。在街上，瑪格麗特挽著羅伯特的膀子，迪奧尼斯走在他們身邊。羅伯特也習慣了，而且他還繼續著和安娜·瑪麗的故事，安娜也懷孕了，但羅伯特不想要這個孩子。不久以後他又和另一個年輕女人發生了關係，而這個年輕女人以前也曾是迪奧尼斯的情人。團體的精神占了上風。

一九四六年夏初，瑪格麗特去了多爾多涅。這一次是一個人。她住在奧特弗爾的一家小旅館。她想一個人靜一靜，思考一下，找到一種更平衡的生活方式，因爲她說她再也不願意夾在兩個男人中間生活了。但是如何選擇呢？她寫信給迪奧尼斯：「我們三個人之間這種互相欣賞的感情的確非常美妙，但也非常可怕。上帝啊，我何時才能得到安寧呢？我不要再爲你們擔心了……我只愛你。你們總是置我於不顧，讓我一個人承受痛苦。沒有辦法。無論如何我們大家都被這個故事拖垮了。」①瑪格麗特之所以還在猶豫要不要切斷和羅伯特的共同生活，是因爲她在等著迪奧尼斯開口，開口讓她和他一道過。但迪奧尼斯一直保持著沉默。迪奧尼斯住在他母親家！那一階段，他經常去看波萊特·戴瓦爾，這種雙重生活安排得井井有條，他不禁爲之心花怒放。瑪格麗特什麼也不知道。照波萊特今天的說法，迪奧尼斯是願意離開瑪格麗特和她永遠在一起的。他允諾了很長時間卻始終沒有做到。波萊特懷孕了。迪奧尼斯很幸福；他對羅伯特也什麼都沒說。直到三十年後他才向羅伯特承認了這份父子關係。雖然從表面上看起來，羅伯特和迪奧尼斯走得很近，實際上也相距很遠。迪奧尼斯保守著自己的

---

① 迪奧尼斯·馬斯科羅檔案。

秘密。羅伯特希望形勢能夠更明瞭一些，一直在問自己這種不太正常的同居是爲了什麼。他覺得自己妨礙了他人。於是他開始找住房。但是瑪格麗特打消了他的這個念頭。最終離開的卻還是羅伯特，而不是瑪格麗特，她懷孕了，在等待這個她期待已久的孩子出世。瑪格麗特還以爲這是迪奧尼斯的第一個孩子。一直到死她都不知道她的孩子還有個同父異母的哥哥。

一九四六年三月，春天一個天色陰沉的日子，迪奧尼斯和羅伯特決定加入法國共產黨。「……我們讓步了，不想再戒備下去，羅伯特和我看起來都非常悲慘，是那種既像是要結婚又像是要入土的悲傷，我們朝著聖—徐布里斯廣場走去……胳膊挽著胳膊——我們之間一直是這樣的關係，當一個人感到不堪承受的時候，另一個人總會振作起來給予他支持——跨越了這一步。」①迪奧尼斯和羅伯特就這樣和瑪格麗特在拉丁區七二二小組的會議上碰面了，並沒有太大的熱情。而瑪格麗特已經熾熱地戰鬥了兩年。在他的私人日記裡，迪奧尼斯說瑪格麗特表現出一種不甚明瞭的忠誠，她對於犧牲和絕對的信仰總是懷有莫大的激情，那時她讓所有周圍的同伴都相信，唯有靠這經過改動，已經有點自由主義味道的共產主義才能與舊世界徹底決裂。

小組缺少工人階級基礎。只有聖伯努瓦的印刷廠提供了幾個工人。當然，還有聖伯努瓦街五號的看門人弗塞夫人。但是，要實現無產階級專政，僅一個弗塞夫人怎麼夠，儘管她顯示出了過人的精力！會議開始總是一刻鐘的政治形勢，然後分配任務：瑪格麗特負責張貼和散發傳單，走訪窮苦人民。瑪格麗特把自己看得非常重要，她是第一個要求從最底層的事情做起的。總是全身心地準備投入各項苦役。在她的一本簿子裡，我找到了這個時期的一張傳單，摺得好好的：「五月二十七日星期

---

①《圍繞著回憶的努力》，見上述引文。

一，在鼓勵協會大廳，法國共產黨特地爲您召開一個大型的信息代表大會。」在反面，她記道：

——政策：平靜。我們將爲提高工人工資和改善食物供應而鬥爭。要點：不能有過激行爲。爭取獲得某些食物的自由市場。

——政體：我們不放下武器。和社會黨的聯合是我們一項成功的舉措。要取得普選權。所占比例要合適。

——場所：我們對新方法感到很滿意。傳單很有效。不要強迫別人接受我們的意見。盡可能地傳播我們的家庭文學——和同情我們觀點的人保持聯繫。這是工作的基礎。

她表現得實在是像一個優秀的共產黨員，所以她成了小組的秘書，做了一年，後來又差點成爲塞納河支部的支委，但是她拒絕了，因爲她要留在基層。接著她又公開拒絕任何黨內職務的提升機會。她覺得自己的這個小組有點過於時髦，過於知識分子化。而且在加入七二二小組前，她曾在七四二小組戰鬥過，那個小組的工人比較多。小組有點像第一批基督教團體。迪奧尼斯記道：「幾個月來，她帶著一種無所顧忌的慷慨，一言不發，自如地工作著，所有的任務她都要求一個人完成，沒有證人，沒有或然的承認，她完全忘卻了自己的存在，似乎不再知道何爲恐慌，在她沒有被完全沉浸於某項她鍾愛的工作中的時候，她是會感到害怕的。」①

她通過政治生活所體驗的，總是這種響應他者的呼喚，這種忘卻自我的慾望。後來，從《琴聲如

---

① 日記，迪奧尼斯．馬斯科羅檔案。

訴》開始，她將文學當做通向無法形容的世界的入口，也是出於這樣一種慾望。目前，作為一個優秀的共產黨員——在黨內，同志，她盡量克制自己，不提太多的問題。目前還不要提……和她的一些同志一樣，她相信黨。瑪格麗特和羅伯特在信仰上還是相通的。迪奧尼斯則和他們有一段距離。他對黨總是有點懷疑，時不時會逗上一兩句樂，甚至會發展為諷刺。迪奧尼斯是個討厭加入任何黨組織的人，共產黨員的身分讓他感到厭煩；一想到自由有可能受到限制他就不快活。政治生活和愛情生活一樣：「婚姻也是一樣。我們從來沒有結過婚。我們反對這些俗禮。」①

羅伯特或許在加入共產黨之前已經是個共產黨員了。他以前就認為共產主義是唯一拯救這個世界的道路，在經歷了人類的最大驚恐之後，這也是唯一能讓他活下去的思想範疇。甚至一九五〇年三月他非常痛苦地被共產黨驅逐出隊伍，他也還是共產黨員，直至生命結束。共產主義：均分財富的理想，社會階層的廢除。共產主義：家庭，一種生活的方式，愛，讀書，討論。激情，執著，希望。共產黨人。優秀的共產黨人。儘管有這麼多事件。儘管德—蘇共產主義的陣營有所分裂。儘管，儘管這一切，正如克洛德·羅伊說的，在聖伯努瓦街，革命已經被提到議事日程上來。然而第三杯威士忌下肚，羅伯特還是會承認自己更喜歡米什萊而不是馬克思。梅洛·龐蒂仔細剖析了以共產黨的名義對馬克思理論做出的過度闡釋，莫蘭對無產階級專政的前途做出了評判。但是所有的人都很盲目，或者說他們不願意有更清醒的認識。瑪格麗特就一系列的莫斯科事件做了報告，在同志們中傳閱。莫斯科當然很遙遠，但是對黨的信念動搖了。她去參加會議的次數越來越少。她大聲嘲笑散發給黨員的注意事項，這份注意事項名為：要做一個優秀的斯大林主義者必須知道一切。從表面上來看，瑪格麗特還是

---

① 作者與迪奧尼斯·馬斯科羅的談話，一九九六年四月。

一個好黨員。她在街區裡募捐，爲小組活動籌集資金。她的房子也貢獻出去了。節日前堆滿了小啤酒瓶；節日後又是沒有賣出去的成堆的《人道報》。不論誰都可以自由進出，在這裡歇上一個小時甚至一夜。「我們相信未來，」雅克·弗朗西斯·洛朗說，「我們要和人民站在一起，對人民說話。」①

實際上，羅伯特和迪奧尼斯正式加入共產黨的時候，瑪格麗特已經開始心存疑慮，和黨保持一定的距離了。她把自己的疑慮告訴了黨組織。她去找她的上級，想要讓他們對扎諾夫做出解釋。她反對斯大林這種精神上的大統一，幾乎都不願意出去賣《人道報》了。上面安撫她，讓她平靜下來。暫時的。第二個月，在聖伯努瓦街的這個蜂窩裡，這個讓·圖森和多米尼克·德桑蒂，若日·桑普朗和弗朗西斯·龐日經常去的蜂窩，有天晚上，克洛德·羅伊帶來了一位義大利的朋友，艾里奧·維托里尼。這次相遇對於瑪格麗特來說也是決定性的，他們之間自第一次相遇起就結下了深厚的友誼，艾里奧對她的影響不論在政治觀點還是文學上都是極大的。

艾里奧·維托里尼是作家，共產黨員，在義大利的知識分子圈赫赫有名。他英俊，謹愼，迷人。在他身上散發著一種感性的魅力，帶著幽默的活潑。艾里奧現在越來越被視爲義大利最重要的政治思想家之一。他提醒理念上有點迷失的法國知識分子，要盡量避免法國斯大林主義的枷鎖，他說要重新建立自由主義的馬克思理論。受法國作家委員會的邀請，艾里奧·維托里尼對法國共產主義知識分子中盛行的思想進行了嚴厲的批判。「我們都爲之震顫，」迪奧尼斯回憶道，「我們之間立刻就締結了深厚的友誼，可以爲之生，爲之死。我們再不願意分開。」②

---

① 作者與雅克·弗朗西斯·洛朗的談話，一九九六年四月二十五日。

② 作者與迪奧尼斯·馬斯科羅的談話，一九九六年四月十二日。

自一九四三年底開始，歐洲的作家和知識分子就將他視爲他們當中的一分子。維托里尼成了他們的標誌。他是詩人，抵抗運動成員，現代思想家，行動家。一九四五年他出版了一本題爲《人和其他》的小說，一九四七年譯成法文。艾里奧・維托里尼還是一九四二年出版的《西西里島的對話》的作者，書出版後立刻遭到墨索里尼政府的查禁，但是卻在布魯塞爾被翻譯成法語，並且在德占期間的法國廣爲流傳。維托里尼本來想把《人和其他》譯成《人和非人》，或許是冥冥之中的一種相通吧，這本書的主題和後來寫下《人類》的羅伯特・安泰爾姆的思考極爲相近。小說的主人公是個米蘭的抵抗成員，他和其他任何一個人一樣，都有陰暗的一面。究竟還剩下點什麼能夠讓人之所以爲人呢？在種族滅絕後人類會聯合起來不可分割嗎？戰後，抵抗組織成員成了超人，納粹和法西斯分子則成了非人。維托里尼拒絕接受之中善惡二元論，大聲並有力地肯定事情要複雜得多。「人，造物主這美妙絕倫的創造，大部分時間卻都是帶著一種無恥的意識在生活」，他在《大眾報》上寫道。他筆下的主人公一直在和自己鬥爭，想要重新分辨出事物的味道，開闢一條自己特有的眞理之路，徹底擺脫二十年來已經深入他骨髓的法西斯主義。

在瑪格麗特看來，艾里奧・維托里尼既是個偉大的作家，同時又是一個眞正的抵抗組織成員，他在一九四三年就加入了義大利共產黨，他信仰的是一種道德上的、自由主義傾向的共產主義。和安泰爾姆一樣，他從未停止過要求清洗法西斯主義和納粹主義對世界的「侮辱」。在他所有的書中，我們都可以看到「對世界的侮辱」這樣的字眼，它表達了戰後義大利某些共產主義藝術家和知識分子的共同心聲。恐懼，道德和精神上的絕望，他們對所有教義都持懷疑態度：「噢，人啊人！只要有侮辱存在，我們就立即站在被侮辱的人的一邊，我們說這就是人。這就是人。眼淚？這就是人。」①藝術家，哲學家，美學家，艾里奧還會做飯，喜歡走路和游泳，他是快樂而喧雜的晚會上的好同伴，他很快就徹底進入了瑪格麗特的圈子。接納。授予騎士稱號。吉內塔、瑪格麗特和艾里奧之間是非常美妙的友情故事。瑪格麗特一旦愛上就會愛得發瘋，會馬上就要。第一次見面的兩個月後，她建議迪奧尼斯和羅伯特夏天一起到義大利去看望維托里尼夫婦。大家又重逢了，又重新在一起了。不再分離。在生活的漩渦裡，瑪格麗特的心緊緊地貼近這份上蒼賜給她的禮物。火熱的夏天，大海，羅伯特的身體面向著大海，面向著人群，生機勃勃，眞正的生機勃勃；她和吉內塔躺在太陽下，在岩石屏障後赤裸著身子暢飲陽光。還有迪奧尼斯，總是那麼英俊，身上還留有游泳的印跡；迪奧尼斯，哦，她是那麼喜歡和他做愛。瑪格麗特說她從來沒有度過這麼難忘、這麼幸福的夏天。

維托里尼給了她很多啓發。慢慢的，不自覺的。這種影響照亮了《塔吉尼亞的小馬》，這是她在若干年後，在一九五三年出版的小說。這種影響並非表現在她描寫人物時所玩的捉迷藏的遊戲上——讀者很容易就能發現艾里奧和他妻子吉內塔的影子，而是表現在她對文學本身的定義上：人物，在她先前的書裡，都是以他們自己的口吻來表達感情的；作者站在他們的位置上，從他們的內心描寫發生在他們身上的事情。可從《塔吉尼亞的小馬》開始，莒哈絲傾向於只通過人物的外在行爲來表現他們的感情。向她一向欣賞的福克納致敬，也許是受了薩特關於人物作用的理論影響，儘管她不願意承認。但是最大的影響來自於維托里尼，是他讓她放棄了古典的美學觀，接受了關於寫作的新概念：詞語之於小說就像音樂之於劇本。在機械的和外在的涵義之外，它還賦予語言一種詩化的涵義。正如在

①《人和其他》，伽利瑪出版社，一九四七年。

維托里尼筆下①，在事物和動作的現實涵義之上，存在著一種只有寫作能夠達到的神秘的意味。莒哈絲在藝術上很大程度地借鑒了維托里尼的技巧，他對重複的運用，詞語咒語般的迴旋，它們在句子裡撞擊著原來日常的涵義，帶著一種難以名狀的光暈，任何分析都不能觸及它們的靈魂。

維托里尼的出現，對聖伯努瓦小組的政治思想同樣具有決定性的意義。維托里尼是個觀點非常開放的人，他曾經爲義大利抵抗組織的機關報紙秘密工作過，解放後成了義大利共產黨黨報《團結報》的總編。尤其難能可貴的是，他還要編輯自己的雜誌《政治技術》，爲雜誌撰文的都是他自己喜歡的作家，有的是共產黨員，有的不是。但是，瑪格麗特越來越討厭共產黨的狹窄範圍了。瑪格麗特，激烈的瑪格麗特，過於激烈的瑪格麗特，正如迪奧尼斯在一九四六年所記下的那樣，她被要求絕對順從的斯大林主義激怒了，她不停地寫信辱罵共產黨內的知識分子幹部，雖然最終這些沒有寄出的信都被她扔進了字紙簍。她懷疑他們在背叛，在撒謊。維托里尼認爲她的懷疑是有道理的，認爲她最糟糕的預感都將成爲事實。受到法國共產黨正式接待的艾里奧，能夠就那些一心想著革命的人的精神狀況做出準確的判斷。他不無震驚地發現在法國，斯大林主義盛行，只不過不是表現爲軍事上的狂熱，而是表現爲頭腦的狂熱，思想和文化範疇裡的問題，也是通過服從而不是通過追尋眞理來解決。維托里尼的話，瑪格麗特都聽了進去。她知道他說的是眞的。但是她覺得非常痛苦。如何自處，附著於哪一個陣營，眞正的敵人在哪裡，如何繼續戰鬥，和誰一起繼續戰鬥？瑪格麗特終其一生都在拒斥薩特。同時她也討厭西蒙娜·德·波伏瓦，出於個人原因——因爲她們曾經愛過同一個男人——和文學上的原因——她討厭波伏瓦寫的作品，她從來不掩飾她對這對伴侶的厭惡。薩特當時對斯大林主義極爲醉

① 他在《紅眼睛》的後記裡做了解釋，伽利瑪出版社，一九五〇年。

心，儘管他也覺得主義本身有些模糊之處，所以他提出了介入的概念。在《自我批評》一書裡，愛德加．莫蘭說，介入這個概念之所以能夠取得成功，正是因爲它恰好符合知識分子面對共產主義問題的新心理。瑪格麗特從來沒有採納過所謂的介入概念。她決定遵循維托里尼的建議：做一個自由的知識分子和共產黨員，不一定是馬克思主義的共產黨員，而是一個和善的、新教徒式的共產黨員。世界的變化會產生新的倫理。但只有通過革命道德才會眞正地開始存在。自以爲建立了一種新型的知識分子，法國共產黨也許只是產出了一種新型的混蛋，在出發回到義大利前，維托里尼對狂熱的瑪格麗特說。

聖伯努瓦街，羅伯特開始起草《人類》。愛德加．莫蘭從德國回來以後，和他的妻子維奧萊特住在一起。日子在爭論、劣質酒和歌唱聲中一天天地流逝。特別是皮雅芙的歌，瑪格麗特基本上都熟記在心，他喜歡和迪奧尼斯二重唱。「在這個瘋狂的蜂窩裡，」克洛德．羅伊說，「冉森教派的蜂窩，神奇、喧鬧而焦慮不安的蜂窩，瑪格麗特是女皇。她像山羊一樣粗暴，像花朵一樣無辜，又像貓一般溫柔。她既有巴羅克式的那份精緻，又像農婦那般單純。」①迪奧尼斯的母親由於生病到聖伯努瓦街住了幾個月。瑪格麗特很喜歡她。她溫和，細膩，非常非常和善。母親原來可以是這樣的！瑪格麗特一面在和共產黨內部鬥爭，一面仍然全身心地投入各項戰鬥。也許是爲了贖罪，但是很長時間以來，她已經覺出了這些工作的無聊之處。這也是一種逃避，一種忘卻，不再糾纏於自己的精神狀況，不再糾纏於知識分子中普遍盛行的斯大林主義化和背叛的同伴。瑪格麗特，還有和她站在一邊的愛德加．

---

①《我們》，克洛德．羅伊著，伽利瑪出版社，一九七二年。

莫蘭、迪奧尼斯・馬斯科羅、羅伯特・安泰爾姆，繼續幻想著可以讓法國共產黨接受新的道德觀、政治觀和愛情觀。出於這樣的目的，聖伯努瓦街成立了馬克思主義研究小組。對共產黨的某些行徑提出批評但並不退出黨的組織。在哲學上回歸馬克思和恩格斯。迪奧尼斯・馬斯科羅認爲就是從這個小組開始，大家在理論上和政治上開始出現了眞正的分歧。莫蘭則不這樣想，他覺得當時也不過是聊聊天而已，最多也就是對黨所持的態度喋喋不休的爭論，不知道黨究竟會拿他們這些總是歸不到自己隊伍裡來的波西米亞知識分子怎麼樣。另外，爲給工人階級做點貢獻，小組決定將《人道報》的資料分類。一些人開始埋首剪報，這個在思想上不無問題的小組就在不知不覺中消失了。

支持還是不支持？越來越難對付的共產黨把喜歡強詞奪理的知識分子集中在一起，成立了一個「支持批評會」，這正是收編他們的序幕。莫蘭對這些所謂的「支持者」非常反對。瑪格麗特、馬斯科羅和安泰爾姆也是一樣。這個莫里斯・梅洛・龐蒂和大衛・魯塞經常參與的小組，表現出某種靈活性和幽默性，同時也有一定的距離和懷疑。共產黨員和知識分子的雙重屬性使得這些人專門和令人焦慮的間諜作對。他們在哪裡？他們是誰？懷著虔誠的信仰又如何還能對事物及其反面做出判斷？在這種情況下不成神經病眞是了不起，無論在理智上還是在道德上都是花了不少力氣的，因爲這要求在言辭上或精神上裝腔作勢：當時大家看到了革命的成效，覺得蘇聯的無產階級專政和眞正的民主是正確的。沒有人願意弄明白。就這樣殖民地問題也被遺忘了。瑪格麗特和其他人一樣，那時對她童年的故土發生的事情一無所知。法國海軍炸毀了海防，戰爭開始時，瑪格麗特還根本不知道印度支那的兄弟姐妹正處在水深火熱之中，她只滿懷熱情地關注著捷克斯洛伐克和波蘭。「我們的反殖民主義思想本身就已經夠清晰的了」，莫蘭在《自我批評》一書裡寫道。瑪格麗特用殘忍的幽默方式報復了共產黨的錯誤行徑：她大肆諷刺那些只知道對馬克思主義頂禮膜拜的人，嘲笑他們過分的語言，她模仿的阿拉貢、愛爾莎夫婦，讓聖伯努瓦街的人統統笑彎了腰。她別出心裁地將貞德和達尼埃爾·卡薩諾娃聯繫在一起，在小組會議上進行高聲強烈的抨擊。走出地理教室，在聖日耳曼—德普雷廣場上的波拿巴酒館裡，她拿著一杯啤酒，公開批評要求嚴格信從的斯大林主義者，她恐怕是小組裡第一個這樣做的人了；她指出他們的矛盾之處，揭露了他們的謊言。她最討厭瑪爾蒂，然後是卡納帕。但是除了這些平庸的戰士，畢竟還有托雷茲。「托雷茲這個傢伙還不錯，」瑪格麗特說，「我們可以信任他。」

僅僅是置疑還不算有罪，但是承認共產黨的薄弱之處並在同伴中大肆嘲笑就會使黨的名譽受到影響。「讓我們感興趣的不是斯大林，但是我們覺得所有人都介入是有必要的。」迪奧尼斯說。對於瑪格麗特來說，想要讓這份共產主義的介入不朽的願望一直非常強烈，她為此深受折磨，這可能也屬於一種對絕對的追尋吧。她仍然留在共產黨裡，繼續著精神上的求索。如何給人重新定義？如何改變人類狀況？對於正在忍受痛苦的人類，文化應當起到什麼樣的作用？多虧了艾里奧·維托里尼。她讀了大量的哲學和經濟學著作，就剝削、奴隸制和需求問題做了很多筆記。她越來越唾棄所謂的斯大林主義者，但是繼續聖化工人階級。瑪格麗特屬於那類神秘共產黨員。當然，她嘲笑阿拉貢，可是她也看不起加繆。她認為自己是個真正的戰士，因為和工人階級來往。聖日耳曼小組的三個排字工和她的看門人已經足夠她進行自己的事業了。海明威才將被共產黨從文學隊伍裡清除出去，因為他膽敢在《喪鐘為誰敲響》中對安德烈·瑪爾蒂提出質疑。在義大利，維托里尼以連載的方式把這部小說發表在他的《政治技術》雜誌上，表面上看起來還沒有什麼問題。法國共產黨和義大利共產黨的差別越來越突出了。法國共產黨把亨利·米勒當成淫書作者來對待，把薩特看成是令人厭惡的老鼠，義大利共產黨卻能通過它最有力的一枝筆，對加繆的倫理主義、存在主義的主題，以及慾望在美國新文學中的分量做出平心靜氣的評判。成為馬克思主義者並不意味著思想上受到限制，瑪格麗特對自己說，迪奧尼斯和羅伯特也更靠近義大利共產黨的模式。這樣一心想成爲革命的知識分子的朋友，發現了義大利共產黨的力量，義大利共產黨在歐洲是最爲強大的，這才是眞正的希望之鄉。在那裡，共產主義是在最本質的精神力量裡找尋源泉，儘管希望得自於勢力強大的天主教文化。在那裡，共產黨員星期天都去領聖體。這種共產主義基督性的一面深得瑪格麗特喜歡。「我不再相信基督的神聖，」維托里尼說，「但是我這樣是因爲我越來越相信他的子民。」艾里奧和瑪格麗特都在衷心地呼喚一種人類的新秩序，統治整個社會關係體系的是愛。

瑪格麗特處在革命的前沿，躲在烏托邦的幻想裡。在她眼裡，共產黨很快就背叛了自己最初的信仰。但是瑪格麗特和某些人不太一樣——我們都知道這一類的練習後來還有很多，她對這段爲共產主義而鬥爭的日子絲毫不感到後悔。某些人對此只有苦澀的回憶，內疚、報復的精神和鍾愛不成的惱恨。瑪格麗特在共產黨裡接受了初步的政治教育，黨離開她的時候，瑪格麗特也並沒有葬送自己的政治生涯。我們知道，後來她先是積極投身於阿爾及利亞戰爭，接著又介入了一九六八年的五月風暴。

一九四六年底瑪格麗特所戰鬥的小組，有一種青年基督徒協會的氛圍。大家團結互助，還幫助生活在困境中的老年人。開會時人數基本上在六到十二個左右，根據會議的大小而定。沃韋爾是經常去的，這是個不事通融而單純的人；洛朗德．佩爾里岡，一個老戰士，巴黎的議員；令人讚賞的弗塞夫人，雖然只剩了一顆牙齒，卻絲毫不妨礙她能夠大聲而有力地發表上一刻鐘的政治演說；雅克．馬丁內，小組的秘書，總是認爲眞理掌握在自己的手裡；雅克．弗朗西斯．洛朗，共產黨在共和國軍隊的代表；以及若日．桑普朗；當然還有永遠的三人組瑪格麗特、羅伯特和迪奧尼斯。瑪格麗特總是提前到，和羅伯特相挽而來。迪奧尼斯總是遲到，才心不甘情不願地放棄了自己的鋼琴，來到這裡，耐心地聽取小組秘書的馬克思主義說教，一副懂得眞正生活樂趣——音樂，愛情和文學——的美學公子哥的表情，一個耳朵進，一個耳朵出，他肯定自己才是最了解馬克思主義的，他從希臘哲人和聖茹斯特的角度重新審視了馬克思主義。會議開到後來，桑普朗和馬斯科羅經常要進行舌戰。瑪格麗特總是認爲迪奧尼斯有理。僅僅撰寫有關共產主義的文章，或是無休無止地就其原則發表意見是不夠的，必須實現它，桑普朗衝著馬斯科羅說。這種不乏友愛的革命爭論，卻並不妨礙他們在會議結束後到小酒館去喝上一杯，然後再一同到聖伯努瓦街去共度美好夜晚。

大家都知道，戰士的錢袋永遠有個洞。只要瑪格麗特的母親寄的米一到，瑪格麗特就會邀請大家上她家吃飯。她爲同伴下廚：戈諾，雷里斯，哲學家喬治·西篩爾——他拿瑪格麗特總是一點辦法也沒有，他評價她說：「這個女人，她對那些具體化了的詞有一種魔力，非常具體化的詞。」①——巴塔耶，龐日，阿特朗，克拉拉·馬爾羅，讓·杜維尼奧，羅曼·加里有天晚上也來了，拉康也來過好幾次，在徹底決裂前，多米尼克和讓─圖森·德桑蒂也經常來。在多米尼克·德桑蒂看來，聖伯努瓦街起了一種解毒藥的作用。後來她受命於共產黨，背叛了她暱稱爲「嘟嘟」的瑪格麗特的友誼，聖伯努瓦街的朋友在一九四九年就斯蒂芬諾夫事件，寫了一本斯大林主義風格的小冊子。「這是斯大林化的開始。這的確很下流，但是我們都是平常人，這命運是不可避免的。」她說。她後悔了，並且在自傳裡表達了這份後悔之情。瑪格麗特絕不原諒她，不再願意見到她。瑪格麗特從來不會聽從黨的命令，她是黨的戰士，同時她也背叛了黨，儘管她自認爲，在相當長的時間裡，她對這樣一個政黨有一種盲目的同情。

同志們天天在一起，日子就這樣流逝過去，彷彿一場永遠也不結束的對話。一場永不言散的聚

①《世紀告訴我的》，D·德桑蒂著，見上述引文。

會。大家在一起喝很多的酒。放聲大笑。尤其是瑪格麗特，總是瘋笑不止。她是整個小組強有力的中心。大部分男人在他們生命的黃昏時分都承認愛過她：雅克・弗朗西斯・洛朗，克洛德・羅伊，愛德加・莫蘭。她知道這一點，有時甚至利用它來挑起迪奧尼斯的慾望，她仍然瘋狂地迷戀著他。「我爲她的魅力所吸引，」克洛德・羅伊說，「她很有凝聚力。」「瑪格麗特閃閃發光，她喜歡拿取，是個眞正的收藏者。」克洛德・羅伊說。政治友誼，情感友誼，愛情友誼，在瑪格麗特的鏟頭小棒下，所有的都混在一起，在封齋前四天，她總喜歡做烤兔肉和印度支那的米飯給大家吃。這個世界裡很少有女人。克拉拉・馬爾羅，瑪格麗特非常欣賞她，總是讓她說幾句，維奧萊特・莫蘭則差不多是勉強忍受了，她基本上一言不發，只在一邊觀察。在瑪格麗特家裡，女人寧可沉默。再說女主人極富嫉妒心，她是絕對的權威，絕不容許任何一個其他的女人吸引大家的注意，遮住她存在的光芒，哪怕只是一小會兒。所以只有她可以發表自己的意見。羅伯特也總是相對地沉默，耐心地，非常耐心，愛德加不無幽默地爭辯幾句，迪奧尼斯在她這種不可通融和理論暴力前也繳械投降了。愛德加・莫蘭回憶說，爭論可謂是技藝高超，充滿了智性的光輝。[①]多虧了女主人瑪格麗特的天賦，每天晚上都有新奇的東西，都像是又放了一顆衛星。但是瑪格麗特總是在政治辯論中和大家保持一定的距離。她觀察到某些煽動者在自由共產主義陣營也押上了第二齣戲，她只是聽，但不加以評判。

聖伯努瓦街成了共產黨員會聚之所，隱蔽的共產黨員，即將被驅逐出隊伍的共產黨員，它仍然是大家交換意見的地方。從表面上看來，這個自由的小窩崇尚的是自由的思想。但是猜疑和告密的空氣已經飄盪在聖伯努瓦街的上空。有些同志的話令人懷疑。有些人不再發表意見，害怕被揭發。有幾個

① 作者與愛德加・莫蘭的談話，一九九五年五月四日。

人害怕擔上分裂的罪名，自此永遠離開了聖伯努瓦街。

令瑪格麗特自己也感到難以置信的是，她懷孕了。這次懷孕卻和第一次相反，是一個非常快樂的過程。她突然找到了靈感。朋友們都可以作證：挺著大肚子的瑪格麗特在聖伯努瓦街重新打開了打字機，一邊還看著她的烤箱。她爆發出陣陣快活的大笑，覺得自己終於接近了以前自己一直夢想實現的野心：在自己的肚子裡製造一個孩子，讓他出生，撫養他長大，給他盡可能多的自由，這個遠比在文學圈裡確定自己的存在更爲重要。這個孩子，她在耐心地等待。她觀察著自己身體上的日益變化，並記錄下自己的感受：

> 他開始亂動，正好就在我的肚臍下面，於是我把手平放在我的肚子上，感受他。他頂起我的手，在肚子裡面到處亂竄，那麼調皮，我不禁笑了。我在想他睡著了沒有……我試著用手去感受他的形狀，但我只能大概地摸出他的輪廓，特別是他的高度！他在我身體很深的地方，差不多都貼到背了，在這個熱熱的盆地裡，他舒舒服服地躺著，無所顧忌地住在我的體內，隨心所欲地瞎哼哼。就這樣，每天他都要長大一點，強壯一點，吮吸一點我的血。每天，他的力氣都要大一點，直到有一天，他徹底長好了，他神聖地、莊嚴地穿過我的肉體，與我分離。①

瑪格麗特仍然和羅伯特生活在一起。迪奧尼斯現在天天晚上都來，但他還是回到母親家去睡。愛

① 現代出版檔案館檔案。

德加那時也仍然生活在聖伯努瓦街，他說瑪格麗特再一次請求羅伯特不要到別的地方去生活。她對羅伯特有一種動物般的依戀，正如我們所看到的，她根本不能離開他。迪奧尼斯也不能離開羅伯特。但是自打瑪格麗特宣布她懷孕之時起，羅伯特決定給迪奧尼斯騰出位置。瑪格麗特和迪奧尼斯拒絕了。瑪格麗特生活在天使之間。她喜歡在這兩個男人中過日子。體內的孩子給了她莫大的力量。她覺得自己比這兩個男人都要強，並且告訴了他們。他們都從心底接受了女性這份奇妙的高高在上。在瑪格麗特溫和的指導下，他們也進入了「女性的世界」。整個街區都以爲這個孩子是羅伯特的。瑪格麗特也沒有否認，她什麼也沒說。甚至弗塞夫人也認爲羅伯特是個幸福的父親。烏塔出生後的一次小組會上，羅伯特新的女朋友小聲對後來成爲第二任安泰爾姆夫人的女孩說：「別說蠢話。別恭喜羅伯特。迪奧尼斯才是孩子的父親。」①但儘管瑪格麗特在朋友和鄰居面前一直保持著曖昧態度，她還是毫不猶豫地在法律上澄清了和羅伯特的關係。迪奧尼斯白白嘲笑了瑪格麗特一場，他覺得瑪格麗特和羅伯特離婚非常荒唐，而且令他感到不快，因爲這樣一來他就不得不承認自己的錯誤。在瑪格麗特的堅持下，這對夫妻還是在孩子出生前分了手，一九四七年四月二十四日，塞納區民事法庭宣布他們離婚。

烏塔生於六月三十日。他的出生使兩個男人之間的友誼更爲牢固。迪奧尼斯是羅伯特的救命恩人。羅伯特是迪奧尼斯的良師益友。他們之間的友誼從來都不是男性化的，外露的，吵吵鬧鬧的那一種。它是秘密的，啓發式的，理性的，詩意的，而且敏感的。瑪格麗特一手炮製了這份友誼。她點燃了火柴，然後慢慢看著這永不熄滅的火焰。羅伯特是瑪格麗特第一個孩子的父親。他在他的未來伴侶莫尼克的陪伴下，一直在烏塔左右，著實令人讚嘆。

---

① 作者與莫尼克·安泰爾姆的談話，一九九五年十月四日。

烏塔的出生徹底打亂了瑪格麗特的世界，不管是在身體上還是在精神上；她終於能夠創造生命了。她向全世界證明了她的能力。讓這份生命附著在她的身上，孕育它。也許是因爲第一個孩子出生時就死了，她一直害怕自己在第二次妊娠過程中也不能堅持到底。孩子離開她的肚子時，她欣喜若狂，因爲這份生命眞的可以繼續了。

我蹭著他。我的懷抱裡是他的生命，剛剛出生，已經與我分離。他曾在我的體內，他的獨立是那麼的鮮明，那麼強烈，我簡直覺得被這眞相弄得無所適從，一個因爲眞相而熠熠生輝的女人……現在我重新審讀走過的這些日子，他就在我身邊，離我幾米遠的地方，他睡了。他和我一樣的自由。我的生命與他的生命相連，取決於他的生命，他最微小的一點變化也能牽動我的生命。①

烏塔的生命開始了。這將是個全新的生命。瑪格麗特成了一個貪婪、不安、占有慾極強的母親，但同時也是個快樂、詼諧、活潑，尤其尊重孩子自由的母親。瑪格麗特把烏塔放在和她完全平等的位置上。這個孩子給了她那麼多，她簡直覺得自己欠他的。她鍾情於自己的孩子，瘋狂地迷戀著他，他們有屬於自己的密碼、儀式、秘密和語言。她和他，短兵相接。他們在自己的周圍豎起了一頂保護傘，一座誰也進入不了的無形的城堡。她的兒子遠比那個寫作的自我重要。在《外面的世界》裡，她講述過自己帶著年齡尚小的孩子走在大街上的情景。人群，街道，喧囂：「他笑著，發出笑的聲音。

①　現代出版檔案館檔案。

有風，這聲音的一部分傳到我的耳朵裡。於是我掀去了童車的篷，把他的長頸鹿給他，想讓他再笑一下，我把我的頭埋進他的車篷，想要抓住這聲音。我孩子的笑聲。我把耳朵貼在貝殼上，我聽見了大海的聲音。」

孩子的出生幾乎沒有改變聖伯努瓦街的生活方式，也沒有限制瑪格麗特的行動，除了給他餵奶以外，她仍然繼續戰鬥，做飯，寫作。

一九四七年秋，她放棄了——而且似乎是完全放棄——自己的一篇作品，現在這篇作品還保留在她的手稿簿裡，絕大部分是在一本灰色的簿子裡，題爲《泰奧朵拉》。她以爲自己已經燒毀了的一篇小說。沒有完成，甚至是完成不了，她說。實際上她卻保留了這篇小說。一共四十頁左右，現在在現代出版檔案館裡，小說的片段曾在一九七九年的《新文學》雜誌上發表過，她在諾夫勒城堡的櫥子裡發現的。下面就是小說的開頭：

> 辛雅諾是很罕見的，目前可能算是最罕見的了；不久以後也許會多起來，再以後會更多。我不知道帕斯卡願不願意給我一個。他會隨便就把辛雅諾給他的客人。非常謹愼地，把桌子擦乾淨，說了三個字……①

瑪格麗特在尋找，她把她尋找的一切都寫了出來。她試著寫最微不足道的東西，最平庸的事情。她猶豫著，不知道給這篇作品起什麼樣的題目好，她曾經不想用《泰奧朵拉》這個名字，而是把小說

---

① 現代出版檔案館檔案。

叫做《阿司匹林藥片》。「非常樸素，」她記道，「我覺得這個名字很有分量。它的微不足道給我一種異樣的暈眩感，在微不足道的東西前，我們總會有這樣一種感覺。」煩悶逐漸成了小說的主題。她找到了地點，是一座旅館：「在這裡也是滯重的煩悶的空氣，很明顯的事實，就像阿司匹林藥片又輕又不引人注目一樣。」幸虧發生了一樁事件，改變了生活。「心因爲希望而狂跳。終於結識的機會來了。」瑪格麗特沒有找到什麼更好的東西可以改變旅館客人的存在，她用的是一個小男孩的病！「一次晚上，旅館裡似乎升起了某種模糊的希望：一個母親非常焦急不安。她的孩子病了。病得很厲害。」可惜，她寫道，小男孩只是一般性的頭痛。「他明天不會死。今晚也不會垂危。」瑪格麗特描寫了每個人的行爲，從「姿色平庸的女孩的親吻，橋牌，太陽浴一直到同一樓層的鄰居被邪惡地謀殺。」但是她的敘事能力還是沒有進步。於是她記下了自己在寫作時的困難：「怎麼才能跳出來呢？我一直在考慮這個問題。我想讓每個人都和我一樣感覺到這個令人焦灼的問題，像我一樣感到遺憾，因爲那個小男孩病得不像我們所希望的那樣嚴重！」瑪格麗特那時很害怕失去烏塔，她總是要去看他是否還在呼吸，白天看，夜裡看。瑪格麗特無法意識到她的寶寶就在那裡，在她身邊，很健康。她想在小說裡插入一段和上帝的對話。「我聽到了他的笑聲。」她寫道，關於死去孩子的對話。手稿亂七八糟的，正面反面都有。爲了忘卻這份惶恐，她整段整段地塗改。她想要通過寫作拔除自己不正常的心理，但是感到自己做不到。於是她對自己說話，接著又編造出了一個想像中的對話者，她把自己的疑慮都告訴了他。「現在也許是開始的時候了。我也許會惹惱您。我並不討厭這樣做。寫作的人都有這樣奇怪的被虐心理。是的，我惹惱您了。但等等。我想給您斟一杯可以讓您失去記憶的酒。我準備好了，把自己獻給您。」她給旅館找到了一個名字——怡留旅館，把一對情人放在一個角落，描繪了一對正在行路的連體姐妹和一座滿是仙鶴的小島。這個沒有完成的故事，接下去從視覺上看來全是彼此分散的鏡頭：一百個女人以同樣的速度在飯廳裡默默地咀嚼，一個十四歲的年輕女孩，淡褐色的頭髮，冰涼的眼神，輕巧地出現在大家面前。人物的名字一步步地往前進：旅館的巨人叫科佩爾小姐，還有死亡夫人和泰奧先生、布隆一家。敘述裡還有自傳性的片段：一九四五年和羅伯特休養時在阿爾卑斯山的那座旅館，封閉的山谷。泰奧朵拉是她。T是羅伯特·安泰爾姆。T不知道他能不能活下去，泰奧朵拉不知道自己會不會和T在一起生活，T希望如此，泰奧朵拉成天昏昏沉沉。T知道她在等一個男人。「我們必須改變。必須分開。必須找尋另一份愛情。」他對她說。「別這樣。」泰奧朵拉回答說。敘述戛然中斷。泰奧朵拉永遠陷入了沉睡之中。

瑪格麗特爲什麼要放棄這篇小說？我們知道她曾經懷著怎樣的熱情結束她的頭兩部小說，接著又修改，接著又出版。而這一篇，她卻永遠就讓它這樣處於未完成狀態。她再也沒有碰過它，沒動過，這是很罕見的。曇花一現。中斷的理由也許是她自己也成了母親，開始了自己的家庭故事，她迫切地想回到童年，有種將母親置於台上加以澄清的深層需要。兒子的出生讓莒哈絲產生了澄清的意願。在攝影上，我們把這叫做對焦。寫作變成了對眞相的體驗，面對這世界，面對自己。一九四七年四月，瑪格麗特開始寫主題單純的《太平洋防波堤》。差不多就是同一部作品，她寫了好幾次。與自己母親和解的迫切慾望？不同的版本之間幾乎沒有什麼斷裂。生下了第一個活著的孩子後，莒哈絲開始了和母親的第一次對話。

一九五八年六月，勒內·克雷芒改編的電影《太平洋防波堤》出品。在《法蘭西觀察家》上刊登的一篇訪談中，瑪格麗特這樣解釋她和母親之間的肉搏戰：「面對母親，面對讓母親進入我的一本書的問題，我重新開始了好幾次，是的，我以爲我要放棄這本書了，甚至放棄文學。接著，是的，還是因爲她，我覺得我只能搞文學，如果做別的會非常困難，我只能這樣來解決她。正是我在解決她的時候產生了一種難以名狀的激情，於是我突然轉向了文學。正是基於這一點，我說我通過小說來澄清自己的思想，我通過小說表現出來的這種趣味是很眞實的。」①

羅伯特·安泰爾姆的《人類》在烏塔出生前的一個月出版，出版社就是一直由瑪格麗特、迪奧尼斯和羅伯特三個人負責的世界城出版社。贈閱活動在聖伯努瓦街舉行。如何用語言來表達他的鬥爭呢？他在繼續鬥爭，爲做一個人而鬥爭，因爲別人——納粹分子——剝奪了他屬於人類的權利。在序言裡，安泰爾姆說他想要重建德國集中營裡一個戈曼多式人物的生活。作品從頭至尾穿插著哲學思考，是對一個尚未命名的世界的具體描述。這也是文學上的一篇偉大作品，在遭遇了那麼長時間的冷淡之後，今天終於得以付梓重印，擁有了新的讀者，尤其是年輕一代的讀者。與其說這是回歸集中營，毋寧說這是在回歸自我，自我，人之所以爲人的永難摧毀的核心。爲事物命名，讓它們得以存在，描述這個世界讓自己能夠活下來。這本書是世界的新開端。寫這本書的人重新發牌——詞語，正是爲了阻止這份空茫，阻止這份窒息。「我們遭遇到的是一種依然超越想像的事實。顯然，今後唯有通過選擇，也就是說通過想像我們才能夠說點什麼。」一點什麼。一點名爲文學的什麼。羅伯特·安泰爾姆在寫這本書的時候成了作家。他甚至在《人類》裡進行了文學極限的誓言。他成功地破門而入，這扇瑪格麗特說了一輩子的門。再說瑪格麗特受恩於他。正是借助羅伯特這個驛站，她淨化了自己的語言，最終擺脫了矯揉造作，語法上的裝腔作勢，和事實的捉迷藏遊戲。如果沒有《人類》，就不會有《太平洋防波堤》。瑪格麗特在文學上的革命——以及將文學看成是暴露自己的一種方式——就發生在這個時期。自此以後，文學對她來說只是一種極限的嘗試，是對空茫的學習。「和墮入深淵

①《新聞的文學》，《法蘭西觀察家》，一九五八年六月八日。

的那股力量相抗爭，我們不得不趕上它，否則就會讓它甩掉，讓它消失的力量。」在《綠眼睛》裡她這樣說。

羅伯特．安泰爾姆告訴我們，語言在何等程度上塑造了作爲世界存在的我們。他是在自己身上感覺到的，在他的腦子裡，在他的體內，新的話語突然蹦了出來。語言的這份震顫，意義的這份暈眩，存在的這份詩意，以及將活著的存在定義爲抵抗者的方式，也許正是這一切讓我們可以相信，這是一本唯一到達目的地的書。「將才形成的詞，無論如何還沒有老化的詞釋放出來，但是讓它只根據我的氣息而改編，你瞧，這份幸福最終還是傷害了我。」一九四五年六月羅伯特寫信給迪奧尼斯說。羅伯特在進集中營之前就寫了很多詩。一九四八年，在一篇題爲《抵抗的愛國者》的文章裡，他又強調了詩歌的重要性，並解釋了何爲意識永不停止的抵抗：「這才是詩歌的主旨，表達自己的體驗，在集中營裡所經歷的現實，被否定的現實。不管是作爲證據還是預言，集中營詩歌最後可能成爲揭露眞相的詩歌。」[①]爲事實命名也就意味著掌握明天。

書出版後，有幾篇讚譽頗高的評論文章相繼刊出。

「羅伯特．安泰爾姆不僅驅除了集中營的噩夢，而且徹底推翻了舊時主人和奴隸的二元對立。」克洛德．愛德蒙德．馬尼寫道。一九四七年在《精神》雜誌裡，阿爾貝．貝甘是這樣評論的：「他通過親身體驗讓我們了解了聖靈聚集，原罪者聚集的神秘，並且不帶一點宗教概念。」但是最熾熱，最重要的評論是在《行動》雜誌上，作者署名是喬治．弗科——若日．桑普朗的筆名。桑普朗說自己與作者有著相同的體驗。他說這是第一次，死人，我們這些死人終於開口說話了。安泰爾姆超越了單純

---

① 文章收錄於《羅伯特．安泰爾姆，關於「人類」未發表的文章》中再次發表，見上述引文。

的敘述，將他的思索銘刻在今天的石碑上，因爲「集中營並非過去的罪惡，不是已經給二十世紀甩在身後的事情。在集中營的生活和今天的生活之間，並沒有本質的區別。」雖然評論文章都屬經典，然而書還是遭到了普遍的冷遇；和其他那個時代的證明一樣，它只能被窒息，被箝制。一部分人推崇大衛·魯塞的作品。另一些人則推崇熱奈維也夫·戴高樂的作品。法西斯主義者斷言集中營早已不存在了。這一切都沒有令羅伯特·安泰爾姆感到震驚，他很快就明白了，必須放下僞善的幕帘，忘卻和沉默。忘掉吧，快點忘掉，我們不停地對流放者說。當然他們有權開口，別人也會隨他們幹什麼的，但是我們希望他們閉嘴，我們眞的是這樣希望的，所以趕快過渡到另外的話題上去。社會同化，消化了一切。一九四八年，安泰爾姆在寫到集中營時這樣說：「我們不再需要證據，哪怕只是作爲不在場證明，我們唾棄，拒絕證據。消化已經完成。」①

《人類》也是一本戰鬥的書，一本介入的書，一本喚醒所有無產者的書，不管他們是猶太人、黑人、黃種人、基督徒還是共產黨：「我們會發現在『正常』的剝削制度和集中營制度之間並沒有質的區別。只不過集中營是地獄的象徵，不事遮掩，但是然後仍有這麼多人生活在地獄裡。」②一九四八年安泰爾姆寫道。

所有國家的無產者，聯合起來。流放的經歷應當成爲窮人反抗的動力，從今以後，與資本主義的鬥爭只有更加迫切。《人類》出版時，維托里尼在巴黎，他知道這本書在政治和哲學上的重要意義。他迫不及待地買下了版權，他在艾諾迪出版社負責一套讀者頗爲看好的叢書。在維托里尼眼裡，羅伯

① 文章收錄於《羅伯特·安泰爾姆，關於「人類」未發表的文章》中再次發表，見上述引文。
② 《教堂的年輕時代》，第9期，一九四八年九月。

特是個眞正的介入作家，因爲他是從美學的角度而不是從政治的角度來表達革命要求的。羅伯特·安泰爾姆，共產主義的作家？一個只出了一本書的作家，一個沒沒無聞的作家，之所以這樣說，是出於羅伯特不願意把自己看成是一個作者，他覺得自己是另一個世界的信使，共產主義所倡導的那個新世界的預言家。

一九四七年夏，做一個共產黨員又意味著什麼呢？對於瑪格麗特、羅伯特、迪奧尼斯、艾里奧·維托里尼、愛德加·莫蘭來說，這並不意味著服從黨的強權，恰恰相反這意味著面對這一系列的事件時，對新的倫理和新的行爲規範的嚮往。聖伯努瓦街的小集團仍然留在黨內。黨再一次感覺到了他們的異樣，但是什麼也沒說。一九四七年六月二十七日，迪奧尼斯·馬斯科羅和愛德加·莫蘭起草的艾里奧·維托里尼訪談登在《法國文人報》的頭版，文章引起了很大衝突。艾里奧·維托里尼在訪談中說，從本質上來說，共產黨人是一個非暴力主義者，說革命罪行這個概念本身就是可恥的，無論如何目的都不能成爲手段的藉口：「我們應該通過人類完全的自由之愛來實現共產主義，通過做一個完全的人的慾望來實現。」六個月後，因爲報復，艾里奧的《政治技術》雜誌消失了。雜誌本身是義大利共產黨資助的，兩年以來，它成功地發表了薩特、加繆、福克納、海明威、帕斯捷內克的作品，但是從來沒有登過蘇聯官方作家的文章。陶里亞蒂不無苦澀地指責維托里尼本該是「改造」讀者的，卻將信息「傳達」給讀者……蘇聯現實主義已經贏得了自己的陣地，並且影響了整個歐洲的共產黨人。維托里尼的義大利同志都說他是抒情主義異端分子；在法國，他的訪談也引起了共產黨文化當局的狂怒。洛朗·卡薩諾娃憤怒得都喘不過氣來了，讓·卡納帕也不明白這樣一篇文章怎麼居然沒有遭到同志們的查禁。辱罵劈頭蓋臉地衝著維托里尼去了。「我們爲這些謾罵者感到恥辱，」後來克洛德·羅伊在自傳《我們》中評論道。瑪格麗特投入了這場論戰，充滿激情地捍衛著她的朋友艾里奧。很長時間以來，瑪格麗特已經感覺到身後有告密的陰風在颳，她覺得自己在公開場合發表的那些攻擊之詞都是正確的，包括在自己小組裡，她也攻擊過卡納帕、卡薩諾娃和其他官員——這些腐敗、奴性的監察員——的行徑和言論。最終還是夏天的到來，平復了來自四面八方的謾罵攻擊。

八月初，瑪格麗特和迪奧尼斯帶著小寶寶離開了巴黎。方向是齊農城堡，他們的同伴借了他們一座小房子，在草地的中央。當然沒什麼舒適的條件，但是小河就在不遠的地方。眞沒辦法！密特朗忘了告訴他們這美妙的大自然的一角已經成了蟲子的樂園。小寶寶柔軟的肌膚上被羌 幼蟲咬得一塊一塊的：他因此得了個綽號，叫烏塔，到現在他也還仍然保留著這個父母對他的暱稱。夏末，瑪格麗特回到了巴黎，她這才得知艾里奧給義大利共產黨主席寫了封長信，並且在自己的末期雜誌上公開發表出來，以嚮往文化自由的名義和共產黨決裂。共產黨員的任務是發現眞理而不是發展眞理，他寫道。文化從來都不應該聽命於政治。再說何爲政治人物？政治人物就是「放棄追尋只知道行動的文化人」。又何爲文化人？文化人是一個「堅持致力於追尋的人」。①在這篇文采斐然、勇敢大膽、證據充足，幾乎堪與盧卡斯同一主題的重要文章相媲美的文章裡，「對於義大利共產黨對卡夫卡和海明威的批評，蘇聯共產黨對妥斯陀耶夫斯基的批評，法國共產黨對普魯斯特的批評，我們根本無法理解。謊言讓那一類靠自己的本事無法生存的小知識分子的脾氣變得格外暴躁，讓他們做出不夠體面的事情。」

陶里亞蒂兩度回擊了維托里尼的這封後來發表在法國《精神》雜誌一九四八年一月號上的長信：第一次他還彬彬有禮地駁斥了維托里尼的論據，最後在《遺囑》雜誌上他乾脆就說自己有理。艾里奧

---

① 正如多米尼克・弗爾南德茲所指出的那樣。

不久後離開了義大利共產黨，但是離得並不遠。

瑪格麗特、羅伯特和迪奧尼斯又在法國共產黨內待了兩年，不乏批評之詞。毫無疑問，三人當中，羅伯特是最深意義上的「入黨」。迪奧尼斯越來越討厭開會，他寧可彈鋼琴。作爲抵抗組織的文化人，瑪格麗特仍然留在共產黨裡。她仍然堅持去賣《人道報》，但是她公開批評了自一九四七年九月以來就高喊要和美帝國主義以及蘇聯右翼分子鬥爭的扎諾夫。她還公開在酒吧裡嘲笑卡薩諾娃和愛爾莎，這是她最喜歡的兩個攻擊目標。她對——她一直高聲宣揚這一點——卡納帕和多米尼克．德桑蒂的文章表示憤慨，毫不掩飾地罵他們卑鄙，但是她繼續去參加小組的會議。黨垂下了鐵幕。休想再在《行動》上想什麼就寫什麼。和自己的同志袒露胸懷成了十分危險的事情，揭發成了共產黨的監督體系的手段之一。在《自我批評》一書裡，愛德加．莫蘭談到，那些傀儡爲文化領域帶來了斯大林式的第二季冰期。休想再保留自己的意見，休想想什麼就說什麼，除了在聖伯努瓦街，因爲這小撮人還夢想著從內部改變黨。爲了盡量平息反抗分子的怒火，洛朗．卡薩諾娃建立了一個知識分子委員會。「要包圍那些不聽話的搗亂分子，哄騙他們，而不是把他們驅逐出隊伍。」①今天，皮耶．戴克斯追憶那段重新控制局勢的日子時說。「事實上，」他說，「就是裝作讓他們發表自己的意見，而不讓其他的同志聽到。」②但是，卡薩諾娃負責組建並使之運轉的作家圈子卻與中心委員會有直接的聯繫……馬斯科羅，莫蘭，莒哈絲，安泰爾姆上了　，立即加入了該組織。

無論如何，什麼都可以說了，但不是對外說：這至少是卡薩諾娃對幾個願意相信她的同志再三重

---

① 作者與皮耶．戴克斯的談話，一九九七年三月三日。

② 作者與皮耶．戴克斯的談話，一九九七年二月。

複的。「事實上，我們已經和黨保持了一定距離，我們想要保留共產黨仍然還吸引我們的地方，但是，我們一定要和現實的斯大林主義劃清界限。」莫蘭說。在這段時期召開的一次會議上，卡納帕受到了羅伯特和迪奧尼斯的批評。黨的答覆不容等待：大家要求解釋。一九四八年春在拉法耶特街一二〇號舉行的會議可謂是歷史性的。瑪格麗特—羅伯特—迪奧尼斯三人組對黨內的斯大林主義展開了猛烈抨擊。迪奧尼斯還記得瑪格麗特幫了很大的忙，她非常激奮，極富反抗精神，激烈而不事通融。她總是說，「必須永遠結束這樣的局勢。」迪奧尼斯給我看了她那時起草攻擊卡納帕和其打手的信。在信的留邊處有這樣的話：「當然要一直鬥爭到底。」羅伯特則從眞理和正直出發，首先爲共產黨辱罵的兩位作家平反：馬爾羅和福克納。「這些指控甚爲挑釁。我們只覺得可笑。」在濟濟一堂的共產黨老衛士前，他字斟句酌地說。戰鬥事先就已經注定要失敗了。只有瑪格麗特、羅伯特和迪奧尼斯認爲這些話能喚醒共產主義戰士的心。但是安泰爾姆的語調是那麼的感人肺腑，他的批評是那麼有說服力，那麼富有激情，以至於在會議即將結束之際，不少人站起身來熱烈鼓掌。「終於大家開口了，」海倫娜·帕爾姆蘭寫道。瑪格麗特、愛德加、迪奧尼斯以爲自己取得了勝利。羅伯特仍然很焦慮。羅伯特是有道理的。實際上是小組失敗了。一九四八年九月，卡納帕在《共產主義日誌》裡對他們做出了回擊：「你們這些自命不凡的同志們，你們弄錯了，你們自以爲是王室的顧問，你們在敗壞工人階級的道德，我們再也忍受不了你們了。」卡納帕要置瑪格麗特、羅伯特和迪奧尼斯於死地。黨把他們視作絆腳石，認爲他們不聽話，於是有方法有步驟地孤立了他們。知識分子委員會的會議神奇地中斷了。黨裝出一副想要建立一個更加文學化的委員會的樣子。事實上，他們的活動已經被禁止。但是他們還是沒有被驅逐出黨。他們無論如何不想辭職。這種既想留在黨內又總是對黨的決策表示爭議和不滿的態度，在今天看來很難理解。但是入黨是一種生活的方式，是一種希望的方式，構築未來的方式，不管這是否讓人高興，總之是被「家」包圍的一種方式。成爲一名黨員意味著永遠不再孤立，所以還是盡一切可能留下的好。哪怕是不讓步。愛德加．莫蘭的《自我批評》，對這種情感和信念的僞裝遊戲做了最好的描述，這本書是一個日漸喪失準則的戰士的懺悔錄，是一個精神分裂症患者充滿激情的招供。

瑪格麗特留在了黨內。愛德加也一樣。和迪奧尼斯及羅伯特一起，他們想要籌建一本黨內的批評雜誌，依然是那麼單純……他們遭到了禮貌的拒絕。他們還是黨內人士，抱有幻想的黨內人士，但是越來越邊緣化了。夏天到了。大家分散開了。瑪格麗特獨自一人帶著寶寶到了吉貝隆。波卡蒂瑪格拉太熱了，她對邀她前去的吉內塔和艾里奧說。瑪格麗特等到烏塔四歲的時候才帶他去，並把那時的他當做主角寫進了《塔吉尼亞的小馬》。瑪格麗特發現了布列塔尼的美景。她給留在巴黎伽利瑪工作的迪奧尼斯寫信說：「事實上，森林總是讓我覺得厭煩。而這裡是大海，藍天，沉甸甸的玫瑰花，大海和岩石。我想這才是一直以來我所喜愛的。」她滿懷激情地照顧著她的兒子，帶著他去散步，一走就是幾個小時，看他蹣跚學步時的樣子。只守著孩子一人既讓她感到無比高興又讓她害怕。她爲迪奧尼斯的沉默而焦灼不安，對他的逃避做出這樣或那樣的解釋，認爲他是造成她愛情創傷的唯一罪魁。說你愛我。瑪格麗特不停地要求這份愛的肯定。「你在指責我的沉默……你相信解釋……我懷疑你熱中於解釋……你的這種性格，我覺得已經超出了我們的關係所能承受的範圍。有一百次我都覺得我們要完了。可又一百次地煙消雲散。」

迪奧尼斯不願意到布列塔尼去，但是羅伯特帶著他的新女友去了，慶祝烏塔的一周歲生日。瑪格麗特在考慮要不要回巴黎。她寫信給迪奧尼斯說她討厭聖伯努瓦街的生活方式——再說「你顯然是煩我了，你不停地彈鋼琴，讓我的精神幾乎都要崩潰，尤其是你對我的蔑視……我看出來了，你想壓倒我，想整平我。」①情人的爭吵。再也找不到安寧的絕望。我愛你，我離開你。但是說你愛我。一次就行。只要一次。

我是一個平常的女人，智力平庸，一生只希望在你身邊扮演一個小角色。你那蔑視一切的神秘有一種可貴的價值，我等你，只等你一個人。有人可以相守卻不相愛。有人可以相愛卻不能相守。我們，我們肯定是在爭吵中相守。

厭倦了爭吵的迪奧尼斯，後來還是到吉貝隆去找瑪格麗特了。

而聖伯努瓦街，生活又重新開始：狂喝豪飲的晚會，臨時安排的慶祝，文學討論，要死要活的友情。馬斯科羅邀請了很多過境的外國作家。瑪格麗特給意塔洛·卡爾維諾和多斯·帕索斯燒飯。她專心一意地照顧著她的孩子。一個古怪，美妙，調皮的孩子。在經濟方面，瑪格麗特和羅伯特都不寬裕，但是瑪格麗特知道如何招待客人。她知道哪裡能買到不算太貴的菜，也知道如何去買。有些夜晚，爭論十分激烈。甚至是第一批進入這個圈子的朋友，分歧也日益明顯。

在理念方面，論戰尤其激烈。將鐵托清除出共產主義的隊伍的確讓他們感到吃驚，但還沒到震驚的地步，這和選擇站在南斯拉夫陣營一邊的克拉拉·馬爾羅正相反。瑪格麗特、羅伯特和迪奧尼斯在二月接受了布拉格派，他們可以忍受對鐵托的辱罵，藉口說眞正的戰爭是和法國扎諾夫主義者的戰爭。他們沒有完全服從。他們很信賴莫里斯·納多，一九四八年十月二十八日在《戰鬥》雜誌發表了

① 迪奧尼斯·馬斯科羅檔案。

《共產主義知識分子的討論》一文。過了懺悔期、回顧期及精神分裂症發作期之後，是滯隔期。他們開始無所適從，在一種令人窒息的沉默中生活。迪奧尼斯說這段時期是內部辭職期。瑪格麗特卻已經對朋友們關上了聖伯努瓦街的大門，因爲這些朋友在斯大林主義的控制之下，和阿拉貢、卡納帕、卡薩諾娃一道叫嚷著薩特是陰險狠毒的打字員，說畢加索是資產階級形式主義者。

莫蘭丟掉了自己在被放逐者聯盟所屬的《抵抗愛國者》報社的總編職務，原因是與黨的文化戰線不一致。安泰爾姆繼續寫作，在他的新任女朋友莫尼克的幫助下——他們的關係仍然是秘密的，他是在聖日耳曼—德普雷小組會議上認識她的。他一直充滿激情地領導著被放逐者聯盟的小組。「黨對他來說就是同伴」，莫尼克概括道。深厚的友誼，極富生命力的團結一致，溫暖的氛圍。當然，他曾經去過捷克斯洛伐克，他們那裡的共產黨作家也曾向他傾訴過自己的恐慌。但是作家只是知識分子的一部分，他對瑪格麗特和迪奧尼斯說，只有人民和人民的未來才是最重要的。

四月，瑪格麗特出發到米蘭和吉內塔及艾里奧會合。他們一起遊覽了皮埃蒙，之後又在瓦萊斯逗留了些日子。「超乎尋常的美。一種精神的力量。簡直能讓人發瘋，」瑪格麗特記道，「帕斯卡式的大自然。」

回到巴黎後，瑪格麗特又陷入了七二二小組的政治觀念的論戰中。朋友以及稍後變成前朋友的人聚集在聖日耳曼—德普雷的小酒館裡。在小組內部，瑪格麗特和朋友還裝成一副很聽黨的話的樣子，似乎是個眞正只知服從的優秀的共產黨員。但是晚上，在聖伯努瓦街，大家都在一起取笑某些響應卡薩諾娃忠誠事業的同志，對他們表示憤慨，卡薩諾娃教他們應該如何思考！做一個共產黨員，瑪格麗特後來說，是在生活的側面；它不會讓你不經任何損害地切斷和生活的聯繫，並且給你希望的理由。

[1]做一個共產黨的知識分子，對她來說，就是不成爲一個宗派主義分子，不驕慢地將看起來根本無法夠到的眞理強加於人。但是托雷茲同志，卡薩諾娃同志提到的托雷茲，還有卡納帕同志提到的卡薩諾娃同志本人，都不同意這樣的觀點。知識分子從定義上來說就是値得懷疑的，因爲它和資產階級有著天然的聯繫。他傳播的是潰敗的謠言，而不是全身心地附著在無產階級隊伍裡。

悲劇實際上已經發生了，但是瑪格麗特、羅伯特、迪奧尼斯還不知道。黨決定和他們脫離關係，但是決定還沒有下達。有人揭露他們對黨內的某些同志不夠尊重，並且進行了過度的諷刺。今天我們在法國共產黨檔案館裡，讀到將他們驅逐出隊伍的原因時不免感到可笑，但是羅伯特·安泰爾姆當時卻因此受到了很大的傷害，瑪格麗特作爲一個女人、戰士和作家也受盡了嘲弄。瑪格麗特、迪奧尼斯·馬斯科羅、羅伯特·安泰爾姆、貝爾納·吉洛雄以及莫尼克·雷尼埃的信，和黨對他們的答覆都寄放在這個檔案館裡。

事情的起因是一九四九年五月這個眾所周知的晚上，爭論非常激烈，在波拿巴咖啡館，也是在小組令人昏昏欲睡的會議之後。吧台前，是瑪格麗特、歐也尼·瑪諾尼、羅伯特、迪奧尼斯、莫尼克·雷尼埃、貝爾納·吉洛雄和他的同伴，還有若日·桑普朗。大家一塊兒喝酒，嘲弄，放聲大笑，打趣逗樂。至於談話的主題現在眾口不一。有的證人說，瑪諾尼極盡科西嘉式幽默之至，對卡薩諾娃同志大肆嘲笑，說她是個拉皮條的，而且說在科西嘉島無人不知無人不曉。一陣狂笑。但是，在共產黨檔案裡，卡薩諾娃的名字沒有出現。只提到了阿拉貢。「大家都參加了這次談話。很多批評意見都是衝

①《綠眼睛》手稿，現代出版檔案館檔案。

著阿拉貢同志去的。」

幾天後，貝爾納・吉洛雄得知有一個同志向黨的高層組織匯報了這次談話。羅伯特・安泰爾姆和貝爾納・吉洛雄想到了桑普朗，並決定把自己的懷疑告訴他。貝爾納・吉洛雄今天已經不在了，但是他曾經清楚地回憶過當時那些日子政治上和心理上的氣氛。「我很快想到向黨組織當局『洩漏消息』的人可能是若日・桑普朗，我和他說了。開始時他竭力爲自己開脫，接著，桑普朗和我都覺得有必要在聖伯努瓦街召開一個會議。瑪格麗特、羅伯特、雅克・弗朗西斯・洛朗、莫尼克，我們都參加了。」①「這次會議的氣氛非常激烈，針鋒相對。」法國共產黨檔案館保存的卷宗如是記載。羅伯特・安泰爾姆（在他一九五〇年三月寫給共產黨的一封信裡）認爲這次會議是悲劇性的。「有些時刻會議到了一種模糊的暴力程度。不過無論如何，這個夜晚的暴力和狂怒表達了我們想要知道事情的眞相。桑普朗同志沒有能讓我們大家接受他這種不謹慎的行爲，恰恰相反。」②緊接著又召開了一次七二二小組的會議，瑪格麗特、羅伯特和迪奧尼斯都沒有參加，在會上，雅克・馬丁內要求他們對自己的行爲做出解釋，並要他們自我批評。

如今若日・桑普朗否認了這些事情，肯定說自己根本沒有揭露他們。「我不接受這種說法，我不是造成他們被逐的罪魁。這在很大程度上是傳說，是家庭小說。之所以他們那麼熱中於把矛頭指向我，指向這種天眞的方式，那只是因爲他們覺得我比任何人都更像是做這種事的。當時我曾與羅伯特談過一次話。這次對話我已經記錄在〈多晴朗的星期天！〉一文中。羅伯特對我說：『我看見你出席

---

① 作者與貝爾納・吉洛雄的談話，一九九七年三月十二日。
② 羅伯特・安泰爾姆致法國共產黨塞納河支部的信的片段，在《路線》第33期上部分轉載，一九九八年三月。

了驅逐我的會議，而你什麼也沒有說。』『我是什麼也沒有說，』我對他說，『因爲我根本沒有參加這次會議！』我想我說服了他。實際上，自打他們正式被逐出共產黨開始，我就要求調到我家所在的蒙瑪特地區，不想蹚這一趟渾水。並且我利用這個機會脫離了法國共產黨。我已經加入了西班牙共產黨，這就足夠了！」①

夏天延擱了這場論戰。羅伯特、莫尼克、瑪格麗特和迪奧尼斯在暴力地區租了一所大房子。瑪格麗特夢想著能在離巴黎不遠的房子裡開始一種鄉村式的新生活。她寫信向她母親要錢。一直沒有回音。這個夏天，瑪格麗特讀了狄德羅，覺得甚爲枯燥冗長，於是她又重新回到拉辛的世界裡，回到編織和洗洗刷刷的小事裡，她尤其沉迷於她那個已經開口說話的兒子。「他叫我媽媽，」她寫信給迪奧尼斯說，「他燦爛極了。這個小傢伙絕對討我的喜歡。今天早上，在教堂裡，一輛靈車經過，神父開始唱詩，小傢伙竟然跳起舞來，不肯停下，跳得好極了，我們花了好大的工夫才讓他安靜下來。你不爲你的小男孩感到驕傲嗎？」

但是即使在夏天，政治上的爭論也沒有結束。迪奧尼斯不想做自我批評，可也不想那麼快地和共產黨完全中斷關係。羅伯特和迪奧尼斯持的是一樣的態度，儘管他對共產黨的態度比較起迪奧尼斯來更爲深沉也更爲眞誠。桑普朗的所作所言讓他受到了極大的傷害和侮辱，因爲他以爲他會是他永遠的朋友，並且和他站在同一個戰壕裡。瑪格麗特則採取了斷然措施。三個人當中，她的態度最乾脆：一九四九年九月二十七日，她示意小組的秘書呂西安娜·薩瓦蘭說，她不想再取回自己的黨證。十二月底，她把黨證還給了組織。但是大家還是沒有完全脫離共產黨。是黨離開你們，並且要求你們做出解

① 作者與若日·桑普朗的談話，一九九八年二月二十三日。

釋。瑪格麗特拒絕解釋。關於她的揭發信到了黨組織手裡。其中有一封尤爲可恥，說她在德占期間，曾經爲德國的書刊查禁部門工作。謠言盛傳：說瑪格麗特具有邪惡的政治意圖，說她是個生活腐化的女人，夜間經常出入聖日耳曼—德普雷的夜總會。敗壞名譽開始了。黨的叛徒，小資產階級頹廢派，資本主義的看家狗。某些人試圖通過玷污她來敗壞她的「名譽」。瑪格麗特聽到了傳言。一九五〇年一月十六日，她給小組成員寫了這封信，回擊了黨對她的辱罵：

親愛的同志們，

我向你們明確一下九月二十七日呂西安娜給我帶一九四九年貼花來時我對她說的話：我不再拿回我的黨證。

正是因爲我不再認爲自己是個黨員，所以我沒有去參加上個星期三的黨小組會。如果我去了，這也是作爲一個黨的老黨員去的，也是爲了讓你們尊重六月會議的事實眞相。但是我必須承認，我無法戰勝自己，我一想起我又一次要面臨這些可憐的，激動的小人的骯髒而狡猾的伎倆——當然我們也可以把這些人叫做「馬丁內集團」，既然「集團」這個詞已經被用爛了，我就禁不住感到惡心和可笑。

我離開黨的原因和迪奧尼斯・馬斯科羅的不一樣。我沒有受任何人的影響。我是獨自一人做出的決定，並且早在馬斯科羅之前。在深層意義上我仍然屬於共產黨組織。我加入共產黨已經六年了，我很清楚自己只能是一個共產黨員而不能是其他什麼身分。至於離開黨的原因，本來我不知道某些同志決意要不擇手段地歪曲最根本的眞相時，我是很願意說出來的。稍安勿躁：這些原因，既然不能在你們面前說，我也不會說給任何一個旁人聽。

我仍然完全信任黨。我甚至可以肯定，隨著時間的流逝，黨一定會把馬丁內之流遠遠拋在身後，這類人，以所謂的警惕爲藉口，實際上做的全是壞事，一心只想著滿足自己尖酸刻薄的本性和私人的仇恨，使其開花結果。我相信，馬丁內之流實際上是弄錯了自己的指向。他們應該加入的不是共產黨，應該加入火警—坑道兵（至少在那裡他們可以穿上制服，有機會洗上幾個有利於身心健康的淋浴）或是去做本堂神父，這樣他們也可以享受到聽人懺悔的快樂。但是黨，我相信這一點，會讓他們回到正道上去的。你們瞧，我是多麼信任黨，是多麼的樂觀。

致以兄弟般的敬意。

又及：我沒有將共產黨和馬丁內之流混爲一談。但是三年來正是在和馬丁內打的交道。

和共產黨斷絕關係，我們並沒有和共產主義斷絕關係，迪奧尼斯後來說。他們倆指控的不是共產黨，而是某些黨員的宗派主義行爲，尤其是對「卡納帕主義」唯命是從的馬丁內。馬丁內是瑪格麗特的抨擊目標，她在他身上傾注了自己所有的敵意，她不願看出馬丁內根本就是共產黨唯一認可的代表。同時，他們有一種深切的罪惡感，覺得自己遠離了群眾，背叛了革命。迪奧尼斯於一九五〇年一月十一日寄給呂西安娜·薩瓦蘭的這封信就是很好的證明。

完全是出於個人理由——很不幸，我也是不得不這麼做的——我希望暫時不取回黨證。我堅持要向你說明，同時也希望你能把我的意見傳達給同志們，我是完全站在黨這一邊的。我知道某些同志認爲我反黨。這不是眞的，我完全站在黨的一邊。我堅持要說明我對黨忠誠依舊，今天我依然想做個共產黨員，理由與我加入黨時是一樣的。

了解我的人知道我的理由是很嚴肅的。

重讀了這些他精心保存的資料後，迪奧尼斯在一九九六年評論道：「這些信寫得都是假話，和黨的分歧已經很深了。」事實上，不管是迪奧尼斯、瑪格麗特還是羅伯特，他們竭力爲自己辯護，正是不希望被共產黨清除出隊。被開除黨籍是種羞辱，是可恥的，是污點。愛德加．莫蘭說他那時也想過退黨。有一天他向克洛德．羅伊敞開過心扉，而後者驚慌失措地回答他說：「可黨是我們的保護欄。」①被驅逐出黨還如何能夠活得下去呢？對侮辱和孤獨的恐懼。塞納河左岸的大多數共產黨員都在等著被驅逐出黨的命運。鐵托被逐出共產黨後，埃迪特．托馬斯旋即退黨，但這種情況是比較罕見的。

黨組織立即答覆了他們。一九五〇年三月八日，六區政府將這封信寄給了瑪格麗特：

聖日耳曼—德普雷黨小組通知您：

一、我們考察了您總體上的政治態度，覺得您和黨的政治路線有很大的分歧，尤其是在關於文學和藝術的觀點上；二、我們在星期三和星期一的黨小組會上討論了很久，您一

① 作者與愛德加．莫蘭的談話，一九九六年三月八日。

直拒絕前來解釋；三、讀了您的來信，我們認眞地予以討論，覺得您對黨以及黨的民主選舉制度甚爲不滿，可是沒有任何充足的政治理由。出席的黨員以絕大多數票（十九票裡有十一票同意）決定將您立即清除出黨的隊伍。七位同志也堅決不同意您在信中的措辭，但是希望您能在開除黨籍前做出解釋，儘管您一直拒絕解釋。

理由：

一、企圖通過分裂黨小組達到摧毀黨的目的，用謾罵和諷刺的手段攻擊黨委，尋找藉口掩蓋與黨的政治路線的高度背離。

二、與托洛茨基分子接觸頻繁，例如大衛．魯塞，以及其他一些工人階級和蘇聯政府的敵人（尤其是前南斯拉夫大使）。

三、頻繁出入聖日耳曼─德普雷區的夜總會，這類地方無論是在道德上、政治上還是學術上都腐敗之至，爲該區的勞動階級和城市的知識分子所不齒。

一九五〇年二月十六日的黨支委會上一致通過開除黨籍的決定。

根據黨章的第三十五條，決定暫停您的一切職務，待黨委覆議黨小組及黨支部的決議後再定。根據這一條，您有權上訴。

黨小組長

迪奧尼斯決定通過一篇論文來反駁，論文討論的是共產主義這個詞本身的意義。他宣揚回到馬克思主義上來，他舉了聖茹斯特，高扛人民的旗幟，並說作爲一個知識分子他永遠不會放棄爲眞理而鬥爭。瑪格麗特則遠遠不滿足於反駁了。得知自己被某些同志潑了一盆髒水後——大家公開地把她看成一個妓女，她把這個事件看成是一樁訴訟，她要通過自己的筆來作證，來澄清事實眞相。也許她還抱有重新加入黨組織的幻想？

巴黎，五月二十六日，一九五〇年

同志：

您讓我寫一份報告，解釋一下我被開除黨籍的前因後果，我與D．馬斯科羅於同一天，以同樣的理由被開除出黨。但是正因爲我們有如此多的共同點，他的報告在某種程度上也是爲我寫的。再說我無意請求再次加入共產黨。我住在第六區，如果我再次加入黨組織，我則必須與周圍的這些同志鬥爭下去，他們如此無恥如此邪惡，簡直無可救藥，我沒有一點勇氣和他們鬥了。

我給您寫這封信是爲了替自己辯護，因爲馬斯科羅的報告沒有專門涉及我的情況。我一九四四年入黨。四六、四七年我參加了很多的鬥爭，直至妊娠後期我無法上街爲止（我還必須補充說明直到分娩前一個月我還在賣《人道報》）。我曾擔任過一年的黨小組長，並且在不同的委員會鬥爭過（社會服務部，巴黎六區黨支部，節日慶典部等等）。有人曾兩度（甚至也許是三次）提名，讓我到黨支委工作，我都拒絕了，因爲我要待在基層。我自認爲這樣才能成爲一個眞正的共產黨員。我曾是七二四小組的小組長，那裡有很多工人，我也是在那裡得到了很多的鍛鍊。您瞧，我是多麼看不起知識分子，一直到兩年以後，我才對一個同志承認說我曾在伽利瑪出版社出過書。小組裡於是都知道了這件事情，同志們指責我，因爲我原本可以從事「完全不同的工作」。但是那時的指責和今天的指責可謂有天壤之別。「妳幹得太多了，妳會生病的。」大家那時都對我這麼說。現在，我的同志們，自七二二突變後就沒再見過的同志們寫信給支委，說我是個「妓女」。也許他們罵我無恥只是因爲他們找不到別的罪名來罵我而已。把一個女人說成妓女是件很容易的事情，因爲這個概念很模糊，也很容易用。是否因爲我離過婚呢？還是因爲我和一個男人生活在一起卻並沒有結婚。我無法相信這一點：指責我的人，如桑普朗和馬丁內，他們本人都離過婚，而且黨內有很多同志像我一樣，都是沒有結婚就生活在一起的。

我覺得這份絕對超乎尋常的惡意讓人難以理解。我希望您能夠仔細地問一下提交那份報告的同志，讓他進一步地說明自己的看法從何而來，如果您確實認爲這和黨有關。馬斯科羅的報告在其他方面基本上都說了我想說的話。我們的朋友是共同的，同樣，我們經常一起出去活動。我不記得自己認識什麼南斯拉夫人，正如我也不認識杜魯門或內居斯一樣；還有，杜魯門或內居斯至少我還能說出他們的名字，但是說到南斯拉夫人，我連一個名字也說不出來。夜總會？兩年裡，我去過兩次聖日耳曼俱樂部，而且，爲了避免湊巧碰到共產黨內的知識分子，我是肯定不會去夜總會之類的地方的。我很遺憾共產黨總部裡的某位同志沒有住在我這個街區，這樣他就可以透過聖日耳曼的咖啡館，看見我們這些爲薩特主義而鬥爭的年輕人了。「我失眠，根本不能待在床上……」有一位兢兢業業的同志在向我解釋他爲什麼每晚都去夜總會時說。正是這位同志第一個建議開除我的黨籍。我們，如果我們不需要這樣的不在場證明的話，我們可以說我們每天都睡得很好。

最後一點。大家說我不同意黨的政策，特別是關於藝術的政策。是這樣的，我承認，但是這點必須得到正確理解。黨說要挨家挨户地推銷，我就挨家挨户地去推銷。黨說要上門募捐，我就去募捐。我到咖啡館的平台上和別的地方去募捐。黨要求我們——因爲必須這麼做——看顧罷工者的孩子。我把一個礦工的女兒領回家，看了她兩個月。我在市場上攔住家庭主婦，讓她們簽名，我賣《人道報》，我張貼宣傳畫，我讓安泰爾姆、馬斯科羅和其他很多同志也入了黨。我所能做的一切，我都做了。我不能做的，就是改變自己的趣味，比如說文學趣味，我喜歡什麼就是什麼，改變不了。但是我不會站到屋頂上大聲宣揚我的興趣，爲什麼到了最後一刻這竟成了我的主要罪狀？我入黨六年了，從來沒有過一次，我一次也沒有在小組裡公開談過我的這些看法，想也沒有想過。我只在私下裡對小組裡的一位同志說過，而他還鼓勵我，說和我的看法完全一致。您瞧，對我的指責唯一能夠成立的地方也就在這裡了，在這點上我基本可以同意，這是我的辭職信。我和您聯繫是因爲我希望您能夠了解我憤怒到什麼樣的程度。還有，儘管我已經絞盡了腦汁，我還是想不起我什麼時候給黨寫過這封罪惡的信，謾罵諷刺黨，而大家都這麼說。我攻擊了馬丁內和他的朋友。您不了解馬丁內。我可是非常了解他。我對黨仍然十分忠誠，可這絲毫改變不了我對馬丁內同志的看法。

警惕這類的詞帶有專橫的意思，否定是很蠢的行爲。但是眞正的警惕應該是冷酷和清澈的。而馬丁內自認爲可以把他人從警惕中拯救出來，實際上只是更加誇張了這份警惕。在這個小組裡，卻有兩到三個同志對警惕抱有一種奇怪的激情：兩個，接著是三個，再後是四個五個同志相繼被開除黨籍（包括莫尼克・雷尼埃和貝爾納・吉洛雄），出於一些歪曲的、令人難以置信的理由，比如說廁所堵塞不管了，還有什麼亂搞男女關係之類的。應該注意到，一些新近入黨的共產黨員拒絕就開除我們投票表決。

這就是我要和您說的一切。我堅持重申一下我已經在信中說過的話，靈魂深處我仍然是一個共產黨員，除了共產黨員我不知道今後還能做什麼樣的人。我需要向您說明，即便在這樣的境遇中，我也不會做出任何有損於黨的行動，恰恰相反，我還會盡自己的一切力量幫助黨。

致以兄弟般的問候。

瑪格麗特．莒哈絲

幾個星期以前，羅伯特．安泰爾姆也寫了一封長信給法國共產黨的塞納河支部。信中他表達了自己深深的恐懼，澄清了自己在道德上仍然是個正直的人，這篇文章可以說是當時這些革命知識分子靈魂深處的寫照。

若日．桑普朗和羅伯特．安泰爾姆之間的友誼從此破裂了。①那麼多幽默的談話，酒館裡的話題，從此後只能愈加讓人痛苦，曾經是那麼深厚的友誼，如今想起來也只能令人脊背一陣發冷。所有經歷過這段斯大林軍事思想統治的黑暗時期的男男女女都肯定了這一點：要留在黨內就必須背叛自己最好的朋友。「我永遠不能忘記那天，安泰爾姆來告訴我他已經被開除黨籍時那無比痛苦的面容。我向他伸出手，想告訴他我們的關係不會因此得到絲毫的改變。他猶豫了一下才握住我的手。『怎麼辦

① 作者與若日．桑普朗的談話，一九九六年十二月十二日。

呢，都結束了。』他眼含熱淚地對我說。」[①]皮耶·戴克斯證實了羅伯特被開除出黨後心理上的那份驚惶和深深的憂傷。「他一點也不明白究竟是爲了什麼。他到《法國文人報》的辦公室來找我。他覺得這是盲目的制裁，是不公正，是命運的打擊。他到的時候臉色發白，手腳發顫。他們終於打碎了他的幻想。」皮耶·戴克斯說，開除羅伯特黨籍後，他曾經試圖說服塞納河支部的「上層人物」，讓他重新加入黨組織。沒有效果，因爲他也是「和瑪格麗特睡覺，滿足她淫慾的人。」[②]這群朋友就這樣永遠地離心背德了。從此後再也沒有美妙的和諧，對眞理的捍衛和文學的重要位置。大家都知道羅伯特是一個多麼偉大的哲學家，多麼細膩的實踐家，又是多麼看重友誼。莫尼克，他的伴侶說這次決裂給他帶來了很大的影響，在相當長的一段時間裡，他一直陷在痛苦裡不能自拔。在這個故事中，瑪格麗特以響亮有力的方式支持著他，但是她對此卻只還留有一丁點兒的記憶。還有一個小插曲，是若日·桑普朗自己說的。「有一天，瑪格麗特給我打電話。我那時住在聖日耳曼街。『很緊急。』她說。她約了我，半個小時後在我家樓下的咖啡館。瑪格麗特和我不認識的一個年輕女人來了，她就是後來成爲我好朋友的弗洛朗絲·馬爾羅。我像個傻瓜似的站在她們倆面前，她們則一副完全信服了的表情：『就是他，就是他！』簡而言之，瑪格麗特想讓我扮演皮特·布魯克導演的電影版《禿頭歌女》裡的朔萬一角。他也瞄準了我，用同樣的方式叫道：『是他，就是他！』我不能告訴她們我不可能演這個角色，因爲我那時還領導著西班牙共產黨，經常得到西班牙秘密逗留。我沒有講出眞正的理由，但瑪格麗特和皮特在我的婉拒之下也只好讓步。故事的結尾有點像在開玩笑。皮特·布魯克說：

---

① 作者與皮耶·戴克斯的談話，一九九六年十二月十二日。
② 作者與皮耶·戴克斯的談話，一九九六年十二月十二日。

『那只好算了，我約好拉烏爾·列維在馬克西姆餐廳見面：我就和貝爾蒙多簽約吧。』」①

到了第二天，朋友就能變成叛徒。但是被開除黨籍後如何還能活得下去呢？在黨外游離，就像在這個世界之外游離，愛德加·莫蘭陳述道：「大家都很熱烈，在家裡，在各種會議上。到處都是工人在遊行，我則像個幽靈，孤獨一人。從此之後，我永遠地失去了團體，失去了兄弟般的友誼。我被驅逐在一切之外，一切人之外，生活，熱情，還有黨。我開始哭泣。」②瑪格麗特也為此痛苦過。在她的日記裡③，她談到被開除黨籍時的心情時說，她覺得自己很罪惡，像個孤兒，大家看到她就會轉過身去，甚至換到另一邊走，她為此病倒了。被驅逐出黨成了她在相當一段時間裡揮之不去的「厄運」。她害怕自己在心理上永遠也走不出這個陰影。從賤民再到非存在，到一個值得同情的衣衫襤褸的流浪者。「我想的只是要不要說晚上好，如果我不說晚上好，他們會認為我不願意對他們說晚上好。」愛德加·莫蘭說，他看著原先親近的人漸漸都離他而去。瑪格麗特、羅伯特、迪奧尼斯和愛德加是第一批受到打擊的。有些人出於友誼撕毀了自己的黨證，比如說莫尼克·雷尼埃和貝爾納·吉洛雄，還有一些則仍然留在黨內，但也不公開發誓棄絕自己的朋友。他們還繼續出席——雖然感到非常尷尬——聖伯努瓦街的聚會，聽瑪格麗特、愛德加和羅伯特分析斯大林主義全面化的危害，對他們來說，這簡直就像是跨越地獄之門，他們都覺得自己犯了死罪。雅克·弗朗西斯·洛朗，克洛德·羅伊隨後便被開除了黨籍。接著若日·桑普朗本人也被開除了黨籍。然後漸漸地，所有還敢思考的人都被開除了黨籍：哲學家，詩人，學者。

---

① 作者與若日·桑普朗的談話，一九九八年二月二十三日。
② 《自我批評》，見上述引文。
③ 現代出版檔案館檔案。

瑪格麗特被驅逐出黨後，一直宣稱自己仍然是個共產黨員，只是空前的自由，每天早晨她都是一個全新的共產黨員，每天晚上她都要重新詮釋共產黨員的定義。一直到生命的盡頭，她說她一直是共產黨員。「我從來沒有放棄過共產主義的希望。我就像是著了魔，不停地希望，不停地把希望放在無產階級身上。」①說這話是在一九九三年，到了一九九四年她又說，「我想重新加入共產黨。我會這樣的。」②可是一直到死她也沒有這樣做。

一九四九年聖誕節前，她把《太平洋防波堤》的手稿交給了雷蒙．戈諾。在一九五〇年一月十五日她和加斯東．伽利瑪簽了合同。安泰爾姆夫人不復存在了……在姓氏的位置上她又寫上了道納迪厄！預定的版稅很高，一千冊爲百分之十，一千到二千冊爲百分之十二，超過二千冊達到百分之十五。這將是一部巨著。瑪格麗特告訴出版社，她寫這本書的時候覺得有一種空前的幸福，寫完了，像所有的作者那樣，她彷彿被掏空了，筋疲力竭。和前面兩本書一樣，她先讓迪奧尼斯和羅伯特讀了手稿。他們只建議她做點小的修改。「都是很小的地方，」迪奧尼斯說，「語法上的滯重也沒什麼大不了的，重要的是她把手稿交給加斯東．伽利瑪時，這已經是一部完善的小說。」③

完善，的確如此。小說以古典悲劇的方式建構，拋卻了影響敘述純粹性的心理分析，但是在文體和情節的展開上卻是現代性的，直到今天，《太平洋防波堤》仍然不失爲是二十世紀關於母愛——痛苦、粗暴、毒害人的母愛——的最偉大的書。女主人公，一個日漸衰老的女人，隨著故事的展開，漸漸喪失了和這個世界周旋的生命激情。殖民吸血主義祭壇上可悲的祭品，這個女人以孩子的名義，頑

① 見伯努瓦．雅戈與瑪格麗特．莒哈絲的對談，未發表，是《寫作》的前奏，現代出版檔案館檔案。
② 作者與瑪格麗特．莒哈絲的談話，一九九八年四月八日。
③ 作者與迪奧尼斯．馬斯科羅的談話，一九九六年四月十八日。

強地和行政署鬥爭著，和他們的腐敗，和自己的命運，甚至是和太平洋的潮水。她的領地——殖民地的官員以不可思議的價格把鹽鹹地賣給她，她在這些地的中央蓋了一座可憐的小竹樓——完蛋了，被海水掃蕩得精光。但是爲了平原的孩子不像雨季前墜落的芒果那般死去，爲了農民能夠吃飽肚皮，爲了受到近一個世紀殖民統治的苦役犯能夠挺起胸膛做人，她還在鬥爭。

傾訴靈魂的聲音：瑪格麗特是這樣定義作家的使命的。讓大家都聽到這來自時代深處的吶喊，這因爲不公平，因爲要反抗而發出的吶喊。還有憤怒，出自每一個作爲存在的人在災難前所表現出的自尊。《太平洋防波堤》裡人道的，過於人道的母親，同時也是個自私、多疑、喜歡訴苦、過度的母親，她生活在一塊似乎是非人生活的土地上，現實不過是幻想的裝飾帶，時間是最終失去正常的舵。瘋狂在徘徊，但是還有神聖。母親本人甚至就差點瘋掉，她和冥冥世界對話，因爲只有她丈夫生活的那個死人的世界會給她一點啓示。《太平洋防波堤》還飄盪著死亡的氣息。書是以馬上的死者開篇的，結束時是母親的死亡。約瑟夫不停地在自忖他是否應該自殺。在小說中，死亡通常作爲一種解決辦法。希冀的，自己要求的死亡是自衛的合法方式：負責土地估價的官員又一次來巡查母親的災難時，約瑟夫拿出了武器，一把毛瑟槍。他把槍扛在肩上，慢慢地瞄準，調校。母親和蘇珊娜平靜地看著這一切，她們在等，什麼也沒有做，她們沒有阻止約瑟夫，讓他放下武器。哥哥瞄準官員，正如《痛苦》裡的瑪格麗特．莒哈絲瞄準X先生。他們完成的是同一個手勢，他們爲這個念頭感到快樂：以惡制惡。只是一笑而已。只是爲了讓自己相信這一切都是可能的。因爲不管是哥哥還是她都沒有開槍。其他所有人在他們看來都是一類人：是他們的敵人。母親、哥哥和妹妹也不是一個世界的人。但是他們都有暴力的傾向，充滿野性，游離於法律之外，並且以此爲驕傲。很長時間以來，母親都想選擇死亡，但是她有孩子，蘇珊娜和約瑟夫，「我們，她的孩子。」瑪格麗特．莒哈絲並沒有局限在自傳式小說的神話裡。蘇珊娜不是瑪格麗特，約瑟夫也不是她喜愛的小哥哥，但是「這是我們，她的孩子」。小說既是頌歌也是清賬，就這樣超越了道納迪厄夫人的故事，達到一種普遍性。

瑪格麗特認為書之所以會成功，主要是因為她獨特的文體。究竟經歷了怎樣的過程，她才能如此老到地把握住人物的對話——書中有很多對話——以及如此精確地描寫人物的心理和感受呢？因為讀者會沉浸在她筆下的那個世界裡。潮濕的空氣，雷翁·波雷開過貧瘠而乾燥的平原上唯一一條公路時揚起的灰塵，母親每頓飯都要做的家禽雜燴湯那股令人噁心的怪味，令人顫慄的叢林前，陽台上斷裂的木板：這個搖搖欲墜的世界仍然奇蹟般地留在瑪格麗特的記憶中，而瑪格麗特，通過到位的詞彙，把握準確的節奏，簡潔的句式和省略的藝術又成功地為我們重建了這個世界。在這篇視覺效果頗好的小說裡，作者藉助於鏡頭式的風格帶著我們穿過這片土地，她兒時走遍了的，非常熟悉的土地：太平洋岸邊的這塊土地。她去的時候還是個孩子，她度過整個少女時代的西貢，一到晚上就開始女人和鴉片交易的昏昏欲睡的小鎮，濃密的森林，小魚在樹頂上游泳，還有煙熏火燎的田地，差不多都荒廢了，黃昏時分就會有老虎出沒。瑪格麗特沒有一點編造之處，她只是在記憶中搜尋，任憑記憶馳騁。

《太平洋防波堤》也是一本關於夢想生活的小說。小說裡的人物和虛幻中的幽靈一樣，一面清醒地生活一面在幻想著別樣的生活。在幻想和巫術之間，「真實生活」於是只能寄居在黑暗的一隅，就像那個電影廳，女兒有時躲在裡面呼吸一下另外的空氣，兒子和他的情人也會去那裡在暗中互相撫摸。電影院是絕對的避難所，黑乎乎的，生活的粗糙不平全都隱去了，我們可以享受這世界的景觀卻無須碰撞。「只有在那裡，在銀幕前，一切都變得簡單了。和陌生人一道坐在同一幅畫面前，會讓你覺得你恰恰需要這份陌生。不可能的一切也似乎伸手可及了，再也沒有什麼東西會阻礙你，一切都成了想像中的。」約瑟夫是在電影院裡碰到了他愛的女人。也就在放電影的時候，在銀幕前。蘇珊娜反抗得累了，任由卑鄙的若先生撫摸她。「在那裡，在電影院的黑暗中，這似乎變得可以接受了。」

從開始到最後交稿，《太平洋防波堤》歷時六年。值得稱讚並且卓有成效的耐心，戈諾評價道。無須任何懷疑了——對他而言，也許從來沒有懷疑過：瑪格麗特從今以後成了「她這一代最傑出的女小說家之一。」①不過如果說書的確受到了圈內人的注目，出版時卻沒有獲得太大的成功。但是，莫里斯·納多在一九五〇年六月二十二日的《戰鬥》雜誌上撰文，讓讀者都來注意他的偉大發現。「我們有理由認爲，」納多宣稱，「這本書會給作者帶來成功和名譽，從此瑪格麗特將進入——當然她早就應該占有這樣的位置了——我們這一代最優秀的作家之列。」莫里斯·納多認爲該書揭露了殖民主義統治下的悲慘生活，所謂的異國情調不過是披著絢爛色彩的貧窮，他還讓讀者注意作者對於人物的心理描寫——母親、兒子和女兒，他說，「占據了整個鏡頭」。電影式的小說，人物交替不是逃跑就是死亡。氣喘吁吁的小說。「完美無瑕的敘事不受時間的束縛，從頭至尾貫穿著激情，一系列剪輯得當的悲劇或滑稽場面環環相扣。」納多覺得作者在很大程度上受了卡德維爾的影響。後來在《法蘭西觀察家》中羅伯特·薩萊夫又再次將莒哈絲和卡德維爾相提並論。

克洛德·羅伊，這個在任何情況下都十分專注忠實的朋友，他也是作者熾熱而眞誠的崇拜者。在一九五〇年六月二十九日的《法國文人報》上，他發表了一篇滿是讚溢之詞的文章。作爲一個共產黨員，對著自己的同志，尤其是在共產黨的報紙上可不是想說什麼就能說什麼的。所以，羅伊從介入文學入手，讚揚了小說的政治性，他讓大家注意，小說描寫了「殖民主義統治下的印度支那這個巨大的集中營，這個令人厭惡、潮濕、殘忍的地方。」莒哈絲描繪了一個「呼喚起義，需要起義的印度支

① 《勒諾·巴羅日誌》，一九六五年十二月。

那，也解釋了爲什麼印度支那會有不平和抗爭。」克洛德・羅伊也注意到了卡德維爾式的筆觸：「但是我得承認，我更喜歡卡德維爾那種略顯生硬和短促的筆調，瑪格麗特・莒哈絲會讓筆下悲慘的主人公突然表現出一種令人惶恐的詩情，一種巨大的憤怒，這就拓寬了他們原本可憐的視野，將之納入人類不公正這個宏闊的主題之下。這份不公正，是白人強加給他們征服的這塊土地，這塊土地上的人民的。小說有一種難以名狀的美，出自一個白人的良心，對人類有著深切同情的一個白人。小說透著頑強的希望。」在文章的結尾處，他向「這座終於阻擋住海水，阻擋住戰爭和死亡之潮的堤壩。」表示敬意。

在九月份，這本書再度受到重視。「這無疑是本年度最優秀的小說之一」。讓・布朗匝在九月二十三日《費加洛報》的專欄裡寫道。這正是開始評選各獎項的時候，他直接針對評委們說：「如果《太平洋防波堤》不在提名之列，不參加獎項的最終角逐，那就太不可思議了。」《太平洋防波堤》被提名龔古爾獎。①儘管有些記者站在年輕的作者這一邊，並且有伽利瑪出版社的支持，瑪格麗特最終卻只得了一票，該年度的龔古爾獎由保爾・戈蘭的《野蠻的遊戲》獲得。她是輸不起的，她對自己說評委之所以沒有投她的票，是因爲她是一個共產主義革命者。

書一出版，她就帶著烏塔去度假了。在到費雷角——她在那裡租了一幢房子——前，她在翁贊短暫停留，在盧瓦爾—歇爾省，母親在那裡買了一座小城堡，就是路易十五時代的那種假城堡。瑪格麗

①該年提名的作品爲：塞爾日・格魯薩爾的《沒有過去的女人》，保爾・戈蘭的《野蠻的遊戲》，米歇爾・采納法的《泡沫和鹽》，艾爾韋・巴贊的《小馬之死》，喬治・阿爾諾的《恐懼的工資》，熱拉爾・布爾泰羅的《腹語》和讓・烏格薩的《你將收穫風暴》。總共是十一部作品，角逐龔古爾、費米納、雷諾多和內部小說四個獎項。

特的包裡放著她的書。她曾經描述過自己這份焦灼不安的等待①。母親在樓上的臥室裡讀了整整一夜的《太平洋防波堤》，女兒在下面等著裁決。劈頭蓋臉的辱罵。母親指控她撒謊，背叛，甚至是高度淫穢，把自己和母親的某些生活片段拿出去成爲大眾茶餘飯後的談資。「我對自己說寫作的主題不外是死亡和愛情。」②女兒認爲是母親的憤怒和自尊成就了這本書。她的作品在她自己看來是在表達敬意。但母親看到的只是對她邪惡的揭露，並且認爲女兒在指責她沒有盡到做母親的責任。她們這次見面的時間很短。母親把書還給了女兒。「在她看來，我在書中控訴了她的失敗。我揭露了她！她這樣理解這本書成了我生命中的悲哀之一。」③瑪格麗特記述道。薩特的母親讀了《詞語》後，是這樣評價的：「布魯根本沒能理解自己的童年。」母親能夠理解孩子的寫作嗎？一個自認爲占據孩子童年生活的母親，對自己孩子記述的童年表示不敢苟同，難道不是很自然的事情嗎？無論如何，一切都太晚了。外孫也太晚了。故事已經放在這裡：道納迪厄夫人一直到死只是丈夫的寡婦和長子的母親。在母親和女兒之間再也不會有任何發展。瑪格麗特已經感覺到這點，早在六個月以前，母親帶著僕人從印度支那回來的那一刻。

母親回來時很有錢。她在西貢開的寄宿學校已經聲譽卓著，她每年都可以定期地收取股息；她還購置房產——她買了五處房子，現在都已增值；此外，她和殖民地的所有白人一樣做皮阿斯特交易，從中也賺了不少錢。她在巴黎一家飯店安頓下來，從來沒有在聖伯努瓦街睡過。瑪格麗特精心籌劃了一次解釋性的晚會，還招來了她的「男人們」爲她撐腰。她想弄個明白，而且希望從母親那裡聽到請

①《新觀察家》，一九八四年九月二十八日。
②克里斯蒂娜·布洛·拉巴里埃爾在《瑪格麗特·莒哈絲》第三章的說明裡曾做引述，見上述引文。
③《新觀察家》，一九八四年，九月二十八日。

她原諒之類的話，以平息在童年和少女時代所承受的一切痛苦。於是瑪格麗特在這個晚上邀請母親到聖伯努瓦街吃飯。迪奧尼斯、羅伯特、愛德加都在。「瑪格麗特的母親，」愛德加說，「是一個看上去很保守的女人，沒有什麼表情，很自尊。」①晚飯後，瑪格麗特離開了。迪奧尼斯開始問她，問她爲什麼如此粗暴地對待自己的女兒，要求她對此做出解釋。談話變成了質問，持續了大半夜。母親的反應表明她似乎根本不明白他們在說什麼。一直到母親要走，女兒才回來。

在費雷角，瑪格麗特和烏塔相守著過了七月。她看著兒子漸漸成長，和他之間已經建立了一種激情，想要替他擋住一切，就像貝殼爲生命擋住海水。在日記裡，她記道：「我不是一個瘋瘋癲癲的母親……不。我知道孩子的珍貴。這是因爲我已經失去了一個孩子，而且我知道孩子是會死的，所以我才這樣。我知道這樣的愛會帶來多大的恐慌。母性會讓人變得善良，人們都說。眞是異想天開。自從我成了母親，我變壞了。無論如何，我知道自己非常害怕。」甚至孩子的笑聲她也不願放過。「一想到這笑聲會隨風消散我就受不了。我把他抱在懷裡。我擁有這笑聲。」在一篇名爲《源於同一份愛的恐懼》②的文章裡，她在結尾處描寫了母親那種占有的快樂。烏塔是個美妙的孩子。非常優雅滑稽，他讓所有生活在他周圍的成人感到快樂。瑪格麗特從來沒有讓他獨自生活過。一些人對此感到驚奇，例如戈諾，另一些人則怨詞頗多，比如說孩子的爸爸迪奧尼斯·馬斯科羅。幸好，莫尼克的孩子和他一樣大，他們經常在一起玩……孩子的生活。瑪格麗特什麼都可以爲孩子做，莫尼克說。她井井有條，充滿了幹勁。白天，她工作，做飯，修修補補，而且還要照顧兒子。晚上，大家一塊討論問題，

① 作者與愛德加·莫蘭的談話，一九九六年九月二十二日。
② 《外面的世界——卷一》，頁三五一。

一塊喝酒。她的寫作活動便融於這日常生活中。她很善於做體力活，寫作只是她諸多活動中的一項。儘管她從來沒有說起過這一點，她的確不專門做某件事情。

正是在這個夏天，她開始構思一本新書的寫作大綱。《直布羅陀的水手》，兩年不到，書就出版了。在《太平洋防波堤》出版之前她沉默了相當時間，但在這之後，她基本上一年出一本書。《直布羅陀的水手》之後，《塔吉尼亞的小馬》、《樹上的歲月》、《廣場》相繼出版。

瑪格麗特對迪奧尼斯的愛充滿了痛苦，她幾乎喘不過氣來，但她又是那麼欣賞他。我愛你。說你愛我。迪奧尼斯對她說得不夠多。不像她所希望的那樣多。他經常把她一個人丟下，一丟就是一整天。迪奧尼斯和瑪格麗特一直是未婚關係，彼此分開的存在。在瑪格麗特看來，迪奧尼斯拒絕「愛的溫柔」。她爲這份粗暴所傷，產生了獨自生活的念頭，覺得這樣才能繼續寫作。一九五〇年八月二十三日，她寫信給迪奧尼斯：

> 我愛您，但是由於您始終不肯承認這份愛，我希望離開您，非常希望。
>
> 我在一種奇怪的境遇中，沒有悲傷也沒有歡樂。當然，我想得到您的吻，並且只有您能夠讓我滿足。我不再害怕孤獨。也許我變得堅強了……
>
> 過了五年這樣的生活，我累了。
>
> 我知道，通常情況下，法律是站在男人這一邊的。但是如果我寫的東西對男人而言同樣是有價值的呢，如果我寫的東西跳出了那種不假思索、單供消遣的平庸文學的範圍

呢……①

迪奧尼斯拒絕分開。於是她提出了條件：

我希望您能夠幫助我……這是我最後的願望。知道我們相愛，這是一件很沉重的事情。相愛但是不說，也許比起承認相愛來更能夠體現愛。如果承認相愛也許愛就要走下坡路了。想想看吧。②

整個秋天，這一對情人一直在互相折磨。瑪格麗特懷疑迪奧尼斯欺騙了她。也許瑪格麗特沒有錯，雷蒙·戈諾的日記裡經常影射到迪奧尼斯的事情，他喜歡約辦公室裡的漂亮女人一道出去，或是和女作家在辦公室裡談完事後，一道消遣消遣。於是瑪格麗特試著通過引誘經常出入聖伯努瓦街的男人，讓他也嚐嚐嫉妒的滋味。瑪格麗特在玩火，迪奧尼斯卻幾乎不爲所動。瑪格麗特將唐璜的天賦發揮得淋漓盡致。一九五一年十二月三十一號夜裡，愛情遊戲突然來了個大轉彎。在這個大吃大喝的聖誕前夕，瑪格麗特和新來的一個客人接了個長吻：雅克—洛朗·博斯特，作家，記者，西蒙娜·德·波伏瓦的朋友，薩特、戈諾、梅洛·龐蒂的同伴。博斯特先生上了瑪格麗特的圈套，還暗暗高興。瑪格麗特終於實現了她的威脅。開始的時候她還把這種關係限制在平庸的通姦範圍內：她只是讓他定點

①迪奧尼斯·馬斯科羅檔案。

②迪奧尼斯·馬斯科羅檔案。

和她一塊兒「上」旅館去，其他一切都不存在，和迪奧尼斯的家居生活也絲毫未加改變。在一月中旬的一次晚會上，她向新的情人規定了這樁奇怪交易的期限，就在羅伯特和迪奧尼斯的眼皮底下！西蒙娜．德．波伏瓦在《致尼爾森．阿爾格朗的信》①中用一種非常滑稽的方式，記述了這段為時甚短卻波濤洶湧的感情。瑪格麗特就是麥格，「三十六歲，半白人，半印度支那人，不漂亮但也不惹人厭，共產黨員，去年和丈夫一道被驅逐出黨，經常接觸非共產黨的左派人士。」她怎麼能和一個非共產黨員睡覺呢？她的前夫和現在的同伴都問她，「她沉默了。裝作一邊織毛衣一邊聽他們說話，但是已經下定決心，一定要和這個博斯特睡覺，儘管他從來不是共產黨員。」兩天後麥格在咖啡館裡找到了博斯特，一副做生意的口吻：「行，我們上旅館去吧，我們接吻，我只有一個小時。」博斯特不幹了，兩個人開始爭吵，結果一起睡覺的時間也沒有了。無論如何，後來他們倆的關係還是轉入了地下。瑪格麗特和雅克—洛朗．博斯特的關係維持了幾個月，她一直不願放棄，但是結局非常糟糕。迪奧尼斯要求她中斷和博斯特的關係，羅伯特也摻和進來，西蒙娜．德．波伏瓦說「麥格」對博斯特說，「比起我現在的伴侶來，我的前夫更想殺了你。」艾里奧和吉內塔三月從義大利趕來平息這場家庭風暴。所有的人都嚴正要求瑪格麗特中斷和博斯特的關係。作為和解，瑪格麗特接受了迪奧尼斯的建議，和他一起到威尼斯做一次旅行。去威尼斯本多少有些出於逼不得已，走的時候她已經被這件事弄得筋疲力竭。在《綠眼睛》裡，她追述了這段日子：「我問自己，怎麼能夠承受如此的溫存，如此的關懷，如此的深愛和保護，如此的同情，如此的哄騙，如此如此的建議，我真不知道自己怎麼會一直待在那

①《致尼爾森．阿爾格朗的信（一九四七—一九六六）》，西蒙娜．德．波伏瓦著，伽利瑪出版社，一九九七年。

裡沒有逃走，怎麼會沒有死去。」①瑪格麗特沒有能夠離開迪奧尼斯，也不願中斷和博斯特的故事。但是迪奧尼斯和羅伯特做出了另外的決定。她服從了。爲什麼呢？「被寵壞了的生活，貪婪的生活。所有女人生命中所持的右翼路線，女人故事中的這份沉默。這種看起來像是成功的失敗，這份並不存在的成功，一片沙漠似的成功。」

《直布羅陀的水手》就帶有這些日子以來所承受的愛情苦難的痕跡；但是瑪格麗特小心翼翼地顛倒了性別：小說中是男人要離開女人。《直布羅陀的水手》的手稿，證實了作者當時似乎很難尋找到一種統一。這書不僅存在著兩個完整的版本，還有不少寫了又放棄的開頭，書的主題在構思時也不止一個。借助檔案我們可以重建該書生成的過程：開始敘述的主題是戰爭，特別是德占期間的法國，而在最後的版本裡，有關戰爭的內容只剩下了爲數不多的幾小段。水手是個遭到僞軍槍擊的傷員，安娜救了他，安娜爲了得到藥品，不惜將自己奉獻給一個醫生。重新站起來以後，男人卻消失了。「於是她對自己說如果他被打死了，她也會自殺的。她沒有忘記自己和他已經有了孩子。但即便是有了他的孩子，她也活不下去。」孩子死了，安娜悲傷地穿過自由法國。在另一個版本裡對殖民政府的批評卻成了小說的中心，瑪格麗特．莒哈絲看來是要和她以前的老闆、前殖民部長喬治．芒戴爾算清賬，她在小說中對他進行了大致的勾畫，可不怎麼好：「他對我們有一種極大的蔑視。在他年輕的時候，也曾經被一個大人物如此蔑視過。他自認爲找到了權威的秘密。秘密就是他自己曾爲之痛苦過、而今又讓他的合作者痛苦下去的這份蔑視。他從不和任何人握手。把文件給你時，他扔在地上。他說：『撿起來，我的朋友。』看上去他似乎千頭萬緒，有很多事情要做。在這樣強悍的人面前，幾乎所有的人

---

①《綠眼睛》，見上述引文，頁一八七。

都要發抖。除了我。我是個行政官員的兒子，喝的是雀巢奶粉和含氧化鋁的水，吃的是經過次氯酸鈉消毒的色拉，平常還偷偷地手淫。據說手淫會讓孩子變得遲鈍。我可不是這樣的。恰恰相反，手淫挑起了我對理性，對反叛，對歡娛的追求。」①

《直布羅陀的水手》在很長的一段時間裡一直叫《火槍手》。情節本來是在本土展開的，可有一天，瑪格麗特上電影院，偶然間看到了《上海女人》，立即對片中的麗塔·海威爾士一見鍾情，這是個高貴、貪婪的女人，一個上流社會的魔鬼，只對錢感興趣。瑪格麗特在寫作時用盡了一切辦法。她改編了奧爾森·威爾士的故事，放棄了美人魚的利慾，轉而集中描寫她的淫慾。但是，將小說看成是對生活以及作者愛情的單純描摹，背離了瑪格麗特的寫作精神。一切都易了位，進行了重新組合。文學不應當只滿足文學本身的需要。但是，從文學的角度來看，這部作品顯得有點奇怪，不平衡也不完善。第一部分迷失在人物描寫中，一個可笑、懦弱、無能的傢伙，一個再也忍受不了自己妻子甚或是忍受不了自己的男人，讀者陷進了通篇重複的散文中，時不時地穿插進一些甚爲空洞的對話，可以看出作者深受福克納和薩特的影響。接著，突然之間變得明亮起來，眞正意義上的明亮。在視覺上：一艘白色的船跳了出來，一切都變了；陽光亮得刺眼，愛情也是那麼清晰；故事又衝撞到了另外的地方。受傷的男人躺在海灘上，這時出現了白色的船隻，船上有一個女人。她是平息風暴的聖女，是大海和水手的情婦還是大洋的妓女？這個女人從哪裡來？她只要一出現，周圍的空氣似乎都中了毒，男人幾乎看不見了，他又像是等了她很久。她要幹什麼？當然她要引誘他，但是這個男人已經沒有慾望了，他的身體沉得如同死人。但是他爲什麼會接受上船呢？也許是因爲他再也沒有什麼可以失去的

① 現代出版檔案館檔案。

了，他想和自己和解。如何向自己妥協？這是《直布羅陀的水手》中最揪心的問題。這個很長時間以來已經不再對自己做些什麼的女人，她還是來了：「這不可能。最後總是要對自己做點什麼。」於是她穿越大海，尋找自己的情人。

莒哈絲這段時間和莫里斯·布朗肖往來頻繁，她很欣賞他，或許這本書的靈感便得自於他。他宣揚文學應該通過短促的話語來表現力量，他宣揚一種只有通過文學本身而存在的文學，寫作行爲就是爲了挖掘不可讀性。「我們知道，只有當我們完成了跳躍，我們才會寫，但是要完成這個跳躍的動作就必須寫，不停地寫，從無限出發開始寫。」①《直布羅陀的水手》是未完的追尋，暗喻著等待永遠是要讓人失望的，這是一部哲學性的小說。小說中有一位天使，敘事者在參觀一座博物館遇見了他，並且認出他來。這個天使曾經是敘事者童年的看護神，他床頭掛的那幅畫上畫的也是這位天使。敘事者一直盯著天使看，似乎天使從博物館的畫上下來，活了，在向他眨眼睛。《直布羅陀的水手》中有很多天使。有一個天使化身成卡車司機，他掌管著女人的眞理，還有守護著荒無人煙、泥灰剝落的博物館的小天使，以及大海的天使——船上的女船長，危險的、將港口所有男人都要吞進肚裡的美人魚。

瑪格麗特寫作時並沒有預先擬定寫作計畫：「寫一本書的時候，我自己也是在冒險。但是接下來，一切都重新組合，形成一個整體。總的來說，起因和主題在開始時都不重要。」②

瑪格麗特描寫的是她所熟悉的地域：波卡蒂瑪格拉和法國南部。地點的變換也不重要，因爲人物

---

① 《未來的書》，莫里斯·布朗肖，伽利瑪出版社，一九五九年。

② 讓·馬克·圖里納輯錄《話語的癡迷》，瑪格麗特·莒哈絲在法蘭西廣播電台訪談錄，一九九六年。

是在永遠的流浪之中，無數的相遇，各不相同的語言。瑪格麗特・莒哈絲不知道相似的規則。她甚至對此加以嘲笑。她似乎在演一齣情境喜劇。書裡有很多戲謔。《直布羅陀的水手》的人物幾乎是從頭笑到尾，而且還喝很多的酒。什麼都能讓他們發笑，任何微不足道的東西，多虧了酒精，他們可以忘卻禮儀，對自己沒有絲毫的扼制。安娜是勞兒・V・施泰茵的姐姐。兩個女人都因無辜的慾望所迷失，因愛的力量而不能自已。就像巴羅克時代的聖女一樣，她們生活在等待激情之中。在港口上，妓女也在等待。妓女是瑪格麗特筆下的主人公，是眞正爲愛迷失的女人。所有的人都付錢給她們，機械的重複那一套愛的程序，她們可以對任何人開放身體，但是她們卻在等有朝一日可以將自己只奉獻給一個人。勞兒、泰奧朵拉、安娜、安娜・瑪麗・史特德兒都是深爲貪婪的愛、迷途的激情所折磨的人。

書本來預計在一九五二年秋出版。加斯東・伽利瑪想把書放在周末叢書裡，但是克洛德・伽利瑪給羅伯特・伽利瑪留過一張字條，說作者拒絕了，她希望能放在白色叢書裡。瑪格麗特勝訴了。於是書的出版日期稍有推遲。簽合同的時候，以二千冊計算，瑪格麗特收到了十二萬法郎的版稅。書一出版，她又索取八萬的預支款。加斯東・伽利瑪在她的信上批註了「同意」，把信轉到財會處。但是瑪格麗特要的更多。一九五二年，《太平洋防波堤》賣到三千二百冊，瑪格麗特總共收到了十七萬五千法郎的預支款。在簽《直布羅陀的水手》的合同時，她欠著九萬七千法郎的債務。要知道，當時瑪格麗特的生活非常拮据，她決定把作家當做自己唯一的職業，還沒有想到可以通過給報紙雜誌寫點文章支付月底的帳單。她唯一的收入來源就是出版社。

「看了《直布羅陀的水手》，我們不禁要驚訝於瑪格麗特・莒哈絲的想像力，小說宏闊壯觀，心理描寫充分。」書出來的時候，在《摩洛哥勞動者》[1]雜誌上，我們讀到了這樣的評論。在法國，這本書似乎不很受歡迎。不過在《戰鬥》上，多米尼克・昂東撰文說這是一部「堅定而正直的小說，充滿了人性的、密集的、慷慨的、殘忍的眞理。」伽利瑪出版社爲她在《費加洛報》、《藝術》、《文人雜誌》、《新文學》和《巴黎雜誌》上專門做了廣告插頁。一九五二年底，《水手》賣到二千八百冊。一九五三年九月十五日，瑪格麗特再次索要二十五萬法郎的預支款。並且這一次她給出版社帶去了新的小說《塔吉尼亞的小馬》——「應該在兩年裡完成兩部小說」，在生命行將結束之際，瑪格麗特鄭重地說。[2]

的確，一九五二年夏末，瑪格麗特開始了另一部作品。瑪格麗特的所有作品之間都有一種割不斷的姻親關係，至少表面上看起來是這樣，儘管時間、距離和主題各個不同。於是在《愛蜜莉・L》裡，我們發現了《直布羅陀的水手》的片段和《恩奈斯托》的開頭。《塔吉尼亞的小馬》和前一部作品的關係也非常明顯：義大利，夏天的炎熱，大海。但是《塔吉尼亞的小馬》並非《直布羅陀的水手》的續集。莒哈絲所擅長描繪的那種氛圍在《塔吉尼亞的小馬》裡已經漸漸顯山露水：心理上的恐慌，由於酷熱而更加昏昏欲睡的身體，情感的匱缺，對生存不和諧的質問，男人女人之間潛在的戰爭——你愛我，我卻不要你。小說的主人公是薩拉。一個小男孩（和烏塔一樣年紀）的母親，生活在一種永遠的瘋狂和恐懼之中，她的同伴叫雅克，和迪奧尼斯一樣英俊，一樣精於游泳，他愛思考，是個理想主義者，幽默而尖酸。雅克和薩拉之間也有個分離的問題，他們隨時可能分離。在一起度假，然

---

① 《摩洛哥勞動者報》，一九五二年十月三十一日。

② 作者與瑪格麗特・莒哈絲的談話，一九九四年三月十六日。

後呢？他們最終會有分離的勇氣嗎？「因爲薩拉不再渴求屬於自己的房子、公寓，和一個男人共同的生活。年輕的時候她渴求過。」瑪格麗特快四十歲了，薩拉也是。她做愛的慾望仍然非常強烈，但她不希望總是和同一個男人做愛，薩拉也是。「如果妳只喜歡和一個男人做愛，那就說明妳不喜歡做愛。」她對自己的好朋友吉娜說，吉娜卻在耐心地等待自己有朝一日不再有慾望。「我覺得我可以和五十個男人做愛。」薩拉說。薩拉希望在旅館裡生活，遠離雅克。「『你會厭煩我的。』他笑了，她也和他一起笑。『就像你厭煩我一樣，』他補充道，『我們對此無能爲力。』」莒哈絲以令人驚嘆的筆觸描寫了愛情的衰亡，黯淡而不快樂的夫妻生活。假期——家庭——太陽。爲了忘卻大家喝康巴里酒，躺在海灘上，在星空下城郊的小咖啡館裡跳舞。再來一小杯康巴里酒。我知道不少讀者在讀了《塔吉尼亞的小馬》以後都「迷」上了這種促進血液循環，讓人背叛的飲料。十杯康巴里，薩拉她能一口喝下十杯！雅克也是，但不是吉娜，吉娜喝酒時非常自制，而且她壓根兒不喜歡喝酒。吉娜和吉內塔·維托里尼一樣美麗、聰明和深刻，做得一手好菜，特別擅長麵食，對待女朋友溫柔有禮，對男人卻很冷酷。艾里奧·維托里尼，這個對馬克思主義不再抱有幻想的哲學家，現在只鍾情於自己的妻子和她的美食，以前這樣一個熾熱的革命者，現在是有點累了——是夏天的酷熱或康巴里的酒精成分使然？再也沒有不顧一切地改變這世界的願望了。在這兩對相愛相憎卻又無法分離的伴侶身邊，還有一個女人迪亞娜，和一個不屬於這個小圈子的男人。迪亞娜唯一的伴侶是康巴里酒。那個男人不配她。沒有一個男人和她相配的，因爲她把愛情看得太崇高。那個男人——我們暫且就這樣稱呼他吧，開始有幾頁，這個男人有一個綽號的，但是這個美麗的小圈子似乎是不願意記取，很快就忘了——很壯實，肌肉發達，尤其是胸肌，雖然談話無甚意趣，但是腦袋並不重要，只要他有一副迷人的身體，薩拉說，她可沒迪亞娜那麼計較，在《藍色月光曲》中薩拉倒在了他的懷抱裡，晚會後爛醉如泥的她，任由自己在陽台的石板上和他做愛。「她驚嘆於自己竟然就這樣成了慾望的俘虜。並且她總是驚嘆於男人對她所產生的慾望。」薩拉不相信自己。薩拉找不到合適的詞來表達思想。她需要靠丈夫來理清自己的思路，然後她才知道自己應該幹什麼。

瑪格麗特於是再三地問自己是不是眞的希望獨自生活，遠離迪奧尼斯這個審查官，和他的共同生活似乎已經不那麼吸引人了。但是她不知道自己是否有這個能力。我們不能一起衰老。最好是在越過四十歲這個峽角前決定下來，四十歲這個年齡令瑪格麗特感到非常恐慌。《塔吉尼亞的小馬》正是失敗的兩人生活的寫照。她和迪奧尼斯相互疲倦了，蔑視看來也不會太遠。她不想再過這種枯燥的、約束的生活。「我們當中唯一能夠承受這種惡魔般的浪漫的混亂的，還是羅伯特。」①她在當時的一本記事簿裡寫道。她暱稱羅伯特爲溫柔的犀牛，她覺得自己欠他的，對他做了不少壞事，她也知道他最終會疏遠她的。她很後悔和羅伯特搞成這樣。薩拉和瑪格麗特一樣繼承了一種生硬的性格，想要獨自生活，認爲這樣就可以不再打擾親近的人。《塔吉尼亞的小馬》裡的人物身上都有瑪格麗特他們自己的影子。他們處在絕境裡。唯一可以躲避的地方是大海。而耐心就是唯一走出這種他們揮之不去的不快的武器，陽光是那麼強烈，以至於一切都變得模糊不清了。悲劇潛伏在高處的山脈中。小說開篇，有一個年輕男人從礦山上跳了下來，落在矮灌木叢中，他死了。火是稍後才燃起。被大海、河流和山脈隔離的人物，注定是要在眞理的火刑架上奉獻出自己的生命。

瑪格麗特在這個夏天眞的碰到了一個她喜歡的男人。一夏之愛。她也許和他在星空下共舞過，壞的留聲機在吱吱呀呀地放著一位義大利歌手的歌。在《痛苦》的手稿反面，的確記述過她在與迪奧尼

---

① 現代出版檔案館檔案。

斯度假時碰到的這段感情，當時艾里奧和吉內塔·維托里尼還陪著他們。這個故事給了她安慰，讓她暫時遠離了自己那些不太正常的癖好：

> 海灘上，在刺目的陽光下，塵土飛揚，在大海前，在這八月中旬，我心深處死亡的念頭也蒸發了……死亡的念頭一直讓我的生活沉沒在陰影中，但是現在它在慢慢地蒸發，等這蒸發突然停止的時候，我得到了自由。在我熾熱的肌膚下，血和器官有一種清涼的微顫的感覺。我眞正感覺到了，因爲我才出水……我感覺到自己的肌肉在皮膚的保護下清涼涼的（我看著自己，覺得眞的看見自己的心臟就在肚子的皮膚下跳動）。我如此確定，如此不可逆轉的生活在陽光下被壓得粉碎，儘管先前它是那樣的強悍，不可中斷，這樣一來，死亡似乎也變得可以接受了……只要我經歷過這種時刻，並且在這樣強烈的陽光下竟也能覺出自己不可摧毀，我可以快樂地老去了……

瑪格麗特寫《塔吉尼亞的小馬》花了九個月的時間。在把書送到出版社以前，她還是習慣性地先把手稿給迪奧尼斯和羅伯特看。他們都不看好。兩個人一致認爲書不能發表，因爲與現實生活太接近，並且把維托里尼夫婦暴露了個夠，簡直有點接近淫穢。瑪格麗特固執己見，一行也不願意改。於是在羅伯特家開了個家庭諮詢會，參加者有雅克·弗朗西斯·洛朗、愛德加·莫蘭、未來的安泰爾姆夫人莫尼克，當然還有迪奧尼斯和瑪格麗特。最爲激烈最爲尖酸的批評出自迪奧尼斯之口。討論非常熱烈。有一會兒簡直是要把這褻瀆聖靈的手稿永遠扔進塞納河，從此再也無從談起。瑪格麗特寸步不讓，捍衛著自己的作品，把手稿藏在她坐的沙發下。接著，等幾杯威士忌下肚，大家的熱烈勁兒都過去了，她便把手稿夾在胳膊下走了。書是一九五三年十二月出的，瑪格麗特可找到了對付他們的辦法：她把書獻給了吉內塔和艾里奧！出於友誼，他們只能裝出一副戲謔的態度來讀瑪格麗特的作品，儘管瑪格麗特把他們的夫妻關係以戲劇化的方式清晰地展現給讀者。無論如何，瑪格麗特也不在乎艾里奧的反應了，她正在疏遠他們。感情過於外露，過於善用諷喻，過於誇張的艾里奧。因爲《塔吉尼亞的小馬》不僅描繪了苦澀的愛情，它還是一篇論證友誼漸漸失去光彩的美妙作品。

評論界沒有對她網開一面。甚至在書出版以前，瑪格麗特的名字倒是進入了角逐文學獎項的名單。可惜啊，「小說沒有什麼內容，它讓讀者感到不舒服。」在《費加洛文學雜誌》上，讓・布朗匝寫道，而他還算是瑪格麗特第一批熾熱的捍衛者之一。「服從於命運的人物，無能改變一切。」瑪格麗特只是在重複，毫無創新。更糟糕，她是在抄襲！「再說，和她其他的小說一樣，從總體上來說，小說仍然在模仿美國小說的技巧。」莒哈絲寫了一部海明威式的女性心理小說。「她過分發揮了技巧。對人物性格的描寫非常混亂，沒有區別。必須非常專注才能分清人物在對話中的各自角色。」①路克・埃斯當在《十字架》雜誌上給予她致命的打擊：「出了四部小說後，我們也應該忍受得起了，瑪格麗特・莒哈絲只會按美國人的方式來寫法語。爲什麼是——瑪格麗特・莒哈絲也許會說——評論界選了她這個對話片段。」②《被縛的鴨子》雜誌也毫不猶豫地詆毀作者和她的這部作品，用它一貫的尖酸語調：「這位夫人，瑪格麗特・莒哈絲，她是個騙子，她的詞彙都非常簡短……例如說：……我們都是蠢貨。媽的多麼雄渾有力啊。但是她也沒有能做到通篇都這樣簡潔，因爲在閒談中，瑪格麗

①《費加洛報》文學版，一九五三年十一月二十九日。
②《十字架》，一九五三年十月二十九日。

特・莒哈絲又顯示出了她女性的一面。饒舌。通篇廢話！夸夸其談！高談闊論！的的嘟——的的噠！有的時候我們會對作家的語言做出評判。瑪格麗特・莒哈絲的語言，至少應被列入閒談語言之列。」《新文學》的評論家是作爲「苦行贖罪」，「痛苦得牙齒都要嘎吱作響」，才將小說勉強讀到底的，這本書通篇都是莫名其妙的話，「時而粗俗時而文雅，語言既非大眾語言，亦非盜賊語言，更非貴族語言。」①

獅子被放開了。從今以後，巴黎的莒哈絲以破壞語法、專門描寫虛無、自認爲老子天下第一的俄國式知識分子而聞名於作家圈。她感到痛苦，更是因爲迪奧尼斯激烈地指責她沒有自己的風格，仍然深受美國大作家的影響。但是，《洛桑新聞報》卻顯示了作者獨特的風格和非道德主義的主題，對此《文學觀察家》評論道：「膚淺的讀者也許會爲之憤怒。相反，深刻的人卻會爲之狂喜。」②「儘管這本書也沒有打響，但還值得一讀。」《快報》這樣評論道。到處都在談論莒哈絲：摩洛哥、埃及、比利時，甚至是美國。她的一張大照片甚至刊登在《法國星期天》上，還附有她的傳奇：「莒哈絲，D・馬斯科羅的女人。」副標題是這樣的：「海明威的弟子，這個女人也許是這個時代最偉大的女小說家。」大家都在談論莒哈絲，但是沒人買她的書……

六年以後，瑪格麗特的《塔吉尼亞的小馬》也只賣到二千零二十三冊。書失敗了。她知道，但是沒有任何東西可以讓她停下，讓她洩氣。她繼續瘋狂地寫作，一邊要撫養兒子，接待朋友。在兩本書的間隙，她還會抽出時間給迪奧尼斯和羅伯特縫製睡衣。活該她生活拮据，聖伯努瓦街還是對朋友們

①《新文學》，一九五三年十二月十一日。
②《新觀察家》，一九八五年六月十四日—二十日。

永遠敞開著大門，而且菜餚豐盛。這一小撮忠實的朋友仍然在永無止境地討論著馬克思主義的衰落，而瑪格麗特則在一邊燒她的半熟芥末兔脊肉，或者給客人做都喜歡吃的越南肥肉加一點香菜。迪奧尼斯和瑪格麗特總是當眾互相謾罵，互相諷刺，但最後也總要合唱皮雅芙的老歌以示和解。瑪格麗特笑也罷，接待朋友也罷，和這些教養良好、學識淵博、涉足政治的男人談話也罷，都是白搭，說到底，她終究還是個女人。可愛，迷人，有魅力，聰明，但她是個女人。女作家？也許。但是迪奧尼斯還不能確定，他害怕最後她只不過是個誇張的女文人，專門給《家庭》那些處於更年期的女讀者寫連載小說。幸虧她還沒有取得成功，這倒保護了她。寫作依舊像別的事情一樣是很物質的。她喜歡寫作，也知道如何按自己喜歡的方式寫作，她還喜歡烹飪，做桌布，幫助烏塔做功課。在她的臥室裡，有一張桌子，還有本子，成堆的小學生練習簿，都是她在給兒子買東西的同時給自己添置的。耐心而感覺敏銳的瑪格麗特很善於捕捉自己的所見，然後她會通過篩選詞語，在自己的內心深處升起一種感覺和印象。瑪格麗特還在爲驅除童年和混亂的少女時代的夢魘而寫，她一直都在爲這個目的而寫，繞了多大的圈子，也都要回到愛的匱乏這塊燒焦的領地上來。

在短篇小說集《樹上的歲月》裡，莒哈絲又塑造了一個母親的形象，但這一回不是失敗、絕望的母親，雙乳下垂，混紡棉布的裙子，爲了孩子能夠繼續活下去，在太平洋邊不懈地鬥爭著，不，這一回不是，這一次的母親是個富有、非常非常富有的母親；富有，但是孤獨一人，如此孤獨，想要再見兒子一面，她喜歡的那個兒子，這是死前的最後一面。第一次，瑪格麗特・莒哈絲站在了哥哥一邊，站在令人痛恨的哥哥一邊。而在《平靜的生活》和《厚顏無恥的人》裡，她揭露了大哥的惡行，痛斥了他和母親結成的聯合關係，她將這份沉重的，甚至帶點邪惡的愛昭示於天下。兒子怎麼做才能忍受母親在他家過幾天呢？從何時開始他問她要錢或者偷她的錢？「外面是春天的大太陽，天氣晴朗，微風掃過街道。自由的男人——母親卻在很遠的地方或者已經死了——走在人行道上。」母親貪婪地索取一切：孩子的愛，還有人們的尊敬。但是她到頭來還是一無所有。什麼也不能讓她感到滿足：兒子送的火腿，或是她自己要的醃酸菜。什麼也不能讓她的身體繼續承受下去。既然這身體已經毫無「用處」，又爲什麼還要餵飽它呢？母親到兒子這裡來，要他陪她去買床，她就要死在這張床上。兩個人都沒有任何東西再好失去的了。反正她就要死了，兒子想。他還在這令人作嘔的夜總會裡邀請那些女人跳舞幹什麼呢？這樣做能讓他回到年輕時代嗎？母親在問自己。「我不要別人對我好，從來不要。我是壞人。」兒子說。「我快死了，孤獨得像隻狗。」母親反駁他。香檳，甜食，酩酊大醉，什麼都改變不了母親，老得像個只知道抱著自己錢袋的巫婆。「我拿我母親一點辦法沒有，」他想，「只好在她死之前請她去吃飯。」但願她快點死，他暗自希望。兒子快要喘不過氣來了。最後母親終於睡著了。兒子可以趁機取下她的金手鐲。如何才能忘卻這份抑制不住的悲傷呢？兒子顯然已經老了，在這樁重罪完成以前，身體因爲抽泣而顫抖，發出了痛苦的悲嚎。「鳥兒會把您帶到遠處的，把您帶到荒涼的黑夜裡，這是它選擇的生活。他不再哭泣，但是在他心臟的位置上，有一塊黑色的硬石在跳動。」

瑪格麗特說過她是個早起的人，她喜歡黎明時分，喜歡在黎明時分走路、寫作、呼吸新鮮空氣。在她童年和少女時代，母親總是命令她早晨起來不要弄出聲音，因爲這樣會吵醒才從鴉片館回來，此時正在睡覺的大哥的。瑪格麗特一直害怕黑夜。在印度支那，夜幕降臨得很快。正是夜幕初降時，在永隆，那個女乞丐一邊大叫著一邊瘋跑；而一九四〇年某日的深夜，她才和一個男人睡完覺回來，湊巧碰到了突然回來的丈夫，正在門前等她；還有那些個在恐慌和等待中度過的長夜，丈夫被放逐了，她每天都在等他的消息；接著，解放以後的這些夜晚，醉醺醺的，謾罵的夜晚，說話早已不受思維的控制；然後就是在生命盡頭昏睡的黑色長夜。對於睡不著覺的人來說夜眞是漫長。如果說在《樹上的歲月》裡，大哥是在夜半時分劫掠母親的財物，這可不是偶然。也許是他自打生下來起做的最壞的一件事情。他也不知道。但是也只有母親可以偷，什麼都能偷。偷來的錢很快就在一場賭博中輸得精光。「清晨他回到家裡，輕飄飄的，解脫了，像條蟲子，輸得赤條條的，終於又回到了成人的樣子——就在這一夜——疲憊不堪。」母親回到了自己家中，什麼也沒有發覺，仍然很爲自己的兒子感到驕傲。這個兒子，很小的時候就開始成日在樹間遊蕩，她眞的爲之驕傲。

瑪格麗特・莒哈絲寫這篇小說的時候，道納迪厄夫人在自己購置的房子裡過日子，盧瓦河邊的冬天太冷，一大群雞和羊圍著她，給她溫暖。阿杜一直生活在她身邊，這個忠心耿耿，遭到過大哥強姦的女僕，可憐而令人讚嘆的女僕，她什麼都會做，打掃，做飯，縫紉，甚至還讀書給道納迪厄夫人聽……才在巴黎安頓下來的時候，道納迪厄夫人以爲自己還能繼續教書，領導一個學校。於是她把房子改造成了一個小小的私立中學，收留了幾個中國和越南流亡富商家的孩子。但是負擔太重了，道納迪厄夫人太老，阿杜太累。故事很快轉了向。於是很奇怪的，她選擇了養雞。一個頗爲狡猾的商人以金價把一套電取暖裝置賣給了她，她便投入了電照養殖中。但是她可不比瑪格麗特會弄，控制不了那套電子裝置。大屠殺開始了。倖存下來的雞都被剪了嘴，走路也一步一蹌的。她接著投資養羊，她想——只想著——可以剪羊毛……雞和羊和睦地和主人一起住在這座資產階級的大房子裡。周圍的鄰居都在說長道短……兒子，又一次，在困難面前顯得一無用處。但是他就生活在幾公里之外，他母親給他買了一座蘑菇房，他似乎在忙著這事兒。他每天都來看母親。有時他倒是不聲不響地就走了：消失在盧瓦河綠洲的樹間或去首都的遊戲房賭博。瑪格麗特也是，她經常到母親家去。遠比她告訴朋友的次數要多。她對母親再也無所要求：不要錢，也不要感情。她只是在追尋她的存在，守候著她的每一個姿勢，日間往返於巴黎和翁贊之間，就是爲了給她煎一塊牛排，因爲母親說只有她能買到好肉。只要能取悅母親，她什麼都能做！有時她會帶兒子一道去，有時她還會帶上莫尼克・安泰爾姆和她的孩子們去住幾天。「眞可怕！」莫尼克回憶道，「她強迫我們每頓飯都要吃雞，而且還要檢查每個人的盤子裡是不是有剩的。」專制，呆板，孩子們自然不敢靠近她。「她只是做，很少說話。瑪格麗特和我都跟著她。她是不容分辯的。但是穿得很樸素：腦後盤了個髻，黑裙子。湯裡只放一小塊黃油，去咖啡館的時候總要自己帶上糖。我看得出，瑪格麗特還是很怕她。」

在母親死後，瑪格麗特才說：「今天，我不再愛我的母親了。」如果說生了孩子之後她就已經擺脫了母親，《樹上的歲月》正標誌著這個漸漸遠離母親的階段：母親先是成了文學素材，後來，到了《情人》裡，母親已經成了「通用寫作」——這是莒哈絲日後很喜歡重複的一個詞。她終於對她著了迷，這個誘人的母親，殉道的母親，從來不知歡娛爲何物，卻生下了一個對慾望有本能的敏銳的女孩兒。「我寫這篇小說的時候，我認爲，我甚至可以確信，小說的唯一主題是一個母親對兒子的愛。充滿激情的愛，像大海的激流，在它所到之處呑沒了一切。」一九七六年十月十七日她在《紐約時報》上說。接著時間流逝，改變了記憶，一九六五年在爲讓・路易・巴羅改編戲劇腳本時，她甚至改變了作品本身的性質。這個遊手好閒的小伙子不再令她感到震驚。他偷母親的錢似乎也不是那麼可恥了。「比較起以前，現在我對他更多的是同情。他非常的孤獨。他再也不年輕了。雖然母親和他的關係與他二十歲時沒什麼分別，並且仍然把他放在超越一切的位置上。」①瑪格麗特爲她的哥哥辯護，說只

① 《紐約時報》，一九七六年十月十七日。

是母親對他懷有一種強烈的感情，而他可能是無辜的。母親一直到死還在指責瑪格麗特沒有能成爲一個商人或農婦；作家，這可不是職業！但是她從來沒有指責過兒子的無所事事。在《樹上的歲月》裡，母親在賺錢的時候有一種性的快感。「這些話，」瑪格麗特．莒哈絲後來說，「我都是原封不動地取自母親之口。」這不再是文學了，而是招供：

「錢，錢滾滾而來……塡滿了櫥子，利潤每天都在增加，你聽見了嗎？從磨坊的水聲中……你感覺到這一切的時候就不會厭煩了。」

「看你變成了什麼樣。」

「我原本就是這樣的，只是沒人知道罷了，我自己也不知道，沒有人知道，因爲我窮。我們都是一樣的，都是錢的俘虜，只要開始掙錢我們就都是一樣的。」①

母親並非《樹上的歲月》裡的唯一女主人公。書裡還有多丹夫人，即看門人弗塞夫人。這個多丹夫人只有一顆牙齒，一顆地獄之桃，油嘴滑舌到了可怕的地步，她成天抱怨：垃圾箱太沉，房客總是把屋子搞得太亂，樓梯太高。她濃妝艷抹，話基本上不經過思考就衝了出來，是無產階級中的無產階級，被剝削者中的被剝削者，她是——我們還能夠清楚地記得——第一批得到黨證的「工人階級」之一，還是瑪格麗特牽的線，那時她總是和弗塞夫人手挽著手地出席七二二小組的會議。「這非常愚

① 在一本關於母親的集子中，瑪格麗特承認道：「她在我心目中的形象不是很美好，也不是很清晰。再次審讀她會阻礙我擁抱她，會讓我伸出手去推開她，讓我安靜一會兒。我總是寫她。她一直在。」文章後來收進了《外面的世界》。

蠢，不只是從一個方面看來如此，我理解我自己，天對正直的人會放晴的。多丹夫人很會說話。」莒哈絲用人種志學家的方法，在《塔吉尼亞的小馬》中成功地創造了一種屬於知識分子部落的語言，傳遞了他們的密碼，他們的激情。在小說《多丹夫人》①中，她又將知識分子稱之爲小人物的大眾語言搬到了小說裡。《多丹夫人》是一篇傑出的幽默小說，是對日常生活平庸之處的論述。對於莒哈絲來說，誰在說話遠遠沒有怎樣說話重要。她不會對部長和看門人的語言加以區別。再說，她的同伴密特朗那時就是個部長，她和他在一起比和看門人在一起更俗。她問他能不能把公車轉手處理給她②！

「弗塞夫人比密特朗還要會說話」，懂得沉默的瑪格麗特說。正是懂得沉默這一點讓她能夠聽別人說。莒哈絲把她聽到的都寫了出來。她充滿熱情地傾聽平常大家所使用的各種語言；她只想成爲信息傳遞者，而不是法官或審查官。她聽任自己浸潤於所有這些詞中。然後把它們放到筆下人物的嘴裡。文學對於她而言正是這樣：它是一種證明，應該體現語言原初的一面，而不是造作粉飾的一面。後來爲了這一點不少人都指責她。也許在《樹上的歲月》的最後一篇小說《工地》中，她冒了最大的險。正沉浸在尚未完成、無法形容的愛情豔遇中的她，發明了一種寫作方式，在寫作中自問寫作的功能和目的何在。首創的作品，這篇小說幾經拆建後，在一九六六年，成了《毀滅吧，她說》的一部分。

《塔吉尼亞的小馬》失敗——相對的——之後，伽利瑪出版社決定將《樹上的歲月》的首印縮減到三千冊，而不是原來定的五千冊。如果說這一次批評界的歡迎程度仍然有限的話，卻是比前兩本書要熱情多了。《洛桑新聞報》定了調子：「這本書非常美，非常有力，非常驚人，因爲瑪格麗特·莒

① 第一次發表在《當代》上，稍有不同。
② 作者與弗朗索瓦·密特朗的談話，一九九五年三月。

哈絲的天賦顯示在她雄渾有力（！）上；我們眞的很難理解，一個女人竟然能有這樣粗野，這樣無恥，這樣不容分辯的筆觸，這本小說集顯示出的竟是這樣一種風格。」瑪格麗特・莒哈絲不是女性作家。她是作家。有些文學記者憤怒得牙齒都嘎吱作響，有些男人卻盡可能地靠近瑪格麗特。羅伯特・伽利瑪也是聖伯努瓦街的常客，他證實道：「在她生活的那個圈子裡，她所親近的人都對即將成功的作家表示懷疑，女文人，他們覺得在女性報紙上讀到那些文章似乎是件並不榮耀的事。所有的人既欣賞瑪格麗特，同時又指責她。『妳可不要成爲我們當中的路易斯・德・維爾莫蘭』，他們老是對她這樣說。」①有些人的諷刺還是善意的，但是另一些人的諷刺就不乏尖酸了。嫉妒？知識分子的男子優越感使然？瑪格麗特後來一直在問自己，她如何能在這麼長的時間裡，以這樣一種服從的姿態，聽從他們這麼多的建議、批評和評價。在一篇沒有發表的文章裡，她追述了這段時間：「我爲自己說好話。本應該是由別的什麼人來說的。眞是奇怪，大家都不相信我。而我還爲他們做飯，買東西。總是有很多客人。所有吃的喝的都是我準備的。我不時地告訴自己：我很高興，我工作得很好。我記得那時人們老是對我說：妳太重視妳所做的事情了，太重視寫作了；瞧，我們都是這樣，可他們從來不說『我們』。」

在一九五五年的一本簿子上，她正在寫《廣場》的時候，我們也找到了這份粗暴所留下的痕跡，以及批評界對她的懷疑：

我把我的作品拿給迪奧尼斯看，他說：您這階段在看海明威吧？他讓我覺得很絕望。我

---

① 作者與羅伯特・伽利瑪的談話，一九九五年十月十八日。

想對他說：是的，我是在讀《綠色山陵》，可我寫的東西，即便我不讀海明威，我也寫得出來……再說關於多丹夫人垃圾箱的故事，它原本就是個故事，在我看來，這是個滯重而緩慢的故事，它給了我一種愉悅和悲傷，根本和海明威那種閃電般的筆觸毫無關係。

這一天會來到的，我會用一句富有決定意義的話回答迪奧尼斯。我找這句話找了四年，可是一直沒有找到合適的。我的問題一直是由他來發表決定性的意見。這個問題應該展開討論，我必須解釋清楚，是的，我相信迪奧尼斯具有決定意義的話，但那只是關於迪奧尼斯的決定意義的話，而不是關於我的。

瑪格麗特認爲話語是人類的一種聲音，而不僅僅是知識性的信息。她如此執著於寫作，正是因爲她相信通過自己使用的這些詞，能夠達到另一種事實，無法形容的事實。在這方面，她似乎和娜塔麗·薩洛特比較接近，所以她不停地吹捧薩洛特的天才，她還很少公開宣揚某個活著的作家是天才。這種寫作的概念，她謂之爲接近內在的影子，自己的檔案正是藏在內在的影子中。我們每個人都有這種內在的影子。所以我們每個人都能寫作。然而對於莒哈絲來說，問題在於：如何才能不寫作呢？我們並不一定非要冒這樣的險，到這秘密的領地裡來闖蕩。莒哈絲從來都不掩飾她糟蹋了自己的生活，身子俯在桌上寫啊寫啊，排除一切干擾，遠離人群，這已經影響到了自己的內心。她經常覺得自己是在「眞正生活」的旁邊過日子，正常的生活，平常人的幸福，生存之輕。即便到她的身體已經不容她再寫的時候，她還在以寫作的方式說話，讓揚·安德烈亞把她的話記錄下來，變成書。作家應該是什麼樣的，她在五〇年代中期就找到了，在海明威的《非洲的綠色山陵》裡有這樣一頁紙，瑪格麗特的朋友瑪德萊娜・阿蘭斯說她可以熟記在心：

「您在說什麼？」

「說我們可以寫的東西，說如果我們是嚴肅的，如果我們運氣好，散文可以寫到一種怎樣的程度。我們可以達到第四層乃至第五層境界。」

「如果作家達到了呢？」

「那麼一切都不重要了。這比他能做到的要重要得多。成功需要運氣。」

「但您說的是詩歌。」

「不。這比詩歌要難得多。還沒有人寫過眞正的散文，沒有技巧，沒有弄虛作假的東西。沒有所有那些日後會變得糟糕的東西的散文。」

「爲什麼會從來沒有眞正的散文呢？」

「因爲這遊戲中有太多的因素。首先得有天賦，非同一般的天賦。吉卜林那樣的天賦。接著還必須遵守紀律。福樓拜那樣的紀律。然後還必須有一種明確的概念和一種絕對的意識，就和計量單位米一樣精確，容不得任何弄虛作假。再然後作家還必須很聰明，對周圍一切都漠不關心，超越一切。把所有這些特點集中在一個人身上，讓他經受所有能壓垮一個作家的影響。」①

①《非洲的綠色山陵》，恩斯特・海明威著，伽利瑪出版社，一九三七年。

瑪格麗特在聖伯努瓦街每周要招待幾次客人，她不僅被看成是個女知識分子，一個以寫作爲職業，把激情投入到寫作上的知識分子，更被看成是個迷人的主婦。男人經常隻身前來，圍著她耍花腔。瑪格麗特很善於控制這種激情——欣賞。這一撮人就在這個地理位置相對狹小的空間裡生活著。聖伯努瓦街到伽利瑪出版社和「希望」小酒館約莫有幾百米的距離，那是羅伯特和迪奧尼斯經常在上班或下班途中停下小憩的地方。迪奧尼斯在伽利瑪負責再版以及改編版權，是出版社六個日常事務的負責人之一。羅伯特．安泰爾姆負責七星叢書。戈諾換了工作以後，離瑪格麗特遠了，但是他還經常去參加他們的聚會。他終於敢在《樹上的歲月》出版之際對這本書保留了一定的意見，結果激怒了瑪格麗特。她要求伽利瑪出版社更換一位談判對象，於是出版社換了羅伯特．伽利瑪。羅伯特．伽利瑪很高興能夠爲一位他欣賞的作家編書，並且，隨著時間的流逝，這位女性成了他的朋友。朋友，也許吧，但更是一位可以對話的作者。因爲她只在出版《樹上的歲月》的時候還能聽得進意見。從下一本《廣場》開始，她就不再接受任何批評了。「她看上去溫和燦爛，但是只要一談到她做的事情，她就容不得任何懷疑。我還記得，有一天，我向她指出一點小問題。她立即打斷了我，對我說，『你和我不是一個水平線上的。』」從今以後，給瑪格麗特編書就意味著停下手頭的一切事情，只讀她一個人的作品，並且她總是要人替她跑腿去拿稿子（而她家到伽利瑪出版社步行只需要五分鐘），然後，兩個小時後，你必須告訴她，她的作品無與倫比。迪奧尼斯已經沒有權利在出版前閱讀她的作品了。路易．勒內．德弗萊，既是作家、編輯，又是瑪格麗特的朋友，他繼續仔細地閱讀瑪格麗特的作品，提出自己的意見。但是他也記得很清楚，哪怕是一點點的不同，都會讓瑪格麗特勃然大怒。①後來瑪格

---

① 作者與路易．勒內．德弗萊的談話，一九九五年二月十八日。

麗特也默默地疏遠了他。她唯一害怕的意見還是羅伯特的。

瑪格麗特已經把自己看成是個大作家了，在經濟上也想獨立，脫離迪奧尼斯。但是僅僅靠她的稿費是不夠的。於是她一面抬高出版社的部分稿酬，一方面想應報紙雜誌之邀寫些關於雜聞、時尚和電影的文章，因爲這些文章稿酬很高。「如果妳這樣做，妳是在墮落。」羅伯特反對說。瑪格麗特於是只好拒絕不寫。暫時的……她仍然遵守這個團體的規則，也仍然是聖伯努瓦街的女皇：布朗肖、德弗萊，有時巴塔耶、戈諾、拉康、巴特也會來。忠實的看守，莫蘭、安泰爾姆、洛朗、迪奧尼斯則每晚都聚在一起。「這些男人都是屬於她的，」羅伯特・伽利瑪說，「我不屬於她，我有另外的生活，生活中有另外的人。這恰恰是她不能忍受的。」瑪格麗特非常專制，什麼事都要插一手，從新衣服的顏色到共產黨的最近一次宣言。當然，她懂得如何招待客人，她做得一手好菜，而且知道在哪裡可以買到巴黎最好的（也是最便宜的）豬尾巴；她會做美妙的熟肉餡點心和越南米飯，粘粘的、辣辣的，可口極了。她很活潑，善開玩笑，永遠都是這樣，滑稽，富有生命力。一個敏感、感人、調皮，有時讓人無法忍受卻又美妙絕倫的孩子。她能將蒂諾・羅西的曲子熟記在心，經常在大廳中央翩翩起舞，長時間地轉著圈，陶醉在音樂裡。讓人心旌動搖，無法自持的瑪格麗特。但是她很會嫉妒，爲了隨便一點點小事。尤其是爲了女人和朋友，她對朋友有一種反常的專制和占有慾。必須懂得反抗。只有莫尼克・安泰爾姆能憑藉自己的魅力和性格做到這一點。莫尼克也有一個和瑪格麗特兒子年齡相仿的孩子，她成了烏塔的第二個母親，也是當時瑪格麗特唯一的、眞正的知心夥伴。維奧萊特・內韋爾當時是愛德加・莫蘭的同伴，她還記得，在她決定離開聖伯努瓦街小組的那一天，羅蘭・巴特提醒她注意，說她這些年一直沉默著。維奧萊特甚至都沒有發覺自己沉默了那麼久……瑪格麗特讓別的女人都住了嘴。她只對男人感興趣，對他們的判斷和目光感興趣，對於女性的友誼，就像七〇年代經常說的姐妹之情，她一向是帶著那種鬥爭性的女權思想來看的。

西蒙娜·德·波伏瓦不屬於她的圈子，也從來都沒想過要加入她的圈子。五〇年代中期，瑪格麗特曾經做過努力，想要在《當代》雜誌上發表一篇甚至是幾篇小說。薩特接待了她，粗暴地拒絕說：「我不能發表您的作品。您寫得很糟糕。不過這話不是我說的。必須寫得好一點，要不然您永遠也不能在《當代》上發表作品。」一直到生命結束之際，瑪格麗特·莒哈絲仍然堅持認爲那個膽敢說她寫得很糟糕的人一定是西蒙娜·德·波伏瓦，她從來不曾忘記過這次屈辱的會面。莒哈絲和波伏瓦之間的敵意或許也有嫉妒的成分——她們在某一時刻曾經愛過同一個男人：雅克—洛朗·博斯特，但是莒哈絲堅持說是寫作概念上的分歧使然。瑪格麗特·莒哈絲經常指責羅伯特·伽利瑪竟然出版並公開宣稱喜歡波伏瓦的書，她讓他說「波伏瓦一錢不值」，而西蒙娜·德·波伏瓦也對羅伯特說：「解釋一下莒哈絲的書，我可看不懂她都寫了些什麼。」瑪格麗特不喜歡其他女作家。她們會給她造成陰影，並且她從來不掩飾這一點。她從不掩飾對瑪格麗特·尤瑟納爾的蔑視，儘管她從尤瑟納爾的作品裡得到了不少靈感，而且還和她不得不分享同一個名字。唯一一個在她眼裡還値得稱道的女作家是娜塔麗·薩洛特，四十年來，她一直讚揚她的文體，讚揚她爲自己開闢道路的執著——但是她還是表現得非常審愼……

瑪格麗特沒有停止過寫作，作品一完成她就拿去發表。一九五五年，《廣場》出版，一本在體裁上甚爲奇怪的書，介於短篇小說和哲學故事之間。如果說它不停地問著同一個問題：生命眞的値得堅持嗎？眞正的主題卻是語言，日常生活的語言，遭到使用者破壞和重建的語言。作者力求語言平淡無味，但是作品卻不乏充滿詩意、夢幻的段落，甚至還描寫了先兆意義的夢。兩個主角——一個有點委靡不振，正在旅途中的商人和一個新鮮活潑的年輕保母——在一個春天的美麗午後站在廣場交換他們對於這世界的看法。他經歷過一切，工作時表現得極爲勤奮，從不抱怨，或者對自己的命運還感到非常滿足，再說既然他沒有憧憬過另外一種生活，又爲什麼要抱怨呢？他四十來歲，以前的生活井井有條，而未來已經不屬於他了。而她，她二十歲，帶著年輕人的熱情和肯定，認爲自己不應該承受這樣的命運，有朝一日一定會走出現在的困境的。保母不是她的選擇。她覺得這不是工作，只能算是境遇，是一份活兒，而不是職業。她也不抱怨，她只是希望有一天她能進入上流社會，而不是在一旁呆著看他們。她屬於那類可以被忽視的小人物，希望大家都能發現她的存在：於是她拚命地吃，希望能夠多占一點空間，星期六晚上她要去參加一個舞會，她憧憬著能在舞會上遇到一個慧眼識珠的丈夫，把她從什麼都做的保母變成一個溫柔而親愛的保母。「我二十歲，什麼都還沒有經歷過。我仍然在沉睡。」保母一直處在一種昏昏欲睡的狀態裡。她就這麼昏昏然地伺候她的主人，照顧主人的孩子，想著晚上她就能回到床上眞正地睡上一覺。他和她都處在一種不在場的情況下：

「哦，我們眞是最後的最後了。」

「據說就應該這樣。」

「在別人看來，什麼都是應該的，小姐。」

整個下午，他們都在說，就這樣認識了，確定自己的存在。他們進入另外一個時間，對這世界的另外一種觀點裡。說啊，說……爲了存在而說：「這樣是有好處的，是的，到後來才會覺得有點無聊，說完話以後。時間變得很慢。也許我們再也不該說話了。」廣場快關門了。每個人又回到他們的夢想中。旅途中的商人想著那座海邊的美麗城市，他一直就期待著能住在那裡；年輕的保母一邊給渾身散發著臭味的胖老太婆梳洗，一邊夢想著能在克魯瓦・尼維爾的舞會上能碰到一個香噴噴的男人。

《廣場》的結尾沒有留下一點點希望的徵兆。每個人物都被打發回自己的孤獨和了無生趣的存在之中。這篇作品對於瑪格麗特本人來說是一篇宣言，一篇發言稿，一九五七年爲了把它搬上舞台，她費了不少勁。而今天，關於劇本改編的記憶已經模糊了，因爲它曾經被多次搬上舞台，有好幾個不同的版本。《廣場》發行了二千二百冊——三年來，瑪格麗特的新書印數可謂每下愈況。書在出版之際又遭遇了批評界的冷淡態度。《法蘭西觀察家》認爲文章是對《等待戈多》的蒼白模仿，甚至《新法蘭西》雜誌也認爲瑪格麗特最終是「厭倦了人類之愛」。朋友們也大多同意這樣的看法。莫里斯・納多覺得作品過於饒舌，沒有自己的風格。路易・勒內・德弗萊說她是在用漫畫的手法描繪自己。於是瑪格麗特把送給他夫人，並且題了詞的書又要了回來。但是莫里斯・布朗肖稍後卻在《新法蘭西》雜誌上發表了一篇文章，充滿了讚溢之詞：「瑪格麗特・莒哈絲以非常細膩的手法道出了男人也有善於說話的時候，她的觀察非常仔細：必須要有相當的運氣和相當的單純，才能在廣場碰到這樣單純的事情，而這份單純恰恰又和這兩個人即將面對的隱藏的壓力形成鮮明對照。這兩個人在談話，但是他們有沒有互相理解呢？兩個人都將外面的世界置身度外，將一個容易理解的世界置身度外，這個容易理解的世界，卻很少能夠給我們一種眞正的談話所需要的運氣和痛苦。」①

寫這本書的時候，瑪格麗特遇到了經濟困難，於是她只能堅持問羅伯特・伽利瑪要。後者不得不略帶幽默地提醒她注意這樣的事實：如果說瑪格麗特出版了很多書的話，賣出去的卻很少。「您的欠賬現在已經達到十五萬法郎了……」他寫信告訴她，「但是您的話正說在我們的心坎上，我們一向也

---

①《新法蘭西雜誌》，第39期，一九五六年三月一日，頁四九二—五〇三。

是非常敏感的，我不能表現得過於不事通融了。這裡是一張五萬法郎的支票，但這還將增加您的赤字……請原諒我只能做這些了，但是能做到這點也不容易了……」

瑪格麗特和她的出版者之間是一種複雜、充滿激情、混亂、相愛的關係，和伽利瑪一家如此，和熱羅姆·蘭登亦如此，她後來和他度過了三十年的共同生活。在生命行將結束之際，她在奧查可夫斯基·洛朗身上找到了安寧和和諧，洛朗懂得傾聽，給她以安慰。因爲瑪格麗特雖然聲名卓著，雖然獲得了龔古爾獎，雖然成了百萬富翁，雖然書賣得越來越好，她卻處在永遠的恐慌之中，像個膽怯的小姑娘，每次書出版之際，都希望能夠得到認可，希望讀者能記住她。所有的評論家幾乎都有過這樣的經歷，在夜半時分——她把書寄出的第一天或第二天——得到她抖抖擻擻的電話，問他們印象如何，評價如何。無度的自傲？極度的自戀？不斷重複的場景？當然，但同時還有她的疑惑，不知道爲什麼每一本書出版，她總是遭到評論界拒絕的痛苦。

但很快，政治事件將文學問題推至身後了。法國陷入了戰爭中，瑪格麗特從戰爭一開始就反對法國在阿爾及利亞製造的一系列事件。在迪奧尼斯的倡導下，反阿爾及利亞戰爭知識分子委員會成立了，很多性格和身分千差萬別的人都參加了這個組織：左派和右派，共產黨員和托派，甚至還有超現實主義者。一九五五年十月，瑪格麗特和其他三百個知識分子及藝術家一道，第一批在反北非戰爭請願書上簽名。

> 這是一場非正義的戰爭。我們以我們的名義追捕、關押、折磨、槍斃了那麼多人，而他們的罪行就是爲了自己的利益膽敢運用起我們的原則，用我們那種曾經把他們逼入絕境的反叛的語言。

這場戰爭是可恥的。

這場戰爭是徒勞的……

現在簽名的這些人，不僅是在表達被捲入這場戰爭的年輕人的感情，更是在表達大多數法國人的感情，他們團結起來要求尊重各民族的權利，要求北非得到兄弟般的友誼和和平。

在第一批簽名的名單上，除了馬斯科羅、安泰爾姆和莒哈絲，還有羅杰・馬丁・杜加爾、弗朗索瓦・莫里亞克、伊萊納・若里奧、讓-高克多、于勒・羅伊、娜塔麗・薩洛特、讓—保爾・薩特、西蒙娜・德・波伏瓦、埃迪特・托馬斯、讓・戈……所有人一致要求：停止鎮壓，立即和阿爾及利亞人民展開和談，結束阿爾及利亞的緊急狀況，解散部隊，停止種族迫害。在最後，全體簽名者莊嚴地宣布，為了中止這場威脅共和國的戰爭，他們將「竭盡一切他們認為可行的辦法」行動起來，反對這樁非人的罪惡。

布勒東參加了委員會的開幕會議。莫里亞克和馬丁・杜加爾也毫不猶豫。愛德加・莫蘭、克洛德・羅伊、羅伯特・安泰爾姆、路易・勒內・德弗萊成了委員會的核心。一九五五年十一月五日，瑪格麗特參加了在格勒奈爾街園藝大廳舉行的會議。她提出了兩個想法：拍一部反映法國北非人生活的片子，揭露一下他們受到的是何種程度的蔑視，盡量地爭取法國人民的同情。她甚至找到了製片人，克洛德・日阿熱，並建議和馬克・皮耶萊合作完成電影腳本。第二個想法是盡可能地多爭取一些畫家加入行動委員會。她主動提出由自己負責這項任務，和畢加索、杜布菲、弗特里埃頻繁接觸，當然，還向已經簽名參加合作的人索取電影的製作費用。每個人都給了點錢，但是電影始終沒有出來。委員會定期召開會議，編輯印刷宣傳單，選出了常委會的人。財物主管先是J・B・蓬塔里斯，後來換了羅伯特・伽利瑪。

委員會的宣告激怒了阿爾及利亞總督雅克・蘇斯泰爾，他一向炫耀自己所謂科學的專權——他本人是個種族學家——和在種族學領域的知識，十一月二十六日，他在《戰鬥》上發表了一篇題爲《一個知識分子致其他知識分子的信》，進行澄清和更正。他反對「阿爾及利亞戰爭」這個概念本身，在他看來，使用這個詞的是一小撮迫切地想要建立一種犯罪情結的知識分子。對於他來說，阿爾及利亞人——他稱之爲暴亂分子——既沒有夢想也沒有原則，他們只是些蒙昧主義者，脾氣暴戾，喜歡放火，他們才是眞正的極權主義者和種族主義者。十二月三日，以委員會的名義發表了一篇分析阿爾及利亞局勢的政治性長文，題目爲《答阿爾及利亞總督》，反駁了蘇斯泰爾的觀點。十二月十七日，看到蘇斯泰爾沒有做出再次答覆，委員會重新提出要任命一個調查委員會。十二月二十三日，蘇斯泰爾做出了答覆，認爲這些膽敢取代並猛烈抨擊公共權力的人是非常惡毒的，根本不了解情況。

一九五六年一月十日，是瑪格麗特以集體的名義承擔起駁斥他的任務。在一篇長達幾頁紙的通告裡，她提請大家注意，阿爾及利亞有集中營，警察對他們濫施淫威，而且法國政府和軍隊對阿爾及利亞人民進行過集體性的屠殺。

> 有的人不遺餘力地揭露他人的殘忍，卻根本不考慮自己犯下了多少殘忍的罪行，對於這樣的人，我們知道該如何定性。任命你爲阿爾及利亞總督的國家元首也把您看成是個傀儡。「在阿爾及利亞，不管是在經濟上還是在社會管理上，都是封建當局說了算。」他會這樣說。您根本不懂應當怎樣行動，怎樣做一個行動的人。您裝作致信給知識分子

(因爲到最後誰也不會把您的信看成是一封知識分子寫給知識分子的信),然而這些知識分子當中的一部分爲您的雜亂無章和粗魯所震驚,另一部分則爲您的自得和惡毒所瞠目。

這封信以委員會的名義寄給了蘇斯泰爾。他是如何知道寫信人的身分的呢?聽別人說的,還是警察局的調查。誰也不知道。無論如何他私人覆信給瑪格麗特·莒哈絲,後者將這份珍貴的資料保存了下來:

您錯了,我想我有理由這樣說,您錯誤地認爲法國一千個知識分子都會毫無怨言地跟著您幹您和其餘幾個作家喜歡幹的事情。在我的回信發表以後,不止一個在您通告上簽名的人告訴我說他們並不同意您的煽動之詞。至於您想否定我是個知識分子,我對此只有報之一笑。據我所知,至少我們還沒有向您索要您的證明。您被共產黨驅逐出隊伍的事情,我不太感興趣,也沒覺得有多少好玩的。

夫人,請相信,我和您一樣具有法國公民的感情。

一九五六年一月二十七日,瑪格麗特在迪奧尼斯的陪伴下到瓦格拉姆大廳參加大會,迪奧尼斯因此被帶到了法庭。在會上,達尼埃爾·蓋蘭、讓·阿姆路什、艾梅·西塞爾、讓—保爾·薩特嚴正申明他們堅決抵制任何形式僞裝下的殖民主義,要求徹底放棄將阿爾及利亞變成法國行省的想法,解散阿爾及利亞議會,接受阿爾及利亞抵抗組織的和談。薩特要求阿爾及利亞立即獨立。阿姆路什想要發言，說他就是個卡比爾人，是個基督教徒。他的聲音卻被喧鬧聲遮沒了。在電影《不服從的精神》（讓・馬斯科羅和讓・馬克・杜里納出品）裡，瑪格麗特回憶了這個極爲重要的夜晚：「參加了這次會議，我感到非常驕傲，我們都是些政治小孩，我們成功地和阿爾及利亞知識分子一起召開了這次會議……我一直沒有忘記當時那種幸福的感覺。我們聚會的目的是讓他們走出恐怖，走出恐懼的陰影。」委員會在準備一份小冊子。二月三日事件後，委員會致電給議會主席，請求他堅決不要在殖民主義者的暴亂和恫嚇面前讓步，同時他們還給莫萊、芒戴斯・法朗士和時任掌璽大臣的密特朗發了電報，請求他們緩期執行因反對阿爾及利亞戰爭被判的死刑。也正是在這個時候，密特朗和瑪格麗特又重逢了。他們之間頗爲冷淡。瑪格麗特對密特朗很失望，從此以後便與他保持一定的距離，甚或對他不無蔑視，在這點上瑪格麗特也從不掩飾。一直要等到一九八一年密特朗當選爲總統的時候，瑪格麗特才和他重新接上火，積極地投身於他的陣營，爲他寫聖徒傳記，顯然，她奇蹟般地忘卻了他在阿爾及利亞戰爭中作爲一個部長的所作所爲。安德烈加入了知識分子委員會，一九五七年，該委員會解散，代之以知識分子革命委員會，主要成員有米歇爾・雷里斯、讓・杜維尼奧、讓・舒斯特和迪奧尼斯・馬斯科羅。愛德加・莫蘭、喬治・巴塔耶、莫里斯・布朗肖也是委員會的成員。

　　但是知識分子對於阿爾及利亞問題的看法也不盡一致。瑪格麗特・莒哈絲屬於加繆所謂的「陰性左派」，用一種無聊的方式，要求什麼「阿爾及利亞人民鬥爭下去，從侵略者手中獲取自由。」在加繆看來，阿爾及利亞民族由兩部分人民組成，他們都有保留故土，在正義中生活的權利。知識分子間的不和很快就在聖伯努瓦街爆發了。愛德加・莫蘭，接著是克洛德・羅伊反對阿爾及利亞民族解放陣線的某些行徑，拒絕和向法國人開槍的傢伙混在一起。「我們介入這個事件的時候對阿爾及利亞一無所知。」①他承認道。不管怎麼說，民族解放陣線在法國的行動，讓他想起了曾經大大震驚過他的某些斯大林主義分子的態度。在聖伯努瓦街，爭吵有時相當激烈，並且一直持續到夜深時分。羅伯特·伽利瑪決定悄悄地離開。敘埃遠征和蘇聯入侵匈牙利加速了共產黨員和其他人的分歧。瑪格麗特深受匈牙利事件的影響，加入了大衛·魯塞的陣營，而在這以前，她對大衛·魯塞頗爲懷疑。小組決定解散。會議也越來越少。只剩下那幾個老成員。

瑪格麗特那時幾乎將所有精力都投入了政治事件中，沒有什麼特別的寫作計畫，但是她又需要錢。她不想問迪奧尼斯要，因爲她正想著要徹底地離開他。她正在經歷思想、愛情和經濟上的難關。她轉向了她的出版商，向他發出令人心碎的求救信號，甚至爲了取得更大的效果，不惜以斷交相威脅。危機最後果然以斷交而告結束，這也是瑪格麗特早就預料到的。由於她再次索取《廣場》的預支款，而她當時的欠債已經達到八萬九千六百六十五法郎，於是克洛德·伽利瑪答覆她說她是故意地在裝聾作啞。②「但是您這樣做也無法爲您要求解除合約的行爲進行辯解，」他補充道，「我們都同意爲您的新書預支一筆款子，想想看，您能保證新書的計畫嗎？我們都想幫助您，正如我們先前所做的一樣，但是我們不能毫無理由地支付您錢。請您設身處地地爲我們想想。」

瑪格麗特從來沒有設身處地地爲她的出版商著想！在她看來，出版商就像是銀行，再說她一直害怕出版商會榨取她的錢。當然，寫作是她的職業，她唯一的職業，而且在當時，她也只有這樣一個謀

① 作者與克洛德·羅伊的談話，一九九六年三月十七日。
② 伽利瑪檔案，一九五六年四月二十三日。

生手段。直至聲名盡頭，她依然強烈地感受到對錢的這份需求。在錢這方面她從來沒有覺得夠過。再說作爲作家，又如何還能按功付酬呢？在她看來，伽利瑪出版社幾乎對她的威脅毫無反應，對她缺少足夠的激情。出版社的奧岱特・萊格勒在很長時間裡一直擔當著瑪格麗特和出版社的「聯繫人」，角色相當重要，她回憶說瑪格麗特一直就希望得到承認，她在這方面的欲求永遠是得不到滿足的。瑪格麗特把奧岱特拖到希望咖啡館，心驚膽戰地問她有沒有讀過她的稿子。總之瑪格麗特覺得在出版社沒什麼人喜歡她，所以每次新書出版，她對出版社的人都顯出一副高高在上的態度，很難接近。她一直在尋找能夠相信她、理解她的出版商，而且還嘗試著在雜誌上發表短篇小說。她的努力白費了。

一九五六年夏非常難過。瑪格麗特先是和兒子到了特魯維爾。她在等迪奧尼斯，但是他沒有來。「哦，是的，我希望你能來——有點希望——來一次也好。」後來她開著車子出發去了南方。速度，控制。瑪格麗特一直很喜歡駕駛。甚至上了年紀，體力不支的時候，她還讓人開著龐大的舊汽車帶她兜風。再老一些，在她徹底地被關在聖伯努瓦街以前，疾病已經妨礙她的行走了，她還和朋友一道開車兜風，遊夜巴黎，遊她喜歡的郊區，或是下午的時候開車到諾曼底。甚至揚，她生命中最後的情人，也不得不考了駕照。到了南方，因旅途而筋疲力竭的她，寫了最後一封信給迪奧尼斯，要斷絕關係：

> 您從來沒有和我說過。我說的關於您的……我欠了您什麼？四十二歲，我不想再繼續以前的生活。我太累了，請您原諒。似乎我以前所有的巨大的善意已經被劫掠一空。也許是我的錯。我的童年無名無姓，我曾經一無所有，所以您辱罵我的時候，我都覺得這是對的。我想要在您的身上得到這世界所有的美好。但是如果您想在我身上得到這種美

好，我卻不願意。

其實直到旅行結束才眞正做出了決定。斷絕關係而不是分離，因爲迪奧尼斯仍然住在聖伯努瓦街，一直住到一九六七年。他的女兒出世後，他才決定和女兒的母親——索朗日——住在一起，安泰爾姆給他們找的房子。和當初他甚難離開母親的住所，在瑪格麗特家安頓下來一樣，迪奧尼斯並沒有斬斷和瑪格麗特的一切關係，他繼續和瑪格麗特住在一起，和她共同承擔起烏塔的教育。莫里斯·納多是他們中斷關係的見證：「是個晚上。我們三個在一起。迪奧尼斯問瑪格麗特：『您究竟對我有什麼不滿？』瑪格麗特乾巴巴地回答說：『剛才您還用妳來稱呼我。』」①結束了。瑪格麗特開始過沒有迪奧尼斯的生活。遠離他批評的目光。自由了。擺脫了這份懷疑性的，永遠不變的關係。尤其是不用再在夜晚等他歸來，不用再懷疑他在欺騙她。她終於安靜下來，能夠安心地睡著了，而不用深更半夜地等他回來後，看著他一句話也不想說的樣子，要他——作爲要求和證明——和她做愛。「痛苦，折磨人的不忠，沒有未來、監視、嚎叫的痛苦，沉默的痛苦，爲什麼？爲什麼？」她在《綠眼睛》裡一篇題爲《我問我自己如何》的文章裡追憶了這段日子。

如何？她如何能夠忍受這一切？和所有的女人一樣，瑪格麗特知道和她生活在一起的男人在欺騙她。和所有的女人一樣，她知道卻又不願意知道。像很多男人一樣，迪奧尼斯否認了。這更增添了瑪格麗特的懷疑和罪惡感，覺得自己有這樣的壞念頭簡直可恥。她身邊的每一個人都知道迪奧尼斯和別的女人有關係。除了她。朋友們也許未必知道迪奧尼斯和波萊特·戴瓦爾的事情，但是他們清楚迪奧

① 作者與莫里斯·納多的談話，一九九六年三月十七日。

尼斯唐璜式的天賦，正如戈諾在一九九六年出版的《日記》裡所證實的那樣。瑪格麗特是個容易遭到欺騙的女人。瑪格麗特對和她生活在一起的男人總是要求過高。她太善妒，占有慾太強，惡毒，讓人難以忍受。於是男人在某個時刻會離開的……到別的地方，不很遠……只是爲了呼吸一下自由空氣。但是她又不是一個在愛情上可以接受權宜之計和妥協的女人，可以像那種小資產階級的女人一樣，爲了社會上的體面，可以接受已經破綻百出卻修修補補的夫妻關係。在《塔吉尼亞的小馬》裡，薩拉決定和一個想要她的男人睡覺時，她這樣說和她生活在一起的男人：「他經常欺騙我，而我至今還從來沒有欺騙過他。」薩拉夢想著可以有別樣的男人。瑪格麗特也是一樣。

從此她和迪奧尼斯是一種同伴的關係，這種關係建立在他們深層的相通和相互的尊重上。他們的分離不是地域性的，而是肉慾和愛情上的分離。瑪格麗特在她生命的盡頭，仍然承認她很少像愛迪奧尼斯那樣愛一個男人，並且將他作爲情人的優點大大誇獎了一番。每次在看相簿時，只要看到迪奧尼斯，她總是要誇他英俊優雅。

瑪格麗特於是在她的三個男人之間生活著：首先是她的兒子烏塔，每次報紙雜誌採訪她的時候，她都會提起她的兒子，她說他是她生命中最重要的人——「自打他生下來的那一刻起，我就生活在一種瘋狂之中。」[1]她說，接著是迪奧尼斯和羅伯特。羅伯特的《人類》在伽利瑪再版了，人們終於承認他是個哲學家、作家、歷史學家。莫里斯·納多在《觀察家》[2]上說這部作品具有偉大的現實性，它讓我們對社會的內在機制提出質問。在《解放報》[3]上，克洛德·羅伊指出羅伯特的作品裡那種

---

① 現代出版檔案館檔案。
② 《觀察家》，一九五七年四月四日。
③ 《解放報》，一九五七年三月十三日。

「毫不誇張的殘酷和明顯的高貴」。他說「安泰爾姆在一九五七年仍然是那個時代的見證，他從來沒有停止過思考這不能思考的事情，沒有停止過回想這難以回想的往事。」羅伯特・安泰爾姆幾乎沒怎麼修改原稿：只是出於個人的原因對段落劃分做了點調整，文體上也稍做修飾。在當時的訪談中——那時人們經常拿他和讓—保爾・薩特相提並論①，兩人在外表上甚至也不乏相似之處，同樣凝重的面容，在深度近視的眼鏡片後同樣富有生命力的眼神，以及他們在知識分子圈所扮演的差不多重要的角色——呼喚理性的爆炸性生活，積極的悲觀主義以及反對一切壓迫的鬥爭：在阿爾及利亞的壓迫，在匈牙利的壓迫，正是這壓迫開啓了人類的無能懷疑。

瑪格麗特很爲《人類》再版的成功感到驕傲，她鼓勵羅伯特拿起筆繼續寫下去。而她自己正處在等待和匱缺之中，無法開始新的小說。勒內・克雷芒才買下《太平洋防波堤》的版權，正在著手尋找演員。他沒有徵詢瑪格麗特的意見，瑪格麗特非常失望，因爲克雷芒沒有找她改編電影腳本：「這部電影不是由我親手建立的，我非常悲傷。題目將保留下來，還有我的名字，都將一併出現在片頭字幕上。」②她覺得別人將她的想像竊爲己有，儘管收到了一筆很大數目的版權費，她還是表現得非常震驚和悲哀。不過電影能夠開拍她已經夠欣慰的了，因爲兩年前，熱納維也夫・色羅也想把《太平洋防波堤》搬上戲劇舞台，由於經費不足不得不中途放棄了。③

那時的莒哈絲比較起電影來，更寄希望於戲劇。她認爲電影是一種娛樂而不是藝術，是一種生產，而不是創造。戲劇則是一種經濟上的賭注，一直是冒險的領域。莒哈絲相信戲劇裡有一種犧牲的

---

① 《巴黎—諾曼底報》報導，一九五七年三月八日。
② 《星期天》，一九五六年二月十九日。
③ 參見瑪格麗特・莒哈絲一九五四年三月二日致加斯東・伽利瑪的信，伽利瑪檔案。

崇高，它帶有舊時代的痕跡，演員通過他們的台詞在拿自己的生命冒險。瑪格麗特・莒哈絲的第一部戲劇，是一九五六年九月十七日在香榭麗舍劇院上演的《廣場》。瑪格麗特縮減了前一年出版的小說。受到莫里斯・布朗肖三月發表在《新法蘭西》雜誌上文章的啓發，作品在節目單上的名字叫「談話的痛苦」。《廣場》由克洛德・馬丁執導，凱蒂・阿爾貝蒂尼、R・J—碩法爾主演。瑪格麗特承認自己還沒明白過來這是怎麼回事兒就寫了劇本。「當然，正因爲我是在不知不覺中寫的，我不知道自己以後是否還會寫劇本。」[①]她謙虛地解釋道。改編的時候，導演徵詢了她的意見，並建議她參加彩排。她立即投入了遊戲之中，並且非常欣賞兩個演員：「他們很快就領會了我的想法。我沒有什麼好再多說的。」這齣戲只演了很少的幾場，幾乎不爲人所知。瑪格麗特於是試著讓它再度上演。於歇特劇院臨了又放棄了，香榭麗舍劇院同意下一季度上演，但是要求他們付費。瑪格麗特於是在一九五七年四月三日寫信給加斯東・伽利瑪：「據說劇院要的會越來越多。如果可能的話，我們會很高興的。這就是我所要說的一切。您想像不到，加斯東，這一類的事情是多麼讓人難以忍受。」

加斯東付了錢，一九五七年五月一日，該劇再度上演。戲劇評論界的反應也相當冷淡。讓—雅克・高提埃藉此機會竭盡諷刺之能事：「我不知道我是在哪兒讀到莒哈絲夫人的作品的，她先是寫了小說，後來文學評論界的人勸她把作品改編成劇本。劇本，如果這也算是劇本的話，沒有情節，沒有背景。沒有生，沒有死，甚至我要說沒有人物，或者是幾乎沒有……對話？也不全然。我們姑且算是猶疑的閒談吧。公共場所的一次節日，都是平庸、微不足道的事情，用一種看似單純的語言表達出

①《巴黎—諾曼底報》報導，一九五六年十二月六日。

來，省略號，還有長時間的思考性的沉默。」①《曙光》認爲這是一齣感人的戲劇，《法蘭克槍手》認爲劇本的質量有問題，《巴黎人報》說這是關於無聊的一課。儘管沒有得到承認，瑪格麗特這次似乎卻不爲所動。她剛剛陷入一場戀愛，她不再斤斤計較，老想著算賬了②。瑪格麗特瘋狂地愛上了一個男人，現在朋友們都還能回憶得起來她的生命中突然出現了一個英俊、陰鬱、迷人、古怪、學識淵博的男人，職業是記者，也是個作家。這個人將對她產生重要的影響。等時光流逝，這份愛情不再的時候，瑪格麗特開始說他的壞話，想要徹底地忘了他。她甚至試著寫他，寫了兩次，沒有成功。這個男人是無法用語言來表達的。「撒謊的男人」，她總是這樣稱呼他。但是她和這個男人分享了所有的生活：朋友，約會，房子，風景，油畫。她和他一起旅行，特別喜歡到義大利；她和他一起喝酒，喝很多的酒。她和他接吻。他是個非常善於接吻的人，她說。母親下葬的時候，他也在，就在她的身旁。是他安慰她，她因酒精變得遲鈍時，他把她攬在懷裡。也是他，在她因爲忍受不了和兒子分離——兒子的父親覺得兒子還是遠離她爲妙，也不顧她怎麼看，就把兒子送進了香崩—里尼翁寄宿學校，因爲兒子和母親之間的關係已經超越了一般的親情了——而哭泣時，讓她安靜下來。多虧了這個男人，她用新的文體寫成了兩本重要的書，《琴聲如訴》和《劫持勞兒·V·施泰茵的迷狂》。也多虧了瑪格麗特，這個男人寫成了一本非常美妙的小說。他和迪奧尼斯不同，作爲一個作家，他很欣賞瑪格麗特。文學之愛，同時也是肉體之愛。他們的相遇本身就像很多人所希冀的那樣羅曼蒂克。

①《費加洛報》，一九五七年五月三日。

②但是這齣戲從此進入了現代戲劇的保留劇目。一九六〇年約瑟·加格里亞對劇本做了刪節性地修改後重新將該劇搬上舞台，一九六五年，該劇又以完整的形式再度登上達尼埃爾·索拉諾劇院的舞台，由埃弗里納·伊斯特里亞和亞里山大·阿斯特呂克執導。

他叫熱拉爾·雅爾羅。有人說他那天夜裡是在玩牌，另一些人則說他是和同伴打賭，賭他最遲到第二天就能和莒哈絲睡上覺。他留下的照片很少。等到他獲得梅迪西斯獎、他的肖像可以登上各大報紙的那天，他的臉卻已經有點發抖了。在當時拍攝他們度假的電影上，他穿著泳衣，正和瑪格麗特在深藍色的大海裡一道游泳。幸福，非常幸福。健壯，笑盈盈的。一個英俊的男人，所有認識他的女人都這麼說。英俊的棕髮男人。不完全是那種聖日耳曼大道上左岸知識分子的作風。他屬於那種好鬥的記者，套著件灰濛濛的雨衣，說話很有意思。總之，是一個富有生命力的人，在他身上，有某種東西能夠吸引一個才和痛苦的知識分子在一起生活了很長時間的女人。和他在一起，她可以笑，隨便說點什麼，不談政治，在酒吧度過長夜，逛大街一直逛到天亮，下午的時候在他那間朝著杜勒伊花園的房間裡做愛。

他太英俊了，一九四五年十四日在救火隊員的舞會上，他迷住了一位女醫生，在他看來，他的生活從此後發生了逆轉。他二十歲，才在伽利瑪出版社出了第一本小說，題目叫做《白色的武器》，他那時在阿拉貢的報紙《今晚》任通訊員。他的妻子艾娃·雅爾羅說：「他實在是很迷人」。瑪格麗特遇到他的時候，他三十四歲，已經結了婚，有三個孩子。非常男性化，他的朋友米歇爾·米特拉尼說，他喜歡吹牛，既輕浮又持重，外表有點像英國人，斯蒂芬尼式的口音，成天不是喝酒就是勾引女孩子。瑪格麗特和他第一次是在節日聚會上遇見的。那天是聖誕節。他們在一起說了很多。他提出送她回去。她拒絕了。多虧了一位朋友——雅克·弗朗西斯·洛朗，他得到了她的地址，給她寫了一封信。上面寫著：我在某咖啡館等妳。他等了八天。每天都等上五到六個小時。接下來的故事，莒哈絲自己敘述過：「我抵抗住了他的進攻，我每天都出門，但不到咖啡館那一帶。我非常渴望新的愛情。第八天，我走進了咖啡館，就像走上絞架一樣。」他在等她，對她說他會永遠等下去。她裝作相信了。他們在咖啡館裡繼續談情說愛。從一個咖啡館到另一個咖啡館，從一張桌子到另一張桌子，米特拉尼說。回去的時候他們喝得爛醉如泥，直到中午才能醒。

他是個王子，那時她說。輕浮，迷人，淺薄，給報紙寫寫文章，或是寫電影腳本，再或寫小說，有時能寫完，有時開了頭就扔下了。他接受過非常好的教育。他的老家在歐坦，出身於一個富有的外省資產階級家庭，是父親最鍾愛的兒子，在第二部小說《糟糕的地方》裡，他描繪了歐坦這座城市。他家庭希望他成爲公證人或律師，但是他對這種職業毫無興趣，他「上」到了巴黎。他的目的在於接觸藝術家，躋身於聖日耳曼—德普雷的小團體。他自然是成功了，因爲他迷人、細膩，並且心眼很好。他成了博里斯·維揚的朋友，後來又聯繫上了阿拉貢，在他身邊一直工作到一九五三年。他喜歡爵士樂和現代藝術，於是和他妻子——他的妻子是產業主——一道開了一間小小的盧森堡畫廊，沃爾斯、馬蒂厄和里奧佩爾正是從這個畫廊開始了他們的抒情抽象主義運動。

瑪格麗特遇見他的時候，他受克洛德·朗茲曼之聘在《法蘭西星期天》當改寫編輯。每個周末，按照事先規定好的主題，他對報紙進行改寫。他寫作速度很快，他的妻子證實道，不帶一丁點兒情緒地寫滿了一張又一張紙。他的文章涉獵範圍很廣，從外省偷偷摸摸的愛情，血腥的殺人案，轟動一時的訴訟，到女性的菜譜，因爲這樣可以吸引女性讀者的注意。總之，他成了所謂快餐文學的專家。他那時的老闆克洛德·朗茲曼提醒過他，找到合適的文體，構思出一個引人入勝的故事，並且在規定的期限裡完成它可不是一件容易的事情。雅爾羅卻在這種練習中顯出自己是個一等的好手。但是他對朗茲曼承認，他做這個只是爲了錢。他的偶像是喬伊斯、斯威夫特和普魯斯特，他成天都在談論他們。他把自己看成是個作家，克洛德·朗茲曼回憶道，而白色叢書出版了他的兩本小說，這讓他能在記者圈子裡占有一席之地。納多也還記得，他喜歡圍著眞正的作家打轉，是那種善於擺架子的人。「我不行，又羞澀，又不出眾。總之，我不是冠軍，我想要強大起來，這只有通過文學來實現。」他說。莒哈絲後來說：「這個男人是個非常有天賦的作家。他很細膩，很古怪，很迷人。他還很健談，身上有很罕見的品質。」①無論如何，他都算是一個愛吹牛的人，甚至有點觀淫癖。

作家，也許吧，但肯定是個傑出的情人，克洛德·朗茲曼就是這樣認爲的。雅爾羅經常向報社的同仁吹噓說，一邊和瑪格麗特做愛一邊自我欣賞。他甚至把那些表示感興趣的人帶回家，讓他們參觀他的傑作。他不太謹慎，也談不上優雅。雅爾羅，喜歡誇口，太饒舌。瑪格麗特嚐到了前所未有的愛撫，不斷地衍生出新的歡娛，以至於漸漸地沉迷進去。這是一種美妙的墮落，她對一個朋友說。「說到底這不是一個故事……我的意思是說這不是一個愛情故事，但還算是個故事……怎麼說呢？我想我是出不來了。眞是奇怪。」②莒哈絲已經度過了自己覺得危險的時期：少女時代是和中國情人，和羅伯特·安泰爾姆結婚前或結婚後，她和各個不同的陌生人在一起續寫自己的故事，戰後又和戴瓦爾。但這一回，她第一次沒能控制住局勢。在瑪格麗特的生活中，前也是雅爾羅，後也是雅爾羅。她自己都說：「在相當長的時間裡，我生活在社會之中，我到別人家去吃飯，這就是我的一切。我去參加雞尾酒會，和各種各樣的人見面……我寫書……就這樣。接著，有一天，我有了一樁愛情故事，我想一切就是從這裡開始的。」她的寫作和她寫作的方式發生了改變。肉體之愛令她頭暈目眩，卻同時也讓她發現了自我，讓她產生擺脫某幾個導師的慾望：海明威、維托里尼、貝克特。從今以後，她是在自己的內心找尋寫作的力量。以前，她是個正在學習的女人，認爲只有比她年紀大，比她學識淵博的人

---

①《物質生活》，頁一〇五—一〇六。
②《談話者》，頁五九。

才能幫助她。從今以後——有的時候簡直到了誇張的地步——她只相信她自己。她完成了她所謂的拐向眞實之路。

將近幾個月的時間，她一直無法投入創作，因爲和雅爾羅的故事占去了她所有的精力。幾個月後，她向克洛德·薩洛特承認說她才開始一部小說的創作，她要寫瘋狂的愛情，很短的愛情，裡面的人物都是氣喘吁吁地說話。但是母親的死中斷了她的寫作。她是通過電報得知母親故去的，收到電報時已經晚了，她正和雅爾羅在聖托佩茲附近的一所房子裡度假。她決定立即出發，想要趕上第二天早晨的葬禮。他們飛速行駛了一整夜，雅爾羅和她輪流駕駛。黎明時分，筋疲力竭的他們在一座飯店裡休息後又上了路。他們倆都醉了。天亮了。雅爾羅在顫抖。他把持著方向盤。靠近母親家的時候，他們又停下了，走進一家旅館。「我們又做了愛，我們無法說話，只是喝酒。他很冷血，一邊喝一邊打。打我的臉和身體的其他地方。我們無法彼此接近，我們很害怕，一直在抖。」她去了母親家；雅爾羅在旅館裡耐心等待。喪葬官在等她。他們三個人圍著棺材，僕人阿杜，哥哥和她。在入葬前她吻了吻母親冰涼的前額。哥哥哭了。她看著他哭。她不想哭。一點也不感動。她在想那個她愛的男人，她愛他，他也愛她，而且在等她。在《夜裡的最後一個客人》①中，她寫道：「我一點也不爲死去的這個女人感到痛苦，還有這個哭泣的男人，她的兒子，我從來沒有爲他們感到過痛苦。」葬禮後她回到了雅爾羅身邊。他們一起待在旅館的房間裡——互相毆打，然後相愛，他們一起哭泣，一起在夜裡奔跑，喝酒，直至第二天早晨一起倒下。六個月裡，他們都是這樣一種由暴力，酒精，肉慾結合而成的關係。整個冬天也是如此瘋狂，瑪格麗特說。「然後就沒有這麼沉重了，成了一樁愛情故事。」再

①《物質生活》，頁二〇。

往後，她終於寫下了《琴聲如訴》。

《琴聲如訴》裡到處可見這個故事的影子。書本身就是獻給熱拉爾·雅爾羅的。平素我們習慣於講述愛情的表面；在《琴聲如訴》裡，瑪格麗特躍躍欲試地想講述不能講述的東西。小說的主人公是個厭倦生存的資產階級年輕女人。她叫安娜·德巴萊德。她是一個調皮搗蛋的小男孩的母親，非常憂鬱，小男孩在所有的方面都是超乎常規的，母親回答他的問題時也往往牛頭不對馬嘴，她根本沒在聽他說話。安娜酗酒，但是是那種不乏高貴的酗酒，她泡在港口的一個小酒館裡，生活在昏昏然中，與鳥兒爲伴。她有個特點，就是她非常討厭茶花。這個喝到第三杯酒手就會發顫的女人，當然是瑪格麗特的翻版，但是她也已經是勞兒·V·施泰茵和安娜瑪麗·史特德兒的開端了。

書從一節鋼琴課開始。在這個聰明但是搗蛋、極有天賦但是又頑固沉默的小男孩的身上，我們如何能不看到烏塔的影子呢？鋼琴教師只知道強迫他彈琴，卻又不懂得讓他品味到音樂的美妙。而在這個如此爲自己的兒子感到驕傲，又如此專制，似乎總有暴力傾向的母親身上，我們如何能不看到瑪格麗特自己的影子呢？

「您會非常痛苦的。」——德巴萊德夫人低下了腦袋——「和這個孩子在一起，」她說，「這話是我說的。」

「已經這樣了，他幾乎吞噬了我的一切。」

在一九七五年的一次廣播訪談中，瑪格麗特自己證實了這一點：「我的兒子很有音樂天賦，他學鋼琴時，我的生活全亂了。整整一年，我沒有寫作，我做的唯一一件事就是陪他去上鋼琴課，督促他練琴。」①

鋼琴課結束，他們走出來，母親和兒子正撞上犯罪現場。在樓下的咖啡館，一個女人才將死去，她是被一個男人謀殺的，而這個男人正抱著她，平靜地呼喚著我的愛我的愛。安娜·德巴萊德想要知道關於死去的這個女人的一切。《琴聲如訴》講述的便是女主人公對事實眞相接近於癡狂的追尋，她如同被魔鬼附身，到最後眞的把自己看成是那個死去的女人。很快，安娜只爲那個死去的女人而存在，而活著。於是她回到了犯罪現場，似乎這地方也能開口說話，解釋，證明一些不可證明的事情。男人是不是因爲女人要求他而殺了這個他愛的女人？會因爲愛情而殺人嗎？謀殺一結束，男人最後一次抱著她，衝著她微笑，和她說話，直至最後被警察帶走，沉淪在瘋狂中。安娜·德巴萊德是個捕獵者，是個小偷。她沈湎於這樁故事，以爲這故事可以解她的渴，絕對之渴。對於她來說這樁罪行是生活的一課。安娜·德巴萊德看上去和後來《副領事》裡的女主人公一樣脆弱溫柔。實際上，她在等待選擇美妙折磨的時刻。安娜·德巴萊德是個貪婪的女人。這個女人外表順從平和，骨子裡卻想侵犯他人，捕獲他們。

《琴聲如訴》於一九五八年在子夜出版社出版。在瑪格麗特的作品中，這本書的確標誌著某種斷裂。瑪格麗特本人也認爲從這本書開始，她不再像以前那樣寫作了，她希望大家都能知道這一點。離開伽利瑪，她和子夜出版社接上了頭，在公眾的眼裡，她自此以後成了新小說派的一員，儘管她自己一直否認，但是讀者經常給她披上這件外衣。爲什麼瑪格麗特最終還是選擇離開她謂之爲「家」的伽利瑪？迪奧尼斯和羅伯特都在伽利瑪工作，加斯東也是個老熟人了，大家經常在一起吃飯，而且戈諾

---

①《話語的癡迷》，見上述引文。

此時仍然掌管著審讀委員會，仍然經常去聖伯努瓦街度過美好的夜晚。莒哈絲對皮耶·阿蘇里納說伽利瑪沒人認眞讀她的書，以此作爲對自己離開伽利瑪的辯解。[1]確實，她覺得自己的書在伽利瑪越來越不受重視了。熱羅姆·蘭登希望她能加盟子夜，老是在她耳邊吹風。比較起神聖不可侵犯的常規，她當然更喜歡有人的確鍾情於她的作品，充滿激情和能量，儘管——正如羅伯特·伽利瑪所指出的那樣，她在伽利瑪也是想出什麼就出什麼，想什麼時候出就什麼時候出。阿蘭·羅布·格里耶當時是子夜出版社一位很有活動能力的編輯，成功地說服了瑪格麗特。他的說服工作已經進行了兩年。他們一起到英國和比利時做過講座，在這個期間成了好朋友。他覺得她生動，滑稽，活潑，有一種非同尋常的敏銳性。他讀了她的書，很看重她，於是開始想到把她納於自己出版社的麾下。

和前兩次出版《樹上的歲月》和《塔吉尼亞的小馬》一樣，瑪格麗特將《琴聲如訴》的開頭，以短篇小說的形式發表在莫里斯·納多的《新文人》雜誌上。阿蘭·羅布·格里耶被這短短幾頁所富含的濃密的悲劇性所震驚了，他覺得「在敘事的力量中蘊藏著一種顚覆的力量」[2]。他鼓勵她繼續寫下去，可是換一個方向，「不要那麼傳統」，他明確地提出，並建議她刪除略顯稚嫩，「讓人心裡難過的」幾段文字。當時，他還能提醒她注意；她也還「有一種輕盈的自由傾向，滑稽，友好，可控制的。」[3]瑪格麗特聽從了羅布·格里耶的建議。一九五七年十月十六日，她終於下了決心寫信給加斯東·伽利瑪。

---

① 作者與皮耶·阿蘇利納的談話，《讀書》，第112期，一九八五年六月。
② 作者與阿蘭·羅布·格里耶的談話，一九九六年六月十六日。
③ 作者與阿蘭·羅布·格里耶的談話，一九九六年六月二十三日。

親愛的加斯東：

我想向您提個請求，這事對我而言很重要，對您而言就不那麼重要了。請您准許我將下一本書放在別的出版社出版。我的書沒有給您帶來什麼利潤（除了《太平洋防波堤》），同樣，您也沒有能給我很多錢。趁這一本書出來的時候我們分手吧，加斯東。我非常想——眞的非常想——在別的地方試試我的運氣，這一次。

爲什麼出版不能像生存一樣呢？爲什麼只有出版社要求作者有條件的忠誠？而在人類的其他領域，經濟的，感情的等等等等卻是另外一回事？我們可以換工作，可以改變生存的方式，行爲的方式。在我看來，這一次我們也應該能夠換出版社。再說我這本新小說的內容、長度都和《廣場》差不多。如果說還有什麼相同點的話，那就是同樣的它也不會有商業操作性。

……每個人都會抱有愚蠢的幻想，或者總的來說，這改變並不能使身體復元。難道這不是爲了更好地回到過去的習慣中嗎？

自一九四三年以來，加斯東就一直表現出相信瑪格麗特的天才，很喜歡她的作品。兩天後，他給她發出了這封信，信上寫得清清楚楚：

親愛的瑪格麗特：

您錯了。您要求的事情對我來說非常重要。我甚至可以說這事對我而言比對您而言重要得多。因爲這關係到我的行爲準則。

您知道這不是錢的問題，我也不認爲在這個問題上，您會對新法蘭西叢書有所抱怨。難道我不是盡量友好地答覆您的要求嗎？我不明白，怎麼能把作者和出版社之間的合同，非常明確的，雙方都是自願簽署的合同等同於情感的忠誠。雖然，從我這方面來說，這種情感上的忠誠也是存在著的。再說，我也不明白何謂「到別處試試我的運氣」。沒有所謂的運氣。我不是自誇，您的下一本小說在伽利瑪同樣會受到很好的保護，和在別的地方一樣。更兼之一個作者的書分散在各個出版社出，這是極不可取的……不，眞的，我可以向您保證，您的位置在這裡，我是出於友誼才給您寫這封信的。

瑪格麗特請求加斯東還她自由。她裝出一副溫存的模樣：「我在您這裡出了六本書，一直很忠誠。第七本您就讓我給別的地方出吧。」加斯東很固執，說只有她把稿子寄給他才能給她答覆！瑪格麗特答應了。十月三十日她完成了《琴聲如訴》。厭倦了這場戰爭的加斯東終於讓了步：

一九五七年十一月八日

親愛的朋友：

給您寫這封信我感到非常遺憾。我始終不能明白，您爲什麼要把您的書給別的出版社，而不是給新法蘭西叢書。再說戈諾已經和我談過這本書了，我認爲這本新小說很自然的應該和《廣場》放在一起。但是，鑒於我們合作已久，我又很看重情感上的忠誠，我希望我們之間既不要有欺騙也不要有苦澀。

您就把這部手稿給別人吧。但是我相信您肯定會把以後的所有小說都給我的。做出這樣的讓步我情非得已，請您體恤我對您作品的關注以及我對您的友誼。

瑪格麗特遵守了諾言。第二年，《塞納．瓦茲的高架橋》在伽利瑪出版。接著是後面的十本書。其中包括《勞兒之劫》，《副領事》和《戲劇》……接著，十一年以後，瑪格麗特又重新投入熱羅姆．蘭登的子夜出版社，在那裡出版了一本《毀滅吧，她說》，然後再回到伽利瑪。她在兩家出版社之間的穿梭證明了她希望能夠得到保證。在熱羅姆．蘭登那裡，她受到了熱情歡迎，出版社能夠理解她的脆弱。蘭登甚至會當晚就讀她交去的稿子，以便第二天可以和她談稿子的問題。《琴聲如訴》受到了批評界的重視，但是作者從此被歸為新小說派，這似乎是有些過分了。羅布．格里耶，薩洛特，莒哈絲，同一個戰壕裡的先鋒，某家文學雜誌冠之以這樣的頭銜，它很為把他們放在一起而得意，但是這三個作者的作品卻是在本質上大大不同。瑪格麗特．莒哈絲當時也就隨他們去說了，因為她對於自己能夠和她所尊敬並一直保持交往的作家相提並論感到非常驕傲。再說，小說得到了于納出版社頒發的五月大獎，大獎的評委當然少不了羅蘭．巴特、喬治．巴塔耶、莫里斯．納多、路易．勒內．德弗萊、娜塔麗．薩洛特、阿蘭．羅布．格里耶……三十年後她才敢公開說新小說的壞話，並說自己從來不是其中的一個作者，甚至驕傲地宣稱她根本不懂新小說都寫了些什麼……我就是我，瑪格麗特不屬於任何人，不想和任何人相提並論。不過應該指出，那時，她和羅布．格里耶搞得一團糟。

熱羅姆．蘭登回憶說，《琴聲如訴》在得到讚譽後也付出了成功的代價。薩岡在《快報》上發表了一篇非常不利的文章，然後是在《法國文人》雜誌上也出現了一篇尖酸刻薄的批評，影響了書的銷售。莫里斯．納多倒是她忠實的讀者，但是略略有點看不起女人，他頗為勉強地讚揚了這篇小說，說它「穩重而悅耳，文筆簡潔，在女性作家中是少見的。」克洛德・羅伊是唯一一個熱烈捍衛這篇小說的人，在《解放報》上，他寫道：「這是貝拉・巴爾托克重寫的《包法利夫人》。小說家，忠實的錄音師，莒哈絲離開了敘述，把強光照射在人物內心的游離上，並且非常善於用未完成的結尾突出主題。」瑪德萊娜・夏普薩勒把瑪格麗特比成皮雅芙，強調指出她模糊藝術手法的運用。的確，小說可以得到多重闡釋。安娜・德巴萊德步履蹣跚，不知道自己說了些什麼，究竟要到哪裡去。爲什麼她總是到這個咖啡館來呢？是爲了找尋和朔萬先生——酒吧裡的常客——的某種聯繫嗎？她只知道他的名字，知道他是丈夫企業裡的一個職員。是爲了買醉嗎？在咖啡館半明半暗的燈光中，談話聲很大，都是港口的人，這個時不時低下眼瞼的中產階級的女人，終於與一個男人的目光交會了，她走近他，挨著他，輕撫著他的雙手。莒哈絲沒有澄清這兩個人之所以會在一起的原因。就這樣，她把讀者帶入作品裡，似乎他也是小說裡的一個人物，她讓他耐心等待，不斷地滑出邏輯的軌道，擾亂他的追尋。她一直把閱讀看成是獨立的創造性活動。閱讀對於她來說，也是一定程度的寫作。只要有閱讀，就有創造。一部作品只屬於能夠征服它的讀者。作者在這征服的過程中引退了。第一次，莒哈絲在作品中部署了讀者——觀者這樣一個角色，後來她用得很多，有的時候甚至有點氾濫。她把散開的一堆智力拼板給了你，沒有給你拼好。敘述一結束，必須再從頭看上一遍，重新尋找裡面的符號。但是有幾塊拼板你始終是找不到的。

「我希望您死」，朔萬說。

「就這樣吧」，安娜・德巴萊德說。

小說沒有結束。剩下的是一個女人沉甸甸的雙乳間散發出來的玉蘭花的味道，海浪拍岸煩人的聲音，咖啡館磨損的方磚上的血，從暮色中的港口裡蹦出來，緊緊跟在母親身後的小男孩，眼神閃閃發光，他想保護母親，想做點什麼，不管做點什麼都行。散文文學，練習式的小說，試驗性的，書出版時有人這麼說。這部小說成了古典與現代之爭的犧牲品。今天，我們既可以把它當成攝影小說來讀，又可以把它當成文體練習、情感故事來讀。沒有一點艱澀之處，讓人能夠順暢地一讀到底。

《琴聲如訴》既不穩重也不悅耳。它運用了呼喚的藝術，加埃當·皮貢在《閱讀的運用》一文中談到，這是一種用空茫建立起來的藝術，甚至是在呼喚空氣。莒哈絲把說不出來的都寫出來了，生活中淫慾的蠢蠢欲動，一個女人對肉體歡娛的渴求。那個女人在臨死前發出一聲長叫，非常尖銳，戛然而止，安娜·德巴萊德想起了自己生孩子時的叫聲。生命誕生時的叫聲和生命逝去時的叫聲是一樣的。愛情在這裡也是面臨死亡。愛情可以改變生活嗎？可以轉化成命運嗎？在莒哈絲筆下，一切都太遲了。女人從來都不清楚應該如何抓住機會，也不會適時地清醒過來。安娜·德巴萊德已經死了，對自己來說已經死了，慾望已死，她自己也知道這一點，她大聲地說了出來，很有把握，也很平靜。對書的編輯工作，瑪格麗特不是很滿意。第一版後，她做了大量的修改，刪除了相當的段落：她縮短了關於兩個人物的描繪，去掉了可能會影響兩個人物互相接近的企圖的敘述。但是瑪格麗特從來沒有否定過這部小說。這和她對待自己其他許多作品的態度正相反。她知道自己找到了一條新的寫作之路，但是必須避免自我引證。她很不喜歡皮特·布魯克據這部小說改編而成的電影。一九七四年，她說要用菲薄的資金自己再重拍一部。①

---

①《談話者》。

聖伯努瓦街的生活一切依舊。要和情人見面，瑪格麗特就得到他在里沃利街的單室公寓裡去，她有時也睡在那裡，特別是和他夜半三更地開車兜風之後，兩個人都是爛醉如泥。迪奧尼斯不喜歡雅爾羅。雅爾羅很少到聖伯努瓦街去，這時的聖伯努瓦街又重新熱鬧起來。持不同政見的同伴們在一九五八年五月十三日後又回來了，爲迪奧尼斯籌辦一本新雜誌的計畫助上一臂之力，瑪格麗特自然也積極地投身於該項計畫之中。

《七月十四日》是一本關於無條件拒絕的雜誌，一本由迪奧尼斯．馬斯科羅和讓．舒斯特一起創辦的反戴高樂政權的雜誌。第一期於七月十四日出版，各大報亭都有售。作爲題銘，引證的是帕斯卡的這段話：「我們說話是因爲此時沉默已經是一種罪惡了。」開卷的第一篇文章，談論了當前沉重的政治局勢，以及知識分子應該扮演何種角色：「在找樂兒的黑鴉鴉的人群中，在這些驚恐萬狀的小魚中，就像在歷史紀念勝地有人扣動了機槍的扳機，潰不成軍……，那些說是的人踉踉蹌蹌地撞到宮殿門邊，可恥的附和者擦牆而過，湧向謠言場所的出口……重要的是盡可能堅定地說出這個『不』字。」不顧一切。背靠著牆。《七月十四日》的編輯認爲戴高樂是個暴君，寫文章說必須打倒他，說他是個動物磁氣治療師，讓整個法國都處在昏昏欲睡的狀態中。《七月十四日》的任務是要「讓民眾覺醒，敢於發表意見，監督人民，不再讓他們聽憑有人竊取自己的共和國。」「這本雜誌是一次重大的政治活動，我爲之驕傲，」迪奧尼斯說，「這是反抗戴高樂私人政權壓迫的基本反應。」①迪奧尼斯和朋友害怕法國式的弗朗哥主義，據他們分析，戴高樂主義是一種帶有宗教色彩的政權，對人民的透明度太低。

①　作者與迪奧尼斯．馬斯科羅的談話，一九九六年一月十八日。

「我們處在一種歷史性的失寵，歷史性的羞愧中。這是個政治、理性和道德都在淪喪的時期。我們所處的這個政治世界空前的虛榮，有一種自以爲是的空氣，這連愚蠢都算不上，它讓我們的思想變得越來越狹隘，簡直到了令人絕望的地步，它暴露出了暴君同志的眞面目。」第一期雜誌的編委這樣說。合作參加雜誌編輯的有安德烈·布勒東、本杰明·佩萊、讓·杜維尼奧、克洛德·勒佛爾，但是還有聖伯努瓦街的「老成員」，路易·勒內·德弗萊、羅伯特·安泰爾姆、艾里奧·維托里尼、愛德加·莫蘭、雅克·弗朗西斯·洛朗、克洛德·羅伊和莫里斯·納多。莫里斯·布朗肖也響應了號召，從他一貫的沉默中跳了出來。①他經常到聖伯努瓦街去，並且把勒內·夏爾也拉進了編委會，還讓他寫了一篇政治長文——自第二期開始在雜誌上發表，題爲《拒絕》。這本雜誌的確加固了迪奧尼斯和莫里斯·布朗肖之間的友誼：「從今之後我們之間有了一種『默契』。」②共產主義，眞理，對他們來說，是「對人人平等，對擴展人之所以爲人的可能的信仰。」遠離斯大林主義的強權政治，雜誌呼喚另一個精神紀元，呼喚大家抵抗住內心的自我。當然，雜誌裡不是所有的編輯都和迪奧尼斯一樣不事通融，但他們都一致團結在布朗肖謂之爲「不的友誼」的旗下：不同意阿爾及利亞戰爭，不同意沒收自由，不同意專制主義。

這樁事件雖然短暫，理性的、友情的交流卻非常深刻、激烈，並且，在一九六〇年九月，誕生了爭取反阿爾及利亞戰爭權利的宣言。這種從哲學的角度介入政治的方法，讓一部分左翼知識分子感到

① 在《新法蘭西雜誌》——雜誌本身就被認爲是左派性雜誌——的一篇獻給普魯斯特的文章裡，在頁註中，他表達了自己在政治上的不同觀點：政變是一種虛無，我們自身的虛無反對的卻也正是這種虛無。二十年來他在政治上一直堅持這樣的觀點。在那個時代他是親法西斯主義者。

② 迪奧尼斯著《尋找思維中的共產主義》序言。

困惑，他們不理解這本新雜誌存在的理由。「它既沒有表達某種特定的流派，也沒有表達什麼新思想，卻以友情或同志式的友誼為名，將一些作者攬在一起，而這些作者完全可以在別的地方發表他們的文章。」《法蘭西觀察家》評論道①。這是自五月十三日以來法國知識分子的第一個手勢，瑪格麗特在該報的專欄裡回擊說，面對「法西斯主義者」的威脅和工人組織的癱瘓，必須行動起來。但是政治難道只是幾個領導人的工作嗎？她問道。一個作家必須「得到選票或做了官」才能對自己的良心負責嗎？要不然大家或許會對他說：「您勢孤力單，放下爪子，放下筆吧？」②要知道當時可謂是雜誌的黃金時代：《論據》、《當代》、《新文人》、《社會主義和野蠻主義》、《新改革》、《國際記事》、《思想》、《季刊》等等等等。對於瑪格麗特來說，這不是一本單純的雜誌，而是抵抗的機關。如果它讓某些左派人士感到不舒服那是最好。它雖然只出了三期，在今天卻仍然占有重要的位置。

這本雜誌的目錄上只出現了兩個女人的名字：科萊特．加里格和瑪格麗特．莒哈絲。科萊特把自己的家貢獻出來做了《七月十四日》的編輯部；瑪格麗特負責打字和解決雜誌的經費問題，她和願意資助雜誌的人接觸，特別是一些畫家，她向他們要了不少畫，然後組織義賣，義賣所得便進了《七月十四日》的金庫。接受資助請求的名單很長。最慷慨的要屬瑪塔和吉亞科邁蒂。作為關鍵人物，瑪格麗特一面糾纏捐贈者——她大量的通信可以證明，一面積極地參加各種會議，在會上還經常發表自己的意見，她曾在雜誌上發表過兩篇文章，其中有一篇名為《布達佩斯的殺手》，為伊姆勒．納吉被判

①《法蘭西觀察家》，一九五八年七月二十四日。
②《法蘭西觀察家》，一九五八年七月三十一日。

死刑而申辯。至於科萊特·加里格，她沒有在雜誌上發表過一篇文章。「所有這些知識分子都有一點看不起女人，」她回憶說，「於是我們也不太有自信，也許是我們太羞澀的緣故吧。他們是大手筆，是有思想的人，我們只能做點雜事。」①在這群懂得說不的知識分子中，男人和女人的關係卻並沒有很大的發展。然而，瑪格麗特除外，她有發言權。

自一九五七年起，瑪格麗特就對給報紙寫文章非常感興趣。幾家報社向她約稿。她選擇了其中兩家：一家是《法蘭西觀察家》，這是爲了聲譽而寫的；另一家是《星座》，是爲了經濟的原因。瑪格麗特創造了屬於自己的報紙文章的形式：她的大多數文章都是自己親身經歷的故事。這些故事在給人以某種信息、讓人思考之前首先是讓人感動。瑪格麗特把自己看成一個專事報導靈魂動盪的大家。一直在邊緣地帶偷獵的她討厭各種公共場所，官方的宮殿，發言人，各種代表人物。要想理解這世界，她強調說，只需要睜開眼睛，走下樓梯，到大街上去，只需要懂得看和聽就夠了。瑪格麗特又再現了十九世紀大作家——報導專家的傳統，但是對她而言，遊歷的範圍僅限於街頭。《阿爾及利亞人的鮮花》是她的第一篇專欄文章，發表在一九五七年的《法蘭西觀察家》上，這篇文章以簡潔和激情而著稱，成了這方面文章的範文。這不是一篇政治論文，但是至今它還作爲一篇介入性的文章而擲地有聲。故事發生在聖日耳曼—德普雷區。一個年輕的阿爾及利亞人正準備賣花兒，偷偷摸摸地推著他的小車。這時來了兩個警察。證件？他拿不出來。一個警察打翻了他的車子。就在那裡，當著所有正在安安靜靜購物的人的面。這是個星期天的早晨，天氣晴朗，一切都很好，阿爾及利亞戰爭正如火如荼地進行著。「可惜愛森斯坦不在，也沒有其他人能夠再現這一副滿地落花的街景，只有這個二十歲的

---

① 三十年以後，烏塔和讓—馬克·圖里納在拍攝電影《不服從的精神》時採訪了科萊特·加里格。

阿爾及利亞小伙子呆望著，被兩位法蘭西秩序的代言者夾在中間。」花兒一朵一朵地被路過的行人拾起來，他們把錢付給了這個一直被夾在兩個警察中間的阿爾及利亞小伙子。「兩位先生狂怒了。可是他們又能怎麼辦呢？這些花兒就是賣的，他們總不能遏止人們買花兒的慾望。一切不過十分鐘不到。地上再也沒有一朵花兒。不過無論如何，這兩位先生最後總算得了空，把年輕的阿爾及利亞人帶到警察署去了。」在她的文章中，瑪格麗特多次談到這場似乎沒有名稱的戰爭給大家造成的心理上的影響：因爲外表和白人不同而遭到逮捕，警察對一個膽敢和阿爾及利亞人一道逛街的白人姑娘的辱罵。爲了更好地展現場景，她盡量不做評論。她自己也很感動。她善於傾聽那些平常沒有發言權的人說話，更兼之她有傳釋出來的能力。她聽孩子們說，聽工人說，聽「微不足道的人」說。瑪格麗特在學校做過調查，寫過一篇關於維耶特的令人讚賞的報導，夏天，她出發去多城，爲讀者描繪了賭場裡女人顫抖的雙手，和在避風的咖啡館裡握著一杯薯條打呵欠的孩子。電報式的文體，詞語的漫步：莒哈絲寫得很快，勾勒出環境，然後再將人物搬上舞台。短促、激烈，她的這些文章在今天讀來仍然不失興味，通過了時間的考驗。她坐在咖啡館裡，一坐就是幾個小時，聽別人聊天談話。她的聲音傳過來，我們似乎聽到了。在她小說中日臻完善的對話，讓她得以創造出一種半口語半書面語的語言，就像是流行歌曲的間奏和反覆。瑪格麗特爲所有人寫，毫不提防。她自己是不會再去讀這些文章的。對於她來說，報紙文章是曇花一現的。某一天的證明。給報紙寫文章就是要快，等不得。新聞文章的寫作要讓人能夠感覺到這份急促，這種不得不一蹴而就的味道，哪怕文體有可能不夠精緻。「是的，不假思索，我不討厭這個詞。」她說。①

---

① 一九八〇年，她很快接受了讓—路克・海尼的建議，將文章輯錄成《外面的世界》出版，她把《阿爾及利亞人的

瑪格麗特爲走出自己的臥室而寫。沒有大的寫作計畫的時候，寫報紙文章讓她得以繼續寫作，就好像一種體育鍛鍊。她從來不會同時進行，寫小說和給報紙寫文章。被書套牢的時候，她是不出門的，她對一切都不感興趣，甚至不讀報紙。對她而言，新聞寫作是在空閑時產生的，是因爲沒事幹。「寫報紙文章意味著走到外面去，這是我最初的影院。」①一九五七年她發表了十四篇文章，只有三篇是關於文學的：其中的一篇文章裡，她採訪了一家大出版社的審稿負責人——雖然沒有透露姓名，我們卻不難辨認出雷蒙·戈諾的影子——負責人談了他是如何在來稿中甄別出版新書的；還有兩篇是關於喬治·巴塔耶的，她一直視他爲朋友和榜樣。「因此我們可以說喬治·巴塔耶並不是在寫作，因爲他邊寫邊在與語言作對。他創造了一種方式：寫即不寫。他讓我們忘記了文學。」這正是瑪格麗特回到小說上時努力想做到的。巴塔耶和布朗肖是她的導師。儘管她從來沒有清晰地闡明過，他們對她文學作品的影響卻是無與倫比的。

一九五八年，瑪格麗特給《法蘭西觀察家》寫每周專欄，既有關於文學的，也有關於日常生活和雜聞的。她筆下的主題千差萬別：孔夫子的生活，一個旅遊家的長途跋涉，巴黎日間堵塞的交通，大型畫展，八月的巴黎；她做了一些關於書的報導，特別是薩特的「丁托列」，爲明星做過肖像描寫（碧姬·芭鐸，皮特·湯森……），還有那些個訴訟事件，早在維爾曼事件發生的三十年前，她已經顯示出對司法的激情和關注了②。在一篇令人側目的文章——二十年後她堅持將它收錄進集子裡——

鮮花》放在第一篇，認爲這是她最重要的文章之一。

①《外面的世界——卷一》，頁八。

② 她總是站在被告的一邊，想要揭露某一階層、某一群人或某一個人所忍受的不公正——不管是什麼階層，她在《外面的世界》的序言裡寫道。

《「垃圾筒」和「木板」要死了》裡，她站起身來反對維護某個階級利益的司法，她認爲這樣的司法毫無同情之心，不假思索地把兩個二十歲的殺人犯送上了絞架。這兩個不知父母是誰的孤兒，不會說話，態度漠然，在宣判死刑的時候，沒有一點表情。對於那些司法者，垃圾筒和木板連狗都不如。他們只能勉強算得上是人，是人類的渣滓，不能滿足重罪法庭上抱著獵奇心理，想來找尋感情刺激的公眾。「就讓這兩個小伙子哪兒來哪兒去好了，從空茫到空茫。社會會因此而慶幸的，以社會清除和社會衛生的名義。」瑪格麗特評論道。司法的走過場和榨取他們招供的那一套讓她覺得羞恥。

第一次參加重罪法庭審判時她非常震驚：西蒙娜・德尚，埃夫諾醫生的性奴隸，一個有罪的奴隸。「非常抱歉，我無法習慣重罪法庭。但這眞的令人目瞪口呆。」她記道。這份「無辜」給了她力量。她敘述了所見所聞：司法被玷污了，被告根本沒有發言權。只要他們開口說話，我們便會立即挫敗他們的勇氣。他們整個兒的生活都被他們可恥的行爲所規定了。

保護他們的證人也無法幫助他們，因爲他們同樣會遭到法官的指責。訴訟只能是向天下昭示他們卑鄙的罪行。在整個審判過程中，不許被告說話，似乎是已經被看成是合法的。「西蒙娜・德尚無法說話了。但願人們不要像我所說的那樣，認爲她這樣做多麼的卑鄙無恥。這只是在表達她的遺憾。這份不公正，是我們讓她承受的。當一個罪犯——甚至是西蒙娜・德尚那樣的罪犯，無法說明她自己的想法，此時便有不公正存在，西蒙娜是一例。非常驚人。孩子沒有權利在飯桌上說話。縮減到一種強制的，迫切的幼稚症，西蒙娜・德尚閉上了嘴。不僅僅是因爲她不再對任何人感興趣，甚或她對自己都不感興趣了。她再也不是什麼人了。」

瑪格麗特對犯罪這個領域一直很有激情。小哥哥完美的不道德給她留下了清晰的印象，還有大哥的偷盜行爲，他毫不猶豫地把母親逼得走投無路，對此她既害怕又艷羨。她喜歡流氓，喜歡游離於法律之外的人，並且從來不掩飾這份喜歡。她一直站在這群一無所有的人的一邊——或許是因爲回憶起悲慘的童年，甚至因爲《情人》的成功，她變得富有了，非常富有的時候。她母親就是最好的例子，承受著生活的殘酷和不公正的典範，有時她甚至也滿不情願地被牽連進去。她對那些敢於走到社會邊緣的男男女女總是持有欣賞的態度，甚至到了誇張的地步：持槍搶劫犯，夜裡犯罪的人，風塵女子。她自稱是喬治·費貢的朋友，這是個被判苦役的犯人，在一九五五年的審判中，他一改過去被告的身分，自己詢問起證人來。她發表了一篇和他的長談①，在長談中，喬治·費貢承擔了自己施暴的責任，卻沒有表現一點懺悔之情，並且揭露監獄是個製造壞孩子的地方。「您是怎麼看您自己的？」她問他。費貢答道：「有點像那種心理倒錯的人，喜歡別致的東西……」瑪格麗特喜歡各種花邊新聞，她經常滿懷興味地和熱拉爾·雅爾羅一起出席重罪法庭，調查被告的故事，編就她的文章，登在《法蘭西觀察家》上。有的時候她實在是投入了太多的激情，以至於完全站在罪犯的一邊。在寫這樣的故事的時候，她會陶醉於其中，糾纏於其中，不能自拔。於是，在第二年，她發表了《塞納·瓦茲的高架橋》，這是一本遭到她自己否定的書。但是十年之後，她又就這個主題重新創作，改了名字，成爲《英國情人》。一個男人和一個女人，平庸得令人懊喪，毫無特別之處，他們平靜地生活在一個小村莊裡，受到所有人的尊敬，但是有一天，他們卻下手擺脫了一個和他們在一起度過三十年生活的聾啞表姐。是女人在夜半時分完成了這樁罪惡，她將表姐切成塊，也沒有什麼特別激動的。她把屍塊拋到經過她家附近高架橋的火車車廂上。她爲什麼要殺她？她和他都不知道。因爲她瘋了？警察這樣問她的丈夫，而丈夫答道：更確切地說，是因爲她從來就不是一個能夠適應生活的人。她先是切下表姐的

---

①《法蘭西觀察家》，一九五七年。

頭，把頭藏了起來，餘下的屍塊，她每天扔一塊到車廂上。這樁罪惡沒有動機。丈夫永遠也猜不到，想起來都要發笑。但是對於她，他從來不知道她究竟要說什麼幹什麼：「你看看她，你是不是覺得她像頭牛，是麼？你有沒有突然發現，我們的生活裡竟然有頭牛？是嗎？」兩個人於是聯合起來犯罪。他們倆殺了同一個人，他是在夢裡，而她是在現實裡。罪惡還是無知？兩者兼有吧，瑪格麗特在結束時寫道。這些人和我們很相近，她說。他們是從表面上看起來沒有一丁點特別之處的世界的鬼魂，在那個世界裡，親近的人犯了罪是不會改變事物的內在秩序的。我們也都有陰暗的一面，所有的罪惡都有它自身的邏輯。我們都是潛在的罪犯。倒錯、肉慾、謀殺是彼此相通的。

瑪格麗特給人以震驚的感覺；她喜歡震驚。再說，她終於能靠《星座》稿酬掙錢了，後來她說自己最終是走入了歧途。《星座》那時的總編是勒古特勒夫人，斯大林的情婦之一，喜歡雇用巴黎知識分子替她工作。我在一九五八年四月到九月間能找到四份這樣的工作。瑪格麗特還總是說自己忘了那時的筆名。知道她對母親有多迷戀就行了。瑪格麗特在寫女性愛情那一類的少女文章時，又重新用了母親做姑娘時的姓名。於是在瑪麗・約瑟夫・勒格朗的名下，瑪格麗特給她的女讀者開了些永遠沒錯的方子；單看題目就清楚了：《謊言扼殺愛情》、《他爲什麼要離開他的妻子？》、《面對暑假悲劇的妻子》、《丈夫，這個自私鬼》（收錄在本書的附錄中）。但是一九五八年，瑪格麗特不是憑藉這個筆名近乎輝煌地得到公眾承認的。《琴聲如訴》使她成爲一個著名的小說家，她還是《法蘭西觀察家》一位名記者，在戲劇舞台上，她的《廣場》在巴黎附近的劇院又上演了三十場，然後在德國的四個城市進行巡迴演出，頗爲轟動。在文學、新聞、戲劇之後又是電影：她應阿蘭・雷內的請求開始起草電影劇本，並且由勒內・克雷芒執導的《太平洋防波堤》春天時已經在各大影院上映。這是一部具有義大利—美國風格的傑作，蒂諾・德・洛朗蒂斯公司和哥倫比亞公司聯合出品，西爾瓦娜・芒加諾和安托尼・皮金斯主演，電影是由伊爾文・朔改編的，他和勒內・克雷芒簽訂了合約。電影是在泰國拍的，簡直是受罪。泥漿，酷熱，沒有任何舒適條件。莒哈絲和朔很少見面，克雷芒很快就讓瑪格麗特知道，朔需要創作的自由。當然，她是應該堅持哥哥這個人物不能僅僅縮減爲一個拉皮條的。於是她要求修改：哥哥應該是英俊的，迷人的，成熟的，有著強烈的性衝動。厭倦了和她的戰爭之後，克雷芒終於接受修改這一部分，接著他就消失去拍電影了。

《鐵軌戰役》、《里布瓦先生》和《禁止的遊戲》的導演顯然不願意涉足殖民地問題，他對家庭的心理問題更感興趣。爲了能走向世界，電影首先在好萊塢和義大利受到了檢測，在義大利，一台電腦甚至記下了某些觀眾的反應！開始的時候，應該是詹姆斯・當來飾演哥哥一角，但是後來換上了更爲合適的安托尼・皮金斯。電影出品的時候，勒內・克雷芒小心翼翼地保持著和書的距離。因爲害怕評論界說他背叛原著，他宣稱這不是詮釋而是改編。更確切地說，他說，應該是「受到原著的啓發」。但是，「雖然電影的中心話題改變了，我卻可以肯定沒有違背原著的精神。再說，瑪格麗特看完電影都驚呆了。在電影的小竹樓裡，她認出了自己的童年。」①實際上，儘管瑪格麗特和克雷芒的友情深厚，莒哈絲從來沒有喜歡過勒內・克雷芒的電影。她後來說他根本沒有理解書中的那一份野性。他「校正」了她和母親的生活，卻迴避了暴力。電影是大團圓的結局，母親死後，兒子接受了白人圈子，並且自己建造起堤壩來。莒哈絲感到自己被背叛了，榮譽盡失。能有別的辦法嗎？也許沒有。從此以後她再也不願出讓自己的電影版權，她要自己來拍，拍自己的作品。

但是電影出品的時候她卻沒有搗亂。「這是一部很美的片子」，採訪她時她都這麼說。她正好趁

①《法蘭西觀察家》，一九五八年五月八日。

此機會兜售她的書。瑪格麗特沒有暈頭轉向。當電影在紅磨坊公映的一個月前，她致信加斯東・伽利瑪，問道：「您打算重印我的小說嗎？我的統計表表明，一九五五年六月份的銷售數爲三千冊，而到一九五八年一月份只有三千零七十冊。《太平洋防波堤》難道在兩年半的時間裡只售出了七十冊嗎？」加斯東回信告訴她說，還有一千二百冊的庫存，他準備再弄個護封，印上電影的宣傳畫。「我希望您能夠想到，我一直在盡力滿足您的要求，我認爲實踐也證明了這一點，之所以這樣首先是因爲我非常重視您的作品，再說我對您有著深厚的友誼。」

那也好，瑪格麗特在自己的報紙《法蘭西觀察家》上替再版做宣傳。不知羞恥？然後呢？「這篇文章必須不知羞恥。我卻正在寫這篇文章，雖然無恥。這一次的不知羞恥，我才不在乎呢。爲什麼我會不在乎？因爲我相信，隨著時光的流逝，不知羞恥會越來越讓人覺得無可指責，會越來越神聖。」電影取得了巨大的成功，書再版時比初版的印數多出了一倍。多虧了電影，很多觀眾發現了《太平洋防波堤》的美妙。新聞也報導了這本書的第二春。在報紙的懇請之下，瑪格麗特再一次談論了母親，談論了她在《太平洋防波堤》上所押的寫作賭注。她沒有選擇。這不屬於感情而是屬於道德的範圍。「有些人也許會因爲作品而感到尷尬。對此我根本無所謂。我沒有什麼再好失去的了。甚至沒有體面。既然我已經把它寫了出來，我早就冒了這個險，早就不顧體面了。」她覺得自己贏得了一場戰爭。如今母親已經去世了，但是電影又重新點燃了她的記憶。「對於我來說，問題在於讓她消失在她自己的深厚之中，超越她的奇特之處，將她殺死，然後讓她在自己的灰燼中得到重生。爲了讓她的生活不是毫無益處，我沒有第二個辦法，我只有一個：忘記她。看了克雷芒的電影後，我知道她真的是死了。」①

批評界的讚揚有點過分了。新聞界爲克雷芒—莒哈絲組合建造了一座凱旋門。「電影取得了完全的成功，是一部沒有瑕疵的傑作，天才取代了天賦，細節也帶有時代的特徵。」我們可以在《法蘭西觀察家》上讀到羅伯特．夏薩爾的這段文字。「想想看，這是一部在好萊塢拍攝的帕伊薩彩色寬銀幕電影。」《戰鬥》的記者亨利．馬尼昂寫道，他看完電影目瞪口呆，因「深處的台風」而心旌動搖。《法國的日子》也沒有落後，說這是部傑作，只有《改革》有一點疑問：「一部令人讚嘆的電影，有一點令人困惑，也許算是神創之作吧。」雷蒙．戈諾本人受瑪格麗特之託，在《巴黎新聞》②上讚揚說電影風格嚴謹，是一種帶有顛覆性的古典主義，並且對於哥哥—妹妹這對組合的描寫也非常細膩。很少有人掃大家的興。不過在《藝術》③上，埃里克．羅邁爾提出了一些批評：花費太大，耗資太高，太多的電影技巧，在導演方面缺少優雅，在拍攝自然風光時沒有給觀眾留下足夠的餘地。但是如果說克雷芒不是雷諾阿，不是卡贊也不是維斯孔蒂，他卻是第一個嘗試彩色電影和寬銀幕電影的人。「這對兄妹在半賣淫、愛的呼喚和理想之間的猶疑，對此不乏冷峻的描繪非常到位，在細節上準確無誤，雖然有些地方仍有公式化的痕跡，我們很高興又一次聽見了倫理學家克雷芒的聲音，自《里布瓦先生》以來就一直沉默著的聲音。」讓．杜都爾在《戰鬥》上發表了一篇名爲《青春期，我們以你的名義犯下了多少罪惡》的文章，也承認這是一部很美的電影，雖然「書很平淡，有點枯燥，人物說話滯澀，太多無聊之處。」至今電影仍然定期在電視上播出，可以算得上是古典主義風格的一部經典影

---

①《法蘭西觀察家》，一九五八年五月八日。
②《巴黎新聞》，一九五八年四月三十日。
③《藝術》，一九五八年五月七日。

片，受到美國電影的影響，和以往那種顯然與卡贊不無姻親關係的影片不同。芒加諾・皮金斯對於兄妹組合的完美演繹，至今也仍然能夠挑起肉慾的激情。亂倫之愛在一種永遠聯結在一起的舞蹈中得到了昇華。熱帶的酷暑，不舒服，壓抑的笑聲，電影有一些非常精采的片段，比如說淋浴和夜總會；至今，它仍然能夠讓人產生對美妙暴力的嚮往，還摻雜著懶洋洋的異國情調。

莒哈絲很快就擺脫了。在電影上映的十五天後，她在《快報》上宣稱，電影當然拍攝得很好，但是「小說的讀者也許會感到失望的」，她已經想到創作電影腳本的事情：「如果我要在銀幕上詮釋自己的另一部作品，我相信我會做好的，我對待自己的作品有很大的自由，而這正是別的改編者所不敢的。我相信說到底，改編者都是太忠實了。我可以為電影重寫這一段或那一段的場面，本著同樣的精神，卻似乎和原書沒有多大的關係。如果談到忠實，最主要的是風格的忠實。」①風格，她不久就找到了。《廣島之戀》的風格。沒有去過日本，也沒有讀過有關日本的資料，甚至沒有特別投入的研究，她說在生命的某些時刻，想要創作就不能工作。《廣島之戀》很快就證明了這一點。

關於這部電影的故事是一系列的偶然。阿爾戈電影公司的經理和創始人阿納托爾・多曼才攝製了一部《夜與霧》。阿蘭・雷內想要試著拍一部長膠電影。他有個計畫，是貝爾納・班果為他寫的，但是找不到買主。多曼那時正在和一家日本大公司談判，於是向阿蘭談起想拍一部關於廣島的紀錄片。題目都已經找到了，叫做「比卡杜」，在日文裡就是核爆炸發出的光的意思。阿蘭・雷內並沒有為這

---

①《快報》，一九五八年五月八日。

個想法所動，但是他還是請克里斯・瑪爾克乘船前來和他一道看看有沒有這個可能。①雷內看了關於這個主題的十多部片子，思考了六個月，對多曼說：「如果你要拍一部有關廣島的電影，還不如去買日本人的版權，瑪爾克和我都不能拍得比他們更好。需要做的是，」雷內補充道，「拍一部故事片，我們不能再拍這方面的紀錄片了。」於是多曼開始尋找電影劇本的作者。兩天後，他突然問雷內：「您願意和薩岡一道去日本嗎？」「可以，」雷內回答說，「我不認識她，不過我覺得她挺熱情的。」多曼考慮過西蒙娜・德・波伏瓦，但是最終還是選擇了薩岡，他見過她，於是他約她在皇家大橋酒吧見面，想把她介紹給阿蘭・雷內認識。他們等了好幾個鐘頭。薩岡忘了約會。「於是，」雷內接著說，「我提到了瑪格麗特・莒哈絲的名字。我才讀過她的《琴聲如訴》，立即對她一見鍾情，我曾經非常喜歡她的《塔吉尼亞的小馬》，我才看過《廣場》，很爲語言的音樂性所感動……再說我很欣賞維托里尼的《西西里島對話》，每天晚上都翻譯給同伴們聽。」在雷內看來，莒哈絲是個有「風格」的作家。他甚至想過拍《琴聲如訴》，而且不告訴她，等拍好了以後再給她看：「無論如何，我想和她聯繫上。」奧爾加・沃姆瑟充當了他們之間的信使。「讓他給我打電話。」莒哈絲對奧爾加說。她邀請他第二天一起喝茶。「不是茶，而是啤酒，」雷內說，「會面持續了五個小時。我們在一起玩得很開心。」他們很快達成一致意見，不拍紀錄片。可怕的核爆炸不是電影的第一主題。出發點是：自從原子彈爆炸後，這份恐懼是不是也同樣改變了我們的生活？

長談的三天後，瑪格麗特給雷內打了電話。「我寫了一段對話，您想讀一讀嗎？」「這是一個法國年輕女人和一個日本男人間的愛情對話，讀了以後我很激動。我聯繫了製片商。」我很快就同意

① 作者與阿蘭・雷內的談話，一九九七年十二月六日。

了，阿納托爾・多曼說。瑪格麗特開始快馬加鞭地工作，夜以繼日。雷內給她提供了一份提綱：「我明確地告訴她，我需要發生在不同階段的兩個不同的場面，其中一個是發生在里昂，在德占期間。我還堅持所有的都要用現代的。在我看來，電影的調子——最終——應該是永遠不能回頭的現在。」①在兩個多月的時間裡，電影腳本已經有了個大概，而對話也完成了一部分。

至於演員，雷內立刻想到了埃馬紐埃爾・里娃，他才看過她在米朔迪埃爾劇院和弗朗索瓦・佩里埃搭檔演出。這將是她第一次演電影。他用十六毫米膠片給她拍了段實驗性的默片。「給我留下了非常美妙的印象，」雷內回憶道，「我很快就拿去給瑪格麗特看，她也和我一樣顫慄了，一樣對她一見鍾情。」製片和埃馬紐埃爾簽了約。只剩下日本男人這個角色。由於經濟問題，他們不可能到日本去選演員。阿蘭・雷內只好根據照片來確定男主人公。他很快就要到日本去做電影的前期工作，他希望可以和他確定的演員見個面。他只是憑自己的直覺，在一百來號演員中挑中了一個。他迫不及待地約了這個演員見面：「我還不知道，我挑了東京最有文化的一個演員。第一個晚上我請他吃飯。他問我的第一個問題是：瑪格麗特的作品和存在主義作品有什麼不同？我放下心來。」

時間緊迫。雷內要求瑪格麗特要有兩種連貫性：一種是電影的連貫性，還有就是「不爲人所知」的連貫性。他要知道有關這個故事的一切，他即將在銀幕上所講述的這個故事以及不出現在銀幕上的故事。他想知道關於三個人物的一切：法國女人、日本男人和德國男人——他們的年輕時代以及他們在電影之後的未來。瑪格麗特於是按照他的要求做了三份傳記。「女人有可能成爲一個妓女。但是她可能會厭煩這個職業。她可能是出於惱恨才選擇這個職業。但是她一點也不惱恨，而是絕望。她已經

---

① 作者與阿蘭・雷內的談話，一九九六年二月四日。

沒有幻想，可同時她又沉浸在最高意義的幻想之中。她想討這個男人的喜歡，這樣才能和這個男人一起得到她所希冀的歡娛，但這不是她的全部。在她身上，體現了女性喜劇的結局。」①雷內「看著」這個女人在他眼皮底下漸漸立體起來。他接著要求瑪格麗特做一種關於畫面的預先評論，這樣可以使整個故事更爲清晰。他從日本寫信給她：「告訴我在她的記憶裡，內韋爾是怎樣的。」「於是，」瑪格麗特說，「我們兩人一起勾勒了內韋爾，想像著世界另一端的人應該怎麼看內韋爾。」②雷內知道他要什麼，也知道他想以何種方式把故事繼續下去。他向瑪格麗特提了很多問題，瑪格麗特很快都一一做了答覆。

製片商沒有想讓莒哈絲一塊兒去日本。雷內一個人走了，七月二十八日，進行電影的前期工作。場記西爾維・波德羅隨後就到。在飛機的舷梯前，雷內對多曼說：「如果這部片子拍不成，只要拍不成，我就立刻離開。」製片商給了他兩個月的時間完成前期製作，並讓他把日本的鏡頭拍好。他不是很放心，自忖在一個受到過核輻射的國家怎麼還能吃生魚片；他一個日本字都不懂，也不認識任何人。可無論在室外還是在自己的工作室內，他同樣都做得很好，並且通過他的確切性、職業水準和彬彬有禮征服了日本工作小組。他每天都將自己的心得告訴瑪格麗特，瑪格麗特則沉浸於其中，把一個又一個的電影鏡頭補充進腳本。他們先是通過通信合作的，還從來沒有在口頭上交換過意見。這種遠離對兩個人來說都有好處。莒哈絲解釋道：「首先，廣島令我感到害怕。接著，恰恰相反，它給了我激情。將一個主題從『灰燼』中挖掘出來，重建起來，這是第三層意義上的工作，既關係到自己——

① 電影備忘錄，現代出版檔案館檔案。
② 《畫面和聲音》，第一二八期。

已經忘卻了——也關係到別的已經忘卻的人。關於廣島我寫了幾千頁紙。怎麼辦呢？多虧了雷內，我發現將廣島從地下挖掘出來是可能的。至少，我們可以做點關於這個地方的什麼事。」①瑪格麗特有九個月的時間寫電影腳本。雷內只和她說了一點：「您只要負責文學的一面，不要管鏡頭的事。」但是莒哈絲沒有寫過電影劇本，對於應該如何進行一點概念也沒有。雷內讓她放心，讓她儘管往下寫，怎麼高興就怎麼寫。「來吧，我們是很有運氣的，可以拍一部成本不高的片子。」他總是對她這麼說。無論如何，迷信或悲觀主義，他從來不表現在他的電影上！冒個險吧，最多也就是承擔失敗的命運。他在東京寫信給她：「只要我們的電影在一家影院上映，那我們已經贏了。您想怎麼幹就怎麼幹，把我忘掉。」雷內帶著瑪格麗特薄薄的電影腳本出發去了日本，「顯然，劇本是遠遠不夠的」。她在製片的內部紀錄上寫了這樣的話——她一直用「我們」這個詞來表達她和雷內的親密合作，而接下去她甚至將自己完全和雷內混為一談：「我們希望把廣島寫成一個愛情故事。我們希望這個故事非常『美妙』，但是這是個在任何地方都可能發生的故事，儘管這一次它是發生在一個充斥著死亡威脅的地方。我們試圖讓這兩個人在地理上，哲學上，歷史上，經濟上，種族上都盡可能地離得遠些，越遠越好。在廣島這個地方，肉慾、愛情或者不幸似乎顯得比別的地方更真切。我們也許失敗了。但是我相信，這值得一試。」不管是在電影劇本作者的眼裡，還是在導演的眼裡，它都不應該是法日合作的產物。甚至按照他們的想像，影片最好是反日本的。在這點上影片取得了前所未有的成功，莒哈絲在紀錄中補充道：「《蝴蝶夫人》不再流行。《巴黎小姐》也是一樣。必須相信現代世界的平等作

---

①現代出版檔案館檔案。

用。」①

友誼和信任超越了大洋。所有的一切都像瑪格麗特在信中所想像的那樣：

親愛的瑪爾戈：

……在廣島的街道上都是一堆堆的木柴，就像在歐坦。河流就像盧瓦河那樣，輕霧中傳來鐘聲，混入海水的運河圍繞著內韋爾那樣的房子潺潺流過……還有山丘上的破廟，長得亂七八糟的荒草和賣紀念品的小店，有人在衣冠塚、在柵欄圍起來的市場和魚市前照相……重新種下的樹像是再也長不高了似的。還有用混凝土重建的寺廟的石碑。成千上萬的蓮花取代了以前水裡的石頭，在八月六日之前，水裡到處都是巨大的鯉魚。還有側牆被陽光烤得斑駁的市政府。

當她發現她所想像的和雷內即將拍攝的東西完全吻合時，她在巴黎高興得跳了起來。多曼回憶說她收到信時像個小姑娘一樣拍著巴掌，跳著舞，把他也拖進一種罕見的狂喜之中。需要聽到瑪格麗特的聲音和語調的雷內，叫莒哈絲把劇本錄在磁帶上。瑪格麗特從此以後同時用信和磁帶和他聯繫。「想想看吧，」他對她說，「那個男演員，他曾經在郊區的影院看過電影，他很善於搧人耳光，但是他遵從西方的禮節和人擁抱。」在她想像中，那個男演員應該很高，臉有點西方化，嘴唇的線條分明而生硬。「他的魅力尤其不能屬於那種『異國情調』的範圍，」她要求雷內說，「他的魅力應該一眼

① 現代出版檔案館檔案。

就被所有人看出，就像那類已臻成熟的男人。」「會這樣的，」雷內發電報給她說，「把下面的部分寄給我。」每天她都給他寄新的分鏡頭劇本：一共是三百五十七場。雷內每次都問她這一類的問題：

八月二十五日，阿蘭・雷內致瑪格麗特

「我堅持從事政治。」

「我一直不滿意（我很討厭，是不是？）您的回答，對於您來說，廣島究竟意味著什麼？」

「內韋爾有四萬的居民？」

瑪格麗特一直通過回信給予答覆。

在開拍前兩天，製片商發現預算已經超過了三分之一。雷內拍電報告訴瑪格麗特說他還是決定開拍，但要她想到，他不得不做出一定的犧牲：「我經常說最好是拍一部投資不多但主題有趣的電影，這好過在正常的拍攝時間裡拍一部警匪片。我不得不遵從我自己的準則。」瑪格麗特修改了劇本。演員岡田英二面對著鏡頭陳述台詞。有些對話不合適，雷內說。「關於廣島的對話太動情了，留下的餘地不夠：說到底我們有點不在乎。他們是黃種人。」瑪格麗特重新寫過。埃馬紐埃爾・里娃應該在八月二十日到達日本。剪輯應該在一個星期內完成。清賬或債務翻倍。雷內向瑪格麗特透露了自己的恐慌：「和里娃說，要她熟記台詞。這樣可以省下不少拍攝的時間。再讓她把腿毛拔乾淨。」瑪格麗特和埃馬紐埃爾一起在巴黎工作；在日本，雷內耐心地等待著。「我不會忘記，」他寫信給瑪格麗特，「在這裡度過的奇怪日子，每天我和您的聲音爲伴，再就是那兩個用來代替岡田和里娃的小木偶。在某種意義上，這讓我回想起在多明我修會的日子。在這兩種情況下我都沒有那種神秘的狂喜的感覺。但是無論如何讀到第四幕，我還是被感動了。觀眾也會的……」

里娃的戲拍得非常順利。雷內帶著他在日本的一班人回來了。原初的腳本裡沒有內韋爾的鏡頭。關於內韋爾的愛情故事，瑪格麗特是分開寫的，並沒有考慮到時間上的順序。「就像您已經做的那樣對畫面進行評述。」雷內對她說。內韋爾的鏡頭是一九五八年開拍的。做了好幾次。雷內記得熱拉爾·雅爾羅一直陪伴在瑪格麗特身邊，他幫助她，做出評論或提出建議，很有判斷力，瑪格麗特經常會採納他的意見。雷內希望電影有一段發生在第二次世界大戰的法國，女主人公和日本男人相遇時，腦子裡浸滿了關於前一次愛情的回憶。瑪格麗特編造了和德國士兵的愛情故事。內韋爾是一座適合愛情發生的城市。「愛情在這裡比在任何地方都要受到重視。」①莒哈絲在拍攝前的一篇文章裡明確道。一座想像中的內韋爾，衍生出了一段不可原諒的感情。恰恰是在戰爭結束以前，女主人公愛上了這個年輕的德國士兵。不顧一切地愛上了他，儘管感到羞愧和惡心。在樹林中，在穀倉裡，在廢墟上，在房間裡愛著。「我們在城牆後擁抱。靈魂上的死亡，當然，但是我感到一種難以名狀的幸福，我擁抱著我的敵人。」恐懼，歡娛和對死亡的等待摻雜在一起。「在內韋爾，」瑪格麗特寫道，「唯一的奇遇就是等待死亡。」被虐和羞恥成爲通向歡娛的唯一道路。莒哈絲堅持黑夜的主題，德軍占領時的沉沉黑夜，年輕女人被關在地窖裡無休止的黑夜，她第一次做愛之後的黑夜。

我們還能記起貝爾納·弗萊森——他飾演德國士兵一角——的溫柔眼神。就在他死前，她衝著他微笑。「是的，你看見了，我的愛，即便這樣，我們還是能微笑。」他被殺死了，她在他的屍體上躺

---

①《不爲人所見的顯然》，現代出版檔案館檔案。

了一天一夜。當他被拖進卡車，她還是想要他：瘋狂的慾望，想要和一個死去男人做愛的淫慾。於是他們要剪去她的頭髮。在我們的記憶中依然保留著埃馬紐埃爾・里娃將腦袋送到剪子下的溫柔姿態。剪光了頭髮以後，她還在等，一動不動。她害怕別人砍下她的腦袋嗎？瑪格麗特・莒哈絲參加了內韋爾的拍攝，她無法忍受這個鏡頭。她大叫著然後昏了過去。當我們看到這些場面，重新讀瑪格麗特關於內韋爾的描寫時，又如何能不想到她和戴瓦爾在戰爭期間的交往呢？再說，直至生命盡頭，儘管沒有任何證據，瑪格麗特一直認爲戴瓦爾是個德國人，因爲安全和做間諜的關係，僞裝成法國人的樣子。當瑪格麗特讓她的女主人公說「我的道德觀點很有問題」，說「我在撒謊，可我說的也是眞話」時，難道不是在吐露自己的嗎？當她讓埃馬紐埃爾說「我瘋狂地迷戀著惡毒。我覺得惡毒可以成爲眞正的職業」時，她是在展現自己的惡毒嗎？同樣的，關於剪頭髮這一段，我們如何能不想起發生在她好朋友貝蒂・費爾南德茲身上的事情，在解放以後，她遭到逮捕，被剪光了頭髮，在巴黎的街區遊街示衆？這個一直纏繞著她的貝蒂，後來又作爲主要人物之一出現在《情人》裡。只有理解了瑪格麗特想要澄清自己過去的慾望，才能懂得《廣島》裡的內韋爾，而雷內對其想像的回應確實令人讚嘆，他奇蹟般地進入了這個故事。然而雷內非常焦慮。他自問這些分散的因素如何才能構成一部電影。十分迷信的他，一直對瑪格麗特重複說：「我們做的不是一部眞正的電影。」他和亨利・科爾比以及雅斯明納・夏斯奈一道進行影片的剪輯，後兩者都沒有參加影片的拍攝。瑪格麗特經常去看他們工作。製片商要求他們一方面要爲電影找到合適的題目，另一方面寫一個電影的概述。瑪格麗特建議影片的題目叫做《廣島之戀》，並且最終做了這樣的註釋：「談論廣島是不可能的。人們所能做的只是談談不可能議論廣島的這件事。事情發生在一九五七年夏，觀衆應該清除腦子裡關於廣島的一切成見，走出關於廣島的記憶，準備接受電影通過兩個主角所講述的一切。」這正是電影所提出的問題：相似和可信的問題。一部眞正的影片還是一部虛假的紀錄片？雷內越來越多地考慮這個問題。在剪輯的時候，他決定試映幾場。他邀請了朋友們前來觀賞，所有的人在看了片子之後都肯定了這部片子的意義，但都說很難通過正常渠道公映。「這說明：我可以理解您的電影，但別人麼……」雷內解釋道，然後他又補充說，「實際上是音樂構建了電影，使得主題清晰起來。」

他：你在廣島什麼也沒看見。一無所見。

她：我什麼都看見了。

雷內在剪輯後就再也不看、不聽自己拍的片子了。他到處搜集意見。總共有三十四人看過連貫的片子。他們當然都提出了反對意見。長？太長了？不夠和平主義的一部影片？不夠尊重歷史記憶的工作？以情節取勝的瑪格麗特的作品不討大多數人的喜歡。「首先是過於突出的風格，讓人感覺很不習慣，」弗雷德里克．德．托瓦爾尼茨基是在最後一次剪輯前觀摩此片的人，他回憶說，「然後，電影部分的劃分很驚人，對話成了吟唱，銀幕上出現了一種抒情和押韻的詩歌。」於是雷內毫不猶豫地剪去了三十五分鐘！電影成了一小時五分鐘。但這樣一來根本沒有什麼內容了。雷內決定重新剪輯。在最後的版本裡，他只去掉了一分二十秒的鏡頭，決定就這樣了，不容任何討價還價。戛納電影節評委會向文化部和電影節組委會推荐由這部片子代表法國參展。但是組委會以五票對四票否決了這項提議，認爲該電影「不合時宜」。藉口是美國人會大爲震驚的！《夜與霧》同樣沒能進入戛納電影節，因爲可能會「不討德國人的喜歡」。可能會引起「廣島事件」嗎？

正如雷內說的，「這部電影成了犧牲品。它應該可以參加角逐的，但是也許是它的運氣不好。」

①勒內・克萊爾、羅伯特・羅色里尼、讓・高克多、克魯左、克洛德・夏布洛爾、弗朗索瓦・特呂弗、路易・馬勒爲這部電影高聲喝采。打亂了傳統的敘事結構，《廣島之戀》根據情感記憶的事件順序展開，將我們帶入一片燒焦的土地：在這片土地上，愛情是罪惡，對於自己的了解也是不可能的事情。莒哈絲式主題的傑作……和《琴聲如訴》一樣，角色在很大程度上取決於觀眾。必須拼起記憶的迷板，而這迷板也映照出了自己的故事。人物內心的游離仍然是作品的主題，從來都沒有離開過愛的行爲，正是這主題將分散的鏡頭粘合在一起。「你殺了我，你對我好。」戰爭的誘惑成了懲罰的源泉，惡的源泉，但也是歡娛的源泉。莒哈絲還是第一次涉及戰爭，雖然從一九四六年起她就在記事簿上描寫戰爭，但是一直等到一九八五年她才出版了《痛苦》，將這些年來的手稿拿去發表。《廣島之戀》裡的法國女人和《琴聲如訴》裡的安娜・德巴萊德有許多共同點：兩個人都知道愛男人，接近男人，到最後卻都在躲避男人。她們希望能夠全身心地投入，但是她們卻在不停地迴避。她們生活在夢境中，因爲夢幻而心不在焉，被夢幻所吸引卻沒有生活的能力。毫無用處的愛，令人窒息的愛，絕望的自由權力。生活就該懂得抹去自己，投入內心的空茫。在安娜・德巴萊德和《廣島之戀》裡的法國女人之後，勞兒・V・施泰茵成了這種暗暗的不願生存的慾望的具體代表。

《廣島》是一種訂購的工作。瑪格麗特說過，並且不斷重複道：如果沒有人向她訂購《廣島之戀》，也許她永遠不會寫關於廣島的作品。她是在寫關於廣島的故事嗎，還是在繼續寫她致命的愛情，只不過把她的人物放在了這個叫做廣島的地方？事實總是超越故事的。雷內到廣島的時候，他乘著一輛旅遊車去觀光。在高音喇叭裡，吉爾貝・貝果在唱一首情歌，和導遊的話摻和在一起……「你

---

①作者與阿蘭・雷內的談話，一九九六年二月四日。

在廣島什麼也沒有看見。」這句台詞傳遍了世界。在一九六九年，瑪格麗特・莒哈絲曾在電台做過一次節目，她解釋道：「她所想說的是，對我來說，你什麼也看不見，什麼也寫不了，關於這個事件你什麼也不能說。這部電影的出發點正是沒有辦法說這一事實。」①雷內非常尊重瑪格麗特・莒哈絲的作品，到了斤斤計較，手中握著秒表的地步，因爲他要按照「《琴聲如訴》裡那種莒哈絲式的節奏」進行。電影的動人之處主要取決於導演和剪輯藝術。「他的謙虛給他帶來了痛苦，我可以肯定地說，阿蘭・雷內才是自己導演的那些電影的眞正作者。」今天，多曼如是說道。誰會懷疑呢？角色的分配是公正無私的，完全的信任，成功很快就成了眞正的勝利。

在巴黎電影首輪放映了六個月，接著是在倫敦，在布魯塞爾。在法國它擁有二十五萬多名觀眾。這對於一部「難以理解」的電影來說可謂是個奇蹟。在德國它也取得了空前的勝利，在義大利擊敗了《拉斯特拉達》，在特拉維夫造成了不幸，在雅典得到了獎項，南美很多國家，甚至美國都購買了《廣島之戀》的版權。在紐約、洛杉磯和芝加哥，它的票房甚至遠遠超過了美國電影！

在電影的片頭字幕上，出現了熱拉爾・雅爾羅的名字，他是該片的文學顧問。在一九六〇年出版的《廣島之戀》的前言裡，瑪格麗特寫道：「我遺憾地把這項工作交給出版社，因爲我沒能用上我們——一方面是雷內和我，另一方面是熱拉爾・雅爾羅，還有雷內、雅爾羅和我三人一起——幾乎每天分析腳本的談話內容來充實它。」雷內也證實了雅爾羅確實在心理平衡上起了重要作用——瑪格麗特因他而避免了失去控制，而且他還經常嘲笑她在公眾面前的自戀，那時瑪格麗特還很相信他的職業能力。

---

①《話語的癡迷》，見上述引文。

在那時的一張照片上，我們可以看見瑪格麗特站在海灘上，風吹起她的頭髮，齊腿肚的小腿褲高高捲起，露出曬成棕色的腿，微笑著，面容煥發，眼神活潑。旁邊是雅爾羅，雙手插在口袋裡，像往常一樣，裝出一副冷漠的神態。瑪格麗特仍然和迪奧尼斯住在一起，她也仍然在爲晚上到聖伯努瓦街的同伴做晚飯，圍繞著她的越南菜又重新營造了一個新圈子。雅爾羅過著雙重生活，一面是他的家庭——他非常愛他的妻子和孩子，一面是里沃利街的單身公寓。各人有各人的生活，但是大家都知道我們在一起。瑪格麗特說。雅爾羅當然同意。他們兩個人經常在一起喝得酩酊大醉，開著車在海邊兜風，相守愛情，在義大利或聖托佩茲度假。雅爾羅十分細膩，特別，溫柔，敏感。「我愛他愛得發瘋」，瑪格麗特對她的一位女朋友說。雅爾羅因爲報導的緣故，經常出差，他善於在最後一刻消失，不給任何解釋地離去。瑪格麗特只好等他，就像日後等揚那樣，絕望地守候著漫漫長夜。她越來越迷戀雅爾羅。她的朋友瑪德萊娜·阿蘭斯驚奇地看著她把自己關在房間裡，就爲了等雅爾羅一個或然可能的電話。「她成了一個順從的女人。作爲交換，他要求她在文人圈子裡給予他保護。」①雅爾羅的同伴卻早已深知他的爲人。聖日耳曼—德普雷酒館裡的人都知道：雅爾羅是個標準的唐璜，性遊戲的鬥手，他一直以自己征服過的女人的質量和數量爲炫耀的資本。瑪格麗特卻是最後一個知道這件事的。

雅爾羅漸漸地被瑪格麗特的圈子接受了：莫尼克和羅伯特·安泰爾姆欣賞他這種懶洋洋的勁頭和他的幽默，路易—勒內·德弗萊喜歡他的魅力和輕薄，阿蘭·雷內喜歡和他討論問題，總是誇讚他活潑、聰明；米歇爾·米特拉尼也被他的外表欺騙住了，他看上去既像鬥士又像聖日耳曼—德普雷的知

① 作者與瑪德萊娜·阿蘭斯的談話，一九九五年九月十八日。

識分子，才脫離存在主義，對知識有一種渴求，可以和人整夜整夜地談論克爾凱郭爾以及遠東的哲學。但是熱拉爾．雅爾羅撒謊。正如他妻子非常簡潔的概括一樣：熱拉爾有謊語癖。熱拉爾在任何事情上都要撒謊，卻什麼也不爲，每時每刻，他自己都不知道自己在撒謊。瑪格麗特才發現他這一點的時候簡直要瘋了。無法改變他。接著，她試著妥協。雅爾羅悲劇性地死去之後，瑪格麗特很久都不能走出這個陰影。她幾次想要爲他寫一本書，卻始終寫不出來，甚至書的題目她都想好了，叫《被欺騙的男人》。

他每時每刻都在撒謊，對所有的人撒謊，編造自己的生活。早在眞實的話語形成之前，謊言就已經到了他的唇邊。他甚至感覺不到謊言的經過。他不會在波德萊爾或喬伊斯的問題上撒謊，也不會是爲了炫耀或讓別人相信他曾有過的奇遇而撒謊！不，不是這方面的。他在羊毛衫的價格上撒謊，地鐵的路線，電影的場次，和同伴的會面，某次談話，完整的旅行，城市的名字，還有他的家庭，他的母親，他的侄子。就是這類無足輕重的事情。①

路易—勒內．德弗萊證實了這一點，他補充說：「但是瑪格麗特和他一樣善於撒謊。他們互相欺騙。這是一種令人難以置信的關係。他就是謊言的具體代表，但是我喜歡他這樣。我還記得我們曾打算一起到多洛米蒂山去旅行。我和瑪格麗特在一起，本來和雅爾羅約好在羅馬碰頭。下著大雨，我們

①《外面的世界》，頁一〇六。

白等了好幾天。他根本沒打算來。」①雅爾羅嘲笑一切，眞理，愛情和死亡；他只尊重唐璜和作家。在他眼裡，瑪格麗特是個情人，但也是一個他喜歡和欣賞的作家。和她在一起，他創作了兩個劇本，都簽上了兩個人的名字：《如此漫長的缺席》和《沒有奇蹟》，都是在一九六三年完成的，電影後來分別由亨利・科爾比和米歇爾・米特拉尼執導出品。雅爾羅在伽利瑪出版的兩部小說，《白色的武器》和《糟糕的地方》都由瑪格麗特改寫成了劇本，但是盡管他們盡了一切努力，兩個劇本卻始終只能留在抽屜裡。

他們喜歡在一起工作。《如此漫長的缺席》手稿的不同階段——瑪格麗特後來否定了這次創作，說劇本非常糟糕——可以證明他們當時的合作情況，兩個人都積極地參與了合作，劇本完全是合寫的。總的來說，雅爾羅提供出發點。瑪格麗特不斷地和他說，講故事給他聽，最後留下一個，《英國情人》就是這麼來的，出發點是一個眞實的雜聞，一對退休的老夫妻把他們的啞巴表姐給殺了，是雅爾羅告訴瑪格麗特的。《如此漫長的缺席》的故事情節也是一樣，艾娃・雅爾羅有一天從收音機裡聽到了這個故事，於是就講給丈夫聽。熱拉爾・雅爾羅寫了下來，瑪格麗特修改。他又重寫，瑪格麗特進行壓縮，整理上下文的關係。兩人共有的文體從此誕生了：短促的句子，重複的運用，語言上的創新，一種迭句式的寫作，間奏式的寫作。

瑪格麗特寫了很多。她又恢復了自信。迪奧尼斯和羅伯特從今以後都不可能碰她的稿子了；只等出版以後她才把書送給他們。雅爾羅無論如何算不上是良師益友。他欣賞她，根本不會批評她；他讓她放心。瑪格麗特覺得自己不再在「她的男人」監督之下了。這時，錢也從天而降，《太平洋防波

① 作者與路易—勒內・德弗萊的談話，一九九五年二月十八日。

堤》的電影版權第一次讓她得到了經濟上的獨立。她曾經與羅伯特和迪奧尼斯分享一切，現在，終於可以實現小女孩時的夢想：給自己買一間大房子。這就是諾夫勒城堡，洞穴，避處，同時又是一個極度沉淪，無上快樂的地方，她在這裡寫了《娜塔麗·格朗熱》、《勞兒之劫》和《副領事》。這個城堡遭遇過一切，首先是瑪格麗特最感興趣的：孤獨。孤獨到令人顫抖的地步，孤獨得在床上喝下一升的紅酒，好讓自己蜷縮在床單裡睡去，孤獨得看著一隻蒼蠅在牆壁上掙扎著死去而眼淚汪汪，孤獨，清晨起床的時候，哆哆嗦嗦地在紙上寫下夜晚的感受。她孤獨一人看著滿月時分，下面的玫瑰花披上一層乳白色的外衣，也只有她一個人知道去打開櫥子的抽屜，找到一件過去女主人帶血的內衣，她一個人把土豆非　湯熱了又熱，好讓家裡有點暖氣。冬天，七點鐘，她像個農婦，一邊吃奶酪，一邊想像米什萊筆下的巫婆正在花園深處遊蕩，想像樹在說話交談。她和她自己在一起，終於找尋到的自我，這座房子生就屬於她，它終於接納了她，在四十四歲的時候，給她頭頂一片遮風擋雨的瓦，給了她大自然的享受。沒有颱風，沒有海潮，沒有蝦兵蟹將吞噬房基。童年的噩夢尚未遠離，但是小女孩的恐懼，那種唯恐母親的房子有一天會被沒收的擔心似乎可以沉睡了。終於，瑪格麗特可以把自己關在房裡，覺得自己受到了保護，再也不用害怕了。可憐的小女孩，從一個地方輾轉到另一個地方，住在公務員的房子裡，唯一的避處就是樓梯下的那個小角落，這一回，這個小女孩成了產業主。「我喜歡諾夫勒。我沒有故土，而這就是我的故土。可以盡情歡笑的故土，似乎它生來就是為了等我的。」①她還希望這也是她孩子的房子。她的願望得到了滿足，直到今天，她的兒子仍然住在這裡。

瑪格麗特，誠如我們大家都清楚的，喜歡誇張。諾夫勒是一座鄉間的房子，在我們那時稱之為塞

---

①《外面的世界》，頁一一九。

納——瓦茲省的地方，離國家公路不遠。有一定的特色，就像專門的摺疊說明書所說的，但是瑪格麗特的諾夫勒不能僅僅滿足於普通的諾夫勒，這座鄉間的房子也不能像別的房子一樣。首先，這是一座一年四季都有人住的房子，她是在這裡安家，而不是風一樣地來來去去。在這個地方能感覺到她的存在，非常強烈地感覺到。其次——所有人都承認——瑪格麗特有整理房子的天賦。瑪格麗特曾經想重建諾夫勒城堡。她去了凡爾塞市政府，想要了解歷代業主的情況，她查了檔案，一直上溯到房子初建的時代。她只收集到一點零碎的資料：大革命時代是農民住在裡面，遇到了饑荒，他們就在房子前的地上播種種糧，德國入侵法國時，德國人沒收了房子。開始她先著手把房子整理得可愛一點，受歡迎一點，她要讓自己融入這個地方，接著讓這個地方感受到她的圈子的存在：讓這座房子成爲她內心世界的自然舞台。在《瑪格麗特的領地》裡，她和米歇爾．波爾特說，她在任何一個地方都沒有在諾夫勒城堡住得多。「我似乎就出生在這裡，我把這個地方完全看成是自己的，簡直就覺得，它自……自我存在以前就已經屬於我了，在我出生以前。」窗子朝著公園、池塘、森林，還有附近的一所學校。村莊就是這座房子的延伸部分。她經常出去，白天，夜裡。和雅爾羅一起，他們深更半夜去逛咖啡館，在吧台前喝得爛醉，直至倒下。有一天，下午的時候，她和雅爾羅在樓下做愛，沒有拉窗簾。村裡的年輕人在看他們。她抬起眼睛，也看見了他們。她從來沒有忘記過這些年輕人。很長時間以後，她還說想殺了他們。

雅爾羅喜歡這座房子。他甚至建議她離開巴黎，說要和她一起在這裡生活，兩個人一道關在諾夫勒城堡裡。眞可怕，瑪格麗特說，每個周末和假期，城堡都要對那些老朋友敞開大門；羅伯特和莫尼克．安泰爾姆，迪奧尼斯和他的妻子索朗日，愛德加．莫蘭，路易．勒內．德弗萊和其他人……其他所有人。迪奧尼斯霸占了花園，他是一個出色的園藝師：他種芍藥和古典玫瑰，他確實建造了一座迷人的花園，後來，瑪格麗特和他吵了一架後，乾脆把這花園完全讓給他了。從來沒有插過手的瑪格麗特寫道：「玫瑰繼續在蔓延；這會兒共有九萬朵玫瑰，簡直要把我給殺了。」①諾夫勒還有貓，很多很多的貓，都是在路邊撿來的，沒人要的，自己找上門來要飯的。還有墊子，很多很多的墊子，沙發上，桌子上，有很多很多的桌子，乾燥花，凋謝的花——在這裡和在聖伯努瓦街一樣，花不能扔在垃圾箱裡，這是一條原則，刺 的桌布，瑪格麗特從最喜歡逛的舊貨商店買來的別致檯燈。藍色的櫃子是她用來放手稿的，後來她忘記了它們的存在。這裡成夜都亮著燈，晚上搭起來的床白天再拆掉，還有一架走音的鋼琴，誰都可以來彈，後來這架鋼琴被錄進了《娜塔麗·格朗熱》裡。外面像是一座莊園，裡面，她的布置給人一種度假村的感覺，一切都顯得那麼輕盈：白藤的家具——殖民地的異國情調——菘藍色的布料。每個人都選擇了他的房間：放鋼琴的房間，有壁爐的房間，飯廳，間間相通。房子裡可以聽到森林裡的鳥叫，放學時孩子的叫聲，公路上的汽車聲。春天可以欣賞盛開的芍藥花，冬天可以在霧中沿著莫爾德勒河散步。「在這座房子裡，到處都暢通無阻。是的，可以方便地來來去去。而且還有走廊。在那裡，既有千年古樹，也有才種下不久的新樹。有落葉松，有蘋果樹，有李樹，一棵胡桃樹和一棵櫻桃樹。杏樹死了。我的房間前就是那株大西洋人的玫瑰。一棵柳樹。還有日本的小櫻桃，鳶尾花。在音樂房的窗下，有株茶花，那是迪奧尼斯·馬斯科羅爲我種的。」②

但是，瑪格麗特到了晚年卻不常住在諾夫勒了，即便去也只待一個下午或一個晚上，過客一般，然後就走了。據說她是害怕自己放置的那許多東西，而她現在如果不被邀請參加宴會，她會感到厭

①《綠眼睛》，頁一八。
②《物質生活》，頁八二。

煩，很厭煩，所以總是要動個不停。瑪格麗特更喜歡大海，退潮時分一望無邊的海灘，灰色的沙礫，海天連成一片。她先是對多城一見鍾情。一九二四年她是第一次去，就在她完成那篇一直沒有答辯的法學論文以後，她開著掀蓋的福特車。在她眼裡，多城是個奇怪的地方，舊時的建築，空曠的街道，大海拍打著岸邊的岩壁，荒蕪的田地。很快，她就愛上了這海邊一角，愛上了如此透明的陽光和那一排小山坡。但是一直到一九六三年她才在特魯維爾買了一座公寓，彼時她仍然和雅爾羅在一起。海邊的一座公寓。在公寓裡看不見大海，必須在窗前俯下身或者乾脆走出去才能看見大海。但是可以聽見海的聲音，就像脈搏的跳動，喜歡下樓觀賞大海的瑪格麗特說。她的童年就是在海邊度過的。她筆下的人物經常在夜晚的海灘上閑逛。她母親曾試圖建造一座堤壩。母親認爲人可以與自然鬥爭。小女孩知道戰鬥的結果。「大海讓我感到很害怕，這是我在這世界上最怕的東西……我的噩夢，我可怕的夢魘總是和海潮有關，夢見自己被海水吞噬了。」①在特魯維爾，她第一次發現了西方的大海，在她的作品裡，這是個充滿野性、荒涼的地方，只有風和海潮。但是，等她成了一個老婦人的時候，她卻在這裡找到了安寧和某種從容；她在這裡等揚，她生命裡的最後一個男人。「特魯維爾，現在它是我的家。它取代了諾夫勒和巴黎。我是在這裡認識揚的。」②特魯維爾的灰色夏天，特魯維爾明亮的秋天，幻覺，擺脫不開的幻覺和稍稍加以控制的幻覺。朋友也到這裡來，布爾·奧吉埃、熱羅姆·蘭登、埃馬紐埃爾·里娃。但是在特魯維爾，她更喜歡關上門，切斷電話，不再在這裡等待任何人。

她知道櫃子裡擺滿了紅酒和甜的利口酒。等待。驚訝自己竟還活著。發現每天太陽照舊升起。諾

①《瑪格麗特·莒哈絲的領地》，見上述引文，頁八五。

②作者與瑪格麗特·莒哈絲的談話，一九九五年三月八日。

夫勒然後是特魯維爾，相繼成了她的寫作實驗室。瑪格麗特總是在夜晚走進實驗室，毫無顧忌，尋找著內心的影子。在這裡她遠離人群，拋下一切指南，忘記所有的寫作理論，充滿力量地投入這片尚未繪製到地圖裡的領土。

但是，在這一年，在一九六〇年，她一離開諾夫勒的房子便立即置身於政治漩渦。「我不知道，」她說，「還有什麼比搞政治或者說按照自己的意願去搞政治更幸福、更令人心醉神迷的事情了。」[①]她明確贊成阿爾及利亞獨立的幸福。《七月十四日》的合作者們早已介入了阿爾及利亞事件，而這次不服從權利宣言，更是將知識分子的反抗具體推進了一步。無與倫比的幸福，迪奧尼斯也說，體會到團結的力量的幸福，擁有一個革命的未來，和壓制思想自由鬥爭的幸福。[②]瑪格麗特重新全身心地投身於集體之中，和大家一起思想，一起行動，這是怎樣快樂而美麗的事情啊。一二一宣言成爲知識分子反抗「法屬阿爾及利亞」的重要行動之一，這的確是集體的聲音。甚至在德雷弗斯事件中，知識分子內部也分爲幾派，有的以政客的面目出現，有的是以協會的名義行動，還有公眾輿論這一邊。但是在一九六〇年沒有這樣的情況，迪奧尼斯強調說，他和莫里斯・布朗肖是當時的主要煽動者。整個民族都沉浸在一種不快之中，任何一個政權機構，學術機構，政黨組織，道德或文化組織都無法給予答覆。[③]簽名者不無驚訝地發現，他們才是唯一的權威……

在起草宣言之前，迪奧尼斯和瑪格麗特已經具體參與了阿爾及利亞獨立解放事業：他們曾在聖伯努瓦街的壁爐裡藏過阿爾及利亞民族陣線的經費；他們給阿爾及利亞人送過箱子，藏過因此遭到追捕

① 《物質生活》，頁八二。
② 作者與迪奧尼斯・馬斯科羅的談話，一九九五年五月十七日。
③ 作者與迪奧尼斯・馬斯科羅的談話，一九九六年一月十八日。

的人。瑪德萊娜・維隆時任巴黎律師事務所的律師，也是親阿爾及利亞民族陣線的鬥士，她長期以來受到威脅國家安全的指控，被國家安全部門嚴格監控。她回憶說，每一次她請求瑪格麗特「幫忙」時，瑪格麗特都毫不猶豫。瑪格麗特的公寓是個中心。「在聖伯努瓦街有很多基金，他們在巴黎發放這些基金。那時我負責送箱子。有一次我在送箱子時被跟　了，遭到了搜查，可怕極了。」瑪格麗特有一次對露絲・佩羅說。

起草宣言之前大家討論了很久。《七月十四日》第三期上發表了一篇舒斯特、布勒東、布朗肖和馬斯科羅共同擬定的知識分子問卷調查及調查報告。這實際上已經發出了反抗的號召。一九六〇年六月間，這篇報告有十五到十六個版本在流傳。最後的題目是莫里斯・布朗肖定的，叫《不服從阿爾及利亞戰爭權利宣言》，以代替原來的《致公共輿論》，他在一九六〇年六月二十六日寫給迪奧尼斯・馬斯科羅的這封信可以證明：

> 不服從，這個詞本身有點狹隘。我們本可以將它補充完整或者說得更直接一些：不服從的權利和逃脫阿爾及利亞戰爭的權利。但是不服從在我看來似乎足夠嚴謹了。不服從是對軍事義務的拒絕。從這一點出發，這份態度可以具體轉化成不同的行動——逃脫——從內心逃脫——逃脫到局外，在敵人面前逃脫，逃脫到敵人陣營中去。這個詞可以包括一切或然的解釋。這個題目，我相信，好就好在一目了然。①

① 迪奧尼斯・馬斯科羅遺贈。現代出版檔案館檔案。

文章先是在法國流傳，後來流傳到了整個歐洲。七月初，它還只收到二十幾份同意的回執，但已經確定下來不再修改。油印了兩百冊以後，文章隨著第一張簽名名單一道散發，從一個人手中傳到另一個人的手中。瑪格麗特的名字也出現在這張名單上，還有安德烈・皮耶・德・芒迪亞居、特里斯當・查拉、阿蘭・羅布・格里耶、讓・皮耶・維爾南、熱羅姆・蘭登、克里斯迪亞娜・羅什弗爾、西蒙娜・德・波伏瓦、阿爾杜爾・阿達莫夫，當然更少不了莫里斯・布朗肖、羅伯特・安泰爾姆、迪奧尼斯・馬斯科羅和熱拉爾・雅爾羅。瑪格麗特負責和簽名者及傳播者聯繫。《快報》的讓・達尼埃爾也是簽名者之一，他至今還能記起當時的場面①：「有一天，瑪格麗特到我在《快報》的小辦公室來，帶著一種不由分說的神氣，迷人極了。迪奧尼斯・馬斯科羅陪著她，他的臉很像希臘人，長髮，好像赫爾墨斯神一樣，不太說話，總是保持一定的距離。瑪格麗特對我說她要給我看的文章，和我所寫的關於阿爾及利亞的文章是一致的，說我寫的東西對大多數簽名者影響很大。她急於知道我究竟如何往返於突尼斯的阿爾及利亞民族陣線參謀部，和遭到法國軍隊鎮壓的阿爾及利亞的其他城市之間。她知道我在阿爾及利亞問題上和加繆的意見不一致。我對她用『您』，她則對我用『你』：『這對你來說應當是件很痛苦的事情，你這麼喜歡加繆。』我承認我的確很喜歡加繆。她轉向馬斯科羅說：『我們都很喜歡他。尤其是羅伯特。』她所說的羅伯特當然是羅伯特・安泰爾姆，他是第一個把瑪格麗特的稿子送給加繆過目的。也是羅伯特・安泰爾姆對加繆說『如果我們不重視她的書，瑪格麗特完全有可能自殺。』我接過一二一宣言。我立即談了我在阿爾及爾的朋友，進步的法國人士會怎樣來看待這篇文章。不服從？同意，但是我們能夠拋下在阿爾及利亞的法國人不管嗎？拋下一百萬男女老

① 作者與讓・達尼埃爾的談話，一九九六年二月八日，一九九八年讓・達尼埃爾整理成文。

少，任憑他們置身於阿爾及利亞民族陣線的恐怖行爲之中嗎？獨立，這是可以商量的。我對瑪格麗特說我可以簽名，只要補充幾行關於這些法國人命運的文字，他們並不是種族主義和殖民統治的罪魁禍首呀。瑪格麗特有點困惑，她問我在阿爾及利亞是不是有家人。是的，我有。但是問題不僅僅是在這裡。她對我說：『給我一點時間。』她和馬斯科羅離開了一會兒。但是離得不遠，我基本上可以聽到她所說的話。她對馬斯科羅說她理解我。設身處地地想一想，確實不能把所有的法國人都歸結爲殖民主義者。她說在印度支那就有很多接近民族主義和革命派的法國家庭。她走回我身邊，對我說：『我們同意。你想說的這些話，你自己寫上去吧。』她擁抱了我。馬斯科羅一句話也沒說。他勉強地和我握了握手。兩天過去了。瑪格麗特給我打了個電話。不能修改文章。迪奧尼斯把新的宣言交給薩特，薩特說：『給卡斯托爾看看。』那個卡斯托爾不同意。迪奧尼斯於是決定不做任何修改。時間緊迫，我們已經無法後退了，瑪格麗特抱歉地說。但是她還是堅持讓我簽名，我拒絕了。她重複說她能夠理解我，後來她每次向我提起這件事，都是想讓我知道她當時是站在我這一邊的。讓・戈告訴過我，瑪格麗特的確盡力了，她想說服第一批簽名者考慮一下在阿爾及利亞的法國人的權利，但是沒用。」

「這眞是天才之舉，這份東西，非常美妙，簡直不能不簽名，而且是立即不假思索地簽名，否則將是歷史的遲到。它影響了所有人，也包括那些沒有簽名的人。」①一九八五年十月瑪格麗特說，宣言的簽名活動遭到了鎮壓，先是辱罵，後來部長會議也介入了。那些所謂「宣傳逃脫」的人從今以後禁止在電台或電視台以及收到政府補貼的戲劇界露面。文化部長馬爾羅發了一份通告，表示「對於由簽名藝術家參加拍攝的電影，國家拒絕給予任何經濟資助。」這些措辭含糊的舉措卻收到了相反的效

①《解放報》，一九八五年十月一日。

果：在法國，宣言的追隨者隊伍一下子擴大了。動盪在一九六〇年九月五日軍事法庭準備起訴讓森時達到了高潮。弗朗西斯・讓森是一九五五年出版的《法律之外的阿爾及利亞》一書的作者，也是《當代》雜誌的編輯。他從一九五六年就開始接觸阿爾及利亞民族陣線，是他們最早的合作者之一。他組織了一個地下網絡，負責掩護，幫助民族陣線的成員，同時替他們籌集資金。巴黎在謠傳他們要暴動。讓森到瑞士避難去了，瑪格麗特和她的左派反對黨一樣，認爲法西斯主義又重新在叩響法國的大門，右派認爲放棄法國在阿爾及利亞的主權是不對的。一張反知識分子的宣言也在流傳，率先簽名的當然有亨利・波爾多、皮耶・加克索特。它痛斥了這些「教唆背叛的人」的罪惡行徑，說他們是幫助祖國叛徒弗朗西斯・讓森的罪魁，要求讓森到庭受審。讓森事件更煽動起了大家的情緒，左右兩派狹路相逢，分外眼紅。洛朗・仲馬回憶說大家排了好幾個小時的隊，都想到庭聽審。他們一窩蜂地湧向法庭，簡直像是把法庭當成了戲院。被告並不否認法庭對他們的指控，但是想要將辯論擴展成兩派之間的戰爭。被控方提出了他們的道德證人，作爲證人之一的讓—保爾・薩特寄了封信給法庭，信在法庭上得到了宣讀，除了他之外，還有二十來個其他證人，包括克洛德・羅伊、讓・布雍、娜塔麗・薩洛特、克洛德・朗茲曼、熱羅姆・蘭登，他們都是出庭作證的。①瑪格麗特因爲無法前來作證，讓人送了封信給簽名者的律師洛朗・仲馬，他也當庭宣讀了這封信：

一九六〇年九月二十日，星期二

洛朗・仲馬律師啓

---

①見《第四共和國時期的阿爾及利亞戰爭》。

親愛的律師：

我由於要送兒子去學校，不得不今天出發去上盧瓦河省。以下是我的證詞，我希望您能將它轉交給巴黎武裝部隊法庭的主審法官：

首先，我要向站在被告席上的男男女女致敬。

在今天，我堅持重申我簽署不服從阿爾及利亞戰爭權利宣言的立場。我堅持重複最後的這幾句話：我尊重拒絕拿起武器對待阿爾及利亞人民的決定，並且認爲這是正義的行爲。我尊重那些認爲應該幫助和保護阿爾及利亞人民的法國人，阿爾及利亞人正受到所謂法國人民的壓迫，我認爲這些法國人才是正義的。我將阿爾及利亞人民的解放事業看成是所有自由人的事業，因爲他們爲摧毀殖民體系做出了決定性的貢獻。

和法庭一樣，也許，我對戰爭的恐怖感到惋惜。但是，這既然已經是場戰爭了，誰又會認爲只有法國享有製造戰爭恐怖的特權？

這場戰爭的確非常恐怖。但在這場戰爭中，兩方只有一方有權堅持下去。在代代相傳的主人的打擊和蔑視下，奴隸終於反抗了，也通過鬥爭來回答這麼多年的壓迫，那麼，究竟誰是這個暴力的罪魁禍首？誰能夠說不是主人？而如果主人被殺死了，誰又能說他不該對自己的死亡負有責任？

有些人堅持說：「你們沒有到過阿爾及利亞」，這樣說有什麼意義呢？

二戰期間，我也沒有到過德國，但我和很多沒有到過德國的人一樣，知道德國有集中營。我還知道一九四七年在馬達加斯加發生過大屠殺（八萬馬達加斯加人死於屠殺），知道一九四五年在君士坦丁堡也發生過大屠殺（四萬五千人死於屠殺）。

我是出生在印度支那的法國人。我還能回憶得起我們祖父建立的所謂和平共處的殖民共同體。

從根本上說，都是同樣的蔑視。壓迫也總是建立在這同樣的蔑視之上的。

如何能夠永遠地忍受這一份蔑視？

其他的民族，爲了世界各民族的歡樂，已經在自尊前讓了步，達成了和平的共識。

可我們拒絕戰勝自尊，正是這份拒絕，讓多少阿爾及利亞人死於非命，其比例與法國在二戰期間死亡比例大致相當。

我們還打算讓多少阿爾及利亞人爲了他們的自由付出生命？

瑪格麗特・莒哈絲

面對軍事法庭的法官，仲馬律師是這樣結束他的辯詞的：「我希望一百年或者一百五十年後，當大家談論起你們此時的所作所爲時，可以這樣說：『他們的態度是可以理解的，雖然我們不知道那時支配他們的究竟是怎樣的感情，是從名譽的角度還是從歷史的角度。』」最後，十四人被判十年監禁，三人接受其他刑罰制裁，九人被宣判無罪釋放。在這段日子裡，瑪格麗特又重新開始抵抗，並且用的就是這個詞。解放時她已經對戴高樂懷有仇恨，此時仇恨更是急劇上升。在她眼裡，戴高樂不僅是個獨裁者，還喜歡撒謊。在阿爾及利亞戰爭上，歷史確實讓戴高樂犯了錯誤。瑪格麗特是有道理的。在她看來，首先是戴高樂清算了抵抗組織，他在一九四五年解散了愛國武裝。並且，戴高樂也不是阿爾及利亞和平的締造者，他出於個人的策略，對所有人，包括他自己撒了謊，他之所以後來會一步步地退讓，唯一的因素不過是想鞏固自己的政權。

對於迪奧尼斯・馬斯科羅、讓・舒斯特和莫里斯・布朗肖，一二一宣言還僅僅是個開頭。《七月十四日》由於經濟上的困難已經停刊了，當務之急是找一本新的雜誌，傳播新的眞理。正是在這種情況下，誕生了籌辦《國際雜誌》的想法，同時用義大利語、德語和法語出版。義大利由艾里奧・維托里尼、皮耶・波羅・帕索里尼、意塔洛・卡爾維諾和阿爾貝托・莫拉維亞負責；在德國，馬丁・瓦爾澤、根特・格拉斯、安吉巴爾・巴赫曼很快就同意合作，並和法國的編輯小組見了面，法國小組已經轟轟烈烈地行動起來了，莫里斯・布朗肖、迪奧尼斯・馬斯科羅、路易・勒內・德弗萊、莫里斯・納多、羅蘭・巴特、米歇爾・雷里斯，當然還有瑪格麗特正不遺餘力地爲雜誌最終得以出版而努力。但是，儘管這些歐洲的知識分子雄心勃勃地想要辦成自己的雜誌，雜誌卻只出了一期就停刊了，這一期也是在義大利出的，插在一家報紙裡，並且報社說下不爲例……因爲缺少資金和宣傳，雜誌胎死腹中。迪奧尼斯精心編排的文章未見天日就夭折了。但是聖伯努瓦街的討論和此時的論戰成了六八風暴的前兆，在某種程度上可以算是它的前胚胎狀態……

然而瑪格麗特需要錢。爲了購置諾夫勒城堡，她向蒂諾德・洛朗蒂斯借了不少，日子很拮据，到了月底往往入不敷出。加斯東・伽利瑪建議她將《廣島之戀》的電影腳本放到出版社來出。儘管非常尷尬，她還是在一九五九年十二月二十三日寫信答覆了他：「如果我和阿蘭・雷內商量妥當後決定出版《廣島之戀》的話，這本書當然應該是您的。但是問題在於，應該怎麼跟您說呢？問題在於我們覺得這樣做有點厚顏無恥，不知該如何戰勝這種心理：腳本只是爲了自己而寫的，雷內，演員和我。把它公之於眾似乎有點讓人尷尬，尤其是因爲電影這麼成功。這就像是洩漏了一個秘密，或是愛情故事才結束就把它告訴了別人。」最終，因爲經濟上的原因，她還是出版了《廣島之戀》。《廣島之戀》成功之後，不少製片商都邀她加盟，瑪格麗特於是和熱拉爾・雅爾羅合寫了《長別離》，這個故事也是源於一樁眞實的雜聞，就是先前所說的艾娃．雅爾羅的那樁雜聞：奧貝爾維里埃的一個女人，雷翁蒂娜．弗卡爾德，她覺得有一天在街上碰到了以前被流放到布痕瓦爾德集中營的丈夫。影片敘述了一個女人與一個流浪漢的相遇，她想喚起他的回憶。雅爾羅構建故事的框架，瑪格麗特則主要負責描寫戰爭在女人心靈和肉體上留下的痕跡，描寫這個從來不願意接受心愛的人已經逝去的女人。還是戰爭，仍然是戰爭，瑪格麗特已經擺脫不了戰爭的主題了：只要一有機會，她就要回到這上面。懺悔，遺憾，罪惡感？瑪格麗特早在《痛苦》出版以前，就已經產生了解釋、理解和匯報的慾望。拍攝這部電影她首先想到了亨利．利爾比，他曾經和雅斯明納．夏斯奈一道爲《廣島之戀》做過剪輯。一九六〇年三月十日，她給科爾比掛了電話，科爾比同意了。十一日早晨，她請拉魯爾．列維做製片人，當天晚上，她得到了雷內的鼓勵。

她很快爲攝製組起草了大綱：「一個流浪漢經過一個女人的家門時，這個女人相信他就是她在一九四四年流放到德國的丈夫。流浪漢失去了記憶，只有這個女人可以確證他們的夫妻關係。表面上看起來，這個流浪漢似乎可以接受他是這個女人的丈夫，直到有一天，他企圖撞車自殺，並且對此行爲沒有做出任何解釋。他被關在聖安娜精神病院。可這對女人來說也不要緊。她繼續到聖安娜精神病院看這個她堅持認爲是她丈夫的人，永遠。」劇本著重描寫了女人爲了喚回這個失去時間概念的男人所施展的千般萬般的手段：窒人的酷熱，溫柔的聲音。她越是設下陷阱，他就越是把自己關在圍城中不肯出來。他混跡於人流中，滿身泥漿，靠賣廢銅爛鐵爲生，住在塞納河邊的小茅屋裡，他不需要任何東西任何人。他不想損害自己那種無知的幸福，甚至都不願裝出認出她來的樣子，以期改變自己的生活，他不願找到屬於他的家、身分和社會理性。沒有任何人任何事可以阻礙的逃離，阻礙他回到不做任何人的自滿中。「電影的目的，」莒哈絲說，「在於表現記憶和忘卻的並存是不可能的。」從腳本的最後一稿可以看出莒哈絲和雅爾羅的合作態度都非常積極。雅爾羅負責最後的增減，瑪格麗特則負責人物的心理描寫和對話。

亨利・科爾比沒有完全承擔起執導這部影片的工作。但是它得到了阿里達・瓦里和喬治・雅爾森的完美詮釋，雖然留有法國新寫實主義電影的痕跡，比如過於強調效果、音樂過於外露，它仍然不失爲一部可看性很強的影片。影片受到了評論界的普遍好評，尤其是劇本的優雅和演員的高超演技，除了《戰鬥》雜誌認爲它造作、沉悶，並說評論界把它捧得太高了。讓—德・巴隆塞里在《世界報》上撰文說：「我喜歡這部影片。有些人認爲它令人昏昏欲睡。但需要的正是這份錘煉和原地踏步。」科爾比記得瑪格麗特從來不到拍攝現場來，有時她會參加剪輯，卻不發表意見。後來她又將這項工作視爲完成訂貨，說她不過是個技術員，而非作者。電影獲得了戛納電影節的一致好評，她給電影家帶去了享受和幸福——這屆的金棕櫚獎由路易・布努埃爾的《維里迪亞娜》獲得——她對此感到很高興，但是此刻她的問題是，儘管她能夠毫不費力完成若干電影劇本，卻無法全身心地投入小說的創作之中。如何才能謀生呢？她的小說賣得不太好，伽利瑪出版社因此不同意再給她追加預支款。在她的要求下，一九六〇年六月三十日，出版社寄了一張她的小說銷售清單：

《寧靜的生活》：
發行一一〇〇〇冊
售出七〇八七冊

《太平洋防波堤》：
發行八〇〇〇冊
售出五九三五冊

《直布羅陀的水手》：
發行五〇〇〇冊
售出二六四八冊

《塔吉尼亞的小馬》：　發行五〇〇〇冊
　　　　　　　　　　售出二〇二三冊
《樹上的歲月》：　　發行三〇〇〇冊
　　　　　　　　　　售出九二九冊
《廣場》：　　　　　發行三三〇〇冊
　　　　　　　　　　售出二三二〇冊

於是她接受了皮特·布魯克將《琴聲如訴》改編成電影，並爲電影撰寫台詞的建議。但是她提出要和雅爾羅一道簽署這個合約。製片商同意了。就像以往一樣，瑪格麗特做什麼都不願意草草了事，她完全把小說打亂了重來。由於故事在電影裡必須有個時間上的限制，她決定朔萬和安娜·德巴萊德之間的一切在五天之內展開。開頭和小說的開頭大致相同，一個女人在咖啡館死去：「她住在軍火庫後面。結婚已經十年。從來沒有過對她的非議。」尤其是她想像安娜·德巴萊德，這個陰魂在咖啡館遊蕩，就是爲了勾引朔萬。在她起草的準備筆記中，她把安娜描寫成「城裡最富有的女人，也是最謹愼的。在代代相傳的習慣中她感到深深的厭煩。」①她即將出發，安娜·德巴萊德想離開她的圈子，她的丈夫，她的房子甚至是她的城市。「我住在一座沒有樹也沒有風的城市裡。而這裡一直有風，所有的鳥或幾乎所有的鳥都是海鳥，牠們被暴風雨拖得筋疲力竭，暴風雨停下的時候，我們可以聽到牠們在樹間啼鳴就像被割喉殺戮時發出的啼鳴。簡直讓人睡不著覺。」莒哈絲選定布萊耶城作爲敘事的背景，因爲布萊耶靠近吉隆德海灣，碼頭很寬闊。布萊耶這座外省的美妙小城，從晚上八點開始，每

①　現代出版檔案館檔案。

個人都把自己鎖在家裡，流言傳得很快。安娜・德巴萊德在這裡可不顧自己的名譽了。她成了全城的笑柄。毫無辦法。她讓朔萬趕了出去，但是她又回來了。表面的一切都不重要。她不在乎自己激發起來的那份厭惡。

「您到底要我什麼？」

「就待在那裡別動。一切將由您來決定。」

她把自己獻給了朔萬，不知羞恥，禽獸一般。電影腳本裡的安娜・德巴萊德和小說中的不一樣，對男人有貪婪的欲求；她到處尋找他們，工廠裡，街道上，港口上。她要把自己奉獻給他們，而她的丈夫似乎也表示了默許。身體因爲一次又一次的激情而起伏，她拒絕一切有辱她已婚女人身分的規矩。她對朔萬說：「我相信我不是那種可以長時間幸福的女人，我只能在一些男人的身邊得到非常短暫的幸福。認識您以後我才知道了這一點。」

瑪格麗特安排了四個結尾：丈夫帶走了安娜，讓她遠離朔萬，乘著一輛巨大的黑色小汽車遠去，（已經可以窺見《情人》的端倪？）朔萬想要把她勒死，朔萬離開城市，被這個女人可怕的溫柔嚇壞了，安娜・德巴萊德想要自殺……四個版本的敘述中，安娜・德巴萊德的身體和靈魂始終是處於昏昏欲睡的狀態：安娜有個她自己都不知道的秘密，聽憑自己置身於女人野性中的她已經有了勞兒・V・施泰因的大致輪廓。「她心醉神迷地看著周圍的一切。無辜地絕望著。」瑪格麗特在最後一個版本裡寫道。最後寫了八稿才算完成任務，像她所希望的那樣，由她自己改編自己的小說。瑪格麗特喜歡在開始前自吹自擂。因爲這是她第一次改編自己的小說，開始的時候，她覺得最大的困難就在於使小說原有的敘事變形，並賦予主要人物以某種特點。的確，在小說裡，瑪格麗特沒有在敘述故事。整部作品都只是故事的一個大致輪廓，因爲文體和人物之間的引力而延擱下來。瑪格麗特視人物爲木偶，然而以他們之間偶或會發生的事情爲起點建立起敘事結構：最常見的是某種氣氛，而不是事件。讀者一直處在事物的邊緣。甚至是極限。一切都有可能發生，但恰恰什麼也沒有發生。她開始寫作的時候還有構建整個天地所必須的機械裝置，但是，等待和抹去漸漸成爲她偏愛的兩大主題。於是，在尋找過程中，她記錄下必須保留的「成分」，然後再將它們混在一起：

——城市（最好是在芒什海峽）
——孩子鋼琴從頭至尾
——迪亞貝里從頭至尾
——安娜·德巴萊德從頭至尾
——罪行
——男人
——咖啡館
——安娜、男人和葡萄酒
——外面碼頭上的孩子

電影兩年以後才出品。瑪格麗特否定了這部片子，儘管她對女主人公的扮演者讓娜·莫羅很欣賞，很尊重，也很友好。在她看來，造成失敗的罪魁禍首是導演。皮特·布魯克一點也沒搞懂，後來她不止一次地這樣說。但正是這部她不喜歡的片子促成了她繞過鏡頭走到另一邊去。

目前，她現在唯一擔心的就是怎麼回到小說創作上。面對自己，繼續冒險。在她的腦中，各種各樣的想法在突來撞去。她需要時間理清楚，翻譯出來。她越來越像個譯者，只是在把自己內心的東西翻譯出來，而不是翻新語言形式的創造者。在和讓・舒斯特——迪奧尼斯最親近的朋友之一，和聖伯努瓦街的常客——的一次對談中①，她談到了自己寫作觀念的形成發展。所有的人都是作家，她說，並且一直在重複這句話。問題就在於：如何才能不寫呢？這種寫作的功能在她看來是上帝賦予的。「我看到每個人都在寫——那些似乎不寫的人也在寫。所有的人都能成爲作家，就像所有的人都可能成爲電工一樣。」因爲，在每個人的內心，都有一個「先鋒的存在」。這個先鋒的存在並非意識，確切地說，應該算是一種「後意識」，既包括我們曾經經歷過的一切也包括我們對眞實的理解。我們所有人都有一個她所謂的「內在共同體」。寫作正是從這裡出發的。要想寫作，就必須和眞實生活保持時差：「將眞實變形，一直到它屈從於自我故事的主要要求。」我作爲作家的存在向我講述我的生活，而我是讀者。我歷史的存在在變形，在驅逐，分類，中斷。我這份存在理性地將我這個整體的碎片聚在一起，這樣「事件就可以通過我承受下去，我也可以忍受這事件，它可以找到我的內在碎片。」先鋒的存在在瑪格麗特・莒哈絲所謂的「內在陰影」這個區域存活、作用，內在陰影不久以後就會變成一大塊黑，自我的檔案正是存留於此。

瑪格麗特一直和精神分析保持著相當的距離，儘管她將弗洛伊德《夢的解析》讀了好幾遍，並且和雅克・拉康交往深厚。那時拉康也是聖伯努瓦街的一位常客。但是拉康在《勞兒之劫》出版之際，

---

① 瑪格麗特・莒哈絲與讓・舒斯特的對談，發表在《極臂》第一期上。

卻寫過一篇頗爲令人矚目的文章，對擴大該書的讀者陣容以及增加它的知名度起了不可低估的作用。

莒哈絲從來沒有用過無意識這個詞，但是不拒絕。只是讓她屈從於精神分析的條條框框未免過於簡單化、過於誇張了。是有很多「符號」，但這個解碼的過程在一個不斷地攪亂涵義、顛倒意義本身的概念、在半路上重塑自己生活、按照讀者和周圍人的意願，在各種潮流的影響下修補，而不是構建自己寫作的人看來，是一個信標過於固定的迷　遊戲。瑪格麗特是塊海綿。有人因此而指責她：她爲蘭登寫貝克特，爲《當代》寫薩特，有一段時間又爲伽利瑪寫海明威和多斯·帕索斯。雷蒙·戈諾不喜歡《直布羅陀的水手》浪漫主義文學的痕跡太重。他毫不留情地向她指出過這個問題，並做了分析。她哭了，但是拒絕任何修改。她聽憑維托里尼影響自己，接著厭倦了他，轉向莫里斯·布朗肖和喬治·巴塔耶。寫作是一種危險的藝術，由背棄和黑暗組成。莒哈絲，厚顏無恥的莒哈絲，後來無話不說的莒哈絲，這時已經顯出人格上的雙重性了。先前是一個文明的莒哈絲，開化的莒哈絲，歷史學家的莒哈絲，封閉、阻礙他人進入的莒哈絲，她已經決定將這樣的一個莒哈絲埋葬，而讓一個譯電員的莒哈絲，夢一般的莒哈絲，沉思的莒哈絲脫穎而出，她在等待……眞實的中間項，她的朋友瑪德萊娜·阿蘭斯說。「我完全可以肯定，寫作就是聽憑這個趴在工作台上的人幹他想幹的一切，參觀者是書。」有一天莒哈絲說。①作家都是內在陰影的調節肌，是願意讓自己的內心空無一物的人。在尋找無法描述的一切之後，蘭波開始尋找金子，他聽憑自己的內在陰影在自我的棺材中死去。

她說自己曾經被逐出文學圈子，而這個圈子又接納了她，承認了她。一九六〇年她被選爲梅迪西

---

①瑪格麗特·莒哈絲與瑪德萊娜·阿蘭斯的對談。參見《瑪格麗特·莒哈絲，眞實的通靈者》，人類時代出版社，一九八四年。

斯獎的評委，接替皮耶・加斯卡爾的位置。她做了六年，當然，和菲里西安・馬索、娜塔麗・薩洛特、阿蘭・羅布格里耶以及克洛德・羅伊在一起，後來她和娜塔麗・薩洛特、克洛德・羅伊一道辭職，因爲「委員會將獎項考慮得比書本身還要重」。她覺得自己做了一定的鬥爭，對把梅迪西斯獎頒發給克洛德・奧里埃、莫尼克・維廷感到非常驕傲。但是這不足以洗清錯誤，她辭職後說。①

六年也許只有一個錯誤，那就是獎項本身的可疑性。十個只對文學抱有興趣的人組成了沙龍，即便爭吵也很高貴，她肯定地說。在這期間，她融入了可謂是文學界裡的貴族圈。她受到電影藝術和散文藝術領域在當時最有威信的批評家的推崇。她對自己的寫作有很高的評價，朋友和出版商都不能對她有一點微詞。一切都發生在她和自我之間：「我寫作只是爲了把我放進書裡。爲了減輕我的重要性。但願書能夠取代我的位置。我是想借助書的出版把自己殺死，溺死，徹底損毀。推銷我自己。在大街上睡覺。這成功了，我寫得越多，自己的存在越輕。」

她寫得越來越多，四年寫了六部作品。戲劇，電影，還有小說：《安德馬斯先生的下午》和《夏夜十點半》。

我們可以把《夏夜十點半》看成是她嫉妒的吶喊嗎？這份嫉妒已經開始損害她和雅爾羅之間的愛情故事了。小說的開頭，一對夫妻由於暴風雨的緣故把自己關在義大利小鎮上的一間旅館裡。和他們在一起的，有他們的孩子——一個美麗的小姑娘驚惶、脆弱、焦慮不安，日漸憔悴，似乎她已經知道父母之間愛情的命運——和一個朋友。莒哈絲描繪了雨後大地所散發出來的那種潮濕的味道，雲的移

① 現代出版檔案館檔案。

動，變成避難所的這座小旅館裡的氣氛和正在轟隆作響的暴風雨，接著出現了罪犯。對於莒哈絲來說，罪犯是一份簽名，這個罪犯當然是因愛情而犯下罪行的，殺人犯叫里卡爾多・帕斯特拉。故事中他的名字出現了好幾次，甚至他的名字本身就蘊藏著一個秘密。在苦苦折磨人的激情的棋盤上，莒哈絲放置了兩個女人，一個爲這兩個女人所共同嚮往的男人和一個活著的死人，里卡爾多・帕斯特拉。兩個女人相互敬愛，相互尊重。瑪麗亞愛著克萊爾，克萊爾愛著皮耶。瑪麗亞知道皮耶會和克萊爾做愛的。瑪麗亞推進了這對未來情人的慾望，並爲他們準備了愛情場面。莒哈絲運用了資產階級戲劇裡慣有的三角關係，但是手法嫻熟地改變了方向。在這裡不是一個男人和一個女人之間的欺騙，而是兩個女人之間的交換，沒有斷裂，只是有一點輕微的揪心。誰愛誰？誰是眞正的情人？皮耶並沒有因爲朋友欺騙自己的妻子，但是瑪麗亞用酒精欺騙了孩子的父親。故事的主要一幕是在半夜，瑪麗亞發現屋頂上有個因愛殺人的罪犯，而此時皮耶正在她的身後背叛她。她看著自己陷進去，甚至幾乎是在默許，因爲她覺得無力介入。她會想殺了她依然愛著的這個男人嗎？就像里卡爾多・帕斯特拉殺了他不忠的妻子？也許，但酒精攪亂了她的思維。

和在《琴聲如訴》裡一樣，女主人公只有在酒精裡才能得到滿足。難以遏制的慾望。倒下，莒哈絲的女主人公都在酒精裡倒下，再次站起身來的時候，已經傷痕累累、破敗不堪了，沒有記憶，也沒有座標，一直在歡娛的邊緣，正好在懸崖前停住。酒精讓瑪麗亞得以把慾望交付給自己，她只作爲自己的委託人而存在：於是她迫不及待地等著丈夫和朋友做愛的這一刻。「會一切就緒的。半個小時之後。一個小時之後。然後他們這份愛情的結合就會顚倒過來。她想要看到他們之間出點什麼事情，這樣她就能夠在和他們同樣的光線下照亮自己，進入她所遺留的這個共同體，總之，在維羅納的某個夜晚，她已經創造好了這個共同體。」再說酒精很適合瑪麗亞，除了在她臉上留下了若干痕跡以外。酒精無法消除內心深處的分裂，恰恰相反；但是如果她不喝，她就會墜入憂傷。多虧了酒精，她才不在嫉妒前屈服，她才能依然停留在愛情的田野上，沒有酒精，她就會在丈夫面前同時也在自己面前蒙受恥辱。第一次，瑪格麗特的書沒有追述愛情的開始，卻展現了一個爲大家所認可的結束，既沒有失敗的苦澀也沒有侮辱。罪惡感，莒哈絲筆下的女主人公總有一種罪惡感。存在的罪惡，那麼需要酒精的罪惡，被欲求的罪惡或者是不再被欲求的罪惡；這都是一回事。她們無法和其他人一樣隨波逐流。《塔吉尼亞的小馬》裡的薩拉，《廣島之戀》裡的法國女人安娜・德巴萊德，《十點半》裡的瑪麗亞：這四個人都失敗了，在酒精中沉淪，自滿於這份失去的愛情，永遠在逃避，寧折不彎。莒哈絲筆下的男人則總是在找尋太陽一般的女人，對豐滿和安靜的渴求永遠得不到滿足。所以很自然的，他們會掉轉方向，不可逆轉。「至少從自己的臉上她可以察覺到這一點，她知道，她知道自己依然美麗，但這種美麗已經開始褪色。她粗暴地撫著自己的臉龐，她知道，她已經接受了永遠的失敗。」

小說一完成，莒哈絲就想到把它拍成電影。一部很嚴肅的片子，莒哈絲立即投入了改編工作。起草了三個本子。罪犯一開始就出現了，主題放在了對夫妻關係的批判上。「可以把它拍成一部默片，沒有任何閑聊。有也只有開啓行動的幾個關鍵詞。語言盡量精簡，就像我們呼吸的空氣。」①莒哈絲起了個題目：男人才將自殺。她希望這部片子沒有結尾：電影在男人用剃刀切脈時就戛然而止。這個拍攝計畫很快就停下了。直到一九六七年，小說才被搬上銀幕，于勒・達辛執導，美麗娜・邁爾古利飾演瑪麗亞，羅密・施奈德飾演克萊爾。小說趁這個機會再版了一次，瑪格麗特接受了幾次採訪，在採訪中她強調小說的主題還是愛情的終結，以及一個女人面對愛情終結時所表現出的自尊。在這樣的

---

①現代出版檔案館檔案。

局勢中到底應該怎麼辦？有人問她。「這並不能阻擋我們投身於愛情，因爲這依然還是塵世間最美妙的事情，愛。甚至因愛情而痛苦時我們也什麼都不做？是的，但是有一個辦法能使這種痛苦變得可以忍受，這就是成爲這種痛苦的愛情的作者。」①

大家對《夏夜十點半》反應頗爲冷淡。應該說瑪格麗特的確太多產了，以至於已經開始遭到某些評論家的嘲諷。皮雅芙唱的總是同一支歌，莒哈絲寫的總是同一本書。在這本小說裡，我們還是能夠發現她所迷戀的人物對她的影響，儘管小說中有些語言上的怪癖，瑪格麗特自己也誇張了這份怪癖——對暴風雨之後雲團的描寫讓我們想起了文體笨拙的《厚顏無恥的人》——她所迷戀的人物，這一次又是《等待，忘卻》一書的作者。瑪麗亞的神秘正是布朗肖所意謂的神秘：「神秘是指可以讓人發現但沒有讓人發現。」她被自己判了刑，行動時想也不想。我們總是說男人只有在性行爲上會顯得無能爲力。瑪麗亞，她，卻是無能爲力的具體代表。她曾經是個被欲求的女人，而現在不再是。她身上的女性特徵消失了，她絕望地嘗試——在接受丈夫不忠的前提下——不完全離棄愛情。她成功地救出了那個罪犯，在黎明時分將他塞進自己的汽車裡，把他帶到田野裡藏起來。男人死的時候，她發現自己的手槍就在他的生殖器邊。她可以靠近他，她也可能死去。但是她寧可回到自己的車裡，喝得酩酊大醉，等待曙光。滿懷熱情，瑪麗亞一邊沉思一邊看著這世界。不安分的，瑪麗亞攪亂了這個世界的秩序卻猶不自知，或者她也不希望是這樣的。「瑪麗亞的眞正秘密，」莒哈絲在手稿的留邊處寫道，「在於她已經和自我分離。更簡單的是，她以漫不經心的方式對待這個秘密，她對待自己的存在也是

---

①現代出版檔案館檔案。

這樣一份漫不經心。」①瑪麗亞同樣預告了勞兒・V・施泰茵的存在。瑪格麗特借助這個人物完善了她筆下的女性形象。不，她還沒有徹底放棄對這種有毒的女性心理的描寫，就像手邊一把生銹的武器，隨時都有可能再殺人。

瑪格麗特一直爲錢所困擾，也一直在鬥爭著。

一九六〇年九月十六日

親愛的奧岱特・萊格勒：

五月，加斯東對迪奧尼斯說他打算每個月給我一點補貼。五月，六月，現在已經是九月了。迪奧尼斯不願再管這件事，應該由我自己負責，他說。怎麼辦？……既然伽利瑪保持著沉默，那麼只好我來開口了。我需要這筆月貼，這樣我才能擺脫寫電影這一類的事，現在我要是不寫電影連飯錢也沒有。我煩死了。

瑪格麗特勝訴了：從十月開始，她將得到月貼。在感謝加斯東的同時，她提醒他有些東西她是不賣的：「這些書沒有帶來一點利潤，既然這樣，別的書再跟著上，這是件很可怕的事。」但是兩個月後，《太平洋防波堤》和《直布羅陀的水手》出了簡裝本。印數：六萬冊。

您爲什麼要寫作，瑪格麗特・莒哈絲？「每一次採訪別人都要問我這個問題，而我從來沒有找到過令人滿意的答案。所有的人都有寫作的慾望不是嗎？作家和其他人唯一的區別就在於作家寫、出

① 現代出版檔案館檔案。

版，而其他人則沒有想到。這甚至是對於作家唯一辯證的定義：一個出版的人。但是有很多人終其一生都陷在寫作的慾望裡卻沒有更進一步地去做。」①瑪格麗特寫得很多，而且把她寫的都拿出來發表了。此時她正在寫一本書，開始的幾個月，她給這本書起名爲《當然，瓦匠先生會來的》，後來卻改爲《安德馬斯先生的下午》。安德馬斯是三個名字的縮寫：安（泰爾姆）——德（弗萊）——馬斯（科羅）。②瑪格麗特是不是想嘲笑一下這三個指責她寫得太多、發表得太多、過多地介入新聞寫作的男人呢？也許。瑪格麗特也只有拿她的教父和兄長兼導師開刀了。一切都能給予她靈感。第一次，地點作爲主要的機會出現，而且成了小說之所以存在的理由。在雅爾羅的陪伴下，瑪格麗特在前一年的夏天參觀了聖托佩茲和加散之間的一座孤零零的房子。強烈的光線和荒涼的感覺使她久久不能忘懷。她回到巴黎後就決定寫寫——就像某些新小說派的作家——這地方的東西。書出版時，瑪格麗特在電台做過一個節目③，她承認自己付出了很多努力，但是沒有找到合適的方式。接著安德馬斯先生就出現了。他大腹便便，神態疲倦，佝僂著背，呼吸困難，有錢，是的，他很有錢但是孤獨一人，被所有人拋棄了，尤其是他唯一心愛的人，他最小的女兒。他結婚很遲，而且現在這樁婚姻已經不復存在。「沒有人物，我就沒辦法寫成一本書。」安德馬斯先生一個人在平台上待了很長時間。然後等待——安德馬斯在等包工頭給他砌平台——串起了整個故事。樹葉颯颯作響，安德馬斯先生有點害怕——不遠處是個池塘，還有茂密的森林，他覺得自己快要死了，他與生命的最後一絲聯繫就建立在他對女兒瓦雷里的愛上。一條狗，一個小瘋姑娘，一個悲傷的女人相繼進入他的視線，打斷了他的沉思。

①《語言的癡迷》，見上述引文。
②安德馬斯法文爲Andesmas，源於An/telme（安／泰爾姆），des/Forets（德／弗萊）和Mas/colo（馬斯／科羅）。
③《語言的痴迷》，見上述引文。

這三個人都是來看他的，但是安德馬斯等的只是他女兒，他沒來的女兒。

關於殘忍的小說，《安德馬斯先生的下午》描寫了一個遭到眾人忘棄的老人的惶恐，通過內心獨白的方式展開。安德馬斯在想，在不停地說，但他是在說給我們這些讀者聽，因爲他也在談論我們，談論我們有朝一日都會像他一樣，成爲疲憊不堪的老人，體質虛弱，強詞奪理，遭到眾人的遺棄，孤身一人。「很長時間，生命中有很長一段時間，我都被四周的寂靜壓得喘不過氣來，我知道成千上萬的人都和我一樣陷在這寂靜裡，」瑪格麗特說，「我覺得作家的職責就在於讓大家意識到這種寂靜，想像一下這種寂靜源於什麼。」①但是書沒有僅僅限於對人與人之間不可溝通的描寫。森林，瘋狂，年輕姑娘，到處可見瑪格麗特喜歡糾纏的主題。她描寫了生命的黃昏，什麼都沒有了，這反而成了老人的柵欄，成了他不自殺的原因。不幸，是的，但是很慶幸。意識到自己不幸的安德馬斯先生可以肯定，世界已經對他關上了大門，因爲他的女兒離開了他。「他從來都不能夠擁有自己心愛的人。他永遠只愛他自己的孩子瓦雷里。」②安德馬斯先生把所有的感情都傾注在他女兒的身上，他在等待，在等她和包工頭跳完那支結婚舞曲，但是他白等了一場。他於是明白過來，等待已經結束，他知道瓦雷里，他的寶貝，他最溫柔的女兒，他的光明，已經和這個或別的什麼男人走了，究竟是誰並不重要，重要的是她走了，遠離他。令人心碎的書，脆弱的書，因恐懼而緊張的書，《安德馬斯先生的下午》一直留在讀者的記憶裡，因爲它成功地讓我們迷上了這個被愛釘在十字架上的男人，永遠觸及不到女兒的那份痛苦的愛啊。

---

① 現代出版檔案館檔案。

② 《安德馬斯先生的下午》，伽利瑪出版社，一九六二年，想像出版社一九九〇年再版，頁九五。

最後一稿完成後，瑪格麗特立即把它寄給了羅伯特・伽利瑪，上面寫了這樣的話：「我已經煩死了這本書，然而我對它還是有一種深深的迷戀。」像以往一樣，她請求他予以出版，並且開始考慮書的命運。猶豫了很長時間，一九六一年十月二十六日，她給加斯東・伽利瑪寫了這樣一封短信：

很明顯，我沒有一點得獎的運氣，實際上，我也不太在乎這些文學獎。當我們結束一本書的時候，也許有一個時刻我們會問自己，我為什麼不能得獎？但是我已經過了這樣的年齡……

好吧，加斯東，我同意，我也只有加快速度去寫，為獲獎而寫。我們把《安德馬斯先生的下午》放在一月份出。這對我來說根本無所謂，我終於舒了一口氣……這樣，我就能安安靜靜地修改我的實驗作品了。

伽利瑪沒有因此提前出版日期。外界的反應又一次非常冷淡。《天眞漢》上的文章題目是《瑪格麗特・莒哈絲的失敗》，作者克雷貝爾・阿當斯寫道：「作者再也沒什麼要做的，沒什麼要說的了。」《曙光》宣稱，這是一本僞《包法利夫人》，然而在《費加洛報上》，羅伯特・康特斯大呼她是個天才，撰文說她改變了我們呼吸的空氣。在《批評》雜誌上，讓・皮耶勒強調指出了莒哈絲講出了某種很本質的東西，說她運用某種揮之不去的力量在寫，「這本書可以算上是古典主義的一部小小的傑作」。克里斯蒂娜・阿爾諾蒂向她的女讀者擔保「讀這則故事會像孤獨一人品一杯中國茶那樣愉快」。英國赫赫有名的《泰晤士報文學增刊》也高度讚揚了瑪格麗特・莒哈絲的「天賦」。在加拿大蒙特利爾，《責任》讚揚小說竟然具有如此激盪人心和高妙的詩意。

莒哈絲很快，在有些人看來是太快了。莒哈絲飄飄欲仙，她改編的劇本越來越多，不停地替電影界機械地產出各種腳本，在報紙上寫文章，還在電台做主持人。她喜歡大家都喜歡她。她還被女性雜誌《她》推選爲「當今最懂愛情的作家」，她似乎對此感到非常驕傲。她知道自己做得太多，但是她辯解說對於那些訂貨性的作品她是覺得很有趣，她全部的精力仍然放在文學作品上。在和羅伯特·安泰爾姆合作改編《阿斯珀恩的證件》之前，她讀了大量亨利·詹姆斯的著作。劇本是應雷蒙·魯洛之邀改編的。該劇又一次獲得成功，公眾和批評界的反應都很好，瑪杜蘭劇院自一九六一年初就掛出了客滿的牌子。讓·雅克·高提埃卻認爲莒哈絲的作品是反戲劇的，因爲作家介入得太多，劇本沉溺於情感的昏天黑地之中，全是塡字謎式的方格，沒有任何解決方法。

但是成功一個接著一個。瑪格麗特很快就出了名，都說她善於清理文章的思路，找到合適的台詞，賦予敘事以某種節奏——到處都在搶她。詹姆斯·洛德才把詹姆斯的小說《叢林猛獸》改編成戲劇，但是他很不滿意自己的改編，於是請莒哈絲幫忙。她接受了。她對故事進行了剪裁，把不必要的成分刪去，將文筆簡潔的小說變成了愛情神秘主義的悲劇史詩。在寫作技巧方面，她重新改換了敘事的結構、節奏和密度。「我爲什麼會和亨利·詹姆斯扯在一塊兒？耐心，也許，總是披著耐心外衣的一份不耐心。」在《勞兒之劫》裡，她說。改編的戲劇於一九六二年九月在阿岱內劇院上演，先是羅萊·貝隆，接著是讓·勒弗萊擔任該劇的導演。成功，在這個劇上，成功也是來自於她，新聞簡直就把劇本當成了她的。「瑪格麗特·莒哈絲奉獻給我們一齣令人讚嘆的戲劇，一齣諷喻的戲，充滿了等待和脆弱的美。」皮耶·瑪爾尼寫道。艾爾莎·特里奧萊也高度評價了改編的忠實性和質量。只有讓·雅克·高提埃又一次嘟嘟囔囔開了：「如果戲劇繼續沿著這樣一條沒有出路的道路走下去，走入這條咬文嚼字和不疼不癢的死胡同，我要對作者、演員、劇院的負責人說，他們會因此付出代價的，兩到三年以後，絕大部份觀眾會遠離劇場，就像在今天，他們遠離電影院一樣。」

但是目前，大家似乎都有這樣一種感覺，只要是經過瑪格麗特的手，那就一定行得通，就一定會討人喜歡。有了瑪格麗特就有了票房。她的戲劇不斷地重複演出——一九六一年四月份再次上演《廣場》，是埃迪特．斯考布執導的。莒哈絲是時尚。瑪格麗特像個苦役犯一般地陷在工作裡。「她每天起得很早，每時每刻都在工作，幾乎不說話，」她的朋友莫尼克說，「每個人都在做自己手頭的事情。對她來說，她的工作就是寫作，和別的事情一樣，都是工作。她會停下來，做飯或者洗碗，但是她的寫作不會被日常生活打斷，她自然都做了分配。」太多太多的計畫。比如說這個才從高等電影學院出來的年輕男人，想要和安妮．吉拉多、讓．馬萊一起將《樹上的歲月》搬上舞台。瑪格麗特答應了，但是該劇始終未曾與觀眾見面。《塞納．瓦茲的高架橋》由克洛德．雷吉執導，一九六三年二月開始在蒙帕納斯劇院上演，保爾．克羅歇和卡塔蒂娜．萊恩分別飾演男女主角。薩穆埃爾．貝克特出席了首演。「非常美妙」，結束的時候他說。他的這句話上了各大報紙。洛郎斯．奧立弗爾買下了劇本的版權。這齣戲的確獲得了成功，接著又獲得了兩個月以後頒發的青年批評獎。在電影方面同樣有很多的計畫呈現在瑪格麗特的眼前：讓娜．莫羅急於得到《直布羅陀的水手》的版權，她希望影片能盡快開拍，並由她出演劇中的女主人公。瑪格麗特還和熱拉爾．雅爾羅一起爲米歇爾．米特拉尼寫了《沒有奇蹟》的腳本，這是一對現代夫妻的故事，他們相愛，儘管他們互相欺騙。應不應該說出眞相呢？「我們彼此之間沒有秘密。我們對於彼此來說，都像是一座玻璃房子。」瑪格麗特和雅爾羅在這個腳本裡展現了自己的愛情風暴。瑪格麗特相信和男主人公的原型一道寫這個故事可以平息自己內心的嫉妒；雅爾羅也接受了挑戰，他希望可以讓瑪格麗特懂得，男人在欺騙一個女人的同時可能依然愛著她。電影腳本把他們拴在一起，米特拉尼說。當時，雅爾羅和瑪格麗特經常在酒館度過他們的夜晚。他們經常躲在那種流氓頻繁出入的夜總會的後廳，後廳和夜總會是用沒有鍍錫的玻璃隔開的。瑪格麗特可以看到夜總會發生的一切，但是別人看不到她，她覺得很有意思。他們喝葡萄酒和威士忌，都喝得很多。總是雅爾羅先開始，瑪格麗特隨後，比他喝得還要多還要快。雅爾羅的白蘭地酒櫃就在他單身公寓的床後，瑪格麗特於是偷他的酒喝，還把酒揣在大衣的口袋裡亂逛。瑪格麗特從不隱瞞她酗酒，有時甚至在朋友面前炫耀。不分日夜地喝，莫尼克感到很害怕，但是聽到她說當心的話，瑪格麗特竟然爆發出大笑。

如何才能使雅爾羅變得忠實呢？瑪格麗特那時還相信她能做到，只要她和他一起喝酒，一起寫作。像對待年輕姑娘那樣對待我，她要求他。把我塑造成一個作家，雅爾羅回答她。很多年以來，他一直寫啊寫啊，構思小說，接著把寫好的撕掉，重新再來，直至絕望。瑪格麗特要求他把寫的東西念出來聽，替他找出需要斟酌的地方，鼓勵他。「在他寫《狂吠的貓》時，她幫了他很大的忙，幫他修改。」艾娃．雅爾羅說。在瑪格麗特的堅持下，他把書送到了伽利瑪出版社，但是出版社拒絕出版。瑪格麗特決定把雅爾羅帶到特魯維爾那棟黑岩旅館的房子裡，知道他非常喜歡這裡。她眞的將他從絕望中拯救出來，多虧了她，他又鼓起勇氣重新來過。

回到巴黎後，是他鼓勵她將一項她有些害怕，有些不知所措的工作繼續下去。她給他讀了幾頁艷情小說。她是應該扔掉、放棄還是重新開始？雅爾羅說文章很美，應該完成它。在當時，他是唯一一個能夠得到瑪格麗特信任，可以看到瑪格麗特未完成稿的人。後來，瑪格麗特決定發表這部名爲《坐在走廊上的男人》作品，原本什麼樣就什麼樣。這部作品一九六二年的初稿是這樣開頭的：

一個男人坐在屋裡，面對著外面初夏的空氣。他在看藏在燧石小徑上的一個女人，距離這裡約莫兩米遠，在太陽下赤裸著身子。她抬起腿，叉開腿呈現在他面前，叉開，再叉開，這個動作帶著一種瘋狂的厚顏無恥，她的身體在膨脹，在扭曲，在變形，簡直到了醜陋的地步。接著，她就不動了，在這種姿態中凝固下來，像是瘋狂地要排出點什麼，像是瘋狂地要從自己的生殖器中排出點什麼。

蜜蜂，牠們的蜜，夏日的沉寂包圍著蜜蜂的住所。

有一瞬，女人在太陽下冒煙了。接著，男人看到她被包圍在騰騰熱氣之中，慢慢地乾枯了，他看見這蜂蜜之源乾枯了。

等這一切都完成了，男人知道行得通了，因爲如果先前男人動一動，那會受傷的。是從嘴開始的。

她閉上了眼睛。

水落在她的牙齒上，濺濕了她柔軟的頭髮。接著沿著她的身體流下去，淹覆了她的乳房，流速已經很慢了。到達生殖器的時候卻又重新獲得了力量，在熱氣中濺得粉碎，和它本身的泡沫混雜在一起。

男人留在原地，他一直在看這具在太陽下冒煙的身體，當他接著確信她應該是睡著了以後，他將腳放在她的肚子上，很下面的位置，想要在她生硬的慾望中幫她一把。

他壓得很緊。

這部作品，瑪格麗特打了三份。一份是給熱拉爾·雅爾羅的，還有一份給了瑪德萊娜·阿蘭斯，第三份，她將它「遺忘」在櫥子裡，遺忘了好幾年。她在一九六八年找到了它，重新讀了一遍，修改後叫一個年輕的英國人於一九六九年九月十二日送到子夜出版社，她沒有透露自己的姓名。

> 只一下，她整個人就達到了某種極限。她合上嘴唇，緊緊地抿著兩唇重疊之處。她的嘴巴很豐滿。那樣的一種溫柔的感覺，她禁不住兩眼含淚。沒有任何東西堪與這種溫柔相比，或者說明令禁止任何東西與它相比。
>
> 禁止。
>
> 她的舌頭上有五月，四月，一個男人的春天，但是她不讓自己占有得更多，她的舌頭在小心翼翼地舔著這份春天。普通的一切，我們腦子裡想的都在她的嘴裡。她將這化成思想的東西吞下去，靠它存活，用它來滿足精神。
>
> 嘴裡的罪惡，她只能對它好，牙齒準備好了。她尤其是在舔。在兩個吻之間，她的愛得到了名字，辱罵這份愛情，吼叫著吐出這些詞，這些詞。大叫救命。
>
> 她又一次在理性的溫柔中筋疲力竭，她大口吞噬著男人的奶，這瘦弱而貧瘠的男人，不停地用它來解渴。

沒有任何人知道作者的身分。熱羅姆・蘭登記得自己很快地讀了一遍，然而很肯定這一定出自於瑪格麗特之手。她後來也確實承認這是她的文章，並且在一九八〇年出版前做了部分修改。男人和女人不再說話。慾望的滿足通過暴力得到實現。在初稿中，女人的歡娛來自於男人落在她身上雨點般的拳頭：

> 手在打。每一次都更加準確，幾乎達到了一種機械性的速度和準確。一頭畜生也不能做

得更好。還有她，這臉迎接他的拳頭也是越來越好。他移到了代表慾望的頸子上，頸子靈活得如同裝了齒輪體系一般，蹂躪。頸子在手下似乎變成了陰道。好了。記憶離開了房間。智慧也被驅逐出去。只有拳手在回響。拳頭落下，被接受。就像時間的走動那樣一下一下。一個人除了迎接這拳頭，什麼也不知道了。一個人除了打，什麼也不知道了。

在最後一稿中，隨著拳頭而來的是恐懼，尖叫，最後是沉默。男人和女人就這樣得到了快感。莒哈絲沒有對這種關係做出評價，她只是做了非常細膩的描寫，令人驚嘆的解剖。是她和雅爾羅正在經歷的一切的寫照？確實如此，她似乎一直就擺脫不了暴力，她自問是不是自己在呼喚這種暴力。記憶中又出現了母親和大哥的毆打。現在是情人的毆打。關於《坐在走廊上的男人》，她說：「如果我沒有經歷過這一切，我就不會寫出這部作品來。」在雅爾羅的小說《狂吠的貓》裡也有毆打，主人公只有在打了他心愛的女人以後才能做愛，而女人無疑也從中得到了快感。

我愛你。我殺了你。莒哈絲和雅爾羅打了個夠卻不分開。回到巴黎，他們合寫了一些短劇，現在幾乎蕩然無存了，這種短劇都是在左岸的某個小屋裡演出一到兩個晚上就算完的。瑪格麗特把雅爾羅介紹給了密特朗，他們徹夜長談政治，三個人一起在巴黎的街衢上遊蕩。他們都對強盜，對法律之外的東西有一種偏好。莒哈絲把一個才坐完八年牢的持槍搶劫犯帶給密特朗認識。晚上她睡得很少。白天，她給電視劇《水和森林》寫台詞，繼續構思她最初起名爲《法國駐加爾各答副領事》的小說，同時還和路易．馬勒一道改編永遠也未能見天日的《夏夜十點半》。她正和一位青年導演馬蘭．卡爾來茨合作，開始時想寫一部有關酗酒問題的劇本，後來變成了抒情沉思性的，這就是《加爾各答的黑夜》。她還接受了一位美國製片商的邀請，這位製片商是通過伽利瑪聯繫上她的，同時也對貝克特、尤奈斯科和熱奈發出了邀請。「我們發現，在美國，知識分子拍的片子也可以盈利，觀眾發展得很快，」她評論道，「您看我們拍一部美國式的知識分子片如何？」①製片商邀請她到紐約去。在她的朋友、畫家若・達寧的陪同下，她登上了「法國號」，發現了她「神奇的美國」，她後來是那麼喜歡，那麼捍衛的美國。美國計畫很快就擱置了，但是瑪格麗特並沒有因此放棄電影。

從美國回來後，她打電話給阿蘭・雷內，讓他立刻到她家來一趟。「您來看看我的劇本，我們兩個星期以後開拍。」她用不容置疑的口吻對他說。他們曾經約好，《廣島之戀》上映後盡快在一起開始第二部片子的合作。她把他關了兩個小時。阿蘭・雷內記得這部作品是在一間旅館裡展開的，網球落地的聲音，一個絕望沮喪的女孩。很顯然，瑪格麗特是將一九五四年發表的《工地》改編成了劇本，這也就是一九六九年出版的《毀滅吧，她說》的來源。將以前的文章重新拿出來，這種放置，然後重新拿到工作台上的方式，顯示了瑪格麗特在某種程度上把寫作也看成是烹調：在她的筆下沒有剩料，但是有各種整理的辦法，各種重新裝置的方式和不同的組合，變化多端，一直到原有的材料徹底消失。雷內沒有被說服，在走之前對她說：「像以前那樣去寫，這樣就能給我意象。不要寫得乾巴巴的，剩下的事由我來應付。」

瑪格麗特因爲這一次的拒絕恨上了他，從此以後對雷內和別人的合作也總流露出嫉妒之情。「《穆里埃爾》毫無意義，」在這部電影開始公映時她說，「據說這是高克多的！」在這件事情上，

---

① 現代出版檔案館檔案。

她的態度越來越粗暴，直到指控阿蘭・雷內抄襲了《廣島之戀》的主題。接著，她又說電影成功後，她沒有能夠得到她應該得到的利潤，這都是阿蘭・雷內的錯。她有一冊一九六六年夏發行的《前台》雜誌，雜誌在封面上刊登了阿蘭・雷內的照片，而這張照片的確證實了她對阿蘭的強烈仇恨：就像是一種奇怪的禮拜儀式，瑪格麗特在他的臉頰和太陽穴上寫滿了「無聊」這個詞，又在頭髮上寫滿了「不要臉」。雷內提醒大家注意，她對他所有的指控都是側面進行的，雖然當著公眾的面說過，卻從來沒有當著他的面說。①在《談話者》裡，她又重新談及造成他們衝突的原因。她說她因爲他在《廣島之戀》上損失很大——兩千兩百萬，她給了明確的數字。根據法律，她應該得到電影盈利的百分之五十。但是她總共才拿到一百萬，是在電影公映時收到的，而後來就再也沒有拿過別的錢。「我曾經以爲這是製片商搗的鬼。但這不是搗鬼，是一九五八年三月十一日的合同條款規定的。」②但是阿蘭・雷內的說法就不一樣了：「『不要簽任何合同』，我當時對她說。她對我說她眼下急需錢。」阿納托爾・多曼說她接受《廣島之戀》合同時說了這樣的話：「這雖然不是黃金做的合同，可也算得上是一份黃金合同，因爲它可以給我所有的自由，而這份自由，正是拍《太平洋防波堤》時我所沒有的。」「後來，她跟我說她做了件蠢事。」電影公映兩天以後，多曼接待了瑪格麗特的來訪：「她看上去怯懦而狠毒。她罵我，把我看成是個小偷。我於是給了她四百萬，她又變得笑盈盈的，隨和多了。」③

① 作者與阿蘭・雷內的談話，一九九七年十二月六日。
② 《談話者》，頁八一—八二。
③ 作者與阿納道爾・多曼的談話，一九九六年四月四日。同時可參考《銀幕的回憶》，阿納道爾・多曼著，蓬皮杜中心出版社，一九九六年，頁一〇五、頁一一一和頁一一七。

瑪格麗特砸碎和別人的聯繫，割斷和別人的聯繫。爲了這樣或那樣的理由，有的是對的，有的根本無從說起。不過瑪格麗特願意承擔自己行爲的不公正之處，也不會秋後算帳。她一直像個小姑娘，從來沒有討過母親的喜歡，母親離開了她，她愛的男人也離開了她。

她是最後一個知道雅爾羅在欺騙她的人。在這些年中，她眞的對他抱有幻想，以爲憑藉寫作的那一份象徵性或挑逗性的能力，就能夠拴住他，讓他在眾多女人中選擇她，並且終止所有其他的愛情故事嗎？在《被欺騙的男人》中，她寫道：「女人是整個男人生活的主題，很多女人一看到他走近，一看到他的眼神就明白了這一點。這個男人在看一個女人的時候已經成了她的情人。」很長時間以來，他們的合作成了他們的保護傘。多虧了瑪格麗特，雅爾羅終於完成了《狂吠的貓》的最後一稿，他爲此掙扎了十年。瑪格麗特給了他很多有益的指導，他最終才能得以重新理清敘事的順序。雅爾羅將稿子交給了路易·勒內·德弗萊，由他推荐給伽利瑪的審讀委員會。小說終於通過了，於一九六三年九月出版。雅爾羅將第一冊樣書獻給了瑪格麗特。

獻給瑪格麗特
貓首先應該銜著她狂吠，因爲六年前，是她讓我從默默的死亡中得到了重生
還有很多亂七八糟的回憶
色尼山的湖，那裡有鱒魚
去蘇埃那一年的香精味道
加亞克翩翩起舞的預言家，多爾多涅河岸邊漁夫的小教堂上瓦爾省，路貝隆，拉科斯特的城堡，薩德侯爵的故土

哈格的大海灘
整個巴黎和郊區，當然還有內韋爾，今年的特魯維爾
加爾德湖邊那個暴雨的夜晚，威尼斯，弗洛里安咖啡館的大廳
獻給瑪格麗特，她在我這浩瀚的記憶裡占了一半的位置
再一次獻給瑪格麗特我永遠的愛

《狂吠的貓》長達四六四頁，講述了阿爾芒・邦什的奇遇和笑話，這位先生具有一種神奇的能力，可以隨心所欲地在周圍傳播不幸。書出版之際，雅爾羅在《快報》的訪談中說：「我花了十年的時間寫成這本書——此刻分離來到，這對我來說實在是很困難。我成了一個不知所措的父親，就好像我在原子彈爆炸中失去了我的家庭。」他承認描寫了最熟悉的人：他自己，「可怕的一個大雜燴：施虐，被虐，自私，殘忍。」這部史詩般的小說以滑稽可笑的方式描寫了一個脆弱而迷人的男人，成天被醉醺醺的、朝三暮四、歇斯底里的女人包圍著。題目本身就闡述了小說的主題思想：一隻狂吠的貓至少是失禮的，他恰恰是做了他天生不該做的事情……一本喧鬧的小說，文體不太自如舒展，有一種震耳欲聾的感覺，有時甚至到了沸騰的地步，情節滑稽可笑，而且彼此之間缺乏連貫性，小說顯然是受了一直被雅爾羅視爲教父的雅里的影響。小說的出版讓批評界感到頗爲驚奇，因而對小說的褒貶不一。「這隻貓叫得有點離奇，把我的耳膜都震破，但是我應該承認，我忘不了這叫聲。今夏流行的書是那種小小的、人物蒼白的書，高貴而緩和，身材矮小，有點怕冷，可這隻貓體現了一種獸性的粗暴。」克洛德・羅伊在《解放報》上寫道。梅迪西斯獎的評委——瑪格麗特仍然占有一席之地——在五輪評選後把獎頒發給了雅爾羅，討論異常激烈，以至於一些評委不得不將選票用郵寄的方式寄給組

委會。一九六三年十一月二十五日，雅爾羅最後擊敗了備受陪蘭・羅布・格里耶和娜塔麗・薩洛特推崇的讓・埃登・可里埃。獎項也算是一種承認吧，雅爾羅等了那麼久的承認。但它也開啓了他和瑪格麗特之間爭吵的新紀元，因爲他從此站在與她平等的位置上。嫉妒最終毒蝕了他們的愛情。在瑪格麗特這一邊，是性上的嫉妒。在雅爾羅那一邊，是文學上的嫉妒。

瑪格麗特此時卻並沒有下定決心和雅爾羅斷絕關係。她避開了，在諾夫勒住下來，躲在樓上的房間裡，對著池塘。一張單人床，一張桌子。她開始了一部作品，開始時是皮特・布魯克擬定的稿。瑪格麗特於是投入了她所謂的練習之中。布魯克要求她給他提供一個「戲劇平台」，「我可以做任何的發展，按照自然產生的想法去做。」①於是她開始爲她喜歡的兩個演員寫對話，羅萊・貝隆和塔西亞娜・穆吉娜。「在寫這個對話的時候，我彷彿聽到了她們倆的聲音，我不知道自己會進行到哪一步。這很有趣。」只剩下了兩個名字。因爲作品很快就發展成一個故事，很長一段時間裡，故事的名字叫做《海灘小鎮的男人》。羅萊成了勞兒。處在愛情惶恐與孤獨之中的莒哈絲，聽任有著一雙如此明亮的眼睛的勞兒向她走來。雅爾羅來找她，求她回到特魯維爾，他們曾經在那裡度過幸福的時光。和解的慾望？暫時的平息？暫時的延擱？不復自信的瑪格麗特・莒哈絲面對大海，在這個一九七三年的夏天，完成了《勞兒之劫》。

① 現代出版檔案館檔案。

第六章

關於沉淪

從勞兒·V·施泰茵到奧蕾里婭·斯坦納

好吧，於是有了《勞兒之劫》或稱《關於女性抵抗運動的論文》：學會安寧，靈魂歸入天堂的方式，對上帝用「你」相稱。這是一系列書中最主要的一本，正是圍繞著它，在後來的幾十年裡慢慢地展現了安娜瑪麗·史特德兒、副領事、阿麗薩、愛蜜莉·L。終於實現了對自己的放棄。莒哈絲一直想達到的自我的荒蕪開始了。打開《勞兒之劫》，讀者接受作者的邀請和她一起做了一種奇怪的旅行，圍繞在自己的周圍。勞兒這個人物在不停地逃避：普通意義上的逃避，逃避愛情的定義，逃避社會歸屬，逃避所有分類的企圖。勞兒逃避未婚夫，逃避丈夫，逃避情人，逃避讀者，甚至在逃避作者。在將手稿交給羅伯特·伽利瑪時，瑪格麗特在小學生練習簿上撕下來的一張紙寫了這樣一句話：「完成了，我無法再重讀一遍，我做不到。獸性的她就在那裡，我喜歡她。」一九六三年十二月二十四日她收到了樣稿，一反常態，她沒有做過多的修改：海灘小鎮的男人這個人物成了米歇爾·理查遜的遊戲對象，還有一些重複的部分被刪去了。只有最後一頁畫滿了槓槓。救護車鳴叫著要把勞兒帶到醫院。瑪格麗特讓她筋疲力竭地躺在黑麥田裡等待黑夜的來臨。

如何走出黑夜？這是書的中心問題。在夜裡，勞兒無可奈何地看著安娜瑪麗．史特德兒劫走她的未婚夫，愛情的夜，寫作的夜。勞兒的話像謎團一般，或者說她是在破口大罵，他們在樓梯走道裡打人，警察就在下面。她的腦中出現了幻覺：幽靈，靈魂。在說話，正如拉康所說的，每時每刻都在說話。不經過嘴的時候就是經過身體。勞兒生活在恐懼與顫抖之中。她總是覺得疲倦，無法遏制的疲倦，她總是很睏，睡不醒的樣子。勞兒生活在世界的邊緣，在時間的屋脊之上，她一直緊緊抓住這根在過去和現在之間搖晃的鋼絲。孤獨，那麼孤獨，被籠罩在深深的憂鬱中。「道出勞兒的空茫和透明」，莒哈絲寫在初稿第一頁的留邊處，並且補充道，「她不是任何人，她很孤獨，這就是所謂的勞兒．布蘭。」大家總是以爲如果發生了什麼不幸就應該忘記，永遠不再提起，試著從記憶中抹去。家庭，朋友，親人都以爲這樣會有好處，好像眞的能夠故作輕鬆地邁著沉重的步履前進，好像眞的可以裝作什麼事情都沒有發生過一樣。這就是勞兒的問題。所有的人都害怕提起她被未婚夫拋棄的那個夜晚。對於他們來說沒有任何先兆。勞兒等了六年，想要回到這起愛之罪的發生地點，她想要弄明白自己爲什麼會默許那個她曾答應嫁娶相守的男人離她遠去。但是當初發生了這一切的賭場沒能給她任何線索。勞兒知道，這片壯闊的寂靜遮覆了一切。「沒有任何痕跡，沒有，一切都被包起來了，勞兒和所有的一切。」

誰是勞兒？這是個瘋子，是個癡子，是個精神錯亂的人。她不能控制自己的思維。她不是一個眞正完整的人。「這要追溯到很久以前。」塔西亞娜，勞兒最好的朋友談起她時說，訂婚關係的中斷不是造成她精神錯亂的原因，這是一個看不清楚的深淵。也許在出生以前勞兒已經錯亂了。平滑的勞兒，太平滑了。「她看上去是在忍受，平平靜靜地忍受著煩惱，裝出一副乖順的模樣，但是她隨時都會失去記憶。」「她是瘋子」，在第二稿的草稿簿上，瑪格麗特寫道。在留邊處，她又加了一句：「一切都應該不清不楚。」「這當然是一種精神方面的疾病，」一九七六年她說，「但她眞的是在這個世界之外。」①瑪格麗特知道，從一開始，這部小說就背離了傳統敘事的軌道和心理上的常規，遠離了普通意義。作品的衆多草稿，繁瑣的註釋證明了工作的強度，但同時也證明了瑪格麗特爲了走完她強加給自己的這條眞理之路所做的精神之旅，小說總共寫了九稿，我們可以借助這九稿大致重建小說中的主要人物：勞兒・V・施泰茵。

一開始，瑪格麗特把這個人物叫做曼儂。曼儂眞有其人。瑪格麗特在一本手稿中曾經向她的勇氣表示敬意。瑪格麗特是在某個聖誕節前夕遇見她的，在巴黎郊區的一家精神病診所裡，她和朋友一道去的，做了爲病人帶去禮物之類的善事。瑪格麗特立即注意到了曼儂。她很美，很安詳，目光空茫。節日後瑪格麗特再次去探望她，並獲准帶她出去，和她一道散步，她還把她帶回家，聽她講了整整一天。「我認識了她。可從此後再沒有見過她。她成了我筆下的勞兒・V・施泰茵。我不需要付出太大的努力。只需注視。」②曼儂不是勞兒。瑪格麗特・莒哈絲只是向她借了某些特徵：這種遠離人群的方式，這種迷惘的眼神，這種一眼就看得出是瘋子的溫柔。因此曼儂是人物的出發點。瑪格麗特在聽一個大家都說是瘋子的人說話，而她的話語合情合理。這個因爲覺得自己和常人不一樣，就接受住院的女人給她留下了強烈印象。接著曼儂遠去了。莒哈絲又找到了另一個名字：這就是羅萊。像羅萊・

①　與讓—路易・巴羅的對談，《勒諾・巴羅日誌》，第九一期，一九九六年九月。
②　現代出版檔案館檔案。

貝隆一樣的羅萊，瑪格麗特的朋友，最欣賞的戲劇演員之一，克洛德・羅伊的妻子。她還給了她一個姓，布萊爾。接著又給了她一副身體：「她希望自己是瘦瘦的，而她眞的像自己所期望的那樣，非常驕傲。身體和臉的骨架都像自己所期望的一樣。」

故事漸漸有了眉目：中心是勞兒。「好得簡直應該到瘋人院，但沒有瘋。」瑪格麗特在大綱筆記簿上寫道①。勞兒・布萊爾身處社會制約之外，在根本上是個另類。她既不停留在自己的身體裡也不停留在自己的姓氏裡。她在掩藏什麼？爲什麼她會失去理智？她是《琴聲如訴》裡安娜・德巴萊德的小妹妹；和她一樣，她永遠那麼懶洋洋的，永遠在勾引別人。她還是《夏夜十點半》裡瑪麗亞的女兒，她繼承了她的敏感，她那份愛情的迷失和她想要得到歡娛的瘋狂的慾望。三個人都焦灼而痛苦，強烈的情緒一陣陣地波動，把最大的幸福當成最深切的痛苦來體驗。她們不屬於任何人，不屬於父親，不屬於丈夫，更不屬於情人。男人可以成爲她們生命中的過客，但是不能占有她們。她們對自己也關上了門。也許她們有時會接待上帝的來訪。「接著，有一天，這具虛弱的軀體在上帝的肚子裡搖晃起來。」莒哈絲在《勞兒之劫》的最後一稿中寫道。瑪格麗特筆下的女人裡總有一點自己的影子。在這裡是少女時代性體驗時的那種恐慌。勞兒也是，當她成爲自己的俘虜，與自己的身體分離，想回到自我時也感到狂喜。她必須找到重生的道路，儘管被玷污了，仍然相信著愛情。

開始起草《勞兒之劫》時，瑪格麗特暫緩了和雅爾羅的愛情故事，天天把自己關在勞兒的天地裡。她找到了合適的詞語嗎？勞兒・V・施泰茵，她找不到可以中斷事件的詞語。在表面的世界後面存在著另外一個世界，只有這個另外的世界，詞語才能觸及，才能指明。奈瓦爾說：「爲什麼不一心

---

① 現代出版檔案館檔案。

一意地破除這重重武裝的神秘之門，對我的感覺進行統治和管理，而是要忍受它們的折磨呢？」莒哈絲以極爲細膩的筆觸描寫勞兒·V·施泰茵所體驗到的自我意識的變形。寫作起了鏡頭的作用，進入存在內部的鏡頭。如何找到自己在這世界上的位置？如何在這世界生活，如何表達自己？勞兒一直在某種輕微的時差中生活。或者是在自己之前，或者是落在事件之後。如果說《勞兒之劫》是莒哈絲最冒險的一本書，它同樣是一本對寫作本身進行探索的書。詞語是什麼？在我們身處的語言之塘中如何自處？作家能夠縮短感覺和詞語的距離嗎？勞兒不能找到合適的詞中斷不可挽回的事。再說她根本懷疑這個詞是否存在，但是作家有責任找到它、創造它。「由於不能存在，它沉默了。這可能是一個匱缺的詞，一個詞洞，在它的中心有一個洞，所有其他的詞都被埋葬在這個洞裡。我們不能說出來，但是我們能讓它回響。巨大的，沒有止境的，一只空鑼一般，它會拴住要走的詞，說服它們從不可能中掙脫出來，用另一種有別於自己的聲音震得它們發昏，然後它給它們命名，它們，叫做未來和瞬間。」[①]讀過《勞兒之劫》，你很難不想到娜塔麗·薩洛特的作品，儘管瑪格麗特一直試圖隱去她的影響；你也不可能不想到莒哈絲從來沒有提到過的神秘主義的傳統，儘管她的朋友都知道她是泰蕾絲·達維拉和聖讓·德拉克魯瓦的忠實讀者。因爲勞兒正是在這種迷狂，在這種至樂中生活，她從現實中奪取了舞會的時間。接著她昏倒了。等她「回去」的時候，她再也找不到詞語。她的親人也一樣。他們只能找到一些很糟糕的詞，虛假的詞。爲了完成這漫長的尋找理性之路，她利用了她最好的朋友塔西亞娜，舞會的見證。這一回輪到塔西亞娜把勞兒的情人從她手中劫走，這樣她就可以在這世界上給自己找到一席之地。勞兒不是想成爲一個被愛的女人。她只是想看睡在黑麥田裡的朋友和情人

---

①《勞兒之劫》，伽利瑪出版社，一九六四年，簡裝本一九九四年再版，頁四八。

是怎麼擁抱的，他們就在她身後，貼著土地，藏在麥浪裡。勞兒知道情人進入了塔西亞娜的身體，但是她知道他發出的那些詞都是對她說的，她也在那裡，貼著土地，藏在麥浪裡。曾經被動地目睹過類似場景的勞兒，通過目光俘虜了這個新的情人，強迫她最好的朋友重演她曾經經受過的一切。在小說的最後，勞兒也不知道自己究竟是誰。她在一副怎樣的軀殼裡？她的名字是什麼？她沒有記憶，疲倦，非常疲倦，她只能躺在黑麥田裡看著她的情人和她好朋友做愛。在初稿裡，勞兒還沒有完全放棄賭局。莒哈絲是這樣結束敘事的：「沼澤中的必死無疑讓勞兒充滿了一種可憎的憂傷。她在等，在預見，在看。在她的腰部有一種惡毒的力量在升起。」①雅克．拉康曾經問過莒哈絲，勞兒．V．施泰茵是從哪裡來的。她回答他說不知道。如何理解勞兒．V．施泰茵這個人物？雅克．拉康在一篇劃時代的文章裡冒了個險：「我們可以按照自己的意願擺脫這伸手可及的意義，通過象徵。迷狂者給我們一種受傷的，在各種事物間遊蕩的形象，我們不敢碰觸，但是她使我們感到痛苦。」②得到莫里斯．布朗肖的認可後，拉康在這篇美妙的文章裡將莒哈絲說成是一個破譯高貴的人，一個能夠通過寫作直接棲息在潛意識裡的作者。「她的追尋就像是一種神秘主義的苦行。」「她傾向迷狂。」馬蒂厄．加萊在《藝術》雜誌上補充道③。

瑪格麗特似乎永遠也不知道該如何結束這本書。她經常會想起自己寫到最後那種強烈的恐懼。她

---

① 現代出版檔案館檔案。

② 《勒諾．巴羅日誌》，一九六五年十二月特刊，被瑪格麗特．莒哈絲收錄進《瑪格麗特．莒哈絲》，瑪格麗特．莒哈絲，雅克．拉康，莫里斯．布朗肖，迪奧尼斯．馬斯科羅，克薩維耶爾．高提埃，信天翁出版社，一九七五年。

③ 《藝術》，一九六四年四月十五日—二十一日。

鬆開了這部作品，就像鬆開了一件奇怪的東西，一件仍然不祥的東西。和勞兒一樣，在這部作品的寫作過程中，瑪格麗特經常問自己是不是也瘋了，她認爲周圍有些朋友確實以爲她瘋了。她將自己對瘋狂的恐懼傳遞給了勞兒。完成這本書也是她第一次做完戒酒治療的時候。以前在寫書的時候，她總是一邊喝酒一邊描寫黑夜，這一回她卻需要面對自己的問題了。她寫作的恐懼和不在酒精裡找尋生活的力量的恐懼混在一起。「我對自己有信心。書是我最想做同時覺得最難做的事情。」她在《法國文人》雜誌的訪談裡說①。約瑟夫·羅塞想要買下《勞兒之劫》的版權。莒哈絲拒絕了。他找了她好幾次。莒哈絲卻一直保留著自己將《勞兒之劫》搬上銀幕的權利。一九九一年，她把她想像成一個濃妝艷抹的老妓女，在特魯維爾的街頭遊蕩，疲憊不堪。

瑪格麗特放棄了——暫時地——酒精，但還沒有下決心與雅爾羅斷絕往來。在雅爾羅的單身寢室裡發現了一份《勞兒之劫》的稿子。在出版前瑪格麗特才更改了勞兒情人的名字。很長一段時間裡，他一直叫熱拉爾。勞兒對他說：「我不愛您，但是我喜歡您，您懂我的意思。」《勞兒之劫》是瑪格麗特和熱拉爾和解的最後機會，是他們最後一次合作。戒酒之後，瑪格麗特決定離開熱拉爾獨自生活。她覺得自己太不幸了，要承受熱拉爾種種艷遇，爲嫉妒所折磨，這簡直是一種失敗。「他只有在女人身上才能對自己有一點的了解，」她在《被欺騙的男人》中寫道，「我看到他在酒吧裡，夜裡，一個女人走近他，他突然臉色蒼白，彷彿要昏倒似的。他看著她的時候，忘掉了所有的女人。每一個女人對他來說都是唯一的，都是最後一個。這樣的情形一直持續到他生命盡頭。」我愛你，我殺了

①《莒哈絲，小說，電影，戲劇：一九四三—一九九三回顧》中有引述，伽利瑪出版社，卡爾多出版社，一九九七年。

你。你愛我，我離開你。雅爾羅不承認他的種種艷遇，請求瑪格麗特不要這樣，並做了保證。瑪格麗特知道他和一個左派脫衣舞舞女有染，是的，一個介入政治的脫衣舞舞女。這不是一個眞正的女人，既然她是個脫衣舞舞女，熱拉爾的朋友對她說：這不算是眞正的不忠，因爲她屬於每一個看她的男人，雅爾羅回答她。瑪格麗特要求他和這個舞女斷絕關係，雅爾羅同意了。故事又重新開始。米歇爾·米特拉尼的電影《沒有奇蹟》[①]開始公映，他們兩人站在一起抵制住了評論界的攻擊和反對[②]。瑪格麗特建議伽利瑪爲《沒有奇蹟》出一本書。他們倆夜以繼日地工作著，但是書始終沒能出來，因爲彼時法國工黨聯盟一直指責伽利瑪出版社在行政管理和司法程序上不夠得力，伽利瑪正窮於應付。他們一起——這也是最後一次了——寫信請求伽利瑪出版這本預兆性的書：「有時愛情不是通過慾望相合甚至不是通過幸福的平靜之路實現的。愛的性質是坦率地尋求毀滅。《沒有奇蹟》講述了兩個情人之間的鬥爭，在愛情中抵抗他們的愛情。」

「你知道他在欺騙我。他說過他會停止的，但是他在繼續。」米歇爾·米特拉尼至今仍能回憶起瑪格麗特那張絕望的臉，一天晚上，她說要見他，說非常緊急，然後就對他說了上述的話。「他和一個脫衣舞舞女在一起，這和他與別的知識分子型女人在一起是不一樣的。」[③]米特拉尼出於友誼爲他辯護道。「因此他是寧願要一個漂亮的傻瓜，也不要一個聰明的女人。」瑪格麗特回答道。她把雅爾羅趕了出去，態度非常激烈，從此以後完全把他當成一個叛徒來談。雅爾羅想讓路易·勒內·德弗萊和阿蘭·雷內幫他說情，想要重新獲得她的愛情，解釋一下。但是仇恨代替了瑪格麗特的愛情。雅爾

---

① 該電影於一九六四年三月二十九日出品。
② 二十年後，朗格洛瓦又在法國電影院重新推出該片，受到普遍歡迎。
③ 作者與米歇爾·米特拉尼的談話，一九九七年九月十日。

羅覺得很難過，很難過，沉陷在憂鬱之中不能自拔。後來瑪格麗特承認自己也度過了一段絕望的日子。他們再也沒有見過面。但是瑪格麗特的仇恨仍然糾纏著雅爾羅，他對阿蘭・雷內說：「瑪格麗特很危險，她是個巫婆。」

「在一個扭擺舞、弗洛伊德和威士忌的年代，應該承認我們很難欣賞瑪格麗特・莒哈絲的書，因爲這等於承認我們的癡呆。我們的確有點癡呆，我們喜歡馬塞爾・埃梅、羅杰・伊科爾，比較起癡呆來我們更喜歡智慧，比較起乙醇中毒來我們更喜歡明澈，比較起病態的迷狂來我們更喜歡對自我的把握。」

《勞兒之劫》出版時，安德烈・杜加斯在《外省人報》上如是宣稱。莒哈絲被激怒了，惱恨異常。非常平庸，只是借助語言上的技巧進行重複，辛苦的體操，敵人說。天才之作，太了不起了，喜歡這部作品並且熱情捍衛這部作品的人說。莒哈絲讓人不得不尊重，不得不欣賞。克洛德・羅伊和克洛德・莫里亞克這兩位永遠的同伴，莒哈絲每出一本書，他們都會寫文章說這是她最好最美的作品。

《勞兒之劫》出版五千冊不久後再度重印。一年裡售出了九千二百八十二冊。莒哈絲假裝並不關心這本書所引起的評論。她只管往前走，和周圍的人和事周旋，來者不拒：她接受到電視上做節目——她參加了「頭版五欄」，並在聲援巴黎女子監獄的材料上簽了名，到廣播電台做節目。她製作了一檔關於于貝爾維耶和路易斯・克拉爾的節目，她還寫電視劇劇本：從《夏夜十點半》①到喬治・弗朗居執導的《白色窗簾》②，並且她還在將《勞兒之劫》改編成電影劇本，儘管這項工作永遠也沒能完

① 儘管電視劇沒能見到天日，于勒・達辛卻產生了將之拍成電影的念頭。
② 爲德國電視台製作的。

成①。她對戲劇是越來越感興趣了，和演員在一起工作讓她激情倍增。從一九六〇年開始，她的作品就陸陸續續被搬上了舞台，她還做了不少改編的工作，和羅伯特·安泰爾姆一道改編了亨利·詹姆斯的《阿斯珀恩的證件》，和雅爾羅一起改編了威廉·吉布森的《阿拉巴馬的奇蹟》，接著，在一九六二年，她又和詹姆斯·洛德合作改編了《叢林猛獸》②。但是《樹上的歲月》的上演對她來說具有非同一般的意義。首先，這是第一次將她的生活和她母親的生活同時搬上舞台——殘酷而驚人的實驗。再者，她藉此機會認識了瑪德萊娜·勒諾，這次相識對她起了決定性的影響。

瑪德萊娜·勒諾飾演樹夫人——瑪格麗特的母親。彩排的那天，瑪格麗特到了現場，她幾乎一動不能動：她的母親就在那裡，活生生地站在奧德翁劇院的舞台上。瑪德萊娜·勒諾竊走了母親的軀體和靈魂。貝克特鼓勵瑪德萊娜接受這個角色，並對她說這是一次好機會。瑪格麗特於是把角色給了瑪德萊娜，後者顯得耐心、溫柔而專注。瑪德萊娜慢慢向她母親走去。一天她問瑪格麗特要一張照片。瑪格麗特拿出了家庭相簿，裡面有一張母親年輕時的相片，美麗，迷人。接著，她又告訴瑪德萊娜母親是帕德卡萊農家的女兒，是當地一所學校的小學老師，是小學教育的小頭頭，于勒·費里是她心目中的英雄。瑪德萊娜想要知道母親的穿著。都是些口袋，不是裙子，瑪格麗特對她說。瑪德萊娜還要知道母親走路的方式，說話的方式和她的氣味。瑪格麗特加入了遊戲，排演時一直在場。她靜靜地待

---

① 現代出版檔案館檔案。

② 一九六二年九月起，該劇由讓·勒弗萊和洛萊主演，在雅典娜劇院上演。在詹姆斯·洛德看來（作者曾於一九九七年十一月十八日與之對談），和瑪格麗特·莒哈絲的合作非常不易。她占有慾極強，很專制。瑪格麗特·莒哈絲喜歡洛萊·拜隆的表演。一九六八年她特地爲她寫了一齣戲：《蘇姍娜·安德萊爾》。

著。讓．路易．巴羅對她沒有任何要求。就在那裡，這就足夠了。已經是足夠了。瑪德萊娜很快就理解了母親對兒子那種變態的愛，母親日漸變得瘋狂，中斷職業時的痛苦，沉淪在絕望之中。詞語在回響。瑪德萊娜能夠理解一切，這個女人的所有矛盾和痛苦。她不是像道納迪厄夫人那樣說話，她就是道納迪厄夫人。這個關鍵角色，由她塑造，由她設計，她征服了這個和她一樣年紀的母親的角色。她對瑪格麗特承認說：「你看，在上了年紀的人物裡有一種沉澱和積累，年復一年的堆積。如果你還很年輕，你就不夠分量，於是不能演像樹夫人這樣的角色。如果你太老了，你又演不動了，因爲帶著歲月的沉重，帶著所有的身後事去演戲是非常累人的。」①

接著她就突然出現在奧德翁劇院的舞台上，穿著捲毛羔皮的大衣，很長很長的，虛弱的身體，屈著膝，頭上戴著頂黑色的帽子，白髮從帽子裡鑽出來，蒼老，非常蒼老，咋咋呼呼的，腕子上戴著一連串的金鐲，發出叮叮噹噹的響聲。她哭，她叫，她笑著說：「我是最後的一個，我是最小的，我不能走得再遠了，我縮小得不能再小了。」她既是個農婦，又是個流浪的女人，就這麼自言自語地，永遠又著兩隻腳站在觀眾面前。惡毒，專制，她遭到了所有人的遺棄，包括她的兒子。支離破碎的老玩偶。突然間整個奧德翁劇院充斥著她的存在。完全的存在：肉體的，精神的，血液的，呼吸的，一種強烈的人的味道，猛烈、野蠻而貪婪。巴羅更是把瑪格麗特當成一個詩人而不是作家來看待的，而瑪格麗特則給予他完全的信任。瑪格麗特是個孩子，他說，一個正在成長的孩子，但不是一個大孩子。天天都在排演，她漸漸明白過來這部作品已經不再屬於她，而是屬於瑪德萊娜的。「《樹上的歲月》是瑪德萊娜的，不是我的，我不是這齣戲的負責人，她才是。」她不停地對評論界重複道。出乎瑪格

---

①《時尚》，一九六六年，收錄進《外面的世界》，頁二九〇。

麗特的意料之外，瑪德萊娜不僅承擔起了原作裡的那份粗暴與美，還承擔了矛盾和那份未完成的感覺。瑪格麗特說：「我沒有想到這竟然是可能的，原文本身就是一堆雜亂無章的垃圾，這正是我最喜歡的地方，那種神奇的舊貨，也不知道是什麼東西。瑪德萊娜卻是如魚得水，她完全承擔了起來，她進行了重新創作。」①

不論是評論界還是觀眾，從第一場演出開始，就被這種強烈的激情吸引住了。他們爲瑪德萊娜大聲喝采。「創作是如此自然，如此寬闊，讓人禁不住目瞪口呆。瑪德萊娜．勒諾將整個戲歸爲己有。」激動不已的馬克．貝爾納在《新文學》上寫道，而《新觀察家》也在大呼天才，將瑪德萊娜視爲神聖的魔鬼。甚至讓．杜都爾這次也一反常態，在《法蘭西晚報》上對自己的欣賞絲毫未加掩飾。在一篇題爲《醃酸菜的老夫人》的文章裡，他津津有味地剖析了這個老太婆的天才之處，這個自私、陰晦、囉嗦，總是感到飢餓、虛弱、惡毒的女人。他幾乎是在道歉了：「我很高興，我終於有機會說瑪格麗特．莒哈絲的好話了。這不完全是出於我的意願，可也差不多算是情願的了。《樹上的歲月》一點也不糟糕，至少是開頭。」十年以後，該戲又再次上演：讓－皮耶．奧蒙取代了讓．德薩伊，布爾．奧吉埃成了難忘的馬塞爾，一個慷慨而笨拙的笨蛋，在母親的刁難和兒子的自私面前驚慌失措，毫無辦法。每次排演莒哈絲都在。隨著時間的流逝，主題也有所變化：母親對兒子那一份驚心動魄、轟轟烈烈卻不公正的愛仍然是揮之不去的主題之一，但是兒子的情人和母親之間那種脆弱而緊張的關係也成了重點。兒子於是更加孤獨，被母親的愛啃噬一空，他是無辜的，這份激情對他來說是那麼沉重。他是不是暗地希望她早點死，這樣他就有愛或者被愛——隨便什麼人都好——的自由了？

---

①《劇院相遇》，《勒諾．巴羅日誌》，第91期，一九九六年九月。

很快，這齣戲上了廣播，瑪格麗特爲廣播劇配上了安德列斯華爾茲和爵士舞曲，再接下去又被拍成了影片：開始是應二頻道之邀組成了一個技術小組，由勒諾·巴羅小組資助。瑪格麗特爲改編付出了巨大努力。一本四十頁厚的簿子密密麻麻的，有圖稿，剪輯，記住注意事項，這位電影家可謂是無微不至，所有的問題都想到了：鏡頭的移動、角度，演員的移動。①影片首先在電視上公映，取得了一定的成功。它獲得了讓·高克多獎，並應邀於一九七六年十月在紐約戲劇節上獻演。趁這個機會，瑪格麗特又一次談到了她的母親，雙眼含淚。「不，她不是最終回到歐洲以後，在最後一次看完兒子後死去的。她很遲才死，八十多歲的高齡，遠離她視爲故土的印度支那。她最後的話是對我大哥說的。她只要有他在身邊，她唯一的兒子，她只要他，除了他什麼也不要。」②

莒哈絲一直否認戲劇和寫作之間有本質的差別。戲劇來到她的身邊，她接受了它的原則、恐懼和歡樂。她從此後再也無法擺脫排練時的那種氣氛，下午服裝師工作時這種突然的安靜和沉默的恐懼，以及晚上彩排時的激動之情。她喜歡木板道具的味道，喜歡沉重的幕布，喜歡這種光線，總是點亮整個大廳的光線。很快她又喜歡上了演員，她知道如何指導他們的動作，如何教他們說她那種特有的語言，破碎，斷裂，局促，重複，表面上看起來就像是抱怨。「聽好詞語下的音樂」，她對他們說。她欣賞維持拉克和洛朗·杜比亞爾，她喜歡瘦弱，彷彿在漸漸蒸發，處在精神崩潰邊緣的女演員。總之戲劇對她來說就是生活，而不是現實漫畫性的複製，演出是具有生命力的活動，一種請求贖罪的儀

① 現代出版檔案館檔案。
② 《紐約時報》進行了轉載，海倫·加蕾·比肖普，一九七六年十月十七日。

式，每一次都會產生新意。再說她喜歡女演員，首先是羅萊，當然還有瑪德萊娜，但還有讓娜・莫羅、苔爾芬娜・塞里格、布爾・奧吉埃，這個圍繞在她身邊的星團靠得那麼緊，她把什麼都給了她們。她和她們在一起總是很謙虛，很可愛，似乎總是想和她們換個角色，讓娜・莫羅在一篇沒有發表的訪談裡這樣形容她：「您，瑪格麗特，您任由別人剝奪您的一切，有些人是很小氣的，可您恰恰相反，這眞是一種極致的快樂。」①在她的眼裡，演員已經不再是人物，而漸漸成爲可以映照出觀眾的鏡子。瑪格麗特還會爲了單純的詞語的快樂寫劇本，她懂得如何玩詞語的遊戲。正是出於這個想法她寫了《水和森林》，一九六五年五月十四日在穆弗塔爾劇院上演，演員有海倫娜，絮熱爾、克萊爾・德路卡和勒內・埃路克。題目彷彿是對路易—勒內・德弗萊的調皮的一瞥，再說這齣戲的確就是獻給德弗萊的。表面看來是行人之間的談話，談雨、談天氣、交通、小狗，可是突然他們的談話被一起突如其來的事件打斷了：馬路中央，一位先生被一條小狗咬了，他拒絕去巴斯德學院醫治。全部的故事僅限於此。事情發生在花神廣場和兩人像廣場之間，有很多問題是圍繞狗展開的，狗之夜，沒有狂吠的暴怒，很快，狗都成了假狗，仿製的狗，但是牠們在咬人的時候，也和眞狗一樣叫人疼。狗到處撒尿，到處屙屎。莒哈絲講述的一切都是在人行道上展開的，這才是說這些東西的地方。她什麼都談到了，什麼都沒談，主題恰恰就是這個什麼也沒談。《水和森林》中的兩個女人在交談，它們交換彼此的地址：薩瑪麗丹商場和以狗肉爲原料的菜譜。比如說其中的一道：「這是一道非常經濟的菜，一道用鷹嘴豆做的好菜……」知識分子莒哈絲在玩文字遊戲。評論界沒有弄明白，他們想要找到無數層的涵義和語法上的矯揉造作。但是莒哈絲什麼都寫，只是爲了自己高興，根本沒有什麼內在想法。「沒

---

① 現代出版檔案館檔案。

有什麼必然的聯繫。」創作完了這齣戲後有人問她時，她回答說，直到演出前的最後一分鐘她還在改，但是這齣戲好像眞的有點顯老，那種語言的幽默已經過時並且需要破譯。「我只是想寫一齣喜劇，」她在電台宣稱，「最初意義上的戲劇，公共場所，粗俗的東西。」首演的晚上她說。「這齣戲値得我們喜歡。」讓—雅克·高提埃謹愼地說。

三年後，她又用《莎伽王國》進行了再一次的嘗試，這是按照事先的構想設計的一齣類似於保留劇目的喜劇。它描寫了在一個王國裡，人們都講一種奇怪的語言，根本聽不明白是什麼意思。昂波，翁布勒，喲，哦喲，卡巴克·伊都·卡巴克。一種零的狀態。回到語言之初。在莎伽這個國度，可以就這麼無窮無盡地講下去，卻什麼也沒有說出來。莎伽語是同韻音組成的。任何一句話都是一種噪音，所有的談話都是沒有意義的嗡嗡作響。爲了發明這種具有異國情調的語言，莒哈絲在東方語言學院聽了不少課，並且翻了很長時間的印度·美拉尼西亞語詞典。在莎伽，水牛的意思是愛，雨的意思是幸福。只有一個法語詞在這裡得到了運用：結束。「斯塔加莫瓦。于米一個莫瓦。」一切都習慣了，到這齣戲結束的時候，觀眾都覺得似乎聽懂了幾個詞。劇院裡有人表示輕蔑，表示嘲諷。莒哈絲要求雅里在舞台上對人物本身的概念做出解釋。他是諾塔古。她是巴巴波波，其他人是A，B，H：行了，行了，《莎伽王國》可以的。瑪格麗特玩得很開心。她想要製造事端，她拒絕評論。她超越了評論、評價，超越了別人對她說這說那。莒哈絲只是做了自己喜歡做的事情，才不在乎其餘的東西呢。這齣戲在格拉蒙劇院上演，仍然是克萊爾·德路卡和勒內·埃路克，他們在《水和森林》中已經進行了勇氣的戰鬥，把莒哈絲中學生一般的胡說八道完美地演繹出來。《莎伽王國》沒有任何意義，但它完美地道出了這份毫無意義。有些人將這齣戲看成是一九六八年宣言。莒哈絲通過插科打諢和摧毀意義的方式慶賀一個空茫時代的到來，巴特說得有道理：只有莒哈絲能找到這些在任何上下文中都可以不負任何責任的詞。

「實際上我對小說一直有一種傾向，有一種深深的偏好。這也許可以解釋我本性中原始的一面。」她在一九六五年的這句話有點讓人吃驚。瑪格麗特似乎正完全埋首於喜劇，還有她那些電視劇和電影中。她接受維托里尼的邀請在里弗納度過了夏天，八月底回到巴黎完成爲秋季戲劇節所作的《音樂》，還要對《廣場》進行再次改編。她還在爲金錢奔忙。她請求奧岱特・萊格勒替她找克洛德・伽利瑪幫忙。她有大麻煩，她說。克洛德・萊格勒把她的月貼翻了兩倍，仍然無濟於事——每個月二千法郎還是不夠。的確，這位聖日耳曼—德普雷的作家儘管不是很富裕，開銷可不低：三處房產，兩個傭人：諾夫勒城堡有位夫人替她打理，另外一位夫人，「一顆珍珠」，瑪格麗特說，替她料理聖伯努瓦街的家務。一輛價格昂貴、速度很快的英國車。瑪格麗特把交通罰款單收集起來——平均每年她要支付二萬法郎的罰款，她居然要伽利瑪替她報銷！每天晚上都要出門，經常出入夜總會，不過她現在只喝帶汽的飲料。簡直是地獄，她說，沒有酒精的日子。她的頭髮剪得很短，穿著男人的羊毛衫和直筒裙，幾乎一年四季都套著一件羊皮裡大衣——她非常怕冷。她抽吉塔納牌香菸。每天都要工作，但是沒有準確的作息時間。假如她無法坐在桌前工作，她就縫製各種各樣的墊子，但是她也畫畫，畫中國的那種水墨畫，再不就是修電燈，爲孩子和朋友織襪子。一顆孤獨的心。一直生活在自我的旁邊，一直離自己有一段差距，就像勞兒・V・施泰因一樣。她喜歡幻想或許自己會感到幸福的別樣的生活。實際上，寫作不是一種職業，而是被迫的行爲。她夢想著可以做一點實實在在的工作，可以讓自己過度勞累，再也無暇顧及腦子裡想的東西。比如說開飯店。她覺得自己很適合做飯店的老闆娘，在郊區開一家飯店，專門負責婚宴。至少，在大吃大喝後可以睡個好覺，而不用忍受一個時時刻刻感到恐懼的知識分子的失眠。她對朋友們說，每天夜晚她回到空空的房間，空空的床上，她都會哭。她嚮往起一種正常的家庭生活來——她覺得自己很適合做一個人數眾多的大家庭的母親——她後悔和雅爾羅的這段日子，動盪、累人但是激盪人心。她越來越難抵禦酒精的誘惑，對迪奧尼斯承認她活在一種永久的恐懼裡。

她把自己關在諾夫勒。開始了內心這段奇怪的遊歷。那個女人的存在又開始糾纏她。在很久以前，她在沙瀝的白人區邊緣遇見了她，夜幕降臨時分，一邊大叫一邊狂奔。瑪格麗特已經在《太平洋防波堤》中把這個讓她感到如此害怕的人物固定了下來。這是個女人還是個孩子？她似乎很年輕，很瘦弱。她的懷裡藏著個嬰兒。她看上去很危險。別人一看見她就想擺脫她。她經過之處，行人都垂下了眼睛。她像一條狗一般跟著別人。碰到女人她就把嬰兒送給她們，那嬰兒哇哇地哭著，渾身髒兮兮的，令人作嘔。她的腳上有一道傷痕，很可怕的傷痕，被鞋跟遮沒了。《太平洋防波堤》裡的母親收留了女乞丐和她的孩子。是個一周歲的小女孩，可看起來只有三個月大。「其實母親從第一天就知道孩子活不了多久了，但是，我們也不知道爲什麼，她會有這份奇想，她給她做了個小搖籃，放在自己的臥室裡，還給她做了好些衣服。」「在這以前我就認識這個女人。我那時十歲，她讓我感到非常害怕。」①二十五年以後，瑪格麗特·莒哈絲又回到這種痛苦上。一個母親把快死的孩子留給了她的母親。一半是女人，一半是動物，女乞丐穿過田野，不是在找她扔掉的那個孩子——她就像扔掉一個熟過頭了的水果一樣扔掉了自己的孩子，而是在找尋把她趕出家門的自己的母親。過著遊蕩的生活，她脾氣暴躁，成日像個巫婆般鬼喊鬼叫，白天黑夜叫個不停，這就是瑪格麗特在《副領事》裡塑造的又

①《現實》，一九六三年三月。

一個不朽的女乞丐。

她聲稱花了八個月的時間完成的這本書，她把自己關在諾夫勒城堡裡，工作強度非常高：清晨五點鐘就坐在桌前，一直不停地幹，幹到晚上十一點。這本書，她已經醞釀了三年。想法早在起草《勞兒之劫》前就形成了。在相當長的一段時間裡，草稿和《勞兒之劫》是同時展開的，但是漸漸的，勞兒這個人物先分離出來。女乞丐仍然在等屬於她的時刻。作品幾度修改，甚至幾度重建。一九六三年，瑪格麗特自認為完成了，同意先發表一些片段。② 當時，這還是個很複雜的故事，順著兩條線發展：一個住在諾伊的女人看到一座旅館總是空著，禁不住生出想像來。她著手進行調查，得知這座旅館以前屬於一個男人、法國駐加爾各答的副領事。在這座城市裡，有個女乞丐成日遊蕩著。兩個故事除了在地點和時間單位上毫無共同之處。是文學賭注將它們聯繫在一起。

和以往一樣，瑪格麗特沒有任何編造。副領事這個人是眞實存在的。這是她大學的一個同學，後來成了外交官，才被調到孟買。他的名字叫做弗萊蒂，在調職之前他回到巴黎，瑪格麗特的朋友也都見過他。藍色的棕櫚樹，濕潤的空氣，白人圈那種令人窒息的煩悶，他和瑪格麗特長談過。諾伊的房子也是眞實存在的。瑪格麗特在散步的時候，注意到一座房子，聖尼古拉街十號，這是一幢十九世紀的房子，百葉窗始終緊閉著，花園早就荒了，只有丁香還開著花。她曾經向街區的住戶打聽過，但是沒有人知道房子的主人是誰。

漸漸的，瑪格麗特拋開了眞實的地點和小說的構建問題，她要給她所謂的「小女孩」以生命，這才是敘事的中心。「如何才能不回去呢？必須迷路。我不知道。你會教我的，我需要指引，指引我如

---

②《新文人》。

何迷路。」①這就是《副領事》的開頭。如何才能學會迷路呢？《副領事》是一篇關於沉淪的作品。它的人物都迷失了方向，地理上的，身體上的，情感上的，心理上的，所有的人都不說話，都將自己關在不願承認的過去裡，蜷縮在自己的秘密裡。二十年前究竟發生過什麼，什麼讓安娜瑪麗・史特德兒從夫妻生活中分離了出來？副領事在拉合爾犯了什麼錯誤？在加爾各答，在這酷熱引起的懶洋洋的倦意中，什麼都不重要了。你們認爲愛情只是人們做出來的一個概念嗎？副領事問道。沒有人回答他。於是他就叫。

這部同時展開兩個故事的小說若論到起源，還是瑪格麗特爲了錢的緣故答應下來的一項任務，爲了掙點飯錢。當時對精神變態者進行了一項很大的調查，昂佛爾實驗室建議馬蘭・卡爾米茨和作家合作拍一部半個小時長的影片。第一個主題是酗酒。卡爾米茨想到了瑪格麗特，當時的瑪格麗特正處在寫作的惶恐之中，很快就接受了這項神奇的任務，於是她回到諾夫勒城堡起草電影腳本，和這部關於酗酒的醫學影片的對話。場景本來應該是在法國展開的，但是瑪格麗特回到了這個男人的故事上，加爾各答的副領事，她並不了解加爾各答這座城市，不過在她眼裡，這象徵著對生存的厭倦。「我必須徹底地編造一個加爾各答，它的酷熱，到處都是風扇，它們發出的颯颯響聲就像是受驚的小鳥在鳴叫，還有碰到的一個年輕女人的愛情。」②瑪格麗特漸漸改變了這項任務。爲了保證電影的攝製，她起草了一篇文章，她認爲自己是要講述一個因厭煩而喝酒的男人，後來儘管他已經不再厭煩了，儘管他已經決定將寫作當成是一生的志願，他還是繼續在喝。他喝酒，因爲他感到幸福，因爲他要慶賀在

---

①《寫作》，頁三五一—五一。她屢次談到過傳記《副領事》那種氛圍的困難。

②馬蘭・卡爾米茨檔案。

生命結束之前可以和自己重逢。瑪格麗特出色地描寫了酒精浸淫在這個男人的身體裡，那一種在體內慢慢擴散開的感覺。瑪格麗特之所以會接受卡爾米茨的建議，正是因爲對酗酒的主題非常感興趣。她夜以繼日地寫著，帶著創作的醉意，這既讓她感到迷醉，又讓她感到害怕：

今夜，是我在寫
醉醺醺的，多麼大的一個玩笑，只要我想停下我就可以
顫抖的筆觸
酒鬼是另外一回事，是我們看不見的
喝酒從來都只是爲了自己①

於是，爲了逼眞地描寫這種醉酒的狀態，又苦於找不到合適的詞，瑪格麗特越喝越多。她還是在尋找詞語。但是如何才能走出來呢？副領事想要擺脫空氣裡致命的潮濕：

恆河捲走了死人，垃圾
我到不了那裡
不可能的
怎樣的恐懼啊

① 馬蘭·卡爾米茨檔案，頁四〇二的引文也引自該檔案。

她試圖描寫包圍著副領事的這份沉重，這種似乎永遠處在窒息之中的感覺。她絕望了。所有的一切不是都已經有了名稱嗎？而且是不可更改的。她忘記了劇本。她在寫一本書，精神狀態有點遲鈍。她在稿紙的留邊處寫道：「我不知道如何寫作，我再也不知道了。但是究竟是什麼垮了呢？是思想。碎成一塊一塊，徹底碎了。」恆河帶走的只是人類的渣滓和垃圾。「我弄錯了，我將失敗和溫和混爲一談。書抵禦住一切留了下來，但是男人開始出現。平庸，乏味，無奇。他即將被任命到加爾各答。他馬上就要去加爾各答。」於是她又燃起了希望。必須平平靜靜地重新開始。在手邊的報紙上，她記錄下了自己的教訓：「必須每天都寫，找到我所講述的這一切事物之間的關係，從開始處開始，不再喝酒，變得理性一點。」她把加爾各答想像成印度的母親和死亡的母親。這是一座惡毒的城市，散發著臭味、便壺的味道和男人的汗臭。

一顆巨大的蛋，黑色的，帶著惡臭
畫面堆積到恆河的出口喜馬拉雅山上。
一個滿身虱子的女乞丐蹲在河岸邊的稻田裡，那裡有鯉魚。
她抓起牠們就這麼生著吃了下去。

瑪格麗特又絕望了，回到酗酒的作家上，回到別人訂購的文章上，爲劇本編造了兩個女人的故事。副領事暫時避開了。於是她喝酒。副領事又回來了。她塗塗改改，留下空白的地方。重新開始。資料裡幾乎沒有瑪格麗特自己對手頭正在進行的作品的評價。只有一點日記的片段，記錄了她在構建人物的困難，和酒精給予她的那種激動，從中我們可以發現莒哈絲是如何支持她的人物的，她讓自己進入每一個人物的內心，和他們進行肉搏戰，棄他們而去，再蹒跚著出發。她多次談到過寫作的危險，並說她現在所占據，所開拓的領地本是一片荒蕪，於是她請她的人物來，和他們對話，似乎他們眞的存在一樣，就在她的身邊，在創造他們的諾夫勒城堡的房間裡。她賦予他們靈魂、軀殼，賦予他們存在。她沉浸在自己的混亂中，一旦有一個人物稍微接近她一點，她立刻窮追不捨地糾纏上去：

副領事的心走近了我。我必須歡迎他的暈眩。

我，法國副領事，面對幸福說我不在乎。

但願人們可以理解，這個在加爾各答承受痛苦的男人，我就站在他身邊。

讓我安靜一點吧，讓我安寧，讓我看我願意看的東西，說我願意說的話……思想可能是看不見的……

我在這裡是爲了什麼？我的困難在哪裡？就是在於我不知道自己爲什麼在這裡……這種努力所包含的虛榮，還有不可替代的重要性……我要爆炸了。這間房裡有什麼東西正在死去？

……再遠一點

我醉了，就在他身邊。空茫，暈眩。

一個男人不能在加爾各答入睡。

什麼樣的過去。那麼多的蠢事壓在我的肩頭。

我要爆炸了，因爲我不能給自己提供力量，我也用不上自己的經驗。我因此而爆炸。思想？因爲此時它突然感到不舒服，它空了，分解了。突如其來的洩氣是不是表明副領事的心正在慢慢地進入我的內心？是的，他在鬥爭。

莒哈絲在規定的期限裡把劇本交給了馬蘭・卡爾米茨。「拍攝時我們在一起，工作得非常辛苦，」他說，「我到特魯維爾，就在她的房子裡，用她的東西拍。她站在一旁。她看著我做。她一直都在。」①她對他承認自己在電影方面有過很糟糕的失敗。卡爾米茨一邊做一邊解釋，告訴她自己是怎麼拍片的。《副領事》在某種程度上和《加爾各答的黑夜》如出一轍，拍攝這部電影挑起了她做一名導演的慾望。「她不再在技術上心存畏懼。她發現拍電影也可以是件很簡單的事情。」瑪格麗特將馬蘭帶到特魯維爾賭場。她玩得很小，但是每次輸的時候都會大發雷霆，弄得很丟臉。她帶他參觀了整個諾曼底地區，市場，海灣，荒地裡孤零零的灌木，她向他講述了她的哥哥和母親。電影描繪了一座荒蕪的城市，背景是鉛灰色的處於平潮的大海，一波一波的沙。都說這是莒哈絲的風格。作家這一角色由莫里斯・加萊爾飾演，非常美妙。他經常出入酒館，晚上獨自走在街頭，挑逗女孩可總是挑逗不上手。電影的確不錯。有一種憂鬱的氣氛。這部電影的手法，後來莒哈絲眞的成爲導演時一直很喜歡用，甚至到了濫用的地步：即在評述與畫面之間保持一定的距離。電影給人以耳目一新的感覺，褒貶意見不一。在圖爾電影節入圍以後，卡爾米茨讓莒哈絲和他一塊去爲電影最後奪標而戰。可是沒能成功。影片遭到了觀眾的嘲笑，但是讓・波朗和皮特・布魯克則非常欣賞。

瑪格麗特在其生命盡頭的時候甚至忘記了《加爾各答黑夜》的存在。她說《副領事》是第一部關於她生活的著作，最難懂的，也是最冒險的，因爲它最大限度地描寫了不幸，卻沒有追述引起這份不

---

①作者與馬蘭・卡爾米茨的談話，一九九六年四月十八日—二十四日。

幸的可見的事件。她編造了一個加爾各答，但是她在制定女乞丐流浪的路線時查了地圖。她所遊歷過的那些地點的名稱都是眞的。「沒有她」，書出版時瑪格麗特說，「《副領事》就不會存在。」①「他富有，頹廢，到處都是胖胖的。她貧窮，幾近毀滅，因窮困而浮腫。彼此之間正好相反。從來未曾相遇。但是他們非常接近，都在不幸中生存。他們在一個地方根本無法生存，哪怕只待上幾秒鐘的時間，這是一本我自己想寫的書。」她在註釋中寫道。

她到義大利過了幾天，暫時中斷了寫作，和吉內塔、艾里奧見了面。這將是她最後一次和維托里尼一起散步，一起喝康帕里酒，互相謾罵，跳舞，談論共產主義，品嚐細麵條，評論陶里亞蒂和義大利共產黨的最後決定。她決定不回巴黎。她害怕回到諾夫勒，她是那麼恐懼，成日叫個不停。從里窩納，她去了威尼斯，把自己關在旅館裡，一邊是她的威士忌和手稿。威尼斯在下雨。布爾薩岩壁彷彿離得很遠，法國駐加爾各答大使館的夾竹桃也很遠。少女時代對痲瘋病的恐懼又回來了，在這座讓她恐懼、散發著死亡味道的城市。威尼斯也出現在《副領事》裡：安娜瑪麗・史特德兒就曾經在威尼斯生活過。瑪格麗特非常沮喪。書寫不下去了。在一本簿子上她記道：「我沒有工作的慾望，我隨它去，我隨故事怎麼發展。如果有一天這個故事能完成，我都不知道這是個怎樣的故事。威尼斯還在下雨。窗外的街道上行人很少，我剛才買了一瓶威士忌。如果我願意，我可以喝得酩酊大醉，然後睡去。」瑪格麗特晚上喝酒，白天在街上跟著別人。她迷上了一個女人，就住在學院區，有天在小飯館吃飯的時候恰好坐在她對面。瑪格麗特看到她就開始編造上了，她對自己說這個女人要自殺，猶豫著要不要上前幫助她。她跑遍威尼斯，想找到一本關於加爾各答氣溫的書。她想像著大使館的樣子。每

① 《話語的癡迷》，見上述引文。

天晚上她都在哭泣。爲安娜瑪麗・史特德兒哭泣，爲副領事和馬來西亞的森林哭泣。她喝很多酒，關於這個，她也曾在日記裡記過：「我在找一句話，有點醉了，坐在桌前，我找一句話，它再也回不來了。昨天這句話還在飄盪，今天它就在我的心裡碎了。它再也重建不了啦。它很長，很活潑，像曲子一樣和諧，有一種重唱的意味，像是很有抑揚頓挫，很有規律的抱怨。我還想得起來的詞包括：臭味，死亡，風扇，受驚的小鳥，小偷，我在尋找這句話。今天晚上我找不到它，這是怎樣一種令人讚嘆的痛苦啊。明天它會回來的，就像一條小狗在捕完獵物後又回到主人身邊，夜晚多麼不可告人。」

幸虧了味道，莒哈絲漸漸往下寫著：河岸令人噁心的惡臭，法國大使館的花園在早晨散發出來的那種似隱似現的夾竹桃的味道，精液的味道，沒什麼味道的味道，她這樣說副領事，那個總是沒幹什麼就累得要命的副領事。在初稿中，他有個女人，尼古拉・古爾色勒，一個讀科羅南的《城堡》的大傻瓜。在最後一稿裡，莒哈絲只讓她在最後一章裡曇花一現了一下，她更喜歡她的女主人公，要在她身上花更多的筆墨，這是殖民地白人圈的一個虛幻的典範，既是母親，又是妓女的完美結合：安娜瑪麗・史特德兒，這個平整、禮貌的女人，結了婚，有兩個孩子，她將一個年輕人逼得走投無路，最後只有爲愛而自殺。瑪格麗特・莒哈絲後來說安娜瑪麗・史特德兒的確是存在的。從表面上來看她是兩個女人的綜合：一個是大使的女人，隱居在暹羅灣的一角，瑪格麗特曾在那裡度過假。她和母親在荊棘叢林的深處碰見了她。母親和女兒坐了三天的小艇到她的住處去拜訪她。她非常正式地給她們端來下午茶。她的美貌讓小女孩驚詫不已。但是另一個人物也給了瑪格麗特靈感：她的名字叫做伊麗莎白・史特德兒，在瑪格麗特的少女時代，有一段時間，她們幾乎天天都能見面。伊麗莎白是瑪格麗特在夏瑟魯普—洛巴中學一位同學的母親。美，很美，瑪格麗特的同學回憶說，她是個完美的母親，還是個完美的音樂家。多虧了《印度之歌》她得以從過去的輕霧中凸顯出來。一九七七年十月十三日，看了電影後，伊麗莎白·史特德兒的孫女寫信給瑪格麗特，告訴她祖母就住在巴黎郊區的一幢房子裡，請她去找她。沒有瑪格麗特的任何消息，於是一九七七年十一月十五日，伊麗莎白·史特德兒親自寫信給她：

夫人：

您保持沉默是對的。

透過我年輕時的樣子，您的想像創造了一個小說中的形象，之所以有魅力，完全是出於這份神秘，沒有人知道她的名字，所以應該保留。我本人也是非常深切地認識到這一點，所以我既不想讀您的書，也不想去看電影。對於記憶和印象所持的謹愼態度，因爲記憶和印象只有留在晦暗之中才有價値，在變得不眞實的眞實之中……

一九七八年十月八日，九十一歲的伊麗莎白·史特德兒永遠熄滅了。

在威尼斯，瑪格麗特讓筆下的安娜瑪麗·史特德兒陷入了一種深深的沮喪之中。瑪格麗特發了一封電報給朋友——這位朋友至今不願透露她的姓名，告訴她她的恐懼和害怕。朋友給她找來了醫生。威尼斯還在下雨，學院區的女人不見了。她像安娜瑪麗·史特德兒一樣自殺了嗎？瑪格麗特是這樣想的。她決定離開威尼斯、生或死的問題。「醫生來了。不，不是酒精的問題。那麼是什麼？我老了，沒有愛情。什麼對我來說都是無所謂的，除了知道眼淚的由來。」

書後來是在諾夫勒完成的，那時的瑪格麗特因爲沮喪已經變得有點遲鈍了。

熱拉爾·雅爾羅死於一九六六年二月二十二日。正當盛年，寫作天分也剛剛得到承認就夭折了。這個四十三歲的男人死於什麼呢？心臟病，報紙上簡潔地說。心臟病，在做愛時發作的，雅爾羅的朋友很快就都知道了。雅爾羅死在聖日耳曼—德普雷的一家旅館裡，午休的時間。一個年輕女人在電話亭打電話通知了警察局。瑪格麗特得知這一消息時幾乎都要瘋了。當然一方面是因痛苦而瘋狂，她至今仍然愛著這個男人，但是還有嫉妒，嫉妒那個她認爲是造成雅爾羅之死的罪魁禍首的女人。她親自去調查她的身分，甚至找到警察，覺得他們會幫助她。沒有結果。雅爾羅的朋友都在想，也許雅爾羅已經知道了自己的結局，準備好了這樣的死法：唐璜式的死亡，通過愛來自殺。的確，他知道自己患有心臟病，事先已經發過病了。做愛，酒精，香菸對他而言都是絕對禁止的。「因爲，失去理智我們就可以摧毀時間，也就是摧毀死神。同樣，用詩歌，應需要而生的愛，酒精，吸毒……：用這一切我們也可以摧毀死神。」在梅迪西斯獎授獎儀式上他說。他留下的是沒有出版的手稿，疲倦的微笑和溫柔的存在。「他是一個無與倫比的男人，在所有的方面都完成得很好，總是耗盡自己的所有精力，雖死猶生，像期待激情一樣期待著死亡。」瑪格麗特在《被欺騙的男人》中寫道。在書中，瑪格麗特讓他在埃特萊塔死去。不，瑪格麗特，他就在您身邊，離您只有幾條街，這個您如此深愛過的男人，您愛他的思想，行爲，也愛和他做愛。這個男人是在和另一個女人做愛時死去的，他欺騙了您，也許就是爲了這個女人，您和他斷絕了關係。不，您根本不知道。這樣最好。於是您可以想像了：「自從得了心肌梗塞，每有一個新的女人出現，他都會害怕死去。他的死亡持續了一秒鐘。是一種突如其來的死亡。他沒有時間說瞧，這就是死亡。」但是關於這個男人的智慧、深度和純潔，在這些問題上您沒有撒謊。

艾里奧·維托里尼十天前也死了。這是個曙光中的男人，正如莫里斯·納多在《新文人》上寫的一樣。瑪格麗特失去了一位親近的同伴，也許是現在唯一的朋友，鬥爭的通知，一個與她有著兄弟般友誼的男人，總是那麼專注，那麼靠近她，他們甚至想也沒想就團結在一起。他也是她的導師，過去的導師，當然，道德上的，和她受到過同樣的侮辱卻充滿了勇氣。

《副領事》於十月底截稿。必須改三校。頭兩次修改工作的強度非常大，作品的開頭幾乎完全重新來過。「這個飢餓的小女孩，動物一般的小女孩走過緬甸的沼澤地，這就是《副領事》。」瑪格麗特在電台宣稱①。書仍然留有《勞兒之劫》的痕。威爾士王子飯店接待大廳的窗簾拉起來了，就像在勞兒永遠失去自己未婚夫的那次舞會上一樣，悲劇突然出現在舞台上。《太平洋防波堤》中的不少場面也幾乎原封不動地被照搬進《副領事》裡：比如說女乞丐把自己生病的嬰兒送人。在《太平洋防波堤》裡，嬰兒是因爲被蟲子啃噬一空而死的。在《副領事》裡，女乞丐在醫生到來的時候逃跑了。《副領事》沒有結局，作者將敘事擱置了下來。在她的記憶中，人物沒有消失。就是在跳華爾滋時那一種略帶憂鬱的曲調，後來又出現在《恒河女子》、《印度之歌》，一直到《愛》才算結束。

書首印了二萬五千冊，一九六六年七月出版——在阿蘭・羅布・格里耶的《約會之所》出版三個月後。同樣是遠東地區一座潮濕的，令人消沉的城市，同樣那種永無止境的感受，同樣那種死亡和記憶深處裡的過去的遊戲。文學界經常拿這兩本書相提並論，也經常將這兩個互爲朋友的作家相提並論。這種相提並論卻激怒了瑪格麗特，她氣憤到了極點，乾脆利用這個機會來清算她和新小說——文學界經常不顧她的激烈反對非要給她貼上這樣的標籤——之間的新仇舊恨。不，她對新小說一點也不

① 《話語的痴迷》，見上述引文。

能理解，一直覺得很陌生，她說新小說不過運用了一些誇張性的語言試驗程序而已。她說新小說是在原地轉圈，是美國超現實主義文學一種巧妙的翻版……「甚至有點沉重。從個人角度而言，我不相信這場文學運動。」①

《副領事》不太受歡迎。「敘事緩慢，拐彎抹角，令人窒息，讓人喘不過氣來的學者式的句子。」弗朗索瓦・努里西埃在《快報》上撰文說。「小說低沉、謹慎、悄無聲息，充滿了遲疑，變相的抱怨，羞愧，必須借助耐心，充滿激情地豎起耳朵聽才能聽見。」通常無條件贊成莒哈絲的讓—路易・波里如此寫道：「人造力量之塔。」羅伯特・康特斯評論說。莒哈絲老羞成怒。她出現在電視上，在皮耶・杜邁耶的身邊，成了一個羞怯、敏感、脆弱的作家，她已經開始在報紙上進行自我頌揚，對所有不承認她的人表現出一副諷刺甚至惡毒的態度，可是這一切都是徒勞。瑞士一家報紙問她爲什麼《副領事》會如此不受歡迎，她回答說：「法國新聞界沒有弄懂。然而這對我來說無所謂……瑞士評論界——這也是經常發生的事情——似乎更加嚴肅，更加深刻。」莒哈絲談到了背叛。著名女歌唱家莒哈絲。反覆無常的莒哈絲。她讓記者等了幾個月，一直拒絕採訪，除了一問一答式的文章她還勉強接受。自言自語的莒哈絲，只對自己感興趣的莒哈絲，這時已然出現端倪了。

《副領事》挖空了她的內心，將她打掃得一乾二淨。她開始了《副領事》的寫作後居然沒有產生別的寫作計畫，這樣的情況還是第一次。她想要平息正猛烈進攻她，以另外一種方式侵占了她的時間

---

① 現代出版檔案館檔案。

的絕望。於是她想到了做電影，「再也沒有比鏡頭更讓我放鬆的事情了」，她在一本簿子上記道。①她不再願意爲別人工作，做夠了把自己版權轉讓給別的導演的事情，他們根本不能理解她的精神，她也厭倦了爲錢的緣故給別人寫電影腳本，那些電影拍出來以後，她看也不要看。莒哈絲要自己做電影。這也是一種接近自己兒子的方式，兒子才滿十八歲。「我的兒子對我的書從來不加評論，他喜歡的是電影。如果說我投入電影，也許恰恰是爲了他，他會是我拍攝小組中的一員。」

讓・馬斯科羅成了電影《音樂》的第二副導演，這部電影是莒哈絲和保爾・瑟邦合作完成的。她是在和杜邁耶做那檔《大眾讀書》節目時，在拍攝現場碰到瑟邦的。他才和米歇爾・古諾一起拍了兩部短片，《夏日的海岬》和《生活的時間》，兩部片子莒哈絲都非常喜歡。他們之間的合同非常明確：兩個人都是導演，但是莒哈絲在後來的訪談中——甚至早在電影出品之前，一直稱「屬於我的片子」。屬於她的片子，當然更是屬於她的作品。《音樂》開始是一個戲劇腳本，一九六四年瑪格麗特受英國電視台的邀請，爲他們的系列劇《愛情故事》寫的一個劇本。伽利瑪已經出版了該劇本，並且登上了一九六五年法國香榭麗舍劇院的戲劇舞台，阿蘭・阿斯特呂克和莫里斯・雅克蒙導演，克萊爾・德路卡和勒內・埃路克主演。莒哈絲在把作品改編成戲劇腳本時已經做了很大的改動，並且積極參與了導演工作。她要求該劇「具有電影風格。對演員的臉要打強光，就是要十分貼近完全黑暗中的這些臉，直至將它們浸沒。」②已經是電影的概念了。我們知道《音樂》的故事，瑪格麗特後來認爲它有點輕佻。「《音樂》是我妓女的一面」，她笑了，並補充說她一年能寫三到四個這樣的故事。③

① 現代出版檔案館檔案。
② 在戲劇集《戲劇——卷一》出版前的訪談，伽利瑪出版社，一九六五年。
③ 作者與瑪格麗特・莒哈絲的談話，一九九六年三月十八日。

一對夫妻回到他們生活了十二年的城市，他們是來離婚的。他們之間的一切似乎都已經結束了。第二天，他們就分赴各自新的際遇，感情的或是職業的，這已經不重要了。永遠分開。拍攝電影時，莒哈絲將一切都重新寫過：她具體想像了人物，編造了新的場景。爲了讓電影有別於戲劇，她甚至不想用相同的名字。很長一段時間，這部電影叫做《強光》。

電影的拍攝工作應該在四月份開始。在諾曼底一座沉睡的城市找一間舊式旅館。尋找地點的過程非常漫長。莒哈絲和瑟邦遊遍了整個地區，參觀了無數旅館，一無所獲。「保爾，我在這裡聽不見《音樂》的聲音。」瑟邦乾脆決定下來，就在多城的諾曼底式卡斯泰爾旅館拍攝。拍攝工作於一九六六年五月七日正式開始，在埃弗勒和多城同時展開，接續了一個月。薩沙・維爾尼負責攝影，苔爾芬娜・塞里格飾演埃弗勒的女人。她很快就理解了這個角色，這個笨手笨腳的外省女人，傻大個兒，她的沮喪，她是勞兒・V・施泰因的小妹妹，也和她一樣，偶然在街道和森林裡遊蕩，藉此平息靈魂深處的熊熊火焰；酷愛電影，就像《太平洋防波堤》裡的蘇珊娜，坐在銀幕對面方能喘上氣來，這樣她就能躲到很遠很遠的地方去生活，躲在畫面堆砌的岩洞裡。「深刻但是輕如羽毛的女人」，瑪格麗特在《電影日誌》裡評論道。①她總是給她所愛的男人以充分的自由，愛的自由，性的自由，她從來不要求他恪守夫妻關係的約束，一直拒絕讓他陷入愛的陷阱。可以自由處理的女人，總是那麼孤獨，表面上看來很開放，實際上非常保守。

苔爾芬娜・塞里格於是成了這個步履蹣跚的女人，像一頭睏倦的母鹿，她總是讓自己的身體陷入椅墊，然後慢慢地、溫和地吐出幾句話，嘶啞的聲音眞的會讓你輕顫。莒哈絲還是經阿蘭・雷內才認

---

①《電影日誌》，一九六七年二月。

識苔爾芬娜的，是雷內把她挖掘了出來，讓她飾演《馬里安拜德的一年》裡的主角。瑪格麗特在用她之前也猶豫了很久。她更想用阿努克．埃梅，但是埃梅正好在拍另一部片子，恰巧也是在多城，《一個男人和一個女人》。瑪格麗特建議等她。瑟邦強迫她接受了苔爾芬娜。她沒有後悔。這是她們久遠而深厚的友誼的開始。苔爾芬娜總是全身心地投入，她的友誼總是絕對的，鐵一般的，莒哈絲說。如果你沒有在電影院裡見過她，我又怎麼能向你描述得盡她的一切呢？莒哈絲解釋說：「苔爾芬娜進了攝影棚，嘉寶和克拉拉．波的陰影便不復存在，或許我們可以把她歸爲加里．格朗那一類的。可是，電影界的混亂講不清楚，我們也不要太認眞了。」①苔爾芬娜於是就是「她」，帶著這種只屬於她的純淨的光彩，她不會將東西整理分類，就這樣順其自然地生活於其中。他，他應該是羅伯特．霍森。瑟邦一下子就想到了霍森。聽到霍森的名字，莒哈絲嚷道：「誰都可以，除了霍森，多可怕啊！」瑟邦堅持。最終，在這一點上還是莒哈絲讓了步。接下來的事情，霍森爲我們敘述道：「第一次她看見我就對我說：聽著，我要讓你變得聰明。當時我是演愛情片出名的，愛情片很適合我。她把瑟邦看成是我的技術指導，把我當成一個毛頭小伙子。她指責我注意力不集中，她認爲我是公立中學的那種花花公子，或是專門勾引單純少女的卡薩諾娃。我於是稱她爲克里斯蒂安娜．羅什弗爾，②她聽到幾乎要發瘋了，但是她也笑了。她能讓我把一個鏡頭重複上五十遍。實際上，我很欣賞她。她是個媽咪．諾娃式的人物。每當我憂傷的時候，我就去找她，我印象很深。她不讓我的本性得到發揮，她扮演激

---

①《外面的世界——卷一》，頁二五四。

②作家，《戰士的休息》（一九五八）、《世紀的孩子》（一九六一）和《獻給索菲的詩》（一九六三）等作品的作者。

情登記簿的角色，而且很清楚自己要做什麼，她很好。」[1]莒哈絲想要把《音樂》拍成一部沒有道具的影片——她批評《廣島之戀》過於注重道具，只有臉。一部戲劇風格的電影，一齣電影風格的戲劇。

拍攝電影時的一張照片上，瑪格麗特和技術人員在一起，快樂，活潑。她就在那裡，無處不在，彬彬有禮，但是很堅定，一定要別人按照她的意願取景，還喜歡指揮演員。瑟邦很快就明白他已經失去了這部電影：「我向她解釋目的，鏡頭的推進，我小心翼翼地盡量做好每個分鏡頭的劃分，一個鏡頭一個鏡頭地來，因爲我知道和人合作導演是一件很困難的事情。我選擇了出類拔萃的技術人員，但是一點用也沒有。她很快明白過來了，必須分而治之。她成功了。」氣氛很快就惡化了。米歇爾・波爾特證實道：「我從報紙上看到她要拍電影，我去了她家。我以前不認識她，她建議我和她一起拍攝《音樂》。我其實沒有什麼作用。我就站在那裡，就這樣。她對我說過：我們不能付給你錢，但是作爲交換，我讓你住到我黑岩旅館的家中。瑟邦和她之間的關係很緊張，瑟邦掌握劇本，不是她。他是個職業的技術人員，她不是。她開口說話的時候，那些技術人員在她面前都說她對，轉過臉去則說她什麼也不懂。」在《藝術》上也刊登了一篇關於電影拍攝的報導[2]，同樣證明了當時這種緊張的氣氛：「他們的意見從來沒有一致的時候，一個滿意了，另一個又要重拍。他們分開進行。『您的是哪一個？三號？我的是七號。我們去看看剪輯的情況。』爲了節省時間，莒哈絲做出決定。」「我重複了三遍，讓布洛克和多丹——他們是製片商——走開，」瑟邦說，「他們拒絕了。最終，由於我的堅

① 作者與羅伯特・霍森的談話，一九九六年三月二十日。
② 《藝術》，一九六六年七月二十七日及八月二日。

持，她總算接受了。我們拖長了電影的拍攝時間，因爲製片商感到失望，我們只好再重新來過。在拍攝完的晚宴上，我們似乎和解了，後來她又想把一切都控制在她的名下。她甚至想在字幕上加上一條：該片由瑪格麗特．莒哈絲製作，接著，她消失了，不願和我一道推出這部片子。」①

她或他。最後是她，是她的片子。她把它當做自己的第一部影片，一九九二年在法國做電影回顧展時也是如此。和苔爾芬娜．塞里格的故事才剛剛開始。和羅伯特．霍森就再也沒有下文了。「瑪格麗特曾經再次要求過我，但是正好我沒空。在她看來，我是個港口的水手，一個粗魯的人。很遺憾。只有她能夠用一種無盡的溫柔馴服我。」②

和于勒．達新的合作則要比和保爾．瑟邦的合作和諧得多了。她積極投身於《夏夜十點半》的腳本創作。她和他一起寫了劇本大綱，想像著地點、氣氛和味道，寫了無數的草稿交給達辛，再由達辛重新工作。她爲演員起草了兩位女主人公的生平卡片，演員是美麗娜．邁爾古利和羅密．施奈德。她每天都去拍攝現場，她發現美麗娜完美地演繹了瑪麗亞一角，欣喜若狂。「我相信，我甚至能夠肯定，她飾演瑪麗亞的時候，完全是她生活中原本的樣子，從身體到靈魂。」她在《時尚》雜誌中寫道③。但評論界可不是這樣看的。評論界對電影的反應非常冷淡——一部半人半魚的電影，亨利．夏皮埃在《戰鬥》④上說，還有美麗娜．邁爾古利的演繹，她將電影變成了邁爾古利狂歡節。《新文人》指責瑪格麗特．莒哈絲將靈魂賣給了電影，把書變成了一齣粗俗的獨幕劇，圍繞著邁爾古利這個中

① 作者與保爾．瑟邦的談話，一九九六年三月二十日。
② 作者與羅伯特．霍森的談話，一九九六年三月十一日。
③ 《外面的世界——卷二》中收錄了該文。
④ 《戰鬥》，一九六七年二月三日。

心，超越了粗俗的界限。①

瑪格麗特心中油然生起對美麗娜的一種感性的、智性的和愛情式的激情，而且這份激情並未隨著時間的流逝而變質。瑪格麗特經常會愛上自己的女演員：苔爾芬娜，美麗娜，讓娜．莫羅。「您成爲我的朋友後我才開始有了自己的朋友。妳是我第一份成熟的友誼。」讓娜．莫羅說，「從您開始，我才知道友誼爲何物，然後我有了別的朋友。」②瑪格麗特把自己奉獻給她們，女演員也都做了回贈。瑪格麗特喜歡她的鏡頭所展示的她們的身體，聲音，體態，面容，這是她的，屬於她的。對她來說，電影是一種獲得愛情的藝術。她利用鏡頭偷取美。幸虧有了這工具，我們終於可以看清一張臉。電影的客體甚或材料就是人類的臉：「在戲劇舞台上，你沒有臉，你看不見臉，但在電影裡不是這樣。」③離析、固定、發現每一份存在的秘密。莒哈絲是個窺淫癖。電影可以讓她得到花邊新聞上的滿足，她像一個輕佻少女，經常願意接觸貧民窟，感受那一份令人戰慄的墮落。她爲讓．夏波的第一部電影寫了腳本和對話，這也是一樁花邊新聞演繹來的故事，在德國的報紙上曾經連載過幾個月。一個女人對丈夫承認在認識他以前有過一個孩子，她把孩子交給一對工人夫婦收養。孩子的養父威脅她說，如果她把孩子帶走，他就要殺了她。由羅密．施奈德扮演的母親將要「偷取」她自己的孩子，從米歇爾．比科里扮演的孩子的養父手中。莒哈絲把自己也看成是一個小偷。「和莒哈絲的合作很不容易，」讓．夏波承認道，「我想展現女人『偷』與『被偷』的雙重性，但是她更傾向於『偷』。」④

---

①《文學新聞》，一九六七年十二月九日。

② 讓娜．莫羅與莒哈絲的訪談（未發表），一九六五年七月十七日。

③ 現代出版檔案館檔案。

④《電影日誌》六六號，一九六六年十二月。

電影開始的題目叫做《四號壁爐》，一九六六年十一月出品。莒哈絲從夏波手上「偷取」了電影。新聞界對這部片子表示了極大的興趣……認為這是莒哈絲的影片之一。「我們更喜歡說這是讓・夏波的第一部片子，它宣告了一位電影作者的誕生，但是這位電影作者難道不是瑪格麗特・莒哈絲嗎？」亨利・夏皮埃在《戰鬥》中感嘆道①。莒哈絲造就了莒哈絲。

她想澄清表面上看起來似乎是無辜的罪惡，這種慾望從來沒有中斷過。她喜歡在櫥櫃中搜尋，照亮那些可憐的小秘密。有些故事一直在糾纏她。比如說這樁新聞——一對夫妻擺脫了他們的表姐，把她切成一塊一塊，我們都知道她已經以此為基礎寫了一部作品，一九五九年出版的《塞納—瓦茲的高架橋》。一九六七年她又重新揀起這個故事，用對話小說的方式進行了完全的再度創作。這就是《英國情人》，關於倒錯的一本書，卻是一部極為優秀的偵探小說。她說她「看見」了這樁罪惡，彷彿她眞的親眼目睹了這一切：故事發生在一個冬天的晚上，男人在壁爐邊讀他的報紙，她手中握著一柄泥瓦匠的錘子。她將人物錯開，在他們所說和所做之間引入距離，擱置了犯罪的本質原因。她安插了一個敘事者，敘事者有一個錄音機，放在村子的小酒館裡錄下過往客人的談話，而小酒館正是罪惡的發生現場。讀者的懷疑會分散在好幾個人物的身上，這些人物分別受到了質詢，質詢者似乎在扮演重罪法庭法官和精神病醫生的雙重角色。

莒哈絲非常欣賞阿加莎・克里斯蒂。和她一樣，莒哈絲也深深為罪惡中正常的一面和罪犯的平庸——表面上的——所迷醉。瘋子和正常人的差別只有在犯了罪之後才能顯示出來。她沒有把自己放在

①《戰鬥報》，一九六六年十一月二十八日。

犧牲者的位置上，恰恰相反，她將自己置於犯罪者的角度。通過獵物之死我們也摧毀了自己。「我們很容易忘記罪犯手下的犧牲品」，《英國情人》裡的皮耶說。她讓他們姓拉納，克萊爾・拉納和皮耶・拉納。克萊爾有犯罪的傾向，她原本可以殺了她丈夫，她殺了她又聾又啞的表姐，這也是碰巧。誰是克萊爾？她不說，不解釋，也不對自己的罪行加以評述。於是莒哈絲將自己放在克萊爾的位置上，這讓她感到激動，她喜歡爲別人的罪行而行動。「我替她們找尋犯罪的原因。」瑪格麗特說①。克萊爾完成那個殺人的動作時，她以爲自己什麼也沒做，她讓別人照亮了謊言，回到了「原始的命運」裡去。在眞正的「克萊爾」事件裡，訴訟後克萊爾被判了五年刑，她服完刑以後回到村裡。莒哈絲跟著她，她知道她獨自生活，和任何人都不說話。接著有一天，她消失了。關於她罪行的案卷最終和她的司法檔案合在一起。在別人看來她是瘋了，可在莒哈絲的眼裡，她的行爲自有邏輯性和連貫性，在她的筆下，克萊爾迷人，脆弱。她的罪惡讓她清洗了原來的骯髒，她變得輕盈了。瘋狂只是一種簡單的描述方式，對於所發生的一切，「尋找之後沒有找到，於是我們就稱之爲瘋狂，我知道。」②克萊爾願意成爲眾人眼中的瘋子，但是莒哈絲則在自己的敘述中把她描寫成一個英雄，她是被丈夫逼得走投無路的，她的丈夫輕視她，隨她的腦子裡充滿了各式各樣的壞念頭，而且不讓她說出來。她眞正的罪惡在於太滿了。克萊爾，正如莒哈絲筆下所有的女主人公一樣，知道得太多。有一點輕度的幻覺，永遠地生活在一種落差中。克萊爾和勞兒以及後來《夏雨》中的恩奈斯托的母親一樣，是個占卜家、預言家，又是個巫婆。她只知道事情的來源，從來不知道結果，在存在的神秘的禁區遊蕩：

① 訪談印在發給觀眾的節目單上。現代出版檔案館檔案。
② 《新文學》，一九六七年三月二十三日。

「我有關於幸福的想法，關於冬天的植物，在某些植物，某些事情，食物，政治，水，水上的，冰冷的湖，湖的深處，湖中之湖，吞噬一切、奪取一切、自我封閉的水，就是關於這東西，水，很多，關於慢慢爬行的動物，不停地爬，沒有手，來來回回的東西……」就像《印度之歌》裡那隻受驚的小動物，克萊爾也在世界的混亂之中生活，大聲叫喊著，沒有人聽得懂她在說些什麼。虛弱，簡單，兩個女人都是非理性諸神派來的使者，森林女人，半人半魚，才從潛意識的惡臭裡脫出身來的女人，來擾亂我們這種小資產階級的思維和推理方式。

一九六七年一月九日，莒哈絲把《英國情人》的手稿交給伽利瑪出版社。又是好幾校，因為瑪格麗特重新組織了敘事，在邊上、下面加了不少，貼了整幅整幅的照片。在第二校的時候，幾乎每一行都有修改的地方，足可以證明作者在尋找合適的詞上下了多大的工夫。書是一九六七年四月出版的，印數一萬冊。評論界沸騰了，高度讚揚了作品的深度和精采的心理分析，並盛讚作者善於讓生活在沉默邊緣的人開口說話。「瑪格麗特‧莒哈絲，」弗朗索瓦‧努里西埃概括道，「觸及到了一個屬於我們的受傷區域。」

一九六八年十二月，多虧了導演克洛德‧雷吉和他的演員——瑪德萊娜‧勒諾、克洛德‧多芬、米歇爾‧隆斯達爾，這部作品成了留給瑪格麗特‧莒哈絲印象最深的一齣戲。我們都是黑暗中的一部分，莒哈絲在挖掘罪犯的精神根源時說。罪惡，雷吉說，首先是罪惡的可能性，我們每個人都有。雷吉導演了這齣戲，希望觀眾在這種謀殺前感到暈眩，「我們想成為罪犯、談論罪犯、認識他、理解他、將自己等同於他的願望。」①巴黎國家戲劇院的夏約廳被改造了一下。舞台、包廂都取消了。演

① 序言，節目單，現代出版檔案館檔案。

員沒有動作。動作應該是精神的，內在的。想要成爲一種臨床實驗，一種在封閉的地方進行的實驗，這齣戲將演員和觀眾置於眞理的考驗之下。成功，莒哈絲從來沒有在行爲分析上走得那麼遠，簡直讓人迷醉。評論界的意見是一致的。「令人激動的探索，」讓-雅克・高提埃在《費加洛》上撰文說，「眞正的室內音樂。」羅伯特・康特斯在《快報》上也如是評論。

莒哈絲沒有停下。她才完成了一齣名叫《俄國戲劇》的戲：在烤牛肉的味道中，兩個舊日同窗在清算斯大林主義時代的賬！這齣戲始終未能見到天日。她繼續和電台積極合作，走遍了整個法國，給中學生談文學和詩歌，談米肖——她認爲這是法國最偉大的詩人，她經常給他們讀《某枝筆》的片段，一讀就是幾個小時。她大聲爲工廠裡的文學辯護，說它具有和沙龍文學同等重要的位置。她參加了不少文化界的遊行，經常到企業的委員會去宣講。一位記者陪她去了帕德卡萊礦工委員會，她去說服那裡的女工，讓她們相信文學的重要性，在熱情的聽眾面前她又開始讀米肖，讀塞澤爾。

一九六七年五月，她接受了盧森堡廣播電視台的邀請，作爲特使參加戛納電影節。認眞負責，富有激情，她推選了布萊森的《橢圓窗飾》、羅塞的《事故》，尤其是安東尼奧尼的《爆炸》，她堅決要求把金棕櫚獎授予該片，果然她如願以償了。瑪格麗特抓住了電影節的氣氛，的確具有職業評論家的眼光，但是她寫東西就像她說話一樣，什麼都寫，不完全是電影，她沉浸在自己不停地在拍攝之中的電影裡：「戛納在這裡。白色的石頭和電影。有點像加爾各答。這座城市建得像一座劇院。我就在那裡的四樓，海是舞台。新聞很可怕。我們在這裡找到了這張報紙。就像可怕的夷爲平地的海防在你面前展開。希臘的軍事暴動已經過去了十一天。海灘上卻還有美國兵，照片上，我們可以看見他們和爲他們服務的年輕女明星在一起。」①

她從戛納寄了一封措辭激烈的信給羅伯特・伽利瑪，她說在城裡的任何一間書店裡都找不到她的書。羅伯特請求她的原諒，克洛德也是。他們立刻展開了對阿歇特發行渠道的嚴密調查，想要知道這種匱缺的原因。她於五月二十二日致信克洛德・伽利瑪，回覆道：

我眞的是對這本書抱有希望，但是仍然沒有超過一萬——一萬三千冊的絕對印數。讀者的雪球被摧毀了。成功轉瞬即逝，很快就會無蹤無影，如果我們不聽取公眾的要求，如果我們一拖再拖，我們就糟蹋了這種自然的關係，無論如何這一切都太遲了。但是我所要求的，總的來說應該是一種特殊對待。我這樣說不是太好，但是我應該說，《英國情人》比起《勞兒之劫》和《副領事》來，更能贏得讀者。我請求原諒。

「人們都是蠢貨，但是這點我們早知道了。」她一直不停地重複這句話。法國厭倦了，瑪格麗特也是一樣。她對戴高樂將軍的仇恨還在與日俱增。她沉溺於酒精裡，藉此來麻醉自己的幻滅。她縮在諾夫勒堡，躲在自己的幻想之中：世界是一片巨大的沼澤，對思想甚至對革命的背叛成了規則。沒有什麼是再可以寄予希望的了，不管是政黨還是別的什麼，更不要說政治人物，從根本上說他們才是眞正的叛徒。她經常和羅伯特・安泰爾姆、迪奧尼斯・馬斯科羅見面。她仍然宣稱自己是個共產黨員，

---

① 盧森堡廣播電視台，一九六七年五月七日，重新收錄在《戛納電影節五十周年》中，《電影日誌》，一九九七年。

眞正的共產黨員，這樣說可以有別於她所痛恨的那些陰險殘忍的人。

一九六八年的「五月風暴」簡直像是奇蹟。五月五日，在迪奧尼斯和羅伯特的陪同下，她和其他知識分子及藝術家在法國廣播電視局的抵制中心會合，讓大家在請願書上簽名，並開始積極地投身於戰鬥之中。她從來沒有漏過遊行的機會，下樓來走到大街上，聲嘶力竭地唱歌，在警察前奔跑，設置街壘路障。興高采烈，詭計多端，調皮搗蛋。一九六八年的「五月風暴」又給了她重生的機會，這是她重返青春的泉水。她又找到了解放初期的那種快樂，街道是人民的，希望又重新掌握在自己的手中，還有和大家一起並肩戰鬥的慾望。她也加入了攻占索邦大學的人群，每夜都去聽大學生演講，她再一次呼喚，號召市民不要屈服，相信一個夢想的時代就要來到，相信也許國家會讓出政權。

他們將要改變這世界。莒哈絲和已經倒閉的《七月十四日》雜誌的朋友們一樣，相信明天就會發生革命。她一直害怕自己在擁擠的遊行隊伍中被壓扁，被撞壞，於是每一次都要拉上好朋友——布朗肖，尤其是馬斯科羅和馬蘭——作爲自己的保鏢，一道氣喘吁吁地在街頭奔跑。她不再睡覺，把所有的事件都花在大街上，觀察著正在發生的一切。她很快將這一切詩化了：對於她來說，一九六八年的「五月風暴」是對原始領域的開闢，是每個人內心深處混亂的表達。五月中，她和莫里斯·布朗肖——在體味著如此強烈的幸福感的一個月中，她幾乎一直跟著他——一起建立了大學生、作家行動委員會。委員會下屬還有不少部門，上面設有秘書處。第一天大廳裡總共有六十來個人，作家、記者、大學生、電視專欄主持人，到了第二天只剩下了二十五個。電視專欄主持人首先消失，接著是記者。討論沒有那麼激烈了，聽起來也不是那麼有意思了。瑪格麗特每天都和布朗肖、安泰爾姆、馬斯科羅一起來。委員會有二十來個人是固定的，隔一定的時候就要會一次面，其他的大學生、教師都是聽眾，開始時很勤勉，久了就自然而然地消失了。有些人聽了以後摔門而去永不回頭，覺得委員會的人簡直是有怪癖，居然熱中於一個字一個字地討論革命文章。開始的時候提議總是遭到拒絕，接著文章遭到質疑，再後來乾脆重寫。有些人厭煩透了這套程序，瑪格麗特則堅持了下來。她在這種磋商中似乎顯得很能幹，很善於發現左派主義的矛盾之處。她在這些斥罵她、訓誡她、不承認她的年輕人中得到了重生，說實話，他們都是非常優秀的。把自己看成是主教的她覺得匿名做的這些事情有趣極了，並且積極地投身到革命中去，成了捍衛法語語言的虔誠的小兵。她費盡心思地發明了一些口號，可以做口令用，有時也刷在拉丁區的牆上。「我們不知道自己會到哪一步，但這不是不前進的理由，」這句口號就出自於她。「禁止本身才是被禁止的」，這似乎也是出自於她，如果我們相信馬斯科羅的話。但是她不在乎這究竟是出自於何人之手了，她只顧一頭栽在集體裡——不再是個作者而是一名戰士。委員會是很難存活下去的。她說，但這並不重要。有人試圖暗中破壞，但是沒能成功。同志們緊緊地團結在一起：「沒有再比拒絕更能讓我們團結在一起的了。我們是誤入歧途、被階級社會剔除出來的人，但我們是活生生的，雖然沒有階級但是是不可摧毀的，我們拒絕。」八月底，委員會依然緊密團結在一起。委員會的成員在政治上和思想上都表現出了一種拒絕。他們反抗一切：選舉，恢復正常的秩序，夏天的無所事事。出於偶然聚集到一起的他們，繼續在討論關於已經消失了的革命殘餘的哲學概念。他們堅持追隨自己的夢想，希望有一天馬克思主義能夠最終擺脫斯大林主義的罪惡，某些超現實的嚮往最終能夠得到實現。我們是永恆的，我們走在未來的前端，他們說，他們，他們是瑪格麗特、莫里斯．布朗肖、讓．舒斯特、迪奧尼斯．馬斯科羅和其他一些人。這根烏托邦之弦從此後就有了語言上的儀式和代碼。有不少一九六八年夏第一次來參加委員會的人都走了，因爲這幫人變得讓人難以理解。只有永無止境的革命是最重要的。這種以集體的名義抹去個人存在的技術，這種掩去一切個性的行爲，這種對於價值系統的摧毀，瑪格麗特都是親身經歷的，一切都令她感到非常激動。她甚至想換個身分。「莒哈絲，我夠了。」她說。她還想換個祖國——離開法國到美國去。還有職業也換掉：永遠地放棄寫作。

有些人至今想到當時的場景還在笑。但是他們究竟扮演了什麼樣的角色呢？對他們來說，一九六八年的「五月風暴」甚至連一齣輕歌劇的背景都算不上，充其量也只是口袋裡裝滿了錢和虛榮的大學生的一幕短劇而已。瑪格麗特卻對「五月風暴」充滿了信心。一九六八年的五月，她熾熱地燃燒著。一九六八年九月十三日，她寫信給一個很快成爲她親近朋友的小伙子——亨利・夏德蘭說：

發生了一系列的事件。我一直置身於其中，從早到晚。五月不復再有。我處在焦慮和厭煩之中。我是多麼想離開法國啊，不知道有沒有這樣的可能。布拉格的悲劇簡直能把我殺死。

我在巴黎和鄉村之間生活，沒有秩序，不太好……

我不寫了。除了一點政治文章，一年以來或者說將近一年以來我幾乎什麼都沒有做。不要和我談論我的書，我夢想著有一天，我的寫作能爲其他事情所取代。

我依然喜歡安德馬斯、勞兒・V・施泰茵，尤其是副領事。

但我和此時歐洲成千上萬的知識分子一樣，處在浪潮的中心。①

①亨利・夏德蘭檔案。

唯一可能的道路依然，而且永遠是共產主義。一種原初的共產主義，沒有理想化、制度化，仍然在等著定義的共產主義。「沒有人生來就是革命者，但我希望成爲一個共產主義者。」①瑪格麗特捲入了她的信仰之中，她不相信極左分子的運動，沒有追隨他們在工廠和農村建立政權的想法。在她看來，左派應該過流浪生活，應該維持思想的自由，如果將左派主義固定下來，這等於是消滅它。所有的一切都在她的內心上演。介入政治，就是懂得如何承認這份原始性，這種拒絕的力量，自然而然，不經一點思考和限定地把它表達出來。個人的力量正在於它可以被忽視。首先拒絕爲了什麼而存在，接著，給這個世界重新定義。馬克思主義死了，此時重要的不是尋找一種用以代替的理想，而是編造活下去的理由和希望的辦法。她的身體和靈魂都很難承受一九六八年「五月風暴」之後的那種幻滅。一年的黑夜。然後她才漸漸浮出水面。她說她以爲自己窒息了，再也出不來了，想任由自己死去。寫作，又一次將她從虛無之中解救出來。「我重新開始寫作的時候，一直是逆著自己的心願在做，不再是過去的習慣，逆著莒哈絲在做，我再也忍受不了自己了。我覺得我應該冒個險，我處在黑暗之中。」一九七〇年一月她承認道。瑪格麗特感到自己很脆弱，而痛苦的《毀滅吧，她說》正是從這種脆弱中誕生的。這本書源於一九六四年她寫的一篇小說，名爲《子彈》，原來是要和雷內合作拍部電影的。雷內的拒絕深深傷害了瑪格麗特，但是她也認眞考慮了雷內的意見：她將原來的哲學對話發展成一個沒有愛情、充滿憂鬱的故事，故事中的人物在網球場前交換彼此對於這世界的看法。《子彈》更名爲《長椅》。《長椅》於一九六七年被瑪格麗特翻出來交給打字員，瑪格麗特加以修改。五月事件強迫她再次修改，幾乎算得上是重新創作了。以前敘事的中心在阿麗薩・馬克斯夫婦上，文章沒有

① 《話語的癡迷》，見上述引文。

一點連貫性，莒哈絲又增添了毀滅的主題——愛情、政治和詞語的毀滅。

女主人公，伊麗莎白·阿里奧娜沉浸在深深的憂傷之中，她成日在走廊上、公園裡、旅館的飯廳——又好像是一間私人診所——遊蕩，對任何事情都沒有興趣。旅館周圍是森林，非常危險的森林，荒無人煙，充滿魅力的沉淪之地。「《毀滅》根本不能算是小說，」她後來對阿蘭·維爾貢德萊說，「它出自我的內心，是絕望的產物。」①沉思、念咒、抱怨、咒罵，卻不乏詩意，這是一幕祭祀慶典。女主人公和她一樣，不得不忍受強制給她的病後恢復期，按照藥方呑嚥藥水，裝出一副遵醫囑躺在床上的樣子。因爲瑪格麗特和伊麗莎白所承受的痛苦是無藥可救的。伊麗莎白晚上噩夢連連，白天在藥物的作用下昏昏欲睡。她看著這片空茫。這是她看的唯一的東西，施泰茵說。伊麗莎白·阿里奧娜失去了一個孩子。分娩過程非常糟糕。孩子出生時就死了。沒有任何藥物能夠平息伊麗莎白的痛楚，這難道不就是瑪格麗特的寫照嗎？

《毀滅吧，她說》是一組四重奏。伊麗莎白脆弱，倦怠，開放。阿麗薩生硬，美麗，殘忍，感性，總是不合規矩。兩個女人從表面上看來相距甚遠，實際上卻如出一母同胞。馬克思·托爾和施泰茵，兩個知識分子，窺淫癖，喜歡追逐女人，他們都是毀滅者。他們爲彼此的慾望所吸引。馬克斯沉浸在施泰茵的慾望中，故事寄託在他的身上，伊麗莎白沉浸在阿麗薩的慾望中。兩個男人都是阿麗薩的情人，卻都爲伊麗莎白著迷，這是他們新的獵物。兩個男人互相之間並不嫉妒，但他們嫉妒伊麗莎

①　阿蘭·維爾貢德萊與瑪格麗特·莒哈絲對談大綱，現代出版檔案館檔案。同時可參考《莒哈絲》，于里亞爾出版社，一九九一年；《瑪格麗特·莒哈絲》寫作出版社，一九九四年；《爲莒哈絲辯》，卡爾曼·列維出版社，一九九五年；《瑪格麗特·莒哈絲》，橡樹出版社，一九九六年。

白—阿麗薩聯盟。阿麗薩看著鏡中伊麗莎白的身體，承認道：「我愛您，我對您有慾望。」接著，世界坍塌，氣氛變得難以承受。接著一切都沒了意義。生活，死亡，寫作。有什麼益處？《毀滅吧，她說》爲建立在窺淫癖和潛在的同性戀基礎之上的虛無大肆慶賀。「寫作對我來說，」瑪格麗特說，「就是將危機發展到危機的盡頭。我寫得很快，所以永遠走不出危機。」①一切都是以匱缺爲基礎描寫的。一層輕霧籠罩在這些人物上，他們在爲繼續活下去而笨拙地鬥爭著。莒哈絲在語言上追究得更深了，乾脆放棄了連貫的句子，將某些詞展開，比如說瘋狂，慾望，猶太人，鞭打它們，將它們追至窮途末路，窮盡它們所有的涵義。

《毀滅吧，她說》在瑪格麗特自己看來也晦澀得很，她一直難以談論它：「我從中看不出任何東西，我試著描述一個後面的世界，弗洛伊德以後的世界，一個有可能不再困倦的世界。」②結束了這本書以後，瑪格麗特又重新感到了倦意，內心也得到了一定程度的休息。在伽利瑪還不知道的情況下，她的這本書已經在子夜出版社出版了：等了她十一年的熱羅姆·蘭登感到非常幸福，因爲他和他欣賞的作者又重逢了，他覺得這本書非常重要。但是他不喜歡原來的題目《長椅》，建議瑪格麗特換個名字。她提議「毀滅」，羅布·格里耶又補充了「她說」，「《毀滅吧，她說》是個非常莒哈絲化的題目，她立刻滿懷熱情地接受了下來。」③羅布·格里耶評論道。但是瑪格麗特要把她的作品當成

---

① 阿蘭·維爾貢德萊與瑪格麗特·莒哈絲對談大綱，現代出版檔案館檔案。同時可參考《莒哈絲》，于里亞爾出版社，一九九一年；《瑪格麗特·莒哈絲》，寫作出版社，一九九四年；《爲莒哈絲辯》，卡爾曼·列維出版社，一九九五年；《瑪格麗特·莒哈絲》，橡樹出版社，一九九六年。

② 《話語的癡迷》，見上述引文。

③ 作者與阿蘭·羅布·格里耶的談話，一九九六年六月十六日。

政治武器來用。「我想應該毀滅。我想能摧毀一切注視，一切好奇心，滑向無知和黑暗的深淵。」①毀滅，而且是爲了不再重建。世界即將不復存在。這樣最好。作家應該是毀滅資產階級和舊有的社會準則的動因。《毀滅吧，她說》還只是個開頭。必須一邊學習一邊將戰鬥繼續下去。

一九六七年一月，瑪格麗特建議伽利瑪做一套政治叢書。羅伯特沒有拒絕但也沒有追問細節。瑪格麗特不耐煩了。革命不能等待，再說她已經向一些年輕作家許下了諾言。一九六九年一月十六日，她寫信給羅伯特和克洛德・伽利瑪：

> 上個星期一我和你們談過政治叢書的事情——屬於對現狀不滿的那類，我最近才寫的作品可以放在第一卷。
>
> 政治關係逼著我要快。我也沒有四個到五個預先的計畫，雖然你們說對於拋出一套叢書來說，這是起碼的。
>
> 所以我除了這部篇幅很短，而且可能我不會簽上自己名字的作品，一無所有。這份對自由的強烈嚮往使得我不能忍受別的批評，除了我自己的。
>
> 我和別的出版商簽了約，一切就緒。
>
> 我們必須親和的關係維持了二十年，現在面臨著不可避免的危機。我也處在危機之中。這也是我才簽了那份約的原因之一。

---

① 作者與阿蘭・羅布・格里耶的談話，一九九六年六月十六日。

「克洛德的反應像個受到欺騙的情人」，羅伯特．伽利瑪說。他向她重申了他對她作品的欣賞和這份友誼的忠實性。但這份愛的申訴毫無用處。太遲了。瑪格麗特不願意再做伽利瑪的女作家，她是羅伯特．安泰爾姆的前妻，迪奧尼斯．馬斯科羅的舊伴，而他們兩個始終在伽利瑪占有重要的位置。她拒絕只被看成是個作者，她也想做出版。很多通信可以證明她曾經多次以個人的名義寄去別人的書稿要求出版，但是沒有一次引起注意的。爲什麼呢？她不知道什麼才能使他們感興趣。

我們很少見面，我對你們喜歡什麼樣的新作品，究竟要些什麼一無所知。至於我自己，我知道我不再願意單單只是個作者，爲你們寫你們的書，我厭煩透了我自己。正是從整個角度出發，我想要注意別的作者，挑起他們寫作的慾望，對大家開放這份職業，賦予寫作某種意義。如果各自爲營的話，它的意義只能非常有限。①

瑪格麗特在伽利瑪和子夜出版社之間猶豫了幾個星期。關於叢書的構想於是有充分的時間成熟：這套叢書名爲「斷裂」，包括各種文學體裁，但是一定要有反抗的思想：「斷裂題下的這份多樣性，勾畫出了一點，那就是共產主義在我們看來並非缺乏理性的希望。」她覺得非常有必要將自己的信念付諸實施，也有必要和原來的「七月十四日」小組團結在一起。在這項編輯任務中，她得到了莫里斯．布朗肖和迪奧尼斯．馬斯科羅的熱情支持，前者將自己的一部作品推薦給她的叢書，後者則仍然堅持要解放想像力，爲「尋找通往充滿希望的未知世界的道路」而寫作。一九六九年二月三日，她對

---

① 伽利瑪檔案。

克洛德·伽利瑪宣布說她的下一本書要給熱羅姆·蘭登，「很短，很簡單，完全是顛覆性的」一部作品。二月六日，她再一次建議伽利瑪做這套不包括她的書的叢書！三月，《毀滅吧，她說》出版。「這是這一年最重要的一部小說。讀這部小說要求我們放棄原來那種瑣碎的求證和尋求解釋的習慣」，菲利普·布瓦耶在《文學兩星期》上寫道，可以大致概括評論界的歡迎態度。①

很快，瑪格麗特決定將小說變爲電影。從小說出版開始，她已經投入了電影腳本的創作，並用了一個星期的時間完成。②瑪格麗特終於將自己的夢想付諸實踐，第一次眞正獨立地拍成了自己的第一部作品。她包攬了一切：監製、導演、腳本創作、對話。她甚至做了預算：總共一百三十四萬三千六百法郎，其中二十五萬法郎是付給演員的酬勞。尼古拉·斯蒂芬尼和莫尼克·蒙蒂維埃出任製片。影片分工進行，拍攝預計在十四天內完成。瑪格麗特負責安排，她在這上面永遠是一種輕佻少女的樣子，打電話給所有的明星。她們不一會兒都來了。③聖伯努瓦街的來客絡繹不絕。瑪格麗特讓她們一個個試演。瑪格麗特相信自己的直覺。可以肯定，就是他。她經常第一天大發雷霆，第二天又要後悔；聘用，解聘。瑪格麗特把自己看成是一個偉大的電影人，但實際上她只是在盲目中摸索。洛朗·杜比亞爾、米歇爾·布蓋和克洛德·奧萊爾受到了她的慫恿。隆斯達爾負責說出尾白。但是總是進行不下去。「如果妳找不到人，我可以試試看。」隆斯達爾說，他就這樣走入了這個莒哈絲式的北歐傳說。瑪格麗特最後選中了達尼埃爾·杰蘭、亨利·加爾森、尼古拉·里斯和卡特琳娜·塞萊爾。得到主人允許後，拍攝在一個富有的銀行家的花園進行。瑪格麗特是在實踐中學拍電影的：米歇爾·隆斯

①《文學兩星期》，一九六九年六月十六日—三十日。
② 她對帕斯卡·波尼采爾說過。現代出版檔案館檔案。
③ 作者與米歇爾·波爾特的談話，一九九六年五月二十一日。

達爾還記得有一天下午，才開拍不久，她走向他和坐在草地上的杰蘭，說：「耐心點兒，我親愛的朋友，我不知道把攝影機放哪兒了。」[1]氣氛非常友好，瑪格麗特覺得大家一塊兒工作甚是有趣。「一起做點事情眞是一種無上的幸福，相比之下，孤獨的創作簡直就是一種壞習慣。」[2]但是瑪格麗特的靈感出了問題，不知道該如何把她的電影進行下去。有一次她偶然聽到了《賦格曲的藝術》。音樂代替她決定了電影的色調和節奏。這是獻給年輕一代的電影，它當然應該完全是政治性的：摧毀這個世界，進行革命，摧毀愛情本身，找尋一種全新的愛的方式。背景是夏日的天光。不知道時間，也不知道日子。在公園裡，人物在閒逛。周圍就是森林，無處不在，黑鴉鴉的，「森林，你願意想像成什麼就是什麼，可以是弗洛伊德，是死亡，是眞理，是一切。」[3]音樂是從森林中傳來的。曲子在顫抖。電影一共有六十個分鏡頭，交錯運用固定鏡頭和面部特寫，攝影機似乎是不夠謹愼地離析出人物的倦怠，惡心，恐懼和等待。莒哈絲充塞了大量含有政治影射的對話。於是施泰茵的話竟然在評論巴枯寧一八七〇年在里昂的演講！「人民在忍受苦難，但是他們已經開始明白他們沒有必要忍受。」政治和愛情成了兩大主題：拍攝完成後，在法國廣播電視局做的一篇報導裡，瑪格麗特解釋說她採訪了十來個妓女，想爲肉體之愛重新定義。她最後得出了結論：「不論和誰做愛都可以，重要的是交配本身。重要的是隨便使用。」

口號式電影，宣傳式電影，《毀滅吧》還想成爲預言性的，希望呼喚起一種新的政治樂觀主義。「在這部電影裡，我試著將革命前線放置進內在的生活，」她在大綱中寫道。一九七〇年年初，它在

---

① 作者與米歇爾・隆斯達爾的談話，一九九六年四月四日。
② 關於電影的筆記。現代出版檔案館檔案。
③ 關於電影的筆記。現代出版檔案館檔案。

藝術圈這個小範圍內流傳了一陣，沒太引起公眾的興趣，但是深受精神分析影響的知識分子圈倒是經常談論到它。爲了「破譯」這部電影，還組織了不少討論。在一九七〇年一月五日的《新觀察家》上，菲利普・索萊爾撰文說電影是在形式上的偉大變革，是恩格斯作品《家庭、私有制和國家的起源》的再版。「這也是一部非常性感的電影，結尾美極了，捅破得非常突然，音樂聲似乎暗含著一種終結性的性慾高潮，終結性的發射。」①憑這一份令人激盪的暴力，電影原本可以叫做《閹割，她說》，它最終是不可能爲大眾所接受的，索萊爾同時也預言說。索萊爾沒有弄錯，反應的確很激烈。《費加洛報》上一篇題爲《枯萎的幻想》的文章猛烈抨擊了這部電影，說它讓人感到厭煩，並且有自戀傾向。《文學兩星期》則認爲風格過於簡練，缺少嚴肅的政治主題。《世界報》說這是部可怕、毒害人、令人頭昏的片子，必須有相當的勇氣才能順著這份曲折深挖下去，甚至說只有本身也反常的人才能在電影廳裡繼續看到頭。②但是也有些專業雜誌，比如說《青年電影》，高度讚揚了這種「美妙絕倫的視覺上的大膽創新」，這種「接近眞理的成功嘗試」。瑪格麗特才不在乎評論界呢，她後來的蔑視就是最好的報復。只有最親近的人的意見才最重要，其他人還什麼都不能明白呢。她爲什麼要做電影呢？「因爲我想從外部看見、聽見我在內部看見、聽見的東西。我想知道這是否是可以溝通的。」③

莒哈絲並不想解釋、評論、澄清。要麼跟著她，要麼就算。她嘲笑這一切。她任由她的思想自由發展，高聲地自言自語，將轉過她腦袋的一切詮釋出來，並且追究它晦澀的一面。於是她出版了她最

---

① 現代出版檔案館檔案。
② 《世界報》，讓—德・巴隆塞里文，一九六九年十二月十七日。
③ 現代出版檔案館檔案。

難讀懂，最爲晦澀的一本書，可她自己卻十分喜歡：《阿邦、薩芭娜和大衛》。關於這本書，她也承認，她自己再讀一遍的時候，也什麼都沒讀懂。她說這本書弄得她筋疲力竭，說和這部作品的肉搏戰，對於她的精神健康來說是那麼危險，而她的身體也於其中耗盡了元氣。《阿邦、薩芭娜和大衛》和在網球場展開的《毀滅吧，她說》不一樣，它的故事發生在夜半時分一座荒廢的宅子裡。子彈眞實地在飛。生或者死。大家都是用槍頂著胸口射擊，手槍無處不在。《阿邦、薩芭娜和大衛》是黑夜的核心，是隕星，是一篇關於虐待與被虐待的長篇詩朗誦，表面上懸浮著一些意義的孤島。她一直努力捍衛著這部作品免受評論界的攻擊，直至生命盡頭，但卻不願對此做出解釋。①《阿邦、薩芭娜和大衛》是從來未曾泯滅的罪惡感的長篇獨白，就因爲沒有及時地明白何爲納粹主義，就因爲覺得對被動地承受大屠殺、對眼睜睜地看著人類竟然遭受這樣的災難卻無能爲力要負全責。作品的初稿題目爲《布拉格諸神》，追述了在捷克斯洛伐克發生的痛苦事件。漸漸地，瑪格麗特把論述的中心轉向了猶太教。什麼是猶太人？誰是猶太人？爲什麼會做猶太人？

一個男人走過去。

「大家都喊她猶太人阿邦，小狗阿邦。」薩芭娜說。

「眞是猶太人，眞是小狗嗎？」

「是的。」

「我們怎麼稱呼斯塔特的猶太人呢？」男人問。

① 作者與瑪格麗特·莒哈絲的談話，一九九五年三月四日。

「別人。」

「如何稱呼小狗呢?」

「猶太人。」

書是獻給莫里斯·布朗肖和羅伯特·安泰爾姆的。階級鬥爭和養狗摻和在一起，流氓無產階級的愚笨和巴赫的一生摻和在一起。完全拒絕意義，她在解構自己的問題，在酒精的絕望之中，在革命的幻滅之中，莒哈絲只管寫，甚至不回頭再讀一遍，甚至自己也不能明白，就像一個結實的游泳運動員劈開浪潮，相信自己總有一天能觸到海岸。書後來也變成了電影，題目叫做《黃色太陽》。

「《阿邦、薩芭娜和大衛》不是一本敘述危機的書，它是政治的建構。一種邏輯的、建構性的話語，不是戰鬥性的，它恰恰揭示了戰鬥主義的無能爲力。我寫《阿邦、薩芭娜和大衛》所花的時間是寫《毀滅吧》的四五倍。」她在一九七二年承認說①。校樣可以證明這痛苦的反覆思索的過程。文章的確做了很多修改，增加神秘的厚度，使事實變得晦澀難懂，場景變得更爲複雜，使「猶太人」這個詞承受一次又一次的折磨，解剖它，彷彿在這語言的體操裡，它最終能夠釋放它的秘密。莒哈絲筋疲力竭了。她說她度過了漫漫長夜。她將她的感覺比作海水表面的融化。在她的內心噼啪作響。她知道自己處在肉體和精神的雙重危險之中。她在觀察自己。確切地說，她很願意——甚至很激動——承受這樣的狀況，但是她同時也感到害怕，害怕她沉沒於自己那麼善於描寫，並且很長時間以來她是那麼熟悉的瘋狂之中。她寫的時候——或者說是作品自己在寫，爲她而寫，因爲她決定在體力上和精神上

---

① A·維爾貢德萊，見上述引文。

放棄自己，向包圍著她的這一切投降，對自己的敘事結構不加一丁點組織，也不管自己的視野是否上下一致——更覺得疼。也許是酒精使然，但更多是出於對孤獨的恐懼。她覺得自己被朋友拋棄了，像個死人。那時的照片上，她面容疲倦，皺紋已經非常明顯，頭髮成了灰白色的，目光茫然，在那副大眼鏡後閃爍著。幾乎是個老婦人了。無論如何也是個放棄——暫時地——勾引男人的女人。

她開始寫《愛》的時候，體力上一點也沒有得到恢復；她的關節炎蔓延到了全身，她說那是她歇斯底里的結果。《愛》開始是《勞兒之劫》的續集，勞兒的未婚夫回到了中斷的地方。舞會後薩塔拉城坍塌了。人物都陷在泥沙之中，令人惡心的一波波的海水包圍了他們。

在《愛》中，海無處不在，粘乎乎的，翻滾著向前湧來，捲走了一切，萬物之源的大海，她在特魯維爾觀察到的大海，失眠的夜晚，那海讓她感到如此害怕，從第一本書《平靜的生活》開始，她就一直想要描寫這海。「她孤零零地躺在陽光下的沙灘上，正在腐爛，想像中的狗死了，她放在白包邊的手埋在沙下。」再說，薩塔拉，S. Thala，《愛》裡的這座城市，把字母倒過來就是塔拉薩，Thalassa①。二十年後，莒哈絲在自己尚未意識到的時候說了，薩塔拉並不存在。是莒哈絲編造的。這沙灘，這廣袤的荒地，在任何地圖上都找不到，對於她來說，薩塔拉代表著對未來的等待，這就像里爾克所說的，是個開放的地方——莒哈絲很喜歡里爾克，讀了一遍又一遍——這個只有「通過動物的面容才能辨認出來」的地方。愛的世界徹底地被毀掉了。「必須在巴爾扎克的現實和斯湯達筆下的激情前扭轉脖子。」這也是一種絕望的企圖，想在書從腦中離析出來的時候毀掉它是不可能的。關於這本書，她說她只是追隨著表面文字穿了過去，她很高興，遵從了自然來到她筆下的一切。它唯一的嚮

① Thalassa，古希臘語，「大海」的意思。

導是大海，大海和它的波浪，它退潮後留下的海藻和貝殼，它的泡沫。它想寫一本很物質化的書，機械的，並且在晚年對朋友讓—皮耶·瑟通承認說她本應該以這本書開頭，再以這本書結束的。①「《愛》是一本可以帶來一百本書的書，帶來我寫的所有的書。我寫的。然後還有其他的，其他我有可能寫的書。」②莒哈絲於是在自忖她是否是個作家：她寫作的時候，到她筆下的東西都太粗糙，太容易令人受傷，太叫人筋疲力竭，太危險了。寫作的慾望捶打著她，就像下冰雹。無法避免，難以控制。「就像是危機，我盡我所能抗爭。我抄的時候要放心多了。這是一種承受。我害怕，當我寫作的時候，就好像周圍的一切都坍塌了。詞語很危險，帶著灰塵和毒藥。它們在下毒。接著我就會覺得我不應該寫。」③

於是莒哈絲遠離了寫作，逃避這種一直糾纏於她的瘋狂。她於是躲進了電影院，就像在山上，天變得陰沉沉的時候，我們會急著找一處避雨的地方。她需要別的東西，這樣才能安靜下來，放心一點。對於她來說，電影並非美學上的選擇，而是一種生理上的需要。她的內心一直在說，不停地說，說得太多，從四面八方溢出來，她的聲音，她的人物。她將徹底征服她的視野，將它們通過鏡頭從體內驅逐出去，她在電影攝製小組這個臨時的集體裡，找到了一種讓她能夠得到靈感，讓她放心的東西。莒哈絲對於電影的看法有了很大的改變。開始時，她覺得拍電影比寫書要簡單。在拍了《卡車》之後——她認爲這是她最成功的一部片子——她卻說拍電影和寫書之間根本沒有差別，差別存在於拍電影的人和寫書的人之間。但是，很快，她又覺得拍電影是很複雜的，她一直認爲在電影裡她能更多

① 現代出版檔案館檔案。
② 《話語的癡迷》，見上述引文。
③ 《話語的癡迷》，見上述引文。同時參見現代出版檔案館檔案。

地遭遇到自己，而寫作需要服從一種絕對的要求，因而也就隱含著一種極度的危險。在她看來，電影是物質的，書是精神的。一部電影可以詮釋激情，書卻就是激情本身。她認爲進入創造的直接方式是寫作本身，電影說到底仍然是一種物質材料，是一種帶有未分化性質的技術和精神操作的結果。但這不是說電影是個不得已的選擇。電影是夢想之地，是通過聲音慶賀美的理想舞台，是一種製造時間的可能，我們可以爭先恐後地打開或合上，是一種接近神秘的方法。但是又很快，她又被那些想將她的小說改編成電影的人弄得失望了，儘管她過了相當長的一段時間才敢講出來，如果說她終於開始拍電影了，終於像她自己所說的那樣，把她的文本放到銀幕上，那首先是因爲要阻止這令她難以忍受的背叛。

瑪格麗特．莒哈絲拍了十九部電影，其中四部是短片。開始時都是黑白的，《毀滅吧，她說》、《黃色太陽》、《娜塔麗．格朗熱》，接著，一種奇怪的，褪了色一般的色彩出現在《印度之歌》和《在荒蕪的加爾各答她的名字叫做威尼斯》裡。她嘗試了所有的調子：傳統敘事型的，頌歌式的，實驗電影，創造性的紀錄片，哲學對話式的，喜劇電影。她甚至拍過沒有畫面的電影，只有聲音、文本和黑色，黑色。加在一起是整整的十年，拍電影成了她最主要的活動，而寫作成了附帶的。莒哈絲做的是文本電影，電影文本，文本的電影，反正我們願意怎麼叫就怎麼叫好了。在她之前這種電影形式尚不存在。不可否認，拍電影對她來說也是一種寫作方式，一直要等到一九八一年的《阿加莎》她才重新找回寫作的慾望，並且不是那麼急於將它用畫面的形式翻譯出來。接著她寫了《死亡的疾病》和《情人》，如果說她回到寫作是通過自傳這一中介，應該說不是一種偶然。她總是說「我」，就這樣重新觸及到寫作的那一份混亂和粗暴。電影給了她跨越自己的力量，將她一分爲二。從此後，在她的生命裡，除了這個「我」，莒哈絲什麼也不要了。她用第三人稱談論自己，她稱自己爲莒哈絲。

「瑪格麗特不只是寫了一點蠢東西，她還拍過電影。」皮耶・德普羅熱在一九八六年將很多人很久以來的竊竊私語大聲說了出來①。瑪格麗特・莒哈絲還做過自己的電影，做《卡車》的時候將自己置於銀幕之上，做《印度之歌》的時候把自己的聲音放了上去，她把自己看成是《薩瓦納凱特》裡的瘋子，《英國情人》裡的殺人犯，諾曼底海邊的妓女。她試著通過塑造這些人物來平復自己內心的惶恐，這些人物都有一個共同的特點，靈魂的倦怠和平靜的絕望。她是這個分裂的世界出眾的木偶操縱者，在這個世界裡，鏡子不再倒映出圖像，土地下陷，身體和聲音不再相吻合，她開創了一種新的電影風格，昏厥的，扭曲的。她創造了一個充滿密碼和秘密的想像世界。聲音懶洋洋的，身體是不由自主的，那樣的一種暈眩，那樣的一種狂喜。我們彷彿覺得世界的毀滅已經迫在眉睫，所有的一切都在坍塌。但是莒哈絲並沒有像她自己所期望的那樣，毀滅電影本身的概念；她沒能觸及某種她認爲可恥並且大加揭露的電影；她沒有能夠像自己宣稱的那樣，徹底改寫電影史。她只是其中的組成部分：她的電影在今天看起來已經過時了，只是一九六八年以後那個時代的知識分子和藝術家的寫照。當然有一些已經永遠留在我們的記憶之中；甚至只要一提到《印度之歌》之類的名字，我們還要禁不住地唱歌跳舞……這已經足夠了。

在一篇沒有發表的文章②裡，她承認道：「電影就在那裡，很簡單，於是我做了。總有種墮落的

① 皮耶・德普羅熱，一九八六年十月輕喜劇《毆打》在格雷芬劇院上演時，說：「廣島之戀！多麼奇怪的叫聲啊，瑪格麗特・尤瑟納爾在談到瑪格麗特・莒哈絲的這個題目時說！……瑪格麗特・莒哈絲，您聽見了嗎？……瑪格麗特・莒哈絲，鄉間弒子者的衰老的衛道士……瑪格麗特不只是寫了一點蠢東西……她還拍過電影……這是眞的，多麼奇怪的叫聲：廣島之戀——爲什麼不說奧斯維辛我的孩子！……」

② 在準備《電影雜誌》特刊，《綠眼睛》時的對談。現代出版檔案館檔案。

感覺。這種談論我不清楚的事情時小小的羞愧……做電影的時候，我是在墮落，是誤入歧途。」瑪格麗特一直在這種坦白的供認，和宣稱自己是個即將徹底革新電影界的天才之間搖晃，其實瑪格麗特明白，她是不可能在這門藝術上留下持久痕　的，她更多的是把電影看成是滿足她寫作慾望的一種別樣的方式，而不是一種自治的表達方法。「爲什麼，究竟是爲什麼我要拍電影？我所陳述的所有理由只是近似的理由，我自己也弄不清楚。應該是和我的生活有關。也許是想把身分證貼在作品上或是電影院大廳裡。」①還要加上她是個城裡人，她不能在老之將至的時候忍受孤獨，她想和年輕人在一起，她想找回當日聖伯努瓦街的那種團體的精神。因爲莒哈絲的電影都是以家庭爲單位製作的：迪奥尼斯・馬斯科羅是她最崇拜的演員之一，她的兒子烏塔也幾乎參加了她所有電影的製作，或是作爲助手，或是攝影師。做電影不僅僅是拍攝，它更是在創造一種生活和分享生活的方式。電影一部一部地拍攝下去，莒哈絲發展了一種部落精神，以她的道德觀念，她的語言爲核心的部落，一個奇怪的部落，可以不計報酬、拚命工作，然後住在瑪格麗特家裡，爲瑪格麗特活著，和瑪格麗特一起生活。那時想要下這著棋試試看的人有很多，想要進入這個圈子，爲她工作，哪怕什麼也不要，只是爲了看看瑪格麗特是怎麼領導工作的。讓－馬克・圖里納，《話語的癡迷》的作者就是這樣，他成了瑪格麗特的朋友。「在一九七〇年，」他回憶說，「我將《勞兒之劫》改編成電影腳本後寄給莒哈絲。她很禮貌地拒絕了。後來我碰到了苔爾芬娜・塞里格，我和她談起了莒哈絲。一九七一年一月，我收到莒哈絲的一個電話。她對我說：『您正在讀書？』『是的，但是讀的是哲學。』『這沒關係，』她說，『一個星期以後我們的電影開拍，如果您有空的話就來吧。我不會付您報酬的，但是您的吃住我可以

---

① 在準備《電影雜誌》特刊，《綠眼睛》時的對談。現代出版檔案館檔案。

管。我們將過一種團體的生活。』」①馬斯科羅把圖里納帶到了諾夫勒。他毫無準備地被捲入了這場拍攝風暴。莒哈絲看上去謙遜和善。如果演員沒有弄明白她的意圖，她就一遍遍地糾正他們，再重新開始，直到他們比較自然地說出台詞爲止。她對每一個人都很關心，晚上親自準備一點精美的小菜，對技術人員和演員頗爲照顧。路克・拜羅，這部電影的第一場記，向她推薦了一個才開始做電影的小伙子，布魯諾・努伊當。她很快建議他負責影片的宣傳照片。「您是越南人吧？」瑪格麗特沒有詢問他的職業經驗。她正好猜中了。「就憑一種直覺，」布魯諾・努伊當說，「她就發現了這種將我們從家庭氛圍中孤立出來，並且總是讓她的作品處於緊張狀態，根植於童年的混亂。瑪格麗特就是這樣的，敏感，直接，喜歡掌握他人和他人的故事，也很慷慨，讓人信任。」②

瑪格麗特知道努伊當還沒有做好拍電影的準備。但是她收留了他。「我們立刻進入了一種家庭關係。」後來努伊當成了莒哈絲的第一攝影師、烏塔的朋友，甚至瑪格麗特將《情人》獻給了他，他也是瑪格麗特朋友的朋友。努伊當進入了她所謂的恩斯特小組，所有的這些兄弟姊妹都和她生活在一起，拒絕接受他們不知道的東西，即便拍攝完成後也不願意分離。大家在瑪格麗特家安營紮寨；一起吃飯，一起聊天，睡也睡在瑪格麗特家。當時自治這個詞很時髦，但是在她家才得到了充分的實現。每個人對正在拍攝的電影都有發言權。瑪格麗特會認眞地聽，並考慮大家的意見。「她不是要操縱別人，但是她喜歡用魅力征服別人。」努伊當追述道。缺錢，集體生活，拍攝的強度，那種彷彿在創造一種新的電影形式的感覺，所有和她一起工作過的男男女女都會滿懷鄉愁似的回憶起這一切。而她，

---

① 作者與讓—馬克・圖里納的對談，一九九六年五月十六日。

② 《電影日誌》，第五〇一期，一九九六年四月。

瑪格麗特皇后統治著這個小圈子，簡直令人難以置信，她既像個輕佻的少女，又像個專業女明星，很善於把英俊、聰明的小伙子支配得團團轉，似乎所有的關係都帶有一種艷情的色彩，她把很多天才都吸引到自己身邊，吸引到這個想像中的世界裡來。所有的，努伊當，雅戈，圖里納和其他很多人都鍾情於她。瑪格麗特有建立愛情關係的天賦，而且這種關係總是她事先挑起的，她善於挖掘每一個人生命中的暗點，使之暴露出來，滋生愛情，她把男人都變成了她的小哥哥，彷彿她和他們之間是一種亂倫的感情。不擇手段的瑪格麗特。拍攝電影對她來說始終是對眞理的追尋，是一種原初的精神分析，一種進行交流的激烈時刻。這時所經歷的一切都應該用到電影上去。莒哈絲對事先的一無所知一點也不感到害怕，她是拍著拍著才知道自己要拍什麼的。她是個電影的業餘愛好者，她一直在大聲地要求自己的權利：「很多人都認爲我在談論電影的時候是處在『邊緣』的位置，認爲我在談論電影的時候自己都不知道自己說了些什麼。我則說所有的人都可以談論電影。電影就在那裡，於是我們做了。沒有先於電影的存在。我們經常會產生做電影的慾望，因爲電影無須任何特殊的天賦，這就有點像掌握開車的技術一樣。」①莒哈絲是就地學習的，但是她善於選擇屬於自己的技術人員和演員。阿洛諾維齊負責她第三部影片《黃色太陽》的燈光，米歇爾．隆斯達爾和卡特琳娜．塞萊爾，薩米．弗雷和熱拉爾．德薩特詮釋她的主要角色。莒哈絲已經瞄得很準，很少弄錯了。在她電影裡演出的大多數演員在此之後都對她非常忠實。但是如果說她的確欣賞有些演員的表演天賦和職業經驗的話，她卻認爲所有的人在第二天都有成爲演員的可能。於是在《黃色太陽》裡，她用了馬斯科羅，讓他在修剪園林的空閑說點台詞，她求了他很久的，因爲他更願意修剪他的玫瑰花，而不是演一個評論階級鬥爭的工

① 《綠眼睛》。

人。

《黃色太陽》是《阿邦、薩芭娜和大衛》的電影版本，它賦予小說中的人物聲音和面孔。但是莒哈絲要捕捉的不是他們的故事，而是他們之間的交流，她不願把注意力過於集中在演員的具體形象上。「我想給人一種無電拍攝的感覺，似乎所有的光線效果都被完全圍起來了，整部影片都沉浸在一種光線中，不會給任何人物以特別的詮釋。」①「這是一部以說話爲主的電影。畫面只是爲了承受話語。」②不過薩米．弗雷飾演的流浪的猶太人一角還是那麼引人注目。瑪格麗特重新修改了《阿邦、薩芭娜和大衛》的所有片段，增加了猶太教主義的內容。在準備電影拍攝時她記道：「猶太人，他們完全是根據自己的存在來看待、判斷時間的。他們對自己的捍衛是一種政治思想。他們對這世界做出了評判，他們不再忍受，因此他們從這世界裡解脫了。」③猶太人成了電影的主題，未來世界的猶太人。「上帝，這玩意兒」，這是《費加洛報》評論文章的題目，文章對莒哈絲這種政治哲學的說教甚爲驚異。烏塔最近才找出了這部電影的複製本，而在這之前，沒有人再能看到《黃色太陽》，因爲它丟了。除了少數幾個鬥牛士支持以外，這部電影幾乎沒有什麼觀眾，很快就被人忘卻了。對於這次失敗，瑪格麗特不僅沒有洩氣，反而更增添了力量。她已經開始《副領事》的拍攝準備，自童年時代起就糾纏著她的這個安娜-瑪麗．史特德兒啊，誰能賦予她身體、存在和聲音呢？

自此後她完全生活在諾夫勒。外界向她走來，而她不再向外界走去。她躲在這座房子裡，只邀請

① 在準備拍攝《黃色太陽》的筆記中找到了這份手稿。現代出版檔案館檔案。
② 現代出版檔案館檔案。
③ 現代出版檔案館檔案。

她筆下的女主人公前來做客：勞兒，塔蒂亞娜，女乞丐，安娜－瑪麗．史特德兒。她尚能按照自己的意願隨時讓她們出現或消失，但她們已經開始如靈魂般在這座房子裡出沒。她經常坐在二樓臥室窗下的寫字台前，一坐就是幾個小時，她呆呆地望著池塘和周圍讓她感到害怕的森林。池塘，森林，房子。她在這座房子裡拍了一部家庭電影：《娜塔麗．格朗熱》。迪奧尼斯．馬斯科羅是演員，烏塔是攝影師，馬斯科羅的侄女瓦雷里飾演小女孩這一角，馬斯科羅的妻子索朗日負責剪輯。但是她還請了國際舞台上最耀眼的兩位明星，盧西亞．波斯和讓娜．莫羅，她們很快就同意了。這是一部休息性的電影，暫緩了那份摧毀的慾望，她的確有必要喘口氣了。一部女人的電影，一部關於女人的電影，《娜塔麗．格朗熱》極具古典主義風格——也許是她拍的唯一一部古典主義風格的影片，無論在結構、進展還是詮釋的方法上。今天看來它依然不失魅力，它那份溫柔、感性和憂鬱仍然能夠打動人。在準備拍攝的筆記上，瑪格麗特是這樣描繪她的女主人公的：「她看著自己的孤獨在周圍蔓延開來，充滿了整座房子。就像一隻貓，她成天蜷縮在自己的地界裡。但是這種得到重建的孤獨正是女人所希望的，是她深切的嚮往。」電影還試圖表現一個地方，一處居所。房子是什麼？如何才能居住於其中並且產生在家的感覺？鏡頭慢慢地展現出兩個女人居住的這個地方，兩個相處不太和諧的女人。房子本身就讓人感到焦慮。體驗一下這種感覺，瑪格麗特要求道，「隨便走入一個什麼地方。隨便什麼地方都讓人感到害怕。不管是什麼地方，我們都會不自禁地問：如何能在這裡生活？」在電影腳本裡，外在的偶發因素——這地區藏著一夥搶劫犯，還有熱拉爾．德帕迪厄扮演得維妙維肖的推銷自己產品的洗衣機商——打亂了平靜的日常生活。

莒哈絲精心修改了自己的劇本，一個鏡頭一個鏡頭地勾畫拍攝細節。她工作的進程很快，但是不把任何一點東西交付偶然。她是將攝影機扣在眼睛上完成的這部影片。在說開拍之前，她會在取景框裡看上很久。等到她滿意了，攝影機開始轉了，她還是控制著一切，包括事故在內。比如說，在影片的開頭，兩個女人看上去是在將一張桌子搬走。她們的動作很慢，比腳本所預計的還要慢。但是瑪格麗特捕捉到了緩慢的動作，她們的重複，從未拍攝過的這種日常生活中的詩意。我們會到電影院裡花八分鐘的時間看兩個女人——儘管她們是那麼高貴——搬走一張桌子嗎？是的，瑪格麗特說。我們可以這樣。這個鏡頭挑明了影片的精神：將注意力集中到事物物質性的一面，尊重日常生活中的每個舉動，歌頌平庸的慾望。

莒哈絲已經在超現實主義和幻想主義之間徘徊了。「我所說的魔術，是就電影的普遍存在狀況而言的，讓我們置身於電影生活之中。因爲電影是很奇怪的。你把攝影機放在那裡，什麼也不會發生，表面上什麼也不會發生，但是在電影裡一切都帶有魔幻的意味，似乎有人就要從這條路上走出來，我們會感到害怕。」①莒哈絲相信自己的感覺，相信偶然。在腳本中，一隻鳥應該落在那裡不動，但是租來拍攝的那隻鳥不聽從安排。只好隨牠去。在電影裡，鏡頭變成了在等一隻沒有來的鳥。盧西亞・波斯不知道如何搬走一張桌子，她弄錯了，很笨拙；很好，她就是一個虛弱的人，一直因爲恐懼而備受折磨。

《娜塔麗・格朗熱》的光線非常美，這應該歸功於吉斯蘭・克洛蓋，是努伊當建議她聘用這位黑白片的大師。這是一種冬末的光線，有一點酸澀，輕霧一般籠罩著。有一隻黑貓，平台上是壞了的玩具，一個小女孩在笨拙地彈著鋼琴，懶洋洋地躺在沙發上的女人的身體，讓娜・莫羅穿著一件潤溼的羊毛衫，盧西亞・波斯憂鬱而冷峻，目光茫然，不知看著什麼地方。觀眾有一種走進這座房子的感

①《談話者》，頁七二、七三、七五。

覺，這房子好像一具活著的機體。時間緩慢凝重，日常生活中的動作，還有這種交錯的聲音——這在後來成了莒哈絲影片的主要特點：廣播裡播報新聞的聲音，不甚悅耳的鋼琴聲，女人的小聲嘀咕，還有熱拉爾·德帕迪厄的吵吵嚷嚷。德帕迪厄在莒哈絲的片子裡演了生平的第一個角色。她對這個人物做了一定修改，有點奇怪，半流氓，半脫離社會生活的模樣，他是在舞台上出現的，正在彩排一齣克洛德·雷吉的戲，他演一個不太重要的角色。瑪格麗特喜歡他，但是也有點害怕他。她是臨時決定用他的，在腳本即將完成的最後時刻給他專門添了一個角色。從拍攝一開始，瑪格麗特就談到有個奇怪的人物要來。每天她都在失望，可仍然在等待：五天後他就會來的，四天，三天。到了約定的那天，她在門後架了一台攝像機，禁止任何人出入房子。她讓德帕迪厄開著小型翻篷貨車來。當她聽見汽車聲音時，她說：開拍。她將門開到準確的位置，自己躲到了攝影機後面。「於是，我們看見他來了，」努伊當說，「一個奇怪的傢伙，身形碩大，走起路來搖搖晃晃的年輕人，正在穿越諾夫勒城堡的小徑。他似乎在和土地調情。他就是熱拉爾·德帕迪厄。」①

在房子和森林之間，瑪格麗特造了一條小路，她在電影開拍之前看到——因爲她一直平靜地承認自己有幻覺——一個男人從莊稼地裡回來，一個女人彎下身去，抱起在落葉松中睡著的孩子。女人看了孩子很久，抱怨天氣太熱。儘管她沒有拍下這樣一個場景，它卻確實是這部電影的出發點。正是從這裡開始，她決定拍一部有關房子的電影。「作品就是房子本身。房子就是書。」瑪格麗特開始時想試著寫本書，卻寫不成。接著，有一天，她有了那份幻覺，電影腳本漸漸地離析出來。她用化入化出的手法將拍攝連接起來。電影一結束，她又回到了書上，名字也叫做《娜塔麗·格朗熱》。睡著的孩

---

① 《電影日誌》，第五〇一期，一九九六年四月。

子成了這個孤獨而暴烈的小女孩，一直和別人保持著距離，一直受到懲罰。莊稼地裡的女人成了這個不知拿女兒如何是好的母親——在某種程度上這正是她和烏塔關係的寫照，母親也不知道自己應該離開她還是看著她：我們不會忘記，有一段時間，迪奧尼斯認爲瑪格麗特和烏塔這種母子關係裡有著不正常的激情，過於激烈，於是不顧母親的反對，堅持把烏塔送到寄宿學校。

瑪格麗特在追趕她所經歷、所看到、所聽到的一切，將它翻譯出來。她控制著一切。演員問她應該按照怎樣的節奏在房子裡走路時，她臨時在鋼琴上彈奏了幾個琶音，這不僅成爲演員步伐的節奏，後來乾脆成了電影的主題音樂。對於調製一個故事而言，一切都會派上用場的，生活應該「進入」電影。在準備電影的時候，她偶然間從廣播上聽到有兩個年輕人殺了本地區的三個人，但是沒有明確的動機。他們在南方公路上被抓獲了，他們說自己是在獵人，沒有表露出一點點的懺悔之情。瑪格麗特將這個新聞引入電影中，把這些流氓變成了小娜塔麗粗暴的兄弟。《娜塔麗・格朗熱》是一部非常脆弱的電影，交織著無數的沉默。在拍攝最後，膠片斷了。瑪格麗特就此中止了電影的拍攝，放棄了原來寫好的結尾。

瑪格麗特越來越喜歡製造畫面，她找到了詞語的回聲，找到了詞語和畫面之間那種神秘的默契和差距。在這永遠的創造之地，她生活了好幾年，她建立的這個熱情而團結的小組可以使她免受幻覺之擾。她不能用小組成員塞滿房子的時候——因爲小組成員也睡在諾夫勒，她給他們每人一個房間，她就把自己關起來聽音樂。在她同伴的眼裡，諾夫勒城堡像是屬於她自己的。實際上，它已經不完全屬於她了。這座經常有人居住的房子漸漸地不再是她的產業。在這群經常在夜裡來訪問她糾纏她的魂魄中，安娜瑪麗・史特德兒似乎是最堅持的一個，她請求瑪格麗特給她一份存在。她是來索債的。瑪格麗特能夠忍受她，並且給了她滿意的答覆。她將把她對她的這份迷醉，這份愛情搬上銀幕，其中混雜著惡心、欣賞和恐懼，就在這一系列即將爲世界所知曉的影片中：其中當然有《印度之歌》，但是還有這之前的《恆河女子》。安娜瑪麗·史特德兒潛伏在黑暗之中等了很久。這個皮膚如此白皙的女人具有光滑的身體，鹿一般輕捷的步履，嘶啞的嗓音和疲倦的目光。她既是恆河女子，又是《印度之歌》裡的舞女，是加爾各答荒漠裡的盜墓者。瑪格麗特和安娜瑪麗·史特德兒一道開始了漫漫旅途，這次旅行期間的電影和書都缺乏一種智性和地理的座標；既不是加爾各答，也不是威尼斯，也不是拉合爾。莒哈絲搞亂了蹤跡。唯一重要的是等待的恐慌，這種永遠不知道生命周期的憂鬱。只有慾望在遊蕩，災難似乎就在眼前。瑪格麗特敘述的是同一個故事，不停地重複，直至厭煩，甚至有的時候到了誨淫的地步。她有一些擺脫不了的東西，但是她缺少想像。依靠地圖上的名字或是童年時代隱約看見的某些人物，她建立了某種史詩，情節展開的緩慢和慾望的無限誇張增添了神秘的氣氛。

莒哈絲說她做的電影分量都很輕。在《恆河女子》裡，一個推進鏡頭也沒有，但是有一百五十二個固定鏡頭。她在拍攝的時候也不知道自己究竟在找尋什麼，她對拍攝小組承認了這一點；她想靠剪輯來最終做成這部影片。拍攝是在她家前面進行的，在特魯維爾的海灘上。雅戈最後還是來了，加入了她這個小組，和大家一起生活在黑岩旅館的房子裡，就像那時在諾夫勒一樣。瑪格麗特出了問題。她打牌、喝酒，似乎對拍攝不感興趣。她叫伯努瓦·雅戈拍海灘和天空的鏡頭，拍沙灘的鏡頭。努伊當就這麼雲裡霧裡地拍。我們回頭再看，瑪格麗特說。對於布魯諾·努伊當來說，這部電影更像是一次彩排，是另外一部電影的試驗。但是莒哈絲是有道理的：剪輯之後電影才眞正完成。莒哈絲發明了無須拍攝的第二部電影，加在第一部上，兩部電影並不相配。兩部電影在觀眾面前同時展開：一部是花了十二天時間在特魯維爾拍的畫面性電影，剪輯得也非常迅速；另一部就是莒哈絲所謂的聲音性電影，在放畫面的同時觀眾可以聽到聲音，但是這些聲音完全是另外錄製的。這些聲音並沒有對畫面做出評述，話語與畫面沒有任何關係，她就是要加重這種完全置觀眾於茫然之中的感覺。讀書的時候，我們能找到自己的位置。進了電影院，我們就迷失了。莒哈絲想讓她的觀眾迷路。通過這部電影，她終於到達了書前的這個領域①，終於到達了這塊瘋狂、惶恐之地，而這一點，她想了那麼久那麼久。進去或不進去。擁有全部或一無所有。「更確切地說是一無所有」，莒哈絲說，她並不指望這部片子有人看，除了一些年輕人。但是片子在蒂涅電影節上大受歡迎，並被選中參加紐約電影節。

已經無法控制了，瑪格麗特已經無法控制所有這些包圍著她的女人的聲音。她害怕自己的腦袋會炸掉。於是她繼續下去。不是一個人在諾夫勒城堡裡大喊大叫，而是再一次召來攝製小組，重新建立起她的小團體，一部一部地拍攝下去。「諾夫勒那時是眞正的工廠」，融入了這個「男孩小組」的伯努瓦·雅戈回憶說，「瑪格麗特沒有停止運轉，爲了拍電影而寫，然後再爲了寫作而拍。就這樣一直不停地繼續下去！電影的花費很少，兩到三個星期就能拍成一部，總是在她的四壁之中，她拍電影一般需要兩到三個固定的幫手：布魯諾·努伊當，埸記熱納維也夫·杜弗爾，然後就是雅戈。」②讓——馬克·圖里納自《黃色太陽》起也成了這個小組的「男孩」之一，他是諾夫勒的寄宿生，烏塔的朋友，瑪格麗特手稿的審讀者，他也沒有忘記過這段連軸轉的日子，這段集體生活，他說吃就是他們最重要的事情。因爲瑪格麗特很會做飯，她喜歡做飯，而且飯做得實在很好。所有人都是晚睡晚起，除了瑪格麗特，她黎明時分就要爬起來，寫作、準備早餐。

和瑪格麗特一塊兒工作，意味著必須同意她的看法：瑪格麗特不能夠忍受別人不「跟」著她，不

---

① 她在《瑪格麗特·莒哈絲的領地》裡使用了這個詞。

② 《電影日誌》，第五〇一期，一九九六年四月。

像她這般充滿激情地投入。「她是我們的母親。我們要求她攙著我們的手走路。」圖里納說。「她永遠是那麼充滿魅力。」努伊當補充道。「她經常一談就是幾個小時，」伯努瓦・雅戈回憶道，「她覺得自己擁有一筆財富，自認為超越於其他人，她需要在被她俘獲的朋友面前陳述她的想法，一切一切的想法，也不管是什麼方面的想法。」①「她活得實在與眾不同，」米歇爾・波爾特說，「一點羞恥感也沒有，那時已經宣稱自己是個天才了。」一段快樂得發瘋的日子，工作的強度很高，大家一起分享的幸福，熱納維也夫・杜弗爾不無傷感地回憶說。瑪格麗特創造了一種有別於聖伯努瓦街知識分子圈的集體生活方式，更為融洽，更富創造力，她和一些至少比她小三十歲到四十歲的年輕人在一起，他們都和她的兒子差不多大，是她兒子的好朋友。她欣賞年輕一代，把他們當成榜樣，認為自己要邁著一九六八事件之後的步伐，創造一種新型的社會關係。她試圖將這一九六八年帶來的斷裂付諸實踐，消沈和隨之而來的失望之後，她從這群崇拜她，保護她，使她免受創造的瘋狂的傷害的年輕人中找到了新的力量。

《印度之歌》一開始只是別人問她要的一個劇本②，但是她在創作時感到了一種強烈的激情，所以在《恆河女子》第一次剪輯完畢以後，她想到了將新的聲音引入已經拍攝完成的電影。在這種畫面與聲音的分離中，她發現了一種新的靈感源泉，一塊大家都避開、意義也不存在的精神領地。自《勞兒之劫》之後，她就一直試圖進入這種無法描述。莒哈絲在我們最為晦澀的感覺深處點燃了火焰；她

---

①《電影日誌》，第五〇一期，一九九六年四月。
②皮特・阿爾，倫敦國家劇院負責人向她約的稿。

將眞實的界限推得很遠，眞實，她覺得過於貧瘠和平坦的眞實；她拓寬、展開了我們的理解範圍。她感興趣的倒不是我們每個人的內心在想些什麼，而是先於我們的存在，或許是夠不到，但無論如何也要試著征服。在這層意義上，比較起精神分析，她受到的影響更多是來自於超現實主義。開口的時候究竟是誰在說話？經常誰也不在說話。話語經常沉溺於一片嘈雜之中，我們稱之爲對話。要想說話，也許得叫喊著說才行，但是如今誰還有能力叫喊？副領事在叫喊前首先要進行通知：他那種尖銳的嗓音會撕裂空氣，讓人感到害怕。「然後就是這沉寂的聲音，這種儲備，我們一般情況下是觸及不到的，一種未經絲毫損害的、致命的儲備。」莒哈絲在《印度之歌》拍攝筆記的一開始就寫道。

《印度之歌》是關於意義的《奧德賽》史詩，是史無前例的慶典，是時間的擱置，它將一個臨時世界搬上了舞台。因爲一切都將坍塌：社會準則，愛情的謊言，錢和虛僞的統治。莒哈絲在她生命盡頭說《印度之歌》是她唯一的電影。她承認她第一次聽到卡洛斯・達萊西奧的曲子時感動得雙眼含淚，她說她聽到副領事怒吼時禁不住抽泣了。然而，這部電影她從來沒有看過第二遍——因爲害怕，也因爲害羞。「《印度之歌》所展現的是我自己。絲毫無誤。」①當然，她十七歲時隱約看過印度，她中轉時曾在加爾各答停留過兩個小時，可她從來不曾忘記過。但是她以回憶的碎片爲基礎重建了印度，一個她想告訴所有人知道的印度。

在將付諸實施之前，她小心翼翼地自己做了一個簡述，因爲她不願讓別人來詮釋這部電影。《印度之歌》是屬於她的。這份簡述是唯一能夠配得上《印度之歌》的，她預言道：

---

①《勒諾・巴羅日誌》，第九一期，一九九六年九月。

這是一個愛情故事，發生在印度的三十年代，在恆河邊一座人滿爲患的城市裡。這樁故事維持了兩天，電影記述的正是這兩天。季節是夏季季風轉換期。

聲音——沒有面容——是四個人的聲音（一方面是兩個年輕女人的聲音，另一方面是兩個男人的聲音在敘述這樁故事）。

聲音不是衝著觀眾或讀者的。它們具有一種完全的自治性。它們彼此交談。不知道有人會聽。

關於這份愛情的故事，聲音知道，或者說讀到了。在很久以前，一些聲音比另外一些聲音記得更清楚。但是沒有一個聲音能夠完全回憶得起來，也沒有一個聲音是完全忘記的。

我們從來都不知道這些聲音究竟是誰的。但是，它們忘卻或回憶的方式是唯一的，它們早在存在之前就爲我們所知。

故事是一個激情高潮上固定下來的愛情故事。在它周圍展開了另一個故事，關於恐怖的故事——潮濕的季風期裡有一種饑饉和痲瘋病混雜在一起的味道——也是固定在日常生活中的高潮上。

女人，安娜瑪麗．史特德兒，法國駐印度大使夫人，現在已經死了——她的墳墓在加爾各答的英國公墓中——彷彿就是生於這種恐怖。她在內心保持著一份優雅，一切都沉下去了，沉沒於一種無邊的寂靜之中。多虧了這些想要重新見到她的聲音，危險的她，對於有些聲音來說，她也是危險的。

在這個女人身邊，在同一座城市裡，有一個男人，法國駐拉合爾的副領事，他在加爾各答失了寵。他，通過憤怒和謀殺，他也觸及到了這份印度的恐怖。在法國使館將舉行一場招待會——在招待會上可惡的副領事對安娜瑪麗．史特德兒大聲喊出了他的愛情。就這樣，在看著這一切的印度白人圈面前。招待會後，她將沿著三角洲筆直的公路到恆河出口處的小島上去。

多米尼克．桑達最終退出後，莒哈絲選擇了苔爾芬娜．塞里格來詮釋安娜瑪麗．史特德兒一角。她有一頭棕紅色的頭髮，露出整個背，非常緊身的黑裙子，頎長優雅的脖子，還有看著副領事的如此溫柔的目光！苔爾芬娜．塞里格是莒哈絲的寶貝，那種似乎來自於遠古的美，微笑中所含的這種憂鬱，那繆斯一樣的謎一般的神情，這牛奶一般光滑的皮膚。我們在《印度之歌》裡根本看不見加爾各答，我們只能看見這個女人，這個在法國大使館大廳裡跳舞的女人，這就足夠了：苔爾芬娜塡滿了銀幕。在哪裡並不重要。加爾各答是世界上所有殖民地的垃圾箱。加爾各答散發著痲瘋病和歐洲夾竹桃的味道，因爲一到晚上患了痲瘋病的乞丐就到夾竹桃花壇邊來休息乘涼。安娜瑪麗．史特德兒會爲他們放一罈水。她是唯一一個這樣做的白種女人。其他人都閉上了眼睛。然而誰說痲瘋病人都是些男人？安娜瑪麗．史特德兒，她的心患了痲瘋病。在題目上，瑪格麗特猶豫了很久。她首先選了《恆河的情人們》，想要強調它和電影《恆河女子》之間的姻親關係，後來又想到過《小島》，或是《季風轉換期的天》，再或是《金德訥格爾公路》。她將她之「所見」傳釋了出來，一切都是想像的，她拒絕看任何關於加爾各答的照片。她「看見」了恆河，羅望子樹，香蕉樹。她「感覺」到了河水的存在，滯重的，濃厚的，骯髒的河水。初稿是一九七二年七月給皮特．阿爾寫的一個劇本。接著是個劇本，她在一本簿子上正反面地寫，不無狂熱。但是很快，她又有了將它拍成電影的想法。安娜瑪麗．

史特德兒突然從她的幻覺之中跳了出來。「我聽到了她的聲音，我看見了她的身體，尤其是她在花園裡的步態，穿著短衫，她是要去網球場，你瞧，我看見她在那裡，我看見了她頭髮的顏色，棕紅色的，她那兩彎輪廓清晰的眉毛。眼睛似乎有些空洞，非常清澈的眼睛，你知道的，在太陽下那種非常清澈的眼睛。」①她解釋說。沒有安娜瑪麗・史特德兒這個雙重意義上的挑起者，瑪格麗特也許不會寫《印度之歌》。但是爲什麼要將它拍成電影呢？也許是爲了擺脫她，爲了讓她死去。因爲整個電影都沉浸在一種死亡的氣氛中：或然可能的副領事的死亡；安娜瑪麗・史特德兒的自殺——她並沒有死於愛情的憂傷，而是希望在一種完全的明澈中死去；一個從內部開始瓦解的世界的死亡。

一切都建立在演員和人物的分裂以及聲音和畫面的距離上，這就造成了一種存在的微顫，一種妙不可言的不適，一種愛情燃燒的憂思。《印度之歌》是推遲放映的。莒哈絲說她討厭眞正意義上的故事片，討厭動作片和心理片，討厭她所謂的直觀電影。「這些電影裡的先生都是在度假，他們都是做給正在揉麵的孩子們看的，做給他們那些個小家庭看的。」②這一類的片子早就招她厭了，就像那個時候，有個製片商來找她，讓她把《勞兒之劫》改編成電影腳本，她也感到很厭煩。「拍小說根本是徒勞之舉，」她在給《印度之歌》攝製小組準備的簿子③裡寫道，「沒有一部電影可以把寫作充分表達出來。我們拍攝的不過是小說情節的電影詮釋，舞會這樣的情節，舞會，一絲不差的，需要詮釋。攝影機應該是窺淫癖。它朝光線遺漏的角落前進，它環視整個大廳。一切都關閉了，沒有辦法出去。攝影機在角落之間迅速地來來回回，轉動，停止，喘息，然後再來，繼續尋找：不，我們出不去，這

① 《談話者》，頁一七一。
② 現代出版檔案館檔案。
③ 現代出版檔案館檔案。

是內心的地方，是在書的內部。噪音平息下來，攝影機不再動了。我們聽見了聲音，氣喘吁吁的聲音，然後就什麼也聽不見了。」①

這部電影由斯蒂芬・查爾佳傑夫任製片，拍攝成本是二十五萬四千五百四十二法郎。拍攝本應在兩個月內完成，可是因爲缺錢的緣故，沒能按照預計的時間開拍。瑪格麗特在五月中旬向時任文化部長的阿蘭・佩勒菲特緊急求救。五月二十一日，他以國家電影中心的名義給她寄了一筆二十五萬法郎的預支款，並簡短附言道：「我對您的事非常盡心，我希望這樣可以讓您按照自己的意願盡快開拍。」瑪格麗特寫了四本分鏡頭劇本，對剪輯、攝影機的移動、演員的位置做了詳細規定，甚至畫了草圖。在第一本簿子一開始，我們可以讀到這樣的話：「事實上，一切都是空的，他們從鏡子裡出來。」瑪格麗特走了很多地方，花了幾個月的時間，想找到能確切將書面文字變爲畫面的地方。有一天，她碰巧在散步時發現了羅斯柴爾德行宮，就在布勞涅森林裡。一直到生命盡頭，她還清晰地記得這個給她留下強烈印象的地方，經常追述起那裡的一切。她說戈培爾曾在那裡住過，而羅斯柴爾德的僕人藏在隱密的地方，仍然繼續抵抗鬥爭，宮殿裡有很多不爲德國人所知的秘密房間。戰後，羅斯柴爾德家族決定永遠不再回去。她選定這裡爲拍攝地點時，宮殿的一切都處在極其荒廢的狀態，破敗不堪。另外有些鏡頭是在凡爾賽宮的特亞儂廣場上拍的。拍攝還用了兩棟房子，一棟在學院街，另一棟在即將拆遷的洛里斯通街。房客把什麼都留下了，甚至鋼琴。瑪格麗特占據了這些地方，原本什麼樣就什麼樣。儘管她沒有通知道具負責人，她倒是想到了一些必不可少的附件：一台電風扇，檀香，衛生香，花束，墊子，死去的安娜瑪麗・史特德兒的一張照片，香菸。就這些。

---

①　現代出版檔案館檔案。

一九七四年五月十三日開始了正式拍攝。瑪格麗特預先在錄音棚裡錄好了音。拍攝的第一天，在洛里斯通街，她要求技術人員一邊錄下卡洛斯．達萊西奧的音樂，一邊放事先錄好的對話。那麼喜歡挑戰技術的她卻不得不發現這幾乎是不可能的：她只好在對話和音樂之間做出選擇。她沒有猶豫，她是對的。她說卡洛斯．達萊西奧才送給她一份精美的禮物：《印度之歌》的主題曲。她立即意識到它所能產生的感人效果：「曲子應該無處不在，到處都有，這樣填滿觀眾所需的時間——總是很長，這樣演出一開始，觀眾就能從他所處的公共場所走出來。」在用「發動機」一詞之前，她在簿子上寫道：「要想到白色的畫面。」電影完成的時候，她建議朋友們閉上眼睛看。

「《印度之歌》完全是我的電影。它是小組的作品。然而某些鏡頭在今天仍然能夠讓我領悟其中的意義。」她在剪輯之後做了這樣的結論。①隨著拍攝工作的漸漸深入，小組成員之間產生了感情。布魯諾．努伊當把它當成愛情儀式的開始來談。瑪格麗特對他——對他和對其他電工一樣——有一種深切的同情，類似她對副領事的那種同情，那個沉淪墮落，朝乞丐開槍，大聲叫出他的愛情和絕望的男人。②苔爾芬娜．塞里格每時每刻都是搖搖晃晃的，彷彿陶醉在從小半導體中傳出來的音樂和錄製好的重音之中。③瑪格麗特讓所有的人都感到非常舒服，讓所有的演員漸漸地，自然地走入這個故事。瑪格麗特有一種奇怪的說服他人的能力，並且很善於運用，例如在《印度之歌》拍攝期間，在諾夫勒城堡裡，她和苔爾芬娜之間就曾經發生過這樣一段對話：

① 現代出版檔案館檔案。
② 《電影日誌》，第五〇一期，一九九六年四月。
③ 與多米尼克．諾蓋的對談，未發表，現代出版檔案館檔案。

苔爾芬娜：可我從來沒有喜歡過印度。

瑪格麗特：但是妳以前離它很遠。

苔爾芬娜：我在黎巴嫩，可妳所說的印度我是了解的。它成了我的，而不是妳的。這條路對我來說很容易。我演，就像我將在妳映照之下的我的形象寫下來。我向自己陳述我的故事，它和妳的故事融爲一體。①

所有的，演員，技術人員，作者，都認爲安娜瑪麗・史特德兒在貧窮悲慘的印度抗爭著。羅斯柴爾德的花園成了殖民地的花園。一架強光石英探照燈吸引了無數夜蛾，有些毫不猶豫地撲了上去燃盡自己的生命。巴黎夏天的耀眼白光眞的有種季風轉換期的味道。您是在印度的什麼地方拍攝的呢？後來影片上映時經常有人會問瑪格麗特這樣的問題。有時，銀幕上什麼也看不見。時不時的，也會什麼都聽不見。瑪格麗特錄了好幾次音，然後把它們完全混雜在一起。她想應該有七十二個主題的對話，每次對話大約包括三十句。在這話語之群中，有一個詞漸漸從不同聲音的池塘中浮出水面：這些聲音，她都是拿著錄音機在教堂、地窖、走廊和咖啡館分別錄來的。

瑪格麗特喜歡聲音。電影對她而言主要的功能之一就是釋放聲音。在電影中，隆斯達爾在聽自己的聲音，就像一個聾子在聽自己說話。開拍前八天，瑪格麗特問這位未來的副領事如何才能表達這種與自己遠離、迷失自己的感覺。瑪格麗特的思維有點滯澀，她很慌。隆斯達爾也在考慮。瑪格麗特突

---

①《瑪格麗特・莒哈絲的電影》，多米尼克・諾蓋執導，外交部製片。

然有了個主意：「要麼你叫？我讓你和她跳舞。你一邊跳舞一邊對她說。你認爲可行嗎？」①他認爲可行，他叫了。這喊叫和眼淚的場面沒有絲毫困難。「我將自己從深積的痛苦中釋放出來，我有怒吼的慾望。」隆斯達爾說②。副領事的叫聲至今仍然能夠穿透我們的內心，他的痛苦是如此強烈如此尖銳，觀眾沒有不同情他的。《印度之歌》裡沒有任何一個演員是在爲別人表演，他們只爲自己表演，非常謹慎，似乎他們即將死去。聲音——除了副領事的——從來沒有抬高過，一直是那麼溫和。瑪格麗特曾經想過讓吉爾·德呂茲、弗朗索瓦·密特朗或愛德加·莫蘭當主配音，他們就有她所謂的這種作者式的聲音。最後是迪奧尼斯·馬斯科羅。維維安娜·弗萊斯特詮釋女乞丐一角，她的聲音細若游絲，似乎隨時會斷一樣。所有的聲音組成一間回音房，一座聲音的迷宮；它們在互相交談但是彼此並不呼應。演員雖然在磁帶上錄下了他們的聲音，在銀幕上卻是閉著嘴的。

音樂確立了電影的節奏和色調。一想起這部電影，就不可能不想起卡洛斯·達萊西奧的旋律。它是在一次舞會上，臨時用一台五音不全的鋼琴彈奏出來的，貫穿了整部電影，就像是血流遍全身。「這音樂我聽到過，那時每過三年就能回一次法國，在船上，在大海中間，我聽到的就是這樣的音樂。」③卡洛斯和瑪格麗特非常投機，彼此結下了很深的友誼。瑪格麗特從來無須與卡洛斯做過多的解釋。「我請他爲我的一部電影製作音樂，他說好的，我說沒有錢，他還是說好的。我留一些空白處給他的音樂，然後我再根據他的音樂配上畫面和台詞，我向他解釋說這部電影發生在一個對我、對他來說都很陌生的國度，殖民地時代的印度，黃昏時分的背景，痲瘋病，加爾各答的情人，饑荒蔓延，

---

①《話語的癡迷》，見上述引文。
②作者與米歇爾·隆斯達爾的談話，一九九六年四月四日。
③多米尼克·諾蓋，見上述引文。

我說我們得齊心合力地完成它。我們做了。事情就是以這種方式完成的，他和我，我們完完全全是合兩人之力做好了這部名爲《印度之歌》的電影。電影結束了，從我們的手中跳了出來，離開我們……」①

卡洛斯・達萊西奧死了，苔爾芬娜・塞里格死了，瑪格麗特・莒哈絲也死了，而電影錄在帶子上，總是能勾起一種痛苦的感覺，一種瀰漫開來的混亂。愛情，甚至是絕對的愛情，也無法將我們從絕望中拯救出來。

電影拍到最後，瑪格麗特有點不知所措：她不知道自己都做了些什麼。她問自己：既然根本沒有人去看她的電影，她是否應該拍這部《印度之歌》？從另一方面來說，這部電影是她的需要。應該讓這些聲音說出來，所有這些包圍她的聲音：「聲音，有很多聲音。必須加以選擇。所有的人都要說話。」②夏末時分，可怕的酷暑和恐懼，還有孤獨。拍攝完成之後，所有的人都走了，回到各自生活的漩渦裡，瑪格麗特又是一個人。她被掏空了，處在失重狀態。但是那些聲音又回到了她原本想休息的諾夫勒城堡。「一點辦法也沒有，」她對一個朋友說，「我無法回到現實裡來。」再說現在做什麼呢？瑪格麗特已經想到過第二個《印度之歌》了。她想回到犯罪領域，撬開現實的大門，最終開啟安娜瑪麗・史特德兒的墳墓。莒哈絲做了一個奇怪的夢：她夢見她被劫掠一空，夢見有人洗劫了她在特魯維爾的房子，另外甚至她再也看不見大海了。接著她的身分證，她的錢，她的包全被偷了。瑪格麗特淚流滿面地醒來。但是接下來的漫漫長夜又是同樣的夢魘。她定時地會夢到自己被劫掠一空，夢到

① 《外面的世界》，頁三二八。
② 《話語的癡迷》，見上述引文。

鋼筋水泥的潮水淹沒了她，讓她難以呼吸。她無法相信電影已經完成了，再也無法談論，她覺得尷尬。「讓我從自己身上掃出一句毫無用處的話來，」她對一個想要採訪她的記者說，「我恨我自己總是這麼蠢，總是這麼這麼蠢，我恨這部根本不會有人看的電影。」①瑪格麗特又回到了開始時那種沮喪的狀態。「最近這兩本書情況不太好，這讓我感到非常害怕，狼狽不堪。」她寫信給克洛德・伽利瑪說②。她覺得孤獨，覺得沒人瞧得起她。

您沒有時間讀這本書，我非常能夠理解，但是在一篇談論我的文章裡（不管說話人的口氣是否得當，這並不是問題），有人說我是一個天才的劇作家。您忙不過來。而我必須生活下去。我的政治觀點非常激進……我必須生活下去，我孤獨一人；我再也不年輕了，我不願在窮困中結束我的生命。如果不這樣我就會在我童年所體會到的這種窮苦中死去。沒什麼好做的，我要捍衛自己。我不是一個聖女。沒有人是聖女。巴塔耶的悲劇（他的書大概只賣五十法郎左右）我很難認爲是正常的……如果我的在這裡賣不下去了，我只好到國外去。

對電影有保留的歡迎是瑪格麗特始料未及的，也給她帶來一點心靈的慰藉。《印度之歌》成了典範之作，至今仍然在世界各地放映，這是瑪格麗特唯一一部得到商業成功的片子：一九七五年六月，

---

① 現代出版檔案館檔案。
② 伽利瑪檔案。

它已經擁有十八萬觀眾。一九七五年五月它通過正式渠道進入戛納電影節，評委安德烈·戴爾沃宣稱道：「這部電影既是作者的電影作品，也是作者的詩歌作品。它迷住了整個電影節，我知道。如果它參加競爭，毫無疑問，我們將把金棕櫚獎頒發給它。」米歇爾·莫爾在《費加洛報》上說他非常喜歡這部片子，並說它是這一年戛納電影節上最爲獨特的作品。他也贊成把金棕櫚獎頒發給它。亨利·夏皮埃的抒情氣質更濃一點，他幾乎是在唱讚美詩了：「在這樣一部傑作面前，又如何能屏住呼吸，控制自己的激情，再扮演評論家的角色？《印度之歌》是電影節上的重大事件，一部獨特的電影，和其他任何電影沒有絲毫相像之處，很明顯，它將是一九七五年唯一一部將深刻在我們記憶中的電影。」《快報》上也是一樣的讚美詩，吉爾·雅各布撰文說它達到了藝術的頂點。「一部提前了好幾年的影片。」羅伯特·查匝爾在《法蘭西晚報》上寫道。這已經不僅僅是一種認可了，而是一種喝采。一直遭到電影界貶低——除了聲名卓著的《電影日誌》和《幕前》——的莒哈絲生平第一遭成了祝聖的對象。這些年來，莒哈絲一直站在攝影機後，爲改變觀眾被動的角色而鬥爭，她不再給他們一個完整的故事，這一回她終於得到了補償：評論家以各自不同的方式重建起自己的電影，完成了自己的電影。瑪格麗特把他們打發上了一條獨特的旅途，她獨特的語言——混雜著各種聲音、音樂、音響以及緩慢的全景的薩比爾語——終於得到了理解。《印度之歌》沒有獲得金棕櫚獎。「這是一個錯誤，」我們可以在《法國電影》上讀到這樣的評論，「壞到極點的錯誤，不可原諒的蠢事。」戛納電影節成了永遠的遺憾，因爲《印度之歌》沒能獲得它應該獲得的金棕櫚獎……作爲補償，它獲得了法國試驗藝術電影協會獎。幾乎沒有評論家攻擊過這位左派主義的女戰士，她沒有尖銳地宣布資產階級末日的來臨，卻描寫了法國大使館裡穿著長裙的婦人，用水晶高腳杯喝著香檳，懶洋洋地跳著倫巴。有人把莒哈絲比作維奇·鮑姆，甚至比作飢餓印度底色上的埃瑪紐埃爾。《電視周刊》感到非常氣憤，說她把富人精神上的貧瘠和窮人物質上的貧瘠混爲一談。「我早就煩透了這些事，」瑪格麗特回答道，「富人是骯髒的，窮人不骯髒。這是兩個女人。在這世界上的同一個地區，在同一個地域，她們都將失去一切。女乞丐是被社會逼死的，安娜瑪麗・史特德兒是自殺的。我並沒有讚揚其中的一個而貶低另外一個。」在很多訪談中，瑪格麗特又將電影放在政治這一面來談：印度對她而言代表著這世界的所有悲慘，圍繞著印度的是戰爭。影片是對階級平等的呼喚，並沒有滑向迷人的詩意。「我不會把膠片浪費在非政治的事情上。」她高度肯定了一種獨特的電影：「這就是說我們不再滿足於那種官方的電影，那是資本主義社會的表達。而另一種電影走出了社會的俗套。《印度之歌》恰恰昭示著資本主義社會的徹底完蛋。」①

自此以後我們必須耐心等待。這偉大的革命和沒有階級的社會何時才能來臨呢？不久，瑪格麗特回答說，她又恢復了希望，又充滿了女性左派主義的戰鬥豪情，活得純粹而艱難，預言歐洲無產階級將突然出現，這是一個擺脫了馬克思主義教條的無產階級。年輕的革命者將掌握國家的最高領導權，他們會將整個人類從謊言和不平等中解放出來。瑪格麗特談論、預言、宣告、公布。瑪格麗特宣布這個美好的未來，就像一個女算命者，一個後資本主義社會偉大的未來主義者。她成了絕望、浪漫和熾熱的左派主義的主教，她充滿熱情地投進這些女性主義的連篇廢話之中，周圍當然有不少男男女女的崇拜者。瑪格麗特在說話，或者說話不由自主地從她的內心宣洩出來。她說一些很肯定的事情：「每個人的內心都沉睡著一個傘兵。家庭裡也有傘兵。我相信每個人更願意靠近將軍或戰士，而不是小女

①《瑪格麗特・莒哈絲》，信天翁出版社，見上述引文。

人。」[1]還有：「陰莖階級是我們最壞的敵人。必須等到這個時代過去。」瑪格麗特尖酸地宣布說必須等到男人主宰的時代過去，女人才能喘上一口氣。但是在男人那一面，莒哈絲卻是很受寵的。不是一個輸的傘兵，迪奧尼斯很忠實於友誼。他才發表了一篇評論《印度之歌》的美妙文章，盛讚瑪格麗特已經超越了電影的界限，他將瑪格麗特和蘭波相提並論：「這是一部閃耀著高貴的厚顏無恥的電影，一部慎重的作品，接近於完美。」迪奧尼斯是瑪格麗特可以接受的極少數男人之一。每個周末，他都帶上自己的妻子——索朗日·勒普蘭斯，也是《印度之歌》的剪輯——和女兒維吉尼亞一起去諾夫勒。他是個出色的園藝師，經常進行創造性的嫁接，種一些古典玫瑰，建設了一座迷宮式的花園。諾夫勒花園是多虧了他才變得燦爛起來的。

> 滿月。晚飯後，夜很深了。D·在園子裡，他喊我，他說他要讓我看看，在滿月時明亮的月光下，白花會變成怎樣的一種顏色。他也不知道我是不是已經注意到了。的確，我沒有，從來沒有注意到。一叢叢白色的菊花和玫瑰變成了如此耀眼的雪地，如此耀眼的白色，整個花園都顯得昏暗了，其他的花，其他的樹，統統地暗了。紅色的玫瑰變得特別陰沉，幾乎都要消失了似的。這難以理解的白色一直留在我的記憶中，我無法將它忘卻。[2]

---

①《談話者》，頁三三。

②《綠眼睛》，頁一八。

瑪格麗特還談論她自己，談得很多，尤其是要談自己，除了自己，什麼也不談。她那時的朋友都可以證明這一點：她將自己關在自戀的籠子裡，不要對話者，不停地重複著她的勇氣，她的天分和她是個天才。瑪格麗特驚異於自己所獲得的成功。她像個輕佻少女一般，給自己添枝加葉。她對自己進行修修補補，屬於她的莒哈絲。開始的時候她還不可避免地把這當做一種消遣，只是鬧著玩的，並不清楚，也不是眞正地想這樣，瑪格麗特越來越遠離莒哈絲了。如何繼續保持她的成功呢？建立神話。瑪格麗特在她活著的時候親手炮製了莒哈絲崇拜。自此以後她毫無羞恥之心地談論自己，所有朋友、同伴和兄弟姐妹都這麼說。不能忍受就只有離開。瑪格麗特什麼也不怕。她說：「我的名譽，我才不在乎呢！錢，我也沒有。所以我只做我喜歡做的事情。別人從來不做自己喜歡做的事情。」她給人一種放開纜繩的感覺：「我隨我自己去。」[①]那麼長時間以來，她害怕瘋狂，那麼長時間以來，「大家」，尤其是男人都說她總有一天會瘋的，但是她現在不再害怕了。瘋狂從此之後成了別人豎在她面前嚇唬她的東西。她越是氣餒，這種原初的混亂就越是可怕，她就越是害怕，越是恐懼。她將自己工具化了。這一點是她自己說的：「我在寫作的時候，有一種精力極度分散的感覺，我不再擁有我自己，我成了一個漏勺，我的腦袋滿是洞洞，我也無法解釋自己究竟寫了些什麼，就是這樣，因爲我無法在我寫的東西裡辨認出它們來。所以這些東西來自於其他地方，我寫作的時候不是我一個人。」[②]

「我」是他人。瑪格麗特從此建造起了一個莒哈絲，用以牽制所有這些想要逃走的莒哈絲，所有這些住在她心裡，和她說話的人物，所有這些不斷糾纏她，黏著她的感覺。瑪格麗特是個高級占卜

---

①《談話者》，頁四三。
②《瑪格麗特·莒哈絲的領地》，頁九八—九九。

者。她走在大街上的時候，什麼都想抓住，直至眩暈得要昏過去；在諾夫勒，她看著蒼蠅在玻璃上掙扎，她覺得自己也變成了這隻蒼蠅；她在衣櫥裡發現了一件帶有血　的內衣，她就會像米什萊筆下的巫婆一樣，上溯時間而去，她能夠感覺到血在流。她成了超現實主義和蘭波主義的混合體，繼續攀登越來越危險的領域。她越來越否認現實的存在，寧願和自己創造出來的人物來往，她疏遠了朋友，除非朋友願意追隨她這夢一般的道路。

於是布魯諾·努伊當又陪她重新回到《印度之歌》的拍攝地，羅斯柴爾德宮，陪她一起徹底驅除勞兒·V·施泰因和安娜瑪麗·史特德兒。拍攝《印度之歌》的時候，她從來沒敢進入宮殿，電影只拍了牆壁和外面的樓梯。她在房子四周拍，似乎備受煎熬。電影才出來，她就宣布說電影沒有完成，還缺點什麼東西。但是如何才能回到電影這樣物質的東西上去呢？電影和書畫不一樣，一旦上映，就永遠完成了。拍攝後的六個月，她打電話給努伊當，對他說：「帶上你的攝影機，我們兩個進去拍。」①製片商皮耶和弗朗索瓦·巴拉籌集了十三萬法郎。電影開始投入具體的拍攝。第一天，瑪格麗特踩著努伊當的手、腰、肩，和他一起進入了這座房子，房子裡的氣氛恐怖極了。她渾身都在顫抖。她帶了一架放音機，帶著《印度之歌》那團亂糟糟的聲音和一台探照燈。努伊當拿著攝影機走在前面。「她真的是要走入安娜瑪麗·史特德兒的墓地，而我也真的是覺得我們打開了一座墳墓。她確實很害怕。她拿著燈給我照路；向我描述《印度之歌》裡的廢墟和安娜瑪麗·史特德兒身上的灰塵。」他們在長途跋涉中碰到了一塊翻版，瑪格麗特不願意揭開，她說德國人仍然在下面折磨著猶太人。她聽見了叫聲。沉浸在自己的過去裡，瑪格麗特將自己的歷史和安娜瑪麗·史特德兒的歷史混在

① 作者與布魯諾·努伊當的談話，一九九六年十月八日。

一起。她讓努伊當在拍攝時盡量不要弄出聲音，她說那會吵醒處在永遠沉睡之中的安娜瑪麗・史特德兒的。

在《加爾各答荒漠裡她的名字叫做威尼斯》裡沒有人的面容。我們只能聽到演員的聲音。莒哈絲只不過是純粹簡單地抄襲了《印度之歌》裡的那團聲音。重複？藝術方法？這在電影史上還是第一次，聲音是另一部電影的聲音，卻配上了全新的畫面。電影是一種技術上的嘗試，完全是逆光拍攝的。試驗性的，在好幾個方面都是如此：光線，音響，節奏和結構。只有七十八個鏡頭，其中的三十七個是固定鏡頭。《她的名字叫做威尼斯》不是《印度之歌》的具體闡釋，而是一種反動：它讓《印度之歌》在黑暗中失去了平衡。莒哈絲創造，然後摧毀，野心勃勃地要對整個電影敘述手法提出反動。「我對自己說我並沒有到達或者走向電影的不毛之地。我承擔的是完成摧毀的任務，但是我找不到摧毀的意義。」① 莒哈絲幾乎沒有時間，也沒有錢，拍攝是在八天之內完成的，小組成員減少到了不能再少的地步。莒哈絲總是在剪輯的時候眞正開始製作她的電影。剪輯總是非常辛苦。不得不反覆了四次。絕望的瑪格麗特幾乎要隨它去了。她處在一種痛苦的幸福之中，有一種智性的迷醉和激盪，在體力上卻已經筋疲力竭。她又一次覺得自己沒有能完全走出去。

電影於一九七六年上映。受到了普遍歡迎。評論界很欣賞這種感性的攝影方法，那樣溫柔地掃過廢墟，還有這種永遠迷失了的愛的暴力的氣氛，對沉重的等待的智性描繪。「我們聽見了《在加爾各答荒漠她的名字叫做威尼斯》，在滿是裂縫、溝溝坎坎的牆上，地毯的碎片混雜著痲瘋病散發出來的玫瑰味道。」讓・路易寫道。《精神》雜誌將它與帕斯卡的傳道書相提並論，《電影日誌》則讚美了

① 現代出版檔案館檔案。

它完美的圖像效果。在評論界受到了歡迎，可是觀眾很少。只有莒哈絲之歌的追隨者發現了這部電影的妙趣，而且至今仍然樂此不疲。莒哈絲在老之將至的時候說這是她最重要的一部電影。她只是遺憾沒有將摧毀的程序推進得更深更遠。「眞正的摧毀應該是把我自己殺死。」①

儘管她得到了承認，瑪格麗特仍然感到很孤獨。她的《阿邦、薩芭娜和大衛》只賣了四千六百本，《愛》只賣了六千本。她承認如果她還能活得下去，完全是靠國外一些計畫的定金：「我一直處在邊緣，你們是知道的，我不是一個人，我們有好多人。我們沒有選擇，對於發生的這一切我們是那麼害怕。這不是一種選擇，一種態度。這成了一種本能的行爲。」②瑪格麗特在誇張。她想做什麼就做什麼，在公共權力的幫助下不停地拍。再說她很快就開始拍攝《薇拉・巴克斯特》了，腳本是根據她的一個劇本《蘇姍娜・安德萊爾》改編的。她收到了四千萬法郎的預付金。眞正的奇蹟！第一次事情組織得井井有條，而且小組成員在拍攝一開始就領到了報酬。奢華之至！瑪格麗特雇了一個廚師，但是她一直不停地發牢騷，說自己的湯比她做得要好得多。因此每天晚上，她還像從前沒有錢的日子一樣回到爐子前！

從此再也沒有人可以取代莒哈絲管理她的那個爛攤子。製片商靠剝削她養肥自己的時代結束了（無論如何她認爲他們當中的一部分人，確實不得不把財產和名譽讓出來還給她）。她成了自己天賦的出色經紀人。她不斷地回收莒哈絲。這不再是創造，而是複製。她把她所寫的東西用畫面的形式固定下來，或者從電影腳本出發將之變爲書。「十五天後，你就會被認爲已經將莒哈絲所有的書熟記在

---

① 作者與瑪格麗特・莒哈絲的談話，一九九四年四月八日。

② 《世界報》，一九七四年七月二十九日。

心，她筆下所有的人物，他們所體驗到的感情，」①努伊當說。她在拍電影，但總認爲電影不能算是一種表達方式，並且因自己無法重新開始寫作而深深絕望著。她之所以拍電影是因爲她寫不了電影給她存在的感覺。

有些觀眾在等待她的電影：她小說的癡心讀者，當然，但也還有一部分女性主義者，她們把她看成是自己的教母。莒哈絲於是拍了些很有女性主義色彩的電影。《薇拉・巴克斯特》就是如此，這個女人深爲「忠」的概念所折磨，來自遠古的時代，在「一生只能愛一個男人」的說教中長大。「一千年以前，在大西洋邊的森林裡有很多女人。她們的丈夫在很遠的地方，不是在替領主打仗，就是加入了遠征十字軍，她們經常獨自住在森林中間的小棚屋裡，一待就是幾個月，等待丈夫的歸來。就這樣，她們開始和樹木、大海以及森林裡的動物說話。大家說她們是巫婆。她們都被燒死了。據說她們當中也有一個女人叫薇拉・巴克斯特。」②莒哈絲用試驗性的畫面來闡述女性主義的主題。她高聲宣佈她厭煩透了小資產階級的電影。她的電影越來越凝滯。大量的固定鏡頭。攝影機始終在一個位置，想要捕捉住我們每個人都視而不見、充耳不聞的領域，激情的領域。莒哈絲的電影越來越有夢幻的色彩，充滿了詩意，在講述自己的感覺。她創造了一種基調，一種闡述愛情絕望的獨特手法。如何愛？愛到什麼程度？一對生活在一起的男女之間究竟發生了些什麼？不可承受的究竟是什麼？女人可能忍受什麼樣的痛苦？巴克斯特只能靠和他人通姦活下去。他的妻子接受了這一點。有一天他一聲不吭地走了。薇拉等待著他，內心充滿了恐懼。他回來了，並且將他的妻子賣了很高的價錢。他把她從這樁

---

① 作者與布魯諾・努伊當的談話，一九九六年十月八日。
② 現代出版檔案館檔案。

婚姻裡扔了出去，希望她也可以變得讓人對她有所欲求。薇拉聽從夫命與他人通姦。電影是一首關於資產階級婚姻死亡的諷刺詩。莒哈絲想要讓觀眾看清楚自己的極限，她試著擾亂他的心智，追問他。但是，電影上映後一年，莒哈絲說她在《薇拉・巴克斯特》這部電影上失敗了。她感覺到有點什麼不對勁的地方，卻總搞不明白。直到剪輯《卡車》時她才明白：她很遺憾，沒有一個男人的目光注視過薇拉・巴克斯特。沒有對她有所欲求的男人，薇拉・巴克斯特根本不存在。電影所記述的這種女人之間的僞團體運轉不了。她對此表示悔過。時下流行的女性主義理想妨礙她說了眞話：在女人之間，慾望無法流通。她後來出版電影腳本對故事做了修改。很遲以後。電影是改不了的了，她只有否認。

瑪格麗特一直沉溺於電影的畫面之中，簡直到了暈眩的地步，但是她也不願意就此放棄戲劇。所以她接受了電視台的建議，將《樹上的歲月》拍下來，再一次的巨大成功。戲劇也可以搬到銀幕上，瑪格麗特說。只要不偷懶作弊，不把它拍成一部電影化的戲劇就行了，要將戲劇中的精華繼承到手。莒哈絲遵循時間的順序，保留了原來的對話，但是增添了大段大段的沉默以增加戲劇效果。她用古典的手法進行拍攝，但同時也不願背叛自己。電影將注意力放在母親和兒子之間這種封閉關係上，瘋了般地仔細探索著瑪德萊娜・勒諾那張閃耀著年齡的光華的臉，捕捉著布爾・奧吉埃那份令人感動的笨拙，她在拍攝時有點羞澀，但是極爲尊重貪婪的母親和流氓式的兒子之間這唯一的對話，讓—皮耶・奧夢飾演的兒子的確精采極了。文學、電影和戲劇終於聯合起來描述這一片空茫，這種生存的空虛和人與人之間荒謬的關係。

又一次混雜的聲音占據了重要位置。電影《樹上的歲月》的畫面很暗，就是爲了讓觀眾不要過於注重畫面，而將注意力放在話語的迅速擴散上。瑪格麗特向攝影負責人奈斯托・阿爾芒德洛解釋說她拍電影是讓人聽的，而不是讓人看的！她拍電影是爲了抓住詞語的意義和話語的回響。女演員都接受了這種探索，她們按照瑪格麗特的要求進行重複，尤其注重詞語的音樂性。「瑪格麗特的寫作就像數學一樣準確，」布爾・奥吉埃解釋說，「她是通過話語的速度讓我明白意義的，我們也終於感覺到能夠表達她的寫作了。」「她的作品不應該被說出來。要掌握和她聲音相符的這種沒有調子的調子。」瑪德萊娜・勒諾補充道，她一直在尋找所謂沒有聲音的聲音。克洛德・雷吉，瑪格麗特在戲劇界的朋友、同謀、知心夥伴證實道：「她很欣賞戲劇演員，可同時又忍受不了他們。她只需要自己內心的聲音。她自己的思想應該穿過演員，走向觀眾，然後由觀眾來延續她的思想。」①

莒爾芬娜・塞里格、卡特琳娜・塞萊爾、布爾・奥吉埃、尼古拉・里斯很快都找到了這種表達莒哈絲的方式。但對於瑪德萊娜・勒諾來說是很困難的。她必須停止她原本的說話方式，表達馬里沃的方式，她必須忘卻貝克特的語言，而她在瑪格麗特的專制前顯出無比的耐心，忍辱負重，瑪格麗特經常讓她把一句話重複上幾十遍，再幾十遍。「我一點也不明白你為什麼要沉默，」她經常對瑪格麗特說，「妳什麼時候才能把下一句台詞告訴我呢?」瑪格麗特在玩弄瑪德萊娜的耐心、精力與光華。莒哈絲和勒諾之間存在著激情和欣賞，但是不久就演化成猜疑和挑釁。兩個魔鬼在互相觀察，她們並沒有眞正相遇，彼此信任，也沒有相愛。再說瑪格麗特如何能愛一個總是讓她想起母親的女人呢?在電影裡，瑪德萊娜是母親，她的母親，所有的母親，穿著過於寬大的大衣，戴著奇形怪狀的帽子，穿著棉襪。瑪格麗特爲她寫《薩瓦納海灣》之前，首先在《伊甸影院》裡再現了樹夫人的形象。

瑪格麗特覺得自己沒有受到應有的愛戴、尊敬和讚揚。她這樣一個如此討厭榮譽和公眾承認的人竟然抱怨缺少聲名。她對前來看她的人說她在美國是個明星，但在法國卻沒沒無聞。那時她很想離開

① 作者與克洛德・雷吉的談話，一九九五年十月八日。

這個不要她的國家。「我不知道我要到哪裡去，我只知道我不是這裡的！我離開自己的圈子已經快二十年了：我從來沒有眞正融入過社會，我覺得周圍全是陌生人。我和這個國家的主要關係是稅務和電視。」①她不是把自己關在諾夫勒就是關在聖伯努瓦街，越來越少出門，甚至也不上電影院去。她越來越生活在一個狹小的圈子裡，電視從此以後在她的生活中成了相當重要的角色。那時認識她的人，都可以證明她對電視有一種欣賞和反感交織的感情，尤其是對晚上八點的新聞，她幾乎一次不落，簡直是像參加神聖的宗教儀式，然後她會在電話裡無休無止地講給朋友們聽，好像她直接和這些國家領導人對話了似的。「這該死的電視」，就像她自己所稱的那樣，她彷彿永遠也看不夠，卻同時滿懷憤怒和蔑視。經過審查的電視，被俘獲的電視，宣傳工具的電視。殘忍而頗有靈感的批評，她非常善於描寫主持人那種串通好了似的微笑，不得不說的謊言以及說一不二的說話腔調。通過電視，她自以爲在家就可以征服整個世界，於是在家繼續反抗對無產階級的壓迫。她宣稱自己是個原初、自然的左派主義，但是從此以後對任何戰鬥性的主張都持懷疑態度，除了對不工作主義。她欣賞自己那個什麼都不做的兒子。她也很想這樣，給自己休假。但是她沉溺在自己的形象，自己的身分裡。

但是她究竟是誰？莒哈絲？她問自己。這成了電影《卡車》的主題。她，還是她，永遠是她。寫了這部作品的她在講述她自己，將自己搬上了銀幕，成爲主角。但是談些什麼呢？談論一位夫人。哪個夫人？

「是卡車裡的夫人。」

---

① 現代出版檔案館檔案。

「沒有階級。這是唯一的信息。」

「她爲什麼要哭？」

「這樁愛情故事。她也許有過。」

在《卡車》裡，莒哈絲一頭短髮，戴著一副大眼鏡。她就這樣，沒有任何僞裝地上了鏡頭，唇連合處日益加深的皺紋，疲憊而失去光彩的臉，幾乎看不出原來的橢圓形了，滿是裂口，微微有點浮腫的皮膚。她倒沒有想過要修飾一下，或者用一種特殊的光線，或者用化妝抹去時間和酒精留下的痕。不，她是什麼樣就什麼樣：一個身體已經破舊的老婦人，但是目光仍然活潑，坐在一間大房間裡，晚上，在同伴家。她似乎很平靜，很有耐心。她給人一種從容的感覺，時間充裕。她這樣描寫自己：「小個子灰髮女人，瘦弱，平庸。她具有一種平庸的高貴。她是看不見的。」

她是誰？當然是莒哈絲，但也是她建立起來的一個人物：一個不知來自何方、亦不知經歷過怎樣故事的女人。她是否就是一個從旁邊才跳出來的老婦人？一個招手停車要去看她才出生的孫子的老祖母？或者只是想找人說說話，於是利用這個機會和卡車司機聊聊腦子裡的念頭？實際上這一切都不重要，她在那裡，在我們的面前。她在和我們說話，而我們在聽。這位老婦人是個作家。小女孩的時候，她住在殖民地。作爲導演的莒哈絲弄亂了一切蹤跡。觀眾自忖演員莒哈絲究竟在朗誦作品還是在揭開自己生平的碎片。她在不停地自言自語。他，卡車司機，他在嘲笑她可能還算說得不錯的事情。對他來說，她只是個傷痕累累的老人，在談論這世界，談論隨便什麼東西。

瑪格麗特第一次同時出現在鏡頭的前面和後面。最重要的，她對攝製小組的成員說，是她作爲導演的角色。她在拍電影。但這眞是一部電影嗎？這麼奇怪，只有兩個人物一邊說話一邊穿越郊區的景色，公路、平原和森林依次被他們甩到身後。這究竟是電影還是電影的假設？在這個故事裡，兩人正在談論一部或然存在卻並不存在的電影？「這可能是一部電影。拍攝應該在很短的時間裡就完成了。成本不應該很高，」在放映的開始瑪格麗特的聲音說。今天，這部電影仍然顯得古怪，活潑，深刻，感人。《卡車》堅持走完了它的道路！重新聽到這個憤怒的老婦人和年輕男子之間的對話，仍然是件很愉快的事情，老婦人在談她對革命的執著，她對無產階級的深厚感情，而年輕男人有點驚訝，有一點戒備，他在問自己和身邊這個小個子老婦人究竟要到哪裡去。這個老人恰恰不知道自己要到哪裡去。再說她清楚什麼都沒有了，沒有夢想，沒有希望。而她對一無所有的了解是建立在時間流逝的經驗之上的，她爲此感到高興。她不僅沒有哭，而且笑了。「她說：但願世界走向迷失，這是唯一的政策。」

做《卡車》是個幸福的過程。莒哈絲覺得自己找到了一種新的電影形式，而且不再處於匱缺寫作的狀態了。《卡車》終於讓她得以和自己的書平起平坐了。通過作者——演員這一雙重身分，她的確讓觀眾不知所措。在我們面前說話的這個人是瑪格麗特·莒哈絲嗎？她在談論她自己嗎？《卡車》裡的女人精神好像有點問題，但這種瘋狂恰到好處，恰恰可以當成時髦和魅力來看。這位夫人，當然，首先是她自己。我們甚至會在一秒鐘內想像到她可能會瘋狂！她後來對多米尼克·諾蓋說：「當然是我。這描寫和我很相符不是嗎？」[①]是她，這個不清楚自己要到哪裡去的女人，也不知在哪裡上路的，沒有編號，沒有社會身分，沒有家庭，「和這社會的一切都脫了　，直至到達一種最基本的關

① 多米尼克·諾蓋，見上述引文。

係，但這是和什麼的關係呢？和整體？有時我說是上帝。」①

《卡車》最後定稿之前有三個大綱。第一個關於電影的觀念：如何能夠做到用電影的形式將電影殺死，同時建立一種隨便什麼都行的信仰。第二個超越了電影本身，它想要創造一種革命性的拒絕藝術，徹底摧毀她所謂的消化性電影。第三個大綱已經將女人放了進來——莒哈絲沒有確定她的年齡和身分，一個等在公路上的女人。她開始想找蘇姍娜·弗隆來演，後來又想到了西蒙娜·西尼奧萊。兩個人都拒絕了，於是瑪格麗特放棄了這個大綱。六個月後，她想到可以由自己來詮釋這個角色。她於是立刻和朋友們說了，並說這是一個非常糟糕的主意。她放棄了。但是這位老夫人的靈魂日日夜夜地纏著她。有一天打瞌睡的時候，她突然想起來可以不拍電影，但是講講應該拍攝的電影的故事。如果電影要拍應該拍成什麼樣子。發揮到極點的莒哈絲主義！

因此《卡車》首先是一部並不存在的電影。用的時態都是條件時。在書稿前的說明中，莒哈絲從語法上定義了這個表達可能或不現實的時態，它經常是用來表達一種簡單的想像，比如說孩子們在遊戲中提建議時經常就用這樣的時態。正是這樣：《卡車》是個遊戲，就像所有遊戲一樣，但是它有沉重而嚴肅的一面。一個關於電影的遊戲，也是一個關於瘋狂，關於「主我」的遊戲。《卡車》講述了男人和女人之間一種不可能的關係。她想向他走去，但是他不聽她的。對於她的狀況，他毫無辦法。但是她和他說了很多重要的事情，關於上帝，關於童年，關於在這個世界上生存的方法，關於死去的星球。他什麼也沒聽見，什麼也沒有。他害怕，他還不習慣這樣自由的話語。他只習慣於那種連貫的演講，以政黨或者工會的名義，也只能忍受這樣的講話方式。她把自己關在與生活毫無關係的定義和

---

① 多米尼克·諾蓋，見上述引文。

話語裡。她有點輕度的精神失常，所以她用這樣的詞語，意義曖昧含糊。她不說話的時候就閉著眼睛唱歌。「我從來沒有遇到過像她這樣友善的人。」莒哈絲在電影上映的時候說。我們知道這是爲什麼。多虧了《卡車》裡的這位婦人，瑪格麗特最終發現話語和書寫是可以相互呼應的。《卡車》裡的女人在說話，而瑪格麗特．莒哈絲，終於又可以開始寫作了。

電影是在三天之內拍攝完畢的，當時冰天凍地。第一天，努伊當把攝影機綁在卡車外面拍。瑪格麗特討厭這種做法。當天晚上她對攝製小組說：「我們還是回家吧，在家裡可以熱一點，我們圍著代表方向盤的圓桌就行了。」①對話是在穀倉裡展開的，這裡既可以是卡車駕駛室，又可以是妓院裡的一間房子，一個封閉的地方，她明確地說。如果沒有德帕迪厄，她永遠也拍不成這部片子。一切都很快：他在什麼也不清楚的情況下接受了這個拍攝計畫。她要求他把作品讀出來，但是不要背下來。他讀的時候有時會跳錯行——瑪格麗特也是一樣，會搞錯，會迷失。這樣最好。所有的事故在剪輯時都保留了下來，這樣就可以強調對心理化的現實主義的拒絕。無論如何，「德帕迪厄不知道怎麼讀書，怎麼寫作！他是個文盲，所有人都知道這一點。」②一個非常聰明的文盲，脆弱，善良，在整部電影裡，演員瑪格麗特一直用鍾情的目光貪婪地注視著他。

背景音響本應該選用鮑伯．蒂朗和若昂．巴茲的搖滾，但是版權太貴了。莒哈絲於是選用了已經在《印度之歌》裡用過的貝多芬的變奏曲。瑪格麗特想把片子拍成黑白的，但是製片商——皮耶和弗朗索瓦．巴拉——反對，他們說黑白片賣不出去。瑪格麗特在顏色上讓了步，電影沉浸在冬日午後一

① 《電影日誌》，第501期，一九九六年四月。
② 現代出版檔案館檔案。

種美麗的慘白之中。在拍攝過程中，瑪格麗特感到非常幸福，興高采烈，非常有自信：「這是我第一次完全棄邏輯於不顧。我隨自己去，然後我嚐到了失眠的滋味，我對自己說：好了，這樣不行，你在胡說八道。現在，我發現不是這樣的，我是朝著所有的方向去？同意：我的確朝著所有的方向去了。」[①]她說通過這部電影她表達了她的政治觀點，一點也不害怕別人會說什麼：她第一次當眾承認自己的反共產主義傾向，也不怕別人指責她是反動派了，她表示既不支持左派也不支持右派。她高聲宣布說自己不再相信革命這個概念本身。剩下來的唯有烏托邦的希望。「我們無須再拍伸張社會主義希望的電影了。或是資本主義的希望。也沒有必要再拍關於未來的公正的電影，社會的，最終的公正或是別的什麼公正。關於工作的電影。關於優點。關於女人，年輕人。葡萄牙人。馬里人。知識分子。塞內加爾人。沒有必要再拍關於恐懼的電影，關於革命。關於無產階級專政。關於自由。關於可怕。愛情。沒有必要。」[②]莒哈絲在自言自語。莒哈絲大聲地說。莒哈絲覺得自己說的一切眞是天才之語。莒哈絲震驚了瑪格麗特。既然她說了又說，她當然是有道理的。莒哈絲成了高音喇叭。莒哈絲認爲自己被接到了集體潛意識上。講話的是莒哈絲，瑪格麗特於是讓她說。她毫無羞恥地說，吹噓說這是極端自由主義者的行動。

一九七七年五月在戛納電影節上放映的《卡車》引起了不小的論戰：支持者和詆毀者形成了互不相容的兩大陣營。在一次爲時很長的新聞發布會上，莒哈絲拒絕把自己說成是個電影家。這部電影在她來說只是政治行動。所以她談論的是政治：「在莫斯科和在埃塞俄比亞一樣，希特勒主義又抬頭

---

① 《卡車》，米歇爾·波爾特，子夜出版社，一九七七年，頁九九。
② 《卡車》，米歇爾·波爾特，子夜出版社，一九七七年，頁七三。

了。還有在阿根廷，在東德，都是一樣。」①十五天後公映，瑪格麗特藉此機會宣告了馬克思主義的完結，指責它是變相的男子支配主義，是語義上的恐怖主義，是政治迷失的耀眼象徵。希望這個概念本身對她來說也變成了政治錯誤。她慶賀虛無，大聲讚美空茫，並且覺得歐洲正在度過致命的黯淡期。

瑪格麗特在政治上絕望了，在心理上也非常沮喪。她那時向米歇爾·芒索承認她不知該從哪裡汲取這種生存的願望，儘管過去這種願望是那麼強烈。現在什麼也無法讓她產生第二天要爬起來的願望。她沒有希望的主要理由，或者說失去了希望的主要理由。於是她重新回到諾夫勒，越來越少和外界接觸，只管養雞，養鴨，養鳥，做果醬，緩了一口氣，按照自己的節奏生活，沒有鐘點，沒有限制，也沒有他人注視的目光。她把自己一關就是幾個星期，切斷了電話，放任自流，又一次陷入酒精之中。莒哈絲曾經有過肉慾的滿足。情人，她有過很多。一夜風流，生活中的伴侶，笨拙但是美妙的男人，心愛的人。但是她這一生當中唯一忠實不變的是酒精。她想讓自己縱慾，所有意義上的縱慾，想讓自己氣喘吁吁，她頑固地追索著，而酒精是她最喜歡的達到歡娛的道路。

開始是母親讓她喝酒的。「在我們那裡，」她說，「在法國北方，女孩子如果像妳那麼瘦弱，他們就讓她喝啤酒。」瑪格麗特爲了討母親的喜歡，於是開始喝啤酒。她沒有養胖，但是她漸漸習慣了酒精，很快酒精變成了她的需要。她到巴黎的時候，她喝得還比較有節制，但是已經覺得自己離不開酒了。酗酒的習慣是後來養成的，和共產黨的同伴在一起，政治會議結束後他們經常要喝得酩酊大醉，還有在戰後，在聖伯努瓦街套房裡度過的那些瘋狂的夜晚。她喝質量低劣的威士忌、金酒和朗姆

① 戛納電影節，瑪格麗特·莒哈絲的報告。

酒。她把這些酒混在一起喝。酒精會讓她說話，給她安上翅膀跳舞，讓她和男人接吻！當時，在聖日耳曼—德普雷地區，大家都喝酒，喝得很多，而且經常喝。尤其是男人。女人很少喝。女人喝酒總是醜聞。但是瑪格麗特從來沒有製造過醜聞。她很喜歡喝酒，僅此而已。她的朋友沒有發現任何問題。只有她自己知道她成了個酒鬼。「我很快就像個酒鬼那樣喝了。我把所有的人拋在身後，我開始晚上喝酒。」[①]她開始偷偷地喝。接著一個喜歡喝酒的男人出現在她的生命中。他們一起喝，白天，晚上，喝得搖搖晃晃，互相謾罵，打架，相愛。母親之死讓她酒量大增。瑪格麗特不喝上一小杯威士忌就出不了門；不管是什麼時候，白天或者晚上。熱拉爾·雅爾羅，有一天突然倒在了地上：嚴重的心肌梗塞。醫生都是一個腔調：停止喝酒，否則您就會死。他是乾脆停下了。只剩下瑪格麗特一個人喝，而且她拒絕去看醫生。「總是太遲，在太遲的時候才會告訴人們他們喝得太多。你喝得太多。這話不好意思說，不管在什麼情況下都不好意思說……百分之百的，我們都會把這種話看成是一種辱罵：如果您對我這樣說，那麼您肯定是恨我。」[②]瑪格麗特喝得越來越多，吃得越來越少，總是覺得自己筋疲力竭。有一天早晨，她咳嗽咳出了血。她沒有告訴任何人。但是第二天，咳嗽又開始了。她害怕了，終於去看了一位醫生，醫生診斷爲肝硬化。她五十歲了。她接受了治療。她被救了。她拒絕回到專業診所，她非常孤獨，眞的不想再喝了。

十年的休息。一九七五年她又開始了。開始的時候是喝上一小杯白葡萄酒，有時也來上兩杯香檳，漸漸地她加大了劑量，回到了紅葡萄酒上，經常一個人躲在諾夫勒喝。她喝得那麼多，但是她不

---

① 《物質生活》頁二三。
② 《物質生活》頁二四。

需要證人。她把自己關了起來，按照酒精爲她規定的節奏生活。酒精給了一種退化的快樂，她是那麼喜歡，進而沉溺於這樣的感覺裡。瑪格麗特心甘情願地成了酒精的俘虜。她不顧一切地把自己奉獻給了它。她發現有一刻的放鬆真的是很溫柔的一件事情，什麼也不要做，就這麼待上好幾個小時，懶洋洋的，身體鬆弛下來，恐懼也不復再來。她只喝紅葡萄酒，很糟糕的，超市裡整箱整箱買來的廉價酒。她喝酒，咳血，爲了恢復元氣再喝，然後再咯血。效果不夠好了，她就喝威士忌，然後再喝紅葡萄酒。瑪格麗特把自己給毀了，她什麼都不能做。儘管她的周圍似乎有很多人，這事兒她卻誰也不敢說。如果她有時在朋友面前喝多了，她就會求他們：「如果你們不喜歡就不要看，你們什麼也不要說。」米歇爾・波爾特自從和她合作了她的第一部片子以後，經常住在諾夫勒，她們彼此之間非常信任，她說了一件事：「我們兩個人才完成《領地》①。有一天晚上她打電話給我，想要說說話，但是她找不到詞。我害怕極了，開著車子火速趕到諾夫勒。她已經虛脫了，非常令人驚恐不安。她在吃增高血壓的藥丸，就著紅葡萄酒和威士忌吃。她無法走路了，也不能正常呼吸。」她同意讓醫生來，第二天，醫生把她帶到了聖日耳曼醫院。她在那裡住了五個星期，接受了治療。她回到諾夫勒，堅持了幾個星期，然後一切又重新開始。「我在酒精裡寫作，我有這個本事，所以醉酒之類的事情不會輕易發生。也許是因爲我不願意酩酊大醉。我從來不是爲了酩酊大醉而喝的，我是爲了逃避這個世界，讓自己變得無可碰觸，而不是爲了酩酊大醉。」②

《卡車》的成功鼓舞了她，而她從此後重新找到了寫作的力量。在克洛德・雷吉的建議下，她開

①《瑪格麗特・莒哈絲的領地》被製作成兩集的電視片，由國家聲像學院製作，一九七六年在法國電視一台播出。

②現代出版檔案館檔案。

始和他合作寫劇本，並且想給瑪德萊娜．勒諾找個合適的角色。母親的形象又縈繞在她的腦際，折磨著她。雷吉記得她那個時候眞的是筋疲力竭，酒精弄得她光彩全失，他經常到諾夫勒城堡去看她，她給他看了幾張寫給她母親的詩劇，由《太平洋防波堤》發展而來的重新創作的一些片段，混雜著一個女兒的報復和對殖民地不公正的揭露。她的記憶出現了問題，無法將敘事連貫起來，幾度想要放棄。她害怕自己在重複，「我已經厭煩了我的小曲兒」，她對雷吉說。雷吉和她在一起一直保持著清醒的思維，不過也經常戲謔她幾句。他鼓勵她，支持她，說服她繼續下去。兩個月後，她把《伊甸影院》交給了他。多虧了勒諾．巴羅公司的支持，雷吉導演的《伊甸影院》於一九七七年十月二十五日第一次在奧塞劇院上演。仍然是關於母親的故事，她的母親，當然，但也是所有的母親。瑪德萊娜又一次扮演了母親，一個常常沉默的母親，一個潰敗，正生著病的母親。「除了她，我簡直想不出有任何一個人可以扮演這個角色①。」但是母親——敘事的客體——從來不就自己發表意見，瑪格麗特在手稿的邊緣記道②。莒哈絲和雷吉對於戲劇持有同樣的觀點：戲劇不應該是生活的複製；表演從來都不應該影射某條眞理。「它應該像是展開一本書，把我們在讀書時能夠讓我們有所夢想的東西拿到舞台上來。」③她的願望得到了滿足，瑪德萊娜，又一次，以她獨一無二的那份存在奠定了母親的分量，令人讚賞。她說話不多，但是她的痛苦是那麼分明，她在毀滅她自己。布爾．奧吉爾蒼白脆弱，純潔透明，她一直扶著這個殘忍而可恨的母親。卡洛斯．達萊西奧的音樂再一次爲她的劇本平添了幾分美麗，將這種憂傷凸顯了出來，觀眾在走出劇院的時候無不動容。

---

①《巴黎日報》，一九七七年十月二十五日。
②現代出版檔案館檔案。
③《巴黎日報》，一九七七年十月二十五日。

《伊甸影院》本來應該是《太平洋防波堤》的續集，但是有所改動：莒哈絲把母親寫成了一個鋼琴家，並且利用這齣戲和勒內·克雷芒好好地算了一下賬，因爲電影《太平洋防波堤》背叛了眞正的家族歷史，在電影裡，母親死後，哥哥和妹妹就永遠地留在了越南，在特許經營土地上生活下去，簡直就是美國開發西部的先鋒。在這齣戲裡，瑪格麗特加深了對殖民體系的揭露，她覺得自己在《太平洋防波堤》裡太軟弱了；她堅持要體現使母親憂心忡忡的這份暴力，並且讓她發表了一場控訴性的演說，在《太平洋防波堤》裡，她曾經把這段演說安置在哥哥的嘴中。現在是母親在怒吼、控訴和自衛。是她在斥責這些欺騙她的殖民行政署的官員，所有這些腐化墮落、下流無恥的官員：「我把一切都給了你們，我犧牲了自己，我犧牲了自己就是爲了我的孩子能有花一般的前途。而這些錢給你們拿去了……怎麼可能？怎麼有人竟然能以劫掠窮人爲職業，怎麼有人竟然在別人毫無察覺的情況下就做了這樣的惡事？而你們喪盡天良竟然不會得到報應，我們都是一樣要死的，我們都是一樣的人。」母親控訴官員殺死了平原的孩子，搶了白人的錢，他們把整個國家都置於託管之下，嘲弄一個民族的自尊和榮譽。這斥罵持續了一刻鐘的時間。瑪格麗特本人也被這種力量嚇住了。她甚至猶豫著要不要把母親親口大聲說出的斥責取消掉。最後她決定還是保留，考慮到家庭歷史的眞實性，她記得眞的有過這樣的事：「儘管這種粗暴有點讓人受不了，但是我覺得如果讓它們變爲沉默，這比醜化母親的形象還要嚴重。這樣的粗暴對我們來說確實存在，我們的童年都是在這樣的粗暴中度過的。母親對我們說應該如何來個大屠殺，把那些搶走她希望、搶走普雷諾普平原上農民的希望的人，統統從這個世界上抹去。」①

①《伊甸影院》書後所附的注意事項。

莒哈絲又回到了自己的歷史之中，仍然想澄清她和母親之間的關係：在這扇關閉的門後究竟發生了些什麼？在表達母親所經歷的痛苦的時候，她依然很尊敬她，但同時也沒忘了和她清一清賬。有時她覺得她勇敢，美妙，有時又覺得她殘忍，惡毒，不公正。瑪格麗特說母親不是一個完美的女人。她認爲她和丈夫之間從來沒有過慾望，而她成了寡婦之後，她就躲了起來，不再需要肉體的歡娛。她是不是因爲不想像自己的母親那樣生活，所以她才從來不掩飾自己勾引男人的慾望，並且高聲宣布自己很貪慾，也很喜歡肉體之愛？必須注意到在莒哈絲的時代，還很少有女人敢於承認對於肉體歡娛的嚮往。瑪格麗特自少女時代開始就一直聽從身體的需要。有很多不願透露姓名的男人都異口同聲地說瑪格麗特很善於勾引。男人的英俊外表，他的優雅，他的魅力，他的雄性氣質，她會談個沒完。瑪格麗特是愛情方面的專家。聽她吹噓一個男人如何如何英俊眞的是一種享受，就像一個花花公子在談論漂亮姑娘一樣。她說生活應該也只能聽憑慾望的管理，儘管它可能把生活弄得一團糟，這就是她的愛情哲學，是她獨特的方式，在這種方式裡，人處在激情之中可以大聲地叫出來。沒有體會過這種肉體激情的人對其他事也一無所知，她不停地說，一種甚爲肯定的神氣。

她覺得自己老了，醜了，皺紋滿面，「功能不行了」，這是她用來描繪自己的詞。繼《伊甸影院》之後，她很快又寫成了另一本小說，一個慾望、性和等待的故事，是一個朋友說給她聽的。不過她過了很長時間才把它搬到銀幕上。開始她一直想知道朋友講給她的故事是否是眞的：一個男人和一個女人在電話裡交談了幾個月的時間，關係非同一般，但是他不想與她見面。他想努力禁止慾望。可是沒有用。女人說她病了。有一天，電話鈴聲永遠地停下了。她怎麼樣了？莒哈絲對這個故事著了迷。她要求和這個故事的男主人公見一次面。在《黑夜號輪船》裡，她稱他爲J．M。他的眞名叫讓．穆涅，當時和克薩維耶爾．高提埃交往甚密。他們在一九七七年十二月見了第一面。他向瑪格麗特證實了別人所講述的一切。瑪格麗特不願意故事就這樣沒了下文。可J・M正鍾情於另外一個女人，已經忘了這故事的部分細節。她問他是否願意講述一下他和原來的那女人的故事是怎樣發展的，並要求錄音，J・M同意了。莒哈絲的工作正是從把錄音轉化爲文字開始的。作品的初稿於一九七八年二月刊登在子夜出版社的第二十九期雜誌上：電報體，密密麻麻的整整十四頁紙。聲音又在這部作品中占了絕對的優勢。愛情正是通過聲音實現的。女人控制著這遊戲，她的電話鈴聲使得男人心驚肉跳，她還不斷地提出和男人約會，但是她從來不赴約。他在等她。她說她看見他了，知道他什麼樣子，像什麼，穿得怎樣，而他卻不得不讓她停留在自己的想像之中。接著，有一天，有一個女人給他送來了她的兩張照片：公園裡站著一位年輕的女郎，個子很高，很苗條，長髮。男人失望了。「照片中斷了一切」，莒哈絲寫道。男人想把照片還回去，忘記他所見到的面容。他情願不知道她的模樣。電話鈴聲又重新響起。聲音成功地抹去了他的記憶。他最後終於只能看見這個女人的「黑色形象」，這個女人一直在迴避他，但是她說她只愛他一個。瑪格麗特用她問J・M的一個問題結束了作品：她問他現在是否願意見她。他猶豫了，後來回答說：現在是的。瑪格麗特交給雜誌的只是處於臨時狀態的作品，她打算著手重寫。在她的腦中，這也根本只是一個故事的雛形，無論在形式上，在文體上，在故事的發展上，它都還沒有完成。在文章的結尾，她卻採納了J・M的建議，稱這部作品「由瑪格麗特・莒哈絲輯錄」，說作品「在一九七八年二月十日就定了稿」。

　　但是瑪格麗特不太好。她喝得越來越多。她接受外交部的邀請赴以色列訪問。這個國家給了她很大的震驚。她喜歡那裡的人民和那裡的一些景致。她後來的兩部短片都浸潤著以色列的味道。她成功地在耶路撒冷推出了《印度之歌》，繼而又在特拉維夫推出了《卡車》。安德烈・盧貢時任法國駐海外文化專員，他還記得部長特別關照他，說作家的身體很不好。他要求一定要有人陪她，並說不能讓她住旅館。安德烈．盧貢於是在自己家裡接待了來自遠方的瑪格麗特．莒哈絲，她神色間似乎非常焦慮。她大口大口地呑著威士忌，很少說話。參觀的時候他建議她到伽利略去看看，她被美麗的村莊和透明的日光深深震撼了，可是同時又覺得害怕。穿過基督所遊歷的土地，她彷彿回到了基督起源的歷史時期。在塞扎蕾，她受到了某種啓示：她立刻愛上了這塊感性而神秘的土地。她在這裡停留了很長時間，並對安德烈．盧貢說有一天她會爲這個地方拍一部電影的。她履行了自己的諾言。有一天，她眞的用創造性的短片《塞扎蕾》重建了自己當時那份強烈的激情。自打以色列國成立的那一天起，瑪格麗特．莒哈絲就成了它的支持者。一直到生命盡頭，她的政治觀點仍然非常親以色列，她不顧一切地爲這個在很長時間裡無視巴勒斯坦人民存在的國家而辯護，瑪格麗特甚至不顧朋友們的意見，在黎巴嫩戰爭中堅決對貝京表示支持。在看到集中營的時候她就已經成了猶太人。因此，做一個猶太人，對她而言，首先就應該是不顧一切親以色列的。她成了最富壓迫性政策的擁護者。沒有任何事情能夠讓她改變意見。這一次旅行更加深了她的認識：她覺得猶太人始終被圍困，始終生活在危險之中。以色列這塊土地在她看來是個避處，是依靠，是在大屠殺中倖免於難的人的聖地。

她是從以色列回來以後考慮拍《黑夜號輪船》的。但是她有些猶豫，因爲找不到合適的形式。可她也很清楚，如果不把它拍成電影，作品就永遠沒有結束。於是，她建議伯努瓦．雅戈做一部對話性的電影。爲了讓這個拍攝計畫上馬，她遇到了很大的困難。一九七八年四月四日，她決定寫信給電影創作辦公室主席，向他要八十萬法郎的預支款，整個電影的拍攝成本預計爲一百九十八萬法郎左右。她希望能在夜晚最短的時候進行拍攝，需要五個星期，同期錄音。電影只得到了六十萬法郎的預支款。《黑夜號輪船》由洛桑的艾里克．羅梅和巴爾貝．施羅德公司製作，於七月底開始拍攝。

瑪格麗特依然像以前一樣，在準備拍攝時沿著巴黎城郊的大街小巷轉悠，不分白天黑夜，這一回，雅克・特洛奈爾陪著她。雅克回憶說她對拉雪茲神父公墓懷有極大的興趣，成天就在那裡散步，經常在帝國時代的將軍墳墓前一停就是幾個小時。她最喜歡看維克多・努瓦爾的棺材雕像，這是位深受人民愛戴、彬彬有禮的將軍，雕像的生殖器是青銅做的，她和他談起了將軍的英俊和勇敢。和瑪格麗特・莒哈絲一起準備電影不是工作，而是要日日夜夜陪著她，當時仍然沒有解散的小部落成員都這麼說。她要把腦子裡的畫面用電影表現出來。這些畫面大多是在散步時產生的。採點成了夢遊的藉口。於是特洛奈爾陪著瑪格麗特在諾伊附近轉了無數個日日夜夜，想要找到這個她才編造出來的地方，她說那地方應該是在一條廢棄的街衢的盡頭。他們簡直像是私人偵探，小心翼翼地向周圍居民打聽這一帶的情況。推開鐵柵欄，他們發現了諾伊城堡荒蕪的花園。兩個人對這種夜遊既感到害怕又感到新鮮有趣。瑪格麗特幾乎什麼話也不說。她只是走，只是做夢，接著突然，她停止了她的遊蕩。她不再需要尋找。她把自己關在聖伯努瓦街，匆匆忙忙花了兩個月時間完成了《黑夜號輪船》的電影腳本。儘管她覺得腳本還有點囉嗦，拍攝計畫規定的交稿期卻到了。當然，她還需要人物來闡述她的作品，但是她沒有感覺到他們的存在。敘述故事的只是一些面孔還是有血有肉的演員？瑪格麗特猶豫了。像往常一樣，她讓製片小組住在諾夫勒城堡裡，並且著手開始分配角色：登上「黑夜號輪船」的有布爾・奧吉爾、多米尼克・桑達和馬休・卡里埃爾。她對他們說她要拍一部貨眞價實的電影。開拍兩個星期後，她宣布她要拍一部沒有畫面的電影！《黑夜號輪船》的人物在她看來應該是看不見的。於是有了這樣的解決辦法：「畫面是黑的，空的。不完全開放的畫面。未完成的畫面。我想強調文本的力量。」

《卡車》被當成總譜來寫。《黑夜號輪船》成了在電影院裡朗讀文本。可是怎麼才能拍成這部電影呢？瑪格麗特和以往一樣明確劃分了鏡頭，但是接下來她完全改變了計畫。電影將是伯努瓦・雅戈和她本人之間的對話；演員成了啞角，在這一對不時交談的人物身邊走來走去。這個拍攝計畫的可行性還沒有得到論證，瑪格麗特自己也沒有把握，但是時間已經非常緊了。一九七八年七月三十一日拍攝正式開始。頭兩天瑪格麗特一點情緒也沒有，只是根據原本的拍攝計畫往下進行而已。第二天晚上，她發現問題大了。簡直是災難：這只是在說話，畫面作爲支持，這根本不是電影。在記事簿上她寫道：失敗的電影。她放棄了拍攝計畫，並且決定離得越遠越好，就像電影是個活生生的人，讓她感到不舒服的人。她如釋重負地睡著了。電影終於結束了！她曾經那麼想殺死拍電影的慾望，現在終於成功地將它埋葬了！「在做出重大決定時我從來沒有如此大的把握，我知道自己是成功了，這成功正建立在這失敗的基礎之上。」①第二天早上，她向攝影小組宣布說這部電影完全是個災難，現在所要做的只能是用剩下的膠片把這場災難繼續下去。她命令演員忘記他們的對話，她像拍默片一樣地拍攝他們。鏡頭捕捉住正在化妝的多米尼克．桑達，和正在放映機之間睡覺的布爾。瑪格麗特顚倒了角色，把正在拍攝的場面拍進了電影裡。

漸漸的，它有一點起死回生的味道了。她把整個片子拆得七零八落，然後將對話和背景音響充塡進去。她用特寫鏡頭拍演員的臉，靠得如此之近，根本看不出演員本來的樣子了。按照她自己的想法拍攝下去，很快她調轉了鏡頭，對準黑夜、空氣和放映機。「我發現可以拍一部由《黑夜號》偏離出來的電影，這證明我儘管嘗試了幾個月，這部所謂的《黑夜號》是拍不出來的。」②也許。瑪格麗特在尋找理由爲自己辯護。她在體力上已經不能支撐了，在文字上也到了盡頭。她不願在支持她的拍攝

① 現代出版檔案館檔案。
② 《黑夜號輪船》序，法國商神出版社，一九七九年，簡裝本叢書再版。

小組面前丟面子。她接受打賭：結束這部片子，不損害電影的古典概念。但是瑪格麗特一直不滿意《黑夜號輪船》。剪輯之後，她沒有在新聞界預映，只給幾個記者寫了封短信作爲解釋：「《黑夜號》是一種偏離，我反正是這麼叫它的。我希望它能夠獨自一人走它自己的路。」她還起草了一份說明，在那個唯一放映《黑夜號》的電影院入口散發給觀眾。「每天夜裡，在巴黎，幾百個男男女女都會占用不屬於自己的電話線，這是自德占期間就開始的事，他們不用眞名，在電話裡交談，相愛。這些人，這些沉溺於愛情、慾望的人都因爲愛情死去了，他們走不出孤獨的深淵。這些在夜晚的深淵中叫喊的人也會相約。但是相約從來沒有演繹爲相見。只要有約會就好了。沒有人會去的。這是深淵中的呼喚，是挑戰歡娛的叫喊。」

接著，在成爲小說之前，《黑夜號輪船》先是被改編成了劇本，又一次由克洛德・雷吉搬上舞台。「一切進行得都非常快。瑪格麗特的情況很糟糕，演員也不知道自己進行到哪裡，而瑪格麗特做的只是不停地改動劇本，變換劇本的方向。」他說。米歇爾・隆斯達爾也證實道：「排練的時候，瑪格麗特到愛德華七世劇院來了，她問：『有沒有人能出去替我買一瓶里卡爾酒？』我們當中就會有一個人出去替她買酒，儘管她從來不掏錢。」瑪格麗特幾乎一直不停地在喝，變得越來越富攻擊性。布爾・奧吉爾和米歇爾・隆斯達爾的台詞被改了又改，他們根本就記不清了。著名的布景師瑪麗・法郎士，在瑪格麗特的要求下做了一個狀似星球的東西，並做了一堆高跟使之傾斜，布景師眞的覺得很好笑。她感到很不舒服，也不知道自己究竟在做些什麼。瑪格麗特自己也不受自己的控制了，她看上去更像一隻走投無路的迷鹿。三個演員在彩排的那兩天大段大段地忘詞。克洛德・雷吉決定自己給他們提台詞。爲了不讓觀眾看出來，他把自己安置在舞台後的大廳裡，大聲地將劇本吼出來！「我沒有對任何人說，有些來看戲的人認識我，他們都把我當成瘋子！」觀眾幾乎都很失望。這一次是徹底的沉船。

的確，「只有文本分散的碎片」，雷吉回憶說，他經常去諾夫勒要求瑪格麗特更明確一點。而被酒精折磨得疲憊不堪的瑪格麗特什麼也給不出來。他只好根據這些亂七八糟、很不完整的碎片導演。布爾・奧吉爾也還回憶得起這種摸索中的排演，劇本的大綱完全偏離了軌道，老是出問題。瑪格麗特有時會來，將那些碎片重新寫過，她的指導只能讓演員更加無所適從，比如她會說：「慾望是未經開墾的森林。電影裡可以有未經開墾的森林。而如果把未經開墾的森林搬到劇院，那麼這座森林應該是在觀眾中間。」克洛德・雷吉要求演員在舞台邊緣說話，這樣可以給人一種深淵裡的感覺。電影裡，瑪格麗特在結尾處喊了一聲「off」①，這一手法也被搬上了舞台，只不過這聲「off」是米歇爾・隆斯達爾喊的。首演和電影首映是同一天。瑪格麗特想要通過這樣的安排彼此呼應，讓觀眾通過不同的方式感受它的存在。但是幾乎沒有觀眾再看第二遍的。電影失敗了，而戲劇則是徹底的慘敗。《莒哈絲的偏離》，這是《新觀察家》上評論文章的題目，文章出自吉・杜穆爾之手。不是只有他一個人這樣說。電影和戲劇評論界都說莒哈絲在做莒哈絲，她誇張，自我重複，簡直到了令人惡心的地步。戲劇和電影一樣，單調得可怕。莒哈絲認爲自己的風格沒有問題，有問題的是演員，他們嗑嗑巴巴的，根本不具有任何說服力！瑪格麗特・莒哈絲也許和波德萊爾一樣發現了這個問題：「沒有再比公眾更富魅力的了，但是爲了達到這高峰，還要更爲簡單一些。」杜穆爾在下結論前明確道：「等待的時候，我們可以重新把她以前的書再讀一遍。它們的確很美。」皮特・漢克解釋得非常清楚：莒哈絲在引誘了讀者之後，把他們趕了出去。很多人和他一樣，曾經那麼喜歡過她，如今都放棄了，因爲莒哈絲似

① 就是「到舞台邊緣」的意思。

乎不再需要他們，「對於我這樣的讀者觀眾來說，什麼也沒有剩下：零度空間。」①

電影上映幾個星期後，《黑夜號輪船》在法國商神出版公司出版。瑪格麗特在出版前將它交給故事的「始作俑者」，他認眞讀了以後對瑪格麗特說，一切都眞實，但我什麼都辨認不出來了。他只能這樣說。確實莒哈絲敘述的故事的確和J．M講述給她的故事大相逕庭。從一開始，她就引起了讀者的懷疑：

「故事發生了嗎？」
「某人說他曾親身經歷過，是的。」
接著這個故事經他人之口流傳開來。
接著它被寫下來。
被寫下來。

故事完全變了，細心的讀者可以於其中辨認出《副領事》和《加爾各答的黑夜》中的一些段落，《安娜瑪麗．史特德兒》的一些碎片。當然，作者沒有忘記評論，很過時的評論，關於政治和精神分析的重要性的。

《黑夜號輪船》從表面上看起來是一個動人的愛情故事，實際上它是項文學練習，作者一直在致

① 見《世界報》所載的一篇文章，一九九二年十一月十九日。

力於擾亂讀者對於「故事」的興趣。許多突然來臨的「出現」打破了故事的延續：因此意外出現了一個銀行家、共和國主席的私人財政顧問，一個無產階級的眞母親和一個在諾伊城堡的資產階級的假母親，還有一個石雕女人頭像，面容已經損毀得看不清楚了，以及似乎揮之不去的豹皮皮夾。這些奇怪的因素彼此之間沒有一點聯繫，漸漸地打破了原來的敘事結構。讓莒哈絲感興趣的不是故事而是破壞穩定的遊戲，她可以從自身開始展開這樣的遊戲。再說，這個女人眞的存在嗎？「從她來的地方，從她使用的某些不在場證明來看，她是存在的。她存在。甚至她可能是萬桑一個六十歲的老太太，住在廉價租金房裡，然而即便這樣她也是存在的。他說這個問題沒有對象。」如果我們計算一下他們的通話，這兩個人在一起生活了幾個月的時間。眞實的故事？這並不重要。眞實的，或者似乎是眞實的。莒哈絲讓我們一直處在眞實的邊緣。她說《黑夜號輪船》是她寄放的某件東西，是穿過她的一條河流，是一種再現穿越她腦袋和身體的某樣東西的方式。對於她來說，慾望也是一種思想，性智慧也是存在的。這兩個從來沒有接觸過的情人恰恰也許愛得很深，比兩個人在一起更好地享受了對方的存在。在慾望中，我們總是非常孤獨。她把自己造就成一個「黑夜號輪船」的公共作家。「世界上沒有任何一種慾望能夠代替另一種慾望。但是通過一種慾望，另一種慾望可以得到實現。它會安下身來，會移動，它就是以這樣的方式存在的。」①書的出版對於J·M來說成了一場嚴峻的考驗。他才結婚，但是他在讀瑪格麗特寫的故事時產生了一種強烈的慾望，他想再見到F，那慾望是如此強烈，以至於他要求她把F的名字全寫出來，而不是字母，這樣F就能認出自己的名字。瑪格麗特拒絕了。字母的大寫在她看來已經足夠了。瑪格麗特有她的道理。電影上映後的一個星期，F給J·M去了電

①《黑夜號輪船》序。

話，或者更確切地說，是J．M收到了她的電話。電話線的另一端似乎沒有人，只有這呼吸聲，他知道，他知道這是F的呼吸，「因爲這是她的方式，她特有的方式，在整個故事中，她正是用這樣一種方式來告訴他她愛他，愛得是那麼強烈，他覺得她簡直會因此而死去。」①

《黑夜號輪船》是和其他五篇作品一道出版的：奧蕾里婭系列，由《墨爾本奧蕾里婭．斯坦納》、《溫哥華奧蕾里婭．斯坦納》、《奧蕾里婭．斯坦納》、《塞扎蕾》和《否決的手》組成。後兩篇是瑪格麗特根據《黑夜號輪船》分鏡頭劇本所拍的兩部短片的評論。用沒能成功的材料拍一部電影的想法，對瑪格麗特一直有很大的誘惑力，她在生活中和電影中或是文學中一樣，什麼也不願意扔，她討厭浪費。她在作品中不斷地回收，她總是用相通的詞來表達相通的主題，只是表述方法不同而已，因爲她想殲滅主題本身，想要從內部倒空、損毀這些詞。在她製作電影的時候，她運用詞語，捕捉詞語的藝術，幾乎和畫面的運用具有同等重要的作用。於是莒哈絲此時不再對演員感興趣了，不再對他們之間發生的事情感興趣，她將興趣轉移到了他們的聲音上，轉移到即將觸到我們、擾亂我們的聲音的應用音域上。寫作在她看來包含了一切，也將電影包含在內。單獨的一個詞就能包含一切畫面。詞語具有繁殖的能力，一種畫面所不具有的獨特能源。因此莒哈絲能夠完全除去對畫面的描繪，因此在莒哈絲所拍的電影當中，她自己用嘶啞破碎的聲音讀出來的評述，可以與我們所看到的東西完全不一致。畫面只是一種豐富詞語所挑起的混亂的工具。瑪格麗特．莒哈絲希望能將詞語本身的印記深深銘刻在觀眾的內心深處。

第一部短片是《否決的手》，這個題目本身就象徵著她進行的探索。我們把馬格德林時期岩洞裡

① 現代出版檔案館檔案。

的手看成爲否決的手，這些手的輪廓通常會抹成藍色或黑色。二十年前，瑪格麗特和迪奧尼斯・馬斯科羅一道去西班牙的阿爾塔米拉旅行時看到過這樣的手，給她留下了極深的印象。她的敘事詩正是從對這些手的回憶開始的：

在大洋的前面
在峭岩的下面
在花崗岩石壁上面
這些手
展開著
藍色
和黑色
海水的藍色
夜晚的黑色

在《否決的手》裡，人們大聲喊出凝聚了三萬年的愛情。這愛的呼喚，這對史前岩洞的影射和一群男人的形象交織在一起，他們是一大早在巴黎街頭拾垃圾的黑人。沒有一個白人，只有黑人。這愛的呼喚像是向黑色種族發出的，遭到遺棄、蔑視、侮辱的黑人，我們這個白人社會把最下層的工作交給了他們。「你有身分，你有名字，我愛你」，作品裡這樣說。我們聽到了瑪格麗特那因酗酒而嘶啞的聲音，疲憊不堪，在冬天大聲唱著慾望燃燒的勃勃憤怒，她眞的已然到了生命的冬天。

在《塞扎蕾》裡，是蓓蕾尼斯，「猶太人的王后，爲了國家的原因被拋棄」，是她在叫喊，她因爲禁止的愛，這種危險的愛而被摧毀。在畫面和文本之間是同樣的距離：畫面展現的是協和廣場的雕塑，象形文字、廣場上的紀念碑和杜勒伊花園，從瑪格麗特嘴中吐出來的詞展現的卻是台伯湖的風光，聖女貞德的那種光芒，還有伽利略的橄欖樹、橘園和麥田。

巴黎的這個夏天非常糟糕。寒冷，總是籠罩著輕霧。無論如何莒哈絲都討厭夏天，這似乎塵封凝固了的夏天，竟然讓她感到害怕和恐慌。夏天沒有未來。瑪格麗特一直喜歡秋天。她回到了諾夫勒。一個人喝酒。巴黎那邊正在奧迪泰爾家剪輯，她早晨到，然後立刻到小酒館裡去喝上三到四杯白葡萄酒，她還把空了的伊云礦泉水瓶給老闆，讓他裝上白葡萄酒。瑪格麗特一點油膩都受不了。在酒館裡，負責電影剪輯的熱納維也夫·杜弗爾求她吃點東西，她拿手絹一根一根地把薯條上的油擦盡。她的身體卻再也不能承受一點點酒精的刺激了。她在諾夫勒寫作。步履蹣跚。什麼也不做。什麼都不做是件很困難的事情。聽自己說話：迷失，任由自己被穿過。晚上，瑪格麗特到那種很明亮的大咖啡館去，在吧台前，疲倦不堪、滿臉皺紋的男人喝得躺在地上。台球，自動電唱機，流浪漢的華爾茲。在掀翻桌子以前，有的男人會在十杯酒下肚後唱起歌來。還有人就像瑪格麗特的一位義大利朋友可可一樣，一個人在電唱機前跳舞，一跳就是幾個小時。瑪格麗特黎明時分才回家，筋疲力竭，但是總算能夠恢復平靜。在生命的盡頭，她依然能夠回憶起這段幸福的日子，帶一點思鄉的憂鬱。如何繼續生活下去。儘管非常疲憊，還是得寫。於是她接受了一部三十分鐘的片子，這樣就能強迫自己寫作。寫作，是的，但是寫什麼，爲誰寫？孤獨中瑪格麗特於是想像出了一位對話者，她想講個故事給他聽。開始的時候，她把他想像成以前曾經通過話的一個男人，不過在十三年前失去了聯繫。有些朋友則認爲是她最近愛上的一個男人，他們談起了伯努瓦・雅戈或米歇爾・古爾諾。而這兩個男人對此一無所知。瑪格麗特從來沒有跟他們說過。是的，某個人，瑪格麗特寫信給他，爲他而寫，但是她從來沒有寄出過這些信。於是一本書信體的小說開始成形了。「我想把所做的一切寫信告訴你，將這些新鮮的東西寫給你看，新的，新鮮的絕望，我現在生活中的絕望。」她在混亂中寫著，寫著混亂。她什麼都不知道了，只知道自己在試著寫作。她對寫作的質疑太深太激烈，以至於她無法再開始寫一個故事。她很想這樣，但是她什麼也不知道了。

於是她就聽憑酒精的掌握，她藏了起來，笨拙遲鈍，不過仍然在享受生活，她看著外面的花園，最美的玫瑰，聽著風聲，還有高貴的鐘聲。沒有時間的概念，沒有休息。無論如何，她已經不明白生活中發生的事情了，她對自己的生活一點也搞不懂。她在忍受。她在承擔她所謂的這種「忍受」。她認爲在這種一切意義上的憤怒中，她可以找到非寫作的寫作，所有人都能寫的寫作，她可以通告自己走向他人：「我寫的時候，我不會死，誰會在我寫的時候死呢？」①她離開了玫瑰園，離開了被孩子們弄髒的池塘、偷食的烏鴉，還有那隻讓她感到如此害怕，而她又不願意養的瘦弱的白貓，她到特魯維爾的房子裡住了下來。她又需要大海了，需要一望無際的海灘，那種溫和的空氣，風暴的聲音，灰色的波浪。在特魯維爾，她繼續寫信給那個陌生人，信始終沒有發出。「爲我自己寫信給您，就是寫這些，因爲連接你我的，是這種如此強烈的愛情。」她在大海上寫，想要和大海融爲一體。天色昏暗的時候她就開始喝酒，聽憑大海的聲音進入房間，喝，然後寫。與其說她在寫，不如說她在記。然後她進行修改。她得了譫妄症：她聽見了她留在諾夫勒的那隻貓發出的叫聲！她把幻覺用文字的形式固

① 《綠眼睛》，頁一七。

定在紙上：一條血河，荊棘叢生、荒廢了的宮殿，瘦弱的女人。

如何才能承受這份愛情？

如何？

如何才能讓這份愛情爲我們所承受？

通過《奧蕾里婭》，瑪格麗特・莒哈絲又一次和寫作展開了肉搏戰。從一開始，這封永遠寫不完的信，這落在黑夜深淵裡的聲音，這不知名的故事就這樣迷失在詞語的喧嘩聲中。《奧蕾里婭》是最終走向迷失的一個故事。這是一個如此具有繁衍力的故事，簡直叫人害怕「我也許會給你寫上一千封信，給你寫關於我現在生活的信。而您，而您將做我願意您做的事，這就是說您願意的事。」

首先是這個名字：奧蕾里婭・斯坦納。一個沒有主體的名字，瑪格麗特・莒哈絲說。奧蕾里婭・斯坦納既是一個死於毒氣室的女人的名字，又是她在集中營生下的女兒的名字，一個七歲小女孩的名字。她在一個老太太那裡生活，母親遭到逮捕的時候，把她留在了那裡。它還是個十八歲少女的名字，少女現在生活在墨爾本或溫哥華。奧蕾里婭也是她，瑪格麗特，敘述者，成日躲在大海濤聲之中的房子裡。「多年來我獨自一人住在這房子裡。所有的人都已離去，爲了找到更爲安靜的土地生活。」奧蕾里婭・斯坦納這個名字本身不屬於任何人。自從母親在集中營死去以後，它就在整個地球上回響。寫了三個奧蕾里婭・斯坦納的故事後，瑪格麗特又回到了對猶太人民的罪惡感中。我們可以嘲笑這種誇張。在《人類》發表了三十五年之後，她終於也敢涉及這個主題了。三個奧蕾里婭。第一個奧蕾里婭，瑪格麗特用來向薩米・弗雷的母親表示敬意：在戰爭期間，這位母親聽到警察上樓的聲音，對兒子說：「快下樓去找鄰居，我回頭就來找你。」薩米五歲。她的母親再也沒能從奧斯維辛集中營回來。第二個奧蕾里婭取自於維塞爾的《夜晚》，裡面有個十三歲的小男孩在集中營裡偷了湯，他要被處以絞刑。奧蕾里婭是在集中營生下一個小女孩的母親，她慢慢地在血泊中死去，而旁邊是她的孩子。活著。「我失去了一個孩子，一個兄弟，我在抵抗運動中失去了很多朋友，他們都死在集中營，但是比較起猶太人的總體命運，我個人的這些失去根本算不上什麼。當我談起這個問題的時候，我一直處在這樣的激動之中，這也正是我在《奧蕾里婭》中所想表現的。」①一首神秘主義的詩歌，愛情的咒語，哲學的沉思，奧蕾里婭也是一首沒有開頭亦沒有結尾的怨歌，它是一種釋放，一種極度的苦悶，一種詛咒，瑪格麗特扔到紙上就算了事，自己都不願再回頭重讀一遍。如何通過它繼續生活下去呢？給了它一種文字上的存在後，她還想給它一張臉。

《奧蕾里婭．斯坦納》系列才完成，瑪格麗特就立即著手把它改編成電影。她離開特魯維爾，又回到諾夫勒，她召來了一個她很喜歡並且很尊重的攝影師，皮耶．洛姆。在諾夫勒她碰到了一個很像劉易斯．卡羅爾筆下阿麗絲的小女孩。皮耶．洛姆把她拍了下來，但是瑪格麗特很失望。瑪格麗特覺得拍些她的照片就夠了，放棄了拍攝眞實的小女孩的想法，她回到了特魯維爾；亨利．夏皮埃做出了很大努力，把莒哈絲的這個計畫列在巴黎市政府的名下。預算很少：瑪格麗特決定拍攝要盡快完成——四天，用最少的膠片，人員也要精簡。拍攝當然在特魯維爾進行。瑪格麗特從此只能忍受在自己的地方拍電影。她拍藍天，沙灘，沙灘上的洞。她先是採點，走很多很多的路，腦子裡並沒有預設的什

①《瑪格麗特．莒哈絲在蒙特利爾》，文集及訪談錄，蘇姍娜．拉米、安德烈．羅伊輯錄，魁北克，螺旋出版社，一九八一年。

麼概念。《奧蕾里婭·斯坦納》基本上都是逆光拍攝的。沒有墨爾本，沒有奧蕾里婭，有的只是猶太人大屠殺史的片段，一隻「吵嗚妙嗚」叫著的貓和在輕霧籠罩下的海灘。一切都在這一切之中。瑪格麗特說自己就是這隻患了痲瘋病的貓，她就是奧蕾里婭·斯坦納，她還說那貓是隻猶太貓。①就在她拍完這部電影的時候，皮耶·戈德曼被暗殺了。在《世界報》的訪談中，他宣稱：「我們唯一的祖國是寫作，是動詞。」莒哈絲只是艄公，是奧蕾里婭·斯坦納通過她在寫，奧蕾里婭也像皮耶·戈德曼一樣在呼救。斯坦納、戈德曼是在同一場戰爭中：他們將永遠留在流離失所的猶太人的記憶中。瑪格麗特決定立刻投入《溫哥華奧蕾里婭·斯坦納》的拍攝，還是原班人馬，這一次是在翁弗勒爾。她選擇了白天那種耀眼的陽光。她覺得自己有必要離開大海，拍穿越奧蕾里婭、吞沒整座城市的「河流」。瑪格麗特回到巴黎，她選擇了塞納河。河道就是電影的軸線。水的出現使得電影沉浸在一種令人焦灼不安的奇怪氛圍中。旅途也正結束於這水面上。水遠比石頭更具永恆的意味。死亡之船可以靜靜地滑過水面。

---

①《閨中女友》，米歇爾·芒索著，阿爾班·米歇爾出版社，一九九六年。

第七章

情人之園

瑪格麗特回到了諾夫勒，筋疲力竭，支離破碎，仍然不停地喝，喝得更多。「非常可怕」，後來她自己都說。

沒有人能夠代替上帝
就像什麼也不能代替酒精
所以上帝仍然是不可替代的

瑪格麗特認為她之所以喝酒是因為她知道上帝並不存在。孩提時代的瑪格麗特從來不是個信徒。她總認為信徒不是很健全，認為他們不負責任。但是斯賓諾莎、帕斯卡和呂斯布魯克讓她懂得了對神秘的信仰。「他們發出非信仰的叫聲。」[①]奧蕾里婭・斯坦納叫，讓上帝來救她。當時，瑪格麗特經常談論到上帝，「我們缺少一個上帝」，「我不相信上帝，相信上帝是不健全的，但是不相信上帝反而是一種信仰。」[②]酒精可以直接作用在精神上。「上帝不在，但是他的位置還在，空著，」一九九〇年她說[③]。她醉心於尋找「邏輯的謬誤」。塞爾日和亨利還記得有一年秋天的下午，瑪格麗特不停地在喝，酒瓶裡裝著好幾升威士忌，她一邊喝一邊在背誦《福音書》。「酒精就是爲了讓我們可以承受世界的空茫、星球的搖擺，承受它們在空間永不停止的轉動，承受它們面對你的痛苦漠然的沉默。」她在《物質生活》[④]裡寫道。酒精讓她進入一些她從未進入過的領域，她覺得自己就是那裡的女皇。酒精可以讓她重新凝聚起自己的力量，她不會再被現在炸得粉碎，這折磨她的現在啊。「我沒有歷史，我沒有生活。」

在諾夫勒，她能夠寫的時候仍然在繼續寫那些信的片段，自己都不知道自己寫了些什麼。她甚至弄不清楚自己是眞的寫了，還是僅僅是想像。無所謂。這種書信的關係至少還能維持她的生命。「我的夜晚不應該再在酒精中度過，我應該早點睡，這樣我才能給你寫很長很長的信而不死去。」[⑤]她知道自己離死神很近了。有一天夜裡，她給米歇爾・波爾特打了電話，說她活得太累了。米歇爾趕過去看她。她完全是個醉鬼的樣子，步履蹣跚，眼睛半睜著，什麼也看不清。她甚至可能活不到一年，她

---

① 《談話者》，頁二四〇。
② 同上，頁二三九。
③ 《新文學》，一九九〇年六月。
④ 《物質生活》，頁二五。
⑤ 現代出版檔案館檔案。

說。米歇爾照顧她，安慰她。她又重新站穩了腳跟。她走出家門，和米歇爾一塊兒出去散步，欣賞麥田的顏色，去看墳墓，一邊開車一邊哼唱皮雅芙的歌，她還接待兒子的朋友，做飯，邀請朋友前來做客，看電視，接受大學生的採訪，短暫地離開她那諾夫勒—特魯維爾牢籠。這一年夏天，她接受電影節裡最不受重視的一個攝影小組的邀請——這個小組仍然相信電影的激進效果——去參加了伊也爾電影節，推出她最後的幾部片子。

這十五年來，瑪格麗特一直在聖伯努瓦街收到很多來信。她擁有自己的崇拜者，狂熱的莒哈絲迷。有些人崇拜她已經很長時間了。他們說話的腔調都和她一樣，甚至能背誦她的作品。瑪格麗特不討厭某些年輕人對她的這種崇拜，然而並不刻意維持這種關係。所有這些信都堆在她家裡。她小心翼翼地保存著。她會經常打開來看，但是她不回信。不過幾個月來，有一個卡昂的大學生給她寫了很多信，非常美的信，出乎她自己的意料之外，她有的時候竟在等他的信。恰巧在伊也爾，有個年輕的導演說起卡昂的朋友經常在星期六的晚上一邊聽《印度之歌》裡的曲子一邊不停地跳舞，他們都像《塔吉尼亞的小馬》裡的主人公一樣喝康帕里酒。「卡昂有個人寫信給我，我收到了他的很多信，」她對他說，「也許您認識他？」當然，他認識他。她讓他描述一下寫信的這個年輕人的外表，談談他的事情。導演提供了他的一些情況，卻沒有意識到她已經是存著心思在問的。①幾個月以後，瑪格麗特接受一個大學生電影俱樂部的邀請去了卡昂，這些學生想組織一場關於《印度之歌》的討論。她已經忘記卡昂年輕人給她寫的這些信了嗎？似乎是。討論完以後，一夥年輕人邀請她去旁邊的小酒館。凌晨兩點鐘，她正準備開車走的時候，一個小伙子說願意陪她。是我，他說，他和她談起了安娜瑪麗・史

① 作者與讓—皮耶・瑟通的談話，一九九六年九月十四日。

特德兒、勞兒．V．施泰因、米歇爾．理查遜，他對她說開車要當心，然後看著她在夜裡上了回諾夫勒城堡的路。

幾天後，她決定回信給他。她很清楚地記得那個日子：是一九八〇年一月的一天。正好在她發病後。她在諾夫勒。才去看過醫生。她對醫生說她身體不太好，但是沒敢承認自己酗酒。醫生診斷爲憂鬱症，開了些抗憂鬱症的藥：用以興奮的雞尾酒，喝三天，還有一系列的糖漿。又忍受了四天的病痛折磨後，她在夜裡被緊急送往聖日耳曼—昂拉耶醫院。她在那裡待了兩個月。回來後她又給他寫信，她向他訴說了繼續活下去是多麼艱難。「我對他說我酗酒，說我因爲這個又在醫院住了一陣子，說我也不知道爲什麼會喝到這樣的程度。」她相信他，不假思索地把自己生活中最隱密的事情告訴了他。在醫院度過那段艱難時期之後，這個年輕男子突然成了她的一個知心朋友，一個兄弟，一個絕望中的同伴。他就是那個給她寫了無數信卻沒有寄出的陌生人嗎？也許。又一次虛構變成了眞實。她想像了一個男人。而這個男人眞在這裡。他在，在等她。於是她繼續要和他交往下去。但是這一回是他，他沒有回信。

瑪格麗特又開始了和酒精的鬥爭。痛苦、艱難、孤獨的鬥爭。對自己她一點也不溫柔。有六個月的時間，她沒有沾過一滴酒。但是她變得易怒，暴躁，有時甚至有點惡毒。不過她並沒有因此失去精力，生活的慾望和講述故事的慾望。米歇爾．芒索，她的鄰居和朋友，講述了她是如何把她所看到的一切加工成小說，如何將現實加工成一系列的虛幻。「她喜歡誇大一切，她也誇大了我的生活，她把個別的誇大成普通的，把日常生活中的誇大爲形而上的。我有幸參與了這種變形。」米歇爾．芒索在《朋友》中寫道。瑪格麗特又開始在諾夫勒接待朋友的來訪。她又一次對政治感到興趣，非常感興趣，猛烈抨擊「蘇聯法西斯主義」和侵占阿富汗的行爲。

瑪格麗特又有了新的工作計畫。塞爾日．達內去找她，希望她負責《電影日誌》的一期特刊，她非常高興地接受了。她想利用這個機會重新回到自己的故土。童年，她提議在雜誌的後面排上母親和兩個哥哥的照片。她喜歡將文字和畫面混在一起，喜歡讓讀者玩追索的遊戲，而不願爲他們提供一個完整的故事。她想要重新回到文字和畫面的關係上來，想知道自己的位置在哪裡，和電影究竟又是怎樣一種關係。爲了完成如此豐富重大的任務——做一期文學的，電影的，自傳性的，集體的和政治性的雜誌，她首先用錄音機錄下了她和塞爾日．達內的長談，然後塞爾日再將錄音內容破譯出來交給瑪格麗特，由瑪格麗特重新創作。特刊出來了，它有個很美的名字，叫做《綠眼睛》。瑪格麗特成功地將畫面、文本、對話、私人信件和私人秘密組合成一曲重奏，訴說著略帶憂鬱的鄉愁。後來《電影日誌》重新編輯後出了一本眞正的書，一種既殘酷又詼諧的自我描述，這個電影家想要引導電影界的變革，可是確切地知道自己做不到。

瑪格麗特於是好些了。她重新開始正常地進食，開著車閒逛，這是她的癖好之一。她決定在特魯維爾度夏，仍然希望在那裡，面對著大海，她能夠寫一本新書。她沒有明確的計畫。也許寫作的慾望會自然而然地來，她希望如此。於是當塞爾日．于利請她爲《解放報》寫專欄的時候，她立刻就表示了興趣。于利經常到特魯維爾的黑岩旅館和她見面，提出了約稿的想法：「瑪格麗特看著大海，看著這世界的碎片一點點地來到她面前。孩子的腳步，動物的印記，動物殘骸。我看她把這扇窗子當成了自己的報紙。」①于利希望她的名字，她看待這個世界的獨特角度可以登上自己的報紙，但沒有什麼確切的想法：不要政治專欄，也不是文化方面的報告，應該說是什麼也不像，僅僅屬於她自己的什麼

① 作者與塞爾日．于利的談話，一九九八年二月三日。

東西：她感興趣的東西，不是表面意義上的新聞寫作，而是一種潛在的現實性寫作，現實的意義，而不是大家都關注的爆炸性事件。這個想法吸引了她，她覺得這能讓她重新開始她一直激烈捍衛的「主觀新聞寫作」。于利希望的是長期合作，建議她每天為報紙寫一張紙，寫一年。這是不可能的，瑪格麗特回答他，她認為自己最多只能寫一個夏天。「是的，但每天都要寫」，于利說。開始她說不，後來卻答應了，但是明確規定了條件：三個月，每周一篇，幽默性的作品。於是在三個月的時間裡，她談論雨水，談論晴朗的天氣，但是她最喜歡談雨，因為這個夏天有一種似乎要腐爛的感覺。她什麼都談，什麼也不談，天的顏色，旅客的蠢事，愚蠢的太陽浴，火腿三明治的價錢，伊朗、阿富汗、布雷內夫、盧旺達、格但斯克的工地，一個年輕的女教練，沙魚，她還特別提到了她在黑岩旅館陽台上觀察到的那個灰眼睛的瘦弱男孩。翻一翻莒哈絲的目錄，我們就可以知道她的愛好了：戰爭，猶太教主義，法國共產黨的仇恨，對戴高樂將軍的蔑視，她對大海的迷戀和恐懼，變幻無常的天色——她非常善於描寫這種變幻，她從語言的其他部分分離出來的幾個詞，這幾個詞因為她的偏好而變得極具詩意：昂蒂費角，比如說，昂蒂費角這個詞；不管它的本意是指一個港口還是別的什麼，僅僅是作為詞語的昂蒂費角，通過它的發音就能讓我們神遊一番。她像說話那樣寫作，像思考那樣說話，她每時每刻都在思考，一切都能引起她的思考。瑪格麗特還一直期望著革命的來臨，為每一次革命而狂喜，總是想從時政的一團亂麻中離析出革命的因子。波蘭事件使她心蕩神馳。她想過要到格但斯克。當地的罷工敲響了她革命的希望。

她在燃燒，瑪格麗特，她還要她的朋友都像她這般具有急遽產生的熱情；朋友親切地把她的這份熱情稱為「狂熱」。現在的朋友，他們幾乎無一例外的年輕、英俊，並且對她非常溫柔。他們欣賞她，保護她，總想和她在一起，因爲有她的生活是那麼獨特、活潑。和她在一起，亨利說①，我們總是想傾訴，一起走上很長時間，跳舞，大笑，聽音樂，觀察陽光，享受夜晚，每時每刻都想睜開眼睛看這世界。瑪格麗特的活動總是安排得很滿，瑪格麗特對別人非常感興趣，瑪格麗特喜歡友誼，瑪格麗特喜歡自己被包圍著。和她接觸，年輕人有一種自由和愜意的感覺。「我可以完全放開來和她談話，談我自己，我非常信任她，」他們當中的一個小伙子說，「就像我在和自己的母親談話，或者更確切地說，是在和一位母親談話。」②很長時間以來我們都把她看成是一個極度自戀的女王和自我誇耀的天才，而她也是一個耐心的聽眾，有很強的好奇心。那些曾經在法國或在國外參與過她主持討論的男男女女，都非常驚異於她將問答的角色顚倒過來的本領：「那麼你們呢？你們是怎麼想的？」她這樣來回答別人提出的問題。這不是一種技巧，而是她眞想知道的慾望。瑪格麗特是難以滿足的。她靠別人來充實自己，問朋友問題從來不多加考慮，深更半夜給他們打電話，摻和他們的愛情故事，不管什麼都要插上一手。侵略性的瑪格麗特。獨自一人。她總在夢想有一天會有一個男人向她走來……她曾對一位朋友說愛情對她而言是永遠地結束了。但是在《奧蕾里婭》裡，她寫道：「閉上眼睛，我也許會問你：你是什麼樣的？金髮？一個北方的男人，眼睛是藍色的？我會問：你在找人嗎？我們談論過的某個人？你說：是的。你重複道：是的，是的，我根本無法辨認出的某個人，我超越自己能力去愛的某個人。」

她不再等待。身體永遠地關閉了。報廢。一個被酒精徹底摧毀的老布娃娃。她再也不能引起慾望

---

① 作者與亨利・夏德蘭的談話，一九九六年十月十四日。

② 作者與亨利・夏德蘭的談話，一九九六年十一月二十五日。

了。甚至看上去曾經如此羞澀地熱戀過她的那個年輕男子也把她忘記了。接著，有一天，他給她打了個電話。是他，那個如此溫柔，如此優雅的小伙子，神秘的詩人，喜歡康帕里的哲學家。那個有著憂鬱微笑的脆弱的男孩，一身白，將她所有的書和電影都熟記在心，那個曾經在某個夜晚和她如此溫柔地談了一夜的人。

您不會知道的，瑪格麗特，這將是您的最後一次戀情，您生命中的最後一個男人，一直到您生命盡頭，他都將傾聽、注視，將您抱在懷中。他的名字叫做揚。不是揚・安德烈亞。安德烈亞是她後來給他的名字，莒哈絲天堂裡的教名。他很活潑，他喜歡笑，這也許是他生命中最喜歡的東西，笑，他也喜歡走路。我還能看見他的時候——如今他把自己關在瑪格麗特房子對面的一間保母房裡，除了有時他姐姐會來看他以外，他幾乎誰也不見，他總是和我約好在遠離聖日耳曼—德普雷的地方見面，而他也總是步行前來。他動作很平緩，手長長的，聲音很高。他會照顧人。和他在一起，不論是男人還是女人，很快就會有一種安全的感覺。他謹慎，耐心。他很瘦，像是《八○年夏》裡那個灰色眼睛，發育過快的小男孩，只喜歡女教練躺在沙灘上給他講故事。

他給她打了電話。時值九月初。他要求去看她。「爲什麼？」「爲了相識。」他回答說。瑪格麗特那時正處在極度的孤獨之中。不，我有工作，她說，再說我不喜歡新朋友。他又給她打了電話，但是電話在一片空茫中響了很久。瑪格麗特到義大利參加一個電影節去了。每天，他都給她打電話。接著，她回來了。爲什麼要來？「來談一談泰奧朵拉。」他回答她。她沒有堅持。在掛斷電話的時候，她氣喘吁吁地說：「兩個小時以後再給我電話。」「您什麼時候到？」她那時的聲音很低。「明天上午，汽車是十點半到，我到您那裡大約十一點。」她在臥室的陽台上等他，看見他到了。「您是那種布列塔尼人，高而瘦。我覺得您很優雅，非常謹慎，甚至您自己都不知道您很謹慎。」①他敲門了。她沒有馬上應答。是我揚。她又等了一會兒，她沒有弄出一點聲音，然後她下決心去開門。「在故事被寫就之前，我們從來不知道它是什麼樣的。」②她擁抱了他。他們交談。夜深的時候他問她知不知道附近的旅館。她對他說現在正是旅遊旺季。說她兒子的房間空著。他可以睡在裡面。「只要聽見他的聲音，我就知道他的確是瘋了。我對他說來吧。他放下了他的工作，他離開了他的房子。他留了下來。」③布爾・奧吉爾回憶說瑪格麗特第二天打電話給她。「我才碰到一個天使」，她對她說。天使留了幾天。開始她教他如何在夜裡觀賞大海。第二天大海總是風平浪靜的。「我在黑暗的房間裡。您在那裡。我們一起看著外面。」④

揚突然走入瑪格麗特的生活。突然之間，她將他安置在她想像中的舞台上，分配給他一個角色，他已經知道了，他在那裡只是爲了證實她所看到的一切。很快，她就用愛吞噬了他，她奪走了他所有的視線。從此之後將是她站在他的位置上替他看這世界。她奪取了他的名字，他的夜晚，他的時間，他的愛情。愛情的俘虜，揚；被激情吞噬的揚，默認了這種犧牲的揚。靠近天才就會變成作家了嗎？從關在黑暗的房間裡一起聽濤聲的第二天起，揚就成了揚・安德烈亞。揚是同伴，情人，瑪格麗特電影裡的演員，瑪格麗特的司機，她的知心朋友，揚從此以後再也不離開她了，他成了她的出氣筒，她的護士。只有揚一個人知道這個故事，可是今天，揚躲起來了，揚・安德烈亞・斯坦納。

①《揚・安德烈亞・斯坦納》，P・O・L出版社，一九九二年，頁一七。
②《揚・安德烈亞・斯坦納》，P・O・L出版社，一九九二年，頁二〇。
③《揚・安德烈亞・斯坦納》，P・O・L出版社，一九九二年，頁二七。
④《八〇年夏》，子夜出版社，一九八〇年，頁九一。

在黑暗的房間裡，她把自己給了他。他們發現了一片新的領地，瑪格麗特以前的任何一個情人都沒敢冒過的險，他們倆卻將拾級而上，夜晚，白天，在酒精的作用下，在激情的狂喜中，在痛苦和等待的歡娛叫喊中。生，或是死。

您說：在黑暗的房間裡我們都談了些什麼。今天我已經不知道了。我可以說您也不知道。夏天的事件，也許，雨，饑饉，糟糕的天氣，您記得嗎？每天每夜都是風，寒氣，酷熱，八月流逝過去的那些酷熱的夜晚，牆角下那塊陰涼，那些殘忍、穿得刺眼，挑起慾望的年輕姑娘，旅館，旅館的走廊，荒棄的房間，那裡曾經有人做愛，有人寫書。①

他對她說她是天才，令人敬佩，他對她承認他也想寫作。她能爲他做一切，他想。她回答說她什麼也不能爲他做。您的信寫得很美，繼續寫下去。他和她談起了泰奧朵拉，他讓奧蕾里婭得到了重生，他們一起繼續著年輕女教練和灰色眼睛小男孩的故事，她正在給《解放報》寫專欄。她很清楚她在寫，但是說她不清楚自己都寫了些什麼。她沒有爬上黏土丘陵，沒有看見《八〇年夏》裡的小孩，從來沒有到舞台上去過。書快出了，可當她審讀《八〇年夏》最後一稿的時候，她的精神出現了危機，這危機持續了一天的時間。她「無法弄明白小孩子在丘陵上究竟經歷了什麼……她感到憤怒，生活無法和她所寫的東西對上號……」②

①《揚·安德烈亞·斯坦納》，頁一二九—一三〇。
②《瑪格麗特·莒哈絲在蒙特利爾》，見上述引文。

接著，幾天後揚走了。瑪格麗特在等他的信，或是電話。什麼也沒有。在絕望之中，她寫了一頭母鯨的故事，牠在大海裡受了傷，牠的奶水源源不斷地流了出來，大海變得一片雪白，牠正在死去的時候，孩子們在飲牠的奶。揚沒有回來。瑪格麗特在等他。她無法再獨自走進黑暗的房間。痛苦已經產生了，已經招供了，已經是錯誤，已經是不可能。還有愛情的折磨：她愛他，愛他就是因他而痛苦，甚至她知道他只愛男人；也許，也正因爲這個，因爲那個夜晚，她想他或許會改變；她已經發瘋般地愛上了他，因爲只要一想到這份愛情，她已經產生了寫作的動力和能力。

揚回來了。他們把自己關在特魯維爾那間黑暗的房間裡。第二年，她寫出了《大西洋人》：「您會以爲是我選擇了您。每時每刻您都是我的一切，您都在我的身邊，不管您在做什麼，或遠或近，您都是我的希望。」揚在瑪格麗特快喘不上氣來的時候出現在她的生命裡。他將給予她寫作的慾望，也正是在這份慾望的推動下，她想拍下他們的愛情，他們相愛的這份不可能。揚保護她，忍受她，一言不發。他常常是默不作聲地陪著她，忍受她的毆打，辱罵，忍受瑪格麗特的惡毒——但是爲什麼我會這麼惡毒？有時她會一臉迷惘地問他。揚猶豫過，不知道該不該回特魯維爾，似乎他已經知道突然發生的一切都是不可能的。但是他回去了，而且沒有再走。他經常會消失。在特魯維爾也好，在巴黎也好。有時他一走就是好幾個晚上。瑪格麗特著急得都要發瘋了，打電話給她的朋友，讓他們去找他，去火車站的旅館，去危險的街區。她甚至給街區的警察署打過電話。她想要抓住他。因爲揚並沒有離開她：他只是逃跑，然後他又會回來。「……他不願意我死，而我也不願意他死，這就是我們之間的感情，我們的愛……」①

---

① 現代出版檔案館檔案。

打故事一開始，他們倆就一起沉溺於酒精之中。美國人，她有時會給他這樣的暱稱，第一次他來看她的時候，就帶了一瓶葡萄酒。她打開酒瓶，兩個人一道把酒喝了。瑪格麗特讓他出去再買一瓶來。整整一夜，他們一直在談話，在喝酒。「我不知道他爲什麼會和我一起喝，我喝他也喝，」後來瑪格麗特說，「我想他不知道我正在死亡。」當時瑪格麗特已經不再喝了。她很驕傲地談起在她櫥子裡放著好幾瓶義大利苦艾酒，放了好幾個星期，而她一直堅持沒有打開。揚到超市裡買來了整箱的葡萄酒。秋末的時候，兩個人一道回到諾夫勒。米歇爾·芒索很快就注意到瑪格麗特又開始喝了：「我一下子便發覺她又重新將白蘭地酒杯放在伸手可及的地方，這只普通的杯子和她的玉鐲、戒指和手表一樣，都是她不能離開的東西。」①酗酒大大激發了她的嫉妒心。瑪格麗特開始嫉妒揚的情人，嫉妒他的同性戀，這份吞噬人的激情，因爲她沒有辦法阻止他，她罵他，挑逗他：「早晨，我聽見您總是很遲才下樓，腳步很輕，步態可愛，那些令人作嘔的詞進入了我的腦中，『同性戀』、『雞姦』、『二尾子』。是的，他就是這樣的。您看上去像個可愛的男人，但是我自忖您在我家都幹了些什麼。反正在這世界上，我只能容忍您的齷齪，您在我眼裡就是齷齪的代表。我一直想哭，比認識您之前還想哭。」②

瑪格麗特還嫉妒自己寫的東西！嫉妒她的書，她編造的人物。揚安慰她，同意和她筆下的人物一起生活，似乎這些人眞的存在，就在他們的身邊。這不是揚和瑪格麗特的同居生活，而是揚，莒哈絲筆下的幽靈和瑪格麗特的同居生活，很奇怪。揚將平息這種寫作的痛苦，這種身體和精神的瘋狂，他

① 米歇爾·芒索，見上述引文。
② 現代出版檔案館檔案。

知道瑪格麗特因此備受折磨。和揚相遇後的一個月，她向讓—皮耶·瑟通承認說：「您知道的，我一直不明白自己究竟說了些什麼。我知道的僅僅是這一切完全是眞的。我們不能同時跨越所有的戰線。」①

沒有人能夠理解她。即便是揚，雖然他自以爲可以。「我想我們的地獄是史無前例的。您不明白我在說什麼。什麼也不明白。沒有一次您明白的。沒有一個雞姦者可以明白有同性戀情人的女人在說什麼！我自己都很混亂。這應該屬於一種神秘，一種宗教的東西……」②

瑪格麗特和同性戀的關係非常複雜。她後來所能忍受的男人基本上都是同性戀；當時她的很多朋友也是。同性戀在她的眼中是一種力量。能夠拒絕性遊戲規則，會讓她產生一種欣賞，同時又摻雜著挑釁的感覺。一個女人，她那時想，更容易接近一個同性戀者，而在他們之間性的問題一直是存在的，每時每刻都在。一個不承擔任何責任的同性戀者，他對女人的慾望只能使這個女人對他的激情倍增，因爲這個男人的首選不是她。「他進入她，享受歡娛。他不是在和她做愛。他做的只是一件事情：對愛情的戲謔模仿，和同性戀的愛情。至少他是這麼想的……我想同性戀者從來都不做愛。女人的同性戀情人只有在恐懼和拒絕中才能進入她。」③她越來越不能忍受將同性戀看成是一種另類，一種看待這世界的方式。她是可以接受同性戀，但是與此同時她也對此進行了否定。同性戀是變態，只是他自己不知道罷了。她這樣一個遭到無數同性戀讀者崇拜的作家，卻在遇到揚的兩個月前發表了宣言。「我認爲同性戀是一種暴力，它一直在尋找自己施暴的對象，就像是在懷念對暴力的一種新配

---

① 法國文化部轉播，速記筆記，現代出版檔案館檔案。
② 現代出版檔案館檔案。
③ 現代出版檔案館檔案。

置，而同性本身正是這種暴力的始作俑者。在同性戀溫情脈脈的外表下，正是這樣一種對暴力的挑釁。」①她的很多同性戀朋友都說她當時罵了很多難聽的話，比如說「骯髒的雞姦者」。和揚的愛情令她感到十分痛苦，還有他在肉體之愛上的無能為力。這種痛苦變得如此強烈，以至於她請求他永遠地離開她；她開始對這些拒絕繁衍後裔的男人充滿了刻骨仇恨。瑪格麗特太喜歡男人，太喜歡肉體之愛了，所以她無法接受和承認揚的同性戀！在她身上有「鞭子母親」的那一面，她也是精神殿堂的守護神。和他相遇的三個月後，她宣布道：「我只能覺得這份激情是變態的，可怕的，短暫的。當一個男人進入女人的時候，女人會覺得他碰到的是自己的心，我說的是感官上。如果不知道這種滋味，就談不上是激情，那只能是一種性遊戲。必須找到本質。」②有一天夜裡，他們做了愛。他躺在她的身體上睡著了。像個孩子。他們會整夜整夜地說話，絲毫不加設防。他還是會走，在夜裡消失。早晨他又帶著水果和牛奶回來了。她等他。為了等他，她寫作，為他而寫。她在寫連接他們的這種幾近瘋狂的愛情。寫別的東西是不可能的，那等於中斷寫作。她將他囚禁在這份瘋狂的愛情中。作為交換，她把自己所寫的一切都獻給他，她請求他留下來陪她，直至她死去。她不是騙子，瑪格麗特。她既是個輕佻少女，又是個殘忍的老婦。Y・A從此被關進了M・D的牢籠。一九八二年七月她寫信給揚：「我們之間的激情會延續下去，我這一生剩下來的所有時光，還有您尚且漫長的一生。沒有辦法。我們彼此沒有等待，沒有孩子，沒有未來……您是個雞姦者，而我們相愛……沒有辦法。您即便再回到杜勒伊宮周圍閒逛，再到後廳，到能通車輛的大門裡去胡作非為，再圍著聖馬丁廣場轉悠也沒用。沒

① 訪談速記，未發表，現代出版檔案館檔案。
② 訪談速記，未發表，現代出版檔案館檔案。

有辦法。您會用盡一生來愛我。因爲我幾年後就會死的，比您死得要早得多，我們之間的巨大年齡差異可以讓您安下心來，可以暫緩您遇到一個女人的恐慌。」①但是他，他難道就不會感到嫉妒了嗎？他不會嫉妒她？爲什麼寫作的是她而不是他？揚讓她放心。在這世界上唯一讓他感興趣的事情是「幫助」她寫作，在她剩下來的時光裡。她寫。在她寫的時候，他有權離開，到外面去看看。他總是在凌晨筋疲力竭地回來。早晨她看著他睡去，在他身邊寫。特魯維爾是他們的地方，相遇的地方，黑暗的房間，風中的散步，大海永不停止的咆哮。一直到她生命的最後時刻，他們還是會經常回來，就像在森林中建了棚屋，放好自己生活必需品的孩子。就在離開特魯維爾前，瑪格麗特寫了這樣的話給揚：「我們就要去巴黎了，離開這陽光，這聲音，大海永不停止的聲音，這份極目處的透明，我們，我和你就迷失在這樣的透明裡，有時這份透明也會變得沉重而貧瘠，當你在夜裡閉上眼睛的時候，當我看著你因愛的絕對喪失自我而閉上眼睛的時候。」

一九八〇年十月底，瑪格麗特開始讀羅伯特．穆齊爾的《沒有個性的人》，讀完之後，她深深被震撼了。彷彿是爲了延續這部未完的作品，她寫了《阿加莎》，一個亂倫的故事，兄妹在最後分離前的對話。一個男人肯定地對他妹妹說，在這世界上，只有他知道她是個女人。妹妹沒有隱瞞她對他的這份愛情——肉體之愛，一生之愛。他們在這世界上沒有其他親人，但是他們倆因爲這秘密緊緊地團結在一起。「我愛您，但正因爲我無法愛您。」他對妹妹說，請求她不要愛那個男人，不要愛那個即將娶她爲妻並且要帶她遠走的男人。他們約定最後一次見面。兩個人都筋疲力竭。他威脅她，說要殺了她。他們就在那裡，面對面，在這座他們曾經相愛的廢棄的別墅裡，就像兩個在回憶過去激情的傻

---

①　現代出版檔案館檔案。

瓜，回憶燦爛的結合，天生可以銷魂的肉體。《阿加莎》高度頌揚了愛之禁地，是災難之後的對話。通過《阿加莎》，我們進入了一個亂倫的世界，而這在瑪格麗特看來正是愛的本質。「這是一種永遠不會結束的愛，沒有任何解決辦法，無法體驗，無法存活，被詛咒，但卻在詛咒的安全中堅持下來。」①不過這種愛情不能發生。所以它是屬於秘密的，屬於黑夜。我們可以在《阿加莎》裡認出孩提時代的瑪格麗特所住過的那幢多爾多涅的房子，還有對母親的描寫──「那個教會我們如何美妙地忽視自己的人」，對哥哥的描寫──「您很英俊，只是您不願意表現這份英俊，從來都不願意，而這更爲您平添了一種飄忽的、童年般的優雅。」這是她自己家庭故事的寫照。阿加莎和瑪格麗特一樣，是家裡的附屬品。瑪格麗特曾經數次提到過她和小哥哥那種幾近亂倫的感情②，這種兄妹共同分享的歡娛，如此強烈以至於他們總是想再重新來過。

對於亂倫，瑪格麗特一向表現得很激烈，她總是諷刺那些批評亂倫的人，並且說不了解的人根本無權對此做出評判。她越老，便越是把它看成是愛最完整的形式。閱讀穆齊爾又痛苦地撕裂了她的傷口，她對消失了的小哥哥的這份愛情的傷口。「如果沒有我和小哥哥之間的故事，我永遠也不會寫《阿加莎》。閱讀穆齊爾以及和小哥哥共同度過的少女時代促成了這個故事，他那時還是個小男孩，不善言表，一點也不聽話，非常英俊，可是在學習上似乎有點遲緩，他很可愛。這是肯定的，如果我沒有經歷過這一切，沒有過對死去的小哥哥這份深厚的愛情，我就不會寫這本書。」③小哥哥的形象，他的愛，他的寶貝，他的燦爛和揚的形象重疊在了一起，她將電影裡小哥哥一角交給揚來演。因

①《瑪格麗特·莒哈絲在蒙特利爾》，見上述引文。
② 作者與露絲·佩羅的談話，一九九七年六月六日。
③《話語的癡迷》，見上述引文。

為《阿加莎》後來也成了一部電影，名字叫做《阿加莎或無限的閱讀》——當然是在特魯維爾拍的。瑪格麗特配阿加莎的聲音。她和揚．安德烈亞，小哥哥，一起敘述這個亂倫的故事。「阿加莎是我，」瑪格麗特說，「我想，沒有不帶一點亂倫色彩的愛情，第一樁亂倫的愛情是母親的。亂倫是看不出來的，它沒有特別的表面形式。這是一場火災，發生之後大地平平整整的，通道就打開了。」①為什麼她不允許別人用恐怖的口氣談到這種愛情？因為那些童年時代未曾體驗過這份無可救藥、不可逆轉的感情的人是不可能理解的，這種從最無辜、最自然的血親關係中跳出來的愛情。②

「《阿加莎》是我第一部關於幸福的片子，」瑪格麗特說，「整個拍攝過程也非常幸福。」熱羅姆．博茹和讓．馬斯科羅共同製作的紀錄片《莒哈絲拍電影》可以證明這一點，在鏡頭裡，瑪格麗特活潑，幽默，滑稽。灰白的頭髮剪得很短，因為酗酒的關係臉有點浮腫，但是雙唇塗了口紅，眼神裡滿是歡喜，她看上去像個天使。周圍都是毛頭小伙子，緊密團結的小組，永遠都會跳出來的技術事故。瑪格麗特拍電影不是針對特別的人或事的，她只是為了打發時間，並且給她的新情人找點事兒幹。瑪格麗特站在攝影機後，她把攝影機當成是控制和征服主要演員揚．安德烈亞的一種手段，揚．安德烈亞的開頭很艱難。瑪格麗特顯得很專制。「就這樣走過來，看著我，不要似乎看著我，只能看著我，我就是我，我就是鏡頭。」瑪格麗特指揮著揚，她吸乾了揚的血，讓他全身心地投入她想像中的世界。

電影的拍攝是一種休息；所有的人又都離開了。揚又恢復了以前的習慣。在黑暗的房間裡聽海，

---

① 《瑪格麗特．莒哈絲在蒙特利爾》，見上述引文。這句話後來在"ELLE"雜誌與按捺．辛克萊爾的談話中，瑪格麗特又再次提及。

② 《瑪格麗特．莒哈絲在蒙特利爾》，見上述引文。

相愛，談話的日子結束了。他夜裡消失的時候，她就等他，一直等到凌晨。入睡前，她給他留了這樣的字條：

葡萄酒是不能喝的。可我們喝了。接著您默默地留了下來，似乎在想如何對我說您已經說過的話。

「您永遠不會完成泰奧朵拉的故事。」

「我說我對一切都沒有把握，對自己即將要寫的東西也是如此。」

從我們故事發展到這一刻開始，我相信您到這裡來是爲了殺死您自己。①

我愛你，我殺了你。我愛你，我離開你。莒哈絲式的老生常談。揚總是會回來的。

一九八一年四月初，電影拍攝才結束，兩個人就乘上了去蒙特利爾的飛機，莒哈絲將在揚的陪伴下做一系列的講座。她參觀了杜爾蒙特海岬，那裡的風景讓她想起了她的童年。她顯得既活潑又嚴肅，魁北克大學生問到她的作品時，她的回答都是沒有一點餘地的：「在《卡車》裡，我站到了上帝的位置上，」「我只喜歡我的電影」，「我是個絕無僅有的人，一個完全自由的人，可以超越於一切規矩之外說話。」天才，她旁觀自己時下了這樣的評判，這就更加深了她的自戀。揚一直陪伴在她左右，笑盈盈的。「如果我敢說我是個天才，如果說我有時敢於厚顏無恥地把自己寫的東西視爲天才之作，這不是出於虛榮心。這是一種謙虛的形式。如果我站在旁人的位置，也會這樣對我的書做出評判

---

① 現代出版檔案館檔案。

的。薩特式的謙虛，知識分子的罪惡感只能讓我覺得恐怖。」①聽眾不禁爲莒哈絲的這番話震驚了，可是又聽得入迷。她添枝加葉，只談論自己，一直談論自己。她吹噓說自己是很入時的，並且一直用挑釁性的變換來維持這種時尚的感覺。她說自己在別人眼裡總是站在政治的邊緣地帶，具有顛覆的能力，什麼都敢說。別人越是嘲笑她的野心，她就越會添油加醋。讓—弗朗索瓦．若瑟蘭在他的文章裡總結道：「我們總會有一點嘲笑瑪格麗特．莒哈絲的慾望。我們這樣是有道理的。這個女人一向認爲自己很認眞，簡直到了誇張的地步。」②她還認爲自己是個政治天才。一九八〇年夏，她經常就格但斯克事件大放厥詞，情緒激盪。蘇聯人，她已經在巴黎看見了他們的明天：「他們建構了一個很好的幹部體系……想想納粹德國吧。還有我們的統治者以及他們最好的走狗，法國共產黨，世界的末日是原子彈爆炸的時刻。」③她發狂了，把所有的東西都混在一起，伊朗，阿富汗，捷克斯洛伐克，波蘭。既然她想到了這些，那就可以證明她的聰明：「我經常有殺人的慾望。我打開報紙就會產生殺人的慾望。納粹和我之間的差別，法西斯和我之間的差別，殺人犯和我之間的差別，就在於我知道我有這樣的能力。希特勒無處不在，只是不爲我們所知罷了，伊朗的沙赫也無處不在，皮諾切特和他的集團，殺人集團，他們無處不在。」

從加拿大回來後，在被問及她對總統競選所持的意見時，她將吉斯卡描繪成一個讓她禁不住爆笑的傀儡，馬歇則是個職業謊言家。她心目中的偶像仍然是皮耶．芒戴斯．法郎士和雷翁．布魯姆。至於弗朗索瓦．密特朗，她在第一輪選舉前就已經回答了：「我喜歡密特朗的那份絕望，他對政權的蔑

①《瑪格麗特．莒哈絲在蒙特利爾》，見上述引文。
②《新觀察家》，一九八一年四月十三日。
③《八〇年夏》，頁三八。

視，他的懷疑。」「您把他說成是個失敗的人物？」「是的，我只對他的這點感興趣。」「您會投他的票嗎？」「我不知道，也許我不會。」「竟然不投密特朗的票？」「如果他是唯一的候選人我會投他的票。」①在兩輪競選之間，她豎起了她的心理肖像：「他對政治不感興趣。只是出於偶然他才會從政的。但是這是個很善良的男人。以前我指責他的文化是歷史性的而非理念性的。今天我倒覺得這是個優點。在他身上，有一種爲我們大家所熟悉的悲觀主義的味道。他可以結束謊言時代。」在第二輪她還在猶豫要不要投他的票但是她反對棄權。把政權拱手相讓給右派，這就是縱容惡毒的資本主義氾濫。在危險之中必須站穩立場。所以不投票就意味著「像一九四○年一樣，我們聽憑納粹勢力占據了法國（！），」瑪格麗特沒有充分的論據，她只是發散她的觀點，大肆誇張。她才不在乎呢。一九八一年五月的勝利並沒有給她帶來幸福的感覺，她正沉溺於和揚分離的痛苦之中。因爲揚走了。

瑪格麗特一直因爲揚對她沒有慾望而痛苦。她覺得這是對她的一種否定，否定她作爲女人的存在，她也知道這種對愛的抗拒一直以來就是他們故事的一部分。「我回到我們的地方，這個黑漆漆的地方，一片沉寂，幾個月來，我們總是在這裡待著，這原初的地獄啊，這被驅逐的情人的幸福啊……」她對自己說在這樣的年齡，她應該無所希冀了，但是她做不到，她覺得自己是罪魁禍首，她不應該是個女人，她不應該衰老，她不再能夠挑起他的慾望，她想在他的身邊。晚上，她關上房門：「在這層意義上您無須再害怕任何東西。我的要求不是這個層面的。您是個不同的人。我們不同，我們之間具有最大的差別，性的差別。」②她進一步觀察道：「您的生活遠離了我，您的遠離沒有一點

① 讓—雅克·費西採訪記。現代出版檔案館檔案。
② 現代出版檔案館檔案。

拖泥帶水，對他人來說也沒有任何可能開闢出一條慾望之路。」於是她開始構築這種無法共同生活的感覺，她接受了不可忍受，接受埋葬自己的性慾，然而她還在希望，希望能夠通過她的寫作，她的生命力，她的魅力，變異可以產生。「我應該把連接我們的這種瘋狂的愛情寫下來，哪怕我們會因此而死去。寫別的東西對我來說等於不寫。寫作現在對我而言就是您，我將試著去做，我將爲您寫我……」①

我打掃了房子。我在自己的葬禮之前把一切都打掃乾淨。生活中的一切都乾乾淨淨的，免除了一切符號，倒空了一切符號，然後我對自己說：我要開始寫作了，爲了將自己從這正在結束的愛情的謊言中痊癒，我清洗了自己的物品，四樣東西，一切都很乾淨，我的身體，我的頭髮，我的衣服，還有包裹這一切的東西，身體和衣服，房間，這座房子，這座花園。②

瑪格麗特寫《大西洋人》只是爲了留住揚。在這封充滿絕望的情書裡，她要這個痛苦的世界，和這個她不願破碎的愛情爲她作證。酒精只能增加這份激烈，更加激起她的慾望。要麼這樣，要麼就不寫。要麼這樣，要麼就死去。被一小撮狂熱的崇拜者包圍的莒哈絲，以爲自己仍然能在這種肉體之愛中贏得勝利，贏一個不愛女人的男人。瑪格麗特相信自己能夠改變他人。粗暴，專制，莒哈絲可以讓

①　現代出版檔案館檔案。
②　現代出版檔案館檔案。

別人對她充滿感激，卻不能強迫別人對她產生慾望。那麼這種排除了性的感情究竟是一種什麼樣的性質呢？在這麼多年的孤獨和惶恐——害怕自己有朝一日瘋了——之後，莒哈絲竟然離不開這個沒有打一聲招呼，就在她生命之中安頓下來的年輕男子了。然而，他又一次想逃走。於是她寫信給他：「讓我們仍然在一起。這個房間是屬於你的。我不能忍受我們的分離。我覺得這會是個錯誤。即使沒有慾望，我們的分離也是一種不幸。今天夜裡，我睡在你身邊，卻對你沒有一點點慾望，而我並沒有做出這樣的決定。所以這是可能的。自由。你想做什麼就做什麼。我要求於你的唯一事情就是不要把威士忌藏起來，再也不要有那個讓我感到如此害怕的夜晚，這種瘋狂會殺了我的。我們沒有走出戰爭的地獄，你和我都是。我們被殺死了。我處在絕對的絕望之中，我不知道該把自己的身體放在什麼地方，我不知道如何還能忍受著繼續活下去。」[①]她愛的究竟是他，還是這個在遇到他之前她就已經編造出來，並且不斷寫信的人物？她想把他替換掉。

我知道這最後一夜讓我們永遠地分離了……我也許是在給另一個取代您的男人寫信。一切都死了，受到傳染，甚至我們過去對彼此的慾望也死了。一切都結束了。沒有我您在這世上很孤獨，您自由了。昨晚，您那令人心碎的談話重點就在自由的問題上，我們的故事結束了……您還說我更喜歡我們故事開始以前的生活。是的，同性戀才是問題所在，雙重的背叛，對人和慾望的雙重背叛，我永遠都不能從這種恐懼中完全恢復。我生活在雙重的圈套中，從第一天開始我就後悔了，也就是說我後

① 現代出版檔案館檔案。

悔這並不存在的一切，儘管我以爲這一切的確存在。

揚走了。揚會回來的。瑪格麗特接受了弗朗索瓦・密特朗的邀請，代表官方出席紀念拉法耶特一七八一年征服約克敦的慶典活動。以前她宣布說：「比較起這一堆廢物的空間，這垃圾，比較二十世紀的任何一種理念，我更喜歡空茫，一種眞正的空茫。比較起這些虛假騙人的謊言，這所謂通過社會主義道路——而無視多年來的歷史卻恰恰證明了這是不可能的——建立一個民主國家的可能性，我更喜歡沒有國家，沒有政權。」①在紐約她和揚重逢了，她仍然在不斷地重複自己是個天才。瑪格麗特和這個世界裡的大人物頻繁接觸。瑪格麗特此時已經相當有錢了，一方面是賣版權所得，另一方面她的不少小說都被改編成了電影，她把這筆錢的絕大部分都用來在巴黎購置產業。但是，儘管她自視爲天才，並且也確確實實被某些人看成是天才，她仍然是那個在聖伯努瓦街小套房裡生活著的來自印度支那的貧窮小女孩。米歇爾・芒索爲我們講述了在瑪格麗特正準備和新上任的共和國總統一道出訪的前一晚，她去聖伯努瓦街看她。「瑪格麗特在廚房裡縫衣服。天花板上吊著一個燈泡，一個陳舊的洗碗槽，沒有任何家庭小擺設。明天她準備和共和國總統一起出發。她給我看了她用機器縫製的背心，準備在美國總統舉行的歡迎儀式上穿。她給我看了她的行李，每件衣服都被捲成一包，繫著飾帶：在印度支那，人們就是這樣做的，這很好，衣服不會縐。」②

瑪格麗特覺得和密特朗重新接上頭是一件很幸福的事情，自此以後，她沒有少吹捧過他。我們知

① 瑪格麗特・莒哈絲與克萊爾・德瓦里厄的談話，《世界報》，一九八一年十月六日。
② 米歇爾・芒索，見上述引文。

道她這種舉動的意思：左派勝利的法國正經歷著「重大的事件」，一種「全球範圍內的事件」，沒有人能夠對此做出眞正的解釋，甚至是這起事件的負責人。在整個旅途中，瑪格麗特還是在喝，喝到醉倒爲止，在旅館房間裡，揚陪著她。布爾，她暱稱她爲布萊特的，也在美國和他們重逢，她親眼看著瑪格麗特這樣沉溺在酒精裡卻無能爲力。從美國回來後，瑪格麗特和揚在諾夫勒安頓下來。

「她面如死灰」，米歇爾・芒索說。她的手無時無刻不在顫抖。她一個人根本不能行走。實際上，她出門的次數的確越來越少了。她回到巴黎，走在聖伯努瓦街上的時候，總是靠著揚的臂彎，全部的重量都支撐在他身上，她是他濃妝艷抹的布娃娃，他是她的小兔子。簡直是嘲諷。分開但是又復合了，多虧了酒精。保爾・奧查可夫斯基・洛朗就是在這個時候和她見第一面的。他給她寄去了萊斯利・卡普朗第一本書《剩餘工廠》的清樣。兩天以後，她給他去了電話，對他說：「和萊斯利一道來諾夫勒，我們談一次。」她給他們上了非常好的紅葡萄酒。她不停地喝。她把工廠比作集中營，宣稱「工廠這種機構無處不在，全世界都有，它無處不在」……《解放報》和《新觀察家》要求刪節瑪格麗特和萊斯利的對談。她們拒絕了。對談先是在比利時一家托洛茨基主義的雜誌上全文刊登出來，後來《另類日報》又進行了全文轉載。在這篇對談裡，瑪格麗特承認自己處在「承受」的狀態，說自己寫作狀態也是非常「虛弱」。

一九八二年一月，《大西洋人》在子夜出版社出版，在她生命盡頭，她還一直堅持說這是她最重要的書之一。「我也不知道我們在哪裡，是怎樣一種愛情的怎樣一種終結，是另一種怎樣愛情的怎樣的重新開始，我不知道我們迷失在怎樣的故事裡。」《大西洋人》也被拍成了電影，電影裡只有一個演員，揚・安德烈亞。電影爲時四十二分鐘。當中一部分是《阿加莎》裡沒有用上的鏡頭。由於畫面不夠，瑪格麗特拍了大量的黑。唯一能夠聽到的聲音是她的。她說：「我不再像第一天那麼愛您，我不再愛您。」她堅持道：「我的愛在生與死之間。這是一部電影，只是一部電影，一本書，一本小書。」瑪格麗特很擔心揚的生活。「我想我唯一感興趣的是您的生命還在延續，否則的話，生命的進程對我而言根本無所謂，它不能教會我任何事情，它只能讓我盡快地死，盡量地接受死亡，希冀死亡。」①

書非常感人，到了催人淚下的程度，因爲喪失的痛苦是如此強烈。儘管看電影的人很少，但是評論界還是對它表示了一定的興趣，盛讚莒哈絲背離電影常規的方法。《大西洋人》自始至終充斥著一種巨大的恐慌，黑色的銀幕。這是她第一次用黑色拍攝，她覺得黑色是最爲深刻的顏色，比任何別的顏色都要深刻。黑色，缺少光明，可怕的黑色。「水流，湖，海洋有一種黑色的力量。就像黑色的畫面一樣，它們在動。」②其實在莒哈絲所有的電影裡，畫面下都埋藏著黑色。電影的黑色聯結了寫作的黑色，她稱這種寫作中的黑色爲「內在的影子」，這才是生命力之所在。「我想，我在電影中所追尋的和我在書中所追尋的是一致的。說到底是一種消遣，只是消遣而已。在這一點上我沒有變化。差別很小，從來都很小。」③

電影只在巴黎的一家影院上映，「艾斯居里亞爾」影院。在這之前，瑪格麗特覺得有必要爲觀眾寫一點什麼：那些認爲電影「欠他們」的人別進去，他們可以隨它去，忘記它的存在，而其他人可以「毫無錯誤」地看這部片子，不管什麼藉口都不應該錯過，因爲「片子的生命很短，就像閃電，只上

①《大西洋人》，子夜出版社，一九八五年，頁三一。
②《外面的世界——卷二》，頁一四。
③《關於「大西洋人」》，《女人周刊》，一九八二年三月。

映十五天。」①

瑪格麗特開始了《羅馬對話》的創作，義大利廣播電視台向她訂購的一部短片，一種關於戰爭和世界末日的詩性思索，正準備分手的一個男人和一個女人的對話。在羅馬，瑪格麗特拍攝著城市的景致，但是稍微一動就會令她感到筋疲力竭。她很孤獨，很不幸。電影的主題是受到她和揚所經歷的一切的啓發嗎？似乎是這樣的。莒哈絲在絕望中拍攝這愛情不可醫治的創傷。她沒有具體的想法也沒有腳本。她拍電影只是爲了確證自己的存在。電影的確顯得無聊、冗長、晦澀。她本來想拍羅馬，可拍攝的時候她就明白這根本是不可能的。晚上，她睡不著覺。她很晚才回到旅館房間，帶著好幾瓶白葡萄酒——爲了「讓自己在昏昏然中忘卻一切」，她對負責剪輯的朋友說。揚這一次是眞的不見了。她在等他，哪怕一封信也好，可揚沒有任何消息。她回到巴黎的時候，在一種極度的恐慌和昏昏然中剪輯。她每時每刻都離不開酒。「喝酒是因爲迷失」，她說②。她再也沒什麼可失去的了。怎麼辦呢？死亡？寫作？她回到了諾夫勒。她在樓上的房間裡寫作，或是在樓下的鋼琴旁，再不就是在靠近通馬車大門的走道上寫，過去這裡是用來儲存麥子的。她在寫《薩瓦納海灣》的初稿。「在寫作的時候還算個人，在生活中根本算不上。」瑪格麗特覺得她不再是人。

揚回來了。他覺得瑪格麗特的情況很糟，驚惶之下他去問米歇爾·芒索是否認識醫生。瑪格麗特誰也不願見，寧願一個人清靜一點。米歇爾這次也跨越了禁區——因爲這是生與死的問題——和她的朋友讓—達尼埃爾·蘭諾爾聯繫上了，後來蘭諾爾也成了瑪格麗特的朋友，「一個天才」，瑪格麗特

①《世界報》，一九八一年十一月二十七日。
②《寫作》手稿，未發表，現代出版檔案館檔案。

這樣評價他，「摩爾達維的猶太人」。第一面是在諾夫勒的運動咖啡館。他們談了很多東西，除了她的健康問題。她和他談起了以色列，「一個美妙無比的國家，那裡只有猶太人。」她不停地喝著酒。他沒有問過她一個問題，也沒有讓她進行檢查。在走之前，他對她說是否進行戒酒治療可以由她自己來決定。他又去看過她幾次。瑪格麗特繼續在喝。他什麼也沒說。「除非她想死，要不然她就會到醫院去了解情況的。」她開始減少酒量，因爲她想結束《薩瓦納海灣》。

《薩瓦納海灣》講述了一個祖母被孫女制伏的故事，非常美妙。一九八三年，瑪德萊娜・勒諾演繹了這位祖母，這也成了她在戲劇舞台上的絕唱，這位祖母已經棄絕了自己的存在，迷茫而不知所措，對於生命，對於這世界無所期待。她以前是個戲劇演員，曾獲得過耀眼的成功，而今她成了一具幽靈，成了行屍走肉，有一天，她接待了一位年輕女子的來訪。這個年輕的女孩要求她講講母親的故事，母親是因爲愛而自殺身亡的，在年輕女孩出生的當天晚上，母親投海自殺。而外祖母從女兒自殺的那天起把自己關在房間裡，因此從來沒有見到過外孫女。外祖母的房子離女兒自殺的地方很近。對於她而言，外孫女只是那個死去的孩子的女兒，跟她沒有關係。但是，漸漸地，外孫女成功地將外祖母從昏昏然和迷失的瘋狂中拯救了出來。

瑪格麗特說《薩瓦納海灣》是爲瑪德萊娜寫的。自打《樹上的歲月》之後，瑪德萊娜只演她的母親，她也眞成了她的母親。在《英國情人》裡，她繼續演繹這種瘋狂，激烈，夢幻。在《伊甸影院》裡，母親仍然在那裡，沉默，粗野而病態。瑪德萊娜演夠了瑪格麗特的母親。她要求過瑪格麗特好幾次，讓她爲她量身定做一個角色，爲她寫出喜劇，讓她能有所改變。不過瑪格麗特用悲劇代替了喜劇：

你不知道自己是誰，曾經是誰，你知道你演過戲，但是你不知道自己演過什麼，正在演什麼，你不知道自己正在演戲，你知道你應該演戲，你再也不知道自己演些什麼。不知道演什麼樣的角色，也不知道哪些是你活著或死去的孩子。不知道哪裡是你發出情人的呼喚的地點，舞台，首都，大陸。除了付了錢你必須出演的大廳，你一無所知。

你是個喜劇演員，處在世界上最燦爛的年齡，完成，最後的釋放。

你什麼都忘了，除了薩瓦納，薩瓦納海灣。

薩瓦納海灣是你。①

她在等待死亡，薩瓦納裡那個溫和的瘋子。她不悲傷，不，她覺得人們將點起燈光，她呼吸著舊裙子的味道，還聽著愛情歌曲，回憶過去的幸福時光。《薩瓦納海灣》裡有對《印度之歌》的模糊回憶，一種沉默的悲淒，自殺在這裡也是一種充滿勇氣的舉動，安娜瑪麗·史特德兒的墳，白色的石頭被不斷湧來的海潮吞沒。安娜瑪麗·史特德兒死於季風期的恆河三角洲。《薩瓦納海灣》裡一直沒有出現的母親也在大海中死去。她們倆都是十八歲。瑪格麗特不能寫字了，因爲她的手抖個不停。是揚把她所陳述的寫下來，再打出來。完成《薩瓦納海灣》的初稿時，她的情緒非常激動。揚把稿子送到了子夜出版社。第二天，熱羅姆·蘭登就打電話給她，說他非常喜歡。這幾天她好了些。但很快又開始了：每天至少五升葡萄酒。腿浮腫得都不能走路！她甚至連花園都不去了，不洗頭髮，也不換衣服。她成了一個流浪漢，她開玩笑地對米歇爾·芒索說，不無得意，當時只有芒索和醫生讓·達尼埃

---

①《薩瓦納海灣》增補版序，子夜出版社，一九八三年。

爾有權跨進她的房間。①她的朋友都以爲要永遠失去她了。他們親眼目睹了這場災難卻無能爲力。她喜歡讓自己感到惡心。她甚至覺得自己很勇敢。但是她還是到特魯維爾去了。她重新開始投入寫作，在一種狂歡的氣氛中，這就是後來的《死亡的疾病》。作品那個時候叫做《一種天芥菜和枸櫞樹的味道》。她成天泡在酒精裡，一天六到八升。她的狀態很奇怪，看一切都是變形的，除了自己的腦袋。「我從來都不是個酒鬼，我只是走了。」大夏天她成日昏睡，後來她謂之爲「蟄眠」。大海對她是有好處的，她經常會出去看大海。但是看大海也越來越少了。她搖搖晃晃，根本邁不出一步。一切變得非常可怕。揚害怕了。他想把她帶回巴黎醫治。她拒絕了，成天撲在作品上。寫到十頁的時候，瑪格麗特同意離開黑岩旅館。她已經不能駕駛了。這對她來說已經結束，這種掌握方向盤，這種因速度而飄飄然的感覺。揚來開車，他沒有駕駛證。方向是諾夫勒。

此時是一九八二年九月五日。早晨，瑪格麗特把她頭兩杯葡萄酒吐了出來。第三杯留住了。只有酒精能夠平息她的顫抖。她不再進食，連蔬菜湯都很少喝。她也不再出門，除了每三天一次到街角的超市去買成箱的葡萄酒，劣質的波爾多葡萄酒。「我們在不知不覺中就把酒給喝下去了，甚至數不清究竟有多少瓶子。」②每天早晨揚醒來都會想，也許今天夜裡她就會死。

她再也沒有什麼好失去的了，瑪格麗特。她知道自己處於極度消沉之中，因爲她從來沒有喪失過意識和智慧。她老了，病著，一點力氣也沒有。「我已經到了可以死的年齡，爲什麼還要延長生命呢？」她對揚說。但是生活中總會出現她所希冀的極度幸福的時刻。她叫過揚。無須解釋。他懂。他

---

① 她後來對瑪里亞娜·阿爾方說過。《善意》，法國文化部一九八四年播出，在《話語的癡迷》中也有類似的話。她對米歇爾·芒索說：「我們是流浪漢。」（見上述引文，頁一四四）

② 《M·D》，揚·安德烈亞著，子夜出版社，一九八三年，頁九—一三。

坐在打字機前。她的聲音也已經細若游絲：彷彿夜間的呢喃。經常是沉默了幾個小時後她就會叫揚。揚隨時準備著。他打字的速度很快。她什麼也不記得。甚至她才說出的句子裡的一個形容詞。揚記錄下一切。寫作就是這樣進行的。揚看到作品慢慢地厚起來。就像一株野生的植物。瑪格麗特聽寫的時候，揚總是想哭。到二十頁，她說要把作品的名字改成《死亡的疾病》。她終於肯接受治療了。好的，去診所。揚吻了她，繼續給她喝，然後給讓·達尼埃爾打了電話，讓第二天一早就趕到了諾夫勒。他被她的狀況嚇壞了，他擔心她是老年癡呆，腦栓塞、肝硬化。瑪格麗特看出了醫生的恐懼。開始她同意治療，可後來又拒絕了。無論如何她情願一個人在家裡安靜地死去。接著又是個大轉變，這在她身上也是經常發生的，一種直覺，一種希望，她說：我選擇醫院。在走之前，她仔仔細細地鎖好門。她知道自己已經沒有寫作的力氣了，希望醫院能讓她完成這部她已經瘋狂愛上了的作品。讓·達尼埃爾將她放進一輛出租車。她哭了。她醉著。揚陪著她。

米歇爾希望讓·達尼埃爾答應，如果在檢查當中發現她的確無可救藥的話，就立即讓她出院。瑪格麗特認爲太遲了，但是她願意聽從他的決定。現在是十月十八日。出租車把瑪格麗特和揚放在聖伯努瓦街。住院期定在二十一日。瑪格麗特繼續喝酒，十九日那天還接待了一位阿根廷記者，談了兩個小時的文學和上帝。記者什麼也沒有發覺。二十一日，讓·達尼埃爾帶著一輛出租車來找她和揚。方向是美國醫院。到了晚上她大喊大叫說要喝酒，威脅護士說她什麼都做得出來，說她會逃跑的。護士微笑著回答她：「並沒有完全禁止您喝酒，吃藥片也可以。」「我住得那麼遠，眞是可怕。可怕的原因是我一點也不想治癒。」[①]巴黎的朋友都非常焦慮。電話裡揚支支吾吾的。「在某種程度上，」讓

---

① 和瑪里亞娜·阿爾方的對談，見上述引文。

—皮耶・瑟通寫道，「常量的酒精對她來說已經不夠了。她逃走了，爲了暫時地躲避她自己。」①大家都爲她擔心，她能好嗎？

很快瑪格麗特便拒絕所謂的「快速肉片療法」和「冷凍火雞療法」。她寧願死。她花招百出：病房的價格太貴了，飲食很差，護士太笨。治療非常辛苦。沒有其他的辦法，醫生說，他們也不知道療程結束後她是否還活著。可如果不治療瑪格麗特肯定會死的。這成了一個月之內的問題。在《瑪格麗特・莒哈絲》中，揚談到，如果說瑪格麗特最後還算是「接受」了的話，那是因爲她本能地感覺到自己的確要死了。事實上，比較起醫生——她這一生幾乎從不去看醫生，而且自戰爭時期她的第一個孩子去世開始，她就對他們持一種懷疑的態度——，她更相信自己的直覺和生理反應。治療的第三天，她出現了幻覺，她對揚說：她從窗子望出去「看見」了牛，而實際上那是些汽車，她還說「看見」礦泉水瓶子裡有魚，說「看見」護士在抽菸。

在兩次昏睡之間，她說她離正常狀態不遠了，但是她沒有一點承受藥物刺激的力氣了。她越來越狂躁。一天早晨她衝著揚喊：「我知道，今天夜裡你和一個葡萄牙女護士去了波士頓。沒有必要撒謊。既然我已經知道了，告訴我事情的眞相。」醫生想給她做個腦造影：因爲身體狀況引起的腦萎縮還是僅僅出於她編造的嗜好？檢查結果表明沒有任何反常現象……瑪格麗特喝牛奶，像獵狗一樣睡在浴缸裡，做著夢。有時她的腦子會清醒一下：「我腦力衰退了，完了。」她重新回到了童年，看見自己在印度支那，在母親的學校，哭得像個受到斥責的孩子。醫生停了一切，藥物，治療，治療憂鬱症的藥。孤注一擲。一切都在二十四小時之內，瑪格麗特或生或死。「死可不是件好玩的事」，在等待

①《艾梅達的故事》，讓—皮耶・瑟通著，羅歇出版社，一九九七年。

中，她對揚說。她知道自己的身體發生了怎樣的變化，但是她的腦子裡仍然在翻騰。一個是船長的妻子，另一個是中國人，他們經常進入她的腦子流浪。第一個成了小說《愛蜜莉·L》的主人公，後者則因《情人》而不朽。瑪格麗特沉浸在幻覺之中：黑暗中的酷刑，幾百隻鳥棲息在枝頭。她很痛苦但是在承受命運。她轉向揚，哭著問他：「爲什麼是我？」瑪格麗特覺得自己是命運的玩偶，是一種超自然力量的工具，她也不清楚這種超自然的力量是什麼，上帝麼，也許是，也許不是，這都不重要。治療結束後，她對揚說：「上帝從來沒有具體的形象，什麼情況下都沒有，能代表上帝的只有黑匣子或者空茫。」她不怕死。有時，她會害怕上帝並不存在，很老的時候，她寧願裝作上帝是存在的。在生命結束之際，她只讀《福音書》。「我所有的書都是談論上帝的，」她經常不無嘲諷地說，「但是沒人發現這一點。」①她交往了五十年的朋友，她的聖經註釋者瑪德萊娜·阿蘭斯也認爲她的所有作品都充斥著一種神秘的呼喚，似乎有一種想要接近上帝的無止境的慾望，一種在精神上不斷完善的願望。

三個星期後，瑪格麗特治癒出院，然而筋疲力竭。唯有寫作對她而言還有意義。在離開美國醫院之前，她將自己的文集《外面的世界》贈送給一位夫人，對她說：「您看看，這本書不錯。」在回聖伯努瓦街的路上，她問揚要的第一件東西是《死亡的疾病》的手稿。第二天，她約好了她的理髮師，到美髮廳的時候，理髮師簡直認不出她來了。於是她告訴她自己是從哪裡出來的。美髮廳的女人全都不說話了。理髮師讓她小聲點。她問爲什麼要這樣：她沒什麼要隱藏的。米歇爾·波爾特也才去看過她：表面上看來她確實好了許多，很有精神，充滿生命力，但是她的譫妄症是越來越厲害了，只講她

① 作者與瑪格麗特·莒哈絲的談話，一九九五年三月十八日。

的幻覺。她看見很多東西：魔鬼，傳奇中的動物——我們似乎眞的能夠感覺到她內心深處的想像一點點浮上來，經過她的嘴表達出來。她不是在講述，不，她是在編故事：每一次幻覺都是美化、投入某些她認爲很漂亮的詞語的機會。米歇爾・波爾特還記得有一個下午，她給她講了一條在地毯上掙扎的藍色金魚的故事。「美妙絕倫。」①醫生不理解出現這些幻覺的原因究竟是什麼，只是說腦子並沒有受到病患的感染，可能是一種過度易感性造成的，或是想像到了極致的瘋狂。有一天夜裡，揚看見瑪格麗特穿著睡衣和黑色高跟鞋，拿著一把傘，想要殺死房間裡的所有動物：貓、獅子和河馬。怎麼辦呢？應該陪她一起進入這個遊戲，還是告訴她事情的眞相。朋友們都爲她所講述的故事所著迷，可又實在擔心她的狀況。在這封名爲《M・D》的美麗的信裡，對這段痛苦時期充滿感情的追憶中，揚寫道：「……我不想知道妳是否是眞的相信，不知道妳是否在玩遊戲，我知道在講述的愉悅裡也摻雜著恐懼，我知道恐懼和傳奇混在一起，我知道在妳的腦子裡，所有的東西都邏輯地混在一起，我知道妳是唯一洞悉這一切的。」②當瑪格麗特要他殺死這些可怕的動物時，他眞的拿起傘來到處敲擊。瑪格麗特放心了。米歇爾・波爾特卻情願回答她說她什麼也沒看見。瑪格麗特並不堅持。迪奧尼斯對她說她得了譫忘症，說這些東西都不存在。瑪格麗特拚命地搖頭。

漸漸地，這些噩夢般的幻覺變得稀疏了：取暖器後面的死狗離開了房子，臉塗得白白的男人也一聲不吭地離開了客廳。瑪格麗特也能出門了，但是走得不遠。揚帶她去參觀了巴爾扎克的故居，她還沿著塞納河岸散步。她進入了康復期，又重新恢復了理智，有足夠的精力修改《死亡的疾病》的清

---

①　作者與米歇爾・波爾特的談話，一九九六年十一月四日。

②　揚・安德烈亞，見上述引文，頁一一八。

樣。她甚至想立即把它搬上銀幕。在一本簿子上她記下了將它視覺化的打算：「我們可以聽到大海的聲音，但看不見。賣身做愛的女孩平躺著，身上蓋了張床單。演繹這個角色的女演員應該美麗而獨具個性。」①瑪格麗特做了不少計畫，她此時不再需要服藥，在房間裡走動也無須攙扶了。

《死亡的疾病》出現在書店的櫃台上。在某種程度上它是《坐在走廊上的男人》的續集。《坐在走廊上的男人》先是寫於六十年代初，兩年前瑪格麗特重新修改了之後終於付梓發表。《死亡的疾病》，瑪格麗特改動很大，尤其是在標點上。她曾經猶豫要不要出版。突然她覺得它過於私人化，拿出去給所有人看不好。她寫進了少女時代的愛情，並且採用了唯一給予她震撼的文學體裁：詩歌。《死亡的疾病》是一首詛咒慾望匱缺的詩歌，但同時也是一個男人和一個女人之間偉大愛情的史詩。黎明時分他們躲在一間房子裡。他付了錢讓她來。來做什麼呢？試一試——試什麼呢？你們所謂的愛。女人的身體彷彿一隻在床單間死去的小鳥，被一個男人操縱在手，而男人不知從何進入。床單也可以象徵著裹屍布。不知歡娛是死亡的停頓。都說一個男人在做愛之後會覺得「小死一回」。《死亡的疾病》裡的男人卻有大死一回的能力。女人，她是懂得肉體歡娛的。

因為男人不喜歡女人，而且他患有一種他自己也不知道的病，有些人覺得書裡已經預示著愛滋病的威脅。也許……瑪格麗特在捕捉意識上有點巫婆的味道，通過寫作，事件會被煽動起來，但是由於缺少命名仍然無法存在。《死亡的疾病》也是她寫給她深愛並選擇與之共同生活的男人的一封信。「一天晚上，你枕在我兩腿之間睡著了。你頂著我的性器，已經沐浴在我身體的濕潤之中。它張開

① 現代出版檔案館檔案。

來。聽憑你的擺弄。」①女主人公的性器，瑪格麗特的性器。「這是一個老婦人的性死亡通知書，她仍然在叫喊著自己的慾望，她要報復那些否定男女之間的慾望的人。《死亡的疾病》是對同性戀的控訴，而不是像將它搬上銀幕的皮特·漢克所認爲的那樣，展現了死亡的衝動。「這一天來了，」她說，「所有一切都將開始，除了您，您永遠都不能開始。」書出來後，揚大聲讀給她聽。「這是一部很美的作品」，她聽完後說，接著又補充說這本書是寫給他的，是私人行爲，是做給他看的一種姿態。《死亡的疾病》有六十來頁紙，大號字。裡面沒有什麼是可敘述的。當書進入商業渠道，擺在書店的櫃台上，成爲可以帶走，可以占有的某種具體物質時，作爲驅魔法，她對迪迪埃·艾里蓬說：「你只要讀了這名字的書，你就會覺得《死亡的疾病》和你內心裡的一切是呼應的，書並不存在，這是一本非常古老的書，講述著一個很長的故事。只有在你心裡留下的痕跡，沒有書。」②「您想通過這本書到哪裡？」雅克─皮耶·阿邁特問她。她回答道：「我要走向未知。」

「她的身體確實好轉了，說話越來越像莒哈絲。」米歇爾·芒索寫道③。她、瑪格麗特、揚和兩位救治瑪格麗特的醫生一起度過了聖誕夜。只有瑪格麗特沒有買禮物，但是所有人都送了她禮物。她當著尷尬的揚的面攻擊讓·達尼埃爾，攻擊這個摩爾達維猶太人，這個一直陪著她戒酒，救治了她的醫生。「醫生有機會救治作家是他們的幸運。正是因爲我，醫學才取得了巨大的進步。」瑪格麗特身體好多了，於是又重新找回了她的惡毒。「我爲什麼會這麼惡毒呢？」她問了我好幾次，「惡毒……

---

① 《死亡的疾病》手稿，現代出版檔案館檔案。
② 《解放報》，一九八三年一月四日。
③ 米歇爾·芒索，見上述引文，頁一四九。

我是如此惡毒。」瑪格麗特不再喝酒，聖誕夜，在回到工作台之前，她喝了一杯汽水作為替代。

從米歇爾．波爾特拍的一部片子上，我們可以看到在《薩瓦納海灣》排練現場的瑪格麗特，大約是在八月十二日到九月二十二日之間：臉已經不浮腫了，線條也柔和了許多，透過她那副大眼鏡，我們可以隱約看見她那雙充滿活力、生動的眼睛。瑪格麗特有點變形了。才從地獄回來。在整個治療期間，她覺得自己身體裡彷彿埋藏著一座沒有爆發的礦山。在排練期間，她表現出了一種驚人的精力，注意力每時每刻都非常集中。她讓演員一遍又一遍地念台詞，傾聽詞語的音樂，將她覺得不夠清晰的段落重新修改。她負責一切：燈光，動作，服裝，瑪德萊娜的手勢，布爾的噘嘴。她滑稽，活潑。逗得人大笑。她又活了過來。在觀眾尚未出現的戲劇舞台上，她變得年輕了，哼唱著皮雅芙的歌曲。她在空曠的舞台上一邊呢喃一邊跳舞：「我能愛上你眞是瘋了，我的愛，我的愛。」揚坐在她的身邊，專注，羞澀，像個保護神，他給演員提台詞，將所有的對話都熟記在心。她又重新發現了戲劇舞台，這有可能遭遇最激烈的感情的小小的地方，她在排練的時候表現得無比耐心。這個患了遺忘症的老婦人，沒有身分，沒有社會地位，只是迷失在過去的榮耀之中，她就是瑪德萊娜．勒諾，八十三歲的瑪德萊娜，令人讚賞的瑪德萊娜，有一種動物般的溫柔和內外統一的專制，迷失在自己的記憶裡。「我能愛上你眞是瘋了，我的愛，我的愛。」皮雅芙的歌對於瑪格麗特來說——她能夠背出皮雅芙的所有歌曲——是在反抗死神。瑪德萊娜又一次成了她的母親，瑪格麗特毫不猶豫地粗暴對待這個戲劇界的魔鬼，態度極為專制，但是瑪德萊娜也遠遠超越了演員本身的遊戲，她將一份王者般威嚴的衰老，將一份存在的力量，面臨日益靠近的死神所顯示出的無辜呈現給了觀眾。

《薩瓦納海灣》是一齣悲劇。在瑪格麗特看來，只有悲劇才能稱得上是戲劇。劇院應該是激情的展現地，應該展現看不見的東西。在她眼裡，戲劇的絕對典範是《蓓蕾尼斯》。羅伯特．普拉泰的置景加深了永恆的、不可動搖的意味。「我認爲戲劇是一種祭祀的儀式，」她宣稱，「祭獻一個古老的空間，所有的演員都會冒生命的危險，對於他們來說，他們所創造的人物一直是個謎。」①在劇院，一切都可以呈現給觀眾。首演前的幾分鐘，她對筋疲力竭的女演員簡短說道：「妳們應該構築看不見的東西。」②《薩瓦納海灣》是一齣傳奇，或者說是一個眞正的故事。瑪德萊娜將詞語一個個地剝皮——用瑪格麗特的話來說，把詞語的肉翻出來，她去除了詞語的某種東西，不是意義，而是涵義。瑪德萊娜·勒諾成了瑪格麗特的艄公：她如此完美地將自己和文本融爲一體，以至於大家都忘了是別人爲她寫了這齣戲。

首演的當晚，觀眾全都哭了。米歇爾·古爾諾在《世界報》上描繪了穿透大廳的這種激情，自從首演聽到瑪德萊娜氣喘吁吁的聲音開始：「正是爲了這戲劇的神秘，演員的這種魔力，這親切的、揭露眞相的聲音，這生命的聲音，這一汪清水，這一份永恆，觀眾才會如潮水般湧向隆普安劇院，感受天才瑪德萊娜·勒諾的手，她的目光，她的撫摸，他們不是衝著瑪格麗特·莒哈絲的劇本去的，而他們也沒有揣度過，瑪格麗特·莒哈絲寫這齣戲也恰恰是爲了這個目的。」③不再成爲作者，敢於讓觀眾遺忘作者的名字，這是瑪格麗特所昭示的新的野心；這不是謙虛的表現，正相反，這是通過自己將自己的寫作神聖化的一種方式。莒哈絲從來沒有停止過構築莒哈絲。現在，莒哈絲只能以莒哈絲的方式生活，構築超莒哈絲：她不再是生活中的某個人，她是僅僅因著她的書的存在而存在。書裡的一切遠比寫書的作者要眞實。同時，她卻對瑪德萊娜的成功感到極爲惱火——無論如何終究是她寫了這齣

---

①《巴黎日報》，一九八三年九月三十日。
②米歇爾·波爾特的電影。
③《世界報》，一九八三年十月五日。

戲——抱怨記者對她的作品缺少興趣，她又想重新在《解放報》上開專欄，但是于利沒有再給她電話。眞是無法理解。瑪格麗特．莒哈絲？

正是在《解放報》上和揚的一篇令人目瞪口呆的訪談中，她說：「我認爲現在的問題僅僅在於評論界沒有正式地談論我的書。在一個作者的一生中，有時批評會放棄它的角色，我要說的是批評不再陪伴我們，即使它有話要說也不知道該如何說，它變得毫無用處。」瑪格麗特惱火了，憤怒了，她覺得自己說的一切都很有意思：關於黎巴嫩的，關於以色列的，關於右派和左派的。瑪格麗特只和自己說話。作者還存在嗎？瑪格麗特有一些朋友，但很少，主要是年輕人，她對年輕人一直懷有強烈的感情，比如說讓—皮耶．瑟通，她爲他的《城市喧囂》作了序，並推薦給子夜出版社出版，她鼓勵他再寫一部新的艷情作品。她和他一起去飯店，和他一起在夜晚的巴黎散步。瑪格麗特的所有朋友都會談起和她開著車子夜遊的事情，說她總是用一種引人發笑的方式，評論她所看到的一切。瑪格麗特說，不停地說，她停不下來。但是她在對誰說呢？

她編造生活，今天她的朋友都這麼說，她創造生活，呈現生活。她越感到死神離她遠去，她就越敢跨越雷池和禁忌。她把揚當成她的布娃娃，她的愛，她的小山羊，還有——她的出氣筒。在大家面前她不知罵過他多少次，她吐出那些殘忍的詞，就是爲了讓他出醜，而他呢，神經質地笑著，默默地承受這一切，有時也走，總是很平靜地回到自己的房間裡，關上房門聽舒伯特。瑪格麗特養活揚，給他吃飯，給他穿衣，替揚說話，爲揚選擇一切：在飯館吃飯時的菜單，在聖羅蘭店裡購買什麼樣的襯衫——她總會小心翼翼地叫來皮耶．貝爾杰，這樣可以打個折扣。瑪格麗特還要替揚思考。於是不時地他會消失。當時他們的同伴裡有多少人沒有收到過瑪格麗特神經兮兮的電話，叫嚷著要去警察局，請警察出動替她到街頭去找揚，或是打開旅館房間的門。接著他會回來，但是瑪格麗特甚至找不到一句話請他留下來。有時他在那裡，但是一言不發。於是瑪格麗特寧願他走。有一天，在意識到自己的這種雙重心理狀態和精神及心理上的奴化後，他想在錄音機裡錄下自己的話給米歇爾・芒索，以求解脫。瑪格麗特也很贊同他的這種原始的精神分析，可是幾天後他放棄了。然後瑪格麗特的魅力又占了上風。瑪格麗特完全剝奪了揚眞實的一切，硬把他塞進自己想像的框子裡。這種主人——奴隸的關係中，她說她更喜歡——當然她是這麼說的，我們不一定就能相信——做奴隸；只是他覺得她比他更年輕，是的，更年輕，更強壯，更有精力，所以應該由她來掌握遊戲的主動權。「我無法再離開她。這就像一種毒品。我是她的主要目標，她所關心的唯一目標。誰也沒有像她這樣愛過我。她沒有殺死我，因爲她靠這股熱情寫作。我，揚，我不再是我，但她以強大的威力使我得以存在。」①

揚不再和瑪格麗特一起生活，但是沉浸在莒哈絲的世界裡。而莒哈絲呢，她在哪裡？「我更是個作家，而不是生活中的什麼人。」②她說。她將自己的一部分埋葬了。戒酒治療以後，她終於明白母親和小哥哥已經死了，明白她和兒子孤獨地活在這世界上，死亡對她而言已經沒什麼可怕的了。「我死的時候，」她在一九八三年一月五日對揚說，「我幾乎不會因爲任何什麼東西而死，因爲主要的東西已經走了。所剩的不過是這具軀殼，是它死了。」在肉體死亡之前，她所要做的就是寫幾本書，徹底地殺死自己，因爲，她宣布說，「每一本書都是作者對自己的一次謀殺。」③

她變得很快樂，給人一種能夠更好地承受生活的感覺。她會非常固執地給你遞上一杯摻了一點點酒的巧克力，求你趕快喝掉，以免她再度陷入酒精的泥潭裡，喝，哦！只是晚上，哦！一點點，哦！

① 米歇爾・芒索，見上述引文，頁一二六。
② 《外面的世界——卷二》，頁二五。
③ 《解放報》，一九八三年一月五日。

一小杯，開始的時候是香檳——但是香檳眞的能算是酒嗎？她很嚴肅地問，然後是幾杯美妙的白葡萄酒，接著就是紅葡萄酒了，究竟是幾杯也不用數。總之，她又重新和酒接上了頭，只是這一次非常平靜。她不吃奶了——她的一些敵人談及她時就用了這樣卑劣的詞，不，她喝酒。

她喝酒是爲了寫作。她稱之爲危險狀態。她既不能不寫作，也無法想像自己能不喝酒，因爲寫作將她置於一種極度危險的狀態。「如果我不再冒喝酒的危險就能承受住這樣的狀況，我也沒有必要寫了，有時我對自己說，彷彿我眞的能堅持一樣。儘管戒過酒，還是可以重新開始。什麼也不爲。就是爲了喝而喝，沒有其他的原因。」①自戒酒以後，她在重新學習寫作，如何寫信，如何組織詞語，如何留出空白。學習持續了幾天，接著她很快就校正了自己的姿態。但這幾天留下了一些痕跡：這種小女孩式的「爆裂、破碎」，彷彿認罪般的寫作方式，讓她產生在尋求簡單中走得更遠的慾望。從此以後，她要讓詞語呼吸。這就是她所謂的日常寫作，幾乎沒有什麼特別之處，就是打你心中湧出的潮水，這些輕捷、馬上就要蒸發的詞語，急匆匆想要固定下來，因爲，就像海潮一樣，它在奔跑，寫作在奔跑。它溢了出來，盲目地誤打誤撞，把一切混在一起。所以它想留住這條詞語之河的一些碎片，然後將它們——就像一個耐心拼起迷板的孩子——聚集起來，組織起來。

「《情人》？但這不是一本小說。這只是編年史。」她說。

「《情人》？但這是別人向我定的稿子。」她評論道。

「《情人》？但這只是對相片的評論。」她解釋道。

---

①現代出版檔案館檔案。

瑪格麗特討厭別人說她「寫」了很多講故事的書。《情人》，這本讓她飲譽全世界的書，應該被當成她的生活故事來讀。這成功裡掩埋著致命的誤解，她要的不是一種承認，而是眞正意義上的祝聖。因爲寫作甚至恰恰是講述故事的反面。然而《情人》的讀者讀到的是一個故事。他們把《情人》當成了現金。因爲成功，因爲瑪格麗特完全知道「眞實的故事」才是成功的關鍵所在，瑪格麗特只好任由它去。開始，書才出來的時候，她還不無羞澀地替自己辯解過，站在小說構建的立場上據理力爭，講到敘事的錯綜複雜，重複說《情人》是虛構的而不是自傳。接著她便放棄了，她也心平氣和地回憶起自己十四歲的時候，還是個小姑娘，有一天，在印度支那湄公河的渡船上，在一輛黑色的大轎車裡……

開始，開始，開始是她在諾夫勒的櫥子裡找到了她以爲已經永遠丟失了的手稿，一本小學生的簿子，上面記錄了她和雷奧的故事，還是戰爭剛結束時記下的。瑪格麗特翻了翻，後來也就忘記了，只在記憶的某個角落保留了這份描寫的確切性。後來烏塔建議她做一本家庭影集，加上對照片的文字說明。一九八三年，瑪格麗特想和她兒子一起工作。他們倆一起想像能把這本書做成什麼樣子。瑪格麗特接受了烏塔推薦給她的兩個年輕的出版商。她於是投入了工作，又重新在櫥子裡翻，恰巧看到了以前的一篇舊文章和家裡的一些老照片，她小時候的照片，少女時代的照片。「我很年輕的時候這張照片就已經存在了，沒有它就不可能生活下去，」在《物質生活》裡她寫道。不論是她還是她兒子，都沒有想到過去會重新佔據她的一切，而寫作又朝追尋失去時間的方向而去，她在重新組織過去，想讓它少一點痛苦的感覺。於是她不顧一切地寫了，把淹沒她的一切記了下來。「它在我之前就已經存在，在一切之前，它一直留到現在，我是在後來才明白是另一回事，明白它是屬於我的，它爲我而存在。」①作品的核心已經開始存在了，當時它還叫《絕對相簿》。「爲什麼我生活的絕對相簿沒有被拍下來呢，」她爲這本未來的相簿寫了這樣的評論，「這本絕對相簿也許是不被當成相簿的，也許沒有任何可看的東西。它不存在，但是它本應該存在。它被遺漏、被遺忘了，被弄髒了，被剝奪了起源。正因爲它沒有得以存在，它才能代表這種絕對，成爲自己的作者。它抵禦住了時間的流逝。這是一張能動的照片。也許，在它合上的那一刻它就不再能動了。它的確停下了。結束了。把自己關閉在墳墓裡。在墳墓裡。我十五歲。」

文本接著寫了下去，開始評論河內的那所房子和母親的絕望，而這絕望本身也是敘事的開始……我們知道，《情人》最後的那個版本，那個確確實實出版的《情人》是從描寫一張老婦人的臉開始的——十八歲就已經老了，一個名叫莒哈絲的老婦人。一張皺紋滿面，備受摧殘的臉，作者不無殘忍地描述著自己。「我們在生活裡最少看見的是自己，包括在鏡子裡這種虛假的影像，注視著這個由自己組成的形象，我們也想留住最好的，塗脂抹粉後的臉，我們在照相時擺好姿態、想要在日後重新看到的正是這張臉。」她在《物質生活》中記道。瑪格麗特・莒哈絲拿掉了面具。正是懷著她開始用來對待自己的這種平和，她著手寫後來成爲《情人》的這些文字。和揚之間那種不可能的慾望，那暴風雨般的故事是該結束了，簽署停戰協定。《情人》是和讀者的對話——「對你說什麼好呢」，其中解釋的成分大於敘述的成分。

瑪格麗特於是改變了計畫：她把原先做一本配發說明的家庭相簿的計畫拋在一邊，換了內容，仍

---

①《物質生活》，頁三三。

然稱她的作品爲《絕對相簿》，但是投入到淹沒她，包圍她，在她內心沉睡而今想要釋放的一切中去。「六十九歲了，我仍然站在這個我不認識的女人前。在這些互相刻骨仇恨著的孩子面前，她眞的成了一個十足的孩子，似乎我們正經歷著戰爭。」在簿子的留邊處她寫道。所以是母親促使她寫作的，對母親的恐懼，對上帝，對童年，對大哥的恐懼，還有對母親對大哥的那種愛情的恐懼。《情人》成了一場戰爭，她和自己家庭這種致命的沉默之間的戰爭。她害怕自己又寫了第二本《太平洋防波堤》。在她的本子上她記下了自己的猶疑：「我生活的故事，我或多或少地寫過……我現在所做的一切是不同的。在這裡，我說的是關於這個故事的一些要點，尤其是我所隱藏的……我親手埋葬的一些東西，某些事實，某些感情……他們都死了，這些曾經住在我童年時代房子裡的人。他們是因爲我而死的，因爲所有的人，也因爲我。寫作的逾規於是消失了……」

這不是又一本《太平洋防波堤》，也不是要和母親算賬，而是和自己清算，終於……把門微微打開一點，既然已經老了，滿身病痛，滿臉皺紋。「運用寫作不是爲了以史詩的形式重建我的生活，而是爲了進入某些事情，」她在第一本簿子上撕下來的一頁紙上記道，「那些仍然藏在我身體深處的東西，就像新生兒在他生命的第一天那樣盲目——無法寫就的東西。」瑪格麗特．莒哈絲渡過了這條河。她換了河岸。如果說和中國人是在兩個河岸之間的渡船上相遇的，這絕不是巧合，在這波濤洶湧的河水上，在這麼黃這麼粘，看不到底的河水上，在這讓她如此害怕、她覺得簡直會捲走一切的河水上。瑪格麗特又見到了那個小女孩，瘦弱的，黃皮膚的小女孩，驚慌失措，那麼醜，她的母親以爲根本不會有一個男人對她感興趣，還有那樣一身滑稽可笑的打扮，她簡直難以想像還會吸引誰的目光。那麼一個動作遲緩，那麼一個遲鈍的小女孩，她的哥哥總是對她又打又罵，那麼害怕自己，也害怕別人，害怕上帝，害怕這個世界的小女孩，總是躲在樓梯後面，希望被這個她所懼怕的世界遺忘。

瑪格麗特沉浸在自己的記憶之中。戰爭結束期間的小學生練習簿上，已經出現了玫瑰木色的帽子，她才翻到的，這頂獨一無二的帽子，母親非常喜歡，但是未來的情人雷奧可不欣賞：「而我卻一直那麼相信母親的審美眼光，因此，儘管沒有一個人戴著和我一樣的帽子，儘管雷奧對此感到很不舒服，我仍然背著雷奧偷偷地戴，在中學裡，在所有同學的眼皮底下。」當然，瑪格麗特美化了這個她後來不再給予任何名字的情人雷奧。他不再出天花，既不平庸也不可笑。他有細膩的肌膚，緩緩的手勢，東方的異國情調。瑪格麗特夢想著，夢想著少女時代故事裡應有的，可能有的故事。瑪格麗特編造了這個如此溫柔、耐心，如此鍾情她，對她如此溫存的情人……對童年時代照片的描寫還是占了《情人》的三分之一。很簡單，它們代表和情人相遇以前的各個時期。

瑪格麗特·莒哈絲，在這次偶然成功後的一年，說她不喜歡這本書。她唯一想保全，唯一還能忍受的片段是作品中對戰爭的描寫，很遺憾自己沒有充分發揮。但是從定稿前的各個版本中可以看出她的猶豫。她曾經重寫過開頭，從戰爭的故事和對瑪麗·克洛德·卡爾邦迪埃的描寫開始。故事也不叫《情人》，而是叫《貝蒂·費爾南德茲的故事》，她描寫了一九四二年冬末瑪麗·克洛德·卡爾邦迪埃沙龍的故事，那是亨利·芒道爾、安德烈、泰里弗、P·H·西蒙、羅伯特·康特斯和詩人克邁爾·瑪嘉利·弗爾經常出入的沙龍，曾令年輕的瑪格麗特艷羨不已。在最後版本裡，瑪格麗特·莒哈絲放棄了部分關於戰爭的描寫，但仍然留下了拉蒙和貝蒂這兩個人物，他們是瑪格麗特不願再提及的過去的幽靈；他們停留了下來，像是兩個迷途的、不起眼的配角，一不小心才被固定在這本相簿小說裡。書的秘密正在於作者所創立的這種滑動，在多餘的因素——拉蒙和貝蒂·費爾南德茲——和不足的因素中國人之間。①爲了保持敘述的平衡，莒哈絲編造了一張並不存在的照片，而這張照片在最後恰恰成了作品的中心。

的確，中國人並不是書的中心。他不是莒哈絲的主題，雖然成千上萬的讀者都這樣以爲。《情人》的主題是寫作。她尋找了很久，卻從來沒有捕捉到的寫作方式。如今在《情人》裡，她將從這些人物寫起而不再是寫他們，也不是在像《太平洋防波堤》裡用的那樣一種道德的方式，而是從寫作的重擔中解脫出來。「現在，寫作似乎已經成爲無所謂的事了，事情往往就是這樣。有的時候，我也知道，不把各種事物混爲一談，不滿足虛榮心，不隨風倒，寫作就什麼都不是了。」②但是如果說《情人》仍然可以被讀成是一個富有的中國人和一個貧窮的殖民地白人少女之間的愛情故事的話，因爲那時莒哈絲也想這樣安排。她一直忠於自己的敘事方式，把讀者安排在演員、配頁工和譯碼員的位置，她提供給讀者的是多重的閱讀可能。有無數蹤跡，有無數開啓的可能。《情人》是個挑起讀者想像的試驗場。也許正是因爲這個原因，它獲得了這樣大的成功：讀者成了主人公，故事將由他自己來重寫。《情人》不是自傳。必須按字面理解瑪格麗特的這些話：「我生命的故事並不存在。我不是爲了敘述自己的故事才寫的。寫作剝奪了我生命中剩下的一切，讓我遠離人群，我無法再分辨什麼是我筆下的生活，什麼是我眞實經歷過的生活，眞的。」

比起《太平洋防波堤》，《情人》更接近勞兒·V·施泰因。莒哈絲是想告訴我們，寫作可以是一種和自己妥協，回顧過去，澄清過去的方式，她並不想描述現實，描述眞實或是闡述自己對人物的

① 阿蘭·羅布·格里耶對此進行了詮釋和評論，與作者的談話，一九九六年六月十六日。
② 《情人》，頁一四—一五。

看法。重新找到一種統一。勞兒彷彿是一個想要繼續呼吸下去的小女孩。寫作的作用就是從「所缺的環節」開始將現實重新串起來。因此《情人》可以有無窮的闡釋，而不管是否是潛意識裡的東西，瑪格麗特要說的是：最高的禁忌不是和中國人睡覺，而是和附敵者睡覺；回憶屏可能還掩藏著某種她自己也不願承認的東西：和自己的哥哥睡覺。「缺席的中國人是敵人的士兵，」阿蘭·羅布·格里耶寫道，「儘管《情人》的發行量達到了兩百萬冊，它仍然是一本相當重要的書：我們不要過於計較了……瑪格麗特·莒哈絲很蠢，但她算是一個偉大的作家……是的，是的……她的直覺是創造性的，非常智慧，而她自己並不知道。」[①]瑪格麗特·莒哈絲眞的什麼也不知道了。被問及寫《情人》的深層原因究竟是什麼時，她回答說她想有一本屬於自己的書[②]，揚·安德烈亞出版《瑪格麗特·莒哈絲》是促使她著手寫這本書的根本契機。「應該說，這次回到自我，使我產生了閱讀自己的書的慾望。做一本自己的書。讀自己的書……於是我就衝著這個方向去了，不與任何人分享，也不能與任何人分享。如果我這樣做了，我就失去了經過的火車，失去了這本書，我只想把我自己裝在這車上，否則我就會失去這一陣陣湧來的記憶之潮。」[③]她對瑪里亞娜·阿爾方說。一直到生命垂暮，瑪格麗特才讓別人——同時也讓自己——相信她曾經愛過中國人。寫作讓她得以遠離當時那種惡心的感覺，抹去了一個被母親出賣的小女孩的恥辱，美化了這種關係。她修正了自己的存在，從此以後，比較起自己的眞實記憶，瑪格麗特·莒哈絲更相信自己在《情人》中所敘述的一切。因爲情人有錢，所以母親

---

① 吉爾·德勒茲在《意義的邏輯》中也談到類似的話題，談話在下諾曼底省文學基金會資助的《特點》雜誌第7期上刊出。
② 《解放報》，一九八四年九月四日。
③ 《解放報》，一九八四年九月四日。

和哥哥要把這個故事強加給她，這種粗暴在《情人》中蕩然無存。多虧了寫作的優雅，一個白人小妓女成了中國人的愛情玩偶。和情人的故事持續了一年半時間。哥哥需要錢抽鴉片，母親需要錢買吃的。瑪格麗特的母親從中國人的父親那裡得到了一筆相當可觀的錢才回到法國。在《情人》中，瑪格麗特・莒哈絲保護了關於母親的記憶，捍衛了她的名譽，發誓說母親不知道女兒和中國人「睡覺」了。然而正是母親，她不僅知道這個故事，更爲了經濟上的原因讓他們把這個故事繼續下去。情人給瑪格麗特錢，瑪格麗特並沒有私自收起來。帶回去的錢，爲她在母親和哥哥面前爭得了地位。瑪格麗特到後來才明白這種邪惡交易究竟意味著什麼：「但是與此同時，不知不覺地發生了其他的事情。有一個故事隱藏在裡面，我分配給自己的絕不僅僅是個救生的角色，雖然我有可能這麼想，你們知道的，這個情人給我的是錢。而且他害怕白人。但他把錢付給一個白人女孩。不是我母親。是我。我是兩個世界的連接點，我上了舞台。」①

作品完成得很快。三個月左右。瑪格麗特一直想配發家庭相簿。可出版商不太感興趣，居然將它列入一九八六年的計畫！揚・安德烈亞打完文章後，對瑪格麗特說也許這可以算是一本小說，讓她給拉于納出版社銷售部的艾爾維・勒馬森看看，完成後再給伊萊娜・蘭登。伊萊娜・蘭登深夜讀完之後，給揚和瑪格麗特去了電話，說自己實在非常喜歡。她的父親熱羅姆・蘭登到瑪格麗特家，對她說這既非序言也非圖片的文字說明，而是一本眞正的書。她聽完後同意交給他出版。

新聞界立刻有了強烈的反應。書出版的第二天，貝爾特朗・布瓦羅・戴爾佩奇就寫了一篇名爲《不聽我們說的那些人可得注意了》的文章。雖然提出了一些批評——「細枝末節太多，第三人稱的

①《解放報》，一九八四年九月四日。

間接賓語句氾濫，還有莒哈絲式的彆扭句子：我要的是寫作」——他首先承認閱讀這個故事給他一種出海的享受，作者「有一種大家風範式的慷慨」，這個故事也可以被當成是自己的。三天後，瑪里亞娜・阿爾方也在《解放報》上撰文盛讚了作品的優雅，獨特，燦爛和句子之間內在的緊密聯繫。①同一天，在《晨報》上，德尼斯・羅什用了整整一頁的篇幅表達了自己的讚賞之情。說莒哈絲的寫作是「一曲愛情的讚歌。美，絕望，純眞，絕對的文學。是的，讓自己沉浸在《情人》之中吧。」書是夏末出的。首印二萬五千冊——這對於子夜出版社已經是首創了，因爲該出版社的首印數從來不超過一萬冊——第二天便告罄。熱羅姆・蘭登儘管對反應速度之快稍感驚異，對書本身能讓這麼多人著迷卻並不吃驚。但是評論家們大多有點窘，因爲他們當中的大部分人在前一本書《死亡的疾病》出版時都說了壞話，說它過於複雜，令人焦慮。布瓦羅・戴爾佩奇就曾經在《世界報》上這樣說：「瑪格麗特・莒哈絲似乎認爲批評界把她和那些不甚重要的作家等同起來，忽視她也是對她的安慰。可她應該很清楚，有時候，在她的問題上，沉默和尷尬也意味著讚美。」②但是「他們在等著說她是天才的那一天。我已經感到了這一點，」瑪格麗特對我說③。實際上，九月二十八日的「省音符」節目使得問題更加尖銳了。貝爾納・皮沃冒險和作者面對面坐在一起。一個小時十分鐘的時間，瑪格麗特・莒哈絲一會兒詼諧一會兒凝重，一會兒活潑一會兒深沉，從對酒精的迷戀講到寫作，講到法國共產黨，講到讓—保爾・薩特和自己在印度支那度過的童年。她沒有一丁點的沉默，深深地注視著觀眾，讓人覺得她說的都是眞話，是發自內心的，沒有一點取悅於人或炫耀的意思。「這眞是一門偉大的藝術」，

①《解放報》，一九八四年九月四日。
②《世界報》，一九八三年一月十四日。
③作者與熱羅姆・蘭登的談話，一九九六年六月八日。

事後弗朗索瓦·佩里埃嘆道，他第一次領教了瑪格麗特的談話藝術，第二天就給她去了電話，盛讚她談話的質量。「她不是在演戲，」他說，「這應該說是一種內在的控制力。讀了《情人》之後，我在想：在整個節目中她撒了謊，發誓說故事是眞的，可這更增添了她的美麗。不將謊言上升爲眞理，在鏡頭面前我們就可以用謊言來滿足各種藝術的需要。」①不管是否眞誠，瑪格麗特讓人震驚，讓人憤怒，讓人感動，都到了讓人掉下眼淚的地步。第二天，書店裡出現了搶購風潮。門坎社，子夜出版社的出版發行部一天收到了一萬冊的訂單！子夜出版社只能分兩次加印，一次是一萬五千冊，另一次是一萬八千冊，因爲一時間找不夠原來設計採用的那種紙張。在國外也是一樣的情況，世界各地都一窩蜂地要求購買翻譯版權。第一次，《新聞周刊》爲法國作家花去了整整一版的篇幅。

「『省音符』節目的效果的確驚人，」熱羅姆·蘭登解釋道，「在這之前還有報紙的幕彈射擊，幾乎所有的報紙都一致承認這是個事件。」不錯，評論界仍然在繼續誇讚《情人》的優點。雅克—皮耶·阿邁特在《觀點》上再也抑制不住自己的激情了：「和同時期的其他小說家不一樣，莒哈絲不『做』書。她在體驗書，就像信仰宗教那樣。」在《新觀察家》上，克洛德·羅伊也高度讚揚了小說的語言，說它剪裁精美，說只有莒哈絲才具有這樣的剪裁工夫。②莒哈絲不再是個作者，她成了出版史上的一道風景；有些書店老闆還記得，當時他們不得不採取限購政策，因爲有人想一次買好幾冊《情人》，似乎書很快就要成爲奇缺品似的。這也成了社會的一道風景：很多人寫信給瑪格麗特敘述他們的生活——熱羅姆·蘭登記得當時出版社每天都要收到成千上萬的郵件，簡直比總理的郵件還要

①《向瑪格麗特·莒哈絲致敬》，《電影日誌》，一九八五年一月。
②《新觀察家》，一九八四年八月三十一日。

多——大家都模仿莒哈絲那樣說話，帶有停頓的沉默；甚至，頗令瑪格麗特開心的是，在聖日耳曼—德普雷街上，好多人模仿起了她的穿著：圍脖，沒有袖子的背心，小靴子。瑪格麗特像個得到滿足的孩子那樣拚命地拍手。她終於得到了聖誕樹，她的花環，她的聖誕老人，都是給她的。大家都在談論她，只談論她。報紙上，廣播裡，電視上。太多了。她似乎都有點尷尬了。她很不好意思地對貝爾納・皮沃說：「眞是有點令人發窘。我周圍已經沉默了十年。現在產生了一系列的反射現象。」

從九月初開始大家就都在傳：莒哈絲會贏得龔古爾獎。這不是今年最好的一本書嗎？但是她自己的態度就不清楚了。她是有可能拒絕的。米歇爾・圖爾尼埃打電話給熱羅姆・蘭登，問他爲什麼沒有收到書。蘭登回答說他從來沒有給各種文學獎項的評獎委員寄過一本書。圖爾尼埃只好自己買了一本，看完後又打電話給蘭登，問他：莒哈絲會接受龔古爾獎嗎？瑪格麗特似乎持嘲諷的態度。她在特魯維爾的黑岩旅館，不想回到巴黎。一九五〇年，她眞正應該獲得龔古爾獎的《太平洋防波堤》被擋在了大門之外。所以這個獎對於她來說像是一顆過熟的水果，有一種發酵的味道，她已經沒有慾望了。但是她也沒有說不。她簡潔地回答蘭登說：「普魯斯特也得過龔古爾獎。」第三輪選舉之後果然把獎頒給了她。與之競爭的有貝爾特朗・布瓦羅・戴爾佩奇的《二十六年夏》和貝爾納・亨利・列維的《頭等魔鬼》。《情人》已在各大排行榜上高居暢銷書榜首，持續了幾個星期，印數更是超過了二十萬冊。「龔古爾兄弟應聲跑去援救勝利者」，若斯亞納・薩維尼奧在《世界報》寫道。在《觀點》上，弗朗索瓦・努里西埃回應說：她這樣一個從來沒有被任何文學獎項評委會挑中的人，此時得獎，年紀和名聲是不是都太大了一點呢：「我們似乎應該把這個獎命名爲『最優秀想像散文獎』，就像愛德蒙・德・龔古爾在遺囑裡所規定的一樣。」

蘭登將這個消息打電話告訴了瑪格麗特，他曾經非常平靜地評述道：「結果的確很好，但我們也不會像慶賀國慶節一樣來慶賀這次獲獎的。我相信瑪格麗特會同意我的意見。」是的，她非常贊同他的意見。很快她就回答道：「龔古爾沒有找到拒絕將獎頒發給我的理由。」並且就她的獲獎的問題做出了政治化的解釋。對於她來說，自從左派上台，人們都有了新的行爲，新的姿態。以前，他們不敢把獎給她。現在敢了！如果說她得到了龔古爾獎，這不僅僅是因爲她受之無愧，更要感謝密特朗。無與倫比的瑪格麗特啊，她在得獎兩小時後竟然宣稱說：「所有的人都想模仿密特朗，模仿他率性而爲的樣子，想怎麼做就怎麼做，在所有和龔古爾獎一樣受到重重保護，然後又被拆掉墊塊的領域都是如此。」①黑岩旅館沒有香檳，只有水；沒有花式糕點，只有熟肉醬餅，沒有媒介的狂轟濫炸，只有情人揚．安德烈亞和朋友瑪里亞娜．阿爾方陪著她。

但是從這天開始，瑪格麗特不再承認這本書是自己的。她最終遠離了它，她搞錯了，她說，她以爲這本書會讓讀者對她感到惱火。公眾的承認卻令她極爲尷尬。在她看來，《情人》的成功是緩慢進展的結果：到目前爲止，她的作品所擁有的讀者一直很少，但只要是她的讀者，卻始終是充滿激情，忠心耿耿的。這本書的風格使她得以爲廣大讀者所接受：「這是一本如此有文學味道的書，卻又沒有一點文學的架子。文學不是身體裡的血。」當然還有她所謂的「大眾談資」的緣故：酗酒，色情，讓人困惑、著迷和深深爲之吸引的殖民主義。最後，我們可別忘了書的價錢很低，只有四十九法郎，書本身也很薄，一百四十二頁。《情人》很快成了大家一談再談的東西，就像瑪格麗特一直哼唱的皮雅芙的歌曲：「我能愛上你眞是瘋了，我的愛，我的愛。」但是她已經在想下一本書了：《情人》還能演變出無數本書來，故事在她看來遠遠還沒結束。

---

①《解放報》，一九八四年十一月十三日。

十一月底，書已經銷售了四十五萬冊。二十六日，熱羅姆・蘭登和瑪格麗特・莒哈絲在勒諾・巴羅劇院召開了一次招待會。奇怪的慶典，巴黎的所有知識分子和藝術家都來向女王瑪格麗特表示敬意，瑪格麗特被她的崇拜者包圍著，就在這個她以前經常出入的地方。她坐著，雙手交叉放在胸前，戒指閃閃發光，被一群著名的演員和不知名的狂熱崇拜者吻了又吻。瑪格麗特・莒哈絲品嘗著自己的成功，終於報了戰後沒沒無聞的這麼多年的仇，成功抹去了少女時代的痛苦記憶。從此以後，她只相信自己建立的傳奇。早就染上用第三人稱談論自己這種奇怪習慣的瑪格麗特，從此更是——出於幽默或是自戀——稱自己為「那個莒哈絲」。她在自己某些手稿的邊緣寫道：「這不像是莒哈絲寫的。」「這眞的是出自莒哈絲之手嗎？」瑪格麗特・莒哈絲在哪裡？她是誰？由於編造了自己的生活，並且造成了親近大眾的假象，她自己也不清楚這些問題了。她在幻覺構築的半夢半醒間生活著。「但願你知道我有多煩我自己」，她和一個朋友隨口說道，像是在訴說知心話一樣。通過《情人》，瑪格麗特最終遠離了生命的歷史，從而轉向了生命的小說。大家都在極力奉承《情人》：評論界，書商，讀者，電視觀眾。但是她被捧上雲端不久，這當中的一部分人又開始降溫了：這本書是不是太過分了，太像個圈套，太膚淺了？瑪格麗特自己不是說過《情人》不過是老生常談而已？最終，有人終於高聲說我們一點也不喜歡《情人》，這些《安德馬斯先生的下午》和《塔吉尼亞的小馬》的忠實讀者覺得他們鍾愛的作者墮落了，成千上萬冊的銷售額，居然在超市的櫃台裡閃閃發光，成堆供應，他們以為自己和她之間有一種秘密的關係，已經那麼久了……

瑪格麗特・莒哈絲感覺到了這一點。她知道自己被甩掉了：這是成功的贖金。《電視周刊》的巴巴拉・卡爾特朗這麼說①，維基・波姆・德托皮克，還有其他人也都這麼說。「我的馬爾戈皇后，我的咪咪，我的莒哈絲，妳永遠是我的朋友，不管妳頭上有怎樣的榮光。」她的老朋友，雅克・弗朗西斯・洛朗對她說②。瑪格麗特才不在乎呢。瑪格麗特既不需要支持也不需要保護。她很快就能適應成功給她帶來的一切。的確，她喜歡這份榮耀，很快就感到非常習慣。但是她已經把注意力轉移到別的事情上了。她爲《法國文化》做了一期節目，在兩陣瘋笑之間，她和瑪里亞娜・阿爾方談起了她的房子，菜譜，並且大肆攻擊電視台說：「他們根本不知道怎麼拍片子，他們隨便問個什麼問題，然後就站在那裡說話。福科死後，他們放了一期他在法蘭西學院的上課片段，始終是節目主持人在說話，福科的聲音根本聽不到。」③她和多米尼克・諾蓋進行了五次系列長談，談論她的電影聲勢，爲出版全套影視作品做準備④。我們可以看見她溫柔地站在一邊，苔爾芬娜・塞里格和布魯諾・努伊當在敘述《印度之歌》的拍攝過程；還有她和卡洛斯・達萊西奧在一起談論音樂的作用，那樣子既和善又感人，只是有時候她對自己頗感震驚。「《勞兒之劫》和《副領事》是同一年寫的，不過就得這樣。」她在後記裡令人驚嘆地評論道。「做《卡車》眞是一種巨大的幸福，我自己每次重新看片子的時候都覺得幸福無比。拍攝《卡車》所調整的角度非常準確。這也許是我調整得最好的片子。」

瑪格麗特・莒哈絲是最好的。她很愛自己。但是當她表現出對某人的感情時，她也會用最令人感動的詞。在布爾的女兒帕斯卡爾・奧吉埃——她也是一位敏感而富有才華的女演員——死後一個月，

①《電視周刊》，一九八四年十一月十四日。
②《巴黎競賽報》，一九八四年十一月二十一日。
③《善意》，法國文化部，一九八四年十月二十日。
④影視版，熱羅姆・博茹和讓・馬斯科羅製作，一九八三年十二月十三日完成，P・加萊領導的外聯部投資。

她在《解放報》上寫了一封信，追念她，並談到了她的消失帶給她的震撼：「二十四歲的永恆。帕斯卡爾一直活著。每天我們都會覺得她的離去給我們帶來的痛苦又深了一分。」①她熾烈慷慨地捍衛著幾個她喜歡的作家：讓—皮耶．瑟通，她爲他的《城市喧囂》作過序②；她盛讚過萊斯利．卡普朗的《剩餘工廠》所表現出的那種強烈的詩意，她喜歡電影家巴巴拉．羅登的《旺達》。她還讓公眾知道了不少給過她自己震撼的人物：比如說普朗雄和蘇克，她爲蘇克寫過一篇非常美妙的文章。瑪格麗特和懺悔師、巫婆一樣，具有讓人說眞話的本領。她問過蘇克一個關於對死亡恐懼的問題，蘇克回答道：「不，我不怕死，但是得學會死亡。如果有一天，您感到很害怕，千萬要給我打電話，我們可以彼此擁抱，您或者別人。」③瑪格麗特一直沒有忘記過她和蘇克的這次會面；她一直不曾忘記蘇克在拒絕學習他人教授的東西時，表現出來的那種令人讚賞的智慧。後來《夏雨》中的恩奈斯托就有蘇克的影子。

一九八五年，是她回到戲劇舞台上的一年，她改編了契訶夫的《海鷗》，並且答應了讓—路易．巴羅的請求，重新排演《音樂》。她一面毫不猶豫地說《音樂》這樣的作品是很容易寫的——「這是我妓女的那一面，像《音樂》這樣的東西，我想寫多少就能寫多少，」一面卻打算重寫後由米烏—米烏和薩米．弗雷重新演繹。她在隆普安的劇院裡給觀眾發了一篇短文，上面解釋道：「《音樂之一》和《音樂之二》整整相距十九年，幾乎是在同一個時刻，我產生了寫第二幕戲的慾望。十九年來，我

---

①《解放報》，一九八四年十一月二十日。
②《外面的世界——卷一》收錄，頁三三〇—三三一。
③《解放報》，一九八四年十二月十三日。

一直聽到這第二幕戲破碎的聲音，被疲憊的白色黑夜折磨得潰不成軍。而這聲音卻一直保持著這初戀的青春，非常可怕。有時，我們會轉而寫別的東西。」「是的，看著我，我是你唯一的禁區，」女主人公安娜—瑪麗·羅什對她過去的丈夫說。他們現在已經分開三年了。他們很遲才上法院。現在，他們必須共同度過一個夜晚。在一九六五年的那個版本裡——先開始是戲劇，後來拍成了電影，由苔爾芬娜·塞里格和羅伯特·霍森主演，這對夫妻在艾弗勒旅館重逢了。他們一直談到凌晨三點，筋疲力竭方才睡去，明天就要永訣。這一次，薩米·弗雷和米烏·米烏談了整整一夜。他們重複，互相謾罵，互相接近。他們彼此相距很遠，但是他們從來沒有像今天晚上這樣談過心。他們是在談話中發現他們根本是分不開的。那麼又爲什麼要離婚呢？他們知道明天會讓他們各自東西。「某個人」在等他們。每個人的生活裡都有了別人，他們有各自的計畫，關於未來的假設。她似乎比他要自由一些，更想忘卻傷口，更期待明天的來臨。他只是在無奈而絕望地等著最後時刻的來臨。她和勞兒·V·施泰因或者安娜瑪麗·史特德兒一樣，已經離開了，在離他很遠的地方，他無法搆到的地方，躲在她自己的內心深處。

最後彩排的那個晚上大家都在咳嗽。是因爲寒冷導致的傳染性感冒，還是尷尬的反應？咳嗽得那麼厲害，簡直聽不見劇本了！「我們必須教會孩子三件事情：尊重父母，尊重別人，不要在劇院裡咳嗽。」瑪格麗特這樣鼓勵她的演員。「沉思的寫作，這是在排練的恐慌中寫就的。莒哈絲的《音樂》不時會有精采之處。它的句子有一種空茫的味道，它有一種淨化靈魂狀態的獨特方式。」①馬里翁·斯卡利在《解放報》上寫道。「故意的絕對，平靜的完美。」吉爾·科斯塔在《晨報》上做了這樣的

①《解放報》，一九八五年四月二日。

評論。「純淨生活」，米歇爾・古爾諾在《世界報》上爲瑪格麗特高聲喝采，將她和米肖、拉辛相提並論，說這齣戲令他激動不已，是「戲劇的頂峰」。但是，首演之夜文化部長杰克・朗的出席令不少職業觀眾頗爲不滿，貝爾納・托馬斯在《被縛的鴨子》上撰文諷刺說，每次去劇院看莒哈絲的戲都像是在朝聖，大家不得不對她表示崇拜。顯然像是去望彌撒。瑪格麗特對評論界一向持嘲諷的態度，不管他們是善意的還是惡意的。她毫不隱瞞地說：評論只有對新手才具有意義。「我很抱歉評論界的人物也來看我的戲。一直是這樣。到現在還要忍受戲劇老看守的氣眞是讓人吃驚——上帝知道從事這職業的人還眞多，評論界的批評仍然建立在那種心理相似的老掉牙的標準上，和四十年前毫無分別，要麼沒有說好，要麼沒有做好，他們只顧自己的名譽，這也是這些標準的唯一基礎。」①

評論界吹捧她，她卻向他們吐唾沫；評論界不理她，她儘管會覺得很不幸，但沉默更讓她安心。莒哈絲成了一個明星。大家都在探問她，什麼都想知道，又什麼都不知道。很多人向她講述自己的生活，把手稿寄給她。一家女性報紙甚至讓她給人算命！幸好她拒絕了。她拒絕了一切，或者說幾乎拒絕了一切。她只在《新觀察家》上寫了一篇關於愛情不忠的美妙文章，爲亨利・舒克隆的書《節約創造》寫了序——在序中她猛烈抨擊了電影資助制度，還爲《世界報》寫了一篇關於右派的文章，名爲《右派死亡》②。她繼續在談論自己對密特朗無限的欣賞，實在是有點誇張了，不像一個對什麼都無所謂的人，同時她還表達了對希拉克的強烈仇恨，簡直有點戲劇化：「密特朗，頭腦靈活、尖銳、條理清楚，用詞準確……希拉克，不求實際，語言過時，無能到了極點。」誇張的莒哈絲，可笑的莒哈

① 現代出版檔案館檔案。
②《世界報》，一九八五年二月十七日。

絲。她知道這一點，因此儘管喜歡，她盡量減少自己在報紙上露面的機會。有些人恨她，有些人對她懷有很深的期待。熱羅姆・蘭登保護她，爲她辯護。他親自驗收一包包的信件，有很多這樣那樣的建議。到最後她甚至拒絕再接收信件。不過在這些成堆的建議中，她還是接受了路克・本蒂和皮特・施泰茵的，同意將《死亡的疾病》搬上舞台，在柏林朔布納劇院上演。翻譯和主角由皮特・漢克負責，他才在戛納電影節上推出經他改編的電影。觀眾對電影的反應頗爲冷淡，評論界普遍認爲它笨拙，過分細緻，學生腔十足，目的不夠明確。①因此瑪格麗特・莒哈絲親自著手改編劇本，並將改編稿寄往德國。兩天後，她打電話給施泰茵和本蒂，說她放棄了。在他們的堅持下，她又重讀了自己的作品，三度振作勇氣重新來過。可是她對自己寫的東西感到惡心。「我挖空心思地想，這樣做完全有悖於作家的原則。這不是書。這是對書的背叛，我對自己失去了信心，我迷失了。」一年以後她正式放棄了這項計畫，在一九八六年夏天的一個夜晚，她將它改成一篇名爲《諾爾曼海岸的妓女》的文章。

很久以來，莒哈絲一直在破壞禮貌和規矩。一九八五年，隨著《痛苦》的出版，她似乎開始冒險破壞愛情和友誼的規矩。這是一本尖銳得讓人喘不過氣來的書，如果羅伯特・安泰爾姆事先知道，《痛苦》是絕不可能出版的。但是書出版的時候，他已經躺在醫院裡，動也不能動，更不要說對此有所反應。瑪格麗特知道羅伯特看到自己的生活如此被暴露在光天化日之下一定會感到震驚的。可是瑪格麗特不在乎了：她只考慮自己的意見，偶爾也會徵詢一下上帝的旨意，上帝說到底也還是她自己。《痛苦》的第一個版本登在一九七六年一本女性雜誌《巫婆》的二月號上，是爲了掙口飯錢寫的，瑪

① 參見《解放報》，一九八五年五月二十日，《殘酷的絕望》專欄文章。

格麗特沒有署自己的名字，文章的題目是《沒有死在集中營裡》，作者詳盡描述了從集中營裡回來的丈夫，如何一點點地恢復生命的感覺。羅伯特・安泰爾姆也不知道這篇文章，還是一個朋友湊巧看見，立刻意識到這是羅伯特的故事，然後才拿給他看的。羅伯特知道了以後簡直目瞪口呆[①]。

為什麼她會在《沒有死在集中營裡》發表的十年後，事情過去的四十年後決定出版這樣一本書？書是獻給尼古拉・雷尼埃和弗雷德里克・安泰爾姆——羅伯特和莫尼克的兒子——的。她是要把自己故事的一部分和前夫的故事遺贈給前夫現在的家庭嗎？書遭到了朋友和羅伯特家庭的一致唾棄。她把書寄給羅伯特的妻子莫尼克，書的扉頁上寫了這樣的題詞：「莫尼克留念，為了他的——生命，他的愛情，為了愛情。」莫尼克拒絕接受。在朋友們中間，迪奧尼斯也毫不隱瞞自己對於這本書的嚴厲態度：「這本該是個機會，她可以表明她和羅伯特之間崇高的愛情。可是她沒有這麼做。她保留了名字，但是她稱羅伯特為L。這種猜謎的遊戲很不聖潔。」瑪格麗特・莒哈絲實際上是保留了丈夫在抵抗運動時期的化名勒洛瓦的首寫字母。

其實這是有著某種邏輯關係的，在《情人》出版之後，瑪格麗特想要繼續陳述自己的故事，連上少女時代的那一段。「這是我生命中最重要的事之一。但是作品不太讓我滿意。」《痛苦》不屬於文學的範疇，這是回憶場，是對過去的一種回顧[②]。一切在瞬間已經變得太遲。

---

① 羅伯特的妻子說在讀了該文以後，羅伯特感到異常氣憤，臉色都變了，因為他的前妻竟如此詳細地描述了他從集中營裡放出來以後種種令人作嘔的細節。他們之間的不和已經產生了十年：在夏爾邦提埃飯店的一次晚宴上，羅伯特對瑪格麗特說她的自戀和自我宣揚，到了讓人難以忍受的地步，瑪格麗特起身離席。

② 她曾對弗朗索瓦・密特朗解釋說她之所以猶豫了這麼長時間，不知要不要出版，是因為她想避免拉比埃・戴瓦爾的孩子受到傷害。（《另類日報》，一九八六年二月二十六日—三月四日）

「重新拾起這些文章是有這樣的擔心在裡面，擔心一切都太遲了，擔心很快我就不再操心這些，或是還沒有回頭看過就已經死了。」①她對瑪里亞娜・阿爾方說。瑪格麗特已經忘記了這些文章。她只是模糊地記得它們的存在，整理好後放在某個地方。她找到的不是羅伯特回來時的日記，而是對於那種精神上和道德上的恐慌的確切記憶底片。如果上帝眞的存在，他爲什麼會允許集中營存在？保爾・奧查可夫斯基還能回憶起瑪格麗特重新讀完這些本子時燃燒的激情，那時她還沒有把它們交給出版社出版。「有一天，她打電話給我，對我說：快來，我找到了一點無與倫比的東西。她拿給我看了，很感人，一本小學生練習簿，差不多已經壞了。筆跡陳舊，紙張也都損毀了。沒有一點點戰後修改的痕跡。很快，兩人談著談著，決定再增加一點以後寫的文章，她又進行了一些改動。但是《痛苦》，放在文集開始的那篇文章，她一絲一毫也沒有動過。在我看來，這是一部神聖的作品。在瑪格麗特家談話的時候，我給作品拍了照，把原件保存在我出版社的櫥子裡。從這一天開始，我就一直擔心出版社會著火……」②

瑪格麗特以眞相的名義在寫——她的眞相。在第一篇故事裡，她指責亨利・弗雷內沒有想到在盟軍到達之前對集中營裡的犯人實施保護。在她看來，原本可以派敵後傘兵特遣隊去的。可是弗雷內反對，因爲「他不願意又回到抵抗運動的措施上去……所以他聽任他們被槍斃了。」③《痛苦》出版以後，亨利・弗雷內反應強烈，他找到羅伯特・安泰爾姆以前在抵抗組織的同伴雅克・貝奈，致信給瑪格麗特，要求她在再版中對這一段做出修正，「因爲這種巨大的幻覺，這種與事實有巨大偏差的謊

①《解放報》，一九八五年四月十七日。
②作者與保爾—奧查可夫斯基・洛朗的談話，一九九六年六月十六日。
③《痛苦》，頁三九。

言，被當成了歷史眞實呈現給觀眾。」一九八五年十二月六日，瑪格麗特·莒哈絲回信了：「我是憑直覺說這句話的。我怎麼想就怎麼說了，該怎麼寫就怎麼寫，有一種無法再等待下去的焦灼和痛苦。就像所有關於戴高樂的話，也是這樣的。如果我下任何論斷都要考慮到它們的法律依據，考慮到我的『非法性』，那就根本不會有這本書。我要提醒您，我也沒有隱去自己在懲罰猶太告密者時對他進行的折磨——在《首都的阿爾貝》裡。我相信人們會理解在當時的情況下我的所作所為，設身處地地為我想一想，他們應該能夠原諒我的錯誤。他們也許也是這樣做的……的確，我沒有收到一封指責我的信——但是如果我能夠刪去這句話，雖然已經太遲了——我很樂意為您這麼做，為了友誼。」[①]

她沒有刪去這句話，《痛苦》的簡裝本裡一切照舊。以痛苦的名義就可以接受錯誤和過度的闡釋了嗎？《痛苦》不是一本關於戰爭的歷史書，也不是一種客觀的證明。「《痛苦》裡所講述的很多事情都是眞的，」迪奧尼斯說，「另一些則誇張了。」「這有點像我們所經歷過的歷史，」密特朗說，「但是我肯定不會這樣敘述的。《痛苦》不是她最嚴謹的一本書。」[②]在瑪格麗特眼裡，她沒有隱瞞自己對他人進行過折磨，這本身就給了她玩弄眞相的權利。奇怪的交易！在露絲·佩羅和瑪里亞娜·阿爾方面前，她再次提起她折磨別人，並強調自己說出這一切的勇氣。直至生命盡頭，她還一再說她不怕因此接受他人的評判：「沒有人有權利對我做出評判。任何評論都是不可能的。我無須向任何人匯報，我就在這裡，在不可解釋之前。」[③]同時她又和克里斯蒂娜·維爾曼說，在整個折磨的過程中，她是受上帝的「驅使」，是受上帝的指派，是上帝讓她完成任務的，所以她永遠不應當受到任何

---

① 雅克·貝奈檔案。
② 作者與弗朗索瓦·密特朗的談話，一九九四年四月八日。
③ 《電影日誌》，一九九六年九月。

人的批評……她的行爲是神聖的，在黎世留街的這個地窖裡得到了聖化，在那裡，她等待著那人的身體像一只柔軟的布娃娃一般倒在地上。

奇怪的是，《痛苦》出版的時候，沒有報紙對她在《首都的阿爾貝》中的懺悔做出評價，除了《文學兩星期》有些驚訝以外：「即便是在勒彭的時代，也沒有提起折磨人的事情。」莒哈絲後來說讀到這篇文章非常令她失望：「我當然沒什麼好遺憾的，我遺憾的只是在一張像《兩星期》這樣的報紙上，竟然會出現這一類的論點和論據，會從單純的規矩，從文學戰略來評論。」①評論界普遍有些不知所措，認爲莒哈絲這一次的詞彙過於貧瘠，難以表達感情。「我們如何能夠對這樣的書做出什麼評論呢？」在《新觀察家》上，弗雷德里克·費爾內自忖道，「難道只有一個詞可以表達超越自我的這份誠意嗎？因等待和拒絕而絕望的高貴？《痛苦》是一本戰鬥的書，應該說是不可比的。」②「除了這個，沒有任何一個詞適合表達所經歷的這一切……詞語匱缺的時候，呼吸急促，時間彷彿稍縱即逝。這書得低聲地讀一遍，再高聲地讀一遍，只有這樣混雜起來我們才能得救，因爲它在顫抖，直至死亡。」米歇爾·布泰爾在《另類日報》上寫道。

一九八五年五月二十九日，戛納電影節閉幕以後，瑪格麗特入選參加柏林電影節的《孩子》，在巴黎幾個影院上映，大家反應冷淡。又是這一類亟待被拯救的孩子，老掉牙的故事。一切起源於一九七一年，瑪格麗特在非常出色的哈林·奎斯特叢書中出版了一個講述破壞者的故事，一個古怪、惡毒

---

①《電影日誌》，第三七五期，一九九五年七—九月。

②《新觀察家》，一九八五年四月十九日。

的故事，是爲孩子們寫的，寫的也是孩子們，一九八四年她又將它改編成了電影。故事深受劉易斯．卡羅爾的影響，書的題目叫做《A．恩奈斯托》，描述了一個無可救藥的小男孩的心理狀態，他不願去學校，因爲學校裡學的根本不知道是什麼。恩奈斯托七歲，身體已經長成個大人了，還有相當於哲學教授的智力。最後，他終於去了學校，老師對他說：「世界被放大了，恩奈斯托先生。」書在法國沒什麼回響。但是瑪格麗特的朋友很喜歡這部作品，因此決定將它改編成電影。其中就有讓—馬克．圖里納，他在一九七八年建議瑪格麗特做個短片。瑪格麗特沒有給他專有權。瑪麗．斯特羅布和達尼埃爾未經允許就拍了一部短片。銀幕中間，是無須努力學習的恩奈斯托。如何將孩子已經知道的東西教授給他呢？老師惡毒地問。「拯救」，這是電影裡用的一個特別意義的詞，正好和電影的題目相吻合。這部片子很忠實原著。瑪格麗特看了以後，重新思考了她的作品，覺得它有點過於「無辜」。她決定修改：她增加了關於《福音書》的記憶，讓恩奈斯托讀，並把作品改名爲《以色列的孩子》，後來又叫《國王的孩子》。她還不知道自己要把作品改成什麼樣子。接著讓—馬克．圖里納從非洲遠行回來，問起計畫進行到哪一步。「我們三個人來拍這部片子，烏塔、你和我，」瑪格麗特回答說，「我才從部裡得到五十萬法郎，用來拍《死亡的疾病》的，而我現在不想拍這部片子了。」

瑪格麗特完全重寫了這本書，兩年的時間裡，讓—馬克．圖里納和烏塔寫了六個劇本。開始的時候他們讓恩奈斯托在電影中死去，接著又讓他復生，讓他開口說話。因爲他什麼都知道，恩奈斯托什麼都知道，不管在什麼方面。「一切，關於上帝，美洲，化學，知識。馬克思和黑格爾，地球上的數學大國。恩奈斯托是個英雄。」恩奈斯托代表著這個世紀末的絕望，五年後，他又成了《夏雨》裡的主人公，《夏雨》這個書名恰恰選自《福音書》的片段。至於恩奈斯托一角的演員人選，瑪格麗特首先想到了熱拉爾．德帕迪厄，可是他拒絕了。後來她找到了阿克塞爾，克洛德．雷吉麾下的天才演員，瑪格麗特和烏塔的朋友，他眞的像個無辜的孩子，長著一雙胖胖的手。

達尼埃爾·杰蘭和塔蒂亞娜·穆基納飾演孩子的父母，安德烈·杜索里埃飾演老師。拍攝期間，原先那個忠實的小組又重聚了：卡洛斯·達萊西奧負責音樂，布魯諾·努伊當負責鏡頭，羅伯特·邦薩爾·柏森負責製片。拍攝地在塞納河畔維特里。大部分鏡頭都是教室裡的。室內鏡頭很快就顯得過於凝滯了，話語也出現了偏差，很不自然。很難在電影上將語言的戲劇性充分體現出來，儘管可以說演員都是一流的，錄影帶也是放了一遍又一遍。瑪格麗特疲憊不堪，她也不知道自己做到哪一步了。她說她根本無法理解普遍意義上的電影，不理解敘事的連貫性和人物之間的邏輯關係。「完完全全的亂七八糟。我無法再跟上電影的邏輯。我已經徹底脫離了這種心理，眞的，我根本不能看警匪片，一點也不能看了。我把所有的東西都忘了，因此一點情節也沒有，消失了，我不知道自己看的是什麼。」①二十年來如此善於巧妙配置聲音和畫面的她，這一次卻做了一部標標準準的古典片，不同的只是不知所云的語言。拍攝時又出現了製片的問題，焦點在劇本的所屬權上——莒哈絲要求片頭字幕裡出現圖里納和馬斯科羅的名字，這更加劇了電影出品前拍攝和剪輯的緊張氣氛。

藉口討厭「歐洲的冷漠」，莒哈絲沒有去柏林推出她的電影，但是報紙將這部電影定義爲「一部無限絕望著的喜劇，闡述了關於知識的主題。」《孩子們》獲得了一定的成功（在柏林電影節上獲了一個獎），但是法國電影評論界的意見分歧很大。在《費加洛報》看來，這是一部沒頭沒尾的哲學片，自負，誇張，不協調，以至於《費加洛報》的撰稿人在看電影時自問是不是放映師搞錯了卷盤

①　她在法國電影院莒哈絲回顧展時對《孩子們》所做的評論，可見她與達尼埃爾·布蘭的一次談話。

①；而《晨報》則認為這是一個憂鬱得令人疼痛的寓言故事，非常幽默②；《解放報》認為這部電影有一種引人發笑而絕望的滑稽③。接著司法當局做出了禁映的決定。無奈之下莒哈絲去了好幾次法院，她抖得像個犯了罪的小姑娘，生怕別人把她投入監牢。後來她的律師通知她電影又能上映了，並告訴她上映的日期。她想反對——「這是今年最糟糕的一部片子」——電影上映時她自己都不感興趣了，徹底的失敗。她決定拒絕所有採訪，但是夏末，在《電影日誌》上她還是做了一個很長的訪談，承認這是場失敗：「《孩子們》？我必須記起這部電影的確存在，我好像才從垃圾筒裡出來。我必須忘記這種奇怪的激情，幾乎是致命的激情，還有恐懼，因為我有的時候的確害怕。」④幾個月前，《痛苦》出版時，瑪格麗特已經談到了她的迷失。她害怕自己再也不能寫作了……是否出於這個原因，再加上《孩子們》失敗的刺激，她決定重新回到新聞寫作上呢？但是她此時在心理上和體力上都非常脆弱，因此在那個所謂的維爾曼事件時期，這些都成了她可以減輕罪行的託辭，以「天才」為名，她成了不幸的預言家和迷路的知識分子的代表。

一直聽不夠花邊新聞和悲劇性故事的瑪格麗特．莒哈絲，打一開始就對克里斯蒂娜．維爾曼表現出極大的熱情。當然，從文學上解釋，可以說她征服她不是衝著她個人去的，而是為了通過故事重建一個想像中的人物，幾乎與真實的弒子兇手克里斯蒂娜．維爾曼——她企圖謀殺自己的兒子格列高利

① 《費加洛報》，一九八五年二月二十三日。
② 《晨報》，米歇爾．佩雷文，一九八五年二月二十二日。
③ 《解放報》，熱拉爾．拉弗爾文，一九八五年二月二十二日。
④ 《電影日誌》，一九九五年九月。

——沒有一點相通之處。也罷。但是瑪格麗特．莒哈絲知道命名意味著什麼。她沒有再度編造一個新的安娜瑪麗．史特德兒或是另一個勞兒．V．施泰茵。這個她天眞地傾注了無比熱情的女人是活生生存在的。瑪格麗特看來是被她迷住了，她占據了她的所有經歷。有一段時間，她只談論她的事情，她的孩子，她的丈夫和她。她的名字，她的面容，她的目光，她的故事，她的性生活糾纏著瑪格麗特的想像。她寫了很多關於她的東西：除了在《解放報》上的那篇文章，還有很多沒有發表的紙頁。她甚至想過要寫一本書。在她看來，克里斯蒂娜．維爾曼是受上帝的指派來完成這樁至高的罪行的。

一直到生命盡頭，莒哈絲還認爲自己沒有得到應有的理解，覺得別人對她的評判是不公正的。她沒有一點點追悔之情，甚至每次談起有關話題時，總是顯得無比憤怒和仇恨。犧牲品，是的，瑪格麗特自認爲是眞實的犧牲品，一種如此複雜的眞實，別人根本不可能看清楚。她會不會想到是自己這個糟糕透頂的預言家設下了陷阱呢？爲了斥退正統的因循守舊，她的行爲超出了自己眞正的想法？我不相信。她在玩火，很明顯。她想要將克里斯蒂娜．維爾曼獵入自己的世界，使之成爲當代的悲劇女主角。開始時她和所有人一樣，是在電視和報紙照片上看到她，她覺得她很孤獨。就像一個站在門口的女侍者。她很同情她。她想給監獄裡的她寄些書，但是她想也許書永遠也不會到她的手中。這時，她眞正地開始想她了。她也有關於維爾曼事件的報導，但是用她的話來說，沒有「格調」，沒有「敘事」，沒有「小說」。她希望能夠見到克里斯蒂娜．維爾曼，想知道在她以前的生活中都發生了些什麼。她無法忍受左右整齣悲劇的司法演出。「那種爲了更好地懲罰犯罪而讓格列高利哭泣的語言，讓我們想到了人類無法呼吸的領域，想到了鮮血淋漓、嚴懲不貸的社會。」①她對一個朋友這樣說。

① 《電影日誌》，一九九五年九月。

在這激情性的選擇中，我們可以看出瑪格麗特對女人的所有矛盾態度，她對女人的恐怖以及她在實驗上的極限。

讓我們來回顧一下事情的經過。一九八五年七月十三日，《解放報》建議瑪格麗特·莒哈絲就此悲劇寫篇文章，這已經成了今年夏天的連載了。瑪格麗特猶豫了，不知道自己能不能說話，後來她產生了就地看看的念頭。地方會說話的，她想。於是，她在《解放報》記者埃里克·法弗勒和楊·安德烈亞的陪同下去了雷邦日。莒哈絲失望了：她想和克里斯蒂娜·維爾曼談一次的請求沒有得到滿足。莒哈絲投入了遊戲之中。她很想見見主角，因為媒介對她每一句話，每一個細微的手勢都做了透闢的分析。她覺得如果她能見到她，她是會懂得她的。於是她堅持要見。克里斯蒂娜·維爾曼再一次拒絕了。如果她不願意見她，那麼可不可以僅僅讓她看看她，她不會說話的，莒哈絲問克里斯蒂娜的律師。瑪格麗特特有的奇怪方式，就是不惜任何代價要看一看她，哪怕沒有任何交流。無辜看得出來嗎？難道克里斯蒂娜眞的是這樣一個可以拿來展覽，看了就能產生想法的怪物，就像十九世紀時，精神病醫生觀察精神病患者，從來不和他們交談也不看他們的眼神？瑪格麗特·莒哈絲沒有見到克里斯蒂娜·維爾曼，她非常恨她的律師，覺得他是那類社會蠢貨的代表，代表著「腐朽的正義」。她的想像正是從這次未能相遇開始的。既然克里斯蒂娜·維爾曼拒絕見面，莒哈絲會用別的辦法捕捉她的。她跑不掉。「我從來沒有見到過克里斯蒂娜·維爾曼。已經太遲了。但是我看到了法官，他肯定算是當時最靠近這個女人的人了。」七月十七日《解放報》上的文章是這樣開頭的。這是沃羅涅事件的第二百七十三天。南希的法官釋放了克里斯蒂娜·維爾曼。上訴法庭同意警察局所搜集到的證據，但是也提請注意當時沒有直接證據可以證明克里斯蒂娜·維爾曼謀殺兒子的動機。

《解放報》上的題目是：《屬於無辜者的權利》，在頭版的這期導讀上寫道：「克里斯蒂娜·維爾曼，高貴，非常高貴。」瑪格麗特・莒哈絲一直強調「高貴，非常高貴」；她後來說在把文章送到報社之前她將這行字刪掉了，她指責塞爾日・于利沒有徵求她的意見就把它重新添了上去。但是，對於剩下的部分，她承認她在激情之下寫成了以後，又重讀了一遍，修改了手稿，後來又修改了報社的清樣。「我一看到那座房子，就叫道，罪行肯定發生過，我相信。這是超越理智的。」瑪格麗特・莒哈絲沒有見到克里斯蒂娜・維爾曼，但是她看了她的房子。看到她的房子，她產生了一種感情，後來演變爲肯定，儘管這是「超越理智」的。這「一眼」就產生了一種身分上的確認：克里斯蒂娜・維爾曼是我。她可能是我。我是超越一切羞恥心之上的。我破壞秩序。只有不理解令我著迷。最高的智慧隱藏在我們內心最黑暗的地方。克里斯蒂娜・維爾曼也許完成了對於一個女人來說是最最可惡的願望。也許？因爲如果我們仔細讀這篇文章，我們就會發現瑪格麗特・莒哈絲從來沒有寫克里斯蒂娜・維爾曼是有罪的。有好幾次她想引導讀者做出這樣的結論。她反反覆覆地糾纏，可是從來沒有肯定。瑪格麗特・莒哈絲很希望克里斯蒂娜・維爾曼眞的是罪犯。她體會到了這個慾望：「夜幕落在她的身上。無辜的克里斯蒂娜・維爾曼也許在自己不知道的情況下殺了人，就像我在不知道的情況下寫作……」

瑪格麗特・莒哈絲不知道自己看見那幢房子時爲什麼會叫出聲來。但是她有信心，如果說她叫出聲來的話，那絕不會是沒有理由的。瑪格麗特・莒哈絲相信自己有未卜先知的本領。當然，她很害怕自己的這種通靈，而且她回到雷邦日的第一反應是不要寫這篇文章。在犯罪地點度過了四十八小時後，在一群記者間察覺到了一點什麼的她回到巴黎，宣布放棄。她不會寫任何有關克里斯蒂娜・維爾曼的文章的。但是，凌晨兩點鐘，她開始寫了，不是她的故事，而是她對這件事情的看法。她從想像中這個已經成了眾矢之的的女人的痛苦寫起，瑪格麗特・莒哈絲沉浸在自己的想像之中，一個男人和一個女人之間愛情不再，母愛消失了，男人會爲了煎焦的牛排毆打女人，孩子的存在不再有任何意義。

眞正的克里斯蒂娜・維爾曼卻離得很遠。再說從此後她不是叫克里斯蒂娜・V了嗎？但是這位作家的遊戲過於沉重了，我們似乎難以進入她的領地，因爲在這塊領地上，女人都是行屍走肉，全都縮減到了奴隸狀態，被關在家裡，被那類以虛無爲口號的男人呼來喝去。「有可能」，瑪格麗特是這樣寫的。這個克里斯蒂娜・維（爾曼）讓她尊重，也許她很欣賞她。她把她變成了一個充滿野性，四處遊蕩，患了漫遊症的不忠女人：「一個眞正意義上的流浪者，一個沒有信仰，不諳法律的眞正的街頭藝人。」「有可能。」她把克里斯蒂娜・V變成了英國情人的姐姐，這個女人成天無所事事，坐在凳子上，什麼也不想管，甚至對花園也沒有興趣，她望著空蕩蕩的天空，筋疲力竭，腦子裡謀劃著最爲可憎的罪行。瑪格麗特讓我們想起了她自己的童年，那時，爲了取悅她的母親，她想像自己成了一個罪犯，朝那些造成她們家庭不幸的殖民地官員代表開槍。瑪格麗特・莒哈絲任由她的敘述朝著故事的方向去，不再關心事實，而是在講述一個故事，大部分源於自己的故事。她燃起了熊熊烈火以供貪得無厭的想像之用，她毫不猶豫地在踐踏別人的自尊，嘲弄無罪的假設。她這樣一個顧全整體性的人，她這樣一個以在政治道德中扮演抽象法官，以爲各種錯誤打抱不平爲樂的人，這一次竟然投入了她以爲是同時代人最大的過錯中：損害個人，損害超越法律之上的願望。

「沒有不涉及道德的新聞寫作。所有的記者都是倫理學家。絕對無可避免。」兩年前，她爲自己文集《外面的世界》寫序時曾經說過。在這篇題爲《克里斯蒂娜・V，高貴，非常高貴》的文章裡，道德何在呢？某些莒哈絲研究者白白地研究了一通這種現實和故事之間的捉迷藏遊戲，他們根本沒什麼說服力。塞爾日・于利本人也覺得有必要在瑪格麗特・莒哈絲這篇文章旁邊刊登另一篇文章，題目叫做《寫作的逾規》，試圖對莒哈絲的文章做個定性的分析。瑪格麗特・莒哈絲讀了報紙後大發雷霆。在她看來，這篇文章無疑等於一份悔過書，一封致讀者的道歉長信，例如這些令人尷尬的解釋：「這不是記者的工作，不是爲了查清事實眞相所做的調查。但這是一位作家辛勤工作的結果，她在想像著事實，追尋著並非通常意義上眞相的眞相，它不失爲一種眞相，即寫作的眞相。當然，這不是關於克里斯蒂娜・維爾曼的眞相，也不完全是瑪格麗特・莒哈絲的眞相，它是一個『高貴，非常高貴』的女人的眞相，在兩種話語之間飄浮，一面是作家的，另一面是非常眞實的，大多數未曾說過的，克里斯蒂娜・維爾曼的話語。」

塞爾日・于利可能是爲了提防這篇文章可能遭到的指責。然而後來發生的一切卻和他的願望恰恰相反。一大群憤怒的文人向《解放報》發起了攻擊。其他報紙組織了這場莒哈絲事件……女性作家紛紛發表自己的意見。弗朗索瓦茲・薩岡在接受《星期四事件》記者熱羅姆・加爾心採訪時充分表達了自己的憤慨。西蒙娜・西尼奧萊指出文章的含混和模糊，伯努瓦特・格魯說這是一樁醜聞，雷吉娜・德弗日說對於有人竟然無恥地面對別人的不幸這樣洋洋自得，並且採取這種形式的控訴，令她感到噁心和難過。在這一片聲討中，唯一溫和的樂符來自於愛德蒙德・查爾斯・魯克斯，她認爲文章寫得很不錯。「瑪格麗特・莒哈絲當然認爲克里斯蒂娜・V有罪。這方面她沒有表示任何懷疑。但是她在試著透過犯罪的深層原因找尋些什麼。從此刻開始，讀者被招來共享莒哈絲的意見。」①信如雪片般飛往《解放報》——大多數都是對作者不利的，同時法蘭西廣播電台和《星期四事件》也收到了大量聽眾、讀者來信，因爲有一位記者曾在法蘭西廣播電台公開說他不贊同莒哈絲的做法，不少讀者卻也捍

---

①《星期四事件》，一九八五年二十五日—三十一日。

衛了莒哈絲，嘲笑那些女性作家裝出一副篤信宗教的模樣，沒有勇氣承認女性溫柔下隱藏著暴力。讀者舉了包法利夫人和維奧萊特．諾齊埃爾這些名字，把她們和瑪格麗特．莒哈絲歸為一類，說她是將現實變形以便更好超越的作家。

說說這篇文章吧。莒哈絲是在一天夜裡完成的，彷彿是為了和她發現的這片風景對話，又像是從潛意識最陰暗的角落逃出來的，她要揭開禁區的秘密，要高喊出對惡的喜好。瑪格麗特撬鎖進入了克里斯蒂娜．維爾曼的屋子，進入了她的風景，她的夫妻生活，她作為格列高利母親的這個角色。她竊取了她的一切：她最隱密的思想，靈魂的搏動，身體的顫抖，甚至是她的夢。她站在她的位置上思想，行動，站在她的位置上承受這份痛苦，沒有慾望沒有愛卻應該愛的痛苦。瑪格麗特．莒哈絲認為自己是在替克里斯蒂娜．維爾曼辯護：她的行為已經不再屬於法律的範疇，她只需向上帝匯報。她自認為占有了她，是世上唯一理解她的人，因此也是唯一能替她辯護的人。克里斯蒂娜．V是她的同類，她們兩個人都很孤獨。「她仍然停留在孤獨裡，非常孤獨，那些在大地深處，在黑暗中的女人仍然停留在孤獨裡，這樣她們就可以和從前一樣，被擱置在物質的物質性中。」①

遠了，很遠了，瑪格麗特．莒哈絲。遠離大家的意見，遠離正常的評判。文章發表的第二天，她湊巧在拉丁區的一家書店碰到了弗朗索瓦．密特朗。密特朗趕上她，對她說：「說吧，別拐彎抹角！」「是的，我是這樣的，」她回答道，「很難有確切的解釋，我從來不覺得犯罪可以說是惡還是善，我總覺得這是一種事故，每個人內心都潛藏著犯罪的可能。請原諒我不能就此做出判斷。」②密

---

① 現代出版檔案館檔案。
② 作者與弗朗索瓦．密特朗的談話，一九九四年四月八日。

特朗一言不發地走了，但是他接受了在下一個星期裡和她做一系列的訪談——即將產生劃時代效應的訪談。莒哈絲只有在犯罪的背景上才能得到至上的歡娛。克里斯蒂娜．維爾曼成了所有受到侮辱的女人的代表，她唯一得到這個世界理解的途徑就是犯罪。瑪格麗特．莒哈絲把她看成是自己一直想重建的女主人公。她開始了一本關於自己和克里斯蒂娜．維爾曼的書。克里斯蒂娜．維爾曼，隨著這本永遠沒見天日的小說的慢慢展開，逐漸被莒哈絲創造的其他所有女人吸乾了血：她們無一例外的慵懶、被動、貪婪、倦怠。「這使寫作變得充滿野性。我們在生命之前就得到了這份野性，」在死前的三年她這樣說。

瑪格麗特．莒哈絲面對文章所激起的強烈反應有點喘不過氣來，她看了報社轉給她的一封信，沒想到讀者居然會如此狂怒，她受到了深深的傷害。她覺得自己是有道理的，她總結說是她的作品深深觸動了每個人的潛意識，以至於顯得有些暴露。「吼叫的女人並不比因不謹慎說出這些是非的女人更壞。」「她們白天黑夜都對男人感到恐懼，而男人卻並不清楚這一點。」某些女人的批評尤其令她受傷，開始時她還想過要給其中的一個人回封信，給伊莎貝爾．C，她已經擬好了回信的提綱：「這些人都在對我說什麼是該寫的，什麼是不該寫的，怎樣煩人的事情，怎樣的一個錯誤啊。彷彿我們還是薩特父親的孩子，由他來制定寫作的法律。人們對我說，遲早應該是這樣的。行。甚至包括《藍色自行車》的作者。安娜瑪麗．史特德兒這輛看不見的紅色自行車是我造的……他們根本不能對寫作進行評論，因爲他們不知寫作爲何物。」①接著她又仔細閱讀了自己的文章，聽憑它隨著時間流逝，一會兒聽聽這人的意見，一會兒聽聽那人的意見，將各種可能發生的情況考慮進去，開始反省自己。她重

① 感謝亨利．夏德蘭把這篇沒有發表的資料帶給我，可以對她當時的精神狀況做出分析。

新拿起筆，以給這個年輕女人的一封信的形式，寫了這樣一篇文章：

彷彿罪行都是應該受到指責的，好像和被告說話都是一種錯誤，恰恰相反。好像控告（德弗日小姐，在您的詞典裡，多麼貧乏！）就是編造理由，好像只有知識分子才應該承擔起責任，可是所有的人都是這樣，甚至包括無產階級，甚至包括冒牌的作家和文盲。

（……）

我是在給您，伊莎貝爾．C回信，通過我所收到的其他信，不管它們表達的是憤怒還是激動（……）

您贊同沉默，彷彿是爲了避免什麼也不要說，這才是沉默。

我反對沉默。

因此我們在表面上是無法和解的。彼此相距很遠。但是讀了您的信，我覺得我們或許會在半路相逢，您，克里斯蒂娜．V和我。儘管我們的差別也許是在智慧上。

（……）

因爲我不認爲自己夢想過克里斯蒂娜．V的「難以理解的命運」，因此，我也沒有讓讀者相信她是有罪的。

我沒有夢想。

寫作的時候是不會夢想的，否則就乾脆不寫。

我和克里斯蒂娜．V很接近。

我編造了，但仍然不出共同命運的平庸，我不認為克里斯蒂娜·V的罪行會因為這篇文章的緣故加重或減輕。①

克里斯蒂娜·維爾曼指控瑪格麗特·莒哈絲和塞爾日·于利干擾了無罪的假設，損害了她的形象。但克里斯蒂娜·維爾曼敗訴，沒有得到她所要求的賠償，法官強調說「司法當局允許記者發表和訴訟案件有關的個人的文章，他也有權展開，事先不需要獲得司法當局的同意。」但是這個故事讓莒哈絲感到了苦澀和惶恐。《解放報》上的文章損害了她的聲譽和形象。「能夠指責作家不夠道德是一種機會。」有好幾個月，她一直覺得自己受到了公眾的鄙視。「就算我寫得過分了，從另一個方面來說，大家也叫得太過分了。」法庭宣告克里斯蒂娜·維爾曼無罪。但是人們無法忘記她所承受的苦難。那麼多的攻擊，那麼大的痛苦，還有憤慨……到最後才擺脫了謀殺犯的罪名。事件發生後不久，在一次談話中，瑪格麗特·莒哈絲承認自己走得太遠：「也許，我沒有遵守謹慎的原則。我確實犯了錯誤，有一種寫作的激情，一種寫作至上的激情，因為面對人類最極端的行動：殺人，我無法自控。」②

我發表了關於克里斯蒂娜·維爾曼的文章的一星期後，莒哈絲又將槍口調轉到另一位明星的身上：弗朗索瓦·密特朗。正在準備出版《另類日報》的米歇爾·布泰爾想要讓莒哈絲和密特朗談一次。他和他們倆都提起過讓他們正式會一次面的想法。他的計謀得逞了。事情很快有了結果。密特朗

①　亨利·夏德蘭檔案。
②　現代出版檔案館檔案。

在聖伯努瓦街的這次訪談中出現了很多記憶漏洞。瑪格麗特・莒哈絲有些尷尬，她試圖按照抵抗運動的時間順序重建事實，但是後來也不得不放棄了。①她要求能再見他一次。密特朗同意了，因爲她是瑪格麗特，是他非常欣賞的羅伯特・安泰爾姆的前妻，羅伯特在漫長的住院期間，密特朗曾幾度前往探望；除此之外，還因爲瑪格麗特的行事方法，她的那些東拉西扯令他覺得有趣。第二次見面是一九八六年一月二十三日，在愛麗舍宮。瑪格麗特沒有任何準備地去了。她說她腦子裡想到的談話內容是非洲，戰爭，動物，童年和植物。受到瑪格麗特式自由的強烈誘惑，密特朗放棄了政治人物那種乾巴巴的語言，經常會用第一人稱談話。瑪格麗特扮演著助產士的角色，掌握著談話方向，希望能夠繼續這些談話。但是密特朗中斷了。於是她不斷地糾纏密特朗的秘書辦公室。她想做一本書。她已經找到了題目，《杜班街的警察署辦公室》，書要寫二百零四頁，甚至稿酬也是標誌性的：二十九萬八千法郎。伽利瑪出版社同意先付二十萬法郎。但是瑪格麗特沒有能夠等到再次約會。密特朗爲了自己名譽起見，既沒說好也沒說不好。瑪格麗特沒有洩氣，她堅持著。密特朗覺得等待過於焦慮，不如給個明確的答覆。他的文化顧問卻居心叵測地讓瑪格麗特再耐心點兒，瑪格麗特發怒了，要求解釋……三年以後，瑪格麗特仍然沒有徹底放棄她的計畫，她還修改了書名：《這將是大海前的最後一個國家》。她甚至想過乾脆就將兩次談話的內容這樣發表出來算了，也不用再增添完整，因爲這原本就是些「充滿了智慧，力量和激情的文章。」②密特朗很爲瑪格麗特的魅力所動，也很欣賞她的一些書——尤其是《塔吉尼亞的小馬》和《太平洋防波堤》，他承認她的能量和激情，但是對她所陳述的事情的準確

① 作者與米歇爾・布泰爾的談話，一九九六年十月四日。文章一直到一九八六年二月才發表，在《另類日報》的第一期上。
② 致安托萬・伽利瑪的一封信，伽利瑪檔案。

性沒有太大的信任，他認爲她爲了不惜一切地扮演好挑起者的角色所特有的提問方式，阻礙了眞正的政治討論。他還對她的自戀，對她總想把一切都併入自己的思路的做法表示懷疑。他不希望她把自己看成是他特許的傳記作家，讓她收集一個在任總統的眞正思想。瑪格麗特因此再也沒有見到過密特朗。她繼續給他寄書，他都看了，並且每次新書出來，他就會彬彬有禮地要求她給自己寄一本。

她很認眞地看待自己在《另類日報》的記者工作，同時她還兼任編輯，這讓她變得年輕起來。她喜歡編輯小組的那種氣氛，經常發表意見，所有的政治主題都要插上一手，一旦她有了一點想法，她會毫不猶豫地深更半夜打電話給米歇爾·布泰爾。一九八六年三月十九日，她寫信給越南社會主義共和國主席，要求他釋放作家、政治犯阮Syte①，並且爲他的事請求國際特赦組織出面干涉。一九八六年四月七日，在文化部長弗朗索瓦·雷奥塔爾的陪同下，她從M·阿爾菲的手中接過里茨—巴黎—海明威獎，獎金五萬美金。她已經很富有了，現在她眞的成了一個拜金主義者。她把這筆錢又投入了不動產。

五月初，瑪格麗特終於實現了自己的願望，在伽利瑪，她曾經試過幾次，但是最後都沒能成功，後來在子夜出版社她又周期性地出任過他們的編輯，而這一回，她成了P·O·L叢書的負責人：叢書的頭兩本書，《外面的世界》擺到了書店的櫃檯上。「這個想法是自然產生的，」保爾—奥查可夫斯基·洛朗解釋說，「她對我說想幫幫年輕人，讓他們爲讀者所了解。她想給他們出書，保護他們。我將這件事完全授權給她。」②文壇浸淫在「靈魂的苦澀與狹隘中，被文化這個整體概念所制約，而

---

① 原文爲Ngnyen Syte，疑有誤。

② 作者與保爾—奥查可夫斯基·洛朗的談話，一九九七年十二月十八日。

且時有惡毒的嫉妒在作祟。」莒哈絲她想革新遊戲的規則。「讀者讀的不是作者，而是書。」①因此她組織的都是年輕、有潛力的作家：卡特琳娜．德里朔、尼古拉．古戴爾克和讓—皮耶．瑟通的新書《愛情劫持》。組稿的經驗至此爲止。「我們並不惱火，」P．O．L出版社說，「我們趣味不同。她從來沒有要過一個蘇。」

只有寫作能夠平息——暫時地——重新侵入她生活的恐懼。恐懼成了她才開始的一篇小說《藍眼睛黑頭髮》中揮之不去的主題，小說是《死亡的疾病》的續集，她曾經將《死亡的疾病》改編成劇本，中途卻又放棄了，《藍眼睛黑頭髮》是她在這個劇本基礎上的再度創作。《死亡的疾病》發生在房間這個封閉的空間裡，《藍眼睛黑頭髮》也是獻給揚．安德烈亞的。兩部作品相距四年。《死亡的疾病》是在對同性戀的恐懼，和這種恐懼所帶來的歡娛中寫就的。《藍眼睛黑頭髮》描述了中止的愛情：一個女人如何才能接受她所欲求的男人是個同性戀呢？他們睡在一起，一動不動，赤裸著身體，躺在這間房子裡，愛是不可能的。在他們周圍，演員念著他們的故事。最大的距離。她想要他的一切。他什麼也不要。甚至不願意她碰他。碰一碰他也不要。「她對他說來吧，來吧。她說這是一種天鵝絨般的感覺，頭暈目眩，可是別信，這是一片沙漠，是一種邪惡的東西，會導致犯罪和瘋狂。她讓他來看看，說這是一種散發著惡臭的、罪惡的東西，是渾水，很髒，血水，說有一天他會做的，哪怕只有一次，在這公共的領地上翻騰，說他不可能避得了一生。」女人是個作家，他什麼也不做，除了在感情上愛著一個已經離開他的男人；他還在爲他哭泣。他們是誰，在做什麼都不重要。故事具有普遍意義。女人想也許正是出於這種對愛的恐懼，她才能向他傾訴這種不再能享受肉體上歡娛的悲傷。

①《解放報》一九八六年五月八日。

他們已經一起生活了五年，不能相愛，也不能相離。她將走出房間尋找歡娛：海灘上男人和不認識的女人做愛，做愛的時候看也不看她們，或是在旅館裡，一個男人在等著，爲了盡快地得到快感他會打她。但是夜深的時候，她總會筋疲力竭地回到他的身邊，回到這個不屬於她，哭泣著不能進入的男人身邊。

《藍眼睛黑頭髮》昭示著揚和瑪格麗特共同度過的一個時期，似乎是想徹底地從記憶中拔除這段痛苦。沒有肉體之愛的歡娛我們能夠相愛嗎？一個喜歡男人的男人的女性情人，最終能夠不再要求情人給她性嗎？作品裡沒有同性戀這個詞。莒哈絲想要摧毀它。以前她經常用。現在她覺得這個詞是不準確的；同性戀不僅僅是一種性行爲。與此同時，莒哈絲也深刻分析了女性的性愛：她詳細描寫了陰莖深入陰道的感受，歡愛的液體，並且描繪了一個女人在各個時期不同的理想情人。《藍眼睛黑頭髮》是一曲女性的愛情之歌，一曲肉體歡娛的頌歌。在這場事先已經失敗的戰鬥中，女人出來時卻取得了勝利：如果說男人沒有辦法進入她，他從此之後卻不得不躺在她的身邊，否則他就會哭個不停。她知道自己不久後就要死了。她可以肯定直至最後一刻他都會守在她的身邊。死神的臨近和與上帝對話的不可能，使小說蒙上了一層憂鬱色彩。

瑪格麗特猶豫著要不要出版這本書。她害怕讀者的反應。《情人》出版的兩年後，她完全改變了自己的風格，徹底放棄了她曾經想要描繪的自己的形象：這不再是那個穿著飾有金絲的鞋子的女孩，冒著大雨投入情人富有經驗的懷抱之中，她已經老了，像一頭隱居在巢穴中的老獅子，向一個令人惡心、令人沮喪的同性戀男子要一點性的歡娛。書出來以後，在電台接受訪問時，她沒有隱瞞小說中的自傳成分：「我們寫的總是關於自己的書。編造故事不是我的所爲。談到這個我找不到合適的詞。在書中我幾近粗魯，罪惡。分開來看是這樣的。慾望是存在的理由，另一個人不變的慾望，短暫的但是卻浸透了一切的慾望：黑夜，白天，話語，寫作。」①不合禮儀的莒哈絲？顯然她毫無隱瞞。她早就提醒讀者注意：「這是一個愛的故事，是我所寫的最偉大、最可怕的愛情故事。我知道。每個人都知道。這種愛沒有名稱。它是不能用詞語來描繪的，迷失了。讀讀這本書吧。在任何情況下，哪怕總的來說非常討厭。我們沒有什麼好再失去的了，你不能失去我，我也不能失去你。」

莒哈絲寫的是揚。她也給揚寫信：「我要你寫你不愛我了，在信尾署上你的名字，這是筆錄。您寫上：我不愛您。您寫上日期，然後簽上名。在信尾，您補充一句：我不能愛一個女人。」②揚沒有簽名。莒哈絲把朋友和情人都變成了自己舞台上的演員。莒哈絲決定一切，也包括讀者的反應。聽您的命令，莒哈絲同志。有些人厭倦了她的電影，她那份強加於人的不合規矩，厭倦了她對自己的模仿，重複的話語，重複的音樂，重複不斷的詞：愛，情人，叫喊，淚，海，夜。她筆下的愛情總是那麼可怕，還有吼叫，張皇失措的情人，不是做愛太多，就是從來不做愛，殘酷的，吞噬一切的大海，冰涼的夜，沒完沒了。這個被看成法國文壇卡拉斯的女人，變成了有點蒼老的卡斯塔菲奧爾？莒哈絲翻來覆去還是這一套，到了氾濫的程度，簡直有點讓人噁心。但是我們不是永遠都不會厭煩皮雅芙的老歌嗎？音樂，作品，性。

她寫給誰？爲誰寫？爲揚，可又不僅僅是爲揚，還有所有虛假的情人。「我們終於開始對愛情產生懷疑。這是季節的循環，也許隨著夏天和大海而到來。在以往的書中，我們總是用一種過於簡單的方式來談論它。」③在難以生活下去的痛苦中，她接近了上帝之愛，神聖的懲罰。在一篇名爲《諾曼

---

①《話語的癡迷》，見上述引文。
②現代出版檔案館檔案。
③現代出版檔案館檔案。

底海岸的妓女》的作品裡，瑪格麗特．莒哈絲談到了寫作《藍眼睛黑頭髮》時的狀況，作品先是在《解放報》上刊登的，後來由子夜出版社出版。在這裡，揚不再叫年輕男子，他就叫揚。每天有兩個小時，他在打《藍眼睛黑頭髮》的手稿。他打字的時候不叫。可剩下來的時間，他一直叫個不停，罵她，罵自己。然後他就走了。他到大飯店尋找英俊的男人。有時他能找到，不是藍眼睛黑頭髮的男人而是酒吧間的侍應生。回來以後，他又繼續叫。不管她說什麼，他都叫。他不讓她寫。但是很快她也不能不叫了。是揚寫成這本書的。他不僅僅把書的各個不同階段打了出來，也不僅僅是將這堆亂麻整理成文，把粘在一起的紙頭堆放整齊，不，他給了她靈感，他是她的投資人。表面上的服從。看上去別人甚至會以爲他委曲求全。但實際上是瑪格麗特怕他。她害怕他的叫聲，害怕他逃走，害怕他死。他對她說：「您成天寫個不停幹什麼？您是被您自己拋棄的。您瘋了，您是諾曼底海岸的妓女，一個蠢貨，您令人尷尬。」瑪格麗特寫這本書是爲了讓他安靜下來。

通過《藍眼睛黑頭髮》，瑪格麗特覺得自己成功地捕捉到了揚．安德烈亞。她把他固定在紙上，把他關在那裡，她可以說有關他的一切，最爲隱密的癖好，最喜歡的姿勢，最瘋狂的慾望。她將他呈現出來，就像一年前她對前夫羅伯特．安泰爾姆所做的一樣。羅伯特的大便，揚的性。揚的性不是她的。但她和揚的故事屬於她。揚本人成了寫作的動機。寫他，她才開始不再處於那種貪得無厭的飢渴之中，她才可以耐心地等待。她終於能夠遠離屬於她的生活，把他的名字白紙黑字地寫下來。正因爲寫了他，她才恢復了元氣。暫時地。

書受到了普遍的歡迎。「黑暗的小說，和《情人》一樣短，也一樣美。」①「莒哈絲做了最殘忍

①《日內瓦法庭》，一九八六年十一月二十四日。

的招供。」①「在榮譽和藝術的頂點上，這又是一個沉迷於愛情的莒哈絲，在內心深處同樣暴虐，撤除了戒備。」②「一個眞實的莒哈絲，在內心深處同樣暴虐，撤除了戒備。」③「這簡直是奇蹟，《情人》之後的莒哈絲竟然還能寫出更美，更純淨的作品，彷彿黑夜深處和瘋狂深處的童年。」④可第二年，莒哈絲自己否定了這本書，覺得這是個失敗。「這本書裡有種巴特的散文腔，我有想法，我就把它們展現出來，可小說有時也會受到各種各樣的評判，就像在評文學獎一樣。」⑤

瑪格麗特不停地寫著。寫著《諾曼底海岸的妓女》的時候，《愛蜜莉．L》也開工了。在《諾曼底海岸的妓女》中，莒哈絲已經影射到了在基耶波弗度過的一個下午。她不是眞的要寫這個下午，她情願忘記。那時，在基耶波弗，揚和瑪格麗特在每個夏日的下午都要去美麗的海濱，在安靜的海岸飯店酒吧裡喝酒，一瞬間，瑪格麗特看見從船上下來了一群外國人：都是不敢正視的眼神，鬈曲的頭髮，都是同樣的臉，同樣的身體，他們是亞洲人。酒精又讓瑪格麗特產生了幻覺，就像戒酒之後的一段時期經常折磨她的那種幻覺，她稱之爲「黑夜裡的東西」。韓國人就在那裡，可揚沒有看見。爲什麼是韓國人呢？她不知道但韓國人圍著他們轉圈，又在他們身邊坐了下來。韓國人帶著殘忍的微笑看著他們倆，他們孤零零的，不知所措。瑪格麗特感到非常害怕。揚笑她。爲什麼是韓國人？您不過是個平庸的種族主義者。瑪格麗特說他說得有道理，她像個小女孩般抖個不停。揚讓步了，讓她進咖啡

①《法蘭西晚報》，一九八六年五月三日。
②《巴黎日報》，一九八六年一月六日。
③《解放報》，一九八六年三月十四日。
④《費加洛報》，一九八六年二月十一日。
⑤《物質生活》。

店坐一會兒，避開那些目光殘忍的韓國人：「我跟您去咖啡店，我一直都會跟著您的，不管您上哪裡。」

《愛蜜莉・L》就是這樣開始的。恐懼平息了，作者處在一種可憐的愚蠢的境地，從第一頁開始就是對這種境地的描寫，小說能夠開始了。因爲，在海岸酒吧裡有愛蜜莉・L和船長，兩個來自大洋深處的人物，有阿夏布船長的小孩子，斯蒂文森的遠房表兄弟們，還有一群沒有國籍的人，地平線是他們唯一的疆界，威士忌酒是他們的祖國。但是韓國人圍著海岸酒吧繞圈子。他們從四面八方走來。於是瑪格麗特看著揚，希望他能保護她。但是揚看著遠方。瑪格麗特在說話，解釋自己的恐懼，揚沒有聽她說話。於是瑪格麗特哭了。我們不知道誰最殘忍，是對揚說「我不再愛您了。是您在愛我，您不知道」的作者，是想要折磨他們的韓國人，還是將靜默——死一般地靜默——強加給作者的揚。

又一次，莒哈絲在寫她看到的東西。基耶波弗，她那時幾乎天天都去。她瘋狂地愛著這個小港口，在厄爾省和濱海塞納省的盡頭，油船來來往往。揚，是她寸步不離的年輕男子，沒有他她一步也走不了，她和他一起喝酒，爲了忘記只有通過寫作，只有在她寫作時，她才和他有故事，因爲她叫瑪格麗特・莒哈絲，而不是因爲她是個七十二歲的老婦人，極富創造性，充滿魅力，活潑，生機勃勃，滑稽，有趣，對生活充滿渴望，渴望著愛與被愛。

您說：

沒有什麼好說的。從來都沒有什麼好說的。

這個時期，揚和瑪格麗特每天要喝六到八升葡萄酒。他們根本不吃東西。兩個人都胖了許多，變得面目可憎。「我覺得令自己感到惡心很有意思。我看著自己垮下去。這種迅速衰落眞是一種享受。」①有了酒精的作用，他們就不知道愛是太近還是太遠了，也不知道愛已經消失還是仍然存在。他們只知道喝酒時兩人是在一塊兒的。莒哈絲具有難以置信的力量。她知道死亡在慢慢地靠近，也知道酒精會加速死亡的來臨。可她在繼續。她知道應該離開揚，這樣她才能寫下去，才能重新找回暹羅灣，暹羅灣的天空，她的少女時代。她知道幻覺不停地出現，擾亂她的視線，占據著她的想像，阻止她塑造故事裡的人物。是的，故事裡的人物，而不是夢魘裡的生靈，然而她還是成功地塑造了愛蜜莉·L。這個被酒精摧毀的女人，手指上戴著碩大的戒指，身體也是支離破碎；愛蜜莉·L，這個成天在酒吧裡閒逛的女人，這株從此後永遠凋謝的水生植物，這個越來越彎向大地想要逃避死亡的女人。

愛蜜莉·L，瑪格麗特塑造了一個和勞兒·V·施泰茵一樣討人喜歡、和安娜瑪麗·史特德兒一樣令人著迷的人物。愛蜜莉·L是維吉尼亞·伍爾夫和愛蜜莉·狄更生的小妹妹。她寫詩，因爲她覺得這些詩很有意義，然後她讓她的詩隨風飄去。她不知道自己用這些詞都做了些什麼。她生活在對詞語的忘卻之中。她的丈夫船長發現她寫東西的時候離他很遠，他嫉妒了。儘管她向他解釋說她在寫詩時傾注了她對他所有的激情，船長卻不相信，他看不到這一切，也不能理解。船長讀不懂愛蜜莉·L寫的東西。有一天他燒了愛蜜莉唯一想保留的一首詩，一首描寫冬日天光的詩，那是在他們的小女兒死後，她很長時間都沒有開口說話，然後她就寫了這首詩。她到處找。船長從來沒有告訴她事情的眞相。她再也不寫了。他們一起出海。她開始喝酒。她成了一個破布娃娃，指甲全都斷了，髒髒的，她

①《善意》，法國文化部，見上述引文。

成了一隻顫抖的小鳥，因酒精而消瘦、疲憊，生活的不幸徹底摧毀了她，從此後她永遠地離開了寫作。

「愛蜜莉・L是個天才，」瑪格麗特說，「她是我在這世界上最喜歡的女人，這個沉溺於酒精，穿著有洞的皮鞋的老女人。活該那些人看不出她是誰。如果他們看到她，他們就不會是現在這個樣子。但是我看到了，這改變了我，我帶著愛蜜莉・L。」①愛蜜莉是她的姐妹。她害怕的時候，瑪格麗特甚至能夠聽到她的心跳。愛蜜莉・L和她有如此多的共同點，讓人幾乎覺得瑪格麗特・莒哈絲塑造這個人物是因爲感到生命受到威脅，她想要保護自己：愛蜜莉・L從她遺忘的詞語深處跳出來，在等著一個她知道確實存在，卻永遠觸不到的愛情，在船的甲板上，醉醺醺的、眼睛半睜半閉，隨著大海前後搖擺，等待死亡。瑪格麗特・莒哈絲成功地將讀者帶入一個完全能夠自由處理的空間，讓他們回到一張白紙上。這也許就是莒哈絲現象：讓我們從零開始計數，從原初出發。也許這就是她呈現給我們的，給我們這些讀者的，瑪里亞娜・阿爾方說得很好，她是想讓我們相信「日常生活中的事故」②。瑪格麗特・莒哈絲在寫《愛蜜莉・L》的時候，她已經明白揚・安德烈亞不愛她的事實。她的直覺告訴她，他會拋棄她的。可疾病改變了事情的發展方向。

幾個月前，瑪格麗特・莒哈絲出了一本不是書的書，以對話的方式，漫長的沉思和流浪。一條話語之路，正如她自己所說的，什麼都談，也什麼都不談，談天的顏色，談菜譜，某些夜晚的絕望，閱

---

①《話語的癡迷》。
②《解放報》，一九八七年十月十三日。

讀時遭遇的一種魅力，一次大笑。這既不是小說，儘管在某些片段上有點像，也不是《八〇年夏》這樣的日記，不是《外面的世界》這樣的文集，也不是《談話者》或《領地》這樣的訪談錄，沒有開頭也沒有結尾。書的名字叫《物質生活》。瑪格麗特在和熱羅姆·博茹談話。在夏日將盡，沒有什麼特別的計畫占據你的精力的時候，談話也和別的事情一樣，是一種打發時間的方式。談一些無關緊要的話題，表面上看起來似乎根本不值一提，但是也許能讓你從混沌中或平素的閱讀習慣中醒來。理清一團亂麻：童年，母親，性。莒哈絲承認她從來沒有得到過內心的平衡，說她一生之中什麼都做了，說她總是慢一拍，趕火車要遲到，時尚要遲到，幸福要遲到。她也想和其他人一樣生活，可她屢試屢敗，自己也絕望了，她永遠找不到一種現成的生活方式：「我無法接近任何一種生存方式。我在想別人是以什麼爲基礎談論他們的生活的。」她談了很長時間的同性戀，這已經成爲她的「癥結」所在了：「同性戀者的激情就是同性戀。一個同性戀者所喜歡的一切，情人，祖國，他創造的東西，他的故土，這一切統統不是他的情人，而是同性戀。」從此之後，所有男人都成了同性戀。異性戀也是尚不自知的同性戀，或者說在等待著被改變的契機。莒哈絲痛恨同性戀者，她一想到揚是個同性戀就恨。她有很多同性戀的朋友，而從此之後，她覺得他們都是骯髒的雞姦犯，雞姦或被雞姦。

莒哈絲有一張備受摧殘的臉，身體上也滿是皺紋，她有一種想要摧毀一切的惡毒，一種引誘的慾望，這才是她把自己看成是莒哈絲的唯一武器。「萬人景仰的莒哈絲。」莒哈絲生硬的慾望。想要不朽的莒哈絲。可笑的，可模仿的莒哈絲。帕特里克·朗波①在《維吉尼亞·Q》裡沒少諷刺她。榮譽的代價，當然，但是那種矯揉造作的莒哈絲話語，那種她自己也深深爲之痛苦的自我的病態惡性發

① 帕特里克·朗波是法國滑稽模仿作家，專門模仿其他作家的文體風格，以示嘲諷，他曾獲龔古爾獎。

展，那種談論「眞相」的方式，不管說什麼都是這樣的一種方式，的確可以被朗波當成諷刺的靶子。①可同時，莒哈絲知道自己應該在何時，以何種方式重新站穩腳跟，停下她的雜耍，正如這四次電視節目所證明的那樣②，她和露絲·佩羅面對面地坐著，顯得脆弱，迷茫，像個農婦，卻仍然那麼善於挖苦，不可一世，塗著深色口紅的嘴唇。莒哈絲，受傷的女高音歌唱家。放下心來的莒哈絲，因爲「男人都想和她做愛」，在《物質生活》裡她不停地重複道。用這類顯而易見的道理打擊我們的莒哈絲：「一個女人和一個男人，說到底還是有所不同的。」誰能夠抵抗住莒哈絲？一旦她遇到這種人，她便會目瞪口呆。「有一次我乘飛機，湊巧碰到一位先生，他對我的任何問題都不予回答，什麼也不說。我放棄了。我對自己說也許他覺得我不夠熱情。我根本沒有想到他會不認識我。他走的時候，他對我說：『再見，瑪格麗特·莒哈絲。』好吧，這很好，他就是不願意和我說話。」③

瑪格麗特從此只在自己身上打轉轉。如果她和你說話，也只是爲了談論她自己。在她的眼中，巴黎成了一座玻璃之城，到處都是西班牙式的觀景台。她幾乎足不出戶，最遠也就是走到街口的報亭，看看張貼畫上有沒有自己的形象。她還把揚·安德烈亞寄放在自己的房間裡，後者成天沉溺在音樂中。有時，在她的要求下，他會把她裝進她的那輛汽車，帶她去看一看夜晚的郊區景色。在別人面前，他們爭執得越來越厲害了。根本不是什麼大不了的事情：廚師的狀態，咖哩雞的做法或是某個記者的名字。他們還要找人去作證。兩個人都喜歡暴露他們的這種關係。所有在瑪格麗特身上發生的一切都是有意義的，因爲這是瑪格麗特啊。於是他們爭執，她覺得讓你聽是你的運氣，讓你看到她，聽

① 關於塔比的文章，一九九三年七月二十八日。
② 法國電視一台，一九八八年七月。
③ 《物質生活》，頁一三二。

她說話，儘管你可能只想逃走，但是她不管，她已經告訴你了，羞恥之心只是虛僞的一種形式。「我的性格？你去問別人好了；我很難相處。我的兒子說我惡毒。有可能。和他一樣。我和他一樣喜歡叫。相信男人都喜歡我，因爲我是個作家。作家是很奇怪的一塊土地，作家呼喚強姦。作家呼喚強姦就像人們呼喚死亡一樣。」①

瑪格麗特以自己的名義說話，一個轉過一圈的女人，看到到處都是絕望的愛情卻仍然沒有死去；一個情人，等著從內心深處享受愛情的歡娛，在這海洋的深處，在這黑色的大陸深處；一個作家，認爲書既非回憶，亦非思想，更非故事的作家，她說書是一種等待，一次旅行，一份冒險。瑪格麗特．莒哈絲在做報告。她的生活，她對於這個世界的評論在報紙上隨處可見。她談論著帕斯卡、布伊格，談論勒彭，談論舞蹈。「我喜歡極了！喜歡極了！」要麼是喜歡極了，要麼是厭惡極了。她喜歡舞蹈，還有運動，尤其是普拉蒂尼，她和他在《解放報》上做了一次不朽的對談②，題目叫做《天使的運動場》，弄得讀者既尷尬又好笑，因爲她又來了個自戀情結大暴露，還有她尖酸刻薄的訪問技巧也用得過分了。瑪格麗特．莒哈絲允許自己做任何事情。因爲她是個天才，還因爲，正如她自己動不動就說的那樣，她是「總統的朋友」。

在科萊特．菲魯的請求下，她答應和讓—呂克．戈達爾一起做個電視片，在法國電視三台的「海洋」欄目中播出。「兩個人都是國王，野蠻，粗魯。」她不同意把《情人》的電影改編權出讓給他，並且問到他電影的未來。他們這次虛假的談話成了這時期電視台的重大焦點。戈達爾假裝睡著了。莒

---

① 現代出版檔案館檔案。
② 《解放報》，一九八七年十二月十五日。

哈絲命令他不准打呵欠。莒哈絲命令戈達爾說：「你說話不要這樣顚三倒四的。」莒哈絲對自己永遠都是那麼洋洋自得：「人們做的一切都毫無用處。」在一本簿子的旁邊，她寫道：「我不知道，我，不知道我是否能夠忍受莒哈絲。」

她的日子屈指可數。她知道。肺氣腫越來越嚴重了。這加劇了她的恐懼，她於是更加不能出門。瑪格麗特缺氧。她的體力甚至難以支撐她下樓，以前她是那麼喜歡散步，貪婪地捕捉著周圍的一切。而在精神上，她也是越來越孤獨了。年齡、時間和疾病改變了她和揚的關係，隨著時間的流逝，揚成了她的保護者，護士，超出了情人或同伴的關係。瑪格麗特已經看不見自己的明天。她覺得生命快到頭了。但是瑪格麗特是農民的女兒，腳踩著法國北方的土地。那裡的傳統教育告訴她要堅持到底。她一直在爲活到最後一口氣而鬥爭，哪怕是在昏迷的時候。一九八六年十二月四日，她記道：「有一天我也許老得寫不動了。這在我看來幾乎是不可能的，不現實的，是荒謬的。」也許。但她已經想到了：

未來
男人，知識分子，生活的貧瘠
只有速凍食品
不再有房子
不再有咖啡
不再有管家，空間

女人男人的未來。①

她在一本簿子的留邊處寫下了這些話，一九八八年十月，恰巧就是她發生呼吸困難住院前不久。她動了手術。外科手術後她長期昏迷，直至一九八九年六月才醒過來。

他們說她不行了。他們招來她的兒子，告訴他，他們不得不「切斷」她的呼吸，說一切都結束了。兒子很遲才來。怎麼能對醫生說是的，同意，可以中止他母親的呼吸了呢？烏塔不願意。一種直覺，他說，一種預感。烏塔自出生起就已經和他的母親情感同化了，他和她一起叫，一起笑，一起哭。烏塔在巴黎街頭遊蕩了整整一夜。他喝了很多酒。第二天早晨，醫院的人把他弄醒，告訴他母親「又行了」。醫生也不明白是怎麼回事，心臟曲線又反彈了：瑪格麗特·莒哈絲正努力浮出生命的水面。「生命就是這樣亂七八糟的。根本無法理解。沒有人能理解。」②她笑著說。她很喜歡說她是個特例，是眞正的奇蹟。是她自己想要活下去，不是醫學，不，醫學已經不願意延長她的生命了。她永遠相信自己的力量，永遠相信正是這種根本的孤獨，讓她在需要的時候產生了能量。瑪格麗特從七歲開始永遠就只相信她自己。她的智慧保佑她從疾病的魔爪下逃了出來。她用詞語給自己縫製了第二張生命之皮，因此緩解了死亡的威脅。她後來說在這九個月中她忘卻了一切，過去。

揚非常令人讚賞。每時每刻他都在她的身邊，瑪格麗特睜開眼睛的時候他都在。她吐出了他的名字，揚，就像昨天夜裡她還看見他來著，沒有一點點的激動。她覺得自己喊出了他的名字。因爲她的

---

① 現代出版檔案館檔案。
②《解放報》，一九九〇年一月十一日。

喉嚨已經發不出任何聲音了。實施了氣管切開術後她就失聲了。但是揚從她的目光中看出她已經重新開口說話了。她問他要紙，咕噥出幾個詞：她說她急著要昨天夜裡寫的那頁手稿。「有句話寫得不好。我要重寫。」瑪格麗特成了睡美人。在長期昏迷的美麗叢林中，她只是延擱了時間。她可愛的王子──此時就是這篇她於一個月後完成，題目爲《夏雨》的作品──叫醒了她。這次恢復神智以後，她消瘦了，很可憐，說不出話來，又一次沉浸在幻覺中。她生活在想像的世界裡，這一次她在想像王國裡安置了新的男性人物。她的幻覺總是圍繞著性。她不停地說強姦的事，說女人是犧牲品。

漸漸地，她又站穩了生命的腳跟：她有了新的戲劇、電影和寫作計畫。她招來了克洛德・雷吉，建議他將《愛蜜莉・L》改編成戲劇腳本。她要帶他去看那些地方，甚至要帶他去基耶波弗，去法國飯店。雷吉去了諾曼底。他們在當地採了點。她希望奧瑪爾・夏里弗飾演船長一角。她還想用聖伯努瓦街樓上的鄰居。計畫完成了，擬好了，呈給波比尼劇院，劇院接受了。開始時這齣戲劇的名字叫《韓國人》，後來改成《親愛的，我親愛的》。接下去她又放棄了。她說她要完成《死亡的疾病》，這項流產的計畫一直在糾纏她。於是她重新揀了起來，以一種不那麼激烈的方式重新寫過。她爲它起名爲《眠》：一個女人試圖在夏日的溫柔中弄明白一個說愛她的男人的同性戀行爲。沒有歇斯底里，沒有什麼場景，似乎完全是《音樂》的那種氛圍。但是寫出來的這個東西令她感到惡心。她又放棄了。莒哈絲彷彿在清算自己的作品，看一看它們究竟能走到哪一步，能否改編，還是乾脆丟到忘卻的黑夜中算了。她非常焦慮，覺得自己沒有留下一部開放式作品，沒有被延擱的存在。她重新閱讀自己寫的東西，想看看到底能不能利用和改編。就這樣她湊巧發現了自己在六十年代初寫的一齣戲：《一個男人來看我》（伽利瑪出版社將它收錄進莒哈絲《戲劇卷二》中），戲中有一個法官──斯坦納，一個以前的被告──在莫斯科事件發生十八年之後。她請克洛德・雷吉負責將它搬上舞台，並聯繫了安托萬・維泰，讓他飾演斯坦納，然後再度放棄。

出院幾個月後，她完成了《夏雨》。她知道書已經完成了，「放在那裡」，但是篇幅很短：只有二十五頁。「然而它在那裡，是不可避免的。」有一段時間，她覺得自己之所以能逃脫死神，就是爲了完成這本書。「事實正相反」，一年後她說，「也許我病重就是爲了扼殺這本書的存在，但是我沒能做到。」①書帶著穿越死亡之路的痕跡。它是獻給艾爾維・松斯的，拉奈克醫院救她一命的醫生。昏迷前寫的這二十五頁幾乎沒有修改。《夏雨》看上去像是電影《孩子們》的續集。這在莒哈絲還比較少見，她幾乎從來不會把電影變成書。很久以來，她在自己的語言裡摻雜了不少頗爲奇怪的詞。《愛蜜莉・L》裡就有不少英文詞彙的碎片，《夏雨》又是一本語言混雜的小說，有西班牙語、葡萄牙語和她自己發明的詞語，還有外語片段，爲她的語言平添了一種新的節奏和韻律。一種自然流出的語言，與感覺在同等的位置上，是爲了命名，而不是爲了評論。

主人公和電影裡的一樣，名字叫做恩奈斯托。他在十二歲到二十歲之間。非常聰明。他從來沒有學習過，然而他知道關於這個世界的一切。他被接在世界的起源之處，被接在這個「爲什麼」的地方。他知道上帝並不存在。他把一切都哲學化了。他的母親和姐妹理解他，後來父親也有點懂得了，再後來也許兄弟姊妹都有所領悟。而其他人則遠遠地被他甩在身後。故事仍然發生在電影的拍攝地維特里，瑪格麗特去過好幾次，捕捉色彩、感覺和激情。維特里，在一片鋼筋水泥的海洋中有一株美得驚人的樹，房子經常都是荒棄的。還有一條荒草叢生的公路，塞納河彎彎曲曲地流過。這裡有很多兔子窩，通常成了窮人的住處。嚴禁孩子吵吵鬧鬧的市立圖書館，當然還有恩奈斯托的父母，愛蜜莉奧

①《解放報》，一九九〇年一月十一日。

和吉內塔。他們已經失業很長時間了，他們慷慨，成日遊蕩，酗酒，很長時間以來在別人眼裡根本無足輕重。然而還有書，破破爛爛的書，丟在郊外的火車上，恩奈斯托的父母經常貪婪地不願放手的書，兄弟姊妹席地而坐看的連環畫，還有那本燒得差不多了的講述耶路撒冷故事的書。關於移民區的報告文學？不能算是。和往常一樣，莒哈絲打亂了主要的故事，即這個被放在社會垃圾箱裡的失業者的兒子的故事，這個兒子比地球上所有老師加起來還要厲害，能談論亂倫的問題，能和上帝對話。

《夏雨》是個回音房間，莒哈絲描繪了所有她聽見卻無法弄明白的聲音。問到書的內容，她答道：「但是你們都已經知道了，恩奈斯托的故事，書的故事，樹的故事，書，公路。我沒有任何用處，是他造就了一切，一切……恩奈斯托很厲害。很厲害。從這點來說，也是他創造了莒哈絲，我只不過徒具虛名而已。」①莒哈絲模仿著自己，複製自己，把穿過腦中的一切說了出來。莒哈絲才不在乎呢。她有一種再次走出地獄的感覺，像是不知害臊只知道說實話的調皮鬼：「夏雨就彷彿是我還年輕的時候。對寫作有點害怕的那種瘋狂的快樂，這是我的私生活。」

莒哈絲夜裡出門，和揚一起迷失在巴黎的郊區。他們會沿著不知通向何方的路一直開，在小酒店前停下來，凌晨方歸，然後再把自己關起來。莒哈絲什麼人都不見，除了兒子和一個女朋友，什麼都不看。六個月中，她沒有看過一次畫展，沒有去過一次博物館。她再一次沉浸在自己的內心世界中。她說除了那種應迫切需要而產生的寫作，她不相信還能有別的東西算得上是寫作的，寫作這條路經常被人歪曲：「下流沒有年齡的限制。」②對這本書的意見分歧很大。「《夏雨》不是瑪格麗特最好的

---

①《話語的癡迷》，見上述引文。

②《解放報》，一九九〇年一月十一日。

一本書，但是鑒於這位夫人是個有品味的人，我們也就不苛求了。」[①]讓－弗朗索瓦．若瑟蘭寫道。有人認爲這本書很讓人惱火，有人認爲非常細膩，里納爾蒂覺得它顯示了一種「充滿感情的放誕」[②]，熱羅姆．加爾辛則認爲「既沒有同情心也不具煽動性」[③]。《文學雜誌》在六月號上刊登了有關她的消息。她對阿里埃特．阿爾邁解釋了她的長期昏迷，以及生理上對寫作的迷戀。此後她一直試圖讓自己的生活「變得邏輯起來」。她試著每天凌晨五點鐘睡覺，兩個小時後醒來寫作。她要「重新進入這片豐富的領地」。

莒哈絲什麼都說，覺得自己說的一切都是創造性的。「里根，一個眞正的民主牛仔，希拉克是個流氓，希拉克－密特朗，兩個調皮鬼的結合，馬爾歇的精神已經衰落了，是個活死人，謝弗奈芒說話一副帕斯卡的腔調，高更也是活死人，都腐爛了，克萊森是個勇敢的農婦。」[④]她自言自語，什麼都說，每時每刻都在關心政治，她知道中國、羅馬尼亞發生的一切，知道柏林圍牆，她對一切都有自己的看法，因爲她看電視。一種語言的飢渴占據了她的心靈。她誰也不見，和外界的聯繫就是通過那一疊作爲中介的報紙，這些報紙上都有她的專欄。她逗弄讀者，讓人頭昏腦脹。這個瑪格麗特。她在談論她花了九百萬法郎買的四〇五號房：「是的，九百萬法郎。你們瞧好了，先生，只要在巴黎兜一圈看看就知道了。我聽你們的，莒哈絲在誇張。但是我不，我沒有誇張，四〇五眞的值九百萬法郎。」

---

① 《新觀察家》，一九九〇年一月十一—十七日。
② 《快報》，一九九〇年二月。
③ 《星期四事件》，一九九〇年二月一—七日。
④ 註釋，一九九二年四月二十八日，現代出版檔案館檔案。

①她和我們談論她才買的微波爐，她給揚買的聖羅蘭的外套，她對運動場上的天使普拉蒂尼的欣賞之情，警察局待領場的醜聞（她從來不付違章罰款），在一次談話中，她把密特朗這個飛行駕駛員說成了潛水員；②無所謂，這根本算不了什麼，因爲她是莒哈絲，這是莒哈絲的聲音……一個高聲自言自語的人倒是少見！經常有記者先下手說她自戀，非常自戀。莒哈絲對此也有回答：「你們看上去非要堅持說我自戀不可。同意。的確是這樣的。作爲一個作家，再也沒有比自戀更勇敢的了……是這樣的。回到書上來說。所有的作家都很自戀。但是他們不說。聽好，我不是很美，也不優雅，就是這樣的。但是瞧，我是個作家。你們認爲我的書之所以能在世界各地賣得很好是因爲我自戀嗎？就是因爲我說我的書在世界各地都賣得很好，我的書才越賣越好。那麼你們還有什麼可抱怨的？你們唯有忍受我。」③有時她眞能說準。比如說在「瘋牛病」發生前她就說了：「我們歐洲人吃的都是生病的動物，虛弱的，沒有鈣質的，流動攤販賣的肉，一點肌肉也沒有，還沒到屠宰場就要摔倒的。」④她說她夢到北非的馬格里布人在火車上痛打了一個法西斯主義者。有些人是一直在嘲笑她，還有一些過去把她捧到天上的人也厭倦了她的矯揉造作。菲利普・索萊爾在《記事簿》裡嘆道：「莒哈絲，可憐的女人。」有些人喜歡她到了發狂的地步，總想碰碰她。瑪格麗特覺得自己是個偶像……

她說在大選的某一天晚上，有個傢伙過來蹭在她身上……「共和國的總統，」她補充道，「覺得

---

①《解放報》，一九九〇年一月十一日。
②《另類日報》，第3期，一九八六年三月十二日。
③《星期四事件》，一九九〇年一—七日。與讓-馬塞爾・布格洛的談話。
④《星期四事件》，一九九〇年一月十一—十七日。

我是無法抗拒的。有一種融爲一體的壯觀，有一種與眾不同的壯觀。」①

她說得太多了，以至於無法再寫。寫，是要懂得對事物保持沉默，懂得遭遇孤獨，懂得達到不說的層次，就像她自己說的那樣，達到「宏闊」的境界。她知道，但是她無法阻止自己的「喋喋不休」。那麼上帝呢？「我認爲目前的生活和上帝是不相容的。他再也沒有什麼神聖之處了。」②羅伯特・安泰爾姆於十月二十五日至二十六日間去世。瑪格麗特沒有出現在他妻子身邊，也沒有去參加葬禮。莒哈絲很煩。她的眼睛老花了，已經不能縫製睡衣，製作檯燈，腿也不好，不能去買東西了，儘管有時她還是很願意下下廚什麼的。瑪格麗特雖然貪嘴，卻很節省。她此時很少見人。必須堅持。但是她邀請你的時候，她會鋪上帶有流蘇花邊的桌布，在用來盛早飯的小碗裡，給你裝上一碗美妙無比的韭蔥湯，歐洲最好的湯，她說，甚至是世界最好的湯。給業餘愛好者的建議，下面就是食譜。文學性的食譜：

我們以爲自己會做，這件事看上去是如此簡單，以至於我們經常會有所疏忽。煮十五到二十分鐘就夠了，而不是兩個小時——所有的法國女人煮蔬菜和湯往往都煮得太久。還有，最好在土豆開的時候再把韭蔥放進去：這樣就可以保持它的綠色，而且聞上去要香得多。還有得注意韭蔥的配量：兩個中等的韭蔥配一公斤的土豆正好。飯館裡，這種湯從來都做不好：總是煮得太久（不是現煮的），太「陳」了，它是那麼黯淡，那麼悲

①《總體》，一九八八年七—八月。
②《文學雜誌》，一九九〇年六月。

傷，和其他法國外省的「蔬菜湯」差不了多少。不，我們如果要做韭蔥湯，就必須認眞去做，避免「把它忘在爐子上」，否則它就不成其爲韭蔥湯了。吃的時候，要不然什麼都不加，要不然就著新鮮的黃油或奶油。我們還可以加一點小塊的麵包皮：給它起一個別的名字，發明一個，而不是多少有點滑稽地叫它土豆韭蔥湯，這樣一來孩子們就更願意吃了。必須假以時日，必須等上很多年，才能重新找回這湯的味道，現在我們只好靠各種各樣的藉口把湯強加給孩子們（湯能讓你快快長大，能讓你變得更可愛，等等）。在法國烹調裡，沒有比韭蔥湯更具簡單性，更具必要性的了。想來當初發明它的時候，應該是個冬天的夜晚，在西方的某個地區，一個年齡尚輕，過著外省小資產階級生活的女人很討厭油膩的湯汁——也許比討厭更甚——但是她自己知道嗎？她的身體幸福地呑嚥著韭蔥湯：這不是豬油鵝肉捲心菜濃湯，不是那種可以一煮再煮的營養湯，不，這是清淡，新鮮的湯，她的身體大口大口地呑著，清爽無比，身體汲取的都是精華，是最新鮮的綠色植物，每一吋肌肉也得到了澆灌。這味道很快在房子裡散發開來，很香，很平俗，就像窮人吃飯的狼呑虎嚥，女人工作的瑣瑣碎碎，像牲畜倒地就睡的憨樣，又像初生嬰兒的嘔吐。我們會什麼也不想做，然後就是做湯，是的，就是這湯：在這兩種慾望之間，總有一條很窄的邊緣地帶，總是同一條：自殺。①

讓—雅克．阿諾準備將《情人》改編成電影，莒哈絲終於能夠投入她的計畫了，幾年以來，她一

①《外面的世界——卷一》，頁三四五—三四六。

直沉浸在童年、暹羅灣的天、可恨而又可愛的母親裡。故事是早就開始了：準確地說是一九八七年春。莒哈絲打電話給雅克・特洛奈爾，她以前的電影副導演，也一直是她的朋友，當時正和克洛德・貝里合作。她向他打聽，美國人想買她的《情人》版權，但是出的價錢少得難以啓齒。是不是應該接受呢？雅克・特洛奈爾當日就和克洛德・貝里說了，克洛德建議她把《情人》的版權賣給自己。約會很快安排好了。莒哈絲和貝里相互擁抱。在莒哈絲的腦中，她一直覺得應該由自己來做這部電影。貝里沒有表示不同意。爲什麼不呢？莒哈絲自己退縮了，說自己年紀大了，很疲憊。她心目中導演的合適人選是：羅曼・波朗斯基和斯蒂芬・弗里。但是兩個人最終都拒絕了。米蓋爾・西米諾接受了，簽了合同，卻又最終放棄了這個機會。

這段時間，莒哈絲卻有所進展，她聽從克洛德・貝里的建議寫好了一個電影腳本。雅克・特洛奈爾建議瑪格麗特面對攝影機，將《情人》大聲地念出來。錄音在製片公司的一個小錄音棚裡進行。雅克・特洛奈爾提問題並進行拍攝。克洛德・貝里也親自前來對她進行鼓勵。現在再倒回頭去看這些磁帶，我們可以發現莒哈絲從一開始就很難將《情人》平靜地念下去。她承認道：「每次我開始念《情人》的時候，我都覺得燈光黯淡了。」在讀到小哥哥死時她抽泣不止。她越是大聲地把書讀下去，越是覺得這部電影根本拍不成。「這部電影的最大敵人就是小說，」她對貝里說，「拍電影是可能的，但應該是一部商業性的片子，不，根本不可能。」再說究竟應該只描寫情人的故事呢，還是整個家庭的故事？瑪格麗特不想拍一部講述自己故事的電影，她拒絕時間順序，拒絕色情的背景，她想的不是要拍在印度支那發生的自己的初戀故事，而是一部關於寫作的電影：對於她來說，《情人》講了一個小女孩，多虧了她的中國情人，發現了自己想寫作的願望。貝里讓她說。瑪格麗特在流浪。她又回到了沙瀝，就在那裡，當年的小姑娘變成了一個老婦人。在她兩度把《情人》讀給特洛奈爾聽的當兒，她說：「我下來了，我靠近舷牆站著。就像在《愛蜜莉·L》中一樣，他上來和我攀談。白人是很少見的，就像在一公斤的扁豆裡發現了一粒豌豆那樣。他很富有。他有一輛大房車。很正常，他問她是誰。他害怕。但是他這麼做了。我知道他在看我，但是我沒有看他。」瑪格麗特隨著錄音的進展，重新構築了她的生活，她的書，大聲地夢想著。她回憶起那種瀰漫著椰香的柔軟的點心，都是些老婦人在賣，在碼頭邊，還有一直到西貢的那條公路上窒人的暑氣，寄宿學校院子裡的那種燈光，黃昏時分，混血的姑娘跳著舞，海倫·拉戈奈爾在等她。「海倫·拉戈奈爾，哎呀，她眞是十分十分美麗。她哭了，海倫·拉戈奈爾。她總是哭。我和她講中國人的故事，她聽得非常入迷。」①

在這混雜著許多對話，確認，添油加醋的閱讀過程中，電影的計畫漸漸成形了。克洛德·貝里建議瑪格麗特自己在電影結束的時候出現在銀幕上。「我不覺得有多大意思。」她回答他說。貝里說：「不，不，這樣可以證實電影的可信度。」瑪格麗特說：「好吧，如果需要的話。」錄音完成之後，她對他解釋說：「不能寫好這個電影腳本。我不能按照你的願望去做。」「你把你想做的東西寫下來。然後我們再看。」他回答說。瑪格麗特於是開始了工作。她不想像勒內·克雷芒那樣撒謊抄襲，拍一部有關自己故事的電影。她要講述一個「小女孩」的故事——她明確地說她不希望用她自己的名字，爲了母親的愛出賣自己的小女孩，想成爲作家的小女孩。她看見人物漸漸向她走來了：殖民地行政署舞會上的安娜瑪麗·史特德兒，在黑暗的街衢裡吼叫的恒河女乞丐，還有禁止寫家庭故事的母親，因爲寫作預示著死亡。

一九八七年八月二十日她完成了改編的第一稿。那一頭，貝里發現讓—雅克·阿諾在拒絕之後又

---

① 克洛德·貝里檔案。

對電影表示出了一定的興趣。他本人也在對書進行改編，漸漸離析出了一個年輕女孩的故事，在殖民地異國情調的背景基礎上，這個少女和一個年輕的中國男子在一起，開始了她最初的激情，這成了殖民地的一樁大醜聞。我們看得出來，他們不是在同一個波段上，準備拍的也不是同一部電影。接著瑪格麗特就進了醫院。阿諾繼續他的工作。他喜歡上了這個故事，一個小姑娘的故事。在瑪格麗特住院期間，克洛德·貝里把瑪格麗特正在寫的電影腳本手稿交給他，並且說服導演熱拉爾·布拉赫參與合作：他們一起根據小說和瑪格麗特的腳本寫出了自己的腳本。阿諾到越南去採點了。瑪格麗特正奄奄一息。她的醫生都覺得沒有指望了。這個拍攝計畫在沒有她的情況下兀自進行著。

一九八九年秋天，出院後不久，瑪格麗特便打電話給阿諾。她想見他。他帶著她童年時代的幾張照片到了諾夫勒城堡：沙瀝，永隆。瑪格麗特雙眼閃閃發光，看著，聽著。第二天，她打電話給克洛德·貝里：「這個小伙子很熱情。關於這部電影，他談了些很有意思的觀點。他甚至把它當成自己的電影來談。」蜜月又持續了幾個星期的時間。瑪格麗特在公眾面前承認他們合作得很好。漸漸的，阿諾明白過來，瑪格麗特只不過想讓他做攝影師。寫出來的是她的電影。「我的電影腳本怎麼樣了？」她問他。「不怎麼樣，我更喜歡小說，它給了我越來越多的靈感。」「它給了你什麼靈感？」「它給了我一個電影腳本。」「可這是我的電影，而你要從我的電影裡套錢。」莒哈絲裝出開玩笑的樣子。阿諾繼續到聖伯努瓦街去看她。他聽她回憶，記筆記，接著有一天，他把布拉赫寫的腳本交給她。她在他面前顯出很了解情況的樣子。在第十頁她停下了：中國人的車子穿過坑坑窪窪的泥漿。「不是泥漿，是泥濘。」她就不再讀下去了，就泥漿還是泥濘的問題討論了三個小時。阿諾對她說這樣的細節根本無足輕重，因爲他將在乾季開拍。「那你什麼也管不了？如果是塵土飛揚，你怎麼會讓他寫泥漿？」「從那時開始，」阿諾解釋說，「我們的關係進入了第二層面，她罵我。她覺得自己一無所有。布拉赫知道了她的秘密，所以她恨我。她越來越混亂。有一天她對我說：『你看到飯廳裡的花了嗎？你知道那是誰送的？阿佳妮。她接受了這個角色，還有蘇姍娜・弗隆。』」①阿諾和克洛德・貝里聯合起來。今天，貝里是這樣評論這件事的：「瑪格麗特表面上看起來似乎不願接受阿諾的魅力。可我們已經簽了約。我擁有版權，但還有道德上的權利。她可以站起身來反對這部電影。所以我等著她表示同意。」②

磋商是漫長而複雜的，中間簽署了不少和平協議——都是暫時的，在特魯維爾或是在基耶波弗。熱拉爾・德帕迪厄、梯也里・列維都出了不少力，細膩而耐心。揚・安德烈亞躲在幕後，和平進程最後取得了這樣的結果，一切以現金支付：瑪格麗特得到五十萬法郎的版權違約金，再加上五十萬法郎的電影腳本違約金，再加上百分之十的利潤，當然，我們不能忘了，開始時《情人》版權轉讓費已經高達一千五百萬法郎。在經濟上似乎占了便宜，作爲交換，瑪格麗特同意承認自己的改編不合適「《情人》的電影操作」。她簽署了這樣一份文件：「我停止所有的寫作工作，不反對電影的製作。」

瑪格麗特・莒哈絲於是開始討厭自己的書。她恨自己在最後爲了圖方便，以收到情人的電話而告結束。她後悔自己違背了事實。這部「成本上億的電影」使她遠離了自己的書，不久以後，她表示對小說感到惡心。在和阿諾徹底斷絕來往前，她對他說：「《情人》是糟粕。是火車站小說。我是喝醉酒的時候寫的。」她已經開始構思另一部作品了，後來這部作品大大損害了前一部。她想要重新回顧

---

① 作者與讓—雅克・阿諾的談話，一九九五年九月十八日。
② 作者與克洛德・貝里的談話，一九九六年十月八日。

情人的神話。她寫了四遍。在最後定名爲《中國北方來的情人》之前，它依次叫做《街頭的情人》、《蜂蜜和茶的味道》、《情人的小說》、《重新開始的情人》。儘管莒哈絲一再否認，其實這部作品在開始時就是她自己寫的那個《情人》電影腳本。手稿的不同階段可以證實這一點：瑪格麗特甚至就在原有的劇本上裁、剪、增、刪，然後才漸漸地將這個劇本變成了小說。書最後是在一九九〇年五月重新安裝好出爐的，這時瑪格麗特收到了一個電話，在電話裡她得知情人已經死了很久。

她在這部小說裡待了一年，在這樁情人和孩子的愛情故事裡，她又找回了童年時代的時光，小哥哥的溫柔，印度支那的土地在雨後散發出的那股味道，母親的殘忍，她那種病態的瘋狂，還有夜間，在涉禽振翅聲中和野獸的惡臭中緊貼著她的母親的身子。她堅守了她的諾言：打開大門，回到童年，和自己和平相處，超越時間的概念後，放下武器，將她的生活呈現給她最愛的人，她的痛楚，她的依靠，她最美妙的不幸：她的母親瑪麗·道納迪厄。

這是書

這是電影

這是黑夜

莒哈絲還是以那個劇本爲出發點，那是突然產生的念頭，也是對《情人》原初意義上的回歸：一系列固定的畫面和場面，從此後在小道納迪厄身上留下深深印記的一切。莒哈絲運用了連續的和不連續的兩種進程。由讀者自己進行安裝。「我的書成了世界性的之後，我只上演瑪格麗特·莒哈絲的故事，而不是整個家庭問題。」她在手稿最後一章的留邊處寫道。鑲有金絲的鞋子變成了黑色的，舞場改叫「瀑園」，而不叫「泉園」。這是一回事，但已經全變了。莒哈絲在做自己的電影：視覺性的寫作，無數的對話，場面的提示。黑色的雷翁・波雷。在夜裡跳華爾茲的紅裙女人那輛黑色的翻篷朗西亞車。《勞兒之劫》、《太平洋防波堤》、《情人》、《愛蜜莉・L和《伊甸影院》在爲了電影而重建的少女時代的熾烈光線下糾纏在一起。瑪格麗特・莒哈絲想讓我們相信她是在講述一個眞正情人的故事，她弄亂了故事的線索，編造了一個別樣的、有點遲鈍的哥哥和一個英俊、高大的情人。但是與此相反的是，她仍然承認母親的瘋狂，她欲把女兒賣了換現金的企圖，哥哥的毆打，母親的毆打和她在故事發生時確定下來的想要成爲作家的志願。

他們哭了。

「有一天我們會死的。」

「是的，愛情將和屍體一起進棺材。」

「是的。棺材外面會有書。」

「也許。我們現在還不可能知道。」

中國人說：

「不，我們知道。我們知道會有書的。」

與寫作的慾望齊頭並進的是死亡的慾望。寫作可以幫她分解這份憂傷。從此之後，瑪格麗特・道納迪厄跳出自己來看這個生活。「我覺得我的生活開始在我面前展露了」，她在《中國北方來的情人》的手稿邊寫道。從此之後，就像故事的結尾，作家瑪格麗特·莒哈絲徹底地離開了她的故事。通過寫作，她變得不可企及。

瑪格麗特·莒哈絲爲這部作品做了很多註，又剪又貼。一九九〇年秋，她從特魯維爾將塗塗改改的手稿寄給熱羅姆·蘭登。整整兩個月，她沒有他的一點消息。她著急了。熱羅姆·蘭登說他正在看，回頭會把改好的稿子寄還給她的。[①]他眞的這樣做了。在瑪格麗特去世的一年半前，每當談起關於《中國北方來的情人》手稿的事情，她仍然會哭個不停。她就像一個受到不公正懲罰的小女孩，抽泣著說：「你絕對不會想到的，他又刪又改，圈的都是紅槓槓，就像是在改學生作文。」[②]熱羅姆·蘭登沒有否認，他說他覺得稿子很讓人失望，於是進行了修改：「我覺得這一點也不夠水準，可她不能接受。實際上，她自己也沒有把握。她需要安慰。我也許不該把實情告訴她。但正是出於對她和她的作品的尊重和欣賞，我才會直言不諱的。」[③]開始時瑪格麗特·莒哈絲似乎一面很爲熱羅姆·蘭登的反應而傷心，但也覺得他是有道理的，的確應該重寫。接著她又感到憤怒了，再後是狂怒，最後是仇恨。在一本簿子上她記道：「他刪去了我三十一頁的手稿，我立即重新放回作品中去了。」[④]回到巴黎之後，她打電話給他，說他們之間的一切到此爲止，說她決定把他刪去的手稿重新放回作品裡。「他對我說：那麼也只好放進去了。我說不。說這是徹底的結束。他還堅持並寫信給我。沒有用。」

---

① 作者與熱羅姆·蘭登的談話，一九九六年六月八日。
② 作者與瑪格麗特·莒哈絲的談話，一九九四年四月八日。
③ 作者與熱羅姆·蘭登的談話，一九九六年六月八日。
④ 現代出版檔案館檔案。

①她將合同寄還給熱羅姆·蘭登，上面寫著：她認爲自己的作品已經徹底地「殘缺不全」了，說編輯是在「扒竊她的手稿」。的確，作品從二百一十三頁減少到一百五十四頁。「還包括很多驚人的修改，每一頁都會刪掉很多句子和詞。您寄還給我的書不是您從我這裡收到的書。」她通知他，她要離開子夜出版社，重新找回「她的朋友羅伯特」，他可以「合法地讓我離開您」。

瑪格麗特從此後對熱羅姆·蘭登懷有刻骨仇恨，而他當時則認爲她過於偏執了。她將所有的罪名都加在他的頭上：想要竄改她的題目，想要扒竊她的作品，因爲她的手稿裡有些色情描寫就大驚小怪，說他閹割了她的作品……和伽利瑪的合同很快就簽了，臨時定的題目叫做《情人的影院》或《街頭的情人》。蘭登和瑪格麗特解釋說他不過是重新打了一下手稿而已，一種簡單的、技術上的校正，當然有一點建議，比如說在什麼樣的地方應該做出改動和必要的修改等等，可是沒有用，無濟於事。在一九九〇年十一月七日寫給她的一封信旁邊，她寫道：「將手稿從二百一十三頁減到一百五十四頁，您居然稱之爲重新打了一下？您把我當成誰了？」一九九〇年十二月四日，她又變了腔調：「熱羅姆·蘭登，您在撒謊……我從來沒有要求您修改《情人的影院》，我只是像往常一樣，要求您核查一下書的標點，談談您對這本書的看法，書都寄給您一個月了，您也沒有看……您卻擺出一副恩人的態度，把情人之間的性場面刪掉了，把情人的旅行去除了（九頁），不惜一切代價地要縮短有關慾望和愛情的場面……即使不說這本書是死於您的手中，至少它變成了一道平淡無味的菜。」②

在這次徹底中斷前，他們之間就已經起了不少小衝突，倒不是關於她的作品，而是關於出版這個

① 現代出版檔案館檔案。
② 現代出版檔案館檔案。

概念本身。莒哈絲指責她的出版者不敢冒險，只喜歡那種語法上絕對正確的作品，她的出版者最後只好同意讓她擔任某叢書的負責人。①她難以忍受的還有揚的事情，揚想要在子夜出一本書的時候，熱羅姆・蘭登迫不及待地投入了運作，甚至都沒有通知她。從手稿到出書的速度之快，令她覺得自己被剝奪了應有的權利。可別忘了莒哈絲一向自認爲是世界性的莒哈絲，是天才莒哈絲。這種輕佻少女的自戀發展成了知識分子的脆弱，她爲之深深的恐懼。「我覺得我爲文學增添了新的一頁，一個名叫莒哈絲的作者」，她那時在一本小學生的簿子上寫道。這句話是她寫給自己的，爲了讓自己放心，爲了讓自己相信大家都是這麼看她的。她在住處的入口處貼了一張《世界報》的廣告頁，上面是《情人》的銷售曲線。旁邊她還貼了一張浮冰上企鵝的照片，親手註釋道：《情人》的讀者。一九九〇年十二月，熱羅姆・蘭登問伽利瑪要百分之六十的作者版稅，和子夜出版社將《中國北方來的情人》的版權轉讓給伽利瑪應得的部分。他說自己的工作並非「沒有留下任何痕跡」。他問伽利瑪要手稿，但是沒能成功。一九九一年四月十五日，兩方終於尋求到了滿意的解決辦法，安托萬・伽利瑪建議兩個出版社共同均攤盈利，並接受了蘭登開出的條件。

書受到了普遍歡迎。莒哈絲說它和《勞兒之劫》與《副領事》一樣，是她最爲重要的作品之一。有人很快指責她在模仿，她反駁道：「我沒有重寫一本《情人》，我寫的是另一本書。敘述沒有採用原來的書信體。在《中國北方來的情人》裡，情人的回憶消失了。這是滿洲里的新情人，同樣的名字，來自同樣的國度，他也應該有他自己的位置。情人，我將在滿洲里尋找他們，爲他們寫愛情小說。還有在堤岸的小棚屋裡，或是在維特里，下臨塞納河的丘陵的岩壁上。」《解放報》實際刊登了

① 作者與瑪格麗特・莒哈絲的談話，一九九四年四月八日。

一篇《情人之園裡的莒哈絲》的文章，指出文學上這種重複是不妥當的：《情人》的故事永遠也結束不了。故事不是眞實的，但是它成了無數個故事的發端。作者卻奮起捍衛自己：「在《中國北方來的情人》裡，編造的成分比《情人》裡要少。都是眞的。我的小哥哥，還有我的大哥：這遠比我們所能講述的一切要眞實。」①她覺得自己已經結束了整個情人的故事，因爲她寫了出來：「我想這是我最後一次寫這個故事。但是有時我也不是很清楚。」②

瑪格麗特的生活成了小說，不止一部的小說，而情人是她更加深化自己工作性質的街口：仍然在追尋——永遠都在追尋——一種破碎，懈怠的語言，與其說是在寫作，不如說是在喘氣，是一種她稱之爲「澳洲犬」的語言，完全是編造出來的，攪亂、翻覆意義，使意義走入岔道，一種荒棄的語言，拉丁—安南風格，絕對得難以理解。「我覺得我這種難以理解的語言十分奇妙。」莒哈絲說她是一邊聽《藍色月光曲》一邊寫的，沉浸在一種難以描述的優雅之中，她漸漸走近了這個故事，簡直都害怕自己被徹底地焚燒殆盡。正是通過又一次的編造，她重新爲自己占據了這份生活，將它安置進話語和節奏之中。這是藝術和生命的捍衛，在她眼裡，《情人》是過去讀者向她訂購的，他們還要我的故事嗎？有了《太平洋防波堤》，有了《情人》，還不夠嗎？「讓人驚奇的是，」她說，「人們還在讀我的書。這足以證明這個故事是經久耐用的。」

書後，瑪格麗特附了三頁的圖畫——所謂的電影拍攝大綱，有朝一日可以以此爲依據拍攝一部《中國北方來的情人》，一部她的電影，而不是幾個月以後將要出品的讓-雅克·阿諾的《情人》。

---

①《解放報》（*Libération*），一九九一年六月十三日，與瑪里亞娜·阿爾方的談話。

②《解放報》，一九九一年六月十三日，與瑪里亞娜·阿爾方的談話。

她已經預先知道那會是一部怎樣的片子了。阿諾把情人看成是自傳，而實際上那卻是一種翻譯。他就地轉了一圈，像警察局辦案那樣仔細調查了她和《情人》，在越南拍攝了影片，重建了那一個背景，她說她只要在塞納河邊便可拍出故土的輪廓來。她要求和演員見面，可製片拒絕了。在電影出品以前，她從雜誌照片上看到了女主角，她覺得挑選的女演員太漂亮了，不合適演這個角色。在《中國北方來的情人》裡她增加了一條註釋說：「那種法國小姐的形象會摧毀整部片子。更甚於此：她會使電影消失。美無濟於事。她是不會看的。她是被看的。」《情人》拍攝期爲七個月，耗資一億五千萬法郎。讓瑪格麗特感興趣的是那種投資菲薄的影片，沒有預算，也沒有條理清晰的故事。她從克洛德·貝里那裡取得了兩年後重拍《情人》的權利，一直還想著一部屬於自己的影片，她的影片。阿諾的《情人》在法國和國外都取得了巨大的成功。在越南，它被尊爲傑作；被剪去了所謂的色情鏡頭以後，片子以錄影帶的形式廣爲流傳，非常搶手。莒哈絲裝作沒有看過這部電影的樣子。有一天晚上，她在克洛德·貝里永遠給她保留一張桌子的公爵飯店碰到了阿諾，她上前擁抱了他，在他耳邊說：「我實際上看過你的影片。非常美妙。」①

在戲劇舞台上，以她和密特朗談話爲原型的一齣名爲《瑪格麗特和總統》的戲獲得了極大成功。但是莒哈絲還是沒能擺脫掉做電影的慾望：「在文學界我沒有家庭，可在電影界有。」一九九二年十一月多米尼克·帕伊尼爲她在法國電影院組織了莒哈絲電影回顧展，她覺得非常幸福。每一場放映時她都在場，看到某些片子激動不已，因爲她以爲早已經丟了。大廳裡座無虛席。「你瞧，年輕人都喜歡我」，她對多米尼克·帕伊尼說，他本人也深爲驚訝。對於自己的電影作品，她大致上是持肯定態

① 作者與讓-雅克·阿諾的談話，一九九五年九月十八日。但烏塔的意見卻恰恰相反，他說瑪格麗特從沒看過電影。

度的。每次放映她都坐在電影院負責人的身邊，不遺餘力地發表自己的意見。「看，聽，這樣是對的。看，聽，眞是美妙啊。」她重新看了一遍自己的電影，一副心醉神迷的樣子，似乎自己眞的全都忘記了。她把觀眾當成了自己的朋友，經常主持臨時組織的討論，控制入場人數。她承認不再那麼喜歡《孩子們》，她覺得在形式上過於拘謹了，但是她仍然保留著對《樹上的歲月》的一種特別感情，當然還有《印度之歌》。

莒哈絲做了不少計畫，她想把兩部《痛苦》裡的短篇小說拍成電影，《巴黎的奧蕾里婭》和《破碎的蕁麻》；她爲短片《飯店裡的最後一個顧客》寫了評論，講的是夜裡香波堡中情人們的對談；她想拍一部十分鐘的片子，最多半個小時，是關於勞兒·V·施泰茵的：在片中我們可以看到她已經很老了，濃妝艷抹，像個妓女，坐在輪椅裡在特魯維爾的街道上遊蕩，年輕的中國人推著她。她想要拍一些偶發的、輕捷的、毫無準備的電影。她想以特遣隊的方式工作，夢想帶著一小隊人，在夜裡的巴黎遊蕩著，看到什麼就拍什麼。她只想拍這種類似紀實的片子。在《綠眼睛》裡，她寫道：「我們總是爲拍電影尋找地方，可是有這麼多地方在等著攝影機的鏡頭。」她最想立刻開拍的是《八〇年夏》。她都爲它找好了片名：《年輕姑娘和小孩》。這將是個「另類」的孩子和夏令營裡女教練的故事。她記道：「它將非常難以忍受，非常危險。」①

但是她從此後再也沒有拍過片。《年輕姑娘和小孩》的拍攝計畫變成了一本書，又是《八〇年夏》裡的主題，特魯維爾，天空，灰眼睛的孩子，女教練，還有沙魚的故事——但是融進了和揚·安

① 現代出版檔案館檔案。

德烈亞的相遇，還有她根據奧斯維辛集中營一個流放犯的畫所寫的泰奧朵拉的故事，故事是爲揚寫的；在讀了《八〇年夏》以後，喬治・阿爾杜・哥德施密茨爲她帶來一張畫，畫上有一株樹，一張板凳，板凳上有個穿著白裙子的女人在等德國人的火車。她已經等了很久。「現在，」莒哈絲說，「我將從我到我。這就是自戀。」她將從揚到自己，從自己到揚，從眼皮底下的海灘，從她不厭其煩地描寫著的天空開始。她反反覆覆地說來說去，總是同樣的話題，愛情，文學，從未熄滅過的猶太人大屠殺的痛苦，童年的優雅、恐懼與歡娛並存的亂倫。《揚・安德烈亞・斯坦納》是一首忘卻寫作的詩歌。「年輕女孩說我們總是寫世界的末日和愛情的終結。她看孩子不懂這些。於是他們一起笑這一切，非常大聲地笑，兩個人一起笑。他說這不是眞的，說我們只是在紙上寫。」「在白紙黑字的領域裡，莒哈絲仍然迷戀著愛情、死亡和平庸，」①雅克-皮耶・阿邁特在日後寫道。這已經不再是個作家了，而是道德的象徵，在七十八歲高齡的時候，仍然用迷板的形式又編了一本處在寫作過程中的書。「有人說不喜歡自己的書，假如眞的有這種人，那是因爲他們沒有戰勝羞恥感。我喜歡我的書。我對它們非常感興趣。我書中的人物是我生活中的人物。」她在一本簿子上記道。

瑪格麗特・莒哈絲喜歡自己。她喜歡自己所寫的一切。她是通過自己寫的東西來喜歡揚的。斯坦納，她又一次用了《有個男人來看我》這個劇本裡的人物的姓名。揚只保留了個名字，可以確證他早在瑪格麗特之前就已經存在。瑪格麗特吸乾了他的血，賦予他猶太人的靈魂。她陳述了他的生活，他的性，他說的話，他的幻覺，他勾引別人，他的恐懼，寫了他喜歡吃的東西，喜歡喝的東西，他何時又是如何入睡的。他的表面已經一覽無遺，現在她又扒開他的內心給別人看。書出來的時候，她和他

---

①《觀點》，一九九二年六月二十七日。

一起拍了張照片，揚和瑪格麗特站在特魯維爾的一條街道上，瑪格麗特和揚在一個自動加油站前——從巴黎到特魯維爾時他們一貫喜歡停留的地方，玻璃後的揚看著諾夫勒城堡花園裡的瑪格麗特，瑪格麗特和揚並排望著大海，瑪格麗特對《法蘭西晚報》宣稱，「我對揚的激情日日常新」，她進一步解釋道，「早晨我看見他穿過房子，等著黑咖啡，我有一種從來沒有見過他的感覺。」「衰老，孤獨，她在遇到他之前已經是這樣了」，在書中她寫。他要什麼？爲什麼他會留下來？莒哈絲的愛裡始終有一種害怕，恐懼，也許是希望在自然死亡之前被他殺死，一種浪漫的死亡，死於具有摧毀性的，可以使時間凝固的激情，就像歌劇舞台上的那種死亡。揚並非我們所想像的那種人，她試圖通過寫作透闢他的內心：「我所有的朋友和熟人都被您的溫柔迷住了。您是我最好的名片。我，您的溫柔，它會置我於死地，您希望我死，可您自己一點都不知道。」①揚讓她說話，讓她繼續她的故事，強迫她不要中斷，重新揀起《泰奧朵拉》的故事線索。這部她剛開了個頭卻永遠完成不了的小說，這個成爲犧牲品的年輕女人的故事，無辜的女人，「迷失在死亡的在歐洲的純潔女人」。

「最艱難的事就是繼續活下去，完成著作，因爲時間已經所剩無幾，」馬爾科姆・勞里在《火山下》寫道。莒哈絲沒有時間了。她很清楚，在一本簿子裡寫道：「……很多次，我們都害怕一張紙還沒寫滿就要死了……我們知道方位標在何處，我們知道我們想要達到什麼樣的事件，但問題是要把作品領到那裡。必須到達那裡，走完整個旅程，有時這……我覺得正是這種活動每天都提醒我們，死亡就在那裡。」②她不再有時間死了。她一向不在乎肉體的死亡，她更害怕的是寫作的中斷。「不寫作

① 《揚・安德烈亞・斯坦納》，頁一五。
② 現代出版檔案館檔案。

的時候，應該走進一座永遠不會關上門的森林，因爲那裡，是一座封閉的森林，你被囚禁了。」①

的確森林關上了門。瑪格麗特不再寫了。當然她還在出版，其中就有像是遺囑的《寫作》，但所有這些出版的書只是類似報告的東西，是對談話和電影的破譯。瑪格麗特再也不能和紙筆展開肉搏戰了，再也沒有這種過去體驗到的釋放和卸去重擔的感覺，就像托馬斯．曼所說的，這種打碎玻璃的感覺。「活著成了死亡的激情」，她用顫抖的筆 在撕下來的一張紙上寫道。

只有死亡還讓她感興趣，肉體的死亡，死亡之後的世界，關於死亡的回憶。她參觀完一座墳墓，寫了《一個年輕的英國飛行員之死》。這是一個眞實的故事嗎？戰爭時代的故事？農婦記憶中的一樁軼事？莒哈絲自己都不知道。在到特魯維爾看她的伯努瓦．雅戈的鏡頭前，她一邊說一邊編造完了整個故事：從諾曼底一個村莊裡某座墳墓上的名字開始，她牽引出了這個二十歲的英國小伙子的故事，他死於戰爭時代，是在沃維爾森林裡被德國人殺死的。《一個年輕的英國飛行員之死》是一首獻給無辜生命的歌，是獻給她死去的小哥哥的。這也是——尤其是關於死亡的沉思。瑪格麗特一直很喜歡參觀公墓，這算得上是她最喜歡遊覽的風景點之一；當然是舊式的公墓，而不是現在的，她稱之爲普里斯由尼克式的公墓，連草都是塑料的，像高爾夫球場。發現村莊裡的這座墳墓給了她很大的震撼。關於死去的小哥哥的記憶一直糾纏著她。她又出現了幻覺，她看到了這具屍體，編造說他的屍體被人扔在壕溝裡，和其他的屍體混在一起。她也許有一種罪惡感，現在她知道自己即將不久於人世，但是她已經不能到西貢去給他掃墓了，也不能到童年的故鄉去祭奠自己的父親。於是她說：「不管是什麼樣的死亡都是死亡……任何人的死亡都是完全的死亡。」《一個年輕的英國飛行員之死》不是一本書，

---

① 現代出版檔案館檔案。

也不是一首詩，也不是沉思錄。這也許是嘗試著和死神對話的一種呻吟。「死亡從來沒有給過我如此程度的震撼。我完全被俘虜了。不能自拔。」

寫作能讓她遠離死亡嗎？瑪格麗特沒有想過，她已經做好了準備，平靜地等待著死亡的來臨。寫作能夠緩衝死亡這個概念，這時思想似乎已經顯得無關緊要了。但是，瑪格麗特神志清楚地記道：「結束了，關鍵的時期已經過去了。」①死亡她了解，昏迷的時候她曾經離它很近。她知道死亡從來沒有眞正地鬆開她的手。瑪格麗特不信宗教。她不相信上帝，儘管在一生之中她一直試著和他對話。「上帝什麼都不是，上帝是我爲了圖方便用的一個詞。」但是她相信耶穌基督和聖女貞德在這片土地上確實存在過。「我不祈禱，我說過的，而在某些夜晚，我會爲了超越這禁錮人的現在而哭泣。」她的確很愛哭。她不再離開聖伯努瓦街的套房，睡得很少，不讀書，只看電視，整理書櫥，然後再將它搞得亂七八糟，看家庭的照片。「我想什麼就說什麼，我從來不明白爲什麼要寫作，也不明白怎麼才能不寫。在生活中，有時我會想這是無處不在的，無法避免的一切都處在懷疑之中：懷疑就是寫作。」瑪格麗特不再寫了。她在伯努瓦．雅戈的鏡頭面前談論寫作，揚將它記錄下來。揚手上有很多事情。他和伽利瑪商談版稅和題目。在《一個年輕的英國飛行員之死》拍攝後期②，瑪格麗特對伯努瓦．雅戈說：「我還沒有說完。」他提議在諾夫勒城堡進行緊急拍攝。他明白她是希望有人關心她。伯努瓦叫來卡蘿琳娜．尙普提埃調整圖像位置。瑪格麗特在這部電影裡顯得非常美，非常感人，他們

① 《寫作》手稿上的註釋。現代出版檔案館檔案。
② 圖像，卡蘿琳娜．尚普提埃負責。音響，米歇爾．維奧奈爾負責。

選擇了一種柔和的光線，用特寫來表現她這張布滿皺紋的中國化的臉，越來越像中國人了，這深沉而閃閃發光的眼神，這嘶啞的聲音，像是從身體內部傳出的呼吸。她還在談論，永遠在談論寫作行爲。她談到了孤獨、酗酒和瘋狂。

我在家中寫作的時候一切都在寫。寫作無處不在。

我們也可以不寫，忘記一隻蒼蠅，只是看著牠。看著牠是如何用一種可怕的方式在陌生的、空無一物的天空中掙扎。就這樣算了。

莒哈絲見的人越來越少。迪奧尼斯有時會去看她。烏塔是定時探望的。她的朋友亨利和塞爾日把她帶到特魯維爾。他們是最後仍獲准探望她的一批人。她漸漸地隔斷和外界的聯繫，自己不聽電話，一般都由揚代勞。他過濾掉不必要的聯繫，漸漸不准任何人來探望她，包括最老的朋友，揚總是說服他們讓她安安靜靜地待著，直至瑪格麗特去世以後他們才悔恨當初沒有堅持。她似乎很爲弗雷德里克·勒貝里即將出版的一本關於她的書而焦慮不安①。她給我看了手稿，說這簡直是場災難。但是相反，她很喜歡克里斯蒂娜·布洛·拉巴里埃爾獻給她的一本書。她已經忘了其中所引述的自己小說中的段落。讀給她聽的時候，她都聽不出是自己寫的。「很困難，但是也很奇妙，突然，你發現你是這句話的作者。她引述我的小說時，墨　變了。克里斯蒂娜·布洛·拉巴里埃爾說出了我寫的話，她教給我，送給我。我都忘了。」

① 參見弗雷德里克·勒貝里，見上述引文。

要將作品一讀再讀，她對我說過。給別人讀。把自己的閱讀呈現給讀者。想要談論寫作。當時，她經常對我說起蒼蠅之死，她覺得能把這樣的場景放在紙上是件很幸福的事情；她還經常談到她的母親——「我只剩下母親了，爲什麼還要把她藏起來？」幾乎每時每刻她都要掏出相片，回到童年：「我一生中，最貧瘠的時期。再也沒有比少女時代更缺乏想像力、更乾脆清晰的了。」①揚始終在那裡，我們談話的時候，他總是在自己的房間裡，讓我們單獨談。她經常需要他的幫助，一個日期，或是確證點什麼，或是需要他幫助回憶。她很快就會感到筋疲力竭，笑著留你，像個孩子般地擁抱你。瑪格麗特是個天眞的人，她的一位朋友說。在她視作唯一存在的寫作之外，我記住的是她的溫柔，是的，她在你身邊的那種溫柔，她擁你入懷的那種方式，離開她時她會對你說：「當心自己。」

見面越來越少了。在電話裡說話也越來越困難。揚，可愛的，令人欽佩的揚，他會和你談論下雨或晴天，談論天的顏色，昨天晚上的散步，他笑著，說著，但是不會把聽筒給她。瑪格麗特漸漸遠離人群，隱居起來。揚關上了房門。黑暗房間的房門。瑪格麗特是不是還在？他這樣小心翼翼地究竟是在保護什麼？她還是她的神話？瑪格麗特也有事情做。她在平靜地等待死亡。她想把這一切都寫下來。無論如何瑪格麗特還不是囚犯，她可以拿起電話求救。不，瑪格麗特在等。揚成了她的看守，甚至在某些瑪格麗特朋友的眼睛裡，他成了這種等待的看守。不再需要這世界的噪音，存在的虛榮。什麼也不要做。他呢？他保護她，關心她，繼續著和她的故事。他希望她再寫點什麼。在一九九三年九月五日的一篇題目爲《給您，瑪格麗特》的文章裡②，他說道：「您沒有戴墨鏡，您沒有擺架子，您

① 作者與瑪格麗特·莒哈絲的談話，一九九四年四月八日。
② 《時尚》（*Vogue*）雜誌上刊登出了一張照片，由多米尼克·伊塞爾曼拍攝。

聽憑大家錯去，讓他們看其他的東西，幾乎什麼對您來說都無關緊要，您走得更遠，您說道：來吧，你們無法擁有我。我不在那裡。不爲任何人。也不爲我。」

不再爲任何人留在那裡。那麼如何才能與她相逢呢？瑪格麗特已經住在別處了。瑪格麗特什麼都說，又什麼都沒說，一團亂七八糟沒有邏輯順序的話，有時孤零零地吐出些句子，彷彿是詩歌的開頭。但是除了揚、迪奧尼斯和兩個輪流給她打床頭針的護士，再沒有任何人可以和她說上話了。揚給我打電話的時候，她就拿個高音喇叭和我說，從來不拿起聽筒。她很滑稽，活潑。有時她神志清醒。其餘的時間，她就談腦子裡湧上來的東西。有時，在這些從她內部鑽出來的話語中，她會滯擱在一個詞上，然後花很多的時間評論它。最後一次談話她迷上了灣流這個詞。揚基本上不出門，要出門也得帶上手提電話，每隔十五分鐘打一次電話給護士。他的活動範圍不會超過聖伯努瓦街。烏塔成功地將父親和母親一起弄到諾夫勒城堡，給他們照了相。他拍下的母親美而憂鬱，催人淚下。鏡頭前的還是那個戴著面具的瑪格麗特嗎？這個小個子的老婦，直瞪瞪地看著目標，化了妝，擺好了姿勢？瑪格麗特白天看電視，晚上整理她的書櫥。迪奧尼斯在她死前一個月見過她。揚請來爲她合上眼睛的迪奧尼斯。她死的時候，迪奧尼斯眞後悔自己沒有經常去看她。他相當沮喪。最後一次按響聖伯努瓦街的門鈴時，是她來開的門，她看了他很長時間，將他擁入懷中，對他說：「我們倆曾經非常相愛。」

瑪格麗特不願意死。揚幾度打電話給醫療急救部門，而生命眞的沒有離開她。她挺住了。揚說她每時每刻都在說，如果仔細聽，會發現在白天或夜裡她都有清醒的時候。她說了一些很重要的東西，他決定當著她的面記錄下來。她開始了這場遊戲。最後一本書就是這樣寫出來的，《一切結束》，書在出版的時候引起了很大的爭議。最後一口氣的時候的私人日記？一個奄奄一息的人暴露在我們面前，時不時地叫出一些絕對的話？書是一九九四年十一月二十日開始的，以一九九五年二月二十九日十三點義大利未刪節本出版而告結束①。在這本對話錄中，莒哈絲只談到死亡，如此臨近的死亡，說她並不害怕，她談到了身後事。死後什麼也不會剩下的。「但願活著的人微笑著互相支持。」她的童年又回來了，故土溫柔的氣息，一生之中她對母親那種無盡而不幸的愛。M．D在等。她從此後進入了另外的時間存在。「我說的是大地冒出的時間。」她離開了活人的世界。神志清晰：

揚我還在。

我得走了。

我不知道把自己放在哪裡。

仍然惡毒，自戀，已經耗盡了氣力然而仍然自戀：「我是個天才。現在我已經習慣了」。她投入了最後一場戰爭：她不願意「被拋入」死亡之中，她要控制這個時刻。爲什麼身體還能抵抗得住，而詞語已經無法形成了？是母親讓她暫時留住了生命：「我非常愛我的母親。揚沒什麼可做的，我一直很喜歡他，」相信上帝的揚也相信她能夠抗得住上帝。天堂只能讓她發笑。她已經準備好了，準備好離開，眼睛睜著，不知盯著什麼地方。

最後一句話是給揚的：

我愛您。

再見。

---

① 蒙達多里收藏，奧斯卡小圖書館，一九九五年。

附錄

〔瑪格麗特・莒哈絲以筆名發表的作品〕

「丈夫，這個自私鬼！」

瑪麗・約瑟夫・勒格朗／著

當然，我們才結婚的時候，我還眞喜歡約翰留下的這份混亂，他去公司上班的時候，房子裡到處攤的都是他的東西。我甚至可以說每當我一個人在家，我簡直是懷著一種……虔誠來整理這份混亂。我覺得這一切都有他的味道，可以代表他的存在。

「然後呢？」

「然後，漸漸地，事情就反過來了，約翰的這份混亂成了他不關心我的證據。」

「但是，索尼亞，你們愛情伊始的這段美妙時光爲什麼不能永遠地維持下去呢？蜜月的中斷是不是意味著約翰和您之間的愛情變淡了呢？請原諒我提這樣的問題……」

「一點兒也不是。約翰和我仍然一如既往地相愛著……即便不是越愛越深。但是這已經是一種別樣的感情。如果要延續下去，愛情也應該變得成熟起來。隨著家務的增多，愛情應用另一種方式來體現它的力量和永恆，而不是約翰的混亂。」

「瞧，索尼亞，我聽明白了，但是我應該說您指責約翰的都不是什麼大問題……」

「您錯了。單獨地來看，一百件小事中的一件也許算不上什麼大問題。但是聚沙成塔，久而久之，一百件小事加起來就變得難以忍受了。」

「完全難以忍受？」

「是的。我可以和您解釋一下……一個月前，就是因爲這些不值一提的小事，我險些覺得我們的婚姻無可救藥……我差點覺得有一天我會離開約翰的。」

「是不是只是說說而已呢，索尼亞？您說眞的？」

「是的，我是說眞的，還因爲我覺得約翰變成現在這樣，我是有責任的：我們可以在愛著一個男人的同時……離開他。沒有必要做文字遊戲。我想是的，我覺得約翰變成現在這樣一個自私的丈夫，我是有責任的。」

「索尼亞，您是否願意和我講講這一類的聚沙成塔，最後導致悲劇性的『小事』呢？」

「當然。但是您要知道，一個男人，一個人的自私在開始時總是很難察覺的。別笑，因爲這是很嚴肅的事情。當一個男人把空的咖啡杯放在架子上卻沒有想到或然可能會有第二杯，待他把杯子放在架上，沒有想到應該清洗，擦拭，一個小時後放回原來的位置，我們可以說這已經接近了男人自私的層面，儘管看上去似乎微不足道。」

「的確，在學校課本裡，自私一向被定義爲想不到『其他人』，不能設身處地地爲別人著想。您是否願意講一講其他的『小事』，索尼亞？」

「我很願意。還有比如說結婚伊始我覺得如此可愛的混亂，約翰的混亂，無可救藥，令人絕望的混亂。」

「還有呢？」

「籠統一點說吧，您知道的，我們有三個孩子，住的地方很小，爲了讓我們的房子還過得去，甚至顯得舒適一點，我必須做大量的工作，這占去了我四分之三的時間。您瞧，這項工作從來不會成爲約翰和我之間的問題。約翰根本無視這項工作的存在，似乎一切都是機器人做的一樣。」「所謂的『小事』很嚴重，索尼亞！」

「是的，這的確是很嚴重的事情。因爲，我也一樣，就算我多承擔一點家務工作也無所謂。我覺得難以忍受的是約翰根本不知道我在工作。我不是英雄，我和所有人一樣。和約翰一樣，就像他本人，不多也不少。」

「就像約翰，是的，您經常和他一起分擔事務所的煩惱和過重的負擔嗎？」

「是的，晚上，等他回來了，孩子們都睡了，我們終於有了一個小時喘息的時間，這就是聽約翰陳訴他煩惱的時候了，從來沒有輪到過我。」

「再說一點，您願意嗎？」

「有必要再敘述這些人盡皆知的細節嗎？女人，甚至男人——如果情況恰恰與我相反的話——都熟記在心的。」

「我覺得回到這所謂人盡皆知的事情上來不會毫無用處的。您不認爲嗎？」

「我知道，是的。好吧，如果您願意，一個處在我這種情況下的女人都熟悉的例子。我們去年開始供了一輛車子。我們兩個人車子開得都很好。可是從來都是約翰用車，甚至在我急著要去倫敦購物，爲孩子們買東西的時候。」

「您沒有要求他把車子留下來嗎？」

「不，我只是簡單地告訴他我急著要去買東西。可他從來沒有想到過車子或許對我也有用，能讓我減少一點疲勞。」

「索尼亞，我想問一個不是很謹愼的問題：像這種情況，爲什麼您不直接要求約翰不要開車去事務所，而把車子留給您呢？」

「開始時是因爲約翰很喜歡這車子，簡直有一種瘋狂的愛好，如同孩子一般。接著，因爲我以爲他會想到我的。再後來，唉，因爲我希望約翰自己能意識到他從來沒有把車子給我用過，他自己也會感到吃驚的，希望能有一天，他眞的會大吃一驚，承認他實在是過分了。」

「我懂了，您已經對約翰懷有足夠的怨恨，在心底裡，您已經開始準備對他進行起訴。您已經收集了很多對他的指控。請原諒我的坦率。」

「不用原諒。我想我們談到這份上，已經沒有什麼好避諱的了。我只能感謝您的坦率。」

「索尼亞，在繼續談話之前，我想知道您是如何提醒約翰的，用一種……粗暴的方式，提醒他你們現在的狀況的。我想說的是，在您的愛情生活之外，您同樣艱難地生活著，和他一樣。」

「我不願看到的事情陸續地發生了，和您想像的正相反。我非常疲憊。一個月以前，全家人都患了感冒，臥床不起。而我是唯一一個掙扎著下床救治這場集體感冒的。但是，沒有人察覺到這一點。沒有人，除了約翰的一個朋友。我有必要繼續下去嗎？」

「是的，索尼亞。您覺得『其他人』都不關心您，這使您置於一種沉重的孤獨之中，隨著時間的流逝越來越沉重，這也許會打破您所說的秩序……儘管您沒有明說。」

「我說了。的確，這種孤獨有時如此強烈，再加上時間和疲憊的作用，眞的能讓您老羞成怒，而當某個人看了出來，當一個男人走向您，對您說『您看上去很累呢，索尼亞』，這會產生奇蹟一般的效果。我記得，那是一個晚上。我在起居室的沙發上睡著了，疲倦，憂傷。這時皮特來了。他進來的時候我醒了，就像犯錯誤時當場被人捉住一樣。於是皮特對我說了我剛才說過的那句話：『您看上去很累呢，索尼亞……』他笑著。皮特和我之間僅限於此。然而我開始想皮特和約翰有很大的不同。」

「在這天以前，皮特對您有特別的關心嗎？」

「所有的夫妻在相處中，都會碰到某些朋友對女人有一種特別的溫情。這會讓人想入非非，不一定造成任何後果，這的確會有的。」

「約翰對此有所懷疑嗎？」

「約翰太想著自己了，他什麼都沒有察覺。約翰就是弗洛伊德所謂的自戀的人。」

「請原諒，我想問您，索尼亞，您是否肯定約翰對您的感情？」

「當然我從不懷疑約翰對我的感情。我不能欺騙我自己，因爲我確確實實地愛著約翰，和當初同樣的瘋狂。約翰不僅僅是喜歡他的妻子，他是鍾情於她。」

「我覺得『鍾情一個女人』意味著將這個女人和其他女人之間的『差別』無限誇大……」

「這和一個男人的自私地對待他的妻子並不矛盾。正相反。我從來沒有說過，約翰對『其他』女人的優點和疲憊也很麻木，您能理解嗎？恰恰相反！我是說我的存在是特殊的，不受支配其他女人存在的規律的制約，我的疲憊和別的女人的疲憊是不同的。」

「我覺得，索尼亞，在約翰的這種忽視，這種——您所謂的自私中，您有一種病態的慾望，您想保持你們的愛情，使之如同約翰自私的問題尚未暴露之前一樣濃厚。」

「當然。約翰原本希望我們沒有任何物質的困擾，沒有任何能限制我們自由慾望的東西。總之，約翰想要我們成爲永遠的未婚夫婦。現在怎麼樣呢？正因爲他無視於我的存在，孩子們的存在，無視於家務的存在，等等等等，現在我變成了他的妻子，一個負責任的妻子，而不再是他的未婚妻。」

「但是比起你們最初的日子，約翰的抱怨是不是也增多了呢？抱怨工作和旅行社。」

「當然。但是這些煩惱早在我之前就存在了，儘管因爲我們的婚姻，在這方面他的負擔也許更重了。而在他面前我的煩惱從來不存在。如果承認這點會使他良心不安的。自戀讓他逃避責任。」

「我能不能問您一下，索尼亞，是不是因爲女人的家務活帶不來任何工資，因爲女人的工作是不付薪水的，男人才會看不上眼的？」

「這種解釋過於簡單了，您瞧，這種解釋只能說基本上可以行得通，但不是在任何情況下。不，得上別處找原因。一個女人的工作和一個男人的工作的區別之處，就在於女人的工作永無盡頭，而男人的工作基本上都有時間限制。晚上六點，世界上的所有男人都自由了。到了七點，所有的男人都希望女人可以和他們一樣無憂無慮，和他們一樣擺脫煩惱。」

「很多年來，您就這樣強迫自己接受生活的循環，索尼亞？」

「是的，但不可能每時每刻都能這樣。在某些情況下——我很清楚自己就是這樣的——這需要奇蹟般的精力和恆心。而如果這種奇蹟不爲人所知，至少約翰是不知道的，您會感到非常孤獨，於是您又一次被推向悲劇性的結局！」「我應該告訴您，索尼亞，約翰對您清洗空咖啡杯的能力有一種絕對的信任，從這點上來說您根本不會把洗咖啡杯之類的活兒交給他的。」

「我知道。但是說什麼好呢，我也一樣，有種自戀的情結，和表面上看起來的正相反……」

「我不明白。」

「我那麼喜歡約翰，從第一天開始，我就覺得自己完全能夠忍受他，能夠獨自承擔他自私的一面。我過高估計了自己的力量，您瞧。我需要和您再重複一遍，就在幾個星期前，我差點不再愛約翰了，我覺得自己有朝一日會不再愛他。」

「您還是選擇了……愛他？」

「我什麼也沒有選擇。我一直愛著他。但是我不清楚自己對他的愛了。」

「您對約翰說過嗎？」

「我沒什麼好對他說的。約翰模模糊糊地意識到了皮特的存在。危險的存在。他意識到皮特來的次數越來越多了，接著突然他跳出了他的自我中心，他發現皮特不完全是爲他來我們家的，不是爲約翰，而是爲他的妻子。」

「他對您說了嗎？」

「是的。我也回答了他。我聽他說，他也聽我說。當時他非常悲傷，就像所有的男人發現事情不像他們想像的那個樣子時的悲傷。但是這個問題多麼複雜！」

「解決不了？」

「不，只是困難。男人的自私是他魅力的一部分。女人覺得男人的自私裡有種孩子的味道，她對此往往非常敏感。成年男子的自私只是回歸童年時代任性的方式。您知道的，孩子經常能夠按照自己的願望忘記讓他們尷尬的事情，他們的母親往往覺得這樣很可愛。而且作爲母親——這已經是無須證明了的事情——總覺得孩子是越孩子氣越好——這也許正是女人愛情的聖潔之所在吧。」

「夫妻相處中，男人的自私或許有一種超凡入聖的感覺？」

「我想是的。就像所有人的自私。我們剛才所談到的一切完全可以反過來用於女人。」

「皮特還來嗎？」

「他是約翰最好的朋友之一。如果他不再來了，如果約翰不再希望他來，那就說明我沒有和約翰解釋清楚。這只取決於我對皮特的態度，我是否讓皮特明白我只愛約翰一個人。」

「現在您開車去購物了嗎？索尼亞？」

「您難道不知道，從自私到慷慨只有一步之遙？又是想到想不到的問題。也許從想自己占盡所有的好東西，到把所有的好東西都給自己心愛的人，只需要一個小小的決定。」

「決定不再自欺？」

「是的。」

（《星座》，一二三期，一九五八年七月，頁一二五—一三〇）

致伊莎貝爾・C的一封信

彷彿罪行都是應該受到指責的，彷彿和被告說話都是一種錯誤，恰恰相反。彷彿控告（德弗日小姐，在您的詞典裡，多麼貧乏！）就是編造理由，好像只有知識分子才應該承擔起責任，可是所有的人都是這樣，甚至包括無產階級，甚至包括冒牌的作家和文盲。

甚至我喜歡的人，像伊熱蘭，像蘇順，像迪亞納・杜弗萊斯恩——你們好，親吻——甚至對您，

我是在給您，伊莎貝爾・C回信，通過我所收到的其他信，不管它們表達的是憤怒還是激動，都是圍繞著我在《解放報》上那篇關於雷邦日罪案的那篇文章，關於克里斯蒂娜・維爾曼。

我沒有讀有關的報導，除了在《解放報》上登的一些女人寫的文章的片段。

您贊同沉默，伊莎貝爾・C。而我，我說話了。

您贊同沉默，彷彿是爲了避免什麼也不要說，這才是沉默。

我反對沉默。

因此我們在表面上是無法和解的。彼此相距很遠。但是讀了您的信，我覺得我們或許會在半路相逢，您，克里斯蒂娜・V和我。儘管我們的差別也許是在智慧上。

我對您說什麼好呢，一個星期後，我重新讀了一遍自己在報紙上登的文章：如果要重寫的話，我會取消第二部分的一段，從「反正這是另一種犯罪……」一直到「如果是第四樁謀殺案」，因爲我寫這一段只是爲了拉長文章的篇幅，僅此而已。

開始的那一段也要去掉，關於奶媽的那一段，但是顯然那一段沒完沒了的時間的滴滴答答聲，克里斯蒂娜．維爾曼應該在某些夜晚所經歷的那種感覺更應該去掉。

照片——很漂亮——我會統統地去掉，沒有必要，尤其是在展現我所說的一切的時候，它們顯得多餘，甚至是類似暴露狂的行爲。

這就是說，我想說的是：我沒有對克里斯蒂娜．V犯有任何過錯。

這就是說，在這篇文章裡，我會保留關於女人的一切，居住在這所房子裡的女人，還有別的關於生命意義的段落。所有司法證供只屬於公眾輿論的範圍。

我編造了耳光……

我沒有編造夫妻的共同生活，婚姻，某些發出聲響的家具，我也沒有編造公眾輿論，比如說沙龍裡的獎，村里某些男人的驕傲，空洞的，瘋狂的驕傲，要逃離的新房子，假的沙灘，假的問題。眞正的問題還是女人的問題，女人對於生命意義的追尋，她們或許並沒有期望過這種追尋。

如果我認爲這篇文章會有損於克里斯蒂娜．V，我就不會寫這篇文章了。也許對於我來說這是個錯誤，這還不一定，但是也許我不寫反倒是不可原諒的（……）。

我想，就像所有的人都知道的那樣，也正如那些或許希望我損害C．V的女人所想的那樣，我將會因此而受到懲罰，她們會擺脫我在她們生活中所代表的那種地方性的困窘。你們很清楚，和我一樣清楚。

因爲我不認爲自己夢想過克里斯蒂娜・V的「難以理解的命運」，因此，我也沒有讓讀者相信她是有罪的。

我沒有夢想。

寫作的時候是不會夢想的，否則就乾脆不寫。

我和克里斯蒂娜・V很接近。

我編造了，但仍然不出共同命運的平庸，我不認爲克里斯蒂娜・V的罪行會因爲這篇文章的緣故加重或減輕。

人們老是撒謊。他們很虛僞。他們說我應該閉嘴，把這樁事件交給專家們去處理，爲了說明這個，他們用了整整四頁紙。大家指責我的，實際上，就是《解放報》問我要了這篇文章，並且寫文章的人是我。

因此我在他們眼裡失去了名譽，徹底失去了名譽。

就這樣，你們瞧。

我很榮幸失去了名譽。

我很榮幸被共產黨開除出黨，我的一位朋友說。

所有的信都在談論這個不能自衛的孩子。

有些人在談我的文章風格過於草率，另一些人則說我蔑視靠雙手勞動生活的人，談起訴……是爲了讓您了解情況。很幸運，不是所有寫信給我的人都讓我將他們的信拿去發表。不是所有的人，但有很多。

還有什麼好說的呢，男人都反對我，女人一般來說不多，很少。

幾乎所有男人的信都寫得措辭激烈，非常可怕。所有的信都用了無人稱的「我們」①：我們沒有權利，我們應該，我們不應該，我們很憤怒。

有些信寫得很美。這個以你相稱的女人的信，沒有署名。這是兩個年輕的囚犯寫來的。還有囚犯的妻子寫來的這封。——你好，吻你——

這起罪惡的問題是女人的問題。

孩子的問題是女人的問題。

男人的問題是女人的問題。

男人不知道。

因爲男人幻想著自己肌肉的力量、物質的力量能夠自由配置，可智性的深刻從來都不是陽性的。只有女人能夠意識到男人的自誤。

男人會因女人牛排煎得不好就搧耳光，但比這更糟糕的是日復一日的生活。自己的力量讓男人自誤。

我們可以說得好聽一點：男人的力量攪亂了男人對於這世界的認識，就像在童年時期，幾滴牛奶滴在思想的清水裡，便會使他們徹底地遠離智慧。

經常男人認爲他有責任無視生活的荒誕，我讀哲學讀出的只能是小說。

在男人讀出哲學的書裡，我讀出的是寫出這些哲學道理的男人的故事，和讀哲學的男人的故事。這是因爲我什麼都讀。

---

① 這裡指的是"on"這個無人稱代詞，在法語中有「大家」、「我們」的意思。

我相信，和您一樣，伊莎貝爾‧C，我相信雷邦日罪惡是難以接近的，如此難以接近，任何人都不能成爲作者。

即便有人犯下了這樁罪惡，他也不是作者。罪惡的作者操縱著這一切，然後立即縮了回去，只剩下這手，這具肉體。

這就是我在文章裡所要說的。

我很喜歡的波特歇爾用過事故這樣的詞，說我們很可能將事故打扮成罪惡的模樣。而我，我在談及罪惡的時候也許正是在談一樁事故。

在舊時宗教高貴的連篇廢話裡，非常高貴的廢話裡，是罪惡光顧了罪犯，操縱他，然後再從他體內逃走，有時甚至會讓犯罪的記憶消失得無蹤無影。

瑪格麗特・莒哈絲作品目錄

《厚顏無恥的人》（LES IMPUDENTS），一九四三年，小說，布隆出版社（Plon-réédition），一九九二年伽利瑪出版社(Galliamard)再版。

《平靜的生活》（LA VIE TRANQUILLE），一九四四年，小說，伽利瑪出版社。

《太平洋防波堤》（UN BARRAGE CONTRE LE PACIFIQUE）一九五〇年，小說，伽利瑪出版社。

《直布羅陀的水手》（LE MARIN DE GIBRALTAR），一九五二年，小說，伽利瑪出版社。

《塔吉尼亞的小馬》（LES PETITS CHEVAUX DE TARQUINIA），一九五三年，小說，伽利瑪出版社。

《樹上的歲月》（DES JOURNÉES ENTIÈRES DANS LES ARBRES），收有《蟒蛇》（LE BOA）、《多丹夫人》（MADAME DODIN）、《工地》（LES CHANTIERS），一九五四年，短篇小說集，伽利瑪出版社。

《廣場》（LE SQUARE），一九五五年，小說，伽利瑪出版社。

《琴聲如訴》（MODERATO CANTABILE）一九五八年，小說，子夜出版社(Editions de Minuit)。

《塞納—瓦茲的高架橋》（LES VIADUCS DE LA SEINE-ET-OISE），一九五九年，戲劇，伽利瑪出版社。

《夏夜十點半》（DIX HEURES ET DEMIE DU SOIR EN ÉTÉ），一九六〇年，小說，伽利瑪出版社。

《廣島之戀》（HIROSHIMA MON AMOUR），一九六〇年，電影腳本，對話，伽利瑪出版社。

《如此漫長的缺席》（UNE AUSSI LONGUE ABSENCE），一九六一年，電影腳本，與熱拉爾・雅爾羅合作，伽利瑪出版社。

《安德馬斯先生的下午》（L'APRÈS-MIDI DE MONSIEUR ANDESMAS），1962年，短篇小說，伽利瑪出版社。

《勞兒之劫》（LE RAVISSEMENT DE LOL V. STEIN），一九六四年，小說，伽利瑪出版社。

《戲劇——卷一：水和森林—廣場—音樂之一》（THÉÂTRE I: LES EAUX ET FORETS-LE SQUARE-LA MUSICA），一九六五年，戲劇，伽利瑪出版社。

《副領事》（LE VICE-CONSUL），一九六五年，小說，伽利瑪出版社。

《音樂》（LA MUSICA），1966年，電影，與保羅・瑟邦(Paul Seban)合作執導。

《英國情人》（L'AMANTE ANGLAISE），一九六七年，小說，伽利瑪出版社。

《英國情人》（L'AMANTE ANGLAISE），一九六八年，戲劇，伽利瑪出版社。

《戲劇——卷二：蘇姍娜・安德萊爾—樹上的歲月—是的，也許—莎伽王國——個男人來看我》（THÉÂTRE II: SUZANNA ANDLER-DES JOURNÈES ENTIÈRES DANS LES ARBRES-YES, PEUT-ÊTRE-LE SHAGA-UNHOMME EST VENU ME VOIR），一九六八年，伽利瑪出版社。

《毀滅吧，她說》（DÉTRUIRE, DIT-ELLE），一九六九年，子夜出版社。

《毀滅吧，她說》（DÉTRUIRE, DIT-ELLE），電影，伯努瓦・雅戈(Benoît-Jacob)發行。

《阿邦・薩芭娜和大衛》（ABAHN SABANA DAVID），一九七〇年，伽利瑪出版社。

《愛》（L'AMOUR），一九七一年，小說，伽利瑪出版社。

《黃色太陽》（JAUNE LE SOLEIL），一九七一年，電影，Molière發行。

《娜塔麗・格朗熱》（NATHALIE GRANGER），一九七二年，電影，Molière發行。

《印度之歌》（INDIA SONG），一九七三年，戲劇，電影，伽利瑪出版社。

《恒河女子》（LA FEMME DU GANGE），一九七三年，電影，伯努瓦・雅戈發行。

《娜塔麗・格朗熱》（NATHALIE GRANGER），收有《恒河女子》（LA FEMME DU GANGE），一九七三年，伽利瑪出版社。

《談話者》（LES PARLEUSES），一九七四年，與克薩維耶爾・高提埃(Xavière Gauthier)的對談，子夜出版社。

《印度之歌》（INDIA SONG），一九七五年，電影，Armorial發行。

《巴克斯泰爾，薇拉・巴克斯泰爾》（BAXTER, VERA BAXTER），一九七六年，電影。

《加爾各答的荒漠裡她的名字叫威尼斯》（SON NOM DE VENISE DANS CALCUTTA DÉSERT），一九七六年，電影，伯努瓦・雅戈發行。

《樹上的歲月》（DES JOURNÉES ENTIÈRES DANS LES ARBRES），一九七六年，電影，伯努瓦・雅戈發行。

《卡車》（LE CAMION），一九七七年，電影，D.D.Prod發行。

《卡車》（LE CAMION），收有《與米歇爾・波爾特的對談》（ENTRETIEN AVEC MICHELLE PORTE），一九七七年，子夜出版社。

《瑪格麗特・莒哈絲的領地》（LES LIEUX DE MICHELLE PORTE AVEC MARGUERITE DURAS），一九七七年，與米歇爾・波爾特合作，子夜出版社。

《伊甸影院》（L'EDEN-CINÉMA），一九七七年，戲劇，商神出版社(Mercure de France)。

《黑夜號輪船》（LE NAVIRE NIGHT），一九七八年，電影，Films du Losange.

《黑夜號輪船》（LE NAVIRE NIGHT），收有《塞扎蕾》（CÉSARÉE）、《否決的手》（LES MAINS NÉGATIVES）及三篇《奧蕾里婭・斯坦納》（AURÉLIA STEINER, AURÉLIA STEINER, AURÉLIA STEINER），一九七九年，Mercure de France.

《塞扎蕾》（CÉSARÉE），一九七九年，電影，Films du Losange.

《墨爾本奧蕾里婭・斯坦納》（AURÉLIA STEINER, DIT AURÉLIA MELBOURNE），一九七九年，電影，Film Paris-Audiovisuels.

《溫哥華奧蕾里婭・斯坦納》（AURÉLIA STEINER, DIT AURÉLIA VANCOUVER），一九七九年，電影，Films du Losange.

《薇拉・巴克斯泰爾或大西洋海灘》（VERA BAXTER OU LES PLAGES DE L'ATLANTIQUE），一九八〇年，信天翁出版社(Albatros)。

《坐在走廊上的男人》（L'HOMME ASSIS DANS LE COULOIR），一九八〇年，短篇小說，子夜出版社。

《八〇年夏》（L'ÉTÉ 80），一九八〇年，子夜出版社。

《綠眼睛》（LES YEUX VERTS），一九八〇年，《電影日誌》（Cahiers du Cinema）。

《阿加莎》（AGATHA），一九八一年，子夜出版社。

《阿加莎或無限的閱讀》（AGATHA OU LES LECTURES ILLIMITÉES），一九八一年，電影，Berthemont出品。

《外面的世界——卷一》（OUTSIDE），一九八一年，阿爾班·米歇爾出版社，Albin Michel, reed. P.O.L., 1984.

《年輕姑娘和小孩》（LA JEUNE FILLE ET L'ENFANT），一九八一年，錄音帶，揚·安德烈（Yann Andréa）並自《八〇年夏》（LÉTTÉ 80）改編，瑪格麗特·莒哈絲朗讀。

《羅馬對話》（DIALOGUE DE ROME），一九八二年，電影，prod. Coop. Longa Gittata. Rome.

《大西洋人》（L'HOMME ATLANTIQUE），一九八一年，電影，prod. Berthemont.

《大西洋人》（L'HOMME ATLANTIQUE），一九八二年，短篇小說，子夜出版社。

《薩瓦納海灣》（SAVANNAH BAY），第一版一九八二年，增補版一九八三年，子夜出版社。

《死亡的疾病》（LA MALADIE DE LA MORT），一九八二年，短篇小說，子夜出版社。

《戲劇——卷三：〈叢林猛獸〉（THEATRE III: LA BÊTE DANS LA JUNGLE），根據亨利·詹姆斯（Henry James）小說改編，詹姆斯·洛德（James Lord）和瑪格麗特·莒哈絲合作改編；〈阿斯珀恩文件〉（LES PAPIERS D'ASPERN），根據亨利·詹姆斯小說改編，瑪格麗特·莒哈絲和羅伯特·安泰爾姆（Robert Antelme）合作改編；〈死亡的舞蹈〉（LA DANSE DE MORT），根據奧古斯特·斯特林堡（August Strindberg）的小說改編，莒哈絲改編》，一九八四年，伽利瑪出版社。

《情人》（L'AMANT），一九八四年，小說，子夜出版社。

《痛苦》（LA DOULEUR），一九八五年，P.O.L.出版社。

《音樂之二》（LA MUSICA DEUXIÉME），一九八五年，伽利瑪出版社。

《契訶夫的海鷗》（LA MOUETTE DE TCHEKHOV），一九八五年，伽利瑪出版社。
《孩子們》（LES ENFANTS），與讓·馬斯科羅(Jean Mascolo)和讓·馬克·圖里納(Jean-Marc Turine)合作製片，一九八五年，電影。
《藍眼睛黑頭髮》（YEUX BLEUS CHEVEUX NOIRS），一九八六年，小說，子夜出版社。
《諾曼底海岸的妓女》（LA PUTE DE LA CÔTE NORMANDE），一九八六年，子夜出版社。
《物質生活》（LA VIE MATÉRIELLE），一九八七年，P.O.L.出版社。
《愛米莉·L.》（EMILY L.），一九八七年，小說，子夜出版社。
《夏雨》（LA PLUIE DÉTÉ），一九九〇年，小說，P.O.L.出版社。
《中國北方的情人》（L'AMANT DE LA CHINE DU NORD），一九九一年，子夜出版社。
《揚·安德烈亞·斯坦納》（YANN ANDRÉA STEINER），一九九二年，P.O.L.出版社。
《寫作》（ÉCRIRE），一九九三年，伽利瑪出版社。
《一切結束》（C'EST TOUT），一九九五年，P.O.L.出版社。
《小說，電影，戲劇，一九四三年—一九九三年回顧》（ROMANS, CINÉMA, THÉÂTRE, UN PARCOURS 1943-1993），一九九七年，伽利瑪出版社(collection《Quarto》)。

關於瑪格麗特·莒哈絲與其作品的專論(不含訪談與雜誌)

ALLEINS, *Madeleine, Marguerite Duras. Médium du réel,* L'Âge d'homme, 1984.
ARMEL, Aliette, *Marguerite Duras et l'autobiographie,* Le Castor astral, 1990.

ARMEL, *Aliette, Marguerite Duras,* C. Pirot, 1998.

BAJOMÉE, *Danielle, Duras ou la douleur,* Éd. universitaires, 1989.

BLOT-LABARRÈRE, Christiane, *Marguerite Duras,* Seuil, 1992(《Les Contemporains》, 14).

BORGOMANO, Madeleine, *Duras, une lecture des fantasmes,* Éd. du Cistre, 1985.

BORGOMANO, Madeleine, *LÉcriture filmique de Marguerite Duras, Albatros,* 1985.

CERASI, Claire, *Marguerite Duras de Lahore à auschwitz, Champion-Slatkine,* 1993(《Bibliothèque de littérature moderne》, 4).

COHEN, Susan D., *Women and discourses in the Fiction of Marguerite Duras. Love, Legends, Language,* Houndsmill & London, 1993.

GLASSMAN, Deborah N., *Marguerite Duras. Fascinating vision and narrative cure,* Rutherford, 1991.

KOLESCH, Doris et Gertrud Lehnert, *Marguerite Duras,* München: Text+kritik, 1996.

LEBELLEY, Frédérique, *Duras ou Le Poids d'une plume,* Grasset, 1994. Repris en《Livre de poche》, 1996, n° 14071.

MANCEAUX, Michèle, *L'Amie,* Albin Michel, 1997.

MARINI, Marcelle, *Territoires du féminin avec Marguerite Duras,* Minuit, 1978.

PIERROT, Jean, *Marguerite Duras,* corti, 1986.

RAKUSA, Ilma, *Marguerite Duras,* Frankfurt-am-Main, 1988.

SEYLAS, Jean-Luc, *Les Romans de Marguerite Duras, Essai sur une thématique de la durée,* Minad, 1963.

TISON-BRAUN, *Micheline, Marguerite Duras,* Rodopi, 1985.

VIRCONDELET, Alain, *Marguerite Duras,* Seghers, 1972(《Écrivains d'hier et d'aujourd'hui》, 42).

VIRCONDELET, Alain, *Duras-biographie,* F. Bourin, 1991.

VIRCONDELET, Alain, *Pour Duras,* Calmann-Lévy, 1995.

VIRCONDELET, Alain, *Marguerite Duras: vérité et légendes,* photographies réunies par Jean Mascolo, Éd. du Chêne, 1996.

VIRCONDELET, Alain, *Marguerite à Duras,* Éditions n° 1, 1998.

VIRCONDELET, Alain(sous la direction de), *Marguerite Duras*(Actes du colloque de Cerisy-la-Salle, 《Duras: tenter l'infini》, 23 au 30 juillet 1993), Écriture, 1994.

VIRCONDELET, Alain(sous la direction de), *Duras, Dieu et l'écrit*(Actes du colloque international organisé par la Faculté des lettres de l'Institut catholique de Paris, 20-21 mars 1997), Éd. du Rocher, 1998.

譯後記

袁筱一

覺得再說任何關於莒哈絲的話都是多餘的。

愛，恨，傳奇，寫作，絕望，死亡，這本五十餘萬字的傳記，都囊括在內，讓人再也不想說，再也說不出任何話來。作者是個歷史學家，有歷史學家的冷峻和苛刻。欣賞與貶損都被包裹在平靜的敘事語調中。

也許我們從此以後可以遺忘她了，莒哈絲，一個世紀的傳奇，印度支那長大的窮白人，沒有提交論文的法學院大學生，抵抗組織的成員，「總統的朋友」，其作品暢銷世界的作家，電影家，戲劇家，給了無數個版本的自傳作家，她終於沒能抵抗的死亡，也終將不能抵抗住時間的流逝。

也許從此以後我們可以開始新的傳奇了，帶著新的激情和欲望對待這世界。莒哈絲說，每個人都是作家，重要的是，怎樣才能不寫。不知道在新的一個世紀即將來臨的時候，我們是否可以不寫？

書裡的太多的人物，太多的書名，太多的背景，於是有太多的注釋。作者唯恐講不清似的。但是讀者需要很大的耐心——歷史學家不在乎的恰恰是故事，他不相信莒哈絲式的「眞實」，眞是矛盾。

關於文中莒哈絲作品的片斷，多爲譯者自己所譯，參考了王道乾先生的《情人》譯本以及漓江出版社的莒哈絲小叢書，在這裡表示感謝。

People系列

莒哈絲傳

2006年1月初版　　定價：新臺幣580元

著　者　Laure Adler
譯　者　袁筱一
發行人　林載爵

叢書主編　顏艾琳
　　　　　邱靖絨
校　對　趙蓓芬
　　　　蘇淑惠
　　　　楊蕙苓
封面設計　莊祐銘

出版者　聯經出版事業股份有限公司
台北市忠孝東路四段555號
台北發行所地址：台北縣汐止市大同路一段367號
電話：(02)26418661
台北忠孝門市地址：台北市忠孝東路四段561號1-2樓
電話：(02)27683708
台北新生門市地址：台北市新生南路三段94號
電話：(02)23620308
台中門市地址：台中市健行路321號
台中分公司電話：(04)22312023
高雄門市地址：高雄市成功一路363號
電話：(07)2412802
郵政劃撥帳戶第0100559-3號
郵撥電話：26418662
印刷者　世和印製企業有限公司

行政院新聞局出版事業登記證局版臺業字第0130號

本書如有缺頁，破損，倒裝請寄回發行所更換。
ISBN　957-08-2960-5 (平裝)
聯經網址 http://www.linkingbooks.com.tw
信箱 e-mail:linking@udngroup.com

國家圖書館出版品預行編目資料

莒哈絲傳 / Laure Adler 著 . 袁筱一譯 .
--初版 . --臺北市：聯經，2006 年（民 95）
720 面；16×23 公分 .（People 系列）
譯自：Marguerite Duras
ISBN 957-08-2960-5(平裝)

1. 莒哈絲（Duras, Marguerite）-傳記

784.28 940126271

聯經出版公司信用卡訂購單

信用卡別：　□VISA CARD □MASTER CARD □聯合信用卡

訂購人姓名：＿＿＿＿＿＿＿＿＿＿＿＿＿＿＿＿

訂購日期：＿＿＿＿年＿＿＿＿月＿＿＿＿日

信用卡號：＿＿＿＿ ＿＿＿＿ ＿＿＿＿ ＿＿＿＿

信用卡簽名：＿＿＿＿＿＿＿＿(與信用卡上簽名同)

信用卡有效期限：＿＿＿＿年＿＿＿＿月止

聯絡電話：日(O)＿＿＿＿＿＿夜(H)＿＿＿＿＿＿

聯絡地址：□ □□＿＿＿＿＿＿＿＿＿＿＿＿＿＿＿＿

訂購金額：新台幣＿＿＿＿＿＿＿＿＿＿＿＿元整

（訂購金額 500 元以下，請加付掛號郵資 50 元）

發票：□二聯式　□三聯式

發票抬頭：＿＿＿＿＿＿＿＿＿＿＿＿＿＿＿＿

統一編號：＿＿＿＿＿＿＿＿＿＿＿＿＿＿＿＿

發票地址：＿＿＿＿＿＿＿＿＿＿＿＿＿＿＿＿

如收件人或收件地址不同時，請填：

收件人姓名：

＿＿＿＿＿＿＿＿＿＿＿＿＿＿＿＿＿＿＿＿＿□先生 □小姐

聯絡電話：日(O)＿＿＿＿＿＿夜(H)＿＿＿＿＿＿

收貨地址：＿＿＿＿＿＿＿＿＿＿＿＿＿＿＿＿

・ 茲訂購下列書種・帳款由本人信用卡帳戶支付・

書名	數量	單價	合計
		總計	

訂購辦法填妥後

直接傳眞 FAX：(02)8692-1268 或(02)2648-7859

洽詢專線：(02)26418662 或(02)26422629 轉 241

網上訂購，請上聯經網站：http://www.linkingbooks.com.tw